TRAMPA 22

Joseph Keller

TRAMPA 22

Traducción de Flora Casas

Título original: *Catch 22*

© 1955, 1961, Joseph Heller
© de la traducción: 2005, Flora Casas
© de esta edición: 2007, RBA Libros, S.A.
Pérez Galdós, 36 - 08012 Barcelona
rba-libros@rba.es / www.rbalibros.com

Primera edición de bolsillo: enero 2007

REF. OBOLO52
ISBN: 84-7871-859-1
ISBN: 978-84-7871-859-7
DEPÓSITO LEGAL: B.54.062-2006
Composición: David Anglès
Impreso por Cayfosa-Quebecor (Barcelona)

Para mi madre,
para Shirley y mis hijos, Erica y Ted

EL TEXANO

Fue un flechazo.

En cuanto Yossarian vio al capellán se enamoró perdidamente de él.

Yossarian estaba en el hospital porque le dolía el hígado, aunque no tenía ictericia. A los médicos les desconcertaba el hecho de que no manifestara los síntomas propios de la enfermedad. Si la dolencia acababa en ictericia, podrían ponerle un tratamiento. Si no acababa en ictericia y se le pasaba, le darían de alta, pero aquella situación les tenía perplejos.

Iban a verlo todas las mañanas tres hombres serios y enérgicos, de labios que denotaban tanta eficacia como ineficacia sus ojos, acompañados por una de las enfermeras de la sala a las que no les caía bien Yossarian, la enfermera Duckett, igualmente seria y enérgica. Examinaban la gráfica que había a los pies de la cama y se interesaban, inquietos, por el dolor de hígado. Parecían enfadarse cuando Yossarian les respondía que seguía exactamente igual.

—¿No ha movido el vientre todavía? —preguntaba el coronel.

Los médicos intercambiaban miradas cuando Yossarian negaba con la cabeza.

—Dele otra píldora.

La enfermera tomaba nota de que había que darle otra píldora, y los cuatro se trasladaban juntos a la cama siguiente. A ninguna de las enfermeras le caía bien Yossarian. En realidad, se le había pasado el dolor de hígado, pero se guardó muy mucho de decirlo, y los médicos no sospecharon nada. Eso sí, sospecharon que había movido las tripas y que no se lo había contado a nadie.

Yossarian disponía de todo lo que necesitaba en el hospital. La comida no estaba mal, y encima se la llevaban a la cama. Le daban más carne de lo normal, y durante las horas más calurosas de la tarde les servían, a él y a los demás, zumos de fruta o batidos de chocolate bien fríos. Aparte de los médicos y las enfermeras, no le molestaba nadie. Por la mañana dedicaba un rato a la censura de cartas, pero después tenía libre el resto del día, que dedicaba a estar tumbado sin el menor remordimiento de conciencia. Se encontraba cómodo en el hospital, y no le resultaba difícil prolongar la estancia porque nunca le bajaba la fiebre de treinta y ocho. Disfrutaba de una situación más privilegiada que la de Dunbar, que tenía que tirarse al suelo de bruces cada dos por tres para que le llevaran la comida a la cama.

Una vez tomada la decisión de pasar el resto de la guerra en el hospital, Yossarian empezó a escribir cartas a todos sus conocidos para decirles que estaba hospitalizado, pero sin explicar el motivo. Un buen día se le ocurrió una idea mejor. Les contó a todos sus conocidos que iba a emprender una misión muy peligrosa. «Han pedido voluntarios. Es muy peligroso, pero alguien tiene que hacerlo. Te escribiré en cuanto regrese.» Desde entonces no había vuelto a escribir a nadie.

Los oficiales de la sala estaban obligados a censurar las cartas que escribían los soldados enfermos, ingresados en otros pabellones. Era una tarea muy monótona, y a Yossarian le decepcionó descubrir que la vida de los soldados era sólo ligeramente más interesante que la de los oficiales. Al primer día dejó de sentir curiosidad, y para ahuyentar el aburrimiento se inventó juegos. Un día declaró guerra a muerte a los modificadores, y eliminó cuantos adverbios y adjetivos aparecían en las cartas que caían en sus manos. Al día siguiente le declaró la guerra a los artículos. Un día después, su creatividad se elevó a un plano superior, al tachar el contenido completo de las cartas, excepto precisamente los artículos. Con este sistema experimentaba la sensación de establecer mayor dinamismo en las tensiones interlineales, y en casi todos los casos dejaba un mensaje mucho más global. No tardó en anular parte de los encabezamientos y firmas, manteniendo íntegro el texto. En una ocasión tachó una carta completa a excepción del encabezamiento, «Querida Mary», y al final añadió: «Te echo de menos terriblemente. A. T. Tappman, capellán, ejército de Estados Unidos». A. T. Tappman era el capellán del grupo.

Cuando hubo agotado todas las posibilidades de las cartas, atacó los nombres y direcciones de los sobres, suprimiendo calles y números, destruyendo metrópolis enteras con descuidados movimientos de muñeca como si fuera Dios. La trampa 22 ordenaba que todas las cartas censuradas llevaran el nombre del oficial censor. Yossarian no leía la mayoría. En las que no leía firmaba con su nombre. En las que leía firmaba como «Washington Irving». Cuando empezó a aburrirse, adoptó el nombre de «Irving Washington». La censura de los sobres tuvo graves repercusiones y provocó una oleada de inquietud en ciertas esferas militares, muy etéreas, que enviaron a un agente del CID* al hospital fingien-

---

* CID: Siglas que corresponden a Central Intelligence Department (Centro de Servicios Secretos de Información). *(N. de la T.)*

do que estaba enfermo. Todos sabían que se trataba de un agente del CID porque no paraba de hacer preguntas sobre un oficial llamado Irving o Washington y porque desde el segundo día se negó a censurar cartas. Le parecían demasiado aburridas.

Era una buena sala, una de las mejores que habían ocupado Yossarian y Dunbar. En aquella ocasión se encontraba con ellos el capitán de cazabombarderos de veinticuatro años y ralo bigote rubio que había sido derribado en el Adriático en lo más crudo del invierno sin coger ni un resfriado. Ahora que estaban en pleno verano y que no lo habían derribado, el capitán aseguraba que tenía gripe. En la cama situada a la derecha de Yossarian, cariñosamente tumbado sobre la tripa, continuaba el asustadizo capitán con malaria en la sangre y una picadura de mosquito en el culo. Al otro lado del pasillo, enfrente de Yossarian y junto a Dunbar, estaba el capitán de artillería con el que aquél había dejado de jugar al ajedrez. El capitán era buen jugador y las partidas siempre resultaban interesantes. Yossarian había dejado de jugar con él porque las partidas tenían tanto interés que resultaban estúpidas. También estaba allí el texano de Texas, muy culto y con aspecto de personaje en tecnicolor, que defendía la patriótica idea de que a las personas con recursos económicos —a la gente como Dios manda— había que concederles más votos que a los vagabundos, las putas, los delincuentes, los ateos, los degenerados y demás personas de mal vivir, es decir, la gente sin recursos.

Yossarian estaba encadenando ritmos en las cartas el día que llevaron al texano, otro día tranquilo, caluroso, sosegado. El calor caía pesadamente sobre el tejado y sofocaba el ruido. Dunbar yacía inmóvil, boca arriba, con los ojos fijos en el techo, como los de una muñeca. Ponía todo su empeño en prolongar su vida, cultivando el aburrimiento. Era tal el empeño que ponía en prolongar su vida que Yossarian creyó que estaba muerto. Colocaron al texano en una cama, en el centro de la sala, y no tardó mucho en obsequiarles con sus opiniones.

Dunbar se incorporó bruscamente.

—¡Exacto! —exclamó atropelladamente—. Siempre he sabido que faltaba algo, y acabo de descubrirlo. —Se golpeó la palma de la mano con el puño—. Lo que falta es patriotismo.

—¡Tienes razón! —gritó a su vez Yossarian—. Tienes pero que muchísima razón. Los perritos calientes, los Dodger de Brooklyn, la tarta de manzana casera: por eso luchamos todos. Pero ¿quién lucha por la gente como Dios manda? No hay patriotismo, eso es lo que pasa. Y tampoco matriotismo.

El suboficial situado a la izquierda de Yossarian continuó impávido.

—¿Y a quién demonios le importa todo eso? —dijo con voz cansina, y se puso de costado, con intención de dormir.

El texano resultó ser generoso, bondadoso y amable. Al cabo de tres días nadie lo aguantaba.

Un cosquilleante estremecimiento de hastío recorría la columna vertebral de los demás enfermos cada vez que él abría la boca, y todos lo rehuían, todos menos el soldado de blanco, que no tenía otra posibilidad. El soldado de blanco estaba cubierto de pies a cabeza de yeso y gasa. Tenía dos piernas inútiles y dos brazos igualmente inútiles. Lo habían metido de rondón en la sala una noche, y los enfermos no se enteraron de que estaba entre ellos hasta que se despertaron a la mañana siguiente y vieron las extrañas piernas izadas desde la altura de las caderas, los extraños brazos anclados en perpendicular, las cuatro extremidades extrañamente suspendidas en el aire gracias a los pesos de plomo que pendían, oscuros, sobre aquel ser que jamás se movía. Entre las vendas, en el hueco de ambos codos, se abrían unos labios de cremallera a través de los cuales le introducían un líquido transparente que salía de un recipiente también transparente. Del yeso de la entrepierna partía un silencioso tubo de zinc conectado a un delgado conducto de goma que recogía los residuos de sus riñones y los depositaba hábilmente en un frasco transparente con tapa que había en el suelo. Cuando el frasco del suelo estaba lleno, el que comunicaba con el brazo estaba vacío, y los dos se ponían en funcionamiento rápidamente para que el líquido volviera a entrar gota a gota en su cuerpo. Lo único que se veía del soldado de blanco era un agujero negro de bordes raídos encima de la boca.

Al soldado de blanco lo habían instalado junto al texano, y éste, sentado de costado en su cama, le hablaba durante toda la mañana y toda la tarde, comprensivo, con su acento sureño. Al texano no le importaba el hecho de que nunca obtuviera respuesta.

En la sala les tomaban la temperatura dos veces al día. A primera hora de la mañana y bien entrado el mediodía llegaba la enfermera Cramer con un frasco lleno de termómetros y recorría la sala de uno a otro extremo distribuyéndolos entre los pacientes. Con el soldado de blanco solucionaba el asunto metiéndole el termómetro en el agujero que tenía encima de la boca y apoyándolo sobre el borde inferior. Después volvía con el enfermo de la primera cama, le quitaba el termómetro, anotaba la temperatura, se dirigía a la cama siguiente y continuaba su recorrido. Una tarde, cuando ya había terminado la primera ronda y volvió por segunda vez con el soldado de blanco, miró el termómetro y descubrió que estaba muerto.

—Asesino —dijo Dunbar quedamente.

El texano lo miró con sonrisa de perplejidad.

—Criminal —añadió Yossarian.

—¿Se puede saber de qué estáis hablando? —preguntó el texano, nervioso.

—Tú lo has asesinado —respondió Dunbar.

—Tú lo has matado —corroboró Yossarian.

El texano se asustó.

—Estáis locos. Ni siquiera le he puesto la mano encima.

—Tú lo has asesinado —insistió Dunbar.

—He oído cómo lo matabas —dijo Yossarian.

—Lo has matado porque era negro —explicó Dunbar.

—¡Estáis locos! —exclamó el texano—. Aquí no permiten la entrada a los negros. Los llevan a una sala especial.

—El sargento lo coló aquí —dijo Dunbar.

—El sargento comunista —añadió Yossarian.

—Y tú lo sabías.

El suboficial que ocupaba la cama situada a la izquierda de la de Yossarian continuó impávido ante el incidente del soldado de blanco. Nada le impresionaba lo más mínimo y jamás hablaba salvo para expresar irritación.

El día antes de que Yossarian conociera al capellán hizo explosión una estufa del comedor y se incendió un extremo de la cocina. Aquella zona quedó invadida por un intenso calor. El fragor de las llamas y el crepitar de la madera incandescente llegaron a oídos de los hombres de la sala de Yossarian, situada a unos cien metros. El humo pasaba velozmente junto a las ventanas de cristales anaranjados. Al cabo de unos quince minutos aparecieron los camiones que estaban en el aeródromo para combatir el incendio. Durante media hora de frenesí nadie sabía a ciencia cierta cómo acabaría aquello, pero después los bomberos empezaron a dominar la situación. De repente se oyó el monótono ronroneo de los bombarderos que regresaban de una misión, y los bomberos tuvieron que enrollar las mangueras y regresar a toda velocidad al aeródromo, por si algún avión se estrellaba y se incendiaba. Los aparatos aterrizaron sin problemas, y en cuanto hubo tomado tierra el último, los bomberos dieron media vuelta y remontaron rápidamente la pendiente para reanudar la lucha contra el incencio del hospital. Cuando llegaron allí, las llamas se habían extinguido. Se habían apagado espontáneamente, expirado por completo sin necesidad de mojar ni una viga, y a los decepcionados bomberos no les quedó otra cosa que hacer más que beber café tibio y tratar de tirarse a las enfermeras.

El capellán llegó al día siguiente del incendio. Yossarian estaba expurgando cartas, en las que sólo conservaba las frases románticas, cuando el capellán se sentó en una silla entre las camas y le preguntó qué tal se encontraba. Se había colocado de lado, y los únicos distintivos que podía ver Yossarian eran los galones de capitán en el cuello de la camisa. Yossarian no tenía ni idea de quién era y pensó que se trataría de un médico o de un loco más.

—Bastante bien —contestó—. Me duele un poco el hígado y al parecer no hago de vientre como es debido, pero tengo que reconocer que me encuentro bastante bien.

—Me alegro —dijo el capellán.

—Sí —replicó Yossarian—. Yo también.

—Tenía intención de haber venido antes —explicó el capellán—, pero la verdad es que no me encontraba bien.

—Lo siento —dijo Yossarian.

—Un simple resfriado —se apresuró a añadir el capellán.

—Yo siempre tengo treinta y ocho de fiebre —añadió Yossarian con igual rapidez.

—Lo siento —dijo el capellán.

—Sí —convino Yossarian—. Yo también.

El capellán se movió, inquieto.

—¿Puedo hacer algo por usted? —preguntó al cabo de un rato.

—No, no. —Yossarian suspiró—. Supongo que los médicos están haciendo todo lo humanamente posible.

—No, no. —El capellán se sonrojó levemente—. No me refiero a eso, sino si quiere que le traiga cigarrillos... o libros... o chucherías...

—No, no —respondió Yossarian—. Gracias. Supongo que tengo todo lo que necesito, todo menos salud.

—Lo siento.

—Sí —replicó Yossarian—. Yo también.

El capellán volvió a agitarse en la silla. Miró a uno y otro lado varias veces, dirigió la mirada hacia el techo y luego la clavó en el suelo. Aspiró una profunda bocanada de aire.

—Recuerdos de parte del teniente Nately —dijo.

Yossarian lamentó que tuvieran un amigo común. Después de todo, parecía que existía una base sobre la que cimentar la conversación.

—¿Conoce al teniente Nately? —preguntó pesaroso.

—Sí, bastante bien.

—Está un poco chiflado, ¿no?

El capellán sonrió, apurado.

—No podría decirlo. Creo que no lo conozco tan bien como todo eso.

—Se lo aseguro. Está como una cabra.

Se hizo un silencio opresivo que el capellán rompió con una pregunta inesperada.

—Usted es el capitán Yossarian, ¿verdad?

—Nately no ha empezado bien en la vida. Es de buena familia.

—Perdone —insistió tímidamente el capellán—, pero a lo mejor estoy cometiendo un grave error. ¿Es usted el capitán Yossarian?

—Sí —admitió el capitán Yossarian—. Soy el capitán Yossarian.

—¿Del escuadrón 256?

—Del escuadrón de combate 256 —contestó Yossarian—. No sabía que hubiera más capitanes con ese apellido. Que yo sepa, yo soy el único capitán Yossarian que conozco. Que yo sepa, claro.

—Ya —dijo el capellán con tristeza.

—Es lo mismo que dos elevado a la octava potencia de combate —añadió Yossarian—. Se lo digo por si acaso está pensando en escribir un poema simbólico sobre nuestro escuadrón.

—No —musitó el capellán—. No estoy pensando en escribir un poema simbólico sobre su escuadrón.

Yossarian se enderezó bruscamente cuando advirtió la minúscula cruz de plata que llevaba el capellán en el otro pico del cuello de la camisa. Se quedó estupefacto, porque nunca había hablado con un capellán.

—¡Es usted capellán! —exclamó extasiado.

—Pues sí —replicó el capellán—. ¿No lo sabía?

—Pues no. No lo sabía. —Yossarian se le quedó mirando fascinado, con una amplia sonrisa—. Es que nunca había visto a un capellán.

El capellán volvió a ponerse colorado y clavó los ojos en sus manos.

Era un hombre delgado de unos treinta y dos años, con el pelo castaño y medrosos ojos pardos. Tenía una cara alargada y bastante pálida. Un inocente racimo de antiguas marcas de espinillas asomaba en la concavidad de ambas mejillas. Yossarian deseaba ayudarlo.

—¿Puedo hacer algo para ayudarlo? —preguntó el capellán.

Yossarian negó con la cabeza, aún sonriendo.

—No, lo siento. Tengo todo cuanto necesito y estoy muy cómodo. Es más, ni siquiera estoy enfermo.

—Me alegro. —En cuanto el capellán hubo pronunciado estas palabras se arrepintió y apretó los nudillos contra la boca con una risita de preocupación, pero como Yossarian guardó silencio, se sintió decepcionado—. Tengo que ver a otros hombres del grupo —se disculpó—. Vendré por aquí otra vez, probablemente mañana.

—Sí, por favor —dijo Yossarian.

—Vendré sólo si usted quiere —dijo el capellán bajando la cabeza avergonzado—. He notado que muchos hombres se sienten incómodos conmigo.

Yossarian desbordaba de cariño.

—Quiero que venga —insistió—. Yo no me sentiré incómodo con usted.

El rostro del capellán resplandecía de gratitud, y miró discretamente un trozo de papel que llevaba oculto en la mano. Contó las camas de la sala, moviendo los labios, y después se fijó, dubitativo, en la de Dunbar.

—¿Podría preguntarle si aquél es el teniente Dunbar? —susurró.

—Sí —contestó Yossarian en voz alta—. Es el teniente Dunbar.

—Gracias —musitó el capellán—. Muchas gracias. Tengo que ir a verlo. Tengo que ver a todos los miembros del grupo que están en el hospital.

—¿Incluso a los de las otras salas? —preguntó Yossarian.

—Sí, incluso a los de las otras salas.

—Pues tenga cuidado, padre —le previno Yossarian—. Ahí es donde están ingresados los enfermos mentales.

—No tiene que llamarme padre —le aclaró el capellán—. Soy anabaptista.

—Se lo digo muy en serio —insistió Yossarian—. La policía militar no va a protegerlo, porque ellos son los que están más locos. Yo lo acompañaría, pero me da un miedo es-

19

pantoso. La locura es contagiosa. Ésta es la única sala normal del hospital. Todos menos nosotros están chiflados.

El capellán se levantó rápidamente y se alejó de la cama; después asintió con una sonrisa conciliadora y le prometió mantener una actitud cautelosa.

—Ahora tengo que ver al teniente Dunbar —dijo. Pero no acababa de marcharse y añadió, con cierto remordimiento—: ¿Qué tal? ¿Qué me dice de él?

—Es de lo mejorcito que hay por aquí —le aseguró Yossarian—. Un verdadero señor. Es uno de los hombres menos trabajadores que he conocido.

—No me refería a eso —replicó el capellán en un susurro—, sino a si está muy enfermo.

—No, no mucho. Más bien no está enfermo en absoluto.

—Me alegro.

El capellán suspiró aliviado.

—Sí —convino Yossarian—. Yo también.

—Un capellán —dijo Dunbar cuando se marchó el capellán—. ¿Lo habéis visto? Un capellán.

—¿No es un cielo? —preguntó Yossarian—. Quizá deberían concederle tres votos.

—¿Quiénes? —preguntó Dunbar, receloso.

Instalado en una cama de la pequeña sección privada al final de la sala, trabajando sin cesar tras el tabique verde de madera chapada, se encontraba el ampuloso coronel cuarentón a quien iba a ver todos los días una mujer amable, de expresión dulce, con el pelo rizado, rubio ceniza, que no era ni enfermera ni auxiliar femenino del ejército ni una chica de la Cruz Roja, y que, no obstante, se presentaba puntualmente todas las tardes en el hospital de Pianosa vestida con bonitos trajes veraniegos en tonos pastel, muy elegantes, y zapatos de cuero blanco de medio tacón hasta los que bajaban las costuras de las medias de nailon, siempre impecablemente derechas. El coronel estaba en Comunicaciones y se pasaba los días y las noches transmitiendo viscosos mensajes del interior de su cuerpo a cuadrados de gasa que cerraba meticulosamente y entregaba a un cubo blanco con tapa que había en la mesilla, junto a la cama. El coronel era una auténtica monada. Tenía la boca cavernosa, mejillas igualmente cavernosas y unos ojos tristes y hundidos, como enmohecidos. Su rostro había adquirido un tinte de plata oscurecida. Tosía queda, cautelosamente, y se daba golpecitos con las gasas en los labios con un gesto de asco que se había convertido en algo automático.

El coronel vivía en medio de un torbellino de especialistas cuya especialidad consistía en averiguar la naturaleza de su dolencia. Le aplicaban rayos de luz en los ojos para comprobar si veía, le clavaban agujas en los nervios para saber si sentía algo. Tenía a su disposición un alergólogo para la alergia, un linfólogo para la linfa, un reumatólogo para el reúma, un psiquiatra para la psique, un dermatólogo para la derma y, por si fuera poco, un neurólogo para sus neuras, un traumatólogo para sus traumas y un cetólogo calvo y pedante del departamento de zoología de la Universidad de Harvard a quien un ánodo defectuoso de una IBM había desterrado cruelmente a los servicios sanitarios y que dedicaba sus visitas a intentar discutir sobre *Moby Dick* con el coronel moribundo.

Lo cierto es que habían investigado la enfermedad del coronel muy a fondo. No había un solo órgano de su cuerpo que no hubieran medicado y atacado, que no hubieran dragado y limpiado, manipulado y radiografiado, suprimido y sustituido. Pulcra, esbelta y erguida, la mujer lo acariciaba con frecuencia mientras estaba sentada junto a su cama, epítome majestuoso del dolor cada vez que sonreía. El coronel era alto, delgado y cargado de espaldas. Cuando se levantaba y echaba a andar, se encorvaba aún más, formando con el cuerpo una profunda cavidad, y movía los pies con sumo cuidado, avanzando centímetro a centímetro desde las rodillas para abajo. Tenía bolsas de color violeta debajo de los ojos. La mujer hablaba con suavidad, en un tono mucho más suave que las toses del coronel, y ninguno de los pacientes oyó jamás su voz.

En menos de diez días el texano vació la sala. El primero en largarse fue el capitán de artillería, y después comenzó el éxodo. Dunbar, Yossarian y el capitán de cazabombarderos se marcharon la misma mañana. Dunbar dejó de sufrir mareos, y el capitán de cazabombarderos logró sonarse la nariz. Yossarian les dijo a los médicos que se le había quitado el dolor de hígado. Así de sencillo. Huyó incluso el suboficial. En menos de diez días, el texano obligó a todos a volver a sus puestos; a todos menos al agente del CID, a quien el capitán de cazabombarderos le había contagiado el resfriado, que degeneró en neumonía.

2

CLEVINGER

En cierto modo, el agente del CID tuvo suerte, porque fuera del hospital continuaba la guerra. Los hombres se volvían locos y en recompensa les concedían medallas. En el mundo entero, a uno y otro lado de la línea de fuego, los chicos entregaban sus vidas por algo que, según les habían contado, era su patria. A nadie parecía importarle, y menos que a nadie a los chicos que entregaban sus jóvenes vidas. No se vislumbraba el final. El único final que se vislumbraba era el del propio Yossarian, que se habría quedado en el hospital hasta el día del Juicio de no haber sido por aquel patriótico texano de mandíbula infundibuliforme y sonrisa empalagosa, irritante, que se abría indestructible en su rostro como el borde de un sombrero negro de vaquero. El texano deseaba que todos los ocupantes de la sala estuvieran contentos, salvo Yossarian y Dunbar. Lo cierto es que estaba muy enfermo.

Pero Yossarian no podía estar contento, ni aunque el tejano no lo quisiera, porque fuera del hospital seguía sin suceder nada divertido. Lo único que pasaba era que la guerra continuaba, y nadie parecía darse cuenta a excepción de Yossarian y Dunbar. Y cuando Yossarian trataba de recordárselo a los demás, todos se apartaban de él pensando que estaba loco. Incluso Clevinger, que debería haber sido más sensato, le dijo que estaba loco la última vez que se vieron, antes de que Yossarian se refugiara en el hospital.

Clevinger se le quedó mirando con ira e indignación de apoplético, sujetando la mesa con fuerza, y le gritó:

—¡Estás loco!

—Clevinger, ¿qué esperas tú de la gente? —replicó Dunbar en tono cansino, alzando la voz para hacerse oír entre los ruidos del salón de oficiales.

—No lo digo en broma —insistió Clevinger.

—Están intentando matarme —le explicó Yossarian con tranquilidad.

—¡Nadie está intentando matarte! —vociferó Clevinger.

—Entonces, ¿por qué me disparan? —preguntó Yossarian.

—Disparan contra todo el mundo. Quieren matar a todo el mundo.

—¿Y eso qué tiene que ver?

Clevinger estaba a punto de perder los estribos, emocionado, con medio cuerpo fuera de la silla, los ojos húmedos y los labios pálidos y temblorosos. Como le ocurría siempre que se peleaba por alguna cuestión de principios en la que creía apasionadamente, acabaría jadeante, parpadeando para contener las amargas lágrimas de la convicción. Eran muchos los principios en los que Clevinger creía apasionadamente. Estaba loco.

—Además, ¿a quién te refieres? ¿Quiénes son en concreto los que crees que están intentando matarte?

—Todos ellos —contestó Yossarian.

—¿Quiénes?

—¿Tú quiénes crees?

—No tengo ni idea.

—Entonces, ¿cómo sabes que no es verdad?

—Porque... —balbuceó Clevinger, y se calló, incapaz de continuar, frustrado.

Clevinger estaba convencido de que tenía razón, pero Yossarian podía demostrar su argumento, porque una serie de desconocidos le disparaba con cañones cada vez que volaba en su avión para lanzarles bombas, y no tenía ninguna gracia. Y si aquello no tenía ninguna gracia, había muchas otras cosas que le hacían menos gracia todavía. Por ejemplo, vivir como un gitano en una tienda de campaña, en Pianosa, entre unas montañas enormes por detrás y un plácido mar azul por delante que podía tragarse a cualquiera que sufriera un calambre en un abrir y cerrar de ojos y transportarlo hasta la orilla tres días después, con todos los gastos cubiertos, hinchado, azul y pútrido, con el agua saliendo a chorros por las frías fosas nasales.

La tienda en la que vivía lindaba con la barrera de la arboleda descolorida y apaisada que separaba su escuadrón del de Dunbar. Junto a ella discurría el foso de las vías de ferrocarril abandonadas por el que se deslizaba la tubería que llevaba la gasolina hasta los camiones cisterna del campo de aviación. Gracias a Orr, su compañero, era la tienda más lujosa del escuadrón. Cada vez que Yossarian volvía de unas vacaciones en el hospital o de un permiso en Roma, recibía la sorpresa de una nueva comodidad que Orr había instalado durante su ausencia: agua corriente, una chimenea de leña, suelo de cemento. Yossarian había elegido el emplazamiento, y después Orr y él levantaron la tienda juntos. Orr, un pigmeo sonriente con alas de piloto y abundante pelo castaño y ondulado con raya en medio, proporcionaba los conocimientos teóricos, mientras que Yossarian, más alto, más fuerte y más rápido, se encargaba de llevarlos a la práctica. En la tienda sólo vivían ellos dos, a pesar de que tenía capacidad para seis personas. Cuando llegó el verano, Orr enrolló los laterales para que la inexistente brisa arrastrara el aire viciado del interior.

Al lado de Yossarian vivía Havermeyer, al que le gustaban los cacahuetes tostados y ocupaba una tienda de dos plazas en la que todas las noches disparaba contra los minúsculos ratones de campo con las enormes balas del revólver del 45 que le había robado al muerto de la tienda de Yossarian. Junto a la de Havermeyer se encontraba la tienda que McWatt ya no compartía con Clevinger, que aún no había regresado cuando Yossarian salió del hospital. La compartía con Nately, que había ido a Roma a cortejar a la aletargada puta que estaba harta de su profesión y de él y de la que se había enamorado perdidamente. McWatt estaba loco. Era piloto y siempre que podía volaba sobre la tienda de Yossarian lo más bajo que se atrevía, para comprobar hasta qué punto lo asustaba. Además, le encantaba pasar en vuelo rasante, con un terrible rugido, sobre la balsa de madera que flotaba sobre bidones de gasolina vacíos situada junto al banco de arena de la playa inmaculadamente blanca a la que los soldados iban a nadar desnudos. Compartir tienda con un loco no resultaba fácil, pero a Nately le daba igual. Él también estaba loco, y todos sus días libres había ido a trabajar en el club de oficiales que Yossarian no había ayudado a construir.

En realidad, existían muchos clubes de oficiales que Yossarian no había ayudado a construir, pero se sentía especialmente orgulloso del de Pianosa. Constituía un sólido y complejo homenaje a su capacidad de decisión. Yossarian no fue allí a echar una mano hasta que estuvo acabado; después acudió con frecuencia, tal era su satisfacción por aquel edificio grande, bonito, irregular, con pavimento de guijarros. Era realmente una construcción magnífica, y a Yossarian le invadía una enorme sensación de plenitud cada vez que lo miraba y pensaba que él no había contribuido en lo más mínimo a su realización.

Había cuatro hombres sentados juntos la última vez que Clevinger y él se llamaron loco mutuamente en el club de oficiales. Estaban al lado de la mesa de los dados en la que Appleby siempre ganaba. Appleby era tan bueno con los dados como jugando al pimpón y a todo lo demás. Todo lo que hacía le salía bien. Era un chico rubio de Iowa que creía en Dios, la Maternidad y el Modo de Vida Americano, sin pararse jamás a pensar en ello, y caía bien a cuantos lo conocían.

—Detesto a ese hijo de puta —gruñó Yossarian.

La discusión con Clevinger había empezado unos minutos antes, porque Yossarian no encontraba una ametralladora. Era una noche muy movida: el bar estaba lleno, y también la mesa de los dados y la de pimpón. Las personas a las que Yossarian quería ametrallar se encontraban en el bar cantando viejas canciones sentimentales que gustaban a todos menos a él. En lugar de ametrallarlos, clavó con fuerza el talón en la pelota de pimpón que había caído al suelo al golpearla con la pala uno de los oficiales que estaban jugando.

—¡Este Yossarian...! —exclamaron los dos oficiales al unísono, riendo y moviendo la cabeza al tiempo que sacaban otra pelota de la caja que había en la estantería.

—Este Yossarian... —repitió Yossarian.

—Yossarian —susurró Nately, suplicante.

—¿Ves a lo que me refiero? —preguntó Clevinger.

Los oficiales volvieron a reírse al oír a Yossarian imitándolos.

—¡Este Yossarian! —dijeron en voz más alta.

—Este Yossarian —repitió Yossarian como un eco.

—Yossarian, por favor —suplicó Nately.

—¿Ves a lo que me refiero? —insistió Clevinger—. Tiene reacciones agresivas y antisociales.

—¡Cállate de una vez! —le dijo Dunbar a Clevinger.

A Dunbar le caía bien Clevinger porque le aburría y lograba que el tiempo pasara más despacio.

—Appleby ni siquiera está aquí —observó Clevinger en tono triunfal, dirigiéndose a Yossarian.

—¿Y quién ha hablado de Appleby? —preguntó Yossarian.

—Tampoco está el coronel Cathcart.

—¿Y quién ha hablado del coronel Cathcart?

—Entonces, ¿a qué hijo de puta detestas?

—¿Qué hijo de puta está aquí?

—No pienso discutir contigo —concluyó Clevinger—. No sabes ni a quién odias.

—A quienquiera que esté intentando envenenarme —replicó Yossarian.

—Nadie quiere envenenarte.

—Ya han envenenado mi comida dos veces, ¿no? ¿No me pusieron veneno en la comida en Ferrara y durante el Gran Asedio de Bolonia?

—Pusieron veneno en la comida de todo el mundo —le explicó Clevinger.

—¿Y eso qué tiene que ver?

—¡Y ni siquiera era veneno! —exclamó acaloradamente Clevinger, tan vehemente como confundido.

Yossarian le explicó a Clevinger con sonrisa indulgente que, desde que él recordaba, siempre había habido alguien tramando su muerte. Ciertas personas le tenían afecto, y otras no, y éstas lo acosaban. Lo odiaban porque era asirio, pero no podían hacerle nada, añadió, porque tenía la cabeza sobre los hombros y era fuerte como un toro. No podían hacerle nada porque era al mismo tiempo Tarzán, el capitán Mandrágora y Flash Gordon. Era William Shakespeare. Era

Caín, Ulises, el Holandés Errante; era Lot en Sodoma, Deirdre de la Aflicción, Sweeney en los ruiseñores entre árboles. Era el mágico elemento Z-247. Era...

—¡Un loco! —lo interrumpió Clevinger, gritando—. Eso es lo que eres. ¡Un loco de remate!

—... inconmensurable. Soy una verdadera maravilla, un portento, un prodigio de bondad. Un suprahombre.

—¡Un superhombre! —exclamó Clevinger—. ¡Un superhombre!

—Un suprahombre —le corrigió Yossarian.

—¡Venga, ya está bien, muchachos! —les rogó Nately, abochornado—. Nos está mirando todo el mundo.

—¡Estás loco! —gritó Clevinger con fuerza, los ojos llenos de lágrimas—. Tienes complejo de Jehová.

—Yo pienso que todos somos Nataniel.

Clevinger se detuvo en mitad de la letanía, suspicaz.

—¿Quién es Nataniel?

—¿Nataniel qué? —preguntó Yossarian con inocencia.

Clevinger soslayó hábilmente la trampa.

—Tú piensas que todos somos Jehová. No eres mejor que Raskolnikov.

—¿Quién?

—... sí, Raskolnikov, el que...

—¡Raskolnikov!

—... el que, y lo digo en serio, el que creía que podía justificar el asesinato de una anciana...

—¿No soy mejor que él?

—... no, sí, justificar... ¡con un hacha! ¡Y puedo demostrártelo!

Jadeando como un poseso, Clevinger enumeró los síntomas de Yossarian: la convicción sin fundamento de que cuantos lo rodeaban estaban locos, una tendencia homicida a ametrallar a los desconocidos, falsificación retrospectiva, la sospecha, sin base alguna, de que la gente lo odiaba y conspiraba para matarlo.

Pero Yossarian sabía que tenía razón, porque, tal y como le explicó a Clevinger, nunca se había equivocado, que él supiera. Dondequiera que mirase encontraba un chiflado, y lo único que podía hacer un caballero joven y sensato como él era defender sus opiniones en medio de tanta locura. Y era una tarea urgente, porque sabía que su vida corría peligro.

Al volver al escuadrón después de su estancia en el hospital, Yossarian observaba a todo el mundo con suma precaución. Milo también estaba fuera, en Esmirna, para la cosecha de higos. El comedor funcionaba perfectamente en ausencia de Milo. Yossarian reaccionaba vorazmente ante el penetrante aroma del cordero condimentado con especias, incluso cuando iba en la ambulancia traqueteando por la carretera llena de baches que se extendía, como una liga rota, entre el hospital y el escuadrón. Servían *shish-kebab* en el almuerzo, trozos enormes y sabrosos de carne asada que chisporroteaban como demonios sobre la parrilla tras haberse macerado durante setenta y dos horas en una salsa de fórmula secreta que Milo le había robado a un mercader jorobado del Levante, acompañados de arroz iraní y puntas de espárragos parmesanos; después, pastel de cerezas de postre y por último café humeante con Benedictine y coñac. Servían las raciones gigantescas, sobre manteles de damasco, los camareros italianos que el comandante... de Coverley había secuestrado en el continente y le había entregado a Milo.

Yossarian se atiborró en el comedor hasta tal punto que pensó que iba a reventar y echó a andar arrastrando los pies, sumido en un sopor de satisfacción, con la boca recubierta por una capa de suculentos residuos. Ninguno de los oficiales del escuadrón había comido tan bien como en el comedor que dirigía Milo, y Yossarian pensó durante unos segundos si aquello no lo compensaría de todo lo demás. Pero de repente eructó y recordó que estaban intentando matarlo, y traspasó la puerta a toda velocidad para ir en busca del doctor Danika y que le retirase del servicio. Lo encontró sentado al sol en un taburete alto, junto a su tienda.

—Cincuenta misiones —le dijo el doctor Danika, negando con la cabeza—. El coronel quiere cincuenta misiones.

—¡Pero yo sólo tengo cuarenta y cuatro!

El doctor Danika no se inmutó. Era un hombre triste, con aspecto de pájaro, la cara en forma de espátula, muy pálida, y los rasgos afilados de una ratita presumida.

—Cincuenta misiones —repitió, negando aún con la cabeza—. El coronel quiere cincuenta misiones.

3

HAVERMEYER

Cuando Yossarian volvió del hospital no había nadie en su tienda, salvo Orr y el muerto. El muerto de la tienda de Yossarian era un engorro y a Yossarian le caía fatal, a pesar de no haberlo visto nunca. Tenerlo allí todo el día le molestaba tanto que había ido varias veces a la sala de instrucciones a quejarse al sargento Towser, que se negaba a admitir incluso que dicho hombre existiera, cosa que, naturalmente, había dejado de hacer. Le resultó aun más frustrante acudir al comandante Coronel, el larguirucho y huesudo comandante del escuadrón que se parecía un poquito a un Henry Fonda angustiado y que saltaba por la ventana de su despacho cada vez que Yossarian atropellaba al sargento Towser para intentar hablar con él. Sencillamente, no era tarea fácil convivir con el muerto de la tienda de Yossarian. Le irritaba incluso a Orr, con el que tampoco resultaba fácil convivir y que, el día que regresó Yossarian, estaba enredando con la válvula de la gasolina de la estufa que había empezado a construir mientras Yossarian estaba en el hospital.

—¿Qué haces? —le preguntó Yossarian cautelosamente al entrar en la tienda, aunque vio en seguida de qué se trataba.

—Hay un escape —contestó Orr—. Estoy intentando arreglarlo.

—Haz el favor de dejarlo —le dijo Yossarian—. Me pones nervioso.

—Cuando era pequeño —replicó Orr—, siempre llevaba manzanas silvestres dentro de la boca. Una en cada carrillo.

Yossarian dejó la mochila de la que había empezado a sacar sus objetos de aseo y se puso a la defensiva, suspicaz. Transcurrió un minuto.

—¿Por qué? —se vio obligado a preguntar.

Orr rió entre dientes, triunfal.

—Porque son mejores que las castañas de Indias —dijo.

Orr estaba arrodillado en el suelo de la tienda. Trabajaba sin pausa: desmontó la llave, extendió cuidadosamente todas las piezas, las contó y las examinó una a una interminablemente, como si nunca hubiera visto nada parecido, y a continuación volvió a ensamblarlas una y otra vez, sin perder ni la paciencia ni el interés, sin el menor signo de fatiga, sin la mínima indicación de que fuera a acabar jamás. Yossarian observaba sus movimientos y tuvo la certeza de que sentiría la tentación de asesinarlo a sangre fría si no terminaba. Su mirada se posó en el cuchillo de monte del muerto, que habían colgado el día de su llegada en la barra del mosquitero, junto a la pistolera de cuero vacía de la que Havermeyer había robado el revólver, también propiedad del muerto.

—Cuando no encontraba manzanas silvestres —prosiguió Orr—, me ponía castañas de Indias. Tienen más o menos el mismo tamaño y mejor forma, aunque la forma no importa tanto.

—¿Y por qué te metías manzanas silvestres en la boca? —volvió a preguntar Yossarian—. Eso es lo que te he preguntado.

—Porque tienen una forma mejor que las castañas de Indias —contestó Orr—. Acabo de decírtelo.

—Me cago en diez, hijo de puta descastado, mecánico de mierda, ¿por qué te pasabas todo el día con cualquier cosa en la boca? —le gritó Yossarian con expresión indulgente.

—No me metía cualquier cosa en la boca —respondió Orr—. Me metía manzanas silvestres. Cuando no las encontraba, me ponía castañas de Indias, en la boca, a la altura de los carrillos.

Orr soltó una risita. Yossarian decidió cerrar la boca y mantuvo su decisión. Orr se quedó esperando. Yossarian se quedó esperando aún más tiempo.

—Una en cada carrillo —dijo Orr.

—¿Por qué?

Orr dio un respingo.

—¿Por qué qué?

Yossarian movió la cabeza, sonriendo, y se negó a contestar.

—Esta válvula tiene algo raro —reflexionó Orr en voz alta.

—¿Qué le pasa?

—Es que yo quería...

Yossarian lo sabía:

—¡Dios mío! ¿Qué querías?

—... tener carrillos sonrosados como manzanas.

—¿... carrillos sonrosados como manzanas? —repitió Yossarian.

—Quería carrillos sonrosados como manzanas —insistió Orr—. Desde muy pequeño quise tener carrillos sonrosados como manzanas, y decidí hacer todos los esfuerzos necesarios para conseguirlo. Y te juro por Dios que hice todo lo posible para conseguirlo. ¿Sabes cómo? Llevando todo el día

manzanas silvestres en la boca, a la altura de los carrillos.
—Volvió a sofocar una risita—. Una en cada carrillo.

—¿Por qué querías tener carrillos sonrosados como manzanas?

—No quería tener carrillos sonrosados como manzanas —objetó Orr—. Quería tener carrillos grandes. El color no me importaba demasiado, pero sí el tamaño. Hice todo lo que estaba en mi mano, como esos chiflados que se pasan el día apretando pelotas de goma para fortalecer los brazos. Bueno, en realidad, yo era uno de esos chiflados. Me pasaba el día apretando pelotas de goma.

—¿Por qué?

—¿Por qué qué?

—¿Por qué te pasabas el día apretando pelotas de goma?

—Porque las pelotas de goma... —contestó Orr.

—¿... son mejores que las manzanas silvestres?

Orr se rió por lo bajo, moviendo la cabeza.

—Lo hacía para protegerme de las malas lenguas, por si alguien me veía con las manzanas en la boca. Si llevaba pelotas de goma en la mano, podía negar lo de las manzanas en la boca. Cuando alguien me preguntaba por qué llevaba manzanas en la boca, abría las manos y le demostraba que eran pelotas de goma, no manzanas, y que las llevaba en las manos, no en la boca. Funcionaba. Pero nunca sabía si los convencía o no, porque resulta muy difícil hacerse entender cuando hablas con dos manzanas dentro de la boca.

A Yossarian le resultaba muy difícil comprenderlo en aquel momento, y pensó una vez más si Orr no le estaría hablando con la punta de la lengua apoyada en una manzana.

Yossarian decidió no pronunciar ni una palabra más. Sería inútil. Conocía a Orr, y sabía que no existía la más remota posibilidad de averiguar por qué quería tener los carrillos grandes. Serviría de tanto preguntárselo como cuando le preguntó por qué lo golpeaba aquella puta con el zapato una mañana en el atestado pasillo de un hotel de Roma, ante la puerta abierta de la habitación que ocupaba la hermanita de la puta de Nately. Era una chica alta, robusta, con el pelo largo y venas de un azul incandescente que se agolpaban bajo su piel de color cacao allí donde la carne era más suave, y no paraba de soltar tacos y gritar y pegar saltos, descalza, mientras golpeaba a Orr en la coronilla con el afilado tacón del zapato. Ambos estaban desnudos y armaban tal escándalo que todos los inquilinos salieron al pasillo a mirar, cada pareja apostada en la puerta de una habitación, todos ellos desnudos a excepción de una vieja con delantal y jersey que chasqueaba la lengua con expresión de censura y un viejo libidinoso y decrépito que se reía a carcajadas casi con avidez, con aires de superioridad. La chica gritaba y Orr emitía risitas sofocadas. Cada vez que le acertaba con el tacón del zapato, Orr reía más fuerte, ella se enfurecía aún más y pegaba un salto para darle de lleno en la cocorota. Sus pechos prodigiosamente abultados se empinaban y ondeaban como pendones al viento y sus nalgas y sus fuertes muslos se bamboleaban, superabundantes, zas, zas, zas, de acá para allá. Siguió gritando y Orr carcajeándose como un imbécil hasta el momento en que, con otro chillido, le dejó medio inconsciente de un certero taconazo en una sien a consecuencia del cual tuvieron que trasladarlo al hospital en una camilla, con un agujero no demasiado profundo en la cabeza y una ligera conmoción que lo mantuvieron fuera de combate durante doce días.

Nadie logró averiguar lo que había ocurrido, ni siquiera el viejo que se desternillaba de risa ni la vieja que chasqueaba la lengua, personas que disfrutaban de una posición privilegiada para enterarse de cuanto ocurría en aquel inmenso burdel de múltiples alcobas a ambos lados de los estrechos pasillos que se bifurcaban desde el espacioso salón con ventanas siempre cerradas y una sola lámpara. A partir de aquel día, cada vez que la chica veía a Orr se levantaba las faldas que cubrían sus ceñidas bragas blancas y, entre burlas soeces, adelantaba hacia él su vientre redondo y firme, lo insultaba despectivamente y soltaba una estruendosa carcajada al oír su asustada risita y verlo refugiarse detrás de Yossarian. Lo que Orr hubiera hecho, tratado o dejado de hacer tras la puerta cerrada de la habitación que ocupaba la hermana pequeña de la puta de Nately seguía constituyendo un secreto. La chica no quiso contárselo a la puta de Nately ni a ninguna de las demás putas, y tampoco a Nately ni a Yossarian. Orr podría haberlo contado, pero Yossarian había decidido no insistir.

—¿Quieres saber por qué quería tener carrillos grandes? —le preguntó Orr.

Yossarian mantuvo la boca cerrada.

—¿Te acuerdas de aquel día en Roma, cuando esa chica que no te soporta me pegó en la cabeza con el tacón del zapato? —dijo Orr—. ¿Quieres saber por qué me pegó?

Era imposible imaginar qué podía haber hecho para que la chica se enfadase hasta el extremo de molerle la cabeza a golpes durante quince o veinte minutos, pero no lo suficiente como para agarrarlo por los tobillos y estamparlo contra el suelo. Desde luego, era lo suficientemente alta y Orr, lo suficientemente bajo. Orr tenía dientes de caballo y ojos saltones que le iban bien a sus grandes carrillos, y era aún más pequeñajo que el joven Huple, que vivía al otro lado de las vías del tren, en una tienda situada en la zona administrativa en la que Joe *el Hambriento* se pasaba las noches gritando en sueños.

La zona administrativa en la que Joe *el Hambriento* había colocado su tienda por error se encontraba en el centro del escuadrón, entre la zanja, con las vías oxidadas, y la carretera inclinada, de un negro bituminoso. Los soldados podían ligar con chicas en aquella carretera si les prometían llevarlas a donde quisieran ir; chicas jóvenes, entradas en carnes, amables, sonrientes y melladas con las que se apartaban de la carretera para tirárselas entre la hierba, cosa que Yossarian hacía siempre que podía, si bien con mucha menos frecuencia de lo que se lo pedía Joe *el Hambriento*, que podía encontrar un todoterreno pero no sabía conducir. Las tiendas de los soldados se alzaban al otro lado de la carretera, junto al cine al aire libre en el que, para cotidiana diversión de los moribundos, se enfrentaban ejércitos de ignorantes en una pantalla desmontable, y al que acudió otra compañía de USO* aquella misma tarde.

Quien enviaba a aquellas compañías era el general P. P. Peckem, que se había trasladado a Roma y no tenía nada mejor que hacer mientras conspiraba contra el general Dreedle. El general Peckem era un militar en el que la pulcritud contaba por encima de todo. Era un hombre vivaz, afable y conciso que conocía la circunferencia del ecuador y siempre escribía «acrecentar» en lugar de «aumentar». Era un cerdo, y nadie lo sabía mejor que el general Dreedle, al que había encolerizado la última orden dictada por el general Peckem, según la cual había que instalar todas las tiendas del teatro de operaciones del Mediterráneo siguiendo líneas paralelas, con la entrada orientada orgullosamente hacia el monumento de Washington. Al general Dreedle, que estaba al frente de una división de combate, le parecía una solemne majadería. Además, no era asunto del maldito general Peckem cómo se instalaran las tiendas del ala del general Dre-

---

* USO: Siglas correspondientes a United States Overseas (Estados Unidos en el Extranjero). *(N. de la T.)*

edle. Aquello desencadenó una delirante polémica jurisdiccional entre los dos jefazos que zanjó en favor del general Dreedle el ex soldado de primera Wintergreen, destinado en la sección de correos del Cuartel General de la 27.ª Fuerza Aérea. Wintergreen decidió el resultado del litigio al tirar todos los comunicados del general Peckem a la papelera. Le parecían excesivamente prolijos. Al soldado le gustaban los puntos de vista del general Dreedle, expresados en un estilo literario menos pretencioso, y los despachaba con rapidez, observando celosamente el reglamento. El general Dreedle obtuvo la victoria por rebeldía.

Para recuperar el prestigio que había perdido, el general Peckem empezó a enviar más compañías de USO que nunca, y asignó al coronel Cargill la responsabilidad de despertar entusiasmo ante sus actuaciones.

Pero en el grupo de Yossarian no había el menor entusiasmo. En el grupo de Yossarian había únicamente un número creciente de soldados y oficiales que acudían solemnemente a ver al sargento Towser, varias veces al día, para preguntar si habían llegado las órdenes que les permitirían volver a casa. Eran hombres que habían terminado las cincuenta misiones requeridas. Había más que cuando Yossarian ingresó en el hospital, y seguían esperando. Se mordían las uñas de pura desesperación. Resultaban grotescos, como jóvenes inútiles en una depresión. Iban para atrás, como los cangrejos. Esperaban las órdenes para volver a casa, a la seguridad, que tenían que llegar del Cuartel General de las Fuerzas Aéreas de Italia, y durante la espera no tenían nada que hacer, salvo morderse las uñas de pura desesperación y acudir solemnemente al despacho del sargento Towser varias veces al día para preguntar si había llegado la orden que les permitiría volver a casa, a la seguridad.

Estaban metidos en una carrera contrarreloj y lo sabían,

porque sabían por amarga experiencia que el coronel Cathcart podía aumentar otra vez el número de misiones en cualquier momento. No tenían nada mejor que hacer que esperar. Sólo Joe *el Hambriento* tenía algo mejor que hacer cuando terminaba sus misiones. Tenía pesadillas en las que gritaba, y siempre ganaba los combates de boxeo con el gato de Huple. Se llevaba la cámara fotográfica a la primera fila en todas las actuaciones de USO e intentaba sacar fotografías de lo que ocultaba la falda de la cantante de pelo amarillo con dos buenas peras que llevaba un vestido de lentejuelas que siempre parecía a punto de reventar. Nunca le salían.

El coronel Cargill, mediador del general Peckem, era un hombre enérgico, rubicundo. Antes de la guerra era un ejecutivo astuto, agresivo y dinámico. El coronel Cargill era un ejecutivo malísimo, tanto que sus servicios eran muy estimados por las empresas deseosas de sufrir pérdidas económicas con el fin de evadir al fisco. En todo el mundo civilizado desde Battery Park hasta Fulton Street, disfrutaba de gran fama como hombre en el que se podía confiar para amortizar rápidamente los impuestos. Cobraba muy caro, porque muchas veces el desastre no sobrevenía fácilmente. Tenía que empezar por arriba y continuar laboriosamente hasta abajo, y con sus amigos de Washington perder dinero no era tarea sencilla. Llevaba meses enteros de esfuerzos y de mala organización bien planeada. Una persona lo desarticulaba todo, lo desbarataba, descuidaba hasta el último detalle y, precisamente cuando pensaba que lo había logrado, el gobierno le daba un bosque o un lago o unos pozos de petróleo y le estropeaba todo. A pesar de tantos obstáculos, se sabía que el coronel Cargill era capaz de destrozar el negocio más próspero. Era un hombre que lo había conseguido todo por sí solo y que no le debía a nadie su fracaso.

—¡Atención! —empezó a decir el coronel Cargill ante el

escuadrón de Yossarian, midiendo las pausas—. Son ustedes oficiales norteamericanos. No pueden decir lo mismo los oficiales de ningún otro ejército del mundo. Piénsenlo un poco.

El sargento Knight lo pensó un poco y después, con suma corrección, puso en conocimiento del coronel Cargill que se estaba dirigiendo a la tropa y que los oficiales lo esperaban en el otro extremo del escuadrón. El coronel Cargill le dio las gracias secamente y se dirigió hacia allí a grandes zancadas, resplandeciente de satisfacción consigo mismo. Lo enorgullecía comprobar que los veintinueve meses de servicio no habían embotado su talento para la ineptitud.

—¡Atención! —Así inició el discurso dirigido a los oficiales, midiendo las pausas—. Son ustedes oficiales norteamericanos. No pueden decir lo mismo los oficiales de ningún otro ejército del mundo. Piénsenlo un poco. —Dejó pasar unos momentos para que lo pensaran—. ¡Estas personas son sus invitados! —gritó de repente—. Han recorrido más de mil quinientos kilómetros para entretenerlos. ¿Cómo se sentirán si nadie quiere ir a verlos? ¿Cómo quedará su moral? Ojo, no es que quiera meterme donde no me llaman, pero esa chica que va a tocar hoy el acordeón tiene edad suficiente para ser madre. ¿Cómo se sentirían ustedes si su madre recorriera más de mil quinientos kilómetros para tocar el acordeón ante unos hombres que no quieren escucharla? ¿Cómo se sentiría ese niño cuya madre podría ser la acordeonista cuando creciera y se enterara de lo ocurrido? Todos conocemos la respuesta. Pero no me interpreten mal. Se trata de algo voluntario, naturalmente. Yo sería el último coronel en el mundo que les ordenara que asistieran al espectáculo y se divirtieran, pero quiero que todos los que no estén tan enfermos como para ingresar en el hospital vayan a ese espectáculo ahora mismo y se diviertan. ¡Es una orden!

Yossarian se sentía casi lo suficientemente enfermo como

para volver al hospital, y aún más enfermo tras realizar otras tres misiones, cuando el doctor Danika volvió a mover la cabeza, melancólico, negándose a retirarle del servicio.

—¿Te crees que eres el único que tiene problemas? —le dijo el doctor Danika en tono de reproche—. ¿Y yo qué? Me pasé ocho años viviendo del aire mientras aprendía el oficio de médico. Después tuve que vivir a base de pienso para pollos hasta reunir suficiente clientela como para cubrir gastos. Y cuando el negocio empezaba a producir beneficios, van y me llaman a filas. No sé de qué te quejas.

El doctor Danika era amigo de Yossarian y no hacía nada que estuviera en su mano para ayudarle. Yossarian escuchó al doctor Danika con atención mientras éste le hablaba del coronel Cathcart, que quería ascender a general, del general Dreedle y de la enfermera del general Dreedle y de todos los demás generales del Cuartel General de la 27.ª Fuerza Aérea, que insistían en que se redujera a cuarenta el número de misiones de combate.

—¿Por qué no sonríes e intentas conformarte? —le aconsejó a Yossarian de mal humor—. Haz como Havermeyer.

Yossarian se estremeció ante la idea. Havermeyer era jefe de escuadrilla de bombardeo y jamás iniciaba una acción evasiva cuando se dirigía hacia el objetivo, por lo que aumentaba el peligro que corrían todos los hombres que volaban en la misma formación.

—Oye, Havermeyer, ¿por qué demonios nunca emprendes una acción evasiva? —le preguntaban enfurecidos después de cada misión.

—Vamos, chicos, dejad en paz al capitán Havermeyer —ordenaba el coronel Cathcart—. Es el mejor bombardero que tenemos, maldita sea.

Havermeyer sonreía, asentía y trataba de explicar que todas las noches, en su tienda, hacía dos incisiones cruzadas en el extremo de las balas con un cuchillo de monte antes de disparar contra los ratones de campo. Havermeyer era, efectivamente, el mejor bombardero que tenían, pero volaba en trayectoria horizontal desde el punto de partida hasta el objetivo, e incluso traspasaba éste, hasta que veía caer y estallar las bombas entre chorros de un naranja furioso que centelleaba bajo el palio arremolinado del humo y los escombros pulverizados que ascendían como un géiser formando enormes olas de gris y negro. Havermeyer mantenía a aquellos pobres mortales rígidos en sus seis aviones, inmóviles como patos de un tiro al blanco, mientras seguía el curso de las bombas por el morro de plexiglás con profundo interés y les concedía a los artilleros alemanes que había abajo todo el tiempo que necesitaban para ajustar la mira, apuntar y apretar el gatillo o el botón o lo que demonios tuvieran que apretar cuando querían matar a alguien que no conocían.

Havermeyer era un capitán de escuadrilla que jamás fallaba. Yossarian era un capitán de escuadrilla al que habían degradado porque ya no le importaba errar o no. Había tomado la decisión de vivir para siempre o morir en el intento, y cada vez que subía al avión su única misión era bajar vivo.

Antes, a los hombres les encantaba volar detrás de Yossarian, que tenía por costumbre pasar sobre el objetivo en todas direcciones y a todas las alturas, ascender y bajar en picado, girar y retorcerse tan bruscamente que los pilotos de los otros cinco aviones apenas podían mantener la formación: se situaba en trayectoria horizontal sólo durante los dos o tres segundos que tardaban en caer las bombas para a continuación alejarse con un agonizante alarido de motores y desviarse con tal brusquedad, zigzagueando por entre la repugnante barrera de fuego antiaéreo, que los seis aparatos salían disparados por el cielo como las varillas de un abanico, todos y cada uno de ellos presa fácil para los cazabombarderos alemanes, cosa que a Yossarian le parecía muy bien, porque ya no quedaban cazabombarderos alemanes y cuando estallaba un avión prefería que no lo hiciera cerca del suyo. Únicamente cuando había dejado atrás todo el *Sturm und Drang* se colocaba el casco protector en la sudorosa coronilla con expresión cansina y dejaba de vociferar órdenes al encargado de los mandos, McWatt, que en tales ocasiones no encontraba nada mejor que hacer que preguntar dónde habían caído las bombas.

—Compartimento de bombas vacío —anunciaba el sargento Knight desde la parte trasera del aparato.

—¿Hemos destruido el puente? —preguntaba McWatt.

—No lo he visto, señor. Me he pasado todo el tiempo dando tumbos, y no he podido ver nada. Ahora está todo lleno de humo y tampoco veo nada.

—Eh, Aarfy, ¿han dado las bombas en el blanco?

—¿Qué blanco? —preguntaba el regordete navegante de Yossarian, el capitán Aardvaark, que fumaba en pipa, entre el revuelo de mapas que había organizado junto a Yossarian en el morro del aparato—. No creo que hayamos llegado al objetivo todavía. ¿O sí?

—¿Han dado las bombas en el blanco, Yossarian?

—¿Qué bombas? —replicaba Yossarian, a quien durante toda la operación sólo le había preocupado la artillería antiaérea.

—¡Pues al diablo con todo! —decía McWatt con voz cantarina.

A Yossarian le importaba tres pitos acertar o no en el blanco con tal de que lo hiciera Havermeyer o cualquiera de los demás jefes de escuadrilla y no tuvieran que regresar al mismo punto. De vez en cuando alguien se enfadaba tanto con Havermeyer que intentaba pegarle un puñetazo.

—Os he dicho que dejéis en paz al capitán Havermeyer, muchachos —les advertía colérico el coronel Cathcart—. He dicho que es el mejor bombardero que tenemos, maldita sea, ¿o no?

Havermeyer sonreía ante la intercesión del coronel y se metía otro cacahuete en la boca.

Havermeyer se había hecho todo un experto en la tarea de matar ratones de campo por las noches con el revólver que le había robado al muerto de la tienda de Yossarian. Ponía como cebo una barra de caramelo y esperaba acechante en la oscuridad con un dedo de la otra mano en el lazo del bramante que había tendido desde el marco del mosquitero hasta la cadena de la bombilla desnuda que colgaba del techo. El bramante estaba tenso como una cuerda de banjo, y el menor tirón lo hacía chasquear y cegar a la trémula presa con un haz de luz. Havermeyer reía entre dientes al ver al diminuto roedor aterrorizado que giraba los ojos buscando frenéticamente al agresor. Havermeyer esperaba hasta que la mirada del animal se encontraba con la suya y se reía más fuerte al tiempo que apretaba el gatillo, desparramando el maloliente cuerpo peludo por toda la tienda con un crujido reverberante y devolviendo su tímida alma a su Creador.

Una noche, ya bastante tarde, Havermeyer hizo fuego contra un ratón y Joe *el Hambriento* se abalanzó sobre él, descalzo, gritando como un poseso con su voz chillona y vaciando su revólver del 45 sobre la tienda de Havermeyer mientras bajaba por un lado del foso y después subía por el otro embistiendo como un toro. A continuación se perdió de vista en una de las trincheras que habían aparecido como por arte de magia junto a cada tienda la mañana después de que Milo Minderbinder bombardeara el escuadrón. Ocurrió justo antes del alba, un día durante el Gran Asedio de Bolonia, cuando los muertos sin habla poblaban las horas nocturnas como fantasmas vivientes y Joe *el Hambriento* estaba medio enloquecido porque había cumplido una vez más el número de misiones requeridas y aún no habían fijado la fecha de regreso a su país. Estaba balbuceando incoherencias cuando lo sacaron del húmedo fondo de la trinchera, musitando algo sobre serpientes, ratas y arañas. Los demás comprobaron sus palabras enfocando hacia allí las linternas. Dentro no había nada, salvo unos centímetros de agua de lluvia estancada.

—¿Lo veis? —gritó Havermeyer—. ¿No os lo había dicho? ¿No os había dicho que estaba loco?

4

EL DOCTOR DANIKA

Joe *el Hambriento* estaba loco y nadie lo sabía mejor que Yossarian, que se esforzó por ayudarlo. Joe *el Hambriento* no le hacía caso. No le hacía caso porque él tambien pensaba que Yossarian estaba loco.

—¿Por qué habría de hacerte caso? —le preguntó el doctor Danika a Yossarian sin levantar la mirada.

—Porque tiene problemas.

El doctor Danika resopló con desdén.

—¿Él tiene problemas? ¿Y yo? —dijo pausadamente, sonriendo con desprecio—. No es que me queje. Sé que estamos en guerra y que mucha gente tendrá que sufrir para que la ganemos. Pero ¿por qué he de ser yo uno de ellos? ¿Por qué no reclutan a algunos de esos médicos viejos que no hacen más que presumir en público sobre los muchos sacrificios que está dispuesto a realizar la clase médica? Yo no quiero hacer sacrificios, sino dinero.

El doctor Danika era un hombre muy pulcro y limpio para quien pasar un buen rato consistía en ponerse de mal humor. Tenía la piel oscura y una cara pequeña, saturnina, de expresión juiciosa, con lúgubres bolsas debajo de los ojos. Estaba obsesionado por su salud e iba casi a diario a la enfer-

mería a que le tomara la temperatura uno de los dos soldados que llevaban todo el peso del trabajo prácticamente ellos
solos, y con tal eficacia que el doctor Danika podía pasarse
todo el día sentado al sol con la nariz taponada, preguntándose por qué los demás se preocupaban tanto. Los soldados se llamaban Gus y Wes y habían logrado elevar la medicina a la categoría de ciencia exacta. Todos los hombres que
se encontraban de baja con una fiebre superior a los treinta y
nueve grados ingresaban rápidamente en el hospital. A quienes se encontraban en las mismas circunstancias pero con una
fiebre inferior a los treinta y nueve grados les pintaban los dedos de los pies y las encías con una solución violeta de genciana y les daban un laxante para que lo tiraran entre los arbustos; a todos menos a Yossarian. A los que estaban dados
de baja con una fiebre de treinta y ocho grados exactos les pedían que regresaran al cabo de una hora para tomarles la temperatura otra vez. Yossarian, con sus treinta y ocho grados y
unas décimas, podía ingresar en el hospital cuando se le antojara porque no les tenía miedo.

El sistema funcionaba a satisfacción de todos, especialmente del doctor Danika, que disponía del tiempo necesario
para vigilar al viejo comandante... de Coverley cuando jugaba a la herradura en su campo particular, aún con el parche transparente que el doctor Danika le había confeccionado con el trozo de celuloide que había robado de la ventana
del despacho del comandante Coronel unos meses antes,
cuando el comandante volvió de Roma con una herida en la
córnea tras haber alquilado dos pisos para que los ocuparan
los oficiales y soldados de permiso. El doctor Danika sólo
iba a la enfermería cuando empezaba a sentirse muy enfermo, todos los días, y entraba para que lo reconocieran Gus
y Wes. Nunca le encontraban nada fuera de lo normal. Siempre tenía una temperatura de treinta y seis grados, y a ellos

les parecía perfecto siempre que al doctor Danika no le importara. Pero al doctor Danika sí le importaba. Empezaba a perderles la confianza a Gus y Wes y a pensar en que volvieran a destinarlos al taller de mecánica, para sustituirlos por alguien que sí le encontrara algo fuera de lo normal.

El doctor Danika conocía muy de cerca una serie de cosas profundamente desagradables. Además de por su salud, se preocupaba por el océano Pacífico y por las horas de vuelo. Con la salud, uno no podía estar tranquilo durante mucho tiempo. El océano Pacífico era una masa de agua rodeada por todas partes de elefantiasis y otras enfermedades espantosas a la que, si incurría en las iras del coronel Cathcart dando de baja a Yossarian, podían destinarlo sin previo aviso. Y las horas de vuelo eran las horas que tenía que pasar en un avión todos los meses para recibir la paga de aviador. El doctor Danika detestaba volar. En los aviones se sentía encerrado. En un avión no hay absolutamente ningún sitio al que ir salvo a otra parte del aparato. Al doctor Danika le habían dicho que las personas a las que les gusta meterse en un avión en realidad están dando rienda suelta a un deseo inconsciente de volver al seno materno. Se lo había dicho Yossarian, que conseguía que el doctor Danika recogiera su paga de aviador todos los meses sin necesidad de volver al seno materno. Yossarian convencía a McWatt de que apuntara el nombre del doctor Danika en el diario de navegación en misiones de entrenamiento o vuelos a Roma.

—Ya sabes cómo son estas cosas —le dijo el doctor Danika, zalamero, con un pícaro guiño de complicidad—. ¿Para qué voy a arriesgarme si puedo evitarlo?

—Desde luego —convino Yossarian.

—¿A quién le importa que yo vaya o no vaya en el avión?

—A nadie.

—A eso me refiero —replicó el doctor Danika—. El mundo se mueve si lo engrasas bien. Una mano lava a la otra. ¿Entiendes lo que quiero decir? Tú me rascas a mí la espalda y yo te la rasco a ti.

Yossarian entendía lo que quería decir el doctor Danika.

—No, no era eso lo que quería decir —añadió el doctor Danika cuando Yossarian empezó a rascarle la espalda—. Me refiero a colaborar, a los favores. Tú me haces un favor a mí y yo otro a ti. ¿Comprendes?

—Hazme un favor —le pidió Yossarian.

—Es imposible —replicó el doctor Danika.

Un halo de insignificancia y temor envolvía al doctor Danika cuando se sentaba con expresión de desaliento a la entrada de su tienda —y lo hacía siempre que podía—, con pantalones de verano caquis y una camisa de manga corta que había adquirido un antiséptico color gris gracias al lavado diario al que la sometía. Parecía como si se hubiera quedado helado por un susto y no se hubiera derretido aún por completo. Se sentaba encogido, con la cabeza hundida entre los endebles hombros, y las manos bronceadas de uñas de un luminoso plateado acariciaban los brazos desnudos, doblados, suavemente, como si tuviera frío. En realidad, se trataba de un hombre muy cálido y compasivo que nunca dejaba de autocompadecerse.

«¿Por qué yo?», se lamentaba continuamente, y era una buena pregunta.

Yossarian sabía que era buena porque coleccionaba buenas preguntas y las había empleado para interrumpir las sesiones educativas que antes presidía Clevinger dos noches a la semana en la tienda del capitán Black junto con el cabo de las gafas, del que todo el mundo sabía que seguramente era un agente subversivo. El capitán Black sabía que era un agente subversivo porque llevaba gafas y empleaba palabras como «panacea» y «utopía» y porque censuraba a Adolf Hitler, que también había sabido combatir las actividades anti-norteamericanas en Alemania. Yossarian asistía a las sesiones educativas para averiguar por qué había tanta gente haciendo grandes esfuerzos para matarlo. El tema también interesaba a un puñado de soldados, y se planteaban muchas y muy buenas preguntas cuando Clevinger y el cabo subversivo terminaban y cometían el error de decir que si alguien quería preguntar algo.

—¿Quién es España?

—¿Por qué es Hitler?

—¿Cuándo está bien?

—¿Dónde está ese viejo encorvado con el pelo como la harina al que yo llamaba papi cuando se rompió el tiovivo?

—¿Cómo andaba el póquer en Múnich?

—¡Jo, jo, beriberi!

Y:

—¡Cojones!

Expresiones que se sucedían con rapidez, y a continuación la pregunta de Yossarian, que no tenía respuesta.

—¿Dónde han ido a parar los Snowden de antaño?

La pregunta les molestó, porque Snowden había muerto al sobrevolar Aviñón cuando Dobbs se volvió loco y le arrebató los mandos a Huple.

El cabo se hizo el tonto.

—¿Qué? —preguntó.

—Que dónde están los Snowden de antaño.

—Lo siento, no le entiendo.

—*Où sont les Neigedens d'antan?* —contestó Yossarian para facilitarle las cosas.

—*Parlez en anglais*, por lo que más quiera —replicó el cabo—. *Je ne parle pas français.*

—Ni yo —dijo Yossarian, que estaba dispuesto a perseguirlo por todo el mundo con cuantas palabras conocía para extraerle cuantos conocimientos pudiera, pero en ese momento intervino Clevinger, pálido, delgado, jadeante, con una húmeda capa de lágrimas lanzando destellos en sus ojos desnutridos.

En el Cuartel General se alarmaron, porque no había forma de saber lo que la gente averiguaría en cuanto se sintiera libre para formular cuantas preguntas quisiera. El coronel Cathcart encargó al coronel Korn que pusiera punto final a semejante situación, y el coronel Korn lo logró imponiendo una norma que regía las preguntas. Se trataba de un golpe verdaderamente genial, según explicaba en el informe dirigido al coronel Cathcart. Según dicha norma, las únicas personas a las que les estaba permitido formular preguntas eran las que nunca las hacían. Al cabo de poco tiempo, los únicos que asistían a las sesiones eran los que nunca preguntaban nada, y acabaron por suspenderse, porque Clevinger, el cabo y el coronel Korn coincidieron en que no era posible ni necesario educar a unas personas que nunca ponían nada en entredicho.

El coronel Cathcart y el teniente coronel Korn vivían y trabajaban en el edificio del Cuartel General del escuadrón, al igual que todo el personal del Cuartel General, con excepción del capellán. Se trataba de un edificio enorme, lleno de corrientes de aire, anticuado, de piedra roja y polvorienta y cañerías ruidosas. Detrás se encontraban las modernas instalaciones de tiro al plato que había construido el coronel Cathcart para uso exclusivo de los oficiales del grupo y en las que, gracias al general Dreedle, todo oficial y recluta en combate tenía que pasar un mínimo de ocho horas semanales.

Yossarian practicaba el tiro al plato, pero nunca acertaba. Appleby practicaba el tiro al plato y no erraba ni un disparo. Yossarian era tan malo para el tiro al plato como para las apuestas. Jamás ganaba dinero apostando. Ni siquiera cuando hacía trampas, porque las personas a las que les hacía trampas siempre las hacían mejor que él. Eran dos decepciones a las que ya se había resignado: jamás sabría tirar al plato y jamás ganaría dinero.

«Hay que ser muy listo para no ganar dinero», escribió el coronel Cargill en una de las homilías en forma de memorandos que preparaba regularmente para remitírselas al general Peckem, que tenía que firmarlas. «Actualmente cualquier imbécil puede ganar dinero, y la mayoría de los imbéciles lo ganan. Pero ¿y las personas con talento e inteligencia? Nombradme, por ejemplo, un poeta que gane dinero.»

—T. S. Eliot —dijo el ex soldado de primera Wintergreen en el cubículo en el que seleccionaba las cartas, y colgó el teléfono bruscamente sin identificarse.

El coronel Cargill, que estaba en Roma, se quedó perplejo.

—¿Quién era? —preguntó el general Peckem.

—No lo sé —respondió el coronel Cargill.

—¿Qué quería?

—No lo sé.

—Pero ¿qué ha dicho?

—T. S. Eliot —le aclaró el coronel Cargill.

—¿Qué?

—T. S. Eliot —repitió el coronel Cargill.

—Sólo T. S...

—Sí, señor. No ha dicho nada más. Sólo «T. S. Eliot».

—¿Qué quería decir? —reflexionó el general Peckem en voz alta.

También reflexionó sobre lo mismo el coronel Cargill.

—T. S. Eliot —musitó el general Peckem.

—T. S. Eliot —repitió como un eco el coronel Cargill, con el mismo tono de fúnebre perplejidad.

El general Peckem se enderezó al cabo de unos momentos

con una sonrisa zalamera y benévola. Tenía una expresión astuta y sofisticada. Sus ojos despedían destellos maliciosos.

—Que me pongan con el general Dreedle —le pidió al coronel Cargill—. Y que no se entere de quién lo llama.

El coronel Cargill le tendió el teléfono.

—T. S. Eliot —dijo el general Peckem, y colgó.

—¿Quién era? —preguntó el coronel Moodus.

El general Dreedle, que estaba en Córcega, no contestó. El coronel Moodus era su yerno, y ante la insistencia de su mujer y en contra de su voluntad lo había metido en el negocio militar. El general Dreedle dirigió al coronel Moodus una penetrante mirada de odio. No podía ver ni en pintura a su yerno, que era su ayudante y por consiguiente mantenía contacto permanente con él. Se opuso a que su hija se casara con el coronel Moodus porque detestaba las bodas. Frunciendo un ceño amenazador, con aire preocupado, el general Dreedle se acercó al espejo de cuerpo entero que había en su despacho y contempló su rechoncha imagen. Tenía el pelo cano, la frente ancha y espesas matas gris oscuro sobre los ojos y la mandíbula maciza y beligerante. Se embebió en profundas cavilaciones sobre el críptico mensaje que acababa de recibir. Poco a poco, su rostro fue dulcificándose, animado por una idea, y frunció los labios con maligna satisfacción.

—Ponme con Peckem —le dijo al coronel Moodus—. No le digas a ese hijo de puta quién lo llama.

—¿Quién era? —preguntó el coronel Cargill, que seguía en Roma.

—La misma persona de antes —contestó el general Peckem con auténticos signos de inquietud—. La ha tomado conmigo.

—¿Qué quería?

—No lo sé.

—¿Qué ha dicho?

—Lo mismo.

—¿«T. S. Eliot»?

—Sí, «T. S. Eliot». Nada más. —Al general Peckem se le ocurrió algo muy esperanzador—. Quizá se trate de un código nuevo, como los colores del día. ¿Por qué no ordena que comprueben en Comunicaciones si es un código nuevo o algo, o los colores del día?

En Comunicaciones contestaron que T. S. Eliot no era un código nuevo ni los colores del día.

Al coronel Cargill se le ocurrió otra idea.

—Quizá debería telefonear al Cuartel General de la 27.ª Fuerza Aérea para ver si saben algo. Allí trabaja un soldado llamado Wintergreen, con el que me llevo muy bien. Fue él quien me dio a entender que tenemos una prosa demasiado prolija.

Wintergreen le dijo a Cargill que en el Cuartel General de la 27.ª Fuerza Aérea no había constancia de la existencia de un tal T. S. Eliot.

—¿Qué tal va nuestra prosa últimamente? —decidió preguntar el coronel Cargill aprovechando que Wintergreen estaba al aparato—. Ha mejorado mucho, ¿no?

—Aún resulta demasiado prolija —respondió el ex soldado de primera Wintergreen.

—No me sorprendería lo más mínimo que el general Dreed estuviera detrás de esto —confesó al fin el general Peckem—. ¿Se acuerda de lo que hizo con las instalaciones de tiro al plato?

El general Dreedle había abierto el campo de tiro privado del coronel Cathcart a todos los oficiales y soldados del escuadrón que realizaran misiones de combate. Quería que sus hombres pasaran en el campo de tiro al plato el mayor número de horas que las instalaciones y su programa les permitieran. Tirar al plato ocho horas al mes constituía una excelente preparación para ellos. Los preparaba para tirar al plato.

A Dunbar le encantaba el tiro al plato porque detestaba cada momento que pasaba en el campo y el tiempo transcurría muy lentamente. Había calculado que cada hora en el campo de tiro con gente como Havermeyer y Appleby equivalía a diecisiete años multiplicados por once.

—Creo que estás loco —fue la respuesta de Clevinger ante el descubrimiento de Dunbar.

—¿A quién le importa? —replicó Dunbar.

—Te lo digo en serio —insistió Clevinger.

—¿A quién le importa? —machacó Dunbar.

—A mí. De verdad. Incluso llegaría a admitir que la vida parece más larga si...

—... es más larga si...

—... es más larga... ¿Es más larga? Vale, es más larga si está llena de épocas de aburrimiento y molestias, pe...

—¿A que no sabes con qué rapidez? —preguntó bruscamente Dunbar.

—¿Eh?

—Con qué rapidez se van.

—¿Quiénes?

—Los años.

—Los años.

—Sí, los años —repitió Dunbar—. Los años, los años, los años.

—¿Por qué no dejas en paz a Clevinger, Dunbar? —terció Yossarian—. ¿No sabes los daños que esto está causando?

—No importa —respondió Dunbar, magnánimo—. Aún tengo varias décadas en reserva. ¿No sabes cuánto tarda en pasar un año cuando está a punto de acabar?

—Y tú cierra la bocaza también —le dijo Yossarian a Orr, que había empezado a reírse disimuladamente.

—Estaba pensando en esa chica —dijo Orr—. Esa chica calva de Sicilia.

—Más vale que te calles tú también —le aconsejó Yossarian.

—La culpa es tuya —le dijo Dunbar a Yossarian—. ¿Por qué no le dejas que se ría si eso es lo que le apetece? Es preferible que se ría a que hable.

—De acuerdo. Venga, ríete todo lo que quieras.

—¿Sabes lo que tarda en pasar un año cuando se está acabando? —le repitió Dunbar a Clevinger—. Esto —chasqueó los dedos—. Hace un segundo entrabas en la universidad con los pulmones llenos de aire fresco. Hoy eres un viejo.

—¿Que soy viejo? —preguntó Clevinger sorprendido—. ¿Qué quieres decir?

—Que eres viejo.

—No soy viejo.

—Te encuentras a pocos milímetros de la muerte cada vez que cumples una misión. ¿Cuántos años más puedes cumplir a tu edad? Hace medio minuto entrabas en el instituto, y un sujetador desabrochado era tu sueño más cercano al paraíso. Hace sólo un cuarto de segundo eras un niño con unas vacaciones de diez semanas que duraban cien mil años y sin embargo terminaban demasiado pronto. ¡Pum! Corren como un cohete. ¿Cómo demonios puedes retrasar el tiempo?

Cuando terminó de hablar, Dunbar estaba casi enfadado.

—Bueno, quizá tengas razón —admitió Clevinger de mala gana, en tono apagado—. Quizás haya que llenar una vida larga con situaciones desagradables para que parezca larga. Pero en ese caso, ¿a quién puede interesarle?

—A mí, por ejemplo —le contestó Dunbar.

—¿Por qué? —preguntó Clevinger.

—¿Acaso hay otra posibilidad?

EL JEFE AVENA LOCA

El doctor Danika vivía en una tienda de color gris sucio con el jefe Avena Loca, al que temía y detestaba.

—Me imagino cómo tiene el hígado —rezongó el doctor Danika.

—Imagínate cómo lo tengo yo —le aconsejó Yossarian.

—A tu hígado no le pasa nada.

—Eso demuestra lo mucho que no sabes —replicó Yossarian, fanfarrón.

Le contó al doctor Danika lo del preocupante dolor de hígado que tanto había preocupado a la enfermera Cramer y a todos los médicos del hospital porque no llegaba a ser ictericia y no se le pasaba.

Al doctor Danika no le interesaba lo más mínimo.

—¿Y dices que tú tienes problemas? —le espetó—. ¿Y yo qué? Tendrías que haber estado en mi consulta el día que vinieron esos recién casados.

—¿Qué recién casados?

—Los recién casados que vinieron un día a mi consulta. ¿No te lo he contado? La mujer era preciosa.

También lo era la consulta del doctor Danika. Había decorado la sala de espera con peces de colores y unos muebles baratos francamente buenos. Siempre que podía, compraba a plazos, incluso los peces de colores. Para lo demás, les sacaba dinero a familiares codiciosos a cambio de compartir los beneficios. La consulta se encontraba en Staten Island, un edificio de dos viviendas sin salida de incendios a cuatro manzanas de la parada del transbordador y sólo a una del supermercado, de tres salones de belleza y de dos farmacias de propietarios corruptos. Estaba bien situada, circunstancia que no le servía de nada. La afluencia de gente era escasa, y por costumbre todo el mundo seguía yendo a los médicos que conocían desde hacía años. Las facturas se amontonaban deprisa, y al cabo de poco tiempo Danika tuvo que aceptar la pérdida del instrumental clínico que más valoraba: devolvió la calculadora y a continuación la máquina de escribir. Los peces se murieron. Por suerte, cuando el panorama se presentaba más negro, estalló la guerra.

—Fue una auténtica bendición del cielo —confesó solemnemente el doctor Danika—. En seguida llamaron a filas a la mayoría de los médicos y las cosas cambiaron de la noche a la mañana. La buena situación de la consulta empezó a dar fruto y al cabo de poco tiempo me vi con más pacientes de los que podía atender si quería trabajar como es debido. Subí la comisión que les cobraba a los farmacéuticos. Los salones de belleza me proporcionaban dos o tres abortos semanales. Me iba estupendamente y, de pronto, ya ves lo que pasó. Tuvieron que mandar a un tipo de la caja de reclutas para hacerme un reconocimiento. Era apto para el servicio. Yo ya me había reconocido a fondo y había descubierto que no lo era. Lo lógico hubiera sido pensar que bastaba con mi palabra, ¿no?, porque soy médico reconocido por el colegio de médicos del condado y mantenía buenas relaciones con la Asociación de Consumidores. Pues resulta que no, que mandaron a ese tipo para comprobar si de verdad tenía una pierna amputada a la altura de la cadera y tenía que guardar cama irremediablemente a causa de una artrosis reumatoide incurable. Vivimos en una época de desconfianza y de deterioro de los valores espirituales, Yossarian. Es terrible —se lamentó el doctor Danika con voz temblorosa por la profunda emoción—. Es terrible cuando incluso el país que uno ama duda de la palabra de un médico.

Reclutaron al doctor Danika y lo enviaron a Pianosa en calidad de médico de aviación, a pesar de que le horrorizaba volar.

—No tengo por qué meterme en líos subiendo a un avión —observó, guiñando como un miope los ojos redondos, castaños, ofendidos—. Los líos te vienen solos, sin necesidad de buscarlos. Como lo de esa virgen de la que te he hablado, que no podía tener hijos.

—¿Qué virgen? —preguntó Yossarian—. Pensaba que me habías hablado de unos recién casados.

—A esa virgen me refiero. Eran una pareja de críos y llevaban casados... esto... algo más de un año cuando vinieron a mi consulta sin pedir hora. Tendrías que haberla visto. Era tan tierna, tan joven y tan guapa... Incluso se sonrojó cuando le pregunté por sus períodos. Creo que nunca dejaré de querer a esa chica. Tenía un cuerpo de ensueño y llevaba una cadena alrededor del cuello con una medalla de san Antonio que le llegaba hasta el pecho, el más bonito que he visto en mi vida. «Debe de ser una tentación terrible para san Antonio», bromeé, simplemente para tranquilizarla un poco. «¿San Antonio?», dijo su marido. «¿Quién es san Antonio?» «Pregúnteselo a su mujer», le contesté. «Ella tiene que saberlo.» «¿Quién es san Antonio?», le preguntó. «¿San Antonio?», dijo ella. «¿Quién es san Antonio?» Cuando la examiné de arriba abajo descubrí que era virgen. Hablé a solas con su marido mientras ella volvía a ponerse la faja y a engancharse las medias. «Todas las noches», me dijo, muy orgulloso. El típico fantasmón, ya me entiendes. «No dejo pasar ni una sola noche —insistió—. A veces incluso se lo hago por la mañana, antes de que prepare el desayuno para irnos a trabajar», insistió, todo orgulloso. Sólo cabía una explicación. Cuando volvieron a estar juntos les hice una demostración del acto sexual con las maquetas de caucho que tengo en la consulta. Tengo unas maquetas con todos los órganos reproductores de ambos sexos que guardo con llave en un armario aparte para evitar que la gente se escandalice. Bueno, los tenía, porque ahora no tengo nada, ni siquiera clientes. Lo único que tengo son unas décimas todos los días que están empezando a preocuparme seriamente. Esos dos chavales que trabajan conmigo en la enfermería no tienen ni idea de diagnósticos. Lo único que se les da bien es quejarse. ¿Y ellos piensan que tienen problemas? ¿Y yo? Tendrían que haber estado en mi consulta el día del que te hablo, con los recién casados mirándome como si les estuviera contando algo increíble. Nunca había visto a nadie tan interesado. «¿Quiere decir así?», me preguntó el marido, y se pasó un buen rato manipulando las maquetas. Conozco bien al tipo de persona que se pone cachonda simplemente haciendo eso. «Así, muy bien —le dije—. Váyanse a casa e inténtenlo unos cuantos meses de esta forma, a ver qué pasa. ¿De acuerdo?» «De acuerdo», contestaron, y me pagaron en efectivo sin rechistar. «Que lo pasen bien», les dije. Me dieron las gracias y se marcharon juntos. Él le rodeaba la cintura con el brazo, como si estuviera impaciente por llegar a casa y meterse en faena. Al cabo de unos días volvió solo y le dijo a la enfermera que tenía que verme inmediatamente. En cuanto nos quedamos a solas me pegó un puñetazo en la nariz.

—¿Cómo?

—Me dijo que me creía muy listo y me pegó un puñetazo en la nariz. «¿Se cree usted muy listo, verdad?», me dijo, y me dio un golpe que me caí de culo. ¡Pum! Así, por las buenas. No lo digo en broma.

—Ya lo sé —replicó Yossarian—. Pero ¿por qué lo hizo?

—¿Y cómo voy a saberlo? —replicó el doctor Danika de mal humor.

—¿No tendría algo que ver con san Antonio?

El doctor Danika le dirigió una mirada de perplejidad.

—¿San Antonio? —preguntó atónito—. ¿Quién es san Antonio?

—¿Y cómo voy a saberlo yo? —contestó el jefe Avena Loca, entrando a trompicones en la tienda justo en ese momento con una botella de whisky entre los brazos y sentándose con aire belicoso entre los dos.

El doctor Danika se levantó sin pronunciar palabra y colocó la silla a la entrada de la tienda, con la espalda inclinada por la ingente mochila de injusticias que constituían su perpetua carga. No soportaba la presencia de su compañero.

El jefe Avena Loca pensaba que estaba loco.

—No sé qué le pasa a ese tipo —comentó en tono de reproche—. Que no tiene cabeza, eso es lo que le pasa. Si la tuviera, cogería una pala y se pondría a cavar ahora mismo. Aquí, en la tienda, debajo de mi catre. Encontraría petróleo en seguida. ¿Es que no sabe que ese soldado encontró petróleo cavando con una pala en Estados Unidos? ¿No se ha enterado de lo que le pasó a ese chaval..., cómo se llama ese cerdo hijo de puta, ese chulo de Colorado?

—Wintergreen.

—Pues eso, Wintergreen.

—Tiene miedo —le explicó Yossarian.

—Ni hablar. Wintergreen no tiene miedo. —El jefe Avena Loca movió la cabeza sin disimular su admiración—. Esa rata, ese sabelotodo no le tiene miedo a nadie.

—Pero el doctor Danika sí. Eso es lo que le pasa.

—¿De qué tiene miedo?

—De ti —respondió Yossarian—. Tiene miedo de que te mueras de neumonía.

—Pues más le vale —replicó el jefe Avena Loca. En su gigantesco pecho retumbó una carcajada profunda, resonante—. Y además, me moriré, a la primera oportunidad que se me presente. Ya lo verás.

El jefe Avena Loca era un indio apuesto y atezado de Oklahoma, con un rostro ancho de huesos pronunciados y pelo negro desgreñado, un mestizo creek de Enid que, por misteriosas razones, había decidido morirse de neumonía. Era un indio furibundo, vengativo y desilusionado que detestaba a los extranjeros con apellidos como Cathcart, Korn, Black y Havermeyer y deseaba que todos ellos volvieran a la tierra de sus repugnantes ancestros.

—No lo creerás, Yossarian —reflexionó en voz alta, para que se enterara el doctor Danika—, pero en este país se vivía muy bien antes de que ellos lo dejaran hecho un asco con su maldita beatería.

El jefe Avena Loca estaba empeñado en vengarse del hombre blanco. Apenas sabía leer ni escribir, y le habían adjudicado el puesto de ayudante del capitán Black en las tareas de información.

—¿Cómo iba a aprender a leer y a escribir? —preguntó con fingida agresividad, volviendo a alzar la voz para que lo oyera el doctor Danika—. Siempre que plantábamos la tienda en un sitio, perforaban un pozo de petróleo. Cada vez que perforaban un pozo, encontraban petróleo. Y cada vez que encontraban petróleo, nos obligaban a recoger la tienda y a marcharnos a otro lado. Éramos como varas de zahorí humanas. Toda nuestra familia tenía una afinidad natural con los yacimientos de petróleo, y las compañías petroleras de todo el mundo empezaron a enviar técnicos a perseguirnos. Siempre estábamos de un lado a otro. Así era imposible criar a un niño, te lo aseguro. Creo que nunca llegué a pasar más de una semana en el mismo sitio.

Su primer recuerdo era de un geólogo.

—Cada vez que nacía otro miembro de la familia Avena Loca se disparaban las cotizaciones de Bolsa. Al cabo de poco tiempo nos perseguían centenares de empresas petrolíferas con todos sus aparatos, tratando de adelantarse unas a otras. Empezaron a fusionarse para reducir el número de empleados que tenían que dedicarnos, pero siguió creciendo la multitud que venía detrás de nosotros. No conseguíamos dormir como Dios manda ni una sola noche. Cuando nosotros nos trasladábamos, también se trasladaban ellos, con sus camiones, sus excavadoras, sus grúas y sus generadores. Éramos un negocio andante, y algunos de los mejores hoteles nos enviaban invitaciones por la cantidad de dinero que éramos capaces de llevar a ciertas ciudades. Algunas invitaciones eran realmente generosas, pero no podíamos aceptarlas porque éramos indios y los mejores hoteles no permitían la entrada de indios. El racismo era algo terrible, Yossarian. De verdad. Es terrible que traten a un indio leal y como Dios manda como a un negro, un italiano, un judío o un portorriqueño.

El jefe Avena Loca asintió, muy convencido.

—Un buen día ocurrió: el principio del fin. Empezaron a adelantársenos. Intentaban adivinar dónde íbamos a detenernos y empezaban a perforar antes de que nosotros llegáramos, de modo que no podíamos detenernos. Bastaba con que empezáramos a desenrollar las mantas para que nos echaran a patadas. Tenían confianza en nosotros. Ni siquiera esperaban a encontrar petróleo para echarnos a patadas. Estábamos tan hartos que ya casi ni nos importaba el momento en que teníamos que huir. Una mañana nos vimos comple-

64

tamente rodeados de buscadores de petróleo que nos esperaban para echarnos a patadas. En cada risco había un hombre al acecho, como indios a punto de atacar. Aquello fue el fin. No podíamos quedarnos porque acababan de echarnos, y no quedaba ningún sitio al que ir. El ejército fue mi salvación. Por suerte, estalló la guerra en el momento oportuno, y me sacó de aquel lío un equipo de reclutamiento que me llevó sano y salvo a Lowery Field, en Colorado. Yo fui el único superviviente.

Yossarian sabía que el jefe Avena Loca mentía, pero no lo interrumpió ni siquiera cuando aseguró que no había vuelto a tener noticias de sus padres. No es que al indio le preocupara demasiado, pues sólo sabía que eran sus padres porque ellos se lo habían dicho, y como le habían mentido tantas veces y sobre tantas cosas, también podían haberlo hecho sobre ese tema. Estaba mucho mejor informado sobre la suerte que había corrido una tribu de primos carnales que se había dirigido hacia el norte en una maniobra de despiste y se había internado en Canadá sin que nadie lo advirtiera. Cuando intentaron volver, los detuvieron en la frontera las autoridades de inmigración, que no les dejaron entrar. No podían entrar por su condición de pieles rojas.

Era una broma terrible, pero el doctor Danika no se rió hasta que Yossarian volvió a verlo, tras haber cumplido otra misión, y le rogó una vez más, sin esperar lograrlo, que le diera la baja. El doctor Danika se rió entre dientes y en seguida se sumergió en sus propias preocupaciones, entre las que se contaban el jefe Avena Loca, que llevaba toda la mañana retándole a un combate de lucha india, y Yossarian, que decidió en aquel mismo momento volverse loco.

—Pierdes el tiempo —se vio obligado a decirle el doctor Danika.

—¿No puedes dar de baja a alguien que esté loco?

—Sí, claro. Tengo que hacerlo. Hay una norma según la cual tengo que dar de baja a todos los que estén locos.

—Entonces, ¿por qué no me das de baja a mí? Estoy loco. Pregúntaselo si no a Clevinger.

—¿A Clevinger? ¿Dónde está? Si tú lo encuentras, pregúntaselo.

—Pues pregúntaselo a cualquiera de los demás. Te dirá hasta qué punto estoy loco.

—Ellos sí que están locos.

—Entonces ¿por qué no les das de baja?

—¿Por qué no me lo piden?

—Porque están locos.

—Claro que lo están —convino el doctor Danika—. Acabo de decírtelo, ¿no?, y un loco no puede decidir si tú lo estás o no, ¿no te parece?

Yossarian lo miró con calma y atacó por otro lado.

—¿Y Orr? ¿Está loco?

—Claro que sí —respondió el doctor Danika.

—¿Puedes darle de baja?

—Claro. Pero primero tiene que pedírmelo. Así son las normas.

—¿Y por qué no te lo pide?

—Porque está loco —respondió el doctor Danika—. Tiene que estarlo para seguir participando en misiones de combate después de todos los avisos que ha recibido. Claro que puedo darle de baja, pero primero tiene que pedírmelo.

—¿Eso es lo único que tiene que hacer para que le den la baja?

—Sí. Pedírmelo.

—¿Y después podrás darle de baja? —dijo Yossarian.

—No.

—O sea, es una trampa.

—Claro que es una trampa —corroboró el doctor Danika—. La trampa 22. Cualquiera que quiera abandonar el servicio no está realmente loco.

Sólo había una trampa, y era la 22, que establecía que preocuparse por la propia seguridad ante peligros reales e inmediatos era un proceso propio de mentes racionales. Orr estaba loco y podían retirarlo del servicio; lo único que tenía que hacer era solicitarlo. Y en cuanto lo hiciera, ya no estaría loco y tendría que cumplir más misiones. Orr estaría loco si cumpliera más misiones y cuerdo si no las cumpliera, pero si estaba cuerdo tenía que realizarlas. Si las realizaba estaba loco y no tendría que hacerlo; pero si no quería estaba cuerdo y tenía que hacerlo. A Yossarian lo conmovió profundamente la absoluta sencillez de aquella cláusula de la trampa 22 y soltó un silbido de admiración.

—Eso son trampas y lo demás tonterías —comentó.

—Es la mejor que existe —admitió el doctor Danika.

Yossarian lo vio con claridad en toda su mareante sensatez. Sus pares de elementos perfectos poseían una precisión elíptica delicada y apabullante, como la buena pintura moderna, y a veces Yossarian no estaba seguro de comprenderla, al igual que nunca lo estaba con la buena pintura moderna o con las moscas que Orr veía en los ojos de Appleby. Sólo contaba con la palabra de Orr para creer en la existencia de dichas moscas.

—Sí, sí, las tiene —le aseguró Orr después de la primera pelea entre Yossarian y Appleby en el club de oficiales—, aunque probablemente ni siquiera lo sabe. Por eso no puede ver las cosas como son en realidad.

—Pero ¿cómo es posible que no lo sepa? —dijo Yossarian.

—Porque tiene moscas en los ojos —le explicó Orr con exagerada paciencia—. ¿Cómo puede ver que tiene moscas en los ojos si tiene moscas en los ojos?

Tenía tanto sentido como cualquier otra cosa, y Yossarian estaba dispuesto a concederle a Orr un margen de confianza porque había nacido en los bosques de los alrededores de Nueva York y sabía mucho más que él sobre la fauna y porque, a diferencia de la madre de Yossarian y de su padre, hermana, hermano, tía, tío, cuñado, profesor, director espiritual, legislador, vecino y periódico, Orr nunca le había mentido sobre ningún tema crucial hasta entonces. Yossarian reflexionó sobre aquel nuevo dato que acababa de adquirir sobre la persona de Appleby a solas, durante un par de días, y decidió hacer una buena obra y comunicárselo al interesado.

—Appleby, tienes moscas en los ojos —le susurró con la mejor intención del mundo al encontrárselo a la entrada de la tienda de los paracaídas el día del vuelo-chollo semanal a Parma.

—¿Qué? —respondió secamente Appleby, confuso hasta lo indecible por el hecho de que Yossarian le hubiera hablado.

—Que tienes moscas en los ojos —repitió Yossarian—. Seguramente por eso no puedes verlas.

Appleby se alejó de Yossarian con una expresión a medio camino entre el asombro y el odio y guardó un silencio resentido hasta que se encontró en el camión junto a Hevermeyer circulando por la carretera larga y recta que llevaba a la tienda en la que se impartían las instrucciones, donde los esperaba el comandante Danby, el nervioso jefe de operaciones del grupo, para iniciar la sesión preliminar de información con todos los jefes de escuadrilla, bombarderos y navegantes. Appleby habló en voz baja para que no lo oyeran ni el conductor ni el capitán Black, que iba en el asiento delantero con las piernas estiradas y los ojos cerrados.

—Oye, Havermeyer —dijo en tono vacilante—, ¿tengo moscas en los ojos?

Havermeyer parpadeó, desconcertado.

—¿Roscas? —preguntó.

—No, moscas —le repitió Appleby.

Havermeyer volvió a parpadear.

—¿Moscas?

—Sí, en los ojos.

—Debes de estar loco —contestó.

—No, no estoy loco. El que está loco es Yossarian. Sencillamente dime si tengo o no tengo moscas en los ojos. Vamos. No voy a desmayarme del susto.

Havermeyer se metió otro cacahuete en la boca y miró con detenimiento los ojos de Appleby.

—Yo no veo nada —le aseguró.

Appleby soltó un enorme suspiro de alivio. Havermeyer tenía trocitos de cacahuete pegados a los labios, la barbilla y las mejillas.

—Tienes trocitos de cacahuete en la cara —le comentó Appleby.

—Más vale tener trocitos de cacahuete en la cara que moscas en los ojos —replicó Havermeyer.

Llegaron en camiones los oficiales de los otros cinco aviones para asistir a la sesión de información que tendría lugar al cabo de treinta minutos. A los tres soldados de cada tripulación no les daban instrucciones, y los llevaban directamente al aeródromo para que subieran a los aviones que les correspondían aquel día, en los que esperaban con el personal de tierra hasta que los oficiales a los que habían sido asignados saltaban a tierra desde la trasera de los traqueteantes vehículos y llegaba el momento de subir a bordo e iniciar el vuelo. Los motores entraban en funcionamiento de mala gana, resistiéndose al principio, en estacionamientos en forma de pirulí, con girar loco a continuación. Después los aviones empezaban a avanzar por el suelo empedrado pesadamente, a trompicones, como seres ciegos, estúpidos y tullidos. Carreteaban por la pista y despegaban uno detrás de otro, ligeros, entre rugidos y zumbidos, agrupándose lentamente sobre las abigarradas copas de los árboles, sobrevolando el aeródromo en círculo a velocidad constante hasta que todas las escuadrillas integradas por seis aparatos se hallaban en formación e iniciaban sobre el agua cerúlea la primera etapa del viaje, rumbo al objetivo situado en el norte de Italia o en Francia. Los aviones ganaban altura poco a poco, y cuando pasaban a territorio enemigo habían ascendido a casi tres mil metros de altitud. Una de las cosas más sorprendentes era que siempre reinaba una sensación de tranquilidad y silencio absolutos, rotos únicamente por las ráfagas de prueba de las ametralladoras, por algún comentario lacónico y apagado a través del intercomunicador y, finalmente, por la voz reposada del bombardero de cada aparato anunciando que se encontraban en el punto inicial y que pronto llegarían al objetivo. Siempre había sol, siempre una ligera aspereza en la garganta a causa del aire enrarecido.

Los B-25 que utilizaban eran aparatos estables, fiables, verde grisáceo, con timones y motores gemelos y anchas alas. Su único fallo, desde el puesto de bombardero que ocupaba Yossarian, consistía en el estrecho pasadizo que separaba el compartimento del bombardero, situado en el morro de plexiglás, de la escotilla de emergencia más próxima. Era un túnel cuadrado y frío que se abría bajo los mandos de vuelo, y un hombre grande como Yossarian sólo con dificultad lograba deslizarse por él. Un navegante rechoncho, de cara redonda, con ojillos de reptil y pipa como la de Aarfy también encontraba problemas, y Yossarian solía obligarlo a abandonar el morro cuando se dirigían hacia el objetivo. Había entonces momentos de tensión, de espera, sin nada que ver, nada que oír ni nada que hacer salvo aguardar mientras la artillería antiaérea de abajo apuntaba y se disponía a derribarlos y a sumirlos en un sueño eterno a la menor oportunidad.

El pasadizo representaba para Yossarian el cordón umbilical que unía el exterior con un avión a punto de caer, pero Yossarian lo insultaba y soltaba tacos a borbotones, considerándolo un obstáculo que interponía la providencia como parte del plan para destruirlo. Había sitio para otra escotilla de emergencia en el morro de un B-25, pero no existía. En su lugar estaba el pasadizo, y desde el desastre de la misión de Aviñón, Yossarian detestaba todos y cada uno de sus descomunales centímetros, porque lo dejaban indefenso interminables segundos, lejos de su paracaídas, demasiado voluminoso para llevarlo delante, y unos interminables segundos más alejado de la escotilla de emergencia del suelo, situada entre la parte trasera de la elevada cabina del piloto y los pies del artillero sin rostro de la torreta superior, allá arriba. Yossarian ansiaba ocupar el sitio que podía ocupar Aarfy en cuanto lo echaba del morro; ansiaba sentarse en el suelo, hecho un ovillo, justo encima de la escotilla, al abrigo de un iglú de trajes antimetralla que le hubiera encantado llevar, con el paracaídas ya enganchado al arnés como debía ser, una mano asida al cordón de mango rojo y la otra aferrada a la manilla de la escotilla de emergencia que lo escupiría al aire a la primera señal de destrucción. Ya que tenía que estar allí, era allí precisamente donde quería estar y no delante, flotando como un absurdo pez de colores en una absurda pecera en voladizo mientras las absurdas hileras negras y apestosas del fuego antiaéreo estallaban y se inflaban a su alrededor, y arriba, y debajo, con una furia rampante, tambaleante, restallante, retumbante, fantasmagórica, cosmológica, que zarandeaba y flameaba y sacudía, que borboteaba y traspasaba, y amenazaba con aniquilarlos a todos en una fracción de segundo entre las llamaradas.

Aarfy no le servía de nada a Yossarian, ni como navegante ni como ninguna otra cosa, y siempre lo echaba con vehemencia del morro para que no se entorpecieran mutuamente si de repente tenían que escapar. Una vez concluida la operación de echarlo del morro, Aarfy era libre de acurrucarse en el suelo, junto donde Yossarian ansiaba acurrucarse, pero se quedaba de pie, muy tieso, con los cortos brazos cómodamente apoyados en el respaldo de los asientos del piloto y el copiloto, pipa en mano, hablándole a McWatt y a quienquiera que fuera el copiloto y comentándoles curiosas trivialidades que veía en el cielo a los dos hombres, que estaban demasiado ocupados para prestarle atención. McWatt, a los mandos, tenía más que suficiente con obedecer las estridentes órdenes de Yossarian, quien, tras soltar las bombas sobre el objetivo, zarandeaba a toda la tripulación violentamente rodeando las voraces columnas de proyectiles en explosión vociferándole a McWatt órdenes bruscas, tajantes, obscenas, que se parecían mucho a los alaridos angustiados y suplicantes de las pesadillas de Joe *el Hambriento* en la oscuridad. Aarfy chupaba reflexivamente su pipa en medio de aquel caos, contemplando la guerra con serena curiosidad por la ventanilla de McWatt como si se tratara de una perturbación lejana que no le afectara. Aarfy era un hombre muy amigo de asociaciones y actividades culturales que no tenía cabeza suficiente como para sentir miedo. Yossarian sí la tenía y sentía miedo, y lo único que le impedía abandonar su puesto bajo el fuego enemigo y escurrirse por el pasadizo como una rata para ponerse a salvo era que no estaba dispuesto a confiar a nadie la acción evasiva para salir de la zona del objetivo. No había nadie en el mundo al que pudiera otorgar el honor de tamaña responsabilidad. No conocía a nadie tan cobarde. Yossarian era el mejor hombre del grupo para las acciones evasivas, pero no tenía ni idea de por qué.

No existía ningún procedimiento concreto para las acciones evasivas. Lo único que se necesitaba era miedo, y Yossarian lo tenía de sobra, más que Orr o que Joe *el Hambriento*, más que Dunbar, que se había resignado dócilmente a la idea de que algún día moriría. Yossarian no se había resignado a semejante idea, y luchaba con las bombas, bramando: «¡Rápido, rápido, vamos, rápido, hijo de puta!» con un odio ciego hacia McWatt, como si el piloto fuera el responsable de que estuvieran allí para que los borraran del mapa unos desconocidos, y toda la tripulación se separaba del intercomunicador, salvo en aquella lamentable ocasión de Aviñón, cuando Dobbs se volvió loco de repente y se puso a llorar, pidiendo ayuda histéricamente.

—¡Ayudadlo, ayudadlo! —gimoteaba—. ¡Ayudadlo, ayudadlo!

—¿A quién? ¿A quién hay que ayudar? —gritaba Yossarian tras haber vuelto a conectar sus auriculares al intercomunicador, pues se los había arrancado cuando Dobbs le quitó los mandos a Huple y los lanzó a una caída en vertical ensordecedora, paralizante, espantosa, que aplastó a Yossarian contra el techo del aparato y de la que los rescató Huple por los pelos cuando pudo recuperar los mandos de manos de Dobbs y enderezó el aparato casi con la misma brusquedad, en medio del cacofónico fuego antiaéreo que los vapuleaba y del que habían logrado escapar ilesos un momento antes. «Dios mío, Dios mío, Dios mío», imploraba en silencio Yossarian balanceándose en el techo del morro, incapaz de moverse.

—¡El bombardero, el bombardero! —chilló Dobbs en respuesta a la pregunta de Yossarian—. ¡No contesta, no contesta! ¡Ayudad al bombardero, ayudad al bombardero!

—¡Yo soy el bombardero! —le gritó Yossarian—. Yo soy el bombardero, y estoy bien.

—¡Pues ayudadlo! ¡Ayudadlo! —suplicó Dobbs—. ¡Ayudadlo, ayudadlo!

Y mientras tanto, Snowden agonizaba.

6

JOE EL HAMBRIENTO

Joe *el Hambriento* había cumplido cincuenta misiones, pero no le servía de nada. Ya había hecho las maletas y esperaba una vez más volver a casa. Por la noche sufría pesadillas prodigiosas, atronadoras, que mantenían en vela a todo el escuadrón salvo a Huple, el piloto de quince años que había mentido sobre su edad para entrar en el ejército y vivía con su gato en la misma tienda que Joe *el Hambriento*. Huple tenía el sueño ligero, pero aseguraba que no oía gritar a Joe *el Hambriento*. Joe *el Hambriento* estaba enfermo.

—¿Y qué? —refunfuñó resentido el doctor Danika—. Yo había conseguido situarme, ya te lo he dicho. Me embolsaba cincuenta de los grandes al año, y casi todo libre de impuestos, porque obligaba a mis clientes a pagarme en efectivo. Me respaldaba la asociación comercial más fuerte del mundo. Y mira lo que pasó. Justo cuando empezaba a tener unos ahorrillos, se les ocurre fabricar el fascismo y provocar una guerra tan horrorosa que me afecta incluso a mí. No puedo evitar reírme cuando oigo a alguien como Joe *el Hambriento* gritando como un poseso todas las noches. De verdad que no puedo evitarlo. ¿Que él está enfermo? ¿Cómo cree que me siento yo?

Joe *el Hambriento* estaba demasiado absorto en sus propias calamidades para preocuparse por los sentimientos del doctor Danika. La cuestión de los ruidos, por ejemplo. Los insignificantes lo enfurecían y se desgañitaba gritándole a Aarfy por los chupetones húmedos que le daba a la pipa, a Orr por enredar con todo, a McWatt por el chasquido explosivo que hacía al volver las cartas cuando jugaba al póquer o a la veintiuna, a Dobbs por dejar que le rechinaran los dientes mientras iba dándose baquetazos, chocando contra todo. Joe *el Hambriento* era una masa de irritabilidad móvil palpitante, rota. El tictac continuo de un reloj en una habitación destrozaba su indefenso cerebro como una tortura espantosa.

—Oye una cosa, chaval —le explicó desabridamente a Huple una noche, ya muy tarde—. Si quieres vivir en esta tienda, tienes que hacer lo mismo que yo. Tienes que envolver tu reloj en un par de calcetines de lana todas las noches y guardarlo en el fondo del armario, en el otro extremo de la habitación.

Huple adelantó la mandíbula, desafiante, para dar a entender a Joe *el Hambriento* que a él no le mandaba nadie, y después hizo exactamente lo que le habían dicho.

Joe *el Hambriento* era un pobre diablo demacrado y nervioso, con un rostro descarnado, puro hueso y piel, y unas venas que se retorcían subcutáneamente en los huecos ennegrecidos contiguos a los ojos como trozos de serpiente. Era una cara desolada, llena de cráteres, cubierta de hollín como un pueblo minero abandonado. Joe *el Hambriento* comía vorazmente, se mordisqueaba sin cesar las yemas de los dedos, tartamudeaba, se ahogaba, se rascaba, sudaba, salivaba e iba a todas partes cargado con una complicada cámara negra con la que trataba de sacar fotografías de chicas desnudas. Nunca le salían. Siempre olvidaba ponerle la película o encender alguna luz o quitar la tapa de la lente. No resultaba fácil convencer a las chicas desnudas para que posaran, pero Joe *el Hambriento* tenía un truco.

—¡Yo hombre importante! —gritaba—. ¡Yo gran fotógrafo de la revista *Life*! Gran fotografía en cubierta. ¡*Si, si, si! Multi* dinero. *Multi* divorcios. *Multi* folleteo todo el día.

Pocas mujeres se resistían a tanta labia y persuasión, y las prostitutas se levantaban de buena gana y adoptaban cualquier postura que les pidiera, por extravagante que fuera. Joe *el Hambriento* se ponía malo con las mujeres. Su reacción ante ellas como seres sexuales adoptaba la forma de una idolatría sin límites, delirante. Las mujeres eran manifestaciones encantadoras, satisfactorias y enloquecedoras de lo milagroso, instrumentos de placer demasiado poderosos para poder definirlos, demasiado intensos para soportarlos, y demasiado exquisitos para que los hombres viles e indignos las utilizaran. Sólo era capaz de interpretar la desnuda presencia femenina entre sus manos como un descuido cósmico destinado a ser rectificado inmediatamente, y se veía obligado a hacer uso carnal de ellas en los fugaces momentos de que creía disponer antes de que alguien se diese cuenta y las espantase. Jamás podía decidir entre tirárselas o fotografiarlas, porque le resultaba imposible ocuparse de ambas cosas al mismo tiempo. Aún más; últimamente le resultaba casi imposible hacer ninguna de las dos cosas, de tan perturbadas como tenía sus funciones por la necesidad compulsiva de apresurarse que invariablemente lo poseía. Las fotografías nunca salían, y Joe *el Hambriento* nunca entraba. Lo extraño era que en la vida civil Joe *el Hambriento* trabajaba de verdad como fotógrafo para la revista *Life*.

Era un héroe, el mayor de las Fuerzas Aéreas, según pensaba Yossarian, porque había participado en más combates que ningún otro héroe de las Fuerzas Aéreas. Había realizado seis series de combates. Joe *el Hambriento* había completado la primera serie de vuelos de combate cuando sólo se necesitaban veinticinco misiones para hacer las maletas, escribir cartas alegres a su casa y gastarle bromas al sargento Towser sobre la llegada de las órdenes que le permitirían volver a Estados Unidos. Mientras esperaba, se pasaba los días arrastrando los pies rítmicamente ante la entrada de la tienda de operaciones: bromeaba estrepitosamente con cuantos aparecían por allí y llamaba cerdo e hijo de puta en tono jocoso al sargento Towser cada vez que éste salía de la tienda.

Joe *el Hambriento* terminó sus primeras veinticinco misiones durante la semana en que se libró una batalla en Salerno, cuando Yossarian estaba ingresado en el hospital a causa de la gonorrea que había contraído en una misión de bajo nivel sobre una enfermera llevada a cabo entre los arbustos, en un viaje de aprovisionamiento a Marrakesh. Yossarian hizo todo lo posible por llegar a la misma altura que Joe *el Hambriento* y casi lo consiguió, realizando seis misiones en seis días, pero la vigésima tercera fue a Arezzo, donde mataron al coronel Nevers: fue la ocasión en que más se aproximó al ansiado momento de volver a su país. Al día siguiente se presentó el coronel Cathcart, rebosante de orgullo ante su nueva unidad, y celebró la toma de mando elevando el número de misiones de veinticinco a treinta. Joe *el Hambriento* deshizo las maletas y volvió a escribir felices cartas a su casa. Dejó de meterse en broma con el sargento Towser. Empezó a detestarlo, a echarle la culpa de todo, malsanamente, aunque sabía que el sargento Towser no tenía nada que ver con la llegada del coronel Cathcart ni con el retraso en la expedición de las órdenes de regreso que podrían haberlo rescatado siete días y cinco veces antes.

Joe *el Hambriento* ya no soportaba la tensión de la espera y se desmoronaba inmediatamente después de cada misión. Cada vez que le retiraban del servicio ofrecía una gran fiesta a su pequeño círculo de amigos. Liquidaba las botellas de bourbon que había reunido en el transcurso del circuito semanal de cuatro días de duración con el avión del correo y reía, cantaba, bailaba arrastrando los pies y gritaba en éxtasis alcohólico hasta que no podía mantenerse despierto y se sumía en un sueño apacible. En cuanto Yossarian, Nately y Dunbar lo metían en la cama se ponía a gritar. Por la mañana salía de su tienda ojeroso, amedrentado y abrumado por la culpa, un edificio humano carcomido que se balanceaba peligrosamente, a punto de desplomarse.

A Joe *el Hambriento* le sobrevenían las pesadillas con celeste puntualidad todas y cada una de las noches que pasaba en el escuadrón durante la tremenda prueba que suponía no realizar misiones de combate mientras esperaba una vez más a que llegaran las órdenes para volver a casa, que nunca llegaban. A algunos hombres impresionables del escuadrón como Dobbs y el capitán Flume les afectaban tan profundamente los alaridos y las pesadillas de Joe *el Hambriento* que también ellos empezaron a sufrirlas, y las desgarradoras obscenidades que lanzaban al aire de la noche desde sus respectivas tiendas entrechocaban entre sí en medio de la oscuridad románticamente, como los cantos de apareamiento de aves canoras de mente perversa. La actuación del coronel Korn resultó decisiva para detener lo que, a su juicio, empezaba a ser una tendencia dañina en el escuadrón del comandante Coronel. La solución que ofreció consistía en que Joe *el Hambriento* volara en el avión del correo una vez a la semana, con lo que se alejaba del escuadrón durante cuatro noches, y el remedio, como todos los del coronel Korn, resultó eficaz.

Cada vez que el coronel Cathcart aumentaba el número de misiones y Joe *el Hambriento* volvía al servicio, cesaban sus pesadillas y se sumía en un estado normal de terror, con una sonrisa de alivio. Yossarian podía leer el rostro apergaminado de Joe *el Hambriento* como un libro abierto. Era estupendo cuando Joe *el Hambriento* tenía mal aspecto, y terrible cuando lo tenía bueno. Las reacciones invertidas de Joe *el Hambriento* constituían un extraño fenómeno para todo el mundo excepto para él mismo, que lo negaba porfiadamente.

—¿Quién sueña? —contestó cuando Yossarian le preguntó qué soñaba.

—¿Por qué no vas a ver al doctor Danika, Joe? —le aconsejó Yossarian.

—¿Para qué tendría que ir? No estoy enfermo.

—¿Y las pesadillas?

—Yo no tengo pesadillas —mintió Joe *el Hambriento*.

—Quizás él pueda hacer algo.

—Las pesadillas no tienen importancia —replicó Joe *el Hambriento*—. Todo el mundo tiene pesadillas.

Yossarian pensó que lo había pillado.

—¿Todas las noches? —le preguntó.

—¿Por qué no? —replicó Joe *el Hambriento*.

Y de repente todo adquirió sentido. ¿Por qué no todas las noches, efectivamente? Tenía sentido gritar de dolor todas las noches, más sentido que lo de Appleby, un maniático de las normas que ordenó a Kraft que ordenara a Yossarian que se llevara las pastillas de Atabrine en el vuelo a Europa después de que Yossarian y Appleby dejaron de hablarse. Joe *el Hambriento* también tenía más razón que Kraft, que estaba muerto, arrojado a la muerte sin ceremonias sobre Ferrara por la explosión de un motor después de que Yossarian llevara la escuadrilla de seis aviones sobre el objetivo por segunda vez. El grupo había vuelto a fallar en el bombardeo del puente de Ferrara por séptimo día consecutivo con el dispositivo capaz de colar bombas en un barril de pepinillos a cuatro mil pies de altitud, y había pasado una semana entera desde que el coronel Cathcart se había ofrecido voluntario para que sus hombres destruyeran el puente en veinticuatro horas. Kraft era un chaval de Pensilvania, delgaducho e inofensivo, que sólo deseaba caer bien a la gente y que estaba destinado a llevarse una decepción incluso con una ambición tan humilde y degradante. En lugar de caer bien a la gente, cayó muerto, escoria sangrienta entre la bárbara pira mortuoria a la que nadie oyó en aquellos últimos momentos tan valiosos en que el avión caía en picado con una sola ala. Había vivido anodinamente durante una temporada y se desplomó envuelto en llamas sobre Ferrara al séptimo día, mientras Dios descansaba, cuando McWatt giró y Yossarian lo dirigió sobre el objetivo por segunda vez porque Aarfy se sentía confuso y Yossarian había sido incapaz de soltar las bombas la primera vez.

—Supongo que tendremos que volver, ¿no? —dijo lúgubremente McWatt por el intercomunicador.

—Supongo que sí —replicó Yossarian.

—¿Sí? —insistió McWatt.

—Sí.

—¡Bueno, pues al diablo con todo! —comentó triunfal McWatt.

Y allá que volvieron, mientras los aparatos de las demás escuadrillas volaban en círculo sanos y salvos, a lo lejos, y abajo, todos los retumbantes cañones de la división Hermann Goering les dedicaban sus disparos en exclusiva.

El coronel Cathcart era valiente y jamás vacilaba a la hora de ofrecer voluntarios a sus hombres para destruir cualquier objetivo disponible. No había ninguno demasiado peligroso para su grupo, al igual que no había ningún golpe demasiado difícil para Appleby en la mesa de pimpón. Appleby era buen piloto y un jugador de pimpón sobrehumano con moscas en los ojos que jamás perdía un punto. Únicamente necesitaba veintidós servicios para dejar en ridículo a su adversario. Su habilidad en la mesa de pimpón era legendaria, y ganaba cuantas partidas iniciaba hasta la noche en que Orr se achispó un poco con ginebra y zumo y le abrió la frente con la pala después de que Appleby le hubiera cerrado todas las posibilidades de ganar al devolverle los cinco primeros servicios. Orr subió de un salto a la mesa tras tirarle la pala y aterrizó en el otro extremo pegando un enorme brinco y plantándole los dos pies en plena cara. Appleby tardó casi un minuto en desembarazarse de los brazos y las piernas envolventes de Orr y levantarse penosamente, sujetando por la camisa con una mano a Orr, que tenía los pies a varios centímetros del suelo, y con el otro puño cerrado y preparado para aplastarlo. En ese momento se acercó Yossarian y le arrebató a Orr. Fue una noche de sorpresas para Appleby, un hombre tan alto y tan fuerte como Yossarian, a quien asestó un tremendo puñetazo que inundó al jefe Avena Loca de tal júbilo que se dio media vuelta y le plantó un derechazo en la nariz al coronel Moodus que llenó al general Dreedle de tan dulce satisfacción que ordenó al coronel Cathcart que echara al capellán del club de oficiales y que trasladara al jefe Avena Loca a la tienda del doctor Danika, donde podía estar bajo vigilancia médica las veinticuatro horas del día y mantenerse en unas condiciones físicas suficientemente buenas como para volver a aporrearle la nariz al coronel Moodus siempre que al general se le antojara. A veces, el general Dreedle realizaba expediciones especiales desde el Cuartel General con el coronel Moodus y su enfermera con el único objeto de que el jefe Avena Loca le diera un mamporro en la nariz a su yerno.

El jefe Avena Loca hubiera preferido continuar en el remolque que compartía con el capitán Flume, el silencioso y atormentado oficial de relaciones públicas del escuadrón que se pasaba gran parte de las tardes revelando las fotografías que hacía durante el día para enviarlas con los documentos publicitarios. El capitán Flume pasaba el mayor tiempo posible trabajando en el cuarto oscuro todas las tardes y después se acostaba en el catre con los dedos cruzados y una pata de conejo colgada del cuello e intentaba mantenerse despierto con todas sus fuerzas. Vivía con un constante miedo cerval del jefe Avena Loca. Al capitán Flume le obsesionaba la idea de que el jefe Avena Loca iría de puntillas cualquier noche hasta su catre cuando estuviera profundamente dormido y le rebanaría el cuello de oreja a oreja. El capitán Flume había sacado esta idea del propio jefe Avena Loca, que fue hasta su catre de puntillas una noche cuando estaba quedándose dormido y le susurró en tono siniestro que una noche cuando él, el capitán Flume, estuviera profundamente dormido, él, el jefe Avena Loca, iba a rebanarle el cuello de oreja a oreja. El capitán Flume se quedó petrificado, los ojos abiertos de par en par clavados en los del jefe Avena Loca, que despedían destellos de embriaguez a escasos centímetros de distancia.

—¿Por qué? —acertó a balbucear al fin el capitán Flume.

—¿Por qué no? —respondió el jefe Avena Loca.

Después de aquello, el capitán Flume se obligaba todas las noches a mantenerse despierto el mayor tiempo posible. Contaba con la inconmensurable ayuda de las pesadillas de Joe *el Hambriento*. Tener que escuchar con tanta atención sus alaridos demenciales noche tras noche llevó al capitán Flume a odiarlo y a desear que el jefe Avena Loca fuese hasta su catre de puntillas una noche y le rebanara el cuello de oreja a oreja. En realidad, el capitán Flume dormía como un tronco la mayoría de las veces y simplemente soñaba que estaba despierto. Sus sueños de vigilia resultaban tan convincentes que todas las mañanas se despertaba agotado y volvía a dormirse de inmediato.

El jefe Avena Loca casi había llegado a cogerle cariño al capitán Flume desde que se produjera su asombrosa metamorfosis. El capitán Flume se metió en la cama una noche siendo un extrovertido optimista y a la mañana siguiente se levantó transformado en introvertido taciturno, y orgullosamente el jefe Avena Loca consideraba al nuevo capitán Flume creación suya. Nunca había tenido intención de rebanarle el cuello de oreja a oreja. Amenazarlo con hacerlo era para él una simple broma, como morirse de neumonía, darle un mamporro en la nariz al coronel Moodus o desafiar al doctor Danika a un combate de lucha india. Lo único que deseaba cuando entraba trastabillando y borracho en la tienda todas las noches era irse a dormir inmediatamente, cosa que impedía Joe *el Hambriento* en muchas ocasiones. Las pesadillas de Joe *el Hambriento* lo sacaban de quicio y el jefe Avena Loca deseaba muchas veces que alguien entrara de puntillas en la tienda de Joe *el Hambriento*, le quitara de la cara al gato de Huple y le rebanara el cuello de oreja a oreja, para que todos los hombres del escuadrón salvo el capitán Flume pudieran dormir como es debido.

Aunque el jefe Avena Loca no paraba de darle mamporros en la nariz al coronel Moodus en nombre del general Dreedle, seguía siendo un marginado. Lo mismo le ocurría al comandante Coronel, comandante del escuadrón, que descubrió este detalle al mismo tiempo que era el comandante del escuadrón por boca del coronel Cathcart, quien apareció en su todoterreno como una exhalación el día después de que mataran al comandante Duluth en Perugia. El coronel Cathcart se detuvo con rechinar de ruedas a escasos centímetros del foso de las vías que separaba el morro de su ve-

hículo de la ladeada cancha de baloncesto, de la que finalmente tuvo que huir el comandante Coronel obligado por
las patadas, las zancadillas, las pedradas y los puñetazos de
los hombres que casi habían llegado a hacerse amigos suyos.

—¡Es usted el nuevo comandante del escuadrón! —vociferó el coronel Cathcart desde el otro lado del foso—. Pero
no se vaya a creer que eso significa nada, porque no es así.
Simplemente significa que es usted el nuevo comandante del
escuadrón.

Y el coronel se alejó tan bruscamente como había llegado, entre rugidos, fustigando el todoterreno con un furioso
girar de ruedas que lanzó una cascada de fina gravilla a la
cara del comandante Coronel. Éste se quedó inmovilizado
al oír la noticia, sin habla, desgarbado y larguirucho como
siempre, con un sobado balón entre las largas manos, mientras las semillas del rencor que tan rápidamente había sembrado el coronel Cathcart arraigaban en los soldados que
habían estado jugando con él al baloncesto y que le habían
permitido aproximarse a ellos más que nadie en el mundo.
La córnea de sus soñadores ojos se dilató y humedeció al
tiempo que su boca se contraía en una batalla perdida contra la soledad inexpugnable que se extendía a su alrededor
como una niebla sofocante, una sensación que conocía muy
bien.

Al igual que los demás oficiales del Cuartel General del
escuadrón, con la excepción del comandante Danby, el coronel Cathcart estaba imbuido de un espíritu democrático:
creía firmemente en la igualdad de todos los hombres, y en
consecuencia despreciaba con el mismo ardor a cuantos no
pertenecían al Cuartel General del grupo. No obstante, tenía fe en sus hombres. Como les decía con frecuencia en la
tienda de instrucciones, pensaba que eran al menos diez misiones mejores que cualquier otra unidad, y que quien no

compartiera la confianza que había depositado en ellos podía irse al infierno. La única forma que tenían de irse al infierno, como comprendió Yossarian cuando fue a ver al ex soldado de primera Wintergreen, consistía en cumplir las otras diez misiones.

—Sigo sin comprenderlo —protestó Yossarian—. ¿El doctor Danika tiene o no razón?

—¿Cuántas ha dicho?

—Cuarenta.

—Pues es verdad —admitió el ex soldado de primera Wintergreen—. Según el Cuartel General de la 27.ª Fuerza Aérea sólo hay que cumplir cuarenta misiones.

Yossarian desbordaba de alegría.

—Entonces puedo volver a casa, ¿no? Yo ya tengo cuarenta y ocho.

—Claro que no puedes volver —replicó Wintergreen—. ¿Estás loco o qué?

—¿Por qué?

—La trampa 22.

—¿La trampa 22? —Yossarian no daba crédito—. ¿Qué demonios tiene eso que ver?

—La trampa 22 —le explicó pacientemente el doctor Danika cuando Joe *el Hambriento* llevó a Yossarian a Pianosa— dice que tienes que obedecer al comandante.

—Pero la 27.ª Fuerza Aérea dice que puedo regresar a casa con cuarenta misiones.

—Pero no dice que tengas necesariamente que volver. Y las normas dicen que tienes que obedecer todas las órdenes. En eso consiste la trampa. Incluso si el coronel desobedeciera una orden de la 27.ª Fuerza Aérea obligándote a cumplir más misiones, tú tendrías que cumplirlas o te acusarían de desobedecer una orden. Y entonces el Cuartel General de la 27.ª Fuerza Aérea caería sobre ti.

86

Yossarian se quedó hundido, decepcionado.

—Entonces tengo que cumplir las cincuenta misiones, ¿no? —preguntó afligido.

—Las cincuenta y cinco —le corrigió el doctor Danika.

—¿Qué cincuenta y cinco?

—Las cincuenta y cinco misiones que el coronel quiere que cumpláis todos vosotros.

Joe *el Hambriento* soltó un enorme suspiro de alivio al oír las palabras del doctor Danika y su boca se distendió en una amplia sonrisa. Yossarian lo agarró por el cuello y les obligó a ambos a volver con él a ver al ex soldado de primera Wintergreen.

—¿Qué me harían si me negara a cumplir las misiones? —preguntó en tono confidencial.

—Probablemente te fusilaríamos —contestó Wintergreen.

—¡Cómo que me fusilaríais! —exclamó Yossarian sorprendido—. ¿Por qué ese plural? ¿Desde cuándo estás de su parte?

—Si van a fusilarte, ¿de qué lado quieres que me ponga? —replicó Wintergreen.

Yossarian hizo una mueca de dolor. El coronel Cathcart se la había jugado una vez más.

7

MCWATT

Por lo general, el piloto del avión de Yossarian era McWatt, quien, cuando se afeitaba por las mañanas a la entrada de su tienda con un pijama limpio de un color rojo chillón, era una de las cosas irónicas e incomprensibles que rodeaban a Yossarian. McWatt era el oficial más loco de cuantos participaban en combate, porque estaba completamente cuerdo y, sin embargo, no le importaba la guerra. Era una criatura joven y sonriente, paticorto y hombriancho, que no paraba de silbar alegres canciones de revista y que repartía los naipes con sonoros chasquidos cuando jugaba al póquer hasta que Joe *el Hambriento* acabó por desintegrarse presa de convulsiones bajo su efecto acumulativo y empezó a echar pestes contra él para que dejara de hacer aquellos ruidos.

—¡Eres un hijo de puta, lo haces porque me molesta! —chillaba Joe *el Hambriento*, furibundo, mientras Yossarian trataba de calmarlo sujetándolo con una mano—. Sólo lo hace por eso, porque le gusta oírme gritar... ¡Maldito hijo de puta!

McWatt fruncía su delicada nariz pecosa, en un gesto de disculpa, y juraba no volver a repartir así los naipes, pero siempre se le olvidaba. Llevaba zapatillas de lana a juego con el pijama rojo y dormía entre sábanas de colores recién planchadas, como la media sábana que había recuperado Milo arrebatándosela al sonriente ladrón goloso a cambio de ninguno de los dátiles deshuesados que le había prestado Yossarian. McWatt estaba profundamente impresionado con Milo, que, para regocijo del cabo furriel Snark, ya estaba comprando huevos a siete centavos y vendiéndolos a cinco. Pero a McWatt no le impresionaba tanto Milo como a éste la carta que había obtenido Yossarian del doctor Danika explicando lo de su hígado.

—¡Qué es esto! —exclamó preocupado Milo cuando se topó con el gigantesco cajón de cartón ondulado lleno de paquetes de frutos secos, golosinas y latas de zumo de fruta que estaban a punto de llevar a la tienda de Yossarian dos de los trabajadores italianos que había secuestrado el comandante... de Coverley.

—Para el capitán Yossarian, señor —contestó el cabo furriel Snark con una afectada sonrisilla de superioridad. El cabo furriel Snark era un intelectual y un pedante convencido de ir veinte años por delante de su época y a quien no le gustaba rebajarse cocinando para las masas—. Tiene una carta del doctor Danika que le da derecho a toda la fruta y todos los zumos que quiera.

—¡Qué es esto! —exclamó Yossarian, al tiempo que Milo palidecía, a punto de desmayarse.

—El teniente Milo Minderbinder, señor —respondió el cabo furriel Snark con un guiño burlón—. Uno de los pilotos nuevos. Lo nombraron intendente la última vez que estuvo usted ingresado en el hospital.

—¡Qué es esto! —exclamó McWatt por la tarde, cuando Milo le tendió su media sábana.

—La mitad de la sábana que robaron en tu tienda esta mañana —le explicó Milo con nerviosa satisfacción, retorciéndose el bigote rojizo—. Me apuesto cualquier cosa a que ni siquiera sabías que te la habían robado.

—¿Y para qué puede querer nadie media sábana? —preguntó Yossarian.

Milo parecía inquieto.

—No entiendes nada —se lamentó.

Y Yossarian tampoco entendía por qué tenía tanto interés Milo en la carta del doctor Danika, que no podía ser más clara. «Den a Yossarian todos los frutos secos y zumos que quiera —había escrito el doctor Danika—. Dice que está enfermo del hígado.»

—Una carta así —musitó Milo con desaliento— podría llevar a la ruina a cualquier intendente. —Milo había ido a la tienda de Yossarian únicamente para volver a leer la carta, siguiendo a su cajón de provisiones perdidas por todo el escuadrón como una plañidera—. Tengo que darte todo lo que me pidas. Pero la carta no dice que tengas que comértelo tú solo.

—Y me parece muy bien —replicó Yossarian—, porque ni siquiera lo toco. Estoy enfermo del hígado.

—Ah, ya. Se me había olvidado —dijo Milo, bajando la voz respetuosamente—. ¿Es grave?

—Lo suficiente —respondió Yossarian muy animado.

—Entiendo —dijo Milo—. ¿Qué quieres decir?

—Que no podría ser mejor...

—Creo que no comprendo.

—... sin ser peor. ¿Lo comprendes ahora o no?

—Sí, ahora sí. Pero creo que sigo sin comprender.

—Bueno, no te preocupes. A quien tiene que preocuparle es a mí. Verás, es que en realidad no estoy enfermo del hígado. Sólo tengo los síntomas. El síndrome de Garnett-Fleischaker.

—Entiendo —dijo Milo—. ¿Y qué es el síndrome de Garnett-Fleischaker?

—Una enfermedad del hígado.

—Entiendo —dijo Milo, y se frotó las negras cejas con expresión compungida y dolorida, como si esperara a que desapareciera alguna molestia interna—. En ese caso —añadió al fin—, supongo que debes tener mucho cuidado con lo que comes, ¿no?

—Muchísimo cuidado —contestó Yossarian—. No es fácil contraer un buen síndrome de Garnett-Fleischaker, y no quiero echar a perder el mío. Por eso nunca como fruta.

—Ahora sí que lo entiendo —dijo Milo—. La fruta es mala para el hígado, ¿no?

—No, la fruta es muy buena para el hígado. Por eso nunca la como.

—Entonces ¿qué haces con ella? —preguntó Milo, remontando con tesón su creciente confusión para espetarle la pregunta que le quemaba la boca—. ¿La vendes?

—La regalo.

—¿A quién? —gritó Milo, con voz quebrada.

—¡A quien la quiera! —le gritó Yossarian a su vez.

Milo dejó escapar un prolongado lamento melancólico y se echó hacia atrás, trastabillando, con el rostro ceniciento perlado de sudor. Se tiró del ridículo bigote con aire ausente, temblando de pies a cabeza.

—Le doy una gran parte a Dunbar —prosiguió Yossarian.

—¿A Dunbar? —repitió Milo aturdido.

—Sí. Dunbar puede comer toda la fruta que quiere y no le hace ningún bien. Yo dejo el cajón ahí fuera para que quien quiera coja lo que le apetezca. Aarfy viene aquí a por ciruelas porque dice que en el comedor nunca sirven suficientes. Podrías ocuparte de eso cuando tuvieras un momento libre, porque no me hace ninguna gracia que venga Aarfy. En cuanto empiezan a acabarse las provisiones, el cabo Snark las repone. Nately se lleva un montón de fruta cada vez que va a Roma. Está enamorado de una puta que me odia y que a él no le hace el menor caso. Tiene una hermana pequeña que no les deja en paz cuando están en la cama, y viven en un piso con una vieja, un viejo y varias chicas más con los muslos bien gordos que se pasan el día tonteando. Nately les lleva un cajón entero cada vez que va allí.

—¿Se lo vende?

—No, se lo regala.

Milo frunció el ceño.

—Bueno, supongo que es un gesto muy generoso —comentó sin el menor entusiasmo.

—Sí, mucho —admitió Yossarian.

—Y además, estoy seguro de que es totalmente legal —añadió Milo—, ya que la comida es tuya desde el momento en que yo te la doy. Supongo que, en la situación tan mala en la que se encuentran, esa gente se alegrará.

—Sí, desde luego —le aseguró Yossarian—. Las dos chicas lo venden todo en el mercado negro y se gastan el dinero en bisutería y perfumes baratos.

Milo se animó ante aquellas palabras.

—¡Bisutería! —exclamó—. No sabía yo eso. ¿Cuánto pagan por los perfumes baratos?

—El viejo gasta su parte en whisky de garrafón y en fotografías guarras. Es un libertino.

—¿Un libertino?

—Ni te lo imaginas.

—¿Hay mucho mercado para las fotografías guarras en Roma? —preguntó Milo.

—Ni te lo imaginas. Fíjate en Aarfy, por ejemplo. Conociéndole, no podrías imaginártelo, ¿verdad?

—¿Que es un libertino?

—No, que es navegante. Conoces al capitán Aardvaark,

¿no? Es un tipo tan simpático que se acercó a ti el primer día que estuviste en el escuadrón y te dijo: «Aardvaark es mi apellido, y la navegación, mi oficio». Llevaba una pipa en la boca y seguramente te preguntaría que a qué universidad habías ido. ¿Sabes a quién me refiero?

Milo no le prestaba atención.

—Déjame ser tu socio —le soltó, implorante.

Yossarian lo rechazó, a pesar de que no le cabía duda de que podrían disponer a su antojo de los camiones de fruta en cuanto él los retirara del comedor valiéndose de la carta del doctor Danika. Milo se quedó alicaído, pero a partir de aquel momento confió a Yossarian todos sus secretos menos uno, razonando astutamente que alguien que no le robaba al país que amaba no robaría a nadie. Milo le confió a Yossarian todos sus secretos, excepto dónde se encontraban los agujeros en los que había empezado a enterrar el dinero en cuanto volvió de Esmirna con un avión cargado de higos y se enteró por Yossarian de que había ido un agente del CID al hospital. Para Milo, suficientemente crédulo como para ofrecerse voluntario, el puesto de intendente era algo sagrado.

—No me había dado cuenta de que no servíamos suficientes ciruelas —admitió el primer día—. Supongo que se debe a que aún soy nuevo en el trabajo. Trataré el asunto con el primer cocinero.

Yossarian se le quedó mirando fijamente.

—¿Qué primer cocinero? —preguntó—. No hay primer cocinero.

—El cabo furriel Snark —le explicó Milo, desviando la mirada con expresión culpable—. Es el único cocinero que tengo, así que en realidad es el primer cocinero, aunque me gustaría que lo trasladaran a la sección administrativa. Me da la impresión de que el cabo Snark tiene tendencia a ser demasiado creativo. Cree que su trabajo es una especie de manifestación artística y no para de quejarse de que tiene que prostituir su talento. Nadie le pide semejante cosa. A propósito, ¿sabes por qué lo degradaron a soldado raso y ahora no es más que cabo?

—Sí —dijo Yossarian—. Por envenenar al escuadrón.

Milo volvió a palidecer.

—¿Qué?

—Machacó cientos de pastillas de jabón y las mezcló con los boniatos para demostrar que la gente no tiene paladar y no distingue entre lo bueno y lo malo. El escuadrón entero se puso enfermo y suspendieron las misiones.

—¡En fin! —exclamó Milo frunciendo los labios con expresión de asco—. Descubriría que estaba equivocado, ¿no?

—Al contrario —le corrigió Yossarian—. Descubrió que tenía mucha razón. Todos repetimos. Sabíamos que estábamos enfermos, pero no teníamos ni idea de que nos hubieran envenenado.

Milo resopló dos veces, indignado, como una liebre despeluchada.

—En tal caso, hay que trasladarlo a la sección administrativa. No quiero que ocurra nada parecido mientras yo sea el jefe. Verás, mi deseo es ofrecer a los hombres de este escuadrón la mejor comida del mundo —confesó con aire grave—. Es una ambición importante, ¿no crees? Si un intendente aspira a menos, no tiene derecho a ocupar ese puesto. Eso opino yo. ¿No estás de acuerdo?

Yossarian se volvió lentamente para mirar a Milo, dando muestras de desconfianza. Vio una cara sencilla y sincera incapaz de sutilezas ni engaños, una cara honrada y franca con grandes ojos desparejos, pelo rojizo, cejas negras y un ridículo bigote entre rojizo y castaño. Milo tenía la nariz larga y delgada, con unas aletas móviles y húmedas visiblemente torcidas hacia la derecha, siempre apuntando hacia un lugar distinto al que él miraba. Era el rostro de un hombre de férrea integridad no más capaz de violar conscientemente los principios morales sobre los que se apoyaba su virtud que de transformarse en un sapo repugnante. Uno de dichos principios morales consistía en que no era pecado sacar tanto dinero como lo permitiera la situación. Se sumía en delirantes paroxismos de justificada indignación, que llegaron al culmen cuando se enteró de que un agente del CID andaba por allí buscándolo.

—No te busca a ti —le dijo Yossarian, tratando de apaciguarlo—. Busca a alguien que ha firmado con el nombre de Washington Irving las cartas que ha censurado en el hospital.

—Yo nunca he firmado ninguna carta con el nombre de Washington Irving —proclamó Milo.

—Claro que no.

—Pero es sólo un truco para obligarme a confesar que he ganado dinero en el mercado negro. —Milo tiró con fuerza de una de las despuntadas guías de su descolorido bigote—. No me gusta esa clase de tipos. No hacen más que fisgonear en la vida de la gente como nosotros. ¿Por qué no la toma el gobierno con Wintergreen si quiere hacer algo de provecho? Ése no respeta lo más mínimo las normas y no para de reducirme los precios.

El bigote de Milo era ridículo porque las dos mitades no coincidían. Eran como sus ojos desparejos, que nunca miraban la misma cosa al mismo tiempo. Milo veía más que la mayoría de las personas, pero no veía nada con demasiada claridad. En contraste con su reacción al enterarse de la presencia del agente del CID recibió con tranquilidad y valentía la noticia de que el coronel Cathcart había aumentado el número de misiones a cincuenta y cinco, noticia que le comunicó Yossarian.

—Estamos en guerra —dijo—. Y de nada sirve quejarse

del número de misiones que tenemos que cumplir. Si el coronel dice que cincuenta y cinco, tendremos que cumplirlas.

—Yo no tendré que hacerlo —aseguró Yossarian—. Voy a ver al comandante Coronel.

—¿Cómo? El comandante Coronel nunca recibe a nadie.

—Pues entonces volveré al hospital.

—Acabas de salir de allí, hace diez días —le recriminó Milo—. No puedes meterte en el hospital cada vez que te pasa algo que no te gusta. No, lo mejor es cumplir las misiones. Es nuestro deber.

Milo albergaba rígidos escrúpulos que no le permitieron ni tan siquiera llevarse prestado un paquete de dátiles deshuesados del comedor el día que le robaron la sábana a McWatt, porque aquellos alimentos pertenecían al gobierno.

—Pero tú me los puedes prestar —le explicó Yossarian—, porque toda esta fruta es tuya en cuanto yo te la doy gracias a la carta del doctor Danika. Puedes hacer lo que quieras con ella, incluso venderla y ganar mucho dinero en lugar de regalarla. ¿No te gustaría que la vendiéramos juntos?

—No.

Milo se dio por vencido.

—Entonces préstame un paquete de dátiles deshuesados —le pidió—. Te lo devolveré. Te lo juro. Y además te daré algo más.

Milo cumplió su promesa y le entregó a Yossarian un cuarto de la sábana amarilla de McWatt cuando volvió con el paquete de dátiles, aún sin abrir, y con el sonriente ladrón goloso que había sustraído la sábana de la tienda de McWatt. El trozo de sábana pertenecía a Yossarian, que lo había obtenido mientras dormía la siesta, si bien no comprendía cómo. Tampoco MacWatt.

—¿Esto qué es? —exclamó McWatt, contemplando atónito la mitad de sábana deshilachada.

—La mitad de la sábana que te han robado en la tienda esta mañana —le explicó Milo—. Me apuesto cualquier cosa a que ni siquiera sabías que te la habían robado.

—¿Y para qué puede querer nadie media sábana? —preguntó Yossarian.

Milo parecía inquieto.

—No entiendes nada —protestó—. Robó la sábana entera y yo la he recuperado con la caja de dátiles que tú has aportado. Por eso el cuarto de sábana es tuyo. Has conseguido una buena recompensa por tu inversión, sobre todo si tienes en cuenta que te devuelvo íntegros los dátiles que me diste. —Después, Milo se dirigió a McWatt—: La mitad de la sábana es tuya porque antes era tuya toda entera, y la verdad, no entiendo de qué te quejas, porque no tendrías ninguna parte si el capitán Yossarian y yo no hubiéramos intervenido.

—¿Quién se está quejando? —exclamó McWatt—. Simplemente intento pensar qué puedo hacer con media sábana.

—Se pueden hacer miles de cosas —le aseguró Milo—. Yo me he quedado con el otro cuarto a modo de recompensa por mi industria, mi trabajo y mi iniciativa. A ver si me entiendes, no es para mí, sino para la cooperativa. Ésa es una de las cosas que se pueden hacer con media sábana. Puedes dejarla en la cooperativa y verla crecer.

—¿En qué cooperativa?

—En la que me gustaría formar algún día para poderos ofrecer la comida que os merecéis.

—¿Quieres formar una cooperativa?

—Sí. Bueno, no, un economato. ¿Sabes lo que es?

—Un sitio donde se compran cosas, ¿no?

—Y donde se venden —le corrigió Milo.

—Sí, y donde se venden.

—Toda mi vida he querido un economato. Con él se pueden hacer miles de cosas, pero hay que tenerlo, claro.

—¿Quieres un economato?

—Sí, y todo el mundo será accionista.

Yossarian seguía perplejo, porque se trataba de un asunto de negocios, y esos temas siempre lo dejaban perplejo.

—Voy a explicártelo otra vez —le propuso Milo con aburrimiento y exasperación crecientes, señalando con el pulgar al ladrón goloso, que seguía sonriendo a su lado—. Sabía que prefería los dátiles a la sábana. Como no entiende ni una palabra de nuestro idioma, pues hice el negocio en inglés.

—¿Y por qué no le has pegado un puñetazo y le has quitado la sábana? —preguntó Yossarian.

Apretando los labios con dignidad, Milo movió la cabeza.

—Eso hubiera sido injusto —contestó, regañón—. La fuerza es mala, y no sirve para nada. Ha sido mejor así, a mi manera. Cuando le ofrecí los dátiles y cogí la sábana, seguramente pensaba que quería un intercambio.

—¿Y qué hacías?

—En realidad, estaba ofreciéndole un intercambio, pero como no entiende nuestro idioma, puede negarlo.

—¿Y si se enfada y coge los dátiles?

—Bueno, le daremos un puñetazo y se los quitaremos —dijo Milo sin vacilar. Miró a Yossarian, después a McWatt y a continuación otra vez al primero—. De verdad que no entiendo de qué se queja todo el mundo. Estamos mucho mejor que antes. Todos están contentos menos este ladrón, y no tiene sentido preocuparse por él, ya que ni siquiera habla nuestro idioma y se merece todo lo que le pase. ¿No lo comprendéis?

Pero Yossarian seguía sin comprender por qué Milo compraba huevos en Malta a siete centavos y los vendía a cinco en Pianosa obteniendo ganancias.

8

EL TENIENTE SCHEISSKOPF

Ni siquiera Clevinger entendía cómo podía hacer Milo una cosa semejante, y eso que Clevinger lo entendía todo. Clevinger lo sabía todo sobre la guerra excepto por qué Yossarian tenía que morir mientras que se permitía vivir al cabo furriel Snark, o por qué tenía que morir el cabo furriel Snark mientras que se permitía vivir a Yossarian. Era una guerra odiosa e inmunda, y Yossarian podría haber vivido sin ella, quizás eternamente. Sólo un pequeño sector de sus compatriotas habría dado la vida por ganarla, y no aspiraba a contarse entre ellos. Morir o no morir, ésa era la cuestión, y Clevinger se devanaba los sesos tratando de contestarla. La historia no requería el óbito prematuro de Yossarian, podía hacerse plena justicia sin recurrir a él, el progreso no dependía de tal elemento, ni la consecución de la victoria. Que murieran hombres era un asunto de necesidad; pero cuáles habían de morir era pura circunstancia, y Yossarian estaba dispuesto a ser víctima de cualquier cosa menos de la circunstancia. Pero así era la guerra. Prácticamente lo único que había descubierto en su favor consistía en que pagaba bien y libraba a los niños de la perniciosa influencia de sus padres.

Clevinger sabía tanto porque era un genio de corazón ardiente y rostro descolorido. Era todo un cerebro desgarbado, enfebrecido, de ojos famélicos. Cuando estudiaba en Harvard obtenía becas en casi todas las materias, y la única razón por la que no las obtenía en otras era porque estaba demasiado ocupado en firmar cartas de protesta, repartirlas, participar en discusiones de grupo y abandonar discusiones de grupo, asistir a congresos de jóvenes, tratar de impedir otros congresos de jóvenes y organizar comités de estudiantes en defensa de los profesores universitarios despedidos. Todos coincidían en que Clevinger llegaría muy lejos en el mundo académico. En definitiva, Clevinger era una de esas personas muy inteligentes pero nada listas, y todos lo sabían, salvo quienes no tardaron mucho en darse cuenta.

En definitiva, era un imbécil. A Yossarian le recordaba muchas veces uno de esos seres de los museos modernos con los dos ojos juntos en un lado de la cara. Naturalmente, se trataba de una ilusión, creada por la costumbre que tenía Clevinger de contemplar fijamente un solo aspecto de una cuestión sin ver jamás el otro. Políticamente, era un humanista que distinguía entre la derecha y la izquierda y que se hallaba en una incómoda posición, atrapado entre ambas. Se pasaba el tiempo defendiendo a sus amigos comunistas ante sus enemigos derechistas y a sus amigos derechistas ante sus enemigos comunistas, y lo detestaban profundamente los dos grupos, que nunca lo defendían ante nadie porque lo consideraban un imbécil.

Era un imbécil muy serio, muy sincero y muy concienzudo. Era imposible ir con él al cine sin verse envuelto después en una discusión sobre la empatía, Aristóteles, los universales, los mensajes y las obligaciones del cine como manifestación artística en una sociedad materialista. Las chicas a las que llevaba al teatro tenían que esperar al primer descanso para enterarse por mediación de Clevinger si estaban viendo una obra buena o mala, y entonces se enteraban en seguida. Era un idealista militante que luchaba contra los prejuicios raciales desmayándose ante su existencia. Lo sabía todo sobre literatura excepto cómo disfrutar de ella.

Yossarian intentó ayudarlo.

—No seas imbécil —le aconsejó un día cuando ambos se encontraban en la escuela de cadetes de Santa Ana, en California.

—Voy a decírselo —insistió Clevinger, sentado junto a Yossarian en las gradas de la plaza de armas y mirando al teniente Scheisskopf, que iba de un lado a otro enfurecido, como un Lear sin barba.

—¿Por qué yo? —gimió el teniente Scheisskopf.

—Cállate, idiota —le recomendó Yossarian a Clevinger en tono paternal.

—No sabes lo que dices —objetó Clevinger.

—Sé lo suficiente como para callarme, idiota.

El teniente Scheisskopf se tiraba de los pelos y rechinaba los dientes. Sus elásticas mejillas se bamboleaban con oleadas de angustia. Su problema radicaba en un escuadrón de cadetes de aviación con la moral muy baja que evolucionaban de una forma atroz en el concurso de desfiles que se celebraba todos los domingos por la tarde. Tenían la moral baja porque no querían marchar en los desfiles todos los domingos por la tarde y porque el teniente Scheisskopf había elegido a los oficiales cadetes en lugar de permitirles que los seleccionaran ellos.

—Quiero que alguien me lo diga —imploró el teniente Scheisskopf piadosamente—. Si tengo la culpa de algo, quiero que se me diga.

—Quiere que alguien se lo diga —repitió Clevinger.

—Quiere que todos se callen, imbécil —replicó Yossarian.

—¿Es que no lo has oído? —argumentó Clevinger.

—Sí lo he oído —repuso Yossarian—. Le he oído decir en voz alta y clara que quiere que mantengamos la boca cerrada si sabemos lo que nos conviene.

—No lo castigaré —juró el teniente Scheisskopf.

—Dice que no me castigará —dijo Clevinger.

—No. Te castrará —replicó Yossarian.

—Juro que no lo castigaré —aseguró el teniente Scheisskopf—. Quedaré muy agradecido a quien me diga la verdad.

—Te odiará —dijo Yossarian—. Te odiará hasta el día de su muerte.

El teniente Scheisskopf había cursado estudios universitarios becado por el gobierno a condición de que ingresara en el ejército, y se alegró mucho de que estallara la guerra, porque le daba la oportunidad de llevar uniforme de oficial y decir: «¡Atención!» en tono cortante y marcial a los montones de chavales que caían en sus garras cada ocho semanas antes de que los llevaran al matadero. Era un teniente ambicioso y sin sentido del humor, que se enfrentaba a sus responsabilidades con gran sensatez y únicamente sonreía cuando un oficial rival de la base de las Fuerzas Aéreas de Santa Ana sufría una indisposición a causa de una enfermedad mal curada. Era miope y padecía sinusitis crónica, circunstancia por la que la guerra revestía especial interés para él, ya que no corría ningún peligro de que lo enviaran al extranjero. Lo mejor que tenía era su mujer, y lo mejor que tenía su mujer era una amiga llamada Dori Duz que se lo hacía siempre que podía y tenía uniforme de enfermera que la mujer del teniente Scheisskopf se ponía y se quitaba todos los fines de semana para cualquier cadete del escuadrón de su marido que quisiera tirársela.

Dori Duz era una putita vivaracha de cobre y oro a la que le encantaba hacerlo en cobertizos, cabinas de teléfonos, casas de campo y paradas de autobús. Había poco que no hubiera puesto en práctica y menos que no estuviera dispuesta a poner. Era desvergonzada, delgada, agresiva y tenía diecinueve años. Destruía orgullos a docenas y hacía que los hombres se despreciaran a sí mismos a la mañana siguiente por la forma que tenía de encontrarlos, usarlos y tirarlos. Yossarian la amaba. Era una tía fantástica que lo consideraba buen chico. Le encantó la sensación de músculo elástico bajo su piel allí donde la acarició la única vez que se lo permitió. Yossarian quería tanto a Dori Duz que no podía contenerse y se arrojaba apasionadamente sobre la mujer del teniente Scheisskopf todas las semanas para vengarse del teniente Scheisskopf por estar vengándose de Clevinger.

La mujer del teniente Scheisskopf se vengaba de su marido por un crimen inolvidable que ella no podía recordar. Era una chica regordeta, sonrosada y perezosa que leía buenos libros y no paraba de aconsejarle a Yossarian que no fuera tan burgués sin la erre. Nunca estaba sin un buen libro a mano, ni siquiera cuando estaba tumbada en la cama con nada encima salvo Yossarian y las placas de identificación de Dori Duz. A Yossarian le aburría, pero también estaba enamorado de ella. Era una delirante especialista en matemáticas que había estudiado en la Escuela de Comercio Wharton incapaz de contar hasta el día veintiocho del mes sin verse en un apuro.

—Vamos a tener un niño otra vez, cielo —le decía a Yossarian un mes tras otro.

—Estás de los nervios —replicaba él.

—Lo digo en serio, amor mío —insistía ella.

—Y yo.

—Vamos a tener un niño otra vez, cielo —le decía a su marido.

—No tengo tiempo —rezongaba con pedantería el teniente Scheisskopf—. ¿Es que no sabes que se está preparando un desfile?

Al teniente Scheisskopf le preocupaba profundamente ganar los desfiles y acusar a Clevinger ante el tribunal de la escuela de conspirar para derrocar a los oficiales cadetes que había elegido Scheisskopf. Clevinger era un elemento perturbador y un sabelotodo. El teniente Scheisskopf sabía que Clevinger podía crear aún más problemas si no se lo vigilaba. Un día era lo de los oficiales cadetes; al día siguiente podía ser el mundo entero. Clevinger tenía cerebro, y el teniente Scheisskopf había observado que la gente con cerebro tenía tendencia a pasarse de lista. Ese tipo de hombres era peligroso, e incluso los nuevos oficiales cadetes a los que Clevinger había ayudado a recibir los despachos estaban deseando declarar contra él. El caso de Clevinger se abrió y de las mismas se cerró. Lo único que faltaba era algo de lo que acusarlo.

No podía ser nada relacionado con los desfiles, porque Clevinger se tomaba este tema casi tan en serio como el teniente Scheisskopf. Los hombres abandonaban las tiendas a primera hora de la tarde de los domingos y formaban penosamente de doce en doce junto a los barracones. Con una resaca monstruosa, marcaban el paso cojeando hasta ocupar su puesto en la plaza de armas central, donde permanecían inmóviles en medio del calor una o dos horas junto a los otros sesenta o setenta hombres de los demás escuadrones de cadetes hasta que se desplomaba un número suficiente para completar el cupo del día. En un extremo de la pista había una hilera de ambulancias y varios grupos de camilleros provistos de radioteléfonos portátiles. Encima de las ambulancias se situaban los vigías con binoculares. Un soldado llevaba la cuenta de las bajas. Quien se encargaba de supervisar aquella fase de la operación era un oficial médico con dotes para la contabilidad que daba el visto bueno al pulso de los cadetes y revisaba los números que escribía el soldado. En cuanto se recogían suficientes hombres inconscientes en las ambulancias, el oficial médico hacía una señal al director de la banda para que silenciara la música y diera por concluido el desfile. Uno detrás de otro, los escuadrones atravesaban la pista, ejecutaban un mortificante giro alrededor del estrado, volvían a cruzar la pista y regresaban a los barracones.

Se calificaba a cada escuadrón cuando pasaba junto al estrado, en el que estaba sentado un coronel hinchado de imponente bigote junto a los demás oficiales. El mejor escuadrón de cada ala recibía como premio un pendón amarillo sujeto a un bordón absolutamente inútil. El mejor escuadrón de la base obtenía un pendón rojo con un bordón más largo y aún más inútil, ya que el bordón pesaba más y costaba más trabajo arrastrarlo de acá para allá durante toda la semana hasta que lo ganaba otro escuadrón al domingo siguiente. Para Yossarian, la idea de recibir pendones a modo de premios era absurda. No iban acompañados de dinero, ni de privilegios de clase. Al igual que las medallas olímpicas y los trofeos de tenis, únicamente significaba que el poseedor había hecho algo que no le reportaba ningún beneficio a nadie con mayor habilidad que nadie.

También los desfiles le parecían absurdos. Yossarian los detestaba. Eran demasiado marciales. Detestaba oírlos, verlos, que lo metieran en ellos. Detestaba que lo obligaran a participar. Ya tenía más que suficiente con ser cadete de aviación para encima actuar como soldado en medio de un calor sofocante todos los domingos por la tarde. Tenía más que suficiente con ser cadete de aviación, porque saltaba a la vista que la guerra no iba a acabar antes de que él terminase el entrenamiento. Ésa era la única razón por la que se había presentado voluntario a las Fuerzas Aéreas. Para el entrenamiento en aviación, tenía semanas y semanas por delante hasta que lo asignaran a una clase, semanas y semanas hasta llegar a la categoría de bombardero-navegante, y otras tantas prácticas hasta quedar plenamente preparado para el servicio en ultramar. Entonces parecía inconcebible que la guerra fuera a durar tanto, porque Dios estaba de su parte, según le habían dicho, y Dios, según le habían comentado también, podía hacer lo que quisiera. Pero la guerra no tenía visos de acabar y él casi había terminado el entrenamiento.

El teniente Scheisskopf deseaba ardientemente ganar los desfiles y permanecía despierto la mitad de la noche trabajando en el asunto mientras su mujer lo esperaba en la cama, cariñosa, hojeando Krafft-Ebing hasta llegar a sus párrafos preferidos. El teniente manoseaba soldados de chocolate hasta que se le derretían entre los dedos y después maniobraba las filas de a doce en las que había repartido los vaqueros que había comprado por correo bajo nombre supuesto y que guardaba con llave, fuera del alcance de todos, durante el día. Los ejercicios de anatomía de Leonardo le resultaban indispensables. Una noche sintió la necesidad de emplear un modelo vivo y ordenó a su mujer que desfilara por la habitación.

—¿Desnuda? —preguntó ella, esperanzada.

El teniente Scheisskopf se llevó las manos a los ojos, irritado. Era la cruz del teniente Scheisskopf haberse unido a una mujer incapaz de ver más allá de sus sucios deseos sexuales, de comprender la lucha titánica por lo inalcanzable en la que podía enzarzarse heroicamente un hombre noble.

—¿Por qué no me pegas nunca? —le preguntó una noche su mujer con un mohín coqueto.

—Porque no tengo tiempo —le espetó el teniente, molesto—. No tengo tiempo. ¿Es que no sabes que se está preparando un desfile?

Y de verdad no tenía tiempo. El domingo estaba a la vuelta de la esquina, y sólo quedaban siete días de la semana para ponerlo todo a punto. El teniente no comprendía en qué se le iba el tiempo. Haber acabado el último en tres desfiles seguidos lo había dejado en mal lugar y consideró todas las posibilidades de mejora, incluso clavar a los doce hombres de cada fila a una larga viga de roble para obligarlos a mantener la formación. El plan no resultaba factible, porque hacer un giro de noventa grados hubiera sido imposible sin insertar eslabones de una aleación de níquel en la rabadilla de todos los hombres, y el teniente Scheisskopf no confiaba lo más mínimo en poder obtener del Cuartel General tal cantidad de eslabones de aleación de níquel ni la colaboración de los cirujanos del hospital.

A la semana siguiente de que el teniente Scheisskopf siguiera la recomendación de Clevinger y dejara que los hombres eligieran a los oficiales cadetes, su escuadrón ganó el pendón amarillo. El teniente Scheisskopf experimentó tal júbilo ante el inesperado triunfo que le propinó un fuerte mamporro a su mujer en la cabeza con el bordón cuando ésta intentó arrastrarlo hasta la cama con intención de celebrar el acontecimiento mostrando su desprecio por las costumbres sexuales de las clases media y baja de la civilización occidental. A la semana siguiente el escuadrón ganó el pendón rojo, y el teniente Scheisskopf no cabía en sí de gozo. Y a la semana siguiente el escuadrón marcó un hito en la historia al ganar el pendón rojo dos veces consecutivas. El teniente Scheisskopf se sentía ya lo suficientemente seguro como para llevar a la práctica la gran sorpresa que tenía preparada. En el transcurso de sus amplias investigaciones había descubierto que las manos de los soldados, en lugar de moverse libremente, como era entonces la moda más extendida, no debían separarse más de siete centímetros del centro del muslo, lo que en la práctica equivalía a no moverlas.

Los preparativos del teniente Scheisskopf fueron complicados y clandestinos. Todos los cadetes de su escuadrón juraron mantener el secreto y ensayaban en mitad de la noche en la plaza de armas lateral. Desfilaban en medio de una oscuridad absoluta y chocaban entre sí, pero no tenían miedo, y aprendieron a no mover las manos. Al principio, al teniente Scheisskopf se le ocurrió la idea de pedirle a un amigo que tenía en la ferretería que clavara ganchos de una aleación de cobre en el fémur de todos los soldados y que los uniera a las muñecas con finos hilos de cobre exactamente de siete centímetros de longitud, pero no había tiempo —nunca había suficiente tiempo—, y costaba trabajo encontrar buen hilo de cobre en la guerra. Y además, recordó que con semejantes obstáculos los hombres no podrían desplomarse como es debido durante la impresionante ceremonia de los desvanecimientos que precedía al desfile, y que la incapacidad para desmayarse como Dios manda podía afectar a la clasificación de la unidad.

Durante toda la semana trató de disimular su alegría en el club de oficiales. Entre sus amigos más íntimos se desataron las especulaciones.

—¿Qué se traerá entre manos ese cabeza de chorlito? —dijo el teniente Engle.

El teniente Scheisskopf respondía con una sonrisa de suficiencia a las preguntas de sus colegas.

—Lo descubriréis el domingo —prometió—. De verdad.

Aquel domingo el teniente Scheisskopf desveló la sorpresa que habría de marcar toda una época con el aplomo de un experto empresario. No dijo nada cuando los demás escuadrones pasaron ante el estrado de mala manera, como siempre. No dejó entrever nada ni siquiera cuando aparecieron las primeras filas de su escuadrón, desfilando sin mover un dedo, y sus asombrados colegas emitieron las primeras exclamaciones de sobresalto. Incluso entonces guardó silencio, hasta que el coronel hinchado de imponente bigote se abalanzó sobre él con el rostro del color de la grana, momento en que ofreció una explicación que lo hizo inmortal.

—Mire, coronel —anunció—. ¡Sin manos!

Y entre aquellos espectadores inmovilizados por el estupor repartió fotocopias de la oscura normativa sobre la que había cimentado su memorable triunfo. Fue el momento más feliz de la vida del teniente Scheisskopf. Ganó el desfile, naturalmente, obtuvo en exclusiva el pendón rojo y con ello se terminaron los desfiles dominicales, ya que resultaba tan difícil encontrar pendones rojos de buena calidad como buen hilo de cobre. Ascendieron a primer teniente al teniente Scheisskopf y él empezó a ascender rápidamente en el escalafón. Pocos fueron los que no lo consagraron como un auténtico genio militar por tan importante hallazgo.

—Ese teniente Scheisskopf..., hay que ver... Es un auténtico genio militar —comentaba el teniente Travers.

—Desde luego —admitía el comandante Engle—. Es una lástima que ese bobo no pegue a su mujer.

—No creo que tenga nada que ver —replicó con frialdad el teniente Travers—. El teniente Bemis pega divinamente a la señora de Bemis cada vez que tienen relaciones sexuales y en los desfiles es una mierda.

—Yo me refiero a la flagelación —replicó el teniente Engle—. Los desfiles me importan tres pitos.

En realidad, a nadie más que al teniente Scheisskopf le importaban tres pitos los desfiles, y menos que a nadie al coronel hinchado de imponente bigote que era presidente del tribunal de la base y se puso a vociferarle a Clevinger en cuanto éste entró tímidamente en la sala para declararse inocente de los cargos que había presentado el teniente Scheisskopf contra él. El coronel aporreó la mesa con el puño, se hizo daño, se enfureció aún más con Clevinger, por lo que volvió a aporrear la mesa y se hizo más daño. El teniente Scheisskopf dirigió una mirada furibunda a Clevinger, apretando los labios, mortificado por la mala impresión que estaba causando el cadete.

—¡Dentro de sesenta días estará metido hasta el cuello en la pelea! —rugió el coronel de imponente bigote—. Y a usted le parece una broma graciosísima.

—No me parece ninguna broma —objetó Clevinger.

—No me interrumpa.

—Sí, señor.

—Y diga «señor» cuando lo haga —le ordenó el comandante Metcalf.

—Sí, señor.

—¿No acaban de ordenarle que no interrumpa? —preguntó con frialdad el comandante Metcalf.

—Pero si no he interrumpido, señor —protestó Clevinger.

—No. Ni ha dicho «señor». Añada eso a los cargos contra él —ordenó el comandante Metcalf al cabo que sabía taquigrafía—. «No decir "señor" a sus superiores cuando no los interrumpe.»

—Es usted un cretino, Metcalf —dijo el coronel—. ¿No lo sabía?

El comandante Metcalf tragó saliva.

—Sí, señor.

—Entonces cierre la boca. No dice usted más que tonterías.

Había tres miembros del tribunal, el coronel hinchado de imponente bigote, el teniente Scheisskopf y el comandante Metcalf, que intentaban adoptar una expresión pétrea. Como miembro del tribunal, el teniente Scheisskopf era uno de los jueces que sopesaría las circunstancias del caso contra Clevinger que presentaría el fiscal. El teniente Scheisskopf también era el fiscal. Clevinger contaba con un oficial para que lo defendiera. El oficial que iba a defenderlo era el teniente Scheisskopf.

Todo le resultaba muy confuso a Clevinger, que se echó a temblar de puro terror cuando el coronel se alzó como un eructo gigantesco y lo amenazó con hacer pedazos su repugnante y cobarde persona. Un día había tropezado cuando se dirigía a clase; al día siguiente lo acusaron formalmente de «romper la formación, agresión criminal, conducta indecente, melancolía, alta traición, provocación, ser un sabelotodo, escuchar música clásica, etcétera». La Biblia en pasta, y allí estaba el pobre, muerto de miedo ante el coronel hinchado, quien volvió a rugir que al cabo de sesenta días estaría metido hasta el cuello en la pelea y le preguntó si le gustaría que lo degradasen y lo enviasen a las islas Salomón a enterrar cadáveres. Clevinger contestó cortésmente que no; que era un imbécil que prefería ser un cadáver a tener que enterrarlo. El coronel se sentó, súbitamente tranquilo y hasta cauteloso, zalamero.

—¿A qué se refería al decir que no podíamos castigarlo? —preguntó lentamente.

—¿Cuándo, señor?

—Soy yo quien hace las preguntas. Usted las contesta.

—Sí, señor. Yo...

—¿Acaso cree que lo hemos traído aquí para que usted haga las preguntas y yo las conteste?

—No, señor. Yo...

—¿Para qué lo hemos traído aquí?

—Para contestar a las preguntas que me hagan.

—¡Tiene usted toda la razón! —bramó el coronel—. Entonces, ¿qué le parecería si empezara a contestar algunas antes de que le rompa la crisma? ¿A qué demonios se refería, hijo de puta, cuando dijo que no podíamos castigarlo?

—No creo haber hecho semejante comentario, señor.

—¿Puede hablar más alto, por favor? No le oigo.

—Sí, señor. Yo...

—¿Puede hablar más alto, por favor? No le oye.

—Sí, señor. Yo...

—Metcalf.

—¿Sí, señor?

—¿No le he dicho que cierre la boca?

—Sí, señor.

—Entonces, cierre la boca cuando le digo que la cierre. ¿Entendido? ¿Puede hablar más alto, por favor? No le oigo.

—Sí, señor. Yo...

—Metcalf, ¿tengo el pie encima del suyo?

—No, señor. Debe de ser el pie del teniente Scheisskopf.

—No es mi pie —intervino el teniente Scheisskopf.

—Entonces será el mío —admitió el comandante Metcalf.

—Quítelo.

—Sí, señor. Pero primero tendrá que retirar el suyo, mi coronel. Está encima del mío.

—¿Me está diciendo que quite el pie?

—No, señor. Claro que no.

—Entonces, quite el pie y cierre la boca. ¿Puede hablar más alto, por favor? No le oigo.

—Sí, señor. Decía que yo no he dicho que no pudieran castigarme.

—¿De qué diablos está hablando?

—Estoy contestando a su pregunta, señor.

—¿A qué pregunta?

—«¿A qué demonios se refería, hijo de puta, cuando dijo que no podíamos castigarlo?» —respondió el cabo que sabía taquigrafía, leyendo el cuaderno de notas.

—Muy bien —dijo el coronel—. ¿A qué demonios se refería?

—Yo no dije que no pudieran castigarme, señor.

—¿Cuándo? —preguntó el coronel.

—¿Cuándo qué, señor?

—Otra vez me está haciendo preguntas.

—Lo siento, señor. Me temo que no entiendo su pregunta.

—¿Cuándo no dijo que no podíamos castigarlo? ¿No entiende mi pregunta?

—No, señor. No la entiendo.

—Acaba de decírnoslo. ¿Qué le parece si me contesta?

—Pero ¿cómo puedo contestar?

—Me está haciendo otra pregunta.

—Lo siento, señor, pero no sé cómo contestar. Nunca he dicho que no pudieran castigarme.

—Me está diciendo cuándo lo dijo. Yo le pregunto que cuándo no lo dijo.

Clevinger aspiró una profunda bocanada de aire.

—Siempre no he dicho que no pudieran castigarme.

—Eso está mejor, señor Clevinger, aunque es una mentira descarada. Anoche en las letrinas, ¿no le dijo en voz baja que no podíamos castigarlo a ese otro cerdo hijo de puta que nos cae fatal? ¿Cómo se llama?

—Yossarian, señor —respondió el teniente Scheisskopf.

—Pues Yossarian. Eso es. Yossarian. ¿Yossarian? ¿Se llama así? ¿Yossarian? ¿Qué nombre es ése?

El teniente Scheisskopf tenía todos los datos a mano.

—Se llama Yossarian, señor —explicó.

—Sí, supongo que así será. ¿No le dijo en voz baja a Yossarian que no podíamos castigarlo?

—No, no, señor. Le dije en voz baja que no podían declararme culpable...

—Seré estúpido —le interrumpió el coronel—, pero la diferencia se me escapa. Sí, supongo que soy muy estúpido, porque la diferencia se me escapa.

—Nos...

113

—Es usted un mamón hijo de puta, ¿verdad? Nadie le ha pedido aclaraciones y usted me las está dando. Yo estaba afirmando un hecho, no pidiendo aclaraciones. Es usted un mamón hijo de puta, ¿verdad?

—No, señor.

—¿No, señor? ¿Me está llamando embustero?

—No, no, señor.

—Entonces es usted un mamón hijo de puta, ¿verdad?

—No, señor.

—¡Maldita sea! ¿Qué quiere, pelearse conmigo? En menos que canta un gallo podría saltar sobre esta mesa y hacer pedazos su repugnante y cobarde persona.

—¡Adelante, hágalo! —gritó el comandante Metcalf.

—Metcalf, es usted un cerdo y un hijo de puta. ¿No le tengo dicho que cierre esa asquerosa boca que Dios le ha dado?

—Sí, señor. Lo siento, señor.

—Pues hágalo.

—Sólo intentaba aprender, señor. La única forma de aprender es intentarlo.

—¿Eso quién lo dice?

—Todo el mundo, señor. Incluso el teniente Scheisskopf.

—¿Usted dice eso?

—Sí, señor —respondió el teniente Scheisskopf—. Pero lo dice todo el mundo.

—Bueno, Metcalf, intente mantener la boca cerrada y quizás así aprenderá a hacerlo. ¿Por dónde íbamos? Vuelva a leerme lo último.

—«Vuelva a leerme lo último» —leyó el cabo que sabía taquigrafía.

—¡No lo último, imbécil! —gritó el coronel—. Lo otro.

—«Vuelva a leerme lo último» —insistió el cabo.

—¡Eso es lo último que he dicho yo! —vociferó el coronel, rojo de ira.

—No, señor —le corrigió el cabo—. Eso es lo último que he dicho yo. Acabo de leérselo hace un momento. ¿No lo recuerda, señor? Hace justo un momento.

—¡Oh, Dios mío! Léame lo último que ha dicho él, imbécil. Dígame, ¿cómo demonios se llama usted?

—Popinjay, señor.

—Muy bien, usted es el siguiente de la lista. En cuanto acabe este juicio, empezará el suyo. ¿Entendido?

—Sí, señor. ¿De qué se me va a acusar?

—¿Y eso qué tiene que ver? ¿Han oído lo que me ha preguntado? Se va a enterar, Popinjay. En cuanto acabemos con Clevinger, se va a enterar. Cadete Clevinger, ¿qué le...? Usted es el cadete Clevinger, ¿no?, y no Popinjay...

—Sí, señor.

—Bien. ¿Qué le...?

—Popinjay soy yo, señor.

—Popinjay, ¿es su padre millonario o senador?

—No, señor.

—Entonces, Popinjay, va usted de culo y cuesta arriba. Tampoco es general ni alto funcionario, ¿verdad?

—No, señor.

—Me alegro. ¿A qué se dedica su padre?

—Está muerto, señor.

—Me alegro mucho. En serio, va usted de culo y cuesta arriba, Popinjay. ¿De verdad se llama usted Popinjay? ¿Qué clase de apellido es ése? No me gusta.

—Es el apellido de Popinjay, señor —explicó el teniente Scheisskopf.

—Pues no me gusta, Popinjay, y estoy deseando hacer pedazos su repugnante y cobarde persona. Cadete Clevinger, ¿sería usted tan amable de repetir lo que le dijo o no le dijo en voz baja a Yossarian ayer por la noche en las letrinas?

—Sí, señor. Le dije que no podían declararme culpable...

—Continuaremos a partir de ahí. ¿A qué se refería exactamente, cadete Clevinger, cuando dijo que no podíamos declararlo culpable?

—Yo no dije que no pudieran declararme culpable, señor.

—¿Cuándo?

—¿Cuándo qué, señor?

—Maldita sea, ¿es que va a empezar a tomarme el pelo otra vez?

—No, señor. Lo siento, señor.

—Entonces conteste a la pregunta. ¿Cuándo no dijo usted que no podíamos declararlo culpable?

—Anoche, en las letrinas, señor.

—¿Es ésa la única vez que no lo dijo?

—No, señor. Yo siempre no he dicho que no podían declararme culpable, señor. Lo que le dije a Yossarian fue que...

—Nadie le ha preguntado qué le dijo a Yossarian. Le hemos preguntado qué no le dijo. No nos interesa lo más mínimo lo que le dijo a Yossarian. ¿Queda claro?

—Sí, señor.

—Entonces, prosigamos. ¿Qué le dijo a Yossarian?

—Le dije que no podían declararme culpable del delito del que se me acusa sin dejar de ser fiel a la causa de...

—¿De qué? Está balbuceando.

—No balbucee.

—Sí, señor.

—Y balbucee «señor» cuando balbucee.

—¡Metcalf, hijo de puta!

—Sí, señor —balbuceó Clevinger—. De la justicia, señor. Que no podían declararme...

—¿La justicia? —El coronel estaba atónito—. ¿Qué es la justicia?

—La justicia, señor...

—Eso no es justicia —se mofó el coronel, y se puso a golpear de nuevo la mesa con su mano gorda y grande—. Eso es Karl Marx. Voy a decirle qué es la justicia. Es una patada en el estómago cuando estás caído en el suelo, una puñalada trapera en medio de la oscuridad, un tiro a traición en el pañol de un buque de guerra. El garrote vil. Eso es la justicia cuando tenemos que prepararnos y endurecernos para la lucha. ¿Entendido?

—No, señor.

—¡Basta de señores!

—Sí, señor.

—Y diga «señor» cuando no lo diga —le ordenó el comandante Metcalf.

Clevinger fue declarado culpable, por supuesto, pues en otro caso no lo habrían acusado, y como la única forma de demostrarlo consistía en declararlo culpable, era su deber patriótico hacerlo. Le condenaron a realizar cincuenta y siete paseos de castigo. A Popinjay lo encerraron para darle una lección, y al comandante Metcalf lo trasladaron a las islas Salomón a enterrar cadáveres. El castigo de Clevinger consistía en pasar cincuenta minutos todos los fines de semana paseando por delante del edificio del capitán preboste con un fusil descargado que pesaba una tonelada.

A Clevinger le resultaba todo muy confuso. Ocurrían muchas cosas extrañas, pero a su juicio, la más extraña de todas era el odio, el odio brutal, implacable, sin disimulos, de los miembros del tribunal, que endurecía su expresión despiadada con una capa de venganza, que destellaba en sus ojos entrecerrados malévolamente, como brasas inextinguibles. Clevinger se quedó asombrado al descubrirlo. Lo habrían linchado si hubieran podido. Ellos tres eran adultos y él un muchacho, y lo odiaban y querían verlo muerto. Lo odiaban antes de que llegara allí, lo odiaron mientras estuvo allí, lo odiaron cuando se marchó, se llevaron el odio consigo como un preciado tesoro cuando se separaron y se reintegraron a sus respectivas soledades.

Yossarian había hecho todo lo posible la noche anterior para advertirlo de que tuviera cuidado.

—No tienes nada que hacer, chaval —le dijo sombrío—. Detestan a los judíos.

—Pero yo no soy judío —replicó Clevinger.

—Da lo mismo —le aseguró Yossarian, y tenía razón—. Van a por todo el mundo.

Clevinger se apartó de su odio como de una luz cegadora. Aquellos tres hombres que lo odiaban hablaban su lengua y llevaban su mismo uniforme, pero al ver sus rostros carentes de bondad disueltos en líneas inmutables de hostilidad comprendió al instante que en ningún rincón del mundo, ni siquiera en los aviones o los tanques o los submarinos fascistas, ni siquiera en los búnkeres tras las ametralladoras o los morteros o los lanzallamas, ni siquiera entre los expertos artilleros de la División Antiaérea Hermann Goering, ni entre los temibles partidarios del nazismo de las cervecerías de Múnich, ni de ningún otro lugar, encontraría hombres que lo odiaran más.

9

EL COMANDANTE DIGNO
CORONEL CORONEL

El comandante Digno Coronel Coronel lo había pasado mal desde el principio.

Como ocurre con frecuencia, había nacido demasiado tarde: exactamente con treinta y seis horas de retraso para el bienestar de su madre, una mujer dulce y enfermiza que, tras un día y medio de padecer las agonías del parto, perdió por completo las fuerzas para continuar la discusión sobre el nombre que habría de imponerse al recién nacido. Su marido recorrió el pasillo del hospital con la expresión grave y decidida de quien sabe lo que quiere. El padre de Digno Coronel Coronel era un hombre altísimo, demacrado, con gruesos zapatos y traje de lana negra. Rellenó el certificado de nacimiento sin titubear y le entregó el documento a la enfermera de la planta sin demostrar ninguna emoción. La enfermera lo cogió sin el menor comentario y se alejó con pasos silenciosos. Él la observó, pensando qué llevaría debajo.

Al volver a la sala, encontró a su mujer hundida entre las mantas como un vegetal disecado: arrugada, seca y blanda, sus debilitados tejidos totalmente inmóviles. Su cama estaba situada en el extremo de la sala, junto a una ventana de cristal resquebrajado y recubierto de mugre. Lo salpicaba la lluvia que caía de un cielo encapotado, y el día era lúgubre y frío. En otras partes del hospital agonizaban personas con la piel del color de la tiza y labios exangües, azulencos. El hombre se quedó mirando largo rato a la mujer, muy erguido.

—He puesto al niño Caleb —anunció al fin en voz baja—. Según tus deseos.

La mujer no replicó, y el hombre esbozó una sonrisa. Lo había planeado todo a la perfección, porque su mujer estaba dormida y no podía saber que le había mentido ante su lecho de dolor en la mísera sala del hospital del condado.

Tales fueron los entecos comienzos del ineficaz comandante de escuadrón que se pasaba la mayor parte de la jornada laboral falsificando la firma de Washington Irving en los documentos oficiales, en su despacho de Pianosa. El comandante Coronel la falsificaba hábilmente con la mano izquierda para evitar que lo identificaran, protegido contra cualquier intrusión por una autoridad que él no deseaba y enmascarado tras el bigote postizo y las gafas oscuras, medida que tomaba para impedir que lo sorprendiera cualquiera que se asomara a la destartalada ventana del celuloide de la que un ladrón había cortado un trozo. Entre los dos puntos que separaban su nacimiento de su ascenso se extendían treinta y un deprimentes años de soledad y frustración.

El comandante Coronel había nacido demasiado tarde y demasiado mediocre. Algunas personas nacen mediocres, otras alcanzan la mediocridad, a otras se la imponen. En el caso del comandante Coronel, eran las tres cosas. Incluso entre las personas que carecían de todo interés él destacaba invariablemente por una carencia de interés aún mayor que la de los demás, y cuantos lo conocían se quedaban impresionados por el poco interés que despertaba.

A Digno Coronel le asestaron tres golpes desde el principio: su madre, su padre y Henry Fonda, con el que guar-

daba un repugnante parecido casi desde el día de su nacimiento. Mucho antes de que sospechara tan siquiera quién
era Henry Fonda, se convirtió en objeto de comparaciones
poco halagüeñas allí donde iba. Incluso a los desconocidos
les parecía correcto criticarle, y como consecuencia padeció
desde el principio un temor culpable hacia la gente y un impulso de adular y pedir perdón a la sociedad por el hecho de
no ser Henry Fonda. No le resultaba tarea fácil ir por la vida pareciéndose a Henry Fonda, pero ni una sola vez pensó
en darse por vencido, habiendo heredado la perseverancia
de su padre, un hombre larguirucho con mucho sentido del
humor.

El padre del comandante Coronel era un hombre sobrio
y temeroso de Dios para quien un buen chiste consistía en
mentir sobre su edad. Era un robusto agricultor de largas
piernas, un individualista temeroso de Dios, amante de la libertad y observante de la ley, que sostenía que la ayuda federal a quienes no fueran agricultores era socialismo disimu-
lado. Abogaba por el ahorro y el trabajo y abominaba de las
mujeres casquivanas que no le hacían caso. Su especialidad
era la alfalfa, y obtenía grandes beneficios no cultivándola.
El gobierno le pagaba bien por cada arroba de alfalfa que
no cultivaba. Cuanta más alfalfa no cultivaba, más dinero
le daba el gobierno, e invertía hasta el último centavo que no
ganaba en nuevas tierras para aumentar la cantidad de alfalfa que no producía. El padre de Digno Coronel trabajaba sin
descanso para no cultivar alfalfa. En las largas tardes de invierno se quedaba en casa y no arreglaba las herramientas,
y saltaba de la cama al rayar el mediodía un día tras otro
para asegurarse de que no se realizaran las tareas cotidianas.
Adquiría tierras con gran sensatez, al cabo de poco tiempo
no cultivaba más alfalfa que ningún otro agricultor del condado. Los vecinos acudían a él en busca de consejo para to-

dos los asuntos, porque había ganado mucho dinero y, por consiguiente, era inteligente. «Lo que sembréis recogeréis», les aconsejaba a todos y cada uno, y ellos decían «Amén».

El padre del comandante Coronel defendía a ultranza las economías en el gobierno, siempre y cuando no interfirieran con el sagrado deber que éste tenía de pagar a los agricultores la mayor cantidad posible por la alfalfa que producían y que nadie quería o por no producir alfalfa. Era un hombre orgulloso e independiente que se oponía al seguro de desempleo y que no dudaba en lloriquear, lamentarse y engatusar con tal de sacarle lo más posible a quien le fuera posible. Era un hombre devoto que instalaba el púlpito en cualquier parte.

«El Señor nos ha dado a los agricultores dos buenas manos para que cojamos cuanto podamos abarcar con ellas», predicaba con ardor en las escaleras del palacio de justicia o delante del supermercado, mientras esperaba a que saliera y le dirigiera una fría mirada la joven y malhumorada cajera que mascaba chicle continuamente, detrás de la que andaba. «Si el Señor no hubiera querido que cogiéramos cuanto pudiéramos —proseguía—, no nos hubiera dado dos buenas manos para cogerlo.» Y los demás murmuraban «Amén».

El padre del comandante Coronel tenía una fe calvinista en la predestinación y comprendía claramente que las desgracias de todo el mundo, salvo las suyas, eran expresiones de la voluntad divina. Fumaba cigarrillos y bebía whisky, y disfrutaba con las conversaciones ingeniosas y estimulantes, sobre todo la suya cuando mentía acerca de su edad o cuando contaba aquel chiste tan bueno sobre Dios y las dificultades de su mujer para dar a luz a Digno Coronel. El chiste tan bueno sobre Dios y las dificultades de su mujer se centraba en el hecho de que Dios había tardado sólo seis días en hacer el mundo, mientras que su mujer había pasado un día y medio dedicada a hacer solamente a Digno Coronel. Un hombre menos entero o más débil podría haber llegado a un compromiso con sustitutos tan excelentes como Segundo, Secundino o Primitivo, pero el padre de Digno Coronel llevaba catorce años esperando semejante oportunidad, y no era de las personas capaces de desperdiciarla. También contaba un chiste muy bueno sobre las oportunidades. «En este mundo, la oportunidad sólo llama a tu puerta una vez en la vida», sentenciaba. El padre de Digno Coronel repetía esta broma tan buena a cada oportunidad que se le presentaba.

Nacer con un parecido enfermizo con Henry Fonda fue la primera de una larga serie de bromas que habría de gastarle el destino durante su desventurada vida a aquella pobre víctima. Venir al mundo llamándose Digno Coronel la segunda. Esta última circunstancia constituía un secreto sólo conocido por su padre. Hasta que empezó a asistir a la guardería no se descubrió su verdadero nombre, y los resultados fueron catastróficos. La noticia destrozó a su madre, que perdió las ganas de vivir y murió consumida, algo que le vino muy bien a su padre, que había decidido casarse con la chica malhumorada del supermercado si no le quedaba más remedio y que no veía con optimismo la posibilidad de librarse de su mujer sin darle dinero o una paliza.

Para Digno Coronel las consecuencias fueron sólo ligeramente menos graves. A tan tierna edad se vio obligado a aceptar un hecho asombroso y terrible: que no era, como siempre le habían hecho creer, Caleb Coronel, sino un completo desconocido llamado Digno Coronel Coronel del que no sabía absolutamente nada y del que nadie había oído hablar. Los pocos compañeros de juegos que tenía se apartaron de él para no volver jamás, predispuestos como estaban a desconfiar de los desconocidos, sobre todo de alguien que ya los había engañado haciéndose pasar por un niño que conocían desde hacía años. Nadie quería tener nada que ver con él. Digno Coronel empezó a dejar caer las cosas al suelo y a caminar dando traspiés. Mostraba una actitud tímida y esperanzada ante cada nuevo contacto humano, y siempre acababa decepcionado. Como necesitaba tan desesperadamente un amigo, jamás lo encontraba. Fue creciendo, y se convirtió en un muchacho torpe, alto, soñador, de ojos frágiles y boca delicada, sonrisa insegura e indecisa que se transformaba en mueca de dolor con cada nuevo rechazo.

Era respetuoso con sus mayores, a quienes desagradaba. Hacía cuanto ellos le decían. Le decían que tuviera cuidado antes de cruzar, y él lo tenía. Le decían que no dejara para mañana lo que pudiera hacer hoy, y él no lo dejaba. Se le decía que honrara a su padre y a su madre, y él los honraba. Se le decía que no matara, y no mató hasta que entró en el ejército. Entonces le dijeron que matara, y mató. Ponía la otra mejilla cada vez que lo exigía la ocasión y siempre se portaba con los demás como hubiera querido que los demás se portaran con él. Cuando daba limosna a los pobres, su mano izquierda no sabía qué hacía la derecha. Jamás tomó el nombre del Señor su Dios en vano, ni cometió adulterio ni deseó a la mujer de su prójimo. Por el contrario, amaba a su prójimo y jamás levantó contra él falso testimonio. A sus mayores les desagradaba por ser un anticonformista tan evidente.

Como no tenía nada mejor en lo que destacar, destacó en el colegio. En la universidad estatal se tomó los estudios tan en serio que los homosexuales sospechaban que era comunista y los comunistas que era homosexual. Se especializó en historia inglesa: grave error.

—¡Historia de Inglaterra! —bramó indignado el senador de cabellera cana de su estado—. ¿Por qué no historia de América? ¡La historia americana es tan buena como la de cualquier otro país del mundo!

Digno Coronel se cambió inmediatamente a la especialidad de literatura norteamericana, pero no sin que antes le hubiera abierto ficha el FBI. En la apartada granja que él llamaba su casa vivían seis personas y un scotch terrier, y cinco de ellas y el perro resultaron ser agentes del FBI. Al cabo de poco tiempo contaban con suficiente información desfavorable sobre Digno Coronel como para hacer lo que quisieran con él. No obstante, lo único que se les ocurrió fue meterlo en el ejército con el grado de soldado raso y ascenderlo a comandante cuatro días después para que los congresistas con nada mejor de lo que ocuparse pudieran corretear por las calles de Washington, D. C., cantando: «¿Quién nombró comandante a Coronel? ¿Quién nombró comandante a Coronel?».

En realidad, quien nombró comandante a Digno Coronel fue una máquina IBM con un sentido del humor casi tan desarrollado como el de su padre. Cuando estalló la guerra aún era dócil y sumiso. Le dijeron que se alistara, y él fue y se alistó. Le dijeron que solicitara el arma de aviación, y él fue y solicitó el arma de aviación, y a la noche siguiente se vio descalzo en el barro helado a las tres de la madrugada ante un beligerante sargento del suroeste que les dijo que podía moler a palos a cualquier hombre de su unidad y que estaba dispuesto a demostrárselo. Los cabos habían despertado bruscamente a todos los soldados de su escuadrón unos minutos antes y les habían ordenado que formaran ante la tienda de la administración. Salieron con la ropa de civil con la que habían llegado tres días antes. A los que se entretuvieron en ponerse calcetines y zapatos los obligaron a volver a las tiendas húmedas, frías, oscuras, a quitárselos, y todos quedaron descalzos en el barro mientras el sargento recorría sus rostros con sus pétreos ojos y les decía que podía moler a palos a cualquier hombre de su unidad. Nadie parecía deseoso de discutírselo.

El inesperado ascenso de Digno Coronel a comandante al día siguiente sumió al beligerante sargento en una melancolía insondable. Se pasó horas y horas cavilando en su tienda, como Saúl, sin recibir ninguna visita, mientras su alicaída guardia de élite vigilaba ante la entrada. A las tres de la mañana encontró la solución, y volvieron a despertar bruscamente a Digno Coronel y a los demás soldados y les ordenaron que formaran descalzos en medio de la llovizna, con una luz deslumbrante, ante la tienda de la administración, donde ya los estaba esperando el sargento, con los puños apretados sobre las caderas en actitud retadora, tan impaciente por hablar que apenas pudo aguardar a que llegaran.

—El comandante Coronel y yo podemos moler a palos a cualquier hombre de mi unidad —vociferó, jactancioso, en el mismo tono rudo y cortante de la noche anterior.

Los oficiales de la base acometieron el problema del comandante Coronel aquel mismo día. ¿Cómo iban a soportar a un comandante como Digno Coronel? Rebajarlo personalmente equivaldría a rebajar a los demás oficiales de igual o menor graduación. Por otra parte, tratarlo con cortesía era algo inconcebible. Por suerte, el comandante Coronel había solicitado el arma de aviación. A última hora de la tarde llegaron las órdenes de traslado, y a las tres de la mañana volvieron a despertarlo bruscamente. El sargento lo despidió a toda velocidad y lo metieron en un avión que se dirigió hacia el oeste.

El teniente Scheisskopf se puso blanco como el papel cuando el comandante Coronel se presentó ante él en California descalzo y con los pies embarrados. Digno Coronel estaba convencido de que volverían a despertarlo bruscamente para formar descalzo en el barro y se dejó los zapatos y los calcetines en la tienda. La ropa de paisano con la que se presentó ante el teniente Scheisskopf estaba arrugada y sucia. El teniente Scheisskopf, que aún no había alcanzado fama como organizador de desfiles, se estremeció violentamente al imaginarse al comandante Coronel desfilando descalzo en su escuadrón el domingo siguiente.

—Vaya al hospital inmediatamente —balbuceó una vez que se hubo recuperado lo suficiente como para hablar—, y dígales que está enfermo. Quédese allí hasta que le entreguen la asignación para los uniformes y pueda comprar ropa. Y calzado. Cómprese calzado.

—Sí, señor.

—No creo que tenga que llamarme «señor», señor —replicó el teniente Scheisskopf—. Tiene usted mayor graduación que yo.

—Sí, señor. Tendré más graduación que usted, señor, pero usted es el oficial al mando.

—Tiene razón, señor —admitió el teniente Scheisskopf—. Tendrá graduación mayor que yo, pero yo soy el oficial al mando. Así que mejor será que haga lo que le digo, o se buscará problemas. Vaya al hospital y dígales que está enfermo, señor. Quédese allí hasta que reciba la asignación para uniformes y pueda comprarse ropa.

—Sí, señor.

—Y calzado, señor. Cómprese calzado lo antes posible.

—Sí, señor. Así lo haré, señor.

—Gracias, señor.

A Digno Coronel, la vida en la escuela de cadetes no le resultó diferente a como había sido la vida hasta entonces. Quienquiera que estuviese con él siempre quería que estuviera con otra persona. Los instructores le daban trato preferente para que adelantara y pudieran librarse de él. En casi nada de tiempo obtuvo las alas de piloto y lo enviaron a ultramar, donde las cosas empezaron a mejorar de repente. Digno Coronel no había ansiado más que una sola cosa durante toda su vida: ser absorbido, y en Pianosa lo logró, durante una temporada. La graduación no significaba mucho para los hombres de servicio, y las relaciones entre soldados y oficiales eran informales y agradables. Hombres cuyos nombres desconocía le decían «Hola» y lo invitaban a ir a nadar o a jugar al baloncesto. Pasó las horas más dichosas en los partidos de baloncesto que duraban todo el día y que nadie ponía el menor empeño por ganar. Jamás llevaban cuenta de los tantos, y el número de jugadores variaba, desde uno hasta treinta y cinco. Digno Coronel nunca había jugado ni al baloncesto ni a nada, pero su buena estatura y su incontenible estusiasmo contribuían a compensar su torpeza innata y la falta de experiencia. Digno Coronel encontró la verdadera felicidad en aquella cancha de baloncesto ladeada con los oficiales y soldados que eran casi sus amigos. Si no había ganadores, tampoco había perdedores, y Digno Coronel disfrutó de todos y cada uno de los momentos hasta el día en que llegó el coronel Cathcart en su rugiente vehículo después de la muerte del comandante Duluth y le impidió seguir disfrutando.

—¡Es usted el nuevo comandante del escuadrón! —le gritó el coronel Cathcart con rudeza desde el otro lado de la zanja del ferrocarril—. Pero no crea que eso significa algo, porque no es así. Simplemente significa que es usted el nuevo comandante del escuadrón.

El coronel Cathcart albergaba un rencor implacable contra el comandante Coronel desde hacía tiempo. Un comandante superfluo en nómina equivalía a una organización defectuosa y proporcionaba armas a los hombres del Cuartel General de la 27.ª Fuerza Aérea, que, según estaba convencido el coronel Cathcart, eran sus rivales y enemigos. El coronel había rezado para que le sobreviniera un golpe de suerte como la muerte del comandante Duluth. Había sufrido el tormento de un comandante de más; ahora el nuevo ocuparía su lugar. Nombró comandante de escuadrón a Digno Coronel y se alejó en su rugiente vehículo tan bruscamente como había llegado.

Para Digno Coronel, aquello supuso el final del juego. Se sonrojó, incómodo, y se quedó clavado en el sitio, incrédulo, mientras las nubes de tormenta volvían a arremolinarse sobre su cabeza. Al volverse hacia sus compañeros de equipo se encontró con un muro de rostros curiosos, reflexivos, de ojos que lo contemplaban con animosidad inescrutable. Tembló de vergüenza. Cuando se reanudó el juego, ya no fue como antes. Cuando regateaba, nadie intentaba detenerlo y cuando fallaba un enceste, nadie echaba a correr para coger el balón. Sólo se oía su voz. Al día siguiente ocurrió lo mismo, y al otro no volvió.

Como si se hubieran puesto de acuerdo, todos los hombres del escuadrón dejaron de hablarle y empezaron a mirarlo mal. Iba por la vida tímidamente, con los ojos bajos y las mejillas ardientes, objeto de desprecio, envidias, recelos, resentimientos y maliciosas indirectas. Algunas personas que antes apenas se habían fijado en su parecido con Henry Fonda no paraban de discutir sobre el tema, e incluso había algunos que albergaban la siniestra sospecha de que habían ascendido a Digno Coronel a comandante de escuadrón precisamente por parecerse a Henry Fonda. El capitán Black, que aspiraba a aquel puesto, sostenía que el comandante Coronel era en realidad Henry Fonda, pero demasiado cobardica para admitirlo.

Digno Coronel pasaba desconcertado de un desastre a otro. Sin consultarle, el sargento Towser decidió trasladar sus objetos personales al espacioso remolque que antes ocupaba sólo el comandante Duluth, y cuando Digno Coronel se precipitó sin aliento en la tienda de la administración para denunciar el robo de sus cosas, el joven cabo que allí había le pegó un susto mortal al levantarse de un salto y gritar: «¡Firmes!» en el momento en que él apareció. Digno Coronel adoptó la posición de firmes junto a todos los demás que estaban en la tienda, preguntándose qué importante personaje habría entrado detrás de él. Pasaron varios minutos de rígido silencio, y podrían haberse quedado firmes hasta el día del Juicio si no hubiera acertado a pasar por allí el comandante Danby, con intención de felicitar al comandante Coronel, al cabo de veinte minutos.

La situación le resultó aún más lamentable en el comedor, donde lo esperaba Milo, deshaciéndose en resplandecientes sonrisas, para acompañarlo orgulloso hasta la mesita que había preparado y adornado con un mantel bordado y un jarrón de cristal tallado rosa con un ramo de flores. Digno Coronel retrocedió horrorizado, pero no tuvo valor para resistirse, con todo el mundo mirándolo. Incluso Havermeyer levantó los ojos del plato para observarlo con las mandíbulas entreabiertas, pendulares. Digno Coronel se sometió mansamente a los codazos de Milo y se sentó acobardado a su mesa particular. No le entraba la comida, pero prefirió tragarse hasta el último bocado a correr el riesgo de ofender a los hombres que la habían cocinado. Más tarde, a solas con Milo, notó que en su interior ascendía la protesta, por primera vez en su vida, y le dijo que quería seguir comiendo con los demás oficiales. Milo replicó que no funcionaría.

—No entiendo qué es lo que tiene que funcionar —objetó Digno Coronel—. Nunca ha pasado nada.

—Usted nunca había sido el comandante del escuadrón.

—El comandante Duluth era el comandante del escuadrón y comía en la misma mesa que los demás hombres.

—Con el comandante Duluth era distinto, señor.

—¿En qué sentido?

—Preferiría que no me lo preguntara, señor —dijo Milo.

—¿Es porque me parezco a Henry Fonda? —preguntó Digno Coronel tras armarse de valor.

—Algunas personas aseguran que es usted Henry Fonda —contestó Milo.

—¡Bueno, pues no soy Henry Fonda! —exclamó Digno Coronel con la voz quebrada por la desesperación—. Y no me parezco a él lo más mínimo. Además, si me parezco a Henry Fonda, ¿qué tiene que ver con todo esto?

—No tiene nada que ver. Eso es lo que estoy intentando decirle, señor. Con usted no es lo mismo que con el comandante Duluth.

Y desde luego que no era lo mismo, porque en la siguiente comida, cuando Digno Coronel se separó del mostrador para sentarse con los demás a las mesas normales, se quedó paralizado ante la impenetrable barrera de antagonismo que formaban sus rostros, con la bandeja temblándole en las manos, hasta que Milo se deslizó sin pronunciar palabra para rescatarlo y lo llevó a su mesa particular. Tenía la certeza de que estaban resentidos porque parecía demasiado importante para comer con ellos ahora que lo habían nombrado comandante del escuadrón. Cuando Digno Coronel estaba presente no se oía ninguna conversación en el comedor. Se daba cuenta de que otros oficiales evitaban comer a la misma hora que él, y todos experimentaron un gran alivio cuando dejó de ir allí para comer en el remolque.

El comandante Coronel empezó a falsificar la firma de Washington Irving en los documentos oficiales al día siguiente de que apareciera el primer agente del CID para interrogarle sobre alguien que había estado haciendo lo mismo en el hospital, y eso le dio la idea. Estaba aburrido e insatisfecho en su nuevo puesto. Le habían nombrado comandante del escuadrón pero no sabía qué tenía que hacer en calidad de tal, a menos que su única obligación consistiera en falsificar la firma de Washington Irving en los documentos oficiales y escuchar los golpes secos y aislados y el tintineo de las herraduras del comandante... de Coverley al caer al suelo junto a la ventana de su despacho, situado en la parte trasera de la tienda de la administración. Lo abrumaba la incesante sensación de no haber realizado una serie de tareas de importancia vital y esperaba en vano a que se le vinieran encima sus responsabilidades. Raramente salía, a menos que no le quedara más remedio, porque no podía acostumbrarse a que se lo quedaran mirando. De vez en cuando rompían la monotonía un oficial o un soldado que le enviaba el sargento Towser por algún asunto que el comandante Coronel era incapaz de resolver y volvía a enviar al hombre en cuestión al sargento Towser para que él se hiciera cargo. Al parecer, fuere el que fuese su cometido como comandante de escuadrón, lo estaba desempeñando otra persona sin su ayuda. Se sentía deprimido. A veces pensaba seriamente en ir a contarle sus penas al capellán, pero éste parecía tan agobiado por sus propias preocupaciones que el comandante Coronel no se atrevía a echar leña al fuego. Además, no estaba muy seguro de que los capellanes tuvieran que atender a los comandantes de escuadrón.

Tampoco sabía qué actitud adoptar con el comandante... de Coverley, quien, cuando no se dedicaba a alquilar pisos o secuestrar trabajadores extranjeros, no tenía mejor cosa que hacer que lanzar herraduras. Muchas veces, el comandante Coronel escuchaba con suma atención el suave choque de las herraduras contra la tierra o el roce contra los pequeños ganchos de acero. Observaba al comandante... de Coverley durante horas enteras y se maravillaba de que un personaje tan augusto no tuviera nada más importante de que ocuparse. Muchas veces sentía la tentación de jugar con él, pero lanzar herraduras todo el santo día se le antojaba casi tan aburrido como firmar «comandante Coronel» en los documentos oficiales, y el semblante del comandante... de Coverley era tan imponente que al comandante Coronel le daba miedo acercarse a él.

El comandante Coronel pensaba frecuentemente sobre su relación con el comandante... de Coverley y sobre la relación de éste con él. Sabía que el comandante... de Coverley era su oficial ejecutivo, pero no qué significaba tal cosa, y no podía decidir si representaba una bendición, bajo la forma de un superior indulgente, o una maldición bajo la forma de un subordinado negligente. No quería preguntárselo al sargento Towser, al que temía en secreto, y no había nadie más a quien pudiera preguntárselo, menos que nadie al comandante... de Coverley. Pocas personas osaban aproximarse a él, y el único oficial lo suficientemente tonto como para coger una de sus herraduras contrajo sarna al día siguiente de haberlo hecho, el peor caso de sarna pianosana que habían visto Gus, Wes y el doctor Danika. Todo el mundo estaba convencido de que al pobre oficial le había contagiado la enfermedad el comandante... de Coverley a modo de venganza, pero nadie sabía a ciencia cierta cómo.

La mayor parte de los documentos oficiales que llegaban al despacho del comandante Coronel no le interesaban lo más mínimo. La inmensa mayoría consistía en alusiones a comunicados anteriores de los que él no tenía noticia. Nunca había necesidad de revisarlos a fondo, porque, invariablemente, las instrucciones indicaban que no les hiciera caso. Por consiguiente, en el espacio de un solo minuto productivo, podían caer en sus manos veinte documentos distintos, todos los cuales le aconsejaban que no prestara la menor atención a ninguno de ellos. Desde el despacho del general Peckem, en el continente, llegaban a diario prolijos boletines con alentadores encabezamientos como «Los aplazamientos son los ladrones del tiempo» y «La limpieza es lo más cercano a la santidad».

Ante los comunicados del general Peckem sobre la limpieza y los aplazamientos el comandante Coronel se sentía como un sucio aplazador, y siempre se los quitaba de encima lo antes posible. Los únicos documentos oficiales que despertaban su interés eran los relativos al infortunado segundo teniente al que habían matado en la misión de Orvieto al cabo de menos de dos horas de haber llegado a Pianosa y cuyo equipaje, aún casi sin deshacer, seguía en la tienda de Yossarian. Como el infortunado teniente se había presentado en la tienda de operaciones en lugar de en la de ordenanzas, el sargento Towser había decidido que resultaría más conveniente asegurar que no se había presentado en el escuadrón, y los documentos relativos a él destacaban el hecho de que se había desvanecido en el aire, cosa que, en cierto modo, era exactamente lo que había ocurrido. A la larga, el comandante Coronel agradeció que le llegaran documentos oficiales, porque pasarse todo el santo día en la oficina firmándolos era mucho mejor que pasarse todo el santo día en el despacho sin firmarlos. Así tenía algo que hacer.

Inevitablemente, le devolvían todos los documentos que firmaba con otra página que también tenía que firmar, tras intervalos de entre dos y diez días. Siempre eran más voluminosos que los anteriores, porque entre la página en que había estampado la última firma y la que añadían para que estampara otra se intercalaban las páginas con las firmas más recientes de los demás oficiales de diversas localidades que también se dedicaban a firmar los mismos documentos. El comandante Coronel se descorazonaba al ver que unos simples comunicados se hinchaban de una forma prodigiosa hasta adquirir el tamaño de enormes manuscritos. Por muchas veces que firmara uno, siempre se lo devolvían para que volviera a firmar, y empezó a desesperar de librarse de ninguno de ellos. Un día —el siguiente a la primera visita del agente del CID— el comandante Coronel firmó como Washington Irving en lugar de con su apellido simplemente para ver qué sensación le producía. Le gustó. Tanto, que durante el resto de la tarde hizo lo mismo en todos los documentos oficiales. Fue un acto impulsivo de frivolidad y rebelión por el que lo castigarían severamente, y lo sabía. A la mañana siguiente entró en su despacho muy agitado, y esperó a ver qué pasaba. No pasó nada.

Había cometido una falta, y se sentía encantado, porque no le devolvieron ninguno de los documentos en los que había firmado como Washington Irving. Al fin veía algún avance, y el comandante Coronel acometió su nueva carrera con entusiasmo, sin inhibiciones. Quizá firmar como Washington Irving en los documentos no fuera una gran carrera, pero sí menos monótono que firmar como «comandante Coronel». Cuando Washington Irving le resultara monótono podía invertir el orden y firmar como Irving Washington hasta que esto también le resultara monótono. Y estaba consiguiendo algo, porque no le devolvieron ninguno de los documentos que llevaban dichas firmas.

Quien sí volvió fue otro agente del CID, disfrazado de piloto. Los soldados sabían que pertenecía al CID porque se lo confesó y les rogó a todos y cada uno de ellos que no revelaran su verdadera identidad a ninguno de los hombres a los que había confiado que pertenecía al CID.

—Usted es la única persona del escuadrón que sabe que pertenezco al CID —le confesó al comandante Coronel—, y es fundamental que mantenga el secreto para que mi labor no pierda eficacia. ¿Me entiende?

—El sargento Towser lo sabe.

—Sí, ya. He tenido que decírselo para poder verlo a usted. Pero también sé que no se lo dirá a nadie, bajo ninguna circunstancia.

—Me lo ha dicho a mí —replicó el comandante Coronel—. Me ha dicho que había un miembro del CID que quería verme.

—Ese cerdo... Tendré que ordenar que lo sometan a una inspección de seguridad. Yo en su lugar no dejaría ningún documento secreto por ahí. Al menos hasta que yo redacte el informe.

—No recibo documentos secretos —replicó el comandante Coronel.

—A eso me refiero. Ciérrelos con llave en su armario, para que el sargento Towser no pueda encontrarlos.

—El sargento Towser tiene la única llave del armario.

—Me temo que estamos perdiendo el tiempo —dijo el segundo agente del CID secamente. Era un hombre enérgico, rechoncho e inquieto, de movimientos rápidos y seguros. Sacó varias fotocopias de un sobre rojo de grandes dimensiones que hasta entonces había escondido debajo de una cazadora de aviador con chillones dibujos de aviones volando entre explosiones de metralla naranja e hileras ordenadas de bombitas que indicaban cincuenta y cinco misiones de combate cumplidas—. ¿Ha visto esto?

El comandante Coronel miró con expresión de perplejidad diversas copias de cartas personales de pacientes del hospital en las que el censor había escrito «Washington Irving» o «Irving Washington».

—No.

—¿Y esto?

En esta ocasión el comandante Coronel posó la mirada sobre unas copias de documentos oficiales dirigidos a él en los que había estampado las mismas firmas.

—Tampoco.

—¿Está en su escuadrón el hombre que ha firmado con estos nombres?

—¿Cuál? Hay dos.

—Cualquiera de los dos. Suponemos que Washington Irving e Irving Washington son la misma persona y que utiliza los dos nombres para despistarnos. Es algo muy corriente.

—Creo que en mi escuadrón nadie se llama así.

Una expresión de decepción ensombreció el rostro del segundo agente del CID.

—Es mucho más inteligente de lo que creíamos —admitió—. Utiliza un tercer nombre y se hace pasar por otra persona. Y yo creo..., sí, creo que sé cuál es el tercer nombre. —Le tendió otra fotocopia al comandante Coronel, inspirado y emocionado—. ¿Qué me dice de esto?

El comandante Coronel se agachó ligeramente y vio una copia del correo censurado en el que Yossarian había tachado todo excepto el nombre de Mary y en el que había añadido: «Te echo de menos terriblemente. A. T. Tappman, capellán, ejército de Estados Unidos». El comandante Coronel negó con la cabeza.

—No lo había visto.

—¿Sabe quién es A. T. Tappman?

—El capellán del grupo.

—Eso lo explica todo —dijo el segundo agente del CID—. Washington Irving es el capellán del grupo.

El comandante Coronel se sobresaltó.

—El capellán del grupo es A. T. Tappman —le corrigió.

—¿Está usted seguro?

—Sí.

—¿Y por qué escribiría esto en una carta?

—Quizá lo escribiera otra persona y falsificara su firma.

—¿Para qué querría nadie falsificar la firma del capellán?

—Para que no lo descubran.

—Quizá tenga usted razón —admitió el segundo agente del CID tras unos instantes de vacilación, y chasqueó la lengua con fuerza—. Es posible que nos encontremos ante un grupo, dos hombres que trabajan juntos y que por casualidad se llaman igual, pero con un orden inverso. Sí, eso tiene que ser. Uno está aquí, en el escuadrón, otro en el hospital y el otro con el capellán. Es decir, tres, ¿no es eso? ¿Está usted completamente seguro de que nunca había visto estos documentos oficiales?

—Los habría firmado.

—¿Con qué nombre? —dijo astutamente el segundo agente del CID—. ¿Con el suyo o con el de Washington Irving?

—Con el mío —respondió el comandante Coronel—. Ni siquiera conozco el nombre de Washington Irving.

El segundo agente del CID esbozó una sonrisa.

—Me alegro de que haya aclarado las cosas, comandante. Eso significa que podremos trabajar juntos, y voy a necesitar a todos los hombres que encuentre. En algún punto del teatro de operaciones europeo hay un hombre metiendo sus manazas en los comunicados que van dirigidos a usted. ¿Tiene idea de quién pueda ser?

—No.

—Pues yo sí —replicó el segundo agente del CID, y se inclinó hacia delante para susurrarle algo en tono confidencial—. Ese hijo de puta de Towser. ¿Por qué, si no, va por ahí cotilleando sobre mí? Mantenga los ojos bien abiertos y en cuanto oiga a alguien hablar de Washington Irving comuníquemelo. Ordenaré una revisión de seguridad para el capellán y para toda la gente que hay aquí.

En cuanto se hubo marchado, el primer agente del CID entró por la ventana en el despacho del comandante Coronel para preguntar quién era el segundo agente del CID. El comandante Coronel apenas lo reconoció.

—Era un agente del CID —le comentó el comandante Coronel.

—¡Y una mierda! —replicó el primer agente del CID—. El único agente del CID que hay aquí soy yo.

El comandante Coronel apenas lo reconoció porque llevaba una bata de pana de un color marrón descolorido con las costuras abiertas por las axilas, un pijama de franela y unas zapatillas muy gastadas, una de las cuales tenía la suela suelta. Era el atuendo reglamentario del hospital, según recordó. Había engordado unos diez kilos y parecía rebosante de salud.

—Estoy muy enfermo —se lamentó—. Un piloto de combate me contagió un resfriado que ha degenerado en una neumonía muy grave.

—Cuánto lo siento —le dijo el comandante Coronel.

—Sí que me sirve a mí de mucho —gimoteó el agente del CID—. No quiero que me compadezca. Lo único que quiero es que sepa por lo que estoy pasando. He venido a advertirle que todo parece indicar que Washington Irving ha trasladado su base de operaciones del hospital a su escuadrón. No habrá oído a nadie hablar de Washington Irving por aquí, ¿verdad?

—Pues sí —contestó el comandante Coronel—. El hombre que acaba de marcharse. Él me ha hablado de Washington Irving.

¿En serio? —gritó el primer agente del CID encantado—. Quizá sea esto lo que necesitábamos para sacar el asunto a la luz. Manténgalo bajo vigilancia las veinticuatro horas del día mientras yo vuelvo al hospital y escribo a mis superiores para que me envíen instrucciones.

El agente del CID saltó por la ventana del despacho del comandante Coronel y desapareció.

Al cabo de un minuto se abrió la cortina que separaba el

despacho del comandante Coronel de la tienda de ordenanzas y apareció el segundo agente del CID, jadeando frenéticamente. Tras aspirar una bocanada de aire, gritó:

—¡Acabo de ver a un hombre con pijama rojo saltar por la ventana y echar a correr por la carretera! ¿No lo ha visto?

—Ha estado aquí hablando conmigo —contestó el comandante Coronel.

—Me ha parecido muy sospechoso: un hombre con pijama rojo saltando por la ventana. —El agente se puso a recorrer el pequeño despacho con pasos vigorosos, en círculo—. Al principio pensé que era usted, que quería despistar. Pero ahora veo que no era usted. No le habrá dicho nada sobre Washington Irving, ¿verdad?

—Pues sí —contestó el comandante Coronel.

—¡Sí! —exclamó el segundo agente del CID—. ¡Estupendo! Quizá sea lo que necesitábamos para sacar el caso a la luz. ¿Sabe usted dónde podemos encontrarlo?

—En el hospital. Está muy enfermo.

—¡Fantástico! —exclamó el segundo agente del CID—. Iré ahora mismo, pero sería mejor que fuera de incógnito. Explicaré toda la situación en la enfermería para que me ingresen.

«No quieren ingresarme en el hospital a menos que esté enfermo», le explicó al comandante Coronel al cabo de pocos minutos. «La verdad es que estoy bastante enfermo. Desde hace tiempo tenía intención de someterme a un examen médico, y ésta es una buena oportunidad. Voy a volver a la enfermería a decirles que estoy enfermo, y así me ingresarán en el hospital.»

«Mire lo que me han hecho», le dijo después al comandante Coronel, con las encías de color morado. Parecía desolado. Llevaba los zapatos y los calcetines en la mano, y también le habían pintado los dedos de los pies con una solución de genciana. «¿Quién ha visto a un agente del CID con las encías moradas?», dijo en tono lastimero.

Se alejó de la tienda de ordenanzas con la cabeza gacha, se precipitó en una trinchera y se rompió la nariz. Seguía teniendo una temperatura normal, pero Gus y Wes hicieron una excepción y lo enviaron al hospital en ambulancia.

El comandante Coronel había mentido, y la mentira funcionó. No le sorprendió demasiado, porque había observado que, por regla general, las personas que mentían tenían más recursos y lograban más cosas que las que no mentían. Si le hubiera dicho la verdad al segundo agente del CID se habría buscado problemas. Por el contrario, había mentido y era libre de continuar con su trabajo.

Tras la visita del segundo agente del CID tomó más precauciones. Firmaba todos los documentos con la mano izquierda, siempre y cuando llevara las gafas oscuras y el bigote postizo que había utilizado vanamente para empezar a jugar otra vez al baloncesto. Como medida de seguridad complementaria, tomó la feliz decisión de cambiar de nombre, y adoptó el de John Milton. John Milton era conciso y flexible. Al igual que Washington Irving, podía invertirse el orden con buenos resultados en cuanto empezara a ser monótono. Además, le permitía doblar la producción, porque John Milton era mucho más corto que su nombre o el de Washington Irving y tardaba mucho menos en escribirlo. John Milton dio grandes frutos en más de un sentido. Era muy versátil, y al cabo de poco tiempo el comandante Coronel empezó a incorporar la firma a fragmentos de diálogos imaginarios. En los típicos documentos oficiales podía leerse lo siguiente, por ejemplo: «John, Milton es un sádico» o «¿Has visto a Milton, John?». Se sentía especialmente orgulloso de una frase: «En el Hilton te espera Milton, John». John Milton le abría las puertas a una extensa gama de posibilidades y prometía desterrar para siempre la monotonía. El comandante Coronel volvió a utilizar el nombre de Washington Irving cuando empezó a aburrirse de John Milton.

Se había comprado las gafas oscuras y el bigote postizo en Roma, en una vana tentativa de salir de la ciénaga de degradación en la que se iba hundiendo día a día. En primer lugar sufrió la terrible humillación de la Cruzada del Juramento de Lealtad, cuando ninguna de las treinta o cuarenta personas que repartían juramentos de lealtad le permitieron firmarlos. Después, cuando aquello empezaba a caer en el olvido, ocurrió lo de la misteriosa desaparición del avión de Clevinger con toda la tripulación, y la responsabilidad de la extraña desgracia recayó sobre él por no haber firmado ninguno de los juramentos de lealtad.

Las gafas oscuras tenían una ancha montura de color magenta. El bigote postizo era un llamativo molinillo, y un día se los puso para ir a la cancha de baloncesto, incapaz de soportar la soledad. Adoptó un aire de despreocupación mientras cruzaba la cancha, rezando en silencio para que no lo reconocieran. Los demás simularon no reconocerlo y el comandante Coronel empezó a divertirse. Justo en el momento en que se felicitaba por el éxito de su inocente estratagema alguien le dio un fuerte empujón y cayó de rodillas. Inmediatamente volvieron a empujarlo, y comprendió que lo habían reconocido y que estaban aprovechando su disfraz como excusa para darle codazos, ponerle zancadillas y vapulearlo. No querían ni verlo. Y nada más darse cuenta de su situación, los jugadores de su equipo se fusionaron instintivamente con los del otro formando una multitud aullante y sedienta de sangre que se abalanzaba sobre él insultándolo y agitando los puños. Lo derribaron, lo patearon mientras estaba en el suelo, volvieron a atacarlo cuando logró ponerse de pie. Se cubrió la cara con las manos, sin ver nada. Trepaban unos sobre otros, tratando frenéticamente de aplastarlo, patearlo, pisotearlo. Llegó rodando hasta el borde de la zanja y resbaló sobre la cabeza y los hombros. Al tocar el fondo recuperó el equilibrio, gateó hasta el otro lado y se alejó a trompicones bajo la lluvia de alaridos y piedras con que lo obsequiaron hasta que se refugió, tambaleante, junto a la tienda de las ordenanzas. Durante toda la escaramuza su preocupación fundamental había consistido en mantener en su sitio las gafas y el bigote postizo para seguir haciéndose pasar por otra persona y evitarse la temida situación de tener que imponer su autoridad.

Una vez en su despacho, lloró, y cuando dejó de llorar se limpió la sangre de la boca y la nariz y se quitó la suciedad de las heridas de las mejillas y la frente. Después llamó al sargento Towser.

—A partir de ahora no quiero que venga nadie a verme mientras yo esté aquí —dijo—, ¿entendido?

—Sí, señor —contestó el sargento Towser—. ¿Eso me incluye a mí?

—Sí.

—Comprendo. ¿Alguna cosa más?

—No.

—¿Qué he de decir a las personas que vengan a verlo mientras esté usted aquí?

—Dígales que esperen.

—Sí, señor. ¿Durante cuánto tiempo?

—Hasta que yo salga.

—¿Y después qué hago con ellas?

—Me da igual.

—¿Puedo dejarles entrar cuando usted haya salido?

—Sí.

—Pero usted no estará dentro, ¿verdad?

—No.

—Sí, señor. ¿Alguna cosa más?

—No.

—Sí, señor.

—A partir de ahora —le dijo el comandante Coronel al soldado cuarentón que se ocupaba del cuidado de su remolque—, no quiero que entre usted mientras yo esté aquí a preguntarme si necesito algo. ¿Entendido?

—Sí, señor —contestó el ordenanza—. ¿Cuándo debo entrar para saber si necesita algo?

—Cuando no esté aquí.

—Sí, señor. ¿Y qué debo hacer?

—Lo que yo le diga.

—Pero no estará usted aquí para decírmelo, ¿verdad?

—No.

—Entonces, ¿qué debo hacer?

—Lo que haya que hacer.

—Sí, señor.

—Eso es todo —dijo el comandante Coronel.

—Sí, señor —replicó el ordenanza—. ¿Alguna cosa más?

—No —contestó el comandante Coronel—. Y tampoco entre a limpiar. No entre bajo ninguna circunstancia, a menos que tenga la seguridad de que yo no estoy aquí.

—Sí, señor. Pero ¿cómo puedo saberlo?

—Si no está seguro, dé por supuesto que estoy dentro y márchese hasta que esté seguro. ¿Entendido?

—Sí, señor.

—Siento hablarle así, pero tengo que hacerlo. Adiós.

—Adiós, señor.

—Y gracias por todo.

—Sí, señor.

—A partir de ahora —le dijo el comandante Coronel a Milo Minderbinder—, no voy a venir al comedor. Quiero que me lleven las comidas al remolque.

—Me parece muy buena idea, señor —convino Milo—. Así podré servirle platos especiales que los demás ni probarán. Estoy seguro de que le gustarán. Al coronel Cathcart siempre le gustan.

—No quiero platos especiales. Quiero lo mismo que les sirve a los demás oficiales. Eso sí, quien los traiga, que llame una vez a la puerta y deje la bandeja en la escalera. ¿Entendido?

—Sí, señor —contestó Milo—. Entendido. Tengo unas langostas vivas de Maine escondidas que puedo prepararle esta noche con una excelente ensalada de roquefort y dos *éclairs* que sacaron ayer por la noche de París junto a un importante miembro de la resistencia francesa. ¿Le parece bien para empezar?

—No.

—Sí, señor. Comprendo.

Aquella noche, Milo le sirvió de cena langosta de Maine asada con una excelente ensalada de roquefort y dos *éclairs*. El comandante Coronel se sentía muy molesto. Si devolvía la comida a la cocina, iría a parar al cubo de la basura o a otra persona, y él tenía debilidad por la langosta asada. Comió con mala conciencia. Al día siguiente, para almorzar, le presentaron sopa de tortuga y una botella de Dom Pérignon de 1937, y lo devoró sin pensárselo dos veces.

Después de Milo, sólo quedaban los hombres de la tienda de ordenanzas, y el comandante Coronel los evitaba entrando y saliendo por la mugrienta ventana de celuloide de su despacho. La dejaba abierta, y como era baja y grande resultaba fácil saltar desde dentro y desde fuera. Cubría la distancia entre la tienda de las ordenanzas y su remolque doblando a toda velocidad la esquina cuando no había moros en la costa; después bajaba como un rayo por el foso de las vías y corría con la cabeza baja hasta el refugio del bosque.

Al llegar frente al remolque, salía del foso y zigzagueaba como una flecha por entre la maleza, en la que únicamente se encontró en una ocasión con el capitán Flume, quien, ojeroso y fantasmal, estuvo a punto de matarlo del susto al materializarse de improviso entre unos arbustos quejándose de que el jefe Avena Loca lo había amenazado con rebanarle el cuello de oreja a oreja.

—Si vuelve a asustarme de este modo, seré yo quien le rebane el cuello de oreja a oreja —le dijo el comandante Coronel.

El capitán Flume soltó un grito de asombro y desapareció entre los arbustos. El comandante no volvió a toparse con él.

Cuando el comandante Coronel reflexionaba sobre lo que había logrado, se sentía satisfecho. En el espacio de unos metros cuadrados hostiles con un enjambre de más de doscientas personas, se había convertido en un prisionero. Con un poco de ingenio y visión de futuro, había conseguido que resultara imposible que le hablara ningún hombre del escuadrón, cosa que, según observó, a todo el mundo le parecía bien, ya que nadie quería hablar con él. Nadie excepto el loco de Yossarian, que un día lo tiró al suelo con una llave de lucha libre cuando se dirigía hacia su remolque a la hora de comer arrastrándose por el foso de las vías.

La última persona del escuadrón que el comandante Coronel hubiera querido que lo tirase al suelo con una llave de lucha libre era precisamente Yossarian. Aquel tipo estaba rodeado de un halo intrínsecamente deshonroso: se pasaba la vida dando la tabarra con lo del muerto que había en su tienda, que ni siquiera estaba allí, y a continuación le dio por quitarse la ropa, después de la misión de Aviñón, y pasear sin nada encima hasta el día en que el general Dreedle fue a ponerle una medalla por su heroísmo en la operación de Ferrara y se lo encontró en posición de firmes completamente desnudo. Nadie en el mundo tenía el poder suficiente para sacar el desordenado equipaje del muerto de la tienda de Yossarian. El comandante Coronel había perdido autoridad al permitir al sargento Towser que asegurase que el teniente que había muerto sobre Orvieto al cabo de menos de dos horas de haber llegado al escuadrón no se había presentado en él. A su juicio, el único que tenía derecho a recoger los efectos personales del difunto era el propio Yossarian pero, siempre a juicio del comandante Coronel, Yossarian no tenía derecho a semejante cosa.

El comandante Coronel gimió cuando Yossarian lo tiró al suelo con una llave de lucha libre, y trató de ponerse de pie. Yossarian no lo dejó.

—El capitán Yossarian solicita permiso para hablar inmediatamente con el comandante sobre un asunto de vida o muerte —dijo Yossarian.

—Déjeme levantarme, por favor —le rogó el comandante Coronel, molesto e irritado—. No puedo devolverle el saludo con un brazo apoyado en tierra.

Yossarian lo soltó. Se levantaron lentamente. Yossarian volvió a saludar y repitió su petición.

—Vamos a mi despacho —replicó el comandante Coronel—. No me parece que éste sea el mejor sitio para hablar.

—Sí, señor —convino Yossarian.

Se sacudieron la gravilla de la ropa y se dirigieron en medio de un embarazoso silencio hacia la entrada de la tienda de ordenanzas.

—Espere unos momentos. Voy a ponerme mercurocromo en estos cortes. Después dígale al sargento Towser que lo pase a mi despacho.

—Sí, señor.

El comandante Coronel cruzó con dignidad la tienda de

ordenanzas sin dirigir ni una sola mirada a los mecanógrafos y soldados que escribían en sus mesas y consultaban los ficheros. Dejó que se cerrara tras él la cortina de acceso a su despacho. Una vez a solas, se precipitó hacia la ventana y salió de un salto con intención de huir. Yossarian le cerró el paso. Lo esperaba en posición de firmes y volvió a saludar.

—El capitán Yossarian solicita permiso para hablar inmediatamente con el comandante sobre un asunto de vida o muerte —repitió con decisión.

—Permiso denegado —le espetó el comandante Coronel.

—No servirá de nada.

El comandante Coronel se dio por vencido.

—De acuerdo —replicó en tono sombrío—. Hablaré con usted. Por favor, salte a mi despacho.

—Después de usted.

Saltaron al despacho. El comandante Coronel se sentó y Yossarian, sin dejar de moverse delante de la mesa, le explicó que no quería realizar más misiones de combate.

¿Y él qué podía hacer?, se preguntaba el comandante Coronel. Lo único que podía hacer era seguir las instrucciones del coronel Korn y esperar.

—¿Por qué no quiere volar? —preguntó.

—Tengo miedo.

—No tiene por qué avergonzarse —le aconsejó con dulzura el comandante—. Todos tenemos miedo.

—No me da vergüenza. Me da miedo.

—No sería usted normal si no tuviera miedo. Incluso los más valientes lo experimentan. Una de las tareas más arduas a la que todos nos enfrentamos en combate es superar el miedo.

—Vamos, mi comandante. ¿Son necesarias todas esas estupideces?

El comandante Coronel bajó los ojos tímidamente y se puso a juguetear con las manos.

—¿Qué quiere que le diga?

—Que he cumplido suficientes misiones y puedo volver a casa.

—¿Cuántas ha cumplido?

—Cincuenta y una.

—Sólo le quedan cuatro más.

—Aumentará el número. Siempre que me acerco al límite aumenta el número.

—Quizá no lo haga esta vez.

—Además, nunca envía a casa a nadie. Los tiene holgazaneando mientras esperan la llegada de la orden de repatriación hasta que no dispone de suficientes hombres. Entonces aumenta el número de misiones y los devuelve al servicio. Hace lo mismo desde que llegó aquí.

—No debe responsabilizar al coronel Cathcart por el retraso de las órdenes —le advirtió el comandante Coronel—. La 27.ª Fuerza Aérea tiene la obligación de poner en práctica las órdenes en cuanto las recibe.

—Pero podría pedir reemplazos y mandarnos a casa en cuanto volvieran las órdenes. Además, me han dicho que la 27.ª Fuerza Aérea sólo exige cuarenta misiones, pero que él se empeña en que cumplamos cincuenta y cinco.

—No sabría decirle —replicó el comandante Coronel—. El coronel Cathcart es el oficial al mando y tenemos que obedecerlo. ¿Por qué no cumple las cuatro que le quedan, a ver qué pasa?

—Porque no quiero.

¿Qué puede uno hacer?, se preguntaba el comandante Coronel una vez más. ¿Qué podía uno hacer con un hombre que te miraba directamente a los ojos mientras te decía que prefería morir a que lo mataran en combate, un hombre tan inteligente y maduro como uno mismo al que había que hacer creer que no lo era? ¿Qué le podía decir?

—¿Qué le parecería realizar vuelos de rutina? —le propuso el comandante Coronel—. Así podría cumplir las cuatro misiones sin correr riesgos.

—No quiero realizar vuelos de rutina. No quiero seguir en la guerra.

—No querrá ver cómo la pierde nuestro país, ¿verdad? —le preguntó el comandante Coronel.

—No vamos a perder. Tenemos más hombres, más dinero y más material. Hay diez millones de soldados que podrían sustituirme. Están muriendo muchas personas y otras están ganando dinero y divirtiéndose. Que maten a otro.

—Imagínese que todos nosotros pensáramos lo mismo.

—Entonces yo sería un imbécil si pensara de otra forma, ¿no le parece?

«¿Qué podría decirle?», se preguntó el comandante Coronel, desolado. Una cosa que no podía decir era que él no podía hacer nada. Decir eso equivaldría a sugerir que lo haría si pudiera, e implicaría la existencia de una injusticia en la política del coronel Korn. El coronel Korn se había mostrado sumamente explícito al respecto. Nunca debía decir que no podía hacer nada.

—Lo siento —dijo—, pero yo no puedo hacer nada.

10

WINTERGREEN

Clevinger estaba muerto. En esto radicaba el defecto fundamental de su filosofía. Dieciocho aviones atravesaron una radiante nube blanca frente a la costa al volver del vuelo de rutina semanal a Parma un día por la tarde; de ella salieron diecisiete. No se encontró ni rastro del otro, ni en el aire ni en la lisa superficie de las aguas de jade. No se hallaron restos. Varios helicópteros volaron en círculo alrededor de la nube hasta el crepúsculo. Durante la noche la nube se disolvió, y por la mañana Clevinger había desaparecido de la faz de la tierra.

El suceso causó perplejidad, tanta como la Gran Conspiración de Lowery Field, cuando los sesenta y cuatro hombres que ocupaban un barracón se esfumaron un día de cobro y no se volvió a saber nada de ellos. Hasta que Clevinger fue borrado del mapa tan hábilmente, Yossarian pensaba que aquellos hombres sencillamente habían decidido desertar el mismo día. Tanto le había animado lo que parecía ser un masivo abandono de los sagrados deberes que salió corriendo jubiloso para comunicarle la emocionante noticia al ex soldado de primera Wintergreen.

—¿Qué tiene de emocionante? —le espetó Wintergreen

desabridamente, apoyando la sucia bota en la pala y recostándose con gesto huraño sobre la pared de uno de los profundos agujeros cuadrados que constituían su especialidad militar.

El ex soldado de primera Wintergreen era un mocoso al que le divertía perseguir objetivos opuestos. Cada vez que se ausentaba sin permiso lo cogían y lo condenaban a cavar y rellenar agujeros de dos metros de profundidad y otros tantos de longitud y anchura durante un período de tiempo concreto. Cada vez que acababa de cumplir la sentencia volvía a ausentarse sin permiso. Aceptaba su papel de cavar y rellenar agujeros con toda la dedicación y convicción de un auténtico patriota.

—No es mala vida —comentaba filosóficamente—. Y supongo que alguien tiene que hacerlo.

Tenía suficiente sentido común como para comprender que cavar agujeros en Colorado no era un destino demasiado malo en época de guerra. Como no había gran demanda de agujeros, podía cavarlos y rellenarlos con tranquilidad, y raramente se veía agobiado de trabajo. Por otra parte, lo rebajaban a soldado raso cada vez que le formaban consejo de guerra. Lamentaba profundamente la degradación.

—Era agradable ser soldado de primera —rememoraba con nostalgia—. Tenía posición, ¿sabes lo que te quiero decir?, y me movía en los mejores círculos. —Su rostro se oscureció con resignación—. Pero todo eso se acabó —añadió—. La próxima vez que me largue será en calidad de soldado raso, y sé que no será igual. Cavar agujeros no tenía ningún futuro. El trabajo no es ni siquiera estable. Lo pierdo cada vez que termino de cumplir una sentencia. Entonces tengo que volver a ausentarme sin permiso si quiero recuperarlo, y no puedo hacerlo. Hay una trampa. La trampa 22. La próxima vez que me ausente sin permiso será el fin. No sé qué va a ser de mí. A lo mejor acabo en el extranjero si no me ando con cuidado. —No quería pasarse el resto de su vida cavando agujeros, aunque no ponía ninguna objeción mientras hubiera guerra y su trabajo formara parte de la acción bélica—. Es una cuestión de obligación —observó—, y cada cual tiene que cumplir con la suya. La mía consiste en cavar agujeros y lo he hecho tan bien que me han recomendado para la medalla de buena conducta. Tu obligación consiste en tontear en la escuela de cadetes y esperar a que acabe la guerra antes de que salgas. La obligación de los hombres del frente consiste en ganar la guerra, y ojalá la estuvieran cumpliendo tan bien como yo. No sería justo que yo tuviera que ir al extranjero a hacer el trabajo de ellos, ¿verdad?

Un día, el ex soldado de primera Wintergreen chocó contra una cañería de agua mientras cavaba un agujero y casi se ahogó hasta que lo sacaron medio inconsciente. Se corrió la voz de que era petróleo, y echaron a patadas al jefe Avena Loca de la base. Al cabo de poco tiempo, todo soldado que encontraba una pala se ponía a cavar frenéticamente en busca de petróleo. La tierra volaba por todas partes; la escena se parecía a la de aquella mañana en Pianosa, siete meses más tarde, después de la noche en la que Milo bombardeó el escuadrón con los aviones que había acumulado en su cooperativa M y M así como el campo de aviación, el polvorín y los hangares, y todos los supervivientes salieron a fabricarse cavernosos refugios en el suelo y a taparlos con las placas blindadas que habían robado de los talleres de reparación del aeródromo y los maltrechos cuadrados de lona impermeable que habían robado los unos de las tiendas de otros. Se llevaron al jefe Avena Loca de Colorado al primer rumor de la existencia de petróleo y lo enviaron a Pianosa en sustitución del teniente Coombs, que un día salió en calidad de invitado a una misión para ver en qué consistía un combate y murió en el avión junto a Kraft, en el cielo de Ferrara. Yossarian se sentía culpable cada vez que recordaba a Kraft, culpable porque lo habían matado cuando Yossarian soltaba las bombas sobre el objetivo por segunda vez, y también porque Kraft había participado inocentemente en la Gloriosa Insurrección de las Atabrine que se inició en Puerto Rico, en la primera etapa del vuelo, y que acabó en Pianosa diez días más tarde, cuando Appleby entró muy decidido en el mismo momento en que llegaron para dar parte de que Yossarian se había negado a tomar pastillas de Atabrine. El sargento lo invitó a tomar asiento.

—Gracias, sargento. Creo que sí voy a sentarme —contestó Appleby—. ¿Cuánto tiempo tendré que esperar? Aún me queda mucho por hacer para estar listo mañana por la mañana cuando quieran que vaya a cumplir mi misión.

—¿Perdón, señor?

—¿Cómo dice, sargento?

—¿Qué me ha preguntado?

—Que cuánto tiempo tendré que esperar para entrar a ver al comandante.

—Hasta que salga a comer —respondió el sargento Towser—. Entonces podrá entrar.

—Pero él no estará dentro, ¿no?

—No, señor. El comandante Coronel no volverá a su despacho hasta después de comer.

—Entiendo —replicó Appleby, dubitativo—. Entonces será mejor que vuelva después de comer.

Appleby se alejó de la tienda de instrucciones íntimamente perplejo. En el momento en que traspasaba la puerta creyó ver a un oficial alto y moreno que se parecía un poco a Henry Fonda saltando por la ventana de la tienda y perdiéndose de vista al doblar la esquina. Appleby se detuvo y apretó los ojos con fuerza. Lo asaltó una duda angustiosa. Se preguntó si estaría sufriendo malaria o algo peor, una sobredosis de Atabrine. Appleby había tomado cuatro veces más de lo prescrito porque quería ser cuatro veces mejor piloto que nadie. Seguía con los ojos cerrados cuando el sargento Towser le dio un leve golpecito en el hombro y le dijo que podía entrar si quería, ya que el comandante Coronel acababa de salir. Appleby recobró la confianza.

—Gracias, sargento. ¿Volverá pronto?

—Después de comer. Entonces tendrá usted que salir y esperar hasta que se vaya a cenar. El comandante Coronel nunca ve a nadie en su despacho mientras está allí.

—¿Qué acaba de decir, sargento?

—Que el comandante Coronel nunca ve a nadie en su despacho mientras está allí.

Appleby se quedó mirando fijamente al sargento Towser e intentó adoptar un tono de firmeza.

—Sargento, ¿está usted tomándome el pelo porque acabo de llegar al escuadrón y usted lleva mucho tiempo aquí?

—No, no, señor —dijo el sargento con amabilidad—. Ésas son las órdenes que tengo. Puede preguntárselo al comandante Coronel cuando lo vea.

—Ésa es precisamente mi intención, sargento. ¿Cuándo podré verlo?

—Nunca.

Rojo de humillación, Appleby redactó el informe sobre Yossarian y las pastillas de Atabrine en un cuaderno que le ofreció el sargento y se marchó rápidamente, pensando que quizá Yossarian no fuera el único hombre con el privilegio de llevar uniforme de oficial que estaba loco.

Cuando el coronel Cathcart elevó a cincuenta y cinco el número de misiones, el sargento Towser empezó a sospechar que quizá todos los hombres que llevaban uniforme estuvieran locos. El sargento Towser era delgado y anguloso, con el pelo fino y de un tono de rubio tan claro que parecía incoloro, mejillas hundidas y dientes como grandes malvaviscos blancos. Dirigía el escuadrón y no le gustaba. Algunos hombres, como Joe *el Hambriento*, lo miraban con auténtico odio, y Appleby lo hacía objeto de vengativas descortesías ahora que había adquirido fama de piloto importante y jugador de pimpón imbatible. El sargento Towser dirigía el escuadrón porque no había nadie más que lo hiciera. No le interesaban ni la guerra ni los ascensos. Le interesaban las cachimbas y los muebles de estilo Hepplewhite.

Casi sin darse cuenta, el sargento Towser había adquirido la costumbre de pensar en el muerto de la tienda de Yossarian en los mismos términos que éste: como un muerto en la tienda de Yossarian. En realidad, no era tal cosa. Era simplemente un piloto de reemplazo muerto en combate antes de haberse presentado oficialmente. Se detuvo en la tienda de operaciones para preguntar por la tienda de instrucciones y lo enviaron a luchar inmediatamente porque había tantos hombres que habían cumplido las treinta y cinco misiones exigidas que el capitán Piltchard y el capitán Wren se veían en dificultades para reunir el número de tripulaciones especificadas por el Cuartel General. Como no había llegado oficialmente al escuadrón, tampoco podía haberlo abandonado oficialmente, y el sargento Towser tenía la sensación de que los múltiples comunicados referentes al pobre hombre seguirían resonando para siempre.

Se llamaba Mudd. Al sargento Towser, que deploraba la violencia y el despilfarro con igual aversión, se le antojaba un funesto capricho obligar a Mudd a atravesar el océano, para que cayera destrozado sobre Orvieto, menos de dos horas después de su llegada. Nadie recordaba quién era ni cómo era, y menos que nadie el capitán Piltchard y el capitán Wren, que sólo se acordaban de que había aparecido un oficial nuevo en la tienda de operaciones justo a tiempo de que lo mataran y que se sonrojaban cada vez que se mencionaba el asunto del muerto de la tienda de Yossarian. Los únicos que habrían podido ver a Mudd, los hombres que iban en el mismo avión, también habían caído al mar hechos pedazos.

Por otra parte, Yossarian sabía perfectamente quién era Mudd. Era el soldado desconocido a quien nunca le habían dado una oportunidad, porque eso era lo único que se sabía de todos los soldados desconocidos: que nunca se les daba una oportunidad. Tenían que estar muertos. Y aquel muerto era realmente desconocido, a pesar de que sus objetos personales seguían amontonados sobre el catre en la tienda de Yossarian casi como los había dejado tres meses antes, el día que no llegó, todo ello contaminado de muerte al cabo de menos de dos horas, del mismo modo que todo se contaminó de muerte a la semana siguiente, durante el Gran Asedio de Bolonia, cuando el olor a moho de la mortalidad se cernía húmedo en el aire entre la niebla sulfurosa y los hombres que tenían que volar ya se habían contagiado.

No hubo forma de rehuir la misión de Bolonia en cuanto el coronel Cathcart ofreció voluntario a su grupo para destruir los polvorines que los bombarderos de la Italia continental no habían logrado arrasar desde mayor altitud. Cada día de retraso profundizaba la conciencia de la situación y el pesimismo. La omnipresente convicción de la muerte se propagaba sin cesar con las continuas lluvias, mordiendo y empapando el rostro enfermizo de todos los hombres como la mancha corrosiva de un mal espeluznante. Todo el mundo olía a formaldehído. No había ningún sitio al que acudir en busca de ayuda, ni siquiera a la enfermería, que se había cerrado por orden del coronel Korn para que nadie pudiera pretextar una enfermedad, como habían hecho los hombres el único día que amaneció despejado, alegando una misteriosa epidemia de diarrea que obligó a retrasar la operación una vez más. Sin enfermos y con la puerta de la enfermería cerrada a cal y canto, el doctor Danika pasaba el tiempo que mediaba entre un chaparrón y otro encaramado en un taburete alto, absorbiendo el desolador estallido del miedo en silencio con una neutralidad penosa, posado como un buitre melancólico bajo el ominoso cartel escrito a mano que el capitán Black había colgado en la puerta de la enfermería a modo de broma y que el doctor Danika dejó allí porque no era ninguna broma. El cartel tenía un reborde de tiza negra y decía lo siguiente: «CERRADO HASTA NUEVO AVISO POR FALLECIMIENTO».

El miedo flotaba por todas partes, se colaba en el escuadrón de Dunbar, que asomó con curiosidad la cabeza por la puerta de la enfermería un día al anochecer y se dirigió respetuosamente a la borrosa silueta del doctor Stubbs, que estaba sentado en las densas sombras del interior ante una botella de whisky y una jarra llena de agua destilada.

—¿Está usted bien? —preguntó solícito Dunbar.

—Estoy fatal —contestó el doctor Stubbs.

—¿Qué hace aquí?

—Estoy sentado.

—Pensaba que no podían presentarse enfermos.

—Y no pueden.

—Entonces, ¿por qué está aquí?

—¿Dónde quiere que esté? ¿En el club de oficiales, con los coroneles Cathcart y Korn? ¿Sabe qué hago aquí?

—Estar sentado.

—Quiero decir en el escuadrón, no en la tienda. No se haga el listillo. ¿Se imagina qué hace un médico en el escuadrón?

—En los otros escuadrones tienen la puerta de la enfermería cerrada a cal y canto —observó Dunbar.

—Si algún enfermo entra por esa puerta, le daré de baja —aseguró el doctor Stubbs—. Me importa tres pitos lo que digan.

—No puede dar de baja a nadie —le recordó Dunbar—. ¿No conoce las órdenes?

—Le pondré una inyección para que se caiga de culo y así tendrá la baja. —El doctor Stubbs soltó una risita sardónica ante la idea—. Creen que pueden suprimir a los enfermos. Son unos hijos de puta. ¡Vaya, ya estamos otra vez! —Empezó a llover de nuevo; las gotas cayeron primero sobre los árboles, después sobre los charcos; después, débilmente, como un murmullo tranquilizador, sobre el techo de la tienda—. Incluso las letrinas y los urinarios protestan. El mundo entero apesta como un osario.

Se hizo un silencio insondable cuando se calló. Cayó la noche. Se respiraba una atmósfera de inmenso aislamiento.

—Encienda la luz —propuso Dunbar.

—No hay luz. No me apetece poner en funcionamiento el generador. Antes me lo pasaba divinamente salvándole la vida a la gente. Ahora me pregunto qué sentido tiene, puesto que todos van a morir.

—Claro que tiene sentido —dijo Dunbar.

—¿Ah, sí? ¿Cuál?

—Evitar que mueran durante el mayor tiempo posible.

—Sí, pero ¿qué sentido tiene, si todos van a morir?

—Lo mejor es no pensarlo.

—No se trata de eso. ¿Qué sentido tiene?

Dunbar caviló en silencio unos momentos.

—¿Quién sabe?

Dunbar no lo sabía. La perspectiva de Bolonia tendría que haberle llenado de alegría, porque los minutos transcurrían a paso de tortuga y las horas se arrastraban como siglos. Por el contrario, le atormentaba, porque sabía que iban a matarlo.

—¿De verdad quiere más codeína? —le preguntó el doctor Stubbs.

—Es para mi amigo Yossarian. Está convencido de que van a matarlo.

—¿Yossarian? ¿Quién demonios es Yossarian? ¿Qué apellido es ése? ¿No será ese que se emborrachó y se peleó con el coronel Korn en el club de oficiales la otra noche?

—El mismo. Es asirio.

—Ese loco hijo de puta.

—No está tan loco —objetó Dunbar—. Jura que no piensa ir a la misión de Bolonia.

—A eso me refiero —replicó el doctor Stubbs—. Ese loco hijo de puta quizá sea el único cuerdo que queda.

EL CAPITÁN BLACK

El cabo Kolodny se enteró por una llamada del Cuartel General y la noticia lo afectó tanto que cruzó la tienda de información de puntillas hasta donde estaba el capitán Black, que dormitaba con las piernas de pronunciadas espinillas encima de la mesa, y se lo contó en un susurro, atónito.

El capitán Black volvió a la vida de inmediato.

—¡Bolonia! —dijo encantado, y se echó a reír—. Conque Bolonia, ¿eh? —Soltó otra carcajada y movió la cabeza, sorprendido—. ¡Vaya, vaya! Estoy impaciente por ver la cara de esos hijos de puta cuando sepan que van a Bolonia. ¡Ja, ja, ja!

Era la primera vez que el capitán se reía realmente a gusto desde el día en que se sintió burlado por el comandante Coronel, a quien acababan de nombrar comandante del escuadrón. Se levantó torpemente pero entusiasmado, y se situó detrás del mostrador con el fin de procurarse la mayor diversión posible cuando llegaran los bombarderos a recoger los mapas.

—Eso es, hijos de puta, a Bolonia —repetía sin cesar a los bombarderos que preguntaban incrédulos si de verdad tenían que ir a Bolonia—. ¡Ja, ja, ja! Jodeos y bailad. Esta vez os vais a enterar.

El capitán Black siguió al último de ellos afuera para observar con deleite el efecto que causaba la noticia en los demás oficiales y soldados que se agolpaban con los cascos, los paracaídas y los trajes protectores alrededor de los cuatro camiones que estaban estacionados en el centro del escuadrón. Era un hombre alto, flaco, con aire de desconsuelo, que se movía con malhumorada apatía. Se afeitaba aquella cara suya pálida y cansada cada tres o cuatro días, y casi siempre parecía que se estaba dejando crecer un bigotillo entre rojizo y dorado sobre el desmedrado labio superior. La escena que se desarrollaba en el exterior no lo decepcionó. La consternación oscurecía todos los semblantes. El capitán Black bostezó encantado y se frotó los ojos para borrar los últimos restos de letargo. Se refocilaba cada vez que le decía a alguien que se jodiera y bailase.

Bolonia representó el acontecimiento más gratificante en la vida del capitán Black desde el día que mataron al comandante Duluth en Perugia y estuvieron a punto de elegirlo para ocupar su puesto. Cuando le comunicaron por radio la muerte del comandante Duluth, el capitán Black reaccionó con auténtico júbilo. Aunque nunca se había parado a pensar en aquella posibilidad, comprendió en seguida que era lógico que lo sustituyera él como comandante de escuadrón. Para empezar, era el oficial de información del escuadrón, es decir, estaba más informado que ningún otro oficial. Eso sí, no realizaba misiones de combate, a diferencia del comandante Duluth y de los demás comandantes de escuadrón; pero este detalle constituía otro poderoso argumento a su favor, pues su vida no corría peligro y podría desempeñar el cargo durante todo el tiempo que lo necesitase su país. Cuanto más lo pensaba, más inevitable le parecía. Todo era cuestión de dejar caer la palabra idónea en el sitio adecuado, y rápidamente. Se apresuró a volver a su despacho para decidir el camino a seguir. Arrellanado en la silla giratoria, con los pies sobre la mesa y los ojos cerrados, se puso a imaginar lo maravilloso que sería todo cuando le nombraran comandante de escuadrón.

Mientras el capitán Black imaginaba, el coronel Cathcart actuaba, y aquél se quedó pasmado ante la velocidad con la que, a su juicio, le había burlado el comandante Coronel. Su gran desaliento ante el anuncio de la designación del comandante Coronel se tiñó de un amargo resentimiento que no trataba de disimular. Cuando los oficiales de la administración expresaban su asombro ante la elección del coronel Cathcart, el capitán Black murmuraba que pasaba algo raro; cuando especulaban sobre las ventajas políticas del parecido del comandante Coronel con Henry Fonda, el capitán Black aseguraba que en realidad era Henry Fonda; y cuando comentaban que el comandante Coronel era un poco extraño, el capitán Black proclamaba que era comunista.

—Se están apoderando de todo —declaró porfiadamente—. En fin, si vosotros queréis cruzaros de brazos y dejarles hacer lo que quieran, yo no. Yo voy a tomar medidas. A partir de ahora voy a obligar a todo hijo de puta que entre en la tienda de información a firmar un juramento de lealtad. Y no voy a consentir que ese hijo de puta de Coronel firme ninguno, aunque quiera.

Casi de un día para otro se desencadenó la Gloriosa Cruzada del Juramento de Lealtad, y el capitán comprobó extasiado que la encabezaba él. Había dado en el clavo. Todos los soldados y oficiales que participaban en misiones de combate tenían que firmar un juramento de lealtad para sacar los mapas de la tienda de información, otro para que les entregaran los trajes protectores y los paracaídas en la tienda de los paracaídas, otro ante el teniente Balkington, el encargado de los vehículos, para que éste les permitiera ir en camión desde el escuadrón hasta el aeródromo. Cada vez que se daban la vuelta tenían que firmar un juramento de fidelidad. También lo firmaban para recibir la paga y para que les cortaran el pelo los barberos italianos. Para el capitán Black, todo oficial que apoyara su Gloriosa Cruzada del Juramento de Lealtad era un competidor, y se pasaba las veinticuatro horas del día maquinando y urdiendo planes destinados a continuar a la cabeza de la campaña. No estaba dispuesto a quedarse atrás en la dedicación a su país. Cuando otros oficiales respondían a sus presiones y presentaban sus propios juramentos de lealtad, él los superaba obligando a todo hijo de puta que entraba en la tienda de información a firmar dos juramentos, tres, cuatro; a continuación introdujo la promesa de fidelidad y después *La bandera salpicada de estrellas*, con un coro, dos, tres, cuatro coros. Cada vez que el capitán Black se adelantaba a sus competidores, se mofaba de ellos por no haber sabido seguir su ejemplo. Cada vez que seguían su ejemplo, se retiraba al despacho preocupado y se devanaba los sesos para encontrar otra estratagema que le permitiese volver a mofarse de ellos.

Sin darse cuenta de cómo había ocurrido, los hombres del escuadrón se vieron dominados por los oficiales de administración que supuestamente tenían que servirlos. Uno tras otro los empujaban, los acosaban, los hostigaban durante todo el santo día. Cuando expresaban alguna objeción, el capitán Black replicaba que a las personas leales no podía importarles firmar cuantos juramentos de lealtad tuvieran que firmar. A quien ponía en tela de juicio la eficacia de los juramentos de lealtad, le contestaba que las personas que realmente profesaban fidelidad a su país se sentían orgullosas de manifestarla tantas veces como él les obligaba a hacerlo. Y a quien ponía en tela de juicio la moralidad, le contestaba que *La bandera salpicada de estrellas* era la pieza musical más grandiosa jamás compuesta. Cuantos más juramentos de lealtad firmaba una persona, más leal era; para el capitán Black resultaba así de sencillo, y diariamente firmaba cientos de ellos con su nombre ante el cabo Kolodny para demostrar que era más leal que nadie.

—Lo importante es que sigan prestando juramento —le explicaba a su cohorte—. Da igual que se lo crean o no. Por eso les hacen prestar juramento a los niños aun antes de que sepan el significado de las palabras «juramento» y «fidelidad».

El capitán Piltchard y el capitán Wren consideraban la Gloriosa Cruzada del Juramento de Lealtad una solemne gilipollez, porque les dificultaba la tarea de organizar las tripulaciones para las misiones de combate. Todos tenían que entretenerse en firmar, jurar y cantar, y las misiones se retrasaban horas y horas. Resultaba imposible poner en práctica una auténtica acción de emergencia, pero tanto el capitán Piltchard como el capitán Wren eran demasiado apocados como para protestar contra el capitán Black, quien a diario reforzaba escrupulosamente la doctrina de la Reafirmación Continua que él había creado, una doctrina destinada a desenmascarar a cuantos se hubieran hecho desleales desde la última vez que habían firmado un juramento de lealtad, el día anterior. Fue precisamente el capitán Black quien aconsejó al capitán Piltchard y al capitán Wren, que se debatían en una situación absurda. Fue a verlos acompañado por una delegación y les aconsejó claramente que obligaran a todos los hombres a firmar un juramento de lealtad antes de permitirles llevar a cabo una misión de combate.

—Naturalmente, depende de ustedes —añadió el capitán Black—. No quiero presionarlos. Pero todos los demás los obligan, y al FBI les va a parecer muy raro que ustedes dos sean los únicos a los que no les importa lo suficiente su país como para obligarlos a firmar. Si quieren tener mala fama, es cosa suya. Nosotros sólo pretendemos ayudarlos.

Milo no estaba muy convencido y se negó en redondo a privar de comida al comandante aun en el caso de que fuera comunista, cosa que Milo dudaba. Por carácter, Milo se oponía a cualquier innovación que pusiera en peligro el curso normal de los asuntos cotidianos. Adoptó una firme postura moral y se negó a participar en la Gloriosa Cruzada del Juramento de Lealtad hasta que fuera a verlo el capitán Black con el resto de la delegación y se lo exigiera.

—La defensa nacional es asunto de todos —replicó el capitán Black a la objeción de Milo—. Y este programa es voluntario. No lo olvide, Milo. Los hombres no tienen que firmar los juramentos de lealtad de Piltchard y Wren si no lo desean, pero entonces debemos matarlos de hambre. Es igual que la trampa 22. ¿No lo comprende? Y usted no está en contra de la trampa 22, ¿verdad?

El doctor Danika se mostró inflexible.

—¿Por qué están tan seguros de que el comandante Coronel es comunista?

—No le habrá oído negarlo nunca hasta que empezamos a acusarlo, ¿o sí? Y tampoco lo verá firmando juramentos de lealtad, claro.

—Ustedes no le dejan que firme.

—Por supuesto —replicó el capitán Black—. Eso echaría por tierra el objetivo de nuestra cruzada. Mire, no tiene por qué seguirnos la corriente, pero ¿qué sentido tiene que nosotros nos esforcemos tanto si usted presta asistencia médica al comandante Coronel en cuanto Milo empiece a matarlo de hambre? Me gustaría saber qué van a pensar en el Cuartel General del hombre que está minando nuestro programa de seguridad. Probablemente lo trasladen al Pacífico.

El doctor Danika se sometió de inmediato.

—Les diré a Gus y a Wes que hagan lo que ustedes les pidan.

En el Cuartel General, el coronel Cathcart ya había empezado a preguntarse qué ocurría.

—Es ese imbécil de Black, que tiene un ataque de patriotismo —le comunicó el coronel Korn con una sonrisa—. Pienso que es mejor que le siga usted la corriente, puesto que fue usted quien ascendió a Digno Coronel a comandante de escuadrón.

—Fue idea suya —replicó el coronel Cathcart, susceptible—. No tendría que haberme dejado convencer.

—Pues fue una idea muy buena —le espetó el coronel Korn—, porque sirvió para eliminar a ese comandante superfluo que tantos dolores de cabeza le estaba dando en la administración. No se preocupe. Seguramente este tipo caerá pronto en desgracia. Lo mejor sería enviarle una carta de apoyo incondicional al capitán Black y confiar en que se muera antes de que haga demasiado daño. —Al coronel Korn se le ocurrió de repente una idea peregrina—. Ese imbécil no intentará echar del remolque al comandante Coronel, ¿verdad?

—El siguiente paso a seguir consiste en echar del remolque a ese hijo de puta del comandante Coronel —decidió el capitán Black—. También me gustaría echar a su mujer y a sus hijos, pero no podemos. No tiene ni mujer ni hijos. Así que habrá que conformarse con echarlo sólo a él. ¿Quién es el encargado de las tiendas?

—Él.

—¿Lo ve? —exclamó el capitán Black—. ¡Se están apoderando de todo! Pues yo no pienso consentirlo. Si es necesario, llevaré este asunto ante el comandante... de Coverley. Le diré a Milo que hable con él en cuanto vuelva de Roma.

El capitán Black tenía una fe ilimitada en la inteligencia, el poder y la justicia del comandante... de Coverley, a pesar de que nunca había hablado con él y de que aún se sentía incapaz de hacerlo. Delegó en Milo aquella tarea, y mientras esperaba el regreso del alto mando no paró de echar pestes, inquieto. Como a todos los demás miembros del escuadrón, le impresionaba y asustaba el majestuoso comandante de cabello cano, como una roca rostro y porte de Jehová que regresó de Roma con un ojo enfermo tapado con un parche de celuloide nuevo y se cargó la Gloriosa Cruzada de un plumazo.

Milo se guardó muy mucho de decir nada cuando el comandante... de Coverley entró en el comedor arropado por su austera y furibunda dignidad el mismo día de su regreso y se encontró con que le impedía el paso un muro de oficiales que esperaban en fila para firmar juramentos de lealtad. En un extremo del mostrador, un grupo de hombres que habían llegado antes prometían fidelidad a la bandera, con las bandejas balanceándoseles en las manos, con el fin de que les permitieran sentarse a las mesas. Ya acomodado, otro grupo que había llegado con anterioridad cantaba *La bandera salpicada de estrellas* con el fin de que les dejaran utilizar la sal, la pimienta y la salsa de tomate. La algarabía fue decreciendo desde el momento en que el comandante... de Coverley se detuvo en la puerta frunciendo el ceño, confuso y enfadado, como si estuviera contemplando algo realmente chocante. Echó a andar con decisión, en línea recta, y el muro de oficiales se dividió en dos como el mar Rojo. Sin mirar ni a derecha ni a izquierda, prosiguió su camino sin vacilar y con voz clara y potente, ronca por la edad y con resonancias de antigua autoridad, dijo:

—Deme de comer.

En lugar de eso, el cabo Snark le dio un juramento de lealtad para que lo firmase. El comandante... de Coverley le pegó un manotazo con profundo desagrado en cuanto cayó en la cuenta de qué se trataba: el ojo sano lanzaba miradas de desprecio y su gigantesco rostro estriado se oscureció con una cólera montañosa.

—Deme de comer —repitió en un tono seco que retumbó amenazadoramente en la tienda silenciada como un tronar lejano.

El cabo Snark palideció y se echó a temblar. Miró suplicante a Milo. Durante varios segundos de espanto no se oyó ni una mosca. Por último, Milo asintió.

—Dale de comer —dijo.

El cabo Snark le sirvió comida al comandante... de Coverley. Éste empezó a alejarse del mostrador con la bandeja llena y de repente se detuvo. Su mirada cayó sobre los grupos de oficiales que lo contemplaban con expresión desesperada, y bramó, desbordante de justa ira:

—¡Dé de comer a todo el mundo!

—¡Da de comer a todo el mundo! —repitió como un eco Milo, aliviado y feliz, y en aquel mismo momento la Gloriosa Cruzada del Juramento de Lealtad tocó a su fin.

El capitán Black quedó profundamente desilusionado por la puñalada trapera que le había asestado un personaje de tal posición en el que, además, había depositado toda su confianza. El comandante... de Coverley lo había decepcionado.

—Bah, no me importa —decía animadamente a cuantos iban a verle para expresarle sus simpatías—. Hemos cumplido nuestra tarea. El objetivo consistía en asustar a todos los que nos caen mal y en prevenir a la gente contra el peligro que representa el comandante Coronel, y no cabe duda de que lo hemos logrado. Como no vamos a dejarle firmar juramentos de lealtad, no importa que los demás los firmen o no.

Al ver a todos los miembros del escuadrón que le caían mal muertos de miedo una vez más durante el interminable Gran Asedio de Bolonia, el capitán Black recordó con nostalgia los viejos tiempos de su Gloriosa Cruzada del Juramento de Lealtad, época en la que era un hombre de auténtica importancia y en la que peces gordos como Milo Minderbinder, el doctor Danika, Piltchard y Wren se echaban a temblar ante su sola presencia y se postraban de rodillas ante él. Para demostrar a los recién llegados que antaño había sido un hombre importante, aún tenía en su poder la elogiosa carta que le había enviado el coronel Cathcart.

12

BOLONIA

En realidad, no fue el capitán Black sino el sargento Knight quien provocó el solemne pánico de Bolonia, al bajar silenciosamente del camión para coger otros dos trajes de protección en cuanto se enteró de cuál era el objetivo y abrir la lúgubre procesión que se dirigía de nuevo a la tienda de los paracaídas y que degeneró en frenética estampida antes de que hubieran desaparecido todos los trajes protectores.

—¿Qué pasa aquí? —preguntó con nerviosismo Kid Sampson—. Bolonia no puede ser tan terrible, ¿no?

Nately, sentado como en trance en el suelo del camión, apoyó su rostro joven y serio en ambas manos y no le contestó.

Fueron el sargento Knight y la cruel serie de aplazamientos, porque justo en el momento en que subían a los aviones aquella primera mañana apareció un vehículo con la noticia de que estaba lloviendo en Bolonia y había que retrasar la misión. También llovía en Pianosa cuando regresaron al escuadrón, y durante el resto del día se dedicaron a contemplar con mirada inexpresiva la línea de bombardeo del mapa bajo el toldo de la tienda de información y a cavilar hipnóticamente sobre el hecho de que no hubiera escapatoria posible. La prueba estaba allí, en la estrecha cinta de un rojo vivo clavada sobre el continente; las tropas terrestres de Italia se hallaban a sesenta y tres insalvables kilómetros al sur del objetivo y no podían capturar la ciudad a tiempo. Nada libraría a los hombres de Pianosa de la misión de Bolonia. Estaban atrapados.

Su única esperanza radicaba en que nunca dejara de llover, y no podían albergarla porque sabían que no sería así. Cuando dejaba de llover en Pianosa, llovía en Bolonia. Cuando dejaba de llover en Bolonia, empezaba a llover en Pianosa. Si no llovía, se producían fenómenos inexplicables, como la epidemia de diarrea o el desplazamiento de la línea de bombardeo. Cuatro veces se prepararon para iniciar la misión durante los primeros seis días y otras tantas les hicieron regresar. En una ocasión despegaron y ya estaban en formación cuando la torre de control les ordenó que descendieran. Cuanto más llovía, más sufrían. Cuanto más sufrían, más rezaban para que continuara lloviendo. Durante toda la noche, los hombres miraban el cielo, y las estrellas los entristecían. Durante el día, miraban la línea de bombardeo sobre el gran mapa de Italia montado sobre un caballete que el viento zarandeaba y que guardaban bajo el toldo de la tienda de información cuando empezaba a llover. La línea de bombardeo era una estrecha banda escarlata de satén que delimitaba la posición más avanzada de las fuerzas terrestres aliadas en cada sector de la Italia continental.

A la mañana siguiente de la pelea de Joe *el Hambriento* con el gato de Huple paró de llover en ambos sitios. La pista de aterrizaje empezó a secarse. Tardaría veinticuatro horas en endurecerse pero el cielo seguía despejado. El resentimiento que incubaban todos y cada uno de los hombres se transformó en odio. En primer lugar empezaron a odiar a la infantería del continente por no haber logrado capturar Bolonia. A continuación, empezaron a odiar la línea de bombardeo. Contemplaban incansables la cinta escarlata del mapa, durante horas enteras, y la detestaban por no subir lo suficiente como para abarcar la ciudad. Al caer la noche, se reunían en medio de la oscuridad, con linternas, y continuaban la macabra vigilia ante la línea de bombardeo, suplicantes, como si esperaran subir la cinta gracias al peso colectivo de sus oraciones.

—¡De verdad que no puedo creérmelo! —exclamó Clevinger ante Yossarian con una voz que subía y bajaba de tono por la indignación y la extrañeza—. Es una vuelta a las supersticiones primitivas. Están confundiendo causa con efecto. Tiene tanta lógica como tocar madera o cruzar los dedos. Se creen de verdad que no tendríamos que realizar esa misión mañana si alguien se acercara de puntillas al mapa en mitad de la noche y colocara la línea de bombardeo por encima de Bolonia. ¿Te das cuenta? Tú y yo debemos de ser los únicos seres racionales que quedan aquí.

En mitad de la noche Yossarian tocó madera, cruzó los dedos y abandonó de puntillas su tienda para colocar la línea de bombardeo por encima de Bolonia.

El cabo Kolodny entró sigilosamente en la tienda del capitán Black a primeras horas de la mañana siguiente, metió un brazo en el mosquitero y movió delicadamente el hombro húmedo que allí encontró hasta que el capitán Black abrió los ojos.

—¿Por qué me ha despertado? —gimoteó el capitán Black.

—Han capturado Bolonia, señor —comentó el cabo Kolodny—. He pensado que le gustaría saberlo. ¿Se aplaza la misión?

El capitán Black se incorporó y empezó a rascarse metódicamente los flacos muslos. Al cabo de un rato se vistió y salió de la tienda parpadeando, enfadado y sin afeitar. El cielo estaba claro y cálido. Contempló el mapa sin ninguna emoción. Desde luego, habían capturado Bolonia. Dentro de la tienda de información, el cabo Kolodny ya estaba sacando los mapas de Bolonia de los equipos de navegación. El capitán Black tomó asiento con un ruidoso bostezo, levantó los pies hasta la mesa y telefoneó al coronel Korn.

—¿Por qué me ha despertado? —gimoteó el coronel Korn.

—Han capturado Bolonia la noche pasada, señor. ¿Se aplaza la misión?

—¿De qué está usted hablando, Black? —rezongó el coronel Korn—. ¿Por qué habría de aplazarse?

—Porque han capturado Bolonia, señor. ¿No se aplaza la misión?

—Claro que sí. No pensará que vamos a bombardear a nuestras tropas, ¿verdad?

—¿Por qué me ha despertado? —gimoteó el coronel Cathcart cuando lo llamó el coronel Korn.

—Han capturado Bolonia —le dijo el coronel Korn—. He pensado que le gustaría saberlo.

—¿Quién la ha capturado?

—Nosotros.

El coronel Cathcart desbordaba de alegría, porque se había librado del engorroso compromiso de bombardear Bolonia sin mácula para la fama de valiente que se había ganado al presentar voluntarios a sus hombres para dicha tarea. También el general Dreedle estaba satisfecho con la captura de Bolonia, aunque enfadado con el coronel Moodus por haberlo despertado para comunicárselo. En el Cuartel General estaban asimismo satisfechos y decidieron conceder una medalla al oficial que había capturado la ciudad. Como no había ningún oficial que hubiera capturado la ciudad se la concedieron al general Peckem, porque éste fue el único con iniciativa suficiente como para pedirla.

En cuanto el general Peckem recibió la medalla, empezó a pedir más y más responsabilidades. En su opinión, todas las unidades de combate del teatro de operaciones europeo debían someterse a la jurisdicción del Cuerpo de Servicios Especiales, del que el general Peckem era comandante en jefe. Si soltar bombas sobre el enemigo no era un servicio especial, reflexionaba en voz alta con la martirizada sonrisa de dulce sensatez que lo acompañaba fielmente en toda disputa, no sabía qué podía serlo. Declinó con una amable excusa la oferta de un puesto de combate bajo las órdenes del general Dreedle.

—Realizar misiones de combate para el general Dreedle no es exactamente lo que yo tenía pensado —explicó con indulgencia y una amplia sonrisa—. Yo tenía en mente más bien ocupar el puesto del general Dreedle o uno por encima de él, desde el que podría supervisar la labor de muchos otros generales. Verán, mi talento es fundamentalmente de tipo administrativo. Tengo una extraña facilidad para conseguir que la gente se ponga de acuerdo.

—Tiene una extraña facilidad para conseguir que la gente se ponga de acuerdo sobre lo cerdo que es —le confió con envidia el coronel Cargill al ex soldado de primera Wintergreen con la esperanza de que éste propagara la desfavorable información por el Cuartel General de la 27.ª Fuerza Aérea—. Si hay alguien que merezca ese puesto, soy yo. A mí se me ocurrió la idea de pedir la medalla.

—¿De verdad quiere entrar en combate? —preguntó el ex soldado de primera Wintergreen.

—¿Entrar en combate? —El coronel Cargill parecía espantado—. No, me ha interpretado mal. Naturalmente, no me importaría entrar en combate, pero mi talento es fundamentalmente de tipo administrativo. Yo también tengo una extraña facilidad para conseguir que la gente se ponga de acuerdo.

—Él también tiene una extraña facilidad para conseguir que la gente se ponga de acuerdo sobre lo cerdo que es —le confió a Yossarian el ex soldado de primera Wintergreen, riendo, cuando fue a Pianosa para enterarse de si era verdad lo de Milo y el algodón egipcio—. Si hay alguien que merezca un ascenso, soy yo. —En realidad, ya había ascendido a la categoría de ex cabo, habiendo subido en el escalafón poco después de que lo destinaran al Cuartel General de la 27.ª Fuerza Aérea para trabajar en la sección de correos y de que lo degradaran a soldado raso por hacer comparaciones audibles y odiosas entre los oficiales a cuyas órdenes había servido. El éxito se le subió a la cabeza, le infundió moral y se le despertó la ambición por objetivos más elevados—. ¿Quieres comprar unos encendedores Zippo? —le preguntó a Yossarian—. Los han robado en intendencia.

—¿Sabe Milo que vendes encendedores?

—¿Y a él qué le importa? No tendrá él también encendedores, ¿verdad?

—Pues claro —respondió Yossarian—. Y los suyos no son robados.

—Eso es lo que tú te crees —replicó el ex soldado de primera Wintergreen con un lacónico resoplido—. Yo los vendo a dólar. ¿Él cuánto pide?

—Un dólar y diez centavos.

El ex soldado de primera Wintergreen rió disimuladamente, con expresión de triunfo.

—Siempre le gano —dijo refocilándose—. Oye, ¿y ese algodón egipcio con el que no sabe qué hacer? ¿Cuánto compró?

—Todo.

—¿Todo el del mundo? ¡Toma ya! —exclamó el ex soldado de primera Wintergreen con malicioso regocijo—. ¡Será idiota! Tú estabas con él en El Cairo. ¿Por qué le dejaste que lo hiciera?

—¿Yo? —replicó Yossarian encogiéndose de hombros—. No tengo ninguna influencia sobre él. Fue por los teletipos esos que tienen en todos los buenos restaurantes de allí. Milo no había visto un chisme así en su vida, y precisamente cuando le pedía al jefe de camareros que le explicase cómo funcionaba apareció la cotización del algodón egipcio. «¿Algodón egipcio?», dijo Milo con esa expresión tan suya. «¿A cuánto se vende?» Después, sólo sé que había comprado toda la cosecha. Y ahora no puede deshacerse de ella.

—No tiene imaginación. Podría deshacerme de una buena cantidad en el mercado negro si llegáramos a un acuerdo.

—Milo conoce bien el mercado negro, y no hay demanda de algodón.

—Pero sí hay demanda de material sanitario. Podría enrollar el algodón en mondadientes de madera y distribuirlos como tampones estériles. ¿Me lo vendería a muy buen precio?

—No te lo venderá a ningún precio —contestó Yossarian—. Está muy molesto contigo por competir con él. En realidad, está muy molesto con todo el mundo por haber tenido diarrea y haberle dado mala fama a su comedor. Oye, tú podrías ayudarnos. —Yossarian lo agarró bruscamente por el brazo—. ¿No puedes falsificar órdenes oficiales en la multicopista esa y librarnos a todos de ir a Bolonia?

El ex soldado de primera Wintergreen se apartó lentamente de él con una expresión despectiva.

—Claro que puedo —contestó orgullosamente—. Pero jamás se me ocurriría hacer semejante cosa.

—¿Por qué?

—Porque es vuestro trabajo. Todos tenemos nuestro trabajo. El mío consiste en deshacerme de los Zippo ganando dinero, a ser posible, y comprarle algodón a Milo. El tuyo consiste en bombardear los polvorines de Bolonia.

—Pero en Bolonia me van a matar —objetó Yossarian—. Nos van a matar a todos.

—Entonces tendréis que morir —replicó el ex soldado de primera Wintergreen—. ¿Por qué no adoptas una actitud fatalista, como yo? Si mi destino es deshacerme de los encendedores ganando dinero y comprarle algodón egipcio a Milo a buen precio, eso es lo que voy a hacer. Y si tu destino es morir en Bolonia, morirás, de modo que más te vale ir y morir como un hombre. Lamento tener que decírtelo, Yossarian, pero te estás convirtiendo en un quejica crónico.

Clevinger coincidía con el ex soldado de primera Wintergreen en que el trabajo de Yossarian consistía en dejarse matar en Bolonia y se puso lívido de indignación cuando Yossarian confesó que había sido él quien había movido la línea de bombardeo y logrado que se aplazara la misión.

—¿Y por qué demonios no? —bramó Yossarian, discutiendo con gran vehemencia precisamente porque sospechaba que no tenía razón—. ¿Voy a dejar que me quiten de en medio simplemente porque el coronel quiere ascender a general?

—¿Y qué pasa con los hombres que están en el continente? —preguntó Clevinger igualmente indignado—. ¿Van a dejar que los quiten de en medio simplemente porque vosotros no queréis ir allí? ¡Esos hombres tienen derecho a que se les preste apoyo aéreo!

—Pero no tengo por qué prestárselo yo. Vamos a ver: a nadie le importa quién se cargue los polvorines. La única razón por la que nosotros vamos a ir es porque ese hijo de puta de Cathcart nos presentó voluntarios.

—Ya sé todo eso —le aseguró Clevinger, con el demacrado rostro y los nerviosos ojos pardos inundados de sinceridad—. Pero lo único cierto es que esos polvorines siguen en pie. Sabes perfectamente que yo tampoco apruebo la actitud del coronel Cathcart. —Clevinger se calló para tomar aliento, con la boca temblorosa, y después descargó un puño con suavidad sobre su saco de dormir—. Pero no somos nosotros quienes hemos de decidir qué objetivos hay que destruir ni quiénes deben destruirlos...

—¿Ni a quiénes matan en el intento? ¿Ni por qué?

—No, ni siquiera eso. No tenemos derecho a poner en tela de juicio...

—¡Eres un demente!

—... ningún derecho a poner en tela de juicio...

—¿Crees en serio que no es asunto mío cómo ni por qué me matan y sí del coronel Cathcart? ¿Lo crees en serio?

—Sí —insistió Clevinger, con expresión de inseguridad—. Hay unos hombres a los que se les ha confiado la tarea de ganar la guerra y que se encuentran en una situación mucho mejor que la nuestra para decidir qué objetivos hay que bombardear.

—Estamos hablando de dos cosas distintas —replicó Yossarian, exagerando la expresión de fatiga—. Tú te refieres a la relación de las fuerzas aéreas con la infantería, y yo a la relación del coronel Cathcart conmigo. Tú estás hablando de ganar la guerra, y yo de ganar la guerra y seguir vivo.

—Efectivamente —le espetó Clevinger con aire de suficiencia—. Y según tú, ¿qué es más importante?

—¿Para quién? —replicó furioso Yossarian—. ¿Quieres abrir los ojos, Clevinger? A un muerto le da exactamente igual quién gane la guerra.

Clevinger se quedó inmóvil unos momentos, como si le hubieran abofeteado.

—¡Enhorabuena! —exclamó con amargura, con una línea sumamente delgada y blanca como la leche encerrando sus apretados labios en un círculo dolorido, exangüe—. No podría haber una actitud mejor para animar al enemigo.

—El enemigo —repitió Yossarian pronunciando ambas palabras meticulosamente— es cualquiera que quiera matarte, esté en el lado que esté, y eso incluye al coronel Cathcart. Y más vale que no se te olvide, porque cuanto más tiempo lo recuerdes, más tiempo vivirás.

Pero Clevinger lo olvidó, y lo mataron. Aquel incidente le disgustó de tal modo en su momento que Yossarian no se atrevió a decirle que también era el responsable de la epidemia de diarrea que había provocado el otro aplazamiento innecesario. A Milo le disgustó aún más la posibilidad de que alguien hubiera vuelto a envenenar a su escuadrón, y acudió a Yossarian en busca de ayuda, acongojado.

—Por favor, pregúntale al cabo Snark si ha vuelto a poner jabón en polvo en los boniatos —le pidió furtivamente—. El cabo Snark confía en ti y te dirá la verdad si le das tu palabra de honor de que no se lo contarás a nadie. En cuanto te lo diga, ven a contármelo.

—Pues claro que puse jabón en los boniatos —admitió el cabo Snark—. Eso es lo que usted me pidió que hiciera, ¿no? El jabón en polvo es lo mejor.

—Jura por Dios que no tuvo nada que ver con el asunto —le comunicó Yossarian a Milo.

Milo hizo una mueca de duda.

—Dunbar dice que Dios no existe.

No quedaba ninguna esperanza. A mediados de la segunda semana, todos los miembros del escuadrón empezaron a presentar el mismo aspecto que Joe *el Hambriento*, que no estaba de servicio y soltaba unos gritos horribles mientras dormía. Él era el único que podía dormir. Durante toda la noche los hombres deambulaban en medio de la oscuridad como mudos espectros con cigarrillos. Por el día contemplaban la línea de bombardeo en grupos inútiles, alicaídos, o la figura inmóvil del doctor Danika, sentado ante la puerta cerrada de la enfermería bajo el morboso cartel escrito a mano. Empezaron a inventar macabros chistes sin ninguna gracia y a circular rumores catastróficos sobre la destrucción que los aguardaba en Bolonia.

Una noche, Yossarian se acercó con pasos de borracho al coronel Korn en el club de oficiales para bromear con él sobre la nueva ametralladora Lepage que habían instalado los alemanes.

—¿Qué ametralladora? —preguntó el coronel Korn con curiosidad.

—La nueva ametralladora-pegamento Lepage de trescientos cuarenta y cuatro milímetros —respondió Yossarian—. Deja pegada a una escuadrilla entera en el aire.

El coronel Korn dio un tirón para desprender su codo de los engarfiados dedos de Yossarian con expresión de sorpresa y afrenta.

—¡Déjeme en paz, imbécil! —gritó furibundo, dirigiendo una mirada de vengativa aprobación a Nately, que se abalanzó sobre la espalda de Yossarian y lo empujó—. ¿Quién es este loco?

El coronel Cathcart rió entre dientes.

—Es el hombre al que se empeñó usted en que le diera una medalla después de lo de Ferrara. Y también me obligó a ascenderlo a capitán, ¿recuerda? Se lo tiene usted merecido.

Nately era menos corpulento que Yossarian y tuvo grandes dificultades para acarrearlo hasta una mesa vacía.

—Es el coronel Korn. ¿Te has vuelto loco?

Yossarian quería otra copa y le prometió a Nately que se marcharía sin formar alboroto si él se la llevaba. Después lo convenció para que le llevara dos más. Cuando Nately consiguió al fin arrastrarlo hasta la puerta, entró el capitán Black dando fuertes pisotones sobre el suelo de madera y soltando agua por los aleros como un tejado.

—¡Esta vez os vais a enterar, hijos de puta! —anunció exuberante mientras se alejaba salpicando agua del charco que se había formado a sus pies—. Acaba de llamarme el coronel Korn. ¿No sabéis lo que os espera en Bolonia? ¡Ja, ja, ja! Tienen la nueva ametralladora-pegamento Lepage. Es capaz de dejar pegada a una escuadrilla entera en el aire.

—¡Dios mío, es verdad! —chilló Yossarian, y se desplomó sobre Nately, horrorizado.

—Dios no existe —objetó Dunbar tranquilamente, acercándose un tanto vacilante.

—Eh, echadme una mano. Tengo que llevarlo a su tienda.

—¿Eso quién lo dice?

—Lo digo yo. ¡Mirad, está lloviendo!

—Necesitamos un coche.

—Róbaselo al capitán Black —dijo Yossarian—. Eso es lo que hago yo siempre.

—No podemos robarle el coche a nadie. Desde que tú empezaste a robar el primer coche que te venía a mano, nadie deja puesta la llave de contacto.

—Venga, subid —dijo el jefe Avena Loca, que conducía borracho un todoterreno cubierto.

Esperó hasta que se hubieron hacinado dentro y entonces aceleró con tal brusquedad que todos se cayeron hacia atrás. Se rió con estruendo al oír sus tacos. Al salir del aparcamiento condujo en línea recta y se precipitó contra el terraplén que había al otro lado de la carretera. Los demás salieron disparados hacia delante, amontonados, y volvieron a insultarlo.

—Se me ha olvidado girar —explicó.

—Ten cuidado, ¿vale? —le aconsejó Nately—. Y enciende los faros.

El jefe Avena Loca dio marcha atrás, giró y se alejó carretera arriba a toda velocidad. Las ruedas producían un ruido sibilante sobre la chirriante superficie negra.

—No vayas tan deprisa —le rogó Nately.

—Será mejor que vayamos primero a tu escuadrón para ayudarte a acostarlo y después me llevas al mío.

—¿Quién demonios eres?

—Dunbar.

—¡Oye, enciende las luces! —gritó Nately—. ¡Y mira por dónde vas!

—Están encendidas. ¿No ha subido Yossarian al coche? Ésa es la única razón por la que os he dejado entrar a los demás, hijos de puta.

El jefe Avena Loca se volvió por completo para mirar el asiento de atrás.

—¡Mira por dónde vas!

—¿Yossarian? ¿Estás ahí, Yossarian?

—Sí, jefe. Vamos a casa. ¿Por qué estás tan seguro? No has contestado a mi pregunta.

—¿Lo ves? Te he dicho que estaba aquí.

—¿Qué pregunta?

—Sobre lo que estábamos hablando.

—¿Era importante?

—No lo sé. Quiera Dios que me acuerde.

—Dios no existe.

—¡De eso estábamos hablando! —exclamó Yossarian—. ¿Por qué estás tan seguro?

—Oye, ¿estás seguro de que llevas los faros encendidos? —gritó Nately.

—Que sí, que sí. ¿Qué quiere éste que haga? Con la lluvia sobre el parabrisas parece muy oscuro desde ahí atrás.

—Que llueva, que llueva...

—Ojalá nunca deje de llover. La virgen de la...

—... cueva. Los pajaritos...

—... cantan. Las nubes...

—... se levantan...

El jefe Avena Loca no reparó en la siguiente curva y el vehículo subió hasta la cima de un elevado terraplén. Al bajar, giró hacia un lado y cayó suavemente sobre el barro. Todos guardaron silencio asustados.

—¿Estáis bien? —preguntó el jefe Avena Loca en voz baja. Nadie había sufrido ni un rasguño, y el indio soltó un prolongado suspiro de alivio—. ¡Siempre me pasa lo mismo! —se lamentó—. Nunca le hago caso a nadie. Alguien me decía continuamente que encendiera las luces, pero yo no le hacía ni caso.

—Era yo quien te lo decía.

—Lo sé, lo sé. Y yo no te hacía caso, ¿verdad? Ojalá hubiera algo de beber. Ah, hay algo de beber. Mirad. No se ha roto.

—La lluvia se cuela en el coche —observó Nately—. Me estoy mojando.

El jefe Avena Loca abrió la botella de whisky de centeno, bebió un trago y se la pasó a otro. Todos bebieron, apilados unos encima de los otros; todos menos Nately, que intentaba vanamente llegar a la manilla de la puerta. La botella chocó contra su cabeza con un ruido sordo y un chorro de whisky le corrió por el cuello. Se retorció convulsivamente.

—¡Tenemos que salir de aquí! —gritó—. ¡Vamos a ahogarnos!

—¿Hay alguien ahí dentro? —preguntó Clevinger preocupado, enfocando el vehículo con una linterna.

—¡Es Clevinger! —exclamaron, e intentaron meterlo por la ventanilla cuando estiró el brazo para ayudarlos.

—¡Míralos! —le dijo indignado Clevinger a McWatt, que iba al volante de un vehículo del Estado Mayor, muy sonriente—. ¡Tirados como una manada de animales borrachos! ¿Tú también, Nately? ¡Debería darte vergüenza! Vamos, ayúdame a sacarlos de aquí antes de que se mueran de neumonía.

184

—Pues mira, no me parece mala idea —reflexionó el jefe Avena Loca en voz alta—. Creo que voy a morirme de neumonía.

—¿Por qué?

—¿Por qué no? —replicó el jefe Avena Loca, y se acomodó de nuevo en el barro con expresión complacida, meciendo la botella de whisky.

—¡Mirad lo que hace! —exclamó Clevinger—. ¿Quieres hacer el favor de levantarte y subir al coche para que podamos volver al escuadrón?

—No podemos volver todos. Alguien tiene que quedarse para ayudar al jefe con este coche que ha sacado del parque móvil.

El jefe Avena Loca se repantigó en el coche riendo bulliciosamente, orgulloso.

—Es del capitán Black —les dijo muy alegre—. Se lo he robado en el club de oficiales hace un momento con el juego de llaves que creía haber perdido esta mañana.

—¡Qué demonios! ¡Eso se merece una copa!

—¿No habéis bebido suficiente? —gruñó Clevinger en cuanto McWatt arrancó el coche—. Tendríais que veros. No os importa mataros de una borrachera ni ahogaros, ¿verdad?

—Con tal de que no nos matemos en un avión...

—¡Oye, ábrelo, ábrelo! —le instó el jefe Avena Loca a McWatt—. Y apaga las luces. Es la única forma de hacerlo.

—El doctor Danika tiene razón —añadió Clevinger—. La gente no sabe ni siquiera cuidar de sí misma. De verdad que me dais asco.

—Muy bien, bocazas, fuera del coche —le ordenó el jefe Avena Loca—. Que se baje todo el mundo menos Yossarian. ¿Dónde está Yossarian?

—Quítate de encima —le dijo Yossarian riendo y empujándolo—. Estás lleno de barro.

Clevinger enfocó a Nately con la linterna.

—Eres el que más me sorprende. ¿Sabes a qué hueles? En lugar de evitar que se meta en líos, te emborrachas tanto como él. Imagínate que se peleara otra vez con Appleby. —Clevinger abrió los ojos de par en par, asustado, al oír la risa de Yossarian—. No se ha vuelto a pelear con Appleby, ¿verdad?

—Esta vez no —contestó Dunbar.

—Sí, es verdad. Esta vez me ha salido aún mejor.

—Se ha peleado con el coronel Korn.

—¡No! —exclamó Clevinger, asombrado.

—¿Sí? —preguntó encantado el jefe Avena Loca—. Eso se merece una copa.

—¡Pero es terrible! —gritó abrumado Clevinger—. ¿Por qué diablos has tenido que meterte con el coronel Korn? Oye, ¿qué pasa con las luces? ¿Por qué está todo tan oscuro?

—Las he apagado —contestó McWatt—. Es que el jefe Avena Loca tiene razón. Es mejor con las luces apagadas.

—¿Te has vuelto loco? —chilló Clevinger, abalanzándose hacia el salpicadero para encender las luces. Se arrojó sobre Yossarian, medio histérico—. ¿No ves lo que estás haciendo? Has conseguido que todos actúen igual que tú. Imagínate que dejara de llover y tuviéramos que volar mañana a Bolonia. Estaríais en unas condiciones físicas estupendas.

—No va a dejar de llover. No, señor, una lluvia así podría continuar eternamente.

—¡Ha dejado de llover! —dijo alguien, y en el interior del coche se hizo el silencio.

—Pobres hijos de puta —murmuró compasivo el jefe Avena Loca al cabo de unos momentos.

—¿De verdad ha dejado de llover? —preguntó Yossarian mansamente.

McWatt desconectó el limpiaparabrisas para comprobarlo. La lluvia había cesado. El cielo empezaba a despejarse. La luna se recortaba tras una difusa neblina parduzca.

—¡Pues al diablo con todo! —canturreó McWatt, muy sobrio.

—No os preocupéis, muchachos —dijo el jefe Avena Loca—. La pista de aterrizaje está demasiado blanda para utilizarla mañana. Quizás empiece a llover de nuevo antes de que se seque del todo.

—¡Cerdo, hijo de puta, mamón! —vociferó Joe *el Hambriento* desde su tienda cuando el coche entró como un rayo en el escuadrón.

—¡Oh, no! ¿Ya ha vuelto? Creía que seguía en Roma con el correo.

—¡Ah! ¡Aaaah! ¡Aaaaaah! —chilló Joe *el Hambriento*.

El jefe Avena Loca se estremeció.

—Ese tipo me pone los pelos de punta —refunfuñó—. Oye, ¿qué ha sido del capitán Flume?

—Ese tipo sí que me pone los pelos de punta. Lo vi la semana pasada en el bosque, comiendo moras. Tenía un aspecto espeluznante. Ya no duerme en el remolque.

—Joe *el Hambriento* tiene miedo de que lo obliguen a sustituir a alguien que se ponga enfermo, a pesar de que ya nadie puede ponerse enfermo. ¿Lo viste la otra noche cuando intentó matar a Havermeyer y se cayó en la trinchera que hay junto a la tienda de Yossarian?

—¡Aaaaah! —chilló Joe *el Hambriento*—. ¡Ah! ¡Aaaah! ¡Aaaaaah!

—No cabe duda de que es una alegría no ver a Flume en el comedor. Se acabó lo de «pásame la sal, chaval».

—Y «pásame la pimienta, parienta».

—Y «pásame ese plato, jabato».

—¡Vete de aquí! —bramó Joe *el Hambriento*—. ¡He dicho que te vayas de aquí, cerdo, hijo de puta, mamón!

—Al menos hemos descubierto con qué sueña —comentó irónicamente Dunbar—. Con cerdos hijos de puta mamones.

Aquella misma noche Joe *el Hambriento* soñó que el gato de Huple se le quedaba dormido encima de la cara y lo asfixiaba, y cuando se despertó, el gato de Huple estaba dormido sobre su cara. Su angustia fue aterradora, como el alarido penetrante e infernal con el que taladró la oscuridad teñida de luna, que siguió vibrando durante varios segundos como una descarga devastadora. A continuación se hizo un silencio paralizante, y al poco se organizó una algarabía prodigiosa en el interior de su tienda.

Yossarian fue uno de los primeros en llegar. Cuando logró entrar, vio a Joe *el Hambriento* pistola en ristre, tratando de desembarazarse de Huple para matar a su gato, que no paraba de bufar y hacer fintas para distraerlo y evitar que matara a su amo. Los dos humanos estaban en ropa interior. La bombilla desnuda del techo se balanceaba como loca, y las negras sombras se arremolinaban caóticamente, de modo que la tienda parecía tambalearse. Yossarian extendió un brazo instintivamente para recuperar el equilibrio y después se tiró en picado sobre los tres adversarios, que se desplomaron bajo su cuerpo. Salió de entre aquella masa con un cogote en cada mano: el de Joe *el Hambriento* y el del gato. Éstos se miraron mutuamente, furibundos. El gato le lanzó un bufido atroz y Joe *el Hambriento* intentó propinarle un gancho.

—Tiene que ser una pelea limpia —decretó Yossarian, y todos los hombres que habían llegado hasta allí atraídos por el alboroto, horrorizados, le vitorearon con entusiasmo y una desbordante sensación de alivio—. Será una pelea limpia —les explicó con ademán oficial a Joe *el Hambriento* y al gato tras haberlos llevado afuera, sujetándolos todavía por el cogote—. Valen puños, garras y dientes, pero nada de pistolas —le avisó a Joe *el Hambriento*—. Y nada de bufidos

—le avisó con severidad al gato—. Cuando os suelte, separaos y volved aquí para pelear. ¡Vamos!

Se había congregado una enorme multitud de hombres atolondrados, ávidos de cualquier diversión, pero el gato se acobardó en el momento en que Yossarian lo dejó libre y escapó ignominiosamente. Declararon vencedor a Joe *el Hambriento*, que se alejó contoneándose muy feliz, con la orgullosa sonrisa de los campeones, alzando la encogida cabeza y sacando el hundido pecho. Se metió en la cama victorioso y volvió a soñar que el gato de Huple se le quedaba dormido encima de la cara y lo asfixiaba.

13

EL COMANDANTE... DE COVERLEY

El hecho de cambiar de sitio la línea de bombardeo no engañó a los alemanes, pero sí al comandante... de Coverley, que preparó su macuto, requisó un avión y, convencido de que los aliados también habían capturado Florencia, se dirigió a dicha ciudad con la intención de alquilar dos pisos para que los utilizaran los oficiales y soldados de su escuadrón durante los permisos. Aún no había regresado el día que Yossarian salió del despacho del comandante Coronel por la ventana preguntándose a quién podía acudir para que lo ayudara.

El comandante... de Coverley era un anciano impresionante, magnífico, severo, con una portentosa cabeza leonina y una arrebatada mata de pelo blanco que tronaba como una ventisca en torno a su grave rostro patriarcal. Su cometido como oficial ejecutivo del escuadrón, tal y como conjeturaban el comandante Coronel y el doctor Danika, consistía exclusivamente en lanzar herraduras, secuestrar trabajadores italianos y alquilar pisos para uso de soldados y oficiales durante los permisos, y destacaba en las tres tareas.

Cada vez que parecía inminente la caída de una ciudad como Nápoles, Roma o Florencia, el comandante... de Coverley preparaba su macuto, requisaba un avión y un piloto y se dirigía hacia la ciudad en cuestión, todo ello sin pronunciar palabra, gracias a la fuerza de su semblante solemne y dominante y a los movimientos perentorios de su arrugado dedo. Uno o dos días después de la caída de la ciudad regresaba con los contratos de dos pisos amplios y lujosos, uno para los oficiales y otro para los soldados, ambos provistos de cocineras y criadas competentes y estupendas. Unos días más tarde, en los periódicos de todo el mundo aparecían fotografías de los primeros soldados norteamericanos sorteando los obstáculos de la maltrecha ciudad humeante. Inevitablemente, el comandante... de Coverley se encontraba entre ellos, sentado más tieso que una vela en un todoterreno que había sacado de alguna parte, sin mirar ni a derecha ni a izquierda mientras el fuego de artillería rodeaba su invencible cabeza y los jóvenes y ágiles soldados de infantería armados con carabinas recorrían las aceras a grandes zancadas y se refugiaban en edificios en llamas o caían muertos a sus puertas. Parecía indestructible sentado allí entre miles de peligros, con sus firmes rasgos y aquella expresión fiera, regia, justa e imponente que los hombres del escuadrón reconocían y respetaban.

Para los servicios de espionaje alemán, el comandante... de Coverley constituía un enigma ultrajante; ni uno solo de los centenares de prisioneros norteamericanos proporcionaba datos concretos sobre el anciano oficial de pelo blanco, nudosa frente amenazadora y ojos penetrantes y llameantes que parecía encabezar cualquier avance de importancia con tanta temeridad como éxito. A las autoridades norteamericanas, su identidad les dejaba igualmente perplejas: habían situado a una legión de agentes del CID en el frente para que averiguaran quién era, mientras que un batallón de oficiales de relaciones públicas endurecidos en combate se mantenían en alerta roja las veinticuatro horas del día con la orden de divulgar información sobre él en cuanto lo localizaban.

En Roma, el comandante... de Coverley se había superado a sí mismo con los pisos. Los oficiales, que llegaban en grupos de cuatro o cinco, disponían cada uno de una inmensa habitación doble en un edificio nuevo de piedra blanca, con tres espaciosos cuartos de baño con paredes de deslumbrantes azulejos color aguamarina y una criada flacucha llamada Michaela que se reía por todo y mantenía el piso impecable y ordenado. En la planta de abajo vivían los obsequiosos propietarios. En la de arriba vivían la condesa rica y guapa de pelo negro con su rica y guapa nuera de pelo negro, que únicamente se ofrecían a Nately, demasiado tímido para aceptarlas, y a Aarfy, demasiado chapado a la antigua para interesarse por ellas y que siempre intentaba disuadirlas de que se ofrecieran a nadie que no fueran sus respectivos maridos, que habían preferido quedarse en el norte al frente de los negocios familiares.

—En realidad son buenas chicas —le confió Aarfy muy serio a Yossarian, que soñaba con tener al mismo tiempo los cuerpos blancos y desnudos de aquellas dos buenas chicas guapas, ricas y de pelo negro tendidos eróticamente en la cama.

Los soldados bajaban a Roma en pandillas de doce o más con un hambre voraz y cajones llenos de comida en conserva que les preparaban y servían las mujeres en el comedor del piso que ocupaban en la sexta planta de un edificio de ladrillo rojo con un ascensor bamboleante. Siempre había más animación en la casa que ocupaban los soldados. Para empezar, éstos siempre llegaban en mayor número, y también había más mujeres que cocinaban, servían, barrían y fregaban. Estaban, además, las jóvenes alegres, tontas y sensuales que había llevado Yossarian y las que habían llevado los soldados, quienes al volver a Pianosa muertos de sueño tras siete agotadores días de desenfreno, las dejaban allí para quien las quisiera. Las chicas recibían comida y techo durante el tiempo que desearan quedarse. Lo único que tenían que hacer a cambio era ponerse a disposición de cualquiera de los hombres que se lo pidiera, circunstancia que al parecer aceptaban sin problemas.

Cada cuatro días, aproximadamente, se presentaba Joe *el Hambriento*, atormentado, enloquecido y frenético, si había tenido la mala suerte de haber cumplido una vez más el número de misiones exigido y se encontraba con el avión correo. La mayoría de las veces dormía en casa de los soldados. Nadie sabía a ciencia cierta cuántas habitaciones había alquilado el comandante... de Coverley, ni siquiera la corpulenta mujer del corpiño negro de la primera planta a quien se las había alquilado. Ocupaban la planta superior entera, y Yossarian sabía que había otras en la quinta, porque fue en la habitación de Snowden, situada en dicha planta, donde encontró a la criada de las bragas color lima con un trapo del polvo el día después de lo de Bolonia, después de que Joe *el Hambriento* lo sorprendiera en la cama con Luciana en el piso de los oficiales aquella misma mañana y saliera corriendo como un poseso en busca de su cámara fotográfica.

La criada de las bragas color lima era una mujer simpática, gorda y complaciente, de treinta y tantos años, con muslos blandengues y unos jamones bamboleantes recubiertos con medias de color lima que se quitaba para cualquier hombre que se lo pidiera. Tenía un rostro vulgar y ancho y era la mujer más virtuosa sobre la tierra: se entregaba a todos, cualesquiera fueran su raza, credo, color o lugar de origen, como una muestra de hospitalidad, sin aplazarlo ni siquiera los pocos segundos que pudiera tardar en soltar el trapo o la escoba que estuviera sujetando en el momento en que alguien la agarraba. Su atractivo emanaba de su accesibilidad; al igual que el monte Everest, allí estaba siempre, y los hombres se subían encima de ella cada vez que sentían necesidad. Yossarian estaba enamorado de la criada de las bragas color lima porque era la única mujer con la que podía hacer el amor sin enamorarse de ella. Incluso la chica calva de Sicilia seguía evocándole fuertes sensaciones de lástima, ternura y arrepentimiento.

A pesar de los múltiples peligros a los que se exponía el comandante... de Coverley cada vez que alquilaba un piso, sólo recibió una herida: irónicamente, cuando encabezaba el triunfal desfile de entrada en la ciudad de Roma, donde se le clavó en un ojo una flor disparada desde cerca por un viejo desastrado, ruidoso y beodo que, como el mismísimo Satanás, se abalanzó sobre el coche del comandante... de Coverley con risa maliciosa, le agarró brusca y despectivamente la venerable cabeza blanca y le dio un beso burlón en cada mejilla con una boca que apestaba a vino, queso y ajo, tras lo cual volvió a confundirse entre la jubilosa multitud con una carcajada hueca, seca, hiriente. El comandante... de Coverley, auténtico espartano en la adversidad, no desfalleció ni un solo instante en el transcurso de la terrible ordalía. Y hasta que regresó a Pianosa, tras haber concluido los asuntos que le habían llevado a Roma, no solicitó ayuda médica para su herida.

Decidió continuar binocular y le explicó al doctor Danika su deseo de que el parche del ojo fuera transparente para seguir lanzando herraduras, secuestrando trabajadores italianos y alquilando pisos con la visión intacta. Para los hombres del escuadrón, el comandante... de Coverley era un auténtico coloso, aunque jamás se atrevieran a decírselo. El único que se atrevía a acercársele era Milo Minderbinder, quien en su segunda semana de estancia en el escuadrón se dirigió hacia el campo de lanzamiento de herraduras con un huevo cocido en la mano y lo enarboló delante del comandante... de Coverley. El anciano se puso rígido, atónito ante la osadía de Milo, y le obsequió con toda la fuerza de su tempestuoso semblante, con el accidentado saliente de su frente rugosa y el enorme risco de la nariz corcovada que atacaba colérica desde la cara como un defensa de fútbol. Milo no se arredró, pertrechado tras el huevo duro que sujetaba ante la cara a modo de amuleto protector. Al cabo de un rato, la tormenta empezó a amainar y pasó el peligro.

—¿Qué es eso? —preguntó al fin el comandante... de Coverley.

—Un huevo —contestó Milo.

—¿Qué clase de huevo? —preguntó el comandante... de Coverley.

—Un huevo cocido —contestó Milo.

—¿Qué clase de huevo cocido? —preguntó el comandante... de Coverley.

—Un huevo cocido fresco —contestó Milo.

—¿Dé dónde ha salido ese huevo fresco? —preguntó el comandante... de Coverley.

—De una gallina —contestó Milo.

—¿Dónde está la gallina? —preguntó el comandante... de Coverley.

—La gallina está en Malta —contestó Milo.

—¿Cuántas gallinas hay en Malta?

—Suficientes para poner huevos frescos para todos los oficiales del escuadrón, a cinco centavos la unidad de los fondos del comedor —contestó Milo.

—Tengo debilidad por los huevos frescos —confesó el comandante... de Coverley.

—Si pusieran un avión a mi disposición, podría ir allí una vez a la semana y traer todos los huevos frescos que necesitamos —replicó Milo—. Al fin y al cabo, Malta no está tan lejos.

—Malta no está tan lejos —observó el comandante... de Coverley—. Posiblemente podría ir allí una vez a la semana en un avión del escuadrón y traer los huevos frescos.

—Sí —convino Milo—. Supongo que podría hacerlo, si pusieran un avión a mi disposición.

—A mí, los huevos frescos me gustan fritos —recordó el comandante... de Coverley—. En mantequilla fresca.

—Puedo encontrar toda la mantequilla fresca que necesitamos en Sicilia a veinticinco centavos el medio kilo —contestó Milo—. Veinticinco centavos por medio kilo de mantequilla fresca es una buena compra. También hay suficiente dinero para mantequilla en el fondo del comedor, y a lo mejor podríamos vender un poco a los demás escuadrones y así recuperar la mayor parte de lo que nos costara a nosotros.

—¿Cómo te llamas, hijo? —preguntó el comandante... de Coverley.

—Milo Minderbinder, señor. Tengo veintisiete años.

—Eres un buen oficial de intendencia, Milo.

—No soy oficial de intendencia, señor.

—Eres un buen oficial de intendencia, Milo.

—Gracias, señor. Haré todo lo que esté en mi mano para serlo.

—Que Dios te bendiga, muchacho. Coge una herradura.

—Gracias, señor. ¿Qué hago con ella?

—Tirarla.

—¿Dónde?

—A ese ganchito. Después la recoges y la tiras al otro ganchito. Es un juego, ¿comprendes?

—Sí, señor, lo entiendo. ¿A cuánto se venden estas herraduras?

El olor de un huevo fresco chisporroteando exóticamente en un charquito de mantequilla fresca fue arrastrado a gran distancia por los vientos mercantiles del Mediterráneo y llevó al comedor al general Dreedle con un apetito voraz, acompañado de su enfermera, que lo seguía a todas partes, y de su yerno, el coronel Moodus. Al principio, el general devoraba en el comedor de Milo. Después, los otros tres escuadrones del grupo del coronel Cathcart pusieron sus respectivos comedores en manos de Milo y le dieron un avión y un piloto cada uno para que pudiera comprar huevos y mantequilla frescos también para ellos. Los aviones de Milo iban y venían siete días a la semana, pues todos los oficiales de los cuatro escuadrones empezaron a devorar huevos frescos en una insaciable orgía gastronómica. El general Dreedle los devoraba en el desayuno, el almuerzo y la cena y también entre las comidas, hasta que Milo localizó abundantes suministros de ternera, vaca, pato, chuletas de cordero lechal, champiñones, brécol, colas de langosta surafricana, gambas, jamón, budines, uvas, helado, fresas y alcachofas, todo ello fresco. Había otros tres grupos de bombardeo en el ala de combate del general Dreedle, que competían entre sí para enviar aviones a Malta en busca de huevos frescos, hasta que descubrieron que estos artículos allí se vendían a siete centavos la unidad. Como podían comprárselos a Milo a cinco centavos la unidad, les pareció más sensato pasar los comedores a su cooperativa y ofrecerle los aviones y los pilotos que necesitaba para transportar los demás artículos que les había prometido.

Todo el mundo estaba encantado con este estado de cosas, sobre todo el coronel Cathcart, quien estaba convencido de haberse apuntado un tanto importante. Saludaba jovialmente a Milo cada vez que lo veía y, en un acceso de contrita generosidad, recomendó el ascenso del comandante Coronel, impulsivamente. El ex soldado de primera Wintergreen rechazó de plano la recomendación en el Cuartel

General de la 27.ª Fuerza Aérea: con letra temblorosa, redactó un informe anónimo en el que recordaba que el ejército sólo contaba con un comandante Digno Coronel Coronel y que no tenía la menor intención de perderlo a causa de un ascenso simplemente para complacer al coronel Cathcart. A éste le escoció la dura negativa y se encerró en su habitación, abandonándose al rencor. Culpaba al comandante Coronel de aquella metedura de pata y decidió rebajarlo a teniente aquel mismo día.

—Seguramente no lo dejarán —comentó el coronel Korn con sonrisa condescendiente, paladeando la situación—. Precisamente por las mismas razones por las que no le dejarían ascenderlo... Además, parecería un poco estúpido querer degradarlo a teniente después de haber intentado ascenderlo.

El coronel Cathcart se sentía acosado por todas partes. Le había resultado mucho más fácil obtener una medalla para Yossarian tras el desastre de Ferrara, cuando el puente que cruzaba el Po continuaba en pie siete días después de que el coronel Cathcart se hubiera ofrecido voluntario para destruirlo. Sus hombres habían realizado nueve misiones con tal fin en el plazo de seis días, y el puente no fue desmantelado hasta la décima misión, el séptimo día, cuando Yossarian mató a Kraft y su tripulación al obligar a los seis aviones a pasar por segunda vez sobre el objetivo. Yossarian bombardeó por segunda vez porque entonces era valiente. Enterró la cara en la mira hasta soltar todas las bombas; cuando levantó los ojos, el interior del avión estaba bañado en un extraño resplandor naranja. Al principio pensó que estaba ardiendo. Después vio el aparato con un motor incendiado encima de su cabeza y le gritó a McWatt por el intercomunicador que girara rápidamente hacia la izquierda. Al cabo de unos segundos, se desprendió el ala del avión de Kraft. El aparato cayó, envuelto en llamas, primero el fuselaje y a continuación la otra ala, entre una lluvia de minúsculos fragmentos de metal que bailaban claqué sobre el techo de la nave de Yossarian y el incesante ¡catacloc!, ¡catacloc! de la artillería antiaérea.

Una vez en tierra, todos lo miraron ceñudos mientras se dirigía abatido hacia la sala de instrucciones para presentar el informe, y allí le comunicaron que el coronel Cathcart y el coronel Korn querían hablar con él. El comandante Danby estaba apostado en la puerta, despidiendo a todos los demás en luctuoso silencio. Yossarian se caía de cansancio y únicamente deseaba quitarse la ropa, que llevaba pegada al cuerpo. Entró en la sala presa de emociones encontradas, sin saber qué debía sentir por Kraft y por los demás, pues habían muerto en la lejanía, aislados en su muda agonía, en un momento en el que se hallaba metido hasta los ojos en el mismo dilema, espantoso y torturante, indeciso entre el deber y la catástrofe.

Por su parte, el coronel Cathcart parecía aturdido.

—¿Dos veces? —preguntó.

—La primera vez no acerté —respondió Yossarian quedamente, bajando la cabeza.

Sus voces resonaban en el edificio alargado y estrecho.

—Pero ¿dos veces? —repitió el coronel Cathcart, incrédulo.

—La primera vez no hubiera podido acertar —repitió a su vez Yossarian.

—Pero Kraft estaría vivo.

—Y el puente aún en pie.

—Un buen bombardero debe soltar las bombas la primera vez —le recordó el coronel Cathcart—. Los otros cinco bombarderos soltaron las bombas la primera vez.

—Sí, y no dieron en el blanco —objetó Yossarian—. Tendríamos que haber vuelto otro día.

—Y quizá lo hubieran conseguido a la primera.

—O quizá no.

—Pero quizá no hubiera habido bajas.

—O quizás hubiera habido más, y el puente habría quedado en pie. Pensaba que querían destruirlo.

—No me contradiga —le ordenó el coronel Cathcart—. Ya tenemos suficientes problemas.

—No le contradigo, señor.

—Sí. Incluso eso es una contradicción.

—Sí, señor. Lo siento.

El coronel Cathcart chasqueó los nudillos con estrépito. El coronel Korn, un hombre robusto, moreno y fláccido de panza informe, estaba sentado completamente relajado en uno de los bancos de la primera fila, con las manos entrelazadas sobre la calva. Sus ojos parecían expresar regocijo tras las brillantes gafas sin montura.

—Estamos intentando ser totalmente objetivos —le apuntó al coronel Cathcart.

—Estamos intentando ser totalmente objetivos —le dijo el coronel Cathcart a Yossarian movido por una repentina inspiración—. No me estoy poniendo sentimental ni nada parecido. Me importan tres pitos los hombres y el avión, pero en el informe va a quedar fatal. ¿Cómo puedo presentar una cosa semejante en el informe?

—¿Por qué no me dan una medalla? —sugirió tímidamente Yossarian.

—¿Por haber bombardeado dos veces?

—A Joe *el Hambriento* se la dieron por cargarse un avión por error.

El coronel Cathcart rió con pesar.

—Suerte tendrá si no le formamos consejo de guerra.

—Pero la segunda vez acerté —protestó Yossarian—. Pensaba que quería destruir el puente.

—¡Bueno, no sé qué quería! —estalló el coronel Cathcart, exasperado—. Mire, claro que quería destruir el puente. Ese puente ha sido un quebradero de cabeza desde que decidí enviarlos a ustedes a derribarlo, pero ¿por qué no lo hizo a la primera?

—No me dio tiempo. El navegante no estaba seguro de que hubiéramos llegado a la ciudad prevista.

—¿A la ciudad prevista? —El coronel Cathcart parecía desconcertado—. ¿Ahora intenta echarle la culpa a Aarfy?

—No, señor. Fue error mío, por dejar que me distrajera. Lo único que intento decir es que no soy infalible.

—Nadie es infalible —replicó secamente el coronel Cathcart, y después añadió, como pensándoselo mejor—: Ni tampoco indispensable.

Nadie refutó su argumento. El coronel Korn estiró los brazos perezosamente.

—Tenemos que tomar una decisión —comentó, como sin darle importancia, al coronel Cathcart.

—Tenemos que tomar una decisión —le dijo el coronel Cathcart a Yossarian—. Y todo es por culpa suya. ¿Por qué se le ocurrió volver por segunda vez? ¿Por qué no pudo soltar las bombas la primera vez como los demás?

—La primera vez no habría acertado.

—Me da la impresión de que estamos volviendo a lo mismo por segunda vez —intervino el coronel Korn sofocando una risita.

—Pero ¿qué vamos a hacer? —exclamó el coronel Cathcart, angustiado—. Todos nos están esperando ahí fuera.

—¿Por qué no le damos una medalla? —propuso el coronel Korn.

—¿Por pasar sobre el objetivo dos veces? ¿Por qué motivo habríamos de darle una medalla?

—Por pasar sobre el objetivo dos veces —contestó el coronel Korn con una sonrisa reflexiva, satisfecha—. Al fin y al cabo, supongo que se necesita mucho valor para hacer una cosa así sin más aviones alrededor que pudieran despistar a la artillería antiaérea. Y además, dio en el blanco. Sí, quizá sea ésa la solución: actuar con arrogancia cuando deberíamos avergonzarnos de algo. Ese truco nunca falla.

—¿Usted cree que funcionará?

—Estoy seguro. Pero, por si acaso, vamos a ascenderlo a capitán.

—¿No le parece que sería llegar demasiado lejos?

—No, no lo creo. Más vale tomar medidas. Y un capitán más o menos, no tiene importancia.

—De acuerdo —convino el coronel Cathcart—. Le daremos una medalla por haber tenido valor suficiente como para pasar dos veces por el objetivo. Y además, lo ascenderemos a capitán.

El coronel Korn hizo ademán de coger la gorra.

—Y ahora, mutis y sonrisa —bromeó, y rodeó los hombros de Yossarian con un brazo al tiempo que ambos salían.

14

KID SAMPSON

En la época de la misión de Bolonia, Yossarian era lo suficientemente valiente como para no pasar sobre el objetivo ni una sola vez, y cuando se vio en el morro del avión de Kid Sampson, apretó el botón de su micrófono y preguntó:

—Oye, ¿qué le pasa al avión?

Kid Sampson soltó un alarido.

—¿Le pasa algo al avión?

El grito de Kid Sampson dejó helado a Yossarian.

—¿Pasa algo? —vociferó horrorizado—. ¿Saltamos en paracaídas?

—¡No lo sé! —gimió Kid Sampson angustiado—. Alguien ha dicho que tenemos que saltar. ¿Quién ha sido? ¿Quién lo ha dicho?

—¡Soy Yossarian! ¡Estoy en el morro! Te he oído decir que pasaba algo. ¿No has dicho que pasaba algo?

—Creía que tú habías dicho que pasaba algo. Todo parece ir bien. Todo va bien.

A Yossarian se le cayó el alma a los pies. Algo espantoso ocurría si todo iba bien y no tenían excusa para volver. Vaciló, reflexivo.

—No te oigo —dijo.

—He dicho que todo va bien.

El sol se reflejaba cegadoramente blanco sobre las aguas de porcelana azul y sobre las deslumbrantes aristas de los demás aviones. Yossarian agarró los cables de colores del intercomunicador y los arrancó.

—Sigo sin oírte —dijo.

No oía nada. Recogió lentamente la carpeta de los mapas y los tres trajes protectores y se arrastró hasta el compartimento principal. Nately, sentado muy tieso en el asiento del copiloto, lo observó por el rabillo del ojo mientras se situaba detrás de Kid Sampson en la cabina. Sonrió a Yossarian débilmente; parecía frágil y excepcionalmente joven y tímido, allí encerrado entre los voluminosos auriculares, la gorra, el micrófono, el traje protector y el paracaídas. Yossarian se inclinó para acercarse al oído de Kid Sampson.

—¡No te oigo! —gritó, alzando la voz por encima del ronroneo de los motores.

Kid Sampson miró hacia atrás, sorprendido. Tenía una cara angulosa y cómica, cejas arqueadas y fino bigote rubio.

—¿Qué? —gritó a su vez por encima del hombro.

—Que sigo sin oírte —repitió Yossarian.

—Habla más alto —dijo Kid Sampson—. No te oigo.

—¡Que sigo sin oírte! —vociferó Yossarian.

—¿Qué quieres que haga? —chilló Kid Sampson—. ¡Estoy gritando con todas mis fuerzas!

—¡No te oía por el intercomunicador! —bramó Yossarian, con creciente desesperación—. Tendrás que volver.

—¿Por un intercomunicador? —preguntó Kid Sampson, incrédulo.

—Vuelve si no quieres que te rompa la crisma —le ordenó Yossarian.

Kid Sampson miró a Nately en busca de apoyo moral, pero éste desvió rápidamente los ojos. Yossarian tenía mayor graduación que ambos. Kid Sampson se resistió unos segundos más, dubitativo, y capituló con expresión triunfal.

—A mí me parece muy bien —anunció de buena gana, y emitió una serie de silbidos agudos—. Sí, señooor, a Kid Sampson le parece pero que muy bien. —Volvió a silbar y gritó por el intercomunicador—: ¡Prestad atención, criaturitas mías! Os habla el almirante Kid Sampson. Os grazna el almirante Kid Sampson, orgullo de la marina de su majestad la reina. ¡Sí, chavales, volvemos! ¡Volvemos!

Nately se arrancó la gorra y los auriculares de un tirón y empezó a mecerse alegremente como un niño guapo en su sillita. El sargento Knight bajó en picado desde la torreta superior y se puso a darles golpecitos en la espalda a todos, entusiasmado. Kid Sampson se alejó de la formación describiendo un elegante arco y se dirigió hacia el aeródromo. Cuando Yossarian enchufó sus auriculares a una de las cajas auxiliares, los dos artilleros de la cola cantaban a dúo «La cucaracha».

Una vez en el aeródromo, el grupo se deshizo bruscamente. Un inquietante silencio ocupó su lugar, y Yossarian descendió del avión y se acomodó en el vehículo que los esperaba, sobrio y avergonzado. Nadie habló durante todo el trayecto por la quietud envolvente e hipnotizante de montañas, mar y ríos. Persistía la misma sensación desoladora cuando abandonaron la carretera al llegar al escuadrón. Yossarian bajó del coche el último. Al cabo de unos minutos, él y un suave viento cálido era lo único que se movía en la obsesiva calma que se extendía como una droga sobre las tiendas vacías. El escuadrón se alzaba insensible, desprovisto de seres humanos a excepción del doctor Danika, que estaba encaramado en su taburete como un buitre doliente y tembloroso junto a la puerta cerrada de la enfermería, con la enorme nariz asaeteando inútil y ávidamente la nebulosa luz del sol que caía a chorros a su alrededor. Yossarian sabía que el doctor Danika no iría a nadar con él. El doctor Danika no volvería a ir a nadar; uno podía desmayarse o sufrir una pequeña oclusión coronaria en un par de centímetros de agua y morir ahogado, ser arrastrado hasta alta mar por una corriente o padecer una poliomielitis o una infección de meningococos a consecuencia del frío o de un esfuerzo excesivo. La amenaza que representaba Bolonia para los demás había desatado en el doctor Danika una ansiedad aún más profunda por su bienestar. Por la noche oía ladrones.

A través de la penumbra teñida de lavanda que encapotaba la entrada de la tienda de operaciones, Yossarian vislumbró al jefe Avena Loca, dedicado diligentemente a la tarea de apoderarse de grandes raciones de whisky tras haber falsificado las firmas de los no bebedores. Envasaba a toda velocidad el alcohol con el que se envenenaba en varias botellas, con el fin de robar lo más posible antes de que el capitán Black se despertara y recordara que tenía que ir a robar el resto.

El todoterreno volvió a ponerse en marcha suavemente. Kid Sampson, Nately y los demás se alejaron formando un remolino silencioso que se tragó la empalagosa quietud amarilla. El vehículo desapareció dando sacudidas. Yossarian se quedó solo en medio de una calma pesada, primordial, en la que todo lo verde parecía negro y el resto estaba empapado del color del pus. La brisa agitaba las hojas a lo lejos, diáfana y seca. Yossarian se sentía desasosegado, asustado y somnoliento. Notaba las cuencas de los ojos mugrientas de puro cansancio. Entró penosamente en la tienda de los paracaídas con su alargada mesa de madera, mientras una duda empezaba a corroerlo y a anidar en su conciencia, por otro lado completamente tranquila. Dejó el traje protector y el paracaídas, pasó junto al camión cisterna y entró en la tienda de información para devolver la carpeta de los mapas al capitán Black, que dormitaba en su silla con las piernas largas y flacas apoyadas en la mesa y le preguntó con indiferente curiosidad por qué había regresado su avión. Yossarian no le hizo el menor caso. Dejó los mapas y salió.

Al llegar a su tienda se despojó del arnés del paracaídas y después de la ropa. Orr estaba en Roma, y debía volver aquella misma tarde del permiso que se había ganado por hacer un amaraje forzoso frente a la costa de Génova. Nately ya se estaría preparando para sustituirlo, extasiado al comprobar que seguía vivo y sin duda impaciente por reanudar el inútil y desgarrador noviazgo con su prostituta de Roma. Cuando acabó de desnudarse, Yossarian se sentó sobre el catre a descansar. Siempre se encontraba más a gusto desnudo. No se sentía cómodo cuando estaba vestido. Al cabo de un rato se puso calzoncillos limpios y se dirigió a la playa calzado con unos mocasines y una toalla de color caqui sobre los hombros.

El sendero que salía del escuadrón rodeaba un misterioso emplazamiento de baterías en pleno bosque; dos de los tres soldados allí destinados dormían en el círculo de sacos de arena y el tercero comía una granada púrpura, arrancando grandes mordiscos con mandíbulas triturantes y escupiendo las rugosidades del fruto entre los arbustos. Cada vez que mordía se le escurría un zumo rojo por la boca. Yossarian siguió andando con suaves pisadas, acariciándose cariñosamente la tripa desnuda de vez en cuando como para comprobar que seguía allí. Se sacó una pelusilla del ombligo. A ambos lados del sendero empezó a ver docenas de setas que la lluvia había multiplicado, asomando sus dedos nodulares por entre la tierra húmeda como tallos de carne sin vida, en tan necrótica profusión que parecían proliferar a ojos vista. Crecían a millares, cubriendo la maleza, y daban la impresión de aumentar en número y tamaño mientras las espiaba. Se alejó de allí a toda velocidad, con un escalofrío de miedo, y no dejó de apretar el paso hasta que la arena seca crujió bajo sus pies y aquellos seres quedaron atrás. Miró hacia allí con recelo, casi esperando ver que las formas blancas y blandas se arrastraban hacia él en ciega persecución o que se colaban entre las copas de los árboles formando una masa móvil, hirviente, ingobernable.

La playa estaba desierta. Sólo se oían ruidos sofocados, el borboteo glotón del arroyo, el murmullo respirante de la maleza y los arbustos a su espalda, el apático gemido de las olas monótonas, traslúcidas. Siempre había poca espuma, el agua siempre estaba clara y fresca. Yossarian dejó sus cosas en la arena y avanzó contra las olas hasta la rodilla; por último se sumergió. Frente a él se alzaba una abultada franja de tierra oscura envuelta en niebla, casi invisible. Nadó lánguidamente contra corriente, se detuvo un momento y después regresó con igual languidez a donde podía hacer pie. Se sumergió de cabeza en las aguas verdes varias veces, hasta sentirse limpio y despejado, y a continuación se tendió boca abajo sobre la arena y se quedó dormido hasta que los aviones que volvían de Bolonia se situaron casi por encima de su cabeza y el rugido acumulativo de sus múltiples motores hizo retemblar la tierra y lo arrancó de su sopor.

Se despertó parpadeando, con un ligero dolor de cabeza, y al abrir los ojos se topó con un mundo caótico en el que todo estaba en orden. Se quedó boquiabierto ante el fantástico espectáculo de las doce escuadrillas en perfecta formación. La escena era demasiado inesperada para parecer real. No había ningún avión que se adelantara con los heridos, ni ninguno que se retrasara con averías. Ninguna señal de socorro humeaba en el cielo. No faltaba ningún aparato, salvo el suyo. Durante unos instantes lo dejó paralizado una sensación de locura. Y entonces lo comprendió, y casi se echó a llorar ante la ironía. La explicación era sencilla: unas nubes habían tapado el objetivo antes de que los aviones pudieran bombardearlo, y aún estaba por realizar la misión de Bolonia.

Se equivocaba. No había habido nubes. Habían bombardeado Bolonia. Bolonia era misión fácil. No había habido fuego antiaéreo.

15

PILTCHARD & WREN

El capitán Piltchard y el capitán Wren, los inofensivos oficiales que dirigían conjuntamente las operaciones del escuadrón, eran dos hombres amables, comedidos, de estatura inferior a la media, que disfrutaban con las misiones de combate y no pedían a la vida ni al coronel Cathcart más que la oportunidad de continuar cumpliéndolas. Habían realizado cientos y deseaban realizar otras tantas. Se presentaban voluntarios a todas. Nunca les había sucedido nada tan maravilloso como la guerra; y temían que no volviera a ocurrirles. Ejecutaban las tareas que tenían asignadas con humildad y a conciencia, con las mínimas molestias posibles para los demás, y hacían cuanto en su mano estaba para no enfrentarse con nadie. Tenían la sonrisa fácil para todos. Siempre hablaban entre dientes. Eran hombres activos, animosos y sumisos que sólo se sentían a gusto en su mutua compañía y que no miraban a los ojos a nadie más, ni siquiera a Yossarian en el transcurso de la reunión al aire libre que convocaron para reñirle públicamente por haber obligado a Kid Sampson a regresar de la misión a Bolonia.

—Mirad, muchachos —dijo el capitán Piltchard, que tenía pelo oscuro y escaso y sonrisa forzada—. Cuando no cumpláis una misión, aseguraos antes de volver de que es por algo importante, ¿de acuerdo? No por algo sin importancia... como un intercomunicador averiado... o algo parecido. El capitán Wren quiere añadir algo al respecto.

—El capitán Piltchard tiene razón, muchachos —dijo el capitán Wren—. Y eso es lo único que voy a añadir al respecto. Bueno, al fin hemos llegado a Bolonia, y hemos descubierto que era una misión fácil. Supongo que todos estábamos un poco nerviosos y no hemos causado demasiados destrozos. En fin, escuchad una cosa. El coronel Cathcart ha obtenido permiso para que volvamos, y mañana sí que vamos a cargarnos esos depósitos de municiones. ¿Qué os parece?

Y para demostrarle a Yossarian que no sentían la menor animadversión hacia él, incluso le asignaron el puesto de bombardero jefe con McWatt en la primera formación cuando fueron a Bolonia al día siguiente. Yossarian sobrevoló el objetivo como un auténtico Havermeyer, confiado y sin emprender acciones evasivas, ¡y de repente se vio envuelto en un infierno de mierda!

¡La artillería antiaérea lo rodeaba por todas partes! Lo habían engañado, lo habían atrapado, y no podía hacer otra cosa más que quedarse allí como un imbécil contemplando las horribles explosiones negras que acabarían por matarlo. Hasta que soltara las bombas no podía hacer otra cosa más que asomarse continuamente a la mira, en cuya lente estaban pegadas magnéticamente sobre el objetivo las finas líneas entrecruzadas, justo donde él las había situado, en el centro del patio del bloque de almacenes camuflados que le correspondía bombardear. Temblaba de pies a cabeza mientras el aparato avanzaba. Oía el ¡bum! ¡bum! ¡bum! ¡bum! hueco del fuego antiaéreo a su alrededor, superponiéndose en series de cuatro, el agudo y penetrante ¡crac! de un proyectil aislado que hizo explosión muy cerca de él. Su cabeza estallaba en mil impulsos disonantes mientras rezaba para que pudiera soltar las bombas. Sentía deseos de llorar. Los motores zumbaban monótonamente como una mosca gorda y perezosa. Al fin se cruzaron los índices de la mira, y arrojó las ocho bombas de doscientos treinta kilos cada una, una detrás de otra. El avión se remontó, aligerado de su carga. Yossarian se separó de la mira, encogido, para observar el indicador de la izquierda. Cuando la aguja llegó al cero, cerró las puertas del compartimento de las bombas y gritó con todas sus fuerzas por el intercomunicador:

—¡Gira a la derecha, rápido!

McWatt respondió al instante. Con rechinar de motores, viró sobre un ala y se retorció despiadadamente para alejarse de las agujas gemelas de fuego antiaéreo que, según había visto Yossarian, iban a asaetearlos. Después Yossarian obligó a McWatt a ascender más y más hasta que penetraron en un cielo tranquilo, azul como un diamante, soleado y puro y adornado a lo lejos con largos velos blancos de tenue pelusa. El viento rasgueaba sosegadamente los cristales cilíndricos de las ventanillas, y Yossarian se relajó hasta que cogieron velocidad.

Entonces ordenó a McWatt que girara a la izquierda y que volviera a descender, al observar con un espasmo transitorio de júbilo los enjambres de artillería que saltaban sobre sus cabezas y se desviaban a la derecha, justo donde hubieran estado si no hubieran torcido a la izquierda y descendido en picado. Ordenó a McWatt que adoptara trayectoria horizontal con otro ronco grito, y el piloto zarandeó el aparato, subiendo y girando de nuevo, en un deshilachado espacio azul de aire sin contaminar, precisamente en el momento en que daban en el blanco las bombas que había lanzado. La primera cayó en el patio, exactamente donde había apuntado, y a continuación las demás bombas de su avión y de los demás aviones de la escuadrilla hicieron explosión en rápida sucesión de destellos naranjas sobre el tejado de los edificios, que se desmoronaron al instante en medio de una ola envolvente de humo rosa, gris y negro que se propagó por todas partes y se estremeció convulsivamente en las entrañas como si la produjeran grandes relámpagos rojos, blancos y dorados.

—¡Mira, mira eso! —exclamó ruidosamente Aarfy, maravillado, junto a Yossarian, su cara rechoncha y orbicular destellante de alegría—. Ahí debajo debía de haber un depósito de municiones.

Yossarian se había olvidado de Aarfy.

—¡Sal de ahí! —le chilló—. ¡Sal del morro!

Aarfy sonrió cortésmente y señaló el objetivo con ademán de generosa invitación para que Yossarian mirara. Yossarian agitó las manos delante de él y le indicó por señas que se fuera a la entrada del pasadizo.

—¡Vete! —gritó, frenético—. ¡Vete!

Aarfy se encogió de hombros, con gesto amistoso.

—No te oigo —le explicó.

Yossarian lo agarró por las correas del arnés del paracaídas y lo empujó hacia el pasadizo justo en el momento en que el aparato experimentó una sacudida con la que le crujieron los huesos y se le paró el corazón. Comprendió en seguida que estaban todos muertos.

—¡Sube! —le gritó a McWatt por el intercomunicador cuando vio que seguía vivo—. ¡Sube, hijo de puta! ¡Sube!

El avión se remontó zumbando, rápida pero penosamente, hasta que le ordenó a McWatt que se situara en trayectoria horizontal con otro grito ronco y el piloto viró con un giro rugiente y brutal de cuarenta y cinco grados que dejó a Yossarian sin respiración y flotando ingrávido en el aire hasta que McWatt volvió a situar el aparato en horizontal el tiempo suficiente como para torcer a la derecha y lanzarse en picado con un terrible chirrido. Aceleró atravesando infinitos borrones de fantasmal humo negro, mientras la carbonilla azotaba el suave plexiglás del morro como un vapor de hollín maligno y húmedo. El corazón de Yossarian volvió a latir desbocado de terror mientras se precipitaban hacia abajo y se remontaban de nuevo entre la ciega artillería antiaérea que cargaba contra él asesinamente desde todas partes y después quedaba colgando, inane. Le caía el sudor a chorros por el cuello, y se le estancaba en el pecho y la cintura como limo caliente.

Durante unos segundos tuvo una vaga conciencia de que los aviones de su escuadrilla ya no estaban allí, y a continuación sólo tuvo conciencia de sí mismo. Le dolía la garganta como si se le hubiera abierto una herida en carne viva a causa de la asfixiante intensidad con que chillaba las órdenes a McWatt. Cada vez que el piloto cambiaba de dirección, los motores emitían un alarido ensordecedor y angustioso. Y enfrente, las explosiones de la artillería antiaérea seguían poblando el cielo, desencadenadas por las baterías que olfateaban la altitud adecuada mientras esperaban, sádicas, a que el avión se pusiera a tiro.

El aparato sufrió otra violenta sacudida que casi le hizo darse la vuelta, y al instante el morro se llenó de delicadas nubes de humo azul. *¡Algo se estaba quemando!* Yossarian se dio la vuelta bruscamente y chocó con Aarfy, que había encendido una cerilla y la aplicaba plácidamente a su pipa. Yossarian miró al sonriente navegante de cara de pan, totalmente confuso. Pensó que uno de los dos estaba loco.

—¡Dios del cielo! —le chilló a Aarfy tan asombrado como asustado—. ¡Lárgate del morro! ¿Es que te has vuelto loco? ¡Lárgate!

—¿Qué? —dijo Aarfy.

—¡Lárgate! —vociferó histéricamente Yossarian, al tiempo que golpeaba a Aarfy con los dos puños para que se fuera—. ¡Lárgate!

—¡No te oigo! —gritó a su vez Aarfy con expresión inocente y un tanto perpleja—. ¡Habla más alto!

—¡Sal del morro! —aulló Yossarian, desesperado—. ¡Están intentando matarnos! ¿Es que no lo entiendes? ¡Están intentando matarnos!

—¿Por dónde voy, maldita sea? —bramó furiosamente McWatt por el intercomunicador con voz aguda y doliente—. ¿Por dónde voy?

—¡Gira a la izquierda! ¡A la izquierda, me cago en diez, cerdo, hijo de puta! ¡Gira a la izquierda, rápido!

Aarfy se acercó muy despacio a Yossarian y le clavó el cañón de la pipa en las costillas. Yossarian pegó un salto con un alarido desgarrador, y a continuación se dio la vuelta por completo, blanco como el papel, temblando de rabia. Aarfy le guiñó un ojo y señaló con el pulgar hacia McWatt con expresión de regocijo.

—¿Qué mosca le ha picado? —preguntó riendo.

A Yossarian le invadió una singular sensación de que algo estaba deformado.

—¿Quieres salir de aquí? —gruñó implorante, al tiempo que empujaba a Aarfy con todas sus fuerzas—: ¿Estás sordo o qué? ¡Vete dentro! —Y a McWatt le gritó—: ¡En picado! ¡En picado!

Una vez más se sumergieron en la crujiente, voluminosa y ensordecedora barrera de la artillería antiaérea, mientras Aarfy se acercaba silenciosamente a Yossarian de nuevo y le clavaba la pipa en las costillas. Yossarian volvió a dar un brinco con otro alarido desgarrador.

—No te oigo —dijo Aarfy.

—¡He dicho que te largues de aquí! —vociferó Yossarian,

y a continuación estalló en llanto. Pegó a Aarfy en el cuerpo con todas sus fuerzas—. ¡Vete de aquí! ¡Vete!

Pegar a Aarfy era como hundir los puños en un saco de caucho inflado. No oponía resistencia; aquella masa blanda e insensible no respondía, y al cabo de un rato Yossarian se desanimó y dejó caer los brazos, agotado. Lo dominaba una humillante sensación de impotencia y habría querido llorar de pura autocompasión.

—¿Qué dices? —preguntó Aarfy.

—Que te vayas —contestó Yossarian, en tono suplicante—. Que te marches.

—Sigo sin oírte.

—No importa —sollozó Yossarian—. No importa. Déjame en paz, por favor.

—¿Que no importa qué?

Yossarian empezó a darse de golpes en la frente. Agarró a Aarfy por la pechera de la camisa y, poniéndose de pie a duras penas, lo arrastró hasta la parte trasera del morro y lo tiró al suelo como una bolsa abultada en la entrada del pasadizo. Un proyectil hizo explosión con un petardazo formidable junto a su oído, y mientras gateaba hacia la zona frontal del aparato, un hueco intacto de su inteligencia se preguntó por qué no los había matado a todos. Estaban ascendiendo de nuevo. Los motores volvían a ulular, como doloridos, y el aire en el interior del aparato tenía el olor acre de la maquinaria y la fetidez de la gasolina. Y de pronto, empezó a nevar.

Millares de minúsculos trocitos de papel blanco como copos de nieve caían dentro del avión, formando remolinos tan densos alrededor de su cabeza que se le quedaban pegados a las pestañas cuando parpadeaba de perplejidad y revoloteaban junto a las aletas de la nariz y los labios cada vez que aspiraba. Cuando se dio una vuelta completa, desconcertado, vio a Aarfy que sonreía orgullosamente de oreja a oreja como un ser inhumano tendiéndole un mapa hecho pedazos. Un enorme trozo de metralla había perforado el suelo, atravesado el prodigioso maremágnum de mapas de Aarfy y había salido por el techo a escasos centímetros de las cabezas de los tripulantes. Aarfy experimentaba una alegría sublime.

—¿Quieres mirar esto? —murmuró, asomando juguetonamente dos de sus regordetes dedos por el agujero de los mapas—. ¿Quieres mirar esto?

Yossarian estaba boquiabierto ante aquella demostración de júbilo. Aarfy era como un extraño ogro en un sueño, invulnerable e ineludible, y a Yossarian le daba miedo, por una compleja serie de razones que no era capaz de desenmarañar dada su confusión. El viento que se colaba por el irregular boquete del suelo mantenía la miríada de trocitos de papel en continuo movimiento, como las partículas de alabastro en un pisapapeles, y contribuía a crear una sensación de irrealidad lacada, saturada. Todo parecía raro, como de oropel, grotesco. Le latía la cabeza con un agudo clamor que le taladraba sin piedad los oídos. Era McWatt, que solicitaba órdenes presa de un frenesí incoherente. Yossarian siguió contemplando con atormentada fascinación el semblante esférico de Aarfy, que a su vez lo miraba con expresión serena y vacía por entre los remolinos de papelitos blancos, y llegó a la conclusión de que estaba loco de remate en el momento en que estallaron sucesivamente ocho ráfagas de artillería antiaérea a la derecha, a la altura de sus ojos, y a continuación otras ocho, la última dirigida hacia la izquierda, de modo que ellos quedaron justo enfrente.

—¡Gira a la izquierda, rápido! —le gritó a McWatt, mientras Aarfy seguía sonriendo, y McWatt giró a la izquierda, rápidamente, pero la artillería antiaérea también lo hizo, con igual rapidez, y Yossarian vociferó—: ¡He dicho que rápido, rápido, hijo de puta!

Y McWatt viró aún más rápido, y de repente, milagrosamente, se hallaron fuera de tiro. Cesó el fuego antiaéreo. Las ametralladoras dejaron de atacarlos. Y estaban vivos.

Detrás de Yossarian, los hombres morían. Extendidas a lo largo de kilómetros, formando una línea tortuosa, retorcida, las demás escuadrillas realizaban el mismo recorrido plagado de peligros sobre el objetivo, enhebrándose entre las masas hinchadas del humo de la metralla reciente y antigua como ratas que libraran una carrera entre sus propios excrementos. Un avión se había incendiado, y se alejaba solo agitándose débilmente, ondeando como una monstruosa estrella rojo sangre. Mientras Yossarian lo observaba, el avión en llamas se ladeó y empezó a caer lentamente formando círculos amplios, trémulos, cada vez más cerrados, su enorme peso llameando en naranja y flameando por atrás como una capa larga y flotante de fuego y humo. Y después los paracaídas, uno, dos, tres... cuatro, y a continuación el avión empezó a girar y cayó a tierra, aleteando insensiblemente en el interior de su pira como una tira de papel de seda de colores. Habían hecho pedazos a una escuadrilla entera de otro escuadrón.

Yossarian suspiró; había cumplido su tarea cotidiana. Se sentía decaído y pegajoso. Los motores canturreaban melifluos mientras McWatt reducía velocidad para que lo alcanzaran los demás aviones. La brusca calma parecía extraña y artificial, un tanto engañosa. Yossarian se desató el traje protector y se quitó el casco. Volvió a suspirar, cerró los ojos e intentó relajarse.

—¿Dónde está Orr? —preguntó alguien por el intercomunicador.

Yossarian dio un brinco y soltó un grito monosilábico

restallante de angustia que proporcionaba la única explicación racional del misterioso fenómeno de la artillería antiaérea de Bolonia: *¡Orr!* Se abalanzó hacia la ventana de plexiglás para buscar algún indicio de Orr, que atraía la metralla como un imán y que sin duda había encandilado a todas las baterías de la División Hermann Goering para seguirlo a Bolonia desde donde demonios estuvieran estacionadas el día anterior, cuando Orr se encontraba aún en Roma. Aarfy se lanzó hacia delante unos segundos después y golpeó a Yossarian en el puente de la nariz con el afilado borde del casco. Yossarian lo insultó con los ojos llenos de lágrimas.

—Ahí está —proclamó Aarfy en tono lúgubre, señalando con ademán dramático hacia un carro de heno y dos caballos parados ante el granero de una granja de piedra gris—. Destrozado. Como todos.

Yossarian volvió a insultar a Aarfy y siguió buscando con suma atención, atenazado por una especie de temor compasivo por el compañero de tienda, pequeñajo, nervioso y grotesco, de dientes de caballo que le había abierto la frente a Appleby con una paleta de pimpón y que una vez más estaba dando un susto de muerte a Yossarian. Vio al fin el avión de doble motor y timones gemelos abandonando el fondo verde del bosque sobre un sembrado amarillo. Una de las hélices estaba completamente inmóvil, pero el aparato mantenía una altitud constante y seguía una trayectoria normal. Yossarian murmuró sin darse cuenta una oración de gracias y después se desquitó con Orr, en una rimbombante fusión de resentimiento y alivio.

—¡Ese hijo de puta! —chilló—. ¡Esa rata, ese cretino con dientes de caballo! ¡Será gilipollas!

—¿Qué? —dijo Aarfy.

—¡Ese cerdo hijo de puta enano, loco, maricón! —bramó Yossarian.

—¿Qué?

—¡No importa!

—No te oigo —replicó Aarfy.

Yossarian giró metódicamente para situarse frente a Aarfy.

—Cerdo —dijo.

—¿Quién? ¿Yo?

—Cerdo pomposo, rotundo, vacío, acomodaticio...

Aarfy no se inmutó. Encendió muy tranquilo una cerilla de madera y chupó ruidosamente la pipa con un elocuente aire de magnanimidad. Sonrió amistosamente y abrió la boca para decir algo. Yossarian se la tapó con una mano y lo empujó con expresión cansina. Cerró los ojos y simuló dormir durante todo el trayecto de vuelta al aeródromo para no tener que ver ni oír a Aarfy.

En la tienda de instrucciones Yossarian presentó su informe al capitán Black y después esperó con los demás, con el alma en vilo, hasta que al fin apareció el aparato de Orr, cuyo único motor lo mantenía en el aire. Nadie osaba respirar. El tren de aterrizaje no bajaba. Yossarian se quedó allí hasta que Orr hizo un aterrizaje de emergencia, sano y salvo, y a continuación robó el primer todoterreno con llave de contacto que encontró y corrió a su tienda, donde se puso a preparar febrilmente sus cosas para el permiso de emergencia que había decidido pasar en Roma. Aquella misma noche encontró a Luciana y su cicatriz invisible.

16

LUCIANA

Encontró a Luciana sentada a solas a una mesa de la sala de fiestas de los oficiales aliados, donde el comandante borracho que la había llevado allí había cometido la estupidez de abandonarla por la obscena compañía de unos camaradas que cantaban en el bar.

—De acuerdo, bailaré contigo —dijo la chica antes de que a Yossarian le diera tiempo a hablar—. Pero no te voy a dejar que te acuestes conmigo.

—¿Y quién te lo ha pedido? —replicó Yossarian.

—¿No quieres acostarte conmigo? —comentó ella, sorprendida.

—No quiero bailar contigo.

La chica cogió la mano de Yossarian y lo sacó a la pista de baile. Bailaba peor que él, pero se entregaba a las delicias de la música sintética con un placer desinhibido que Yossarian no había visto en su vida. Notó que se le dormían las piernas de aburrimiento y la arrastró hacia la mesa en la que la chica con la que debería haber estado follando seguía sentada, beoda, con una mano en el cuello de Aarfy, la blusa de satén naranja descuidadamente abierta hasta debajo del sujetador blanco de encaje y hablando con descaro sobre guarrerías con Huple, Orr, Kid Sampson y Joe *el Hambriento*. En el momento en que llegaban a la mesa, Luciana le dio un inesperado empellón y pasaron de largo, solos. La chica era alta, tosca, exuberante, tenía el pelo largo y una cara bonita: una chica rolliza, deliciosa, coqueta.

—De acuerdo —dijo—. Te dejo que me invites a cenar, pero no que te acuestes conmigo.

—¿Y quién te lo ha pedido? —preguntó Yossarian, sorprendido.

—¿No quieres acostarte conmigo?

—No quiero invitarte a cenar.

La sacó de la sala de fiestas y tras bajar un tramo de escaleras llegaron a un restaurante del mercado negro lleno de chicas vivaces y atractivas que al parecer se conocían entre sí y de tímidos oficiales de diferentes países que habían ido allí con ellas. La comida era exquisita y cara, y los pasillos desbordaban de alegres hombretones, robustos y calvos. Las abarrotadas salas del interior irradiaban cálidas oleadas de diversión.

A Yossarian le encantó la grosería con la que Luciana despachó los platos, comiendo a dos carrillos sin prestarle la menor atención. Devoró como un cerdo, sin dejar ni una miga; después colocó los cubiertos sobre la mesa, con aire de satisfacción, y se arrellanó perezosamente en la silla con expresión soñadora y congestionada de gula saciada. Aspiró una bocanada de aire, sonriendo, y le dirigió a Yossarian una mirada cariñosa y muy melosa.

—De acuerdo, Joe —ronroneó, sus brillantes ojos oscuros somnolientos y agradecidos—. Ahora te dejo que te acuestes conmigo.

—Me llamo Yossarian.

—De acuerdo, Yossarian —replicó la chica con una carcajada suave, como de arrepentimiento—. Ahora te dejo que te acuestes conmigo.

—¿Y quién te lo ha pedido? —dijo Yossarian.

Luciana se quedó perpleja.

—¿No quieres acostarte conmigo?

Yossarian asintió con vehemencia, riendo, y metió una mano bajo el vestido de la chica. Ella dio un respingo, horrorizada. Movió las piernas bruscamente, agitando el trasero. Sonrojada de susto y vergüenza, se bajó la falda con una serie de miradas recatadas, de reojo.

—Puedes acostarte conmigo —le explicó con cautela y cierta indulgencia—. Pero no ahora.

—Ya lo sé. Cuando vayamos a mi habitación.

La chica sacudió la cabeza, contemplándolo con desconfianza y las rodillas apretadas.

—No, ahora tengo que ir a casa, con mi madre, porque no le gusta que baile con soldados ni que me inviten a cenar, y se enfadará muchísimo si no vuelvo a casa pronto. Pero puedes apuntarme dónde vives, y mañana por la mañana iré a tu habitación para el folleteo antes de ir a mi trabajo en las oficinas francesas. *Capisci?*

—¡Y una mierda! —exclamó Yossarian, colérico y decepcionado.

—¿*Cosa vuol dire* y una mierda? —preguntó Luciana perpleja.

Yossarian soltó una carcajada. Después contestó con buen humor:

—Significa que quiero acompañarte hasta donde demonios tengas que ir para volver rápidamente a la sala de fiestas antes de que Aarfy se marche con ese bombón que ha encontrado sin darme la oportunidad de preguntarle si tiene una tía o una amiga igual que ella, que seguro que la tiene.

—*Come?*

—*Subito, subito* —la apremió con tierna burla—. Tu madre te está esperando, ¿no lo recuerdas?

223

—*Si, si*. Mi madre.

Yossarian se dejó arrastrar por la hermosa noche primaveral de Roma a lo largo de casi dos kilómetros hasta que llegaron a una caótica terminal de autobuses en la que resonaban los bocinazos, deslumbraban las luces rojas y amarillas y restallaban los insultos de los conductores sin afeitar que soltaban tacos capaces de ponerle los pelos de punta a cualquiera, entre ellos a los viajeros y a los despreocupados peatones que circulaban sin hacerles caso hasta que los agredían los autobuses y devolvían los insultos. Luciana desapareció en uno de los minúsculos vehículos verdes, y Yossarian volvió a todo correr al cabaré para ver a la rubia teñida de ojos vidriosos con la blusa de satén naranja desabrochada. Parecía enamorada de Aarfy, pero mientras corría, Yossarian rezó por la existencia de una tía voluptuosa o de una hermana, amiga, prima o madre voluptuosa que fuera igualmente libidinosa y depravada. Habría sido perfecta para Yossarian, una puerca pervertida, vulgar, amoral, apetitosa a quien llevaba meses deseando y adorando. Era una auténtica joya. Pagaba sus copas, y tenía un automóvil, un piso y un camafeo de color salmón que volvía loco a Joe *el Hambriento* con sus figuras exquisitamente talladas que representaban a un chico y una chica desnudos en una roca. Joe *el Hambriento* se encabritaba, relinchaba y coceaba soltando espumarajos de lujuria y humillante necesidad, pero la chica no le vendía el camafeo, a pesar de que Joe le ofrecía el dinero que llevaba en los bolsillos y añadía al lote su complicada cámara fotográfica. A ella no le interesaban ni el dinero ni las cámaras fotográficas. Sólo le interesaba fornicar.

Cuando Yossarian llegó allí la chica se había ido. Se habían ido todos, y recorrió las oscuras calles que empezaban a quedarse vacías desencantado y melancólico. Normalmente no se sentía solo cuando no tenía compañía, pero en aquel momento se sintió solo por la envidia hacia Aarfy, que estaría en la cama con la chica adecuada para Yossarian, y que podía además arreglarse en cuanto quisiera, si es que quería, con cualquiera de las dos mujeres aristocráticas, esbeltas y fascinantes que vivían en el piso de arriba y que fructicaban las fantasías sexuales de Yossarian cuando las tenía, la maravillosa condesa de pelo negro y labios rojos, húmedos y nerviosos y su maravillosa nuera de pelo negro. Yossarian se sentía locamente enamorado de todas ellas mientras regresaba al piso de los oficiales, enamorado de Luciana, de la lasciva chica borracha de la blusa de satén desabrochada, y de la maravillosa condesa rica y su maravillosa nuera rica, ninguna de las cuales lo dejaba acercarse a ella, ni siquiera tontear. Coqueteaban con Nately y se sometían pasivamente a Aarfy, pero pensaban que Yossarian estaba chalado y lo rechazaban con desprecio cada vez que les hacía una proposición deshonesta o intentaba acariciarlas cuando subían por la escalera. Ambas eran dos seres soberbios, de lengua pulposa, brillante y afilada y boca como una ciruela redonda y cálida, un poco dulce y pegajosa, un poco podrida. Tenían clase; Yossarian no sabía a ciencia cierta en qué consistía tal cosa, pero sabía que la tenían y él no, y que también ellas lo sabían. Mientras caminaba, iba imaginándose la ropa interior que llevaban pegada a sus esbeltas formas femeninas, prendas transparentes, suaves, ceñidas, de un negro profundo o de un pastel opalescente y radiante con bordes floridos de encaje, fragantes con los aromas hipnotizantes de la carne mimada y las sales de baño perfumadas que ascendían formando una nube germinativa de sus pechos blanquiazules. Volvió a sentir deseos de ocupar el lugar de Aarfy, que estaría haciendo el amor obscena, brutal, alegremente, con una jugosa puta a la que Aarfy le importaba tres pitos y que no volvería a pensar en él ni una sola vez.

Pero Aarfy ya había regresado al piso cuando llegó Yossarian, y éste se lo quedó mirando con la misma sensación de perplejidad atormentada que había experimentado aquella misma mañana sobre Bolonia ante su presencia maligna, cabalística e inamovible en el morro del avión.

—¿Qué haces aquí? —preguntó.

—¡Eso es, pregúntaselo! —exclamó Joe *el Hambriento*, furibundo—. Oblígalo a que diga qué está haciendo aquí.

Con un gemido prolongado y teatral, Kid Sampson formó una pistola con el índice y el pulgar y se voló la tapa de los sesos. Huple, que masticaba un abultado chicle, lo observaba todo con vacía expresión de inmadurez en su rostro de quince años. Aarfy golpeaba distraídamente la cazoleta de la pipa contra la palma de la mano mientras paseaba su corpulenta humanidad muy satisfecho, complacido por la expectación que había despertado.

—¿No te has ido con esa chica? —preguntó Yossarian.

—Claro que he ido con ella —respondió Aarfy—. No pensarías que iba a dejarla ir sola hasta su casa, ¿no?

—¿Y no te ha dejado que te quedaras con ella?

—Sí, quería que me quedara —contestó Aarfy con una risita—. No te preocupes por el bueno de Aarfy. Pero no iba a aprovecharme de una buena chica como ella simplemente porque hubiera bebido un poco de más... ¿Qué clase de persona crees que soy?

—¿Quién habla de aprovecharse de ella? —le espetó Yossarian atónito—. Lo único que ella quería era irse a la cama con alguien. No ha hablado de otra cosa en toda la noche.

—Eso es porque estaba un poco confusa —le explicó Aarfy—. Pero le he dado una buena charla y ha recobrado el sentido común.

—¡Hija de puta! —exclamó Yossarian, y se desplomó con cansancio en el diván, junto a Kid Sampson—. ¿Por qué demonios no nos la has pasado a alguno de nosotros si tú no querías estar con ella?

—¿Lo ves? —comentó Joe *el Hambriento*—. Le pasa algo raro.

Yossarian miró a Aarfy con curiosidad.

—Dime una cosa, Aarfy. ¿Nunca te tiras a ninguna?

Aarfy emitió otra risita engreída.

—Claro, claro, algo les hago. No te preocupes por mí. Pero no a las buenas chicas. Sé a qué clase de chicas puedo hacerles algo y a cuáles no. Ésta es una buena chavala. Se nota que su familia tiene dinero. Fíjate, si incluso he conseguido que tirase por la ventanilla del coche el anillo ese.

Joe *el Hambriento* pegó un brinco y un alarido de dolor insoportable.

—¿Que has hecho qué? —vociferó—. ¿Que has hecho qué? —Se puso a zurrarle a Aarfy en los hombros y los brazos con ambos puños, a punto de estallar en llanto—. Debería matarte por eso, cerdo, hijo de puta. Es escandaloso, sí señor. Tiene una mente repugnante, ¿a que sí? ¿A que tiene una mente asquerosa?

—De lo más asquerosa —convino Yossarian.

—¿De qué estáis hablando, chicos? —preguntó Aarfy verdaderamente desconcertado, agachando la cabeza para protegerse entre el material aislante de sus hombros ovales—. Venga, Joe —suplicó con sonrisa incierta—. Deja de pegarme, ¿vale?

Pero Joe *el Hambriento* no dejó de pegarle hasta que Yossarian lo cogió y lo empujó hacia su habitación. Yossarian se dirigió inquieto hacia la suya, se desnudó y se acostó. Al cabo de un segundo había amanecido y alguien lo sacudía.

—¿Para qué me despiertas? —gimoteó.

Era Michaela, la flaca criada de carácter alegre y cara feúcha y cetrina, y le despertaba porque tenía una visita esperándolo a la puerta. ¡Luciana! Yossarian no podía creérselo. Y se quedó con él en la habitación, a solas, cuando se marchó Michaela, preciosa, sana y estatuaria, desbordante de una vitalidad y un cariño irrefrenables a pesar de que se quedó mirándolo airadamente, con el ceño fruncido. Parecía un joven coloso femenino con sus magníficas piernas como columnas separadas sobre zapatos blancos de cuña, un bonito vestido verde y un bolso de cuero plano y largo, que no dejó de balancear hasta que se lo plantó con fuerza a Yossarian en la cara cuando éste saltó de la cama para abrazarla. Yossarian retrocedió a trompicones para ponerse fuera del alcance de la chica, tocándose la ardiente mejilla con perplejidad.

—¡Cerdo! —le espetó con odio, las aletas de la nariz hinchadas por un desprecio cruel—. *Vive com' un animale!*

Soltando un taco gutural de asco, cruzó la habitación a grandes zancadas y abrió de par en par las tres altas ventanas de bisagra; entró un refulgente torrente de luz y aire fresco que limpió la cargada habitación como un tónico vigorizante. Dejó el bolso en una silla y se puso a arreglar la habitación: recogió las cosas de Yossarian que había en el suelo y en los muebles, metió los calcetines, el pañuelo y la ropa interior en un cajón vacío de la cómoda y colgó la camisa y los pantalones en el armario.

Yossarian entró a toda prisa en el baño y se cepilló los dientes. Se lavó las manos y la cara y se peinó. Al volver apresuradamente a la habitación, la encontró ordenada, y a Luciana casi desnuda. Tenía una expresión relajada. Dejó los pendientes sobre la cómoda y fue silenciosamente hasta la cama, descalza, sólo con una camisa de rayón rosa que le llegaba hasta las caderas. Recorrió la habitación con la mirada para asegurarse de que no había pasado nada por alto en cuanto a aseo se refería, retiró la colcha y se estiró voluptuosamente con expresión de felina expectación. Le hizo señas a Yossarian para que se acercara con mirada tierna y una carcajada ronca.

—Ahora —anunció en un susurro, tendiéndole los brazos—. Ahora sí voy a dejar que te acuestes conmigo.

Le contó varias mentiras sobre el único fin de semana que había pasado en la cama con su novio del ejército italiano, al que habían matado, y resultaron ser ciertas, porque gritó «*finito!*» casi en cuanto Yossarian empezó, preguntándose por qué no paraba, hasta que también él hubo *finitado* y se lo explicó.

Yossarian encendió cigarrillos para los dos. A Luciana le encantaba el profundo bronceado de su cuerpo. Yossarian no entendía por qué no se quitaba la camisa rosa. Tenía la misma hechura de las camisetas masculinas, con estrechos tirantes, y ocultaba la cicatriz invisible de la espalda que se negó a dejarle ver una vez que le hubo confesado su existencia. Se puso tensa como una fina lámina de acero cuando Yossarian siguió los mutilados contornos con la yema de un dedo desde una incisión que había en el hombro hasta casi la base de la columna vertebral. Hizo una mueca, apenado, cuando la chica le habló de las torturantes noches que había pasado en el hospital, drogada o con dolor, entre los olores omnipresentes e irradicables del éter, la materia fecal y el desinfectante, la carne humana mortificada y decadente entre los uniformes blancos, los zapatos con suela de goma y las extrañas luces nocturnas que brillaban débilmente hasta el amanecer en los pasillos. La habían herido en un ataque aéreo.

—*Dove?* —preguntó Yossarian, conteniendo el aliento.

—*Napoli.*

—¿Alemanes?

—*Americani.*

A Yossarian le dio un vuelco el corazón y se enamoró. Pensó si querría casarse con él.

—*Tu sei pazzo* —le comentó la chica riendo agradablemente.

—¿Por qué? —preguntó Yossarian.

—*Perchè non posso sposare.*

—¿Por qué?

—Porque no soy virgen —contestó ella.

—¿Y eso qué tiene que ver?

—¿Quién se casaría conmigo? Nadie quiere a una chica que no es virgen.

—Yo sí. Yo me casaré contigo.

—*Ma non posso sposarti.*

—¿Por qué?

—*Perchè sei pazzo.*

—¿Por qué?

—*Perchè vuoi sposarmi.*

Yossarian arrugó la frente, regocijado y confuso.

—No quieres casarte conmigo porque estoy loco, y dices que estoy loco porque quiero casarme contigo, ¿no es eso?

—*Sí.*

—*Tu sei pazz'!* —le dijo en voz muy alta.

—*Perchè?* —le gritó Luciana indignada; sus inevitables pechos se elevaban y descendían con delicioso coqueteo bajo la camisa rosa al incorporarse en la cama—. ¿Por qué estoy loca?

—Porque no quieres casarte conmigo.

—*Stupido!* —le gritó, y le pegó en el pecho airadamente con el dorso de la mano—. *Non posso sposarti! Non capisci? Non posso sposarti!*

—Ya, entiendo. ¿Y por qué no puedes casarte conmigo?

—*Perchè sei pazzo.*

—¿Y por qué estoy loco?

—*Perchè vuoi sposarmi.*

—Porque quiero casarme contigo. *Carina, ti amo* —le

230

explicó, y la cogió dulcemente para acercarla a la almohada—. *Ti amo molto.*

—*Tu sei pazzo* —replicó en un susurro, halagada.

—*Perchè?*

—Porque dices que me quieres. ¿Cómo puedes querer a una chica que no es virgen?

—Porque no puedo casarme contigo.

La chica volvió a incorporarse bruscamente, con gesto amenazador.

—¿Por qué no puedes casarte conmigo? —preguntó, dispuesta a zurrarle de nuevo si no le convencía la respuesta—. ¿Sólo porque no soy virgen?

—No, no, cariño. Porque estás loca.

Ella se lo quedó mirando unos momentos con resentimiento; después echó la cabeza hacia atrás y estalló en carcajadas. Cuando paró de reírse lo contempló con una expresión distinta, de aprobación; los tejidos sensibles y exuberantes de su oscura cara se oscurecieron aún más y florecieron somnolientos con una infusión vivificante y embellecedora de sangre. Sus ojos se ensombrecieron. Yossarian aplastó los cigarrillos, y se unieron sin palabras en un beso envolvente justo en el momento en que Joe *el Hambriento* se coló en la habitación para preguntarle a Yossarian si quería ir con él a buscar chicas. Joe *el Hambriento* se paró en seco al verlos y salió disparado. Yossarian saltó de la cama aún con mayor rapidez y le gritó a Luciana que se vistiera. La chica estaba boquiabierta. Yossarian la sacó bruscamente de la cama agarrándola por un brazo y la empujó hacia su ropa; después corrió hacia la puerta, justo a tiempo de cerrarla antes de que entrara Joe *el Hambriento* con su cámara fotográfica. Joe había metido una pierna entre la puerta y el marco y no la quitaba.

—¡Déjame entrar! —le rogó, retorciéndose frenéticamente—. ¡Déjame entrar! —Interrumpió los forcejeos un momento para mirar a Yossarian a la cara por la abertura de la puerta con lo que él debía de considerar una sonrisa cautivadora—. Yo no Joe *el Hambriento* —explicó muy serio—. Yo gran fotógrafo de revista *Life*. Gran fotografía en portada. Te convertiré en estrella de Hollywood, Yossarian. *Multi* dinero. *Multi* divorcios. Mucho folleteo todo el día. *Si, si!*

Yossarian cerró la puerta de golpe cuando Joe *el Hambriento* retrocedió para intentar hacerle una fotografía a Luciana mientras se vestía. Joe *el Hambriento* atacó como un poseso la robusta barrera de madera, se echó hacia atrás para tomar impulso y volvió a abalanzarse sobre ella como un poseso. Yossarian se puso la ropa entre uno y otro ataque. Luciana llevaba el vestido de verano verde y blanco y tenía la falda enrollada en la cintura. Una oleada de tristeza inundó a Yossarian al ver que estaba a punto de desaparecer en el interior de las medias para siempre. Extendió un brazo y la atrajo hacia sí cogiéndola por la pantorrilla, que tenía levantada. La chica se acercó a la pata coja y se pegó a él. Yossarian la besó en las orejas y los ojos cerrados, románticamente, y le frotó los muslos. Luciana empezó a ronronear sensualmente un momento antes de que el frágil cuerpo de Joe *el Hambriento* volvió a chocar contra la puerta en una última y desesperada tentativa y estuvo a punto de derribarlos a ambos. Yossarian apartó a Luciana.

—*Vite! Vite!* —gritó, ceñudo—. ¿Es que hablo en chino? ¡Vístete!

—*Stupido!* —le espetó Luciana—. *Vite* es francés, no italiano. *Subito, subito!* Eso es lo que quieres decir. *Subito!*

—*Si, si*. Eso es lo que quiero decir. *Subito, subito!*

—*Si, si* —repitió Luciana, con ánimo de colaborar, y fue corriendo a recoger los pendientes y los zapatos.

Joe *el Hambriento* había renunciado a las furiosas acometidas para hacer fotografías desde detrás de la puerta cerrada. Yossarian oyó el chasquido del disparador. Cuando Luciana y él estuvieron listos, esperó hasta la siguiente carga de Joe *el Hambriento* y abrió la puerta bruscamente. Joe *el Hambriento* entró dando tumbos como una rana. Yossarian lo esquivó con agilidad y llevando a Luciana de la mano, atravesó la casa y salió al pasillo. Corrieron escaleras abajo con gran estruendo, riendo jadeantes y entrechocando las cabezas cada vez que se paraban a descansar. Casi al pie de las escaleras se encontraron con Nately y se callaron. Nately estaba pálido y sucio y parecía muy desdichado. Llevaba la corbata torcida, la camisa arrugada y las manos en los bolsillos. Tenía una expresión azorada, de desamparo.

—¿Qué te pasa, chaval? —dijo Yossarian, compasivo.

—He vuelto a quedarme sin un centavo —contestó Nately con una débil sonrisa—. ¿Qué voy a hacer ahora?

Yossarian no lo sabía. Nately había pasado las últimas treinta y dos horas a razón de veinte dólares la hora con la apática puta a la que adoraba, y no le quedaba nada de la paga ni de la lucrativa pensión que le enviaba todos los meses su rico y generoso padre. Eso significaba que ya no podría estar con ella. La puta no le permitía acompañarla mientras paseaba en busca de otros soldados, y se enfadaba cuando lo descubría siguiéndola desde lejos. Nately disfrutaba de plena libertad para quedarse en casa de la chica, pero nunca sabía si ella estaría allí. Y no le daba nada a menos que pudiera pagarlo. No le interesaba el sexo. Nately quería tener la certeza de que no se acostaría con ningún indeseable ni con nadie que él conociera. El capitán Black se empeñaba en alquilar los servicios de la chica cada vez que iba a Roma, simplemente para atormentar a Nately con la noticia de que había vuelto a jorobar a su novia y ver cómo se jodía y bailaba mientras le detallaba las atroces indignidades a las que la había obligado a someterse.

A Luciana le conmovió la expresión desesperada de Nately, pero volvió a estallar en fuertes carcajadas en cuanto salió a la soleada calle con Yossarian y oyó a Joe *el Hambriento* que los llamaba desde la ventana para que se quitaran la ropa, porque de verdad era fotógrafo de la revista *Life*. Luciana se deslizó regocijada por la acera con sus blancos zapatos de cuña, tirando de Yossarian con la misma vivacidad de que había hecho gala en la pista de baile la noche anterior y en todo momento a partir de entonces. Yossarian la cogió por la cintura y así caminaron hasta la esquina, donde Luciana se separó de él. Se arregló el pelo y se pintó los labios mirándose en un espejito que sacó del bolso.

—¿Por qué no me pides que te deje apuntar mi nombre y mi dirección en un papel para verme cuando vuelvas a Roma? —le sugirió.

—¿Por qué no me dejas que apunte tu nombre y tu dirección en un papel? —accedió Yossarian.

—¿Por qué? —replicó Luciana en tono beligerante, con la boca curvada en una mueca vehemente y destellos de ira en los ojos—. ¿Para que lo rompas en trocitos pequeños en cuanto yo me marche?

—¿Quién ha dicho que vaya a romperlo? —protestó Yossarian, confundido—. ¿Por qué demonios dices eso?

—Lo romperás —insistió Luciana—. Lo harás pedacitos en cuanto yo me marche y te sentirás muy importante porque una chica alta, guapa y joven como yo, Luciana, te ha dejado acostarte con ella y no te ha pedido dinero.

—¿Cuánto dinero vas a pedirme? —le preguntó Yossarian.

—*Stupido!* —gritó Luciana, emocionada—. ¡No voy a pedirte dinero! —Dio un fuerte pisotón en el suelo y levantó el brazo con un ademán turbulento que hizo temer a Yossarian un nuevo porrazo en la cara con el bolso, pero se limitó a garabatear su nombre y dirección en un papel y se lo puso bruscamente en la mano—. Aquí tienes —le dijo burlonamente, mordiéndose el labio superior para suprimir un delicado temblor—. No lo olvides. No te olvides de romperlo en trocitos pequeños en cuanto yo me marche.

Después le sonrió con serenidad, le apretó la mano, y susurrando con pesar un «*Addio*», se pegó a él unos momentos. A continuación se enderezó y se alejó caminando con dignidad y elegancia inconscientes.

En cuanto se hubo marchado, Yossarian rompió el papel y se alejó en la otra dirección, sintiéndose muy importante porque una chica guapa y joven como Luciana se había acostado con él y no le había pedido dinero. Estaba muy satisfecho de sí mismo hasta que, al levantar los ojos en el comedor del edificio de la Cruz Roja, se vio desayunando con docenas y docenas de soldados con uniformes tan distintos como fantásticos, y de pronto se encontró rodeado de imágenes de Luciana quitándose y poniéndose la ropa y acariciándolo y riñéndolo tempestuosamente con la camisa rosa que no quería quitarse en la cama. Se atragantó con la tostada al caer en la cuenta de la enormidad de su error, de haber roto en pedazos de una forma tan despiadada los miembros largos, esbeltos, desnudos, jóvenes y vibrantes y haberlos tirado con aire de suficiencia al arroyo. Ya empezaba a echarla de menos terriblemente. Estaba rodeado de seres uniformados, estridentes y sin rostro. Experimentó un imperioso deseo de estar con ella a solas y se levantó impetuosamente de la mesa; salió corriendo a la calle y se dirigió a todo correr hacia la casa para buscar los pedacitos de papel en el arroyo, pero la manguera de un barrendero los había arrastrado.

No la encontró aquella noche en la sala de fiestas de los oficiales aliados ni entre la sofocante algarabía bruñida y hedonista del restaurante del mercado negro con sus enormes bandejas de madera desbordantes de comida exquisita y sus bandadas de chicas guapas y vivaces. Ni siquiera encontró el restaurante. Cuando se quedó dormido, solo en su cama, volvió a regatear con la artillería antiaérea en el cielo de Bolonia, soñando. Aarfy se erguía sobre su hombro, abominable, con una sórdida mirada de soslayo. Por la mañana fue corriendo a buscar a Luciana en todas las oficinas francesas que se le ocurrieron, pero nadie supo darle razón, y siguió corriendo, aterrorizado, tan nervioso, turbado y desorganizado que lo único que pudo hacer fue seguir corriendo aterrorizado, ir a alguna parte, a la casa de los reclutas en busca de la achaparrada criada de las medias color lima, que estaba quitando el polvo en la habitación que ocupaba Snowden en la quinta planta, con su astroso jersey marrón y su gruesa falda oscura. Snowden aún vivía por entonces, y Yossarian supo que era su habitación por el nombre estarcido en blanco sobre la bolsa azul con la que tropezó al lanzarse de cabeza sobre la mujer en un frenesí de desesperación creativa. La criada lo agarró por las muñecas para sujetarlo cuando se acercó a ella dando traspiés, muy necesitado, y lo derribó sobre su cuerpo al tiempo que se desplomaba en la cama y lo envolvía, hospitalaria, en un abrazo fláccido y consolador, enarbolando el trapo del polvo como una bandera mientras lo contemplaba con rostro brutal, ancho, agradable, y le dedicaba una sonrisa de amistad indestructible. Se oyó un chasquido elástico cuando se bajó las medias de color lima sin interrumpir a Yossarian.

Yossarian le metió dinero en la mano cuando hubieron concluido. Ella lo abrazó, agradecida. Él la abrazó. Ella volvió a abrazarlo y lo derribó una vez más sobre su cuerpo al tiempo que se desplomaba en la cama. Él le dio más dinero cuando hubieron concluido y salió a toda prisa de la habitación antes de que la mujer empezara a abrazarlo de nuevo. Una vez en la casa, preparó el equipaje rápidamente, le dejó a Nately el dinero que tenía y volvió a Pianosa en un avión de abastecimiento para pedirle perdón a Joe *el Hambriento* por haberlo echado de la habitación. No hacía falta pedirle perdón, porque cuando Yossarian lo encontró, Joe *el Hambriento* estaba de muy buen humor. Sonreía de oreja a oreja y Yossarian se puso malo sólo de verlo, porque comprendió al instante a qué había que atribuir su buen humor.

—Cuarenta misiones —anunció Joe *el Hambriento* líricamente, aliviado y encantado—. El coronel ha vuelto a aumentar el número.

Yossarian se quedó atónito.

—¡Pero yo tengo treinta y dos, maldita sea! Con tres más habría quedado libre.

Joe *el Hambriento* se encogió de hombros, indiferente.

—El coronel quiere que cumplamos cuarenta —repitió.

Yossarian le dio un empellón y se fue corriendo al hospital.

17

EL SOLDADO DE BLANCO

Yossarian entró corriendo en el hospital, decidido a quedarse allí para siempre antes que cumplir una misión más de las treinta y tres que ya contaba en su haber. Al cabo de diez días cambió de opinión y se marchó; el coronel aumentó el número de misiones a cuarenta y cinco, y Yossarian volvió a entrar corriendo en el hospital, decidido a quedarse allí para siempre antes que cumplir una misión más de las seis que acababa de realizar.

Yossarian podía entrar en el hospital siempre que se le antojaba gracias a lo de su hígado y a lo de sus ojos: los médicos no podían solucionar su problema hepático ni conseguir que los mirara a los ojos cada vez que les decía que tenía un problema hepático. Yossarian se lo pasaba bien en el hospital, siempre y cuando no hubiera nadie realmente enfermo en la misma sala. Su organismo era lo suficientemente fuerte como para superar la malaria o la gripe de otra persona sin apenas notarlo. Podía soportar las tonsilectomías de otras personas sin sufrir ninguna molestia postoperatoria, e incluso enfrentarse a sus hernias y hemorroides sin apenas náuseas, pero eso era lo único que podía soportar sin caer enfermo. Después tenía que largarse. Podía relajarse en el hospital, ya que nadie lo obligaba a que hiciera nada allí. Lo único que se esperaba que hiciera era morirse o ponerse mejor, y como estaba perfectamente, ponerse mejor le resultaba tarea fácil.

Estar en el hospital era más agradable que volar sobre Bolonia o sobre Aviñón con Huple y Dobbs a los mandos y Snowden agonizante en la parte de atrás.

Normalmente no había tantos enfermos dentro del hospital como fuera de él, según comprobó Yossarian, y, por lo general, dentro había menos personas gravemente enfermas. La tasa de mortalidad era mucho más baja dentro que fuera del hospital, y además mucho más sana. Pocas personas morían innecesariamente. La gente sabía muchas más cosas sobre la muerte dentro del hospital, y además se morían mejor, con más limpieza. No podían dominar a la Muerte dentro del hospital, pero no cabía duda de que la obligaban a portarse como Dios manda. Le habían enseñado buenos modales. No podían desterrarla, pero mientras estaba allí dentro tenía que actuar como una señora. La gente entregaba su alma con delicadeza y buen gusto dentro del hospital, sin aquella ostentación grosera que presidía la Muerte fuera. Nadie saltaba por los aires hecho pedazos como Kraft o el muerto de la tienda de Yossarian, ni moría congelado en pleno verano bochornoso como le ocurrió a Snowden tras haberle confesado su secreto a Yossarian en el avión.

—Tengo frío —gimoteaba Snowden—. Tengo frío.

—Vamos, vamos —le decía Yossarian para animarlo—. Vamos, vamos.

La gente no se esfumaba misteriosamente en el interior de una nube, como Clevinger. No estallaban convertidos en sangre y coágulos. No se ahogaban ni los fulminaba un rayo, no los atrapaba una máquina ni los aplastaba un corrimiento de tierras. No los mataban a tiros en atracos a mano armada, ni los estrangulaban después de una violación, ni los acuchillaban en bares; no les abrían la cabeza a hachazos sus padres o sus hijos, ni morían sumariamente a consecuencia de cualquier otro acto de Dios. Nadie se asfixiaba. La gente se desangraba con educación en un quirófano o expiraba sin mayores aspavientos en una cámara de oxígeno. Nada de esas tonterías de ahora estoy aquí, ahora ya no estoy tan en boga fuera del hospital. No había ni hambrunas ni inundaciones. Los niños no se asfixiaban en la cuna o la nevera ni caían bajo las ruedas de un camión. Nadie moría apaleado. La gente no metía la cabeza en el horno con el gas encendido, ni se arrojaba bajo un vagón de metro ni caía en picado como un peso muerto desde la ventana de un hotel haciendo ¡suuum! con una aceleración de cinco metros por segundo para aterrizar con un repugnante ¡chof! en la acera y morirse de una forma asquerosa delante de todo el mundo como un saco lleno de helado fibroso de fresa, con los dedos de los pies torcidos y sanguinolentos.

Cuando se paraba a pensarlo, Yossarian prefería muchas veces el hospital, a pesar de sus defectos. El servicio solía ser penoso, las normas, cuando se cumplían, demasiado severas y la dirección se metía en todo. Como resultaba inevitable la presencia de auténticos enfermos, no siempre contaba con una pandilla de jóvenes alegres en la misma sala, y no siempre había diversión. Se veía obligado a reconocer que los hospitales habían ido cambiando para peor a medida que la guerra continuaba y uno se acercaba más y más al frente de batalla, y que el deterioro de la calidad de los huéspedes destacaba aún más en la zona de combate, donde los efectos de la desgarradora contienda eran más visibles. Cuanto más se internaba Yossarian en la línea de fuego, más enferma se ponía la gente, hasta que la última vez que ingresó en el hospital se encontró con el soldado de blanco, que si hubiera estado más enfermo se habría muerto, precisamente lo que le ocurrió al cabo al poco tiempo.

El soldado de blanco estaba hecho enteramente de gasa, escayola y un termómetro, aunque esto último era simplemente un adorno que le colocaban en equilibrio sobre el agujero negro practicado entre las vendas la enfermera Cramer y la enfermera Duckett todas las mañanas y todas las tardes, hasta la tarde en la que la enfermera Cramer vio la temperatura y descubrió que estaba muerto. Al recordarlo, a Yossarian se le antojaba que había sido la enfermera Cramer y no el texano parlanchín quien había asesinado al soldado de blanco; si no hubiera visto el termómetro ni presentado el informe de su hallazgo, el soldado de blanco quizás hubiera seguido allí tumbado y vivo como hasta entonces, enfundado de pies a cabeza en escayola y gasa, con ambas piernas elevadas rígidamente desde la altura de las caderas y ambos brazos colgados perpendicularmente: cuatro voluminosos miembros escayolados, cuatro miembros extraños e inútiles sostenidos en el aire por gruesos cables y unos pesos de plomo prodigiosamente largos. Estar así tumbado quizá no pudiera considerarse exactamente una forma de vida, pero era la única que él tenía, y en opinión de Yossarian, la enfermera Cramer no debería haber tomado la decisión de acabar con ella.

El soldado de blanco era como una venda desenrollada con un agujero o como un bloque de piedra roto y abandonado en un puerto, con un tubo torcido de zinc que sobresalía. Los demás pacientes de la sala, todos menos el texano, lo rehuían con amable aversión desde el mismo momento en que lo vieron, a la mañana siguiente de la noche en que lo colaron allí. Se reunían muy serios en el extremo más alejado de la sala y cotilleaban sobre él maliciosamente, muy ofendidos: se rebelaban contra su presencia por considerarla una odiosa imposición y lo detestaban por la nauseabunda verdad que él representaba. Compartían el temor de que empezara a quejarse.

—No sé qué voy a hacer si empieza a quejarse —se lamentó desolado el impresionante y joven piloto del bigote dorado—. Se quejará también por la noche, porque no sabrá qué hora es.

Durante todo el tiempo que permaneció allí, el soldado de blanco no emitió ni un solo ruido. El agujero de bordes desiguales que se abría sobre su boca era muy profundo y negro como la pez, y no dejaba entrever ni rastro de labios, dientes, paladar o lengua. El único que se acercaba lo suficiente como para verlo era el amigable texano, que se aproximaba varias veces al día para charlar con él sobre la posibilidad de que concedieran más votos a la gente como Dios manda y que invariablemente iniciaba la conversación con el mismo saludo: «¿Qué me cuentas, chaval? ¿Cómo va eso?». Los demás hombres, vestidos con las batas de pana marrón y los desastrados pijamas de franela tal y como estaba prescrito, los eludían preguntándose quién sería el soldado de blanco, por qué estaría allí y cómo sería por dentro.

—Está bien, os lo digo yo —comentaba animadamente el texano después de cada visita—. En el fondo es un buen muchacho. Se siente un poco avergonzado e inseguro porque aquí no conoce a nadie y no puede hablar. ¿Por qué no vais a verlo y os presentáis? No va a comeros.

—¿De qué leches estás hablando? —preguntó Dunbar—. ¿Sabe él de qué le hablas?

—Pues claro que sí. No es imbécil. Es buena persona.

—¿Puede oírte?

—Bueno, no sé si puede oírme o no, pero estoy seguro de que sabe de qué le hablo.

—¿Se mueve alguna vez el agujero que tiene encima de la boca?

—Pero ¿por qué me preguntas eso? —preguntó a su vez el texano, molesto.

—¿Cómo sabes si respira, si nunca se mueve?

—¿Cómo sabes que es un hombre?

—¿Tiene almohadillas sobre los ojos debajo de las vendas de la cara?

—¿Hace algún movimiento con los dedos de los pies o de las manos?

El texano se sentía cada vez más confundido.

—Pero ¿por qué me preguntáis eso? Debéis de estar locos o algo parecido, muchachos. ¿Por qué no vais a verlo y habláis un poco con él? Es un chaval estupendo, os lo digo yo.

El soldado de blanco más parecía una momia rellena y esterilizada que un chaval estupendo. La enfermera Duckett y la enfermera Cramer lo mantenían como los chorros del oro. Le cepillaban con frecuencia las vendas con una escobilla y le frotaban la escayola de brazos, piernas, hombros, pecho y pelvis con agua jabonosa. Provistas de una lata redonda de limpiametales, sacaban un ligero brillo al tubo de zinc mate que salía del yeso de la entrepierna. Con unos paños de cocina húmedos quitaban el polvo varias veces al día desde los delgados tubos de goma de entrada y salida hasta los dos grandes jarros con tapa, por uno de los cuales, que colgaba de una barra situada junto a la cama, circulaba constantemente un líquido que se introducía en el brazo por una rajita que había entre los vendajes, mientras que el otro, casi oculto en el suelo, se llevaba cl líquido por el tubo de zinc que le salía de la entrepierna. Las dos jóvenes enfermeras abrillantaban los jarros sin cesar. Se sentían orgullosas de su trabajo. La más solícita era la enfermera Cramer, una chica bien formada, guapa y asexuada de cara sana y sin atractivo. Tenía una nariz mona y una piel radiante salpicada de encantadores remolinos de pecas adorables que Yossarian detestaba. El soldado de blanco la conmovía profundamente. Sus virtuosos ojos azul pálido, como platos, se inundaban de lágrimas leviatánicas en las ocasiones más inesperadas, y a Yossarian le ponía furioso.

—¿Cómo demonios sabe que está ahí dentro? —le preguntó un día.

—¡No se atreva a hablarme así! —replicó indignada la enfermera.

—Bueno, ¿cómo lo sabe? Ni siquiera sabe si realmente es él.

—¿Quién?

—Quienquiera que supuestamente está envuelto en todos esos vendajes. A lo mejor está llorando por otra persona. ¿Cómo sabe siquiera si está vivo?

—¡Cómo puede decir algo tan terrible! —exclamó la enfermera Cramer—. Haga el favor de volverse a la cama y de no hacer más bromas.

—No es ninguna broma. Ahí dentro podría estar cualquiera. Podría ser incluso Mudd.

—¿Qué quiere decir? —replicó la enfermera Cramer con voz trémula.

—Quizás esté ahí el muerto.

—¿Qué muerto?

—Hay un muerto en mi tienda al que nadie puede echar. Se llama Mudd.

El rostro de la enfermera Cramer empalideció, y se volvió hacia Dunbar en busca de apoyo.

—Dígale que se calle —le suplicó.

—Quizás ahí dentro no haya nadie —apuntó Dunbar con ánimo de ayudar—. A lo mejor han enviado sólo los vendajes para gastar una broma.

La enfermera se alejó de Dunbar horrorizada.

—¡Está usted loco! —gritó, mirando implorante a su alrededor—. ¡Están los dos locos!

En aquel preciso momento apareció la enfermera Duckett y los obligó a acostarse mientras la enfermera Cramer cambiaba los jarros del soldado de blanco. Cambiar los jarros del soldado de blanco no suponía ningún problema, ya que el mismo líquido claro entraba en su cuerpo gota a gota una y otra vez sin sufrir pérdidas, ni variaciones. Cuando el jarro que alimentaba el brazo estaba a punto de vaciarse, el del suelo estaba a punto de llenarse, y se limitaban a desenganchar los respectivos tubos y a colocar rápidamente el uno en el lugar del otro para que el líquido volviera a introducirse en su cuerpo. El cambio de los jarros no suponía problema para nadie, salvo para los hombres que observaban la operación aproximadamente cada hora, sin comprenderla.

—¿Por qué no conectan un jarro al otro y se ahorran el intermediario? —preguntó el capitán de artillería con el que Yossarian había dejado de jugar al ajedrez—. ¿Para qué lo necesitan?

—Me gustaría saber qué habrá hecho para merecer esto —comentó el sargento con malaria y una picadura de mosquito en el culo después de que la enfermera Cramer mirase el termómetro del soldado de blanco y descubriese que estaba muerto.

—Ir a la guerra —conjeturó el piloto del bigote dorado.

—Todos hemos ido a la guerra —objetó Dunbar.

—Precisamente a eso me refiero —añadió el sargento—. ¿Por qué ha tenido que ser él? Sospecho que no existe ninguna lógica en el sistema de recompensas y castigos. Fijaos en lo que me pasó a mí. Si hubiera pillado sífilis o gonorrea por los cinco minutos de pasión en la playa en lugar de esta maldita picadura de mosquito, podría hablar de justicia. Pero ¿malaria? ¿Malaria? ¿Quién puede explicar la malaria como consecuencia de la fornicación?

El sargento sacudió la cabeza, perplejo.

—¿Y yo? —intervino Yossarian—. Salí una noche de mi tienda en Marrakesh con intención de coger un caramelo y pillé tu dosis de gonorrea cuando esa enfermera que no había visto en mi vida me llevó bajo las matas. Lo único que yo quería era un caramelo, pero ¿quién habría dejado escapar una ocasión así?

—Sí, tiene toda la pinta de ser mi dosis de gonorrea —admitió el sargento—. Pero yo he cogido la malaria de otra persona. Por una vez, me gustaría que todas estas cosas se aclararan, y que cada persona se llevara lo que se merece. Sólo así podría tener cierta confianza en este universo.

—Yo me he llevado los trescientos mil dólares de otra persona —reconoció el impresionante y joven piloto de bigote dorado—. He estado haciendo el vago desde el día en que nací. Conseguí aprobar en el colegio y en la universidad a trancas y barrancas, y desde entonces me he dedicado a juntarme con chicas guapas que pensaban que sería un buen marido. No tengo ninguna ambición. Lo único que quiero hacer cuando acabe la guerra es casarme con una chica que tenga más dinero que yo, y seguir juntándome con muchas chicas guapas. Los trescientos mil dólares me los dejó antes de que yo naciera un abuelo mío que ganó una fortuna con ventas a escala internacional. Sé que no me los merezco, pero no pienso devolverlos. Eso sí, me gustaría saber a quién le corresponde de verdad ese dinero.

—A lo mejor a mi padre —apuntó Dunbar—. Se pasó la vida trabajando como un esclavo y nunca ganó suficiente dinero ni para mandarnos a mi hermana y a mí a la universidad. Está muerto, o sea que puedes quedártelo.

—Si lográsemos averiguar a quién le corresponde mi malaria, todos nos quedaríamos tranquilos. No es que tenga nada contra la malaria. Lo mismo me da dedicarme a holgazanear con malaria que con cualquier otra cosa, pero pienso que se ha cometido una injusticia. ¿Por qué he de tener yo la malaria de otra persona y tú mi dosis de gonorrea?

—Yo tengo algo más que tu dosis de gonorrea —intervino Yossarian—. Tengo que seguir cumpliendo misiones de combate a causa de esa dosis tuya hasta que me maten.

—Eso es aún peor. No se puede decir que sea justo.

—Yo tenía un amigo llamado Clevinger hasta hace dos semanas, y a él le parecía muy justo.

—Es el colmo de la justicia —dijo Clevinger con auténtico regocijo, palmoteando y riendo—. No puedo evitar acordarme del *Hipólito* de Eurípides. El libertinaje de Teseo es responsable seguramente del ascetismo del hijo que contribuye a desencadenar la tragedia que los aniquila a todos. Si no otra cosa, el incidente con la enfermera debería servir para demostrarte la perversidad de la inmoralidad sexual.

—Lo que me demuestra es la perversidad de los caramelos.

—¿No comprendes que no estás completamente libre de culpa por la situación en la que te encuentras? —añadió Clevinger sin disimular lo mucho que estaba disfrutando—. Si no hubieran tenido que retenerte diez días en el hospital de África por una enfermedad venérea, quizás habrías terminado las veinticinco misiones a tiempo de que te mandaran a casa, antes de que mataran al coronel Nevers y de que lo sustituyera el coronel Cathcart.

—¿Y tú? Tú no cogiste gonorrea en Marrakesh y estás en la misma situación.

—No lo sé —confesó Clevinger, con una pizca de burlona preocupación—. Supongo que haría algo terrible en mis buenos tiempos.

—¿Lo dices en serio?

Clevinger se echó a reír.

—No, claro que no. Es que me gusta tomarte el pelo.

Había tantos peligros que Yossarian no podía ocuparse

de todos: Hitler y Mussolini, por ejemplo, que estaban dispuestos a matarlo; el teniente Scheisskopf con su fanatismo por los desfiles, y el coronel hinchado de enorme bigote y su fanatismo por los castigos, también querían matarlo; Appleby, Havermeyer, Black y Korn, sin olvidar a la enfermera Cramer y a la enfermera Duckett. Yossarian estaba casi seguro de que querían verlo muerto. Y el texano, y el agente del CID, sobre cuyas intenciones no le cabía la menor duda. Y además, los camareros, albañiles y conductores de autobús del mundo entero, que querían verlo muerto; los caseros e inquilinos, traidores y patriotas, linchadores, lacayos y lombrices, todos dispuestos a abalanzarse sobre él. Ése era el secreto que le había soltado Snowden en la misión de Aviñón: iban tras él, y lo soltó por la parte trasera del avión.

Había glándulas linfáticas que podían jugarle una mala pasada. Había riñones, vainas de los nervios y corpúsculos. Había tumores cerebrales. Estaba la enfermedad de Hodgkin, la leucemia, la esclerosis amiotrópica lateral. Había fértiles prados rojos de células epiteliales que mimaban a las células cancerosas. Había enfermedades de la piel, de los huesos, de los pulmones, del estómago, del corazón, de la sangre y las arterias. Había enfermedades de la cabeza, del cuello, del pecho, de los intestinos, de la entrepierna. Incluso había enfermedades de los pies. Había miles de millones de concienzudas células corporales que se oxidaban día y noche como animales estúpidos en la complicada tarea de mantenerlo vivo y sano, y todas y cada una de ellas era una traidora y una enemiga en potencia. Existían tantas enfermedades que hacía falta una mente verdaderamente enferma para pensar en ellas con la frecuencia con que lo hacían Joe *el Hambriento* y él.

Joe *el Hambriento* confeccionaba listas de enfermedades mortales y las ordenaba alfabéticamente para poder fijarse en una cualquiera siempre que le apetecía preocuparse. Se disgustaba mucho cada vez que colocaba alguna mal o cuando no podía ampliar la lista, ocasión en la que iba a ver al doctor Danika, bañado en sudor, en busca de ayuda.

—Recomiéndale el tumor de Ewing —le aconsejó Yossarian al doctor Danika, que acudía a Yossarian en busca de ayuda para tratar a Joe *el Hambriento*—, y a continuación un melanoma. A Joe *el Hambriento* le gustan las enfermedades crónicas, pero prefiere las fulminantes.

El doctor Danika no había oído hablar de ninguna de las dos.

—¿Cómo te las arreglas para conocer tantas enfermedades? —le preguntó con admiración profesional.

—Me entero en el hospital, leyendo el *Reader's Digest*.

Para Yossarian había tantos males que temer que a veces sentía la tentación de ingresar en el hospital y pasarse el resto de su vida tumbado en el interior de una tienda de oxígeno con un regimiento de especialistas y enfermeras sentados junto a su cama las veinticuatro horas del día, esperando a que pasara algo, y al menos un cirujano con un cuchillo en la mano al otro lado de la cama, dispuesto a empezar a cortar en cuanto fuese necesario. Los aneurismas, por ejemplo: ¿cómo si no iban a defenderlo de un aneurisma de aorta? Yossarian se sentía mucho más seguro dentro que fuera del hospital, a pesar de que detestaba al cirujano y su cuchillo más que nada en el mundo. Si se ponía a gritar en un hospital, al menos varias personas acudirían corriendo a socorrerlo; fuera del hospital, lo meterían en la cárcel si se ponía a gritar por las cosas por las que, a su juicio, todo el mundo debería gritar. Una de las cosas por las que sentía deseos de gritar era por el cuchillo del cirujano que casi sin duda lo estaría esperando, a él y a todos cuantos vivieran lo suficiente como para morir. Muchas veces se preguntaba cómo reconocería el escalofrío, sofoco, punzada, regüeldo, estornudo, mancha, letargo, error de dicción, pérdida de equilibrio o lapso de memoria que indicara el inevitable comienzo del fin inevitable.

También temía que el doctor Danika siguiera negándose a ayudarlo cuando fue a verlo tras abandonar el despacho del comandante Coronel saltando por la ventana, y con razón.

—¿Y tú crees que tienes algo que temer? —le preguntó el doctor Danika, levantando del pecho la cabeza oscura, inmaculada y delicada para mirar irascible a Yossarian con ojos lacrimosos—. ¿Y yo? Mis conocimientos médicos se están oxidando en esta isla asquerosa mientras que otros médicos están haciéndose de oro. ¿Crees que me gusta pasarme aquí todo el día sentado negándome a ayudarte? No me importaría si pudiera negarme en Estados Unidos o en Roma o algún sitio parecido, pero decirte que no aquí no me resulta nada fácil.

—Entonces, deja de decir que no y dame la baja.

—No puedo —musitó el doctor Danika—. ¿Cuántas veces tengo que decírtelo?

—Claro que puedes. El comandante Coronel me ha dicho que tú eres la única persona del escuadrón que puede darme de baja.

El doctor Danika se quedó de piedra.

—¿Eso te ha dicho? ¿Cuándo?

—Cuando lo abordé en la zanja.

—¿Eso te dijo? ¿En una zanja?

—Me lo dijo en su despacho, cuando salimos de la zanja. Me dijo que no le contara a nadie que me lo había dicho, o sea que no te vayas de la lengua.

—¡Será embustero! —exclamó el doctor Danika—. No debía decírselo a nadie. ¿Y te ha explicado cómo puedo darte de baja?

—Rellenando un papelito en el que asegures que estoy a punto de sufrir una crisis nerviosa y enviándolo al Cuartel General. Si el doctor Stubbs da de baja a los hombres de su escuadrón continuamente, ¿por qué no puedes hacer lo mismo?

—¿Y qué les pasa a los hombres a los que el doctor Stubbs da de baja? —replicó el doctor Danika con sonrisa burlona—. Que vuelven inmediatamente al servicio, ¿no? Y él se mete en un buen lío. Claro que puedo rellenar un papelito que asegure que no eres apto para volar, pero hay una trampa.

—¿La trampa 22?

—Claro. Si te retiro del servicio, tiene que aprobarlo el Cuartel General, cosa que no va a hacer. Te devolverán al servicio, y ¿qué me pasará a mí? Lo más probable, me mandarán al océano Pacífico. No, muchas gracias. No voy a correr ningún riesgo por ti.

—¿No valdría la pena intentarlo? —objetó Yossarian—. ¿Qué tiene Pianosa de particular?

—Pianosa es horrible, pero mejor que el océano Pacífico. No me importaría que me destinaran a algún sitio civilizado donde pudiera ganarme un par de dólares de vez en cuando practicando abortos, pero lo único que hay en el Pacífico son selvas y monzones. Allí me pudriría.

—Ya te estás pudriendo aquí.

El doctor Danika le dirigió a Yossarian una mirada furibunda.

—¿Ah, sí? Bueno, al menos voy a salir vivo de esta guerra, que es mucho más de lo que tú puedes decir.

—Eso es precisamente lo que te estoy pidiendo, maldita sea, que me salves la vida.

—Salvar vidas no es asunto mío —replicó el doctor Danika obstinadamente.

—¿Y qué es asunto tuyo?

—No lo sé. Lo único que me dijeron fue que respetara la ética de mi profesión y que jamás prestara testimonio contra un colega. Oye, ¿acaso te has creído que eres el único que está en peligro? ¿Y yo? Esos dos estúpidos que tengo trabajando en la enfermería siguen sin averiguar qué me pasa.

—Quizá sea un tumor de Ewing —murmuró Yossarian sarcásticamente.

—¿Tú crees? —dijo el doctor Danika, asustado.

—¡Yo qué sé! —contestó Yossarian, impaciente—. Lo único que sé es que no voy a hacer más misiones. No van a fusilarme por eso, ¿verdad? He cumplido cincuenta y una.

—¿Por qué no terminas al menos las cincuenta y cinco antes de plantarte? —le aconsejó el doctor Danika—. Con tanto quejarte, nunca has terminado una serie completa de misiones.

—¿Y cómo voy a hacerlo? El coronel aumenta el número cada vez que estoy a punto de acabar.

—Nunca las acabas porque te pasas la vida en el hospital o en Roma. Te encontrarías en una situación mucho mejor si cumplieras las cincuenta y cinco misiones y entonces te negaras a continuar. Quizás así estudiaría tu caso.

—¿Me lo prometes?

—Te lo prometo.

—¿Qué me prometes?

—Que quizá considere la posibilidad de hacer algo para ayudarte si terminas las cincuenta y cinco misiones y si convences a McWatt de que apunte mi nombre en el diario de vuelo y pueda recibir la paga sin tener que subir a un avión. ¿Has leído lo del accidente de avión en Idaho hace tres semanas? Murieron seis personas. Fue espantoso. No sé por qué se empeñan en que vuele cuatro horas todos los meses para recibir la paga de aviador. Como si no tuviera suficientes preocupaciones, encima tengo que preocuparme por la posibilidad de estrellarme en un avión.

—A mí también me preocupan los accidentes aéreos —le dijo Yossarian—. No eres tú el único.

—Sí, pero yo además estoy muy preocupado por el tumor de Ewing —se jactó el doctor Danika—. ¿Tú crees que por eso tengo siempre la nariz atascada y paso tanto frío? Tómame el pulso.

A Yossarian también le preocupaban el tumor de Ewing y el melanoma. Las catástrofes acechaban por todas partes, demasiado numerosas para llevar la cuenta. Cuando reflexionaba sobre las múltiples enfermedades y los accidentes potenciales que lo amenazaban, se quedaba verdaderamente asombrado de haber logrado sobrevivir con buena salud durante tanto tiempo. Cada nuevo día representaba otra peligrosa misión contra la muerte. Y llevaba sobreviviendo veintiocho años.

18

EL SOLDADO QUE VEÍA DOBLE

Yossarian debía su buena salud al ejercicio, al aire puro, al trabajo en equipo y al espíritu deportivo; precisamente al apartarse de todo aquello descubrió el hospital. Una tarde, cuando el oficial encargado de la educación física en Lowery Field ordenó que salieran a hacer ejercicios de calistenia, el soldado raso Yossarian se presentó en el dispensario alegando que le dolía el costado derecho.

—¡Que se largue! —dijo el médico de servicio, que estaba resolviendo un crucigrama.

—No podemos decirle que se largue —objetó un cabo—. Hay una nueva normativa sobre los problemas abdominales. Tenemos que mantenerlos en observación cinco días porque ya han muerto demasiados hombres después de haberles dicho que se largaran.

—De acuerdo —rezongó el médico—. Que lo mantengan en observación cinco días y después que se largue.

Recogieron la ropa de Yossarian y lo instalaron en una sala donde se sentía muy feliz cuando no había nadie cerca roncando.

Por la mañana fue a verlo un solícito interno inglés, muy joven, que le preguntó por su hígado.

—Creo que lo que me está dando la lata es el apéndice —le dijo Yossarian.

—Lo del apéndice no sirve —declaró el inglés, autoritario y decidido—. Si le pasa algo al apéndice se lo quitamos y tendrá que volver al servicio activo casi de inmediato, pero con un problema hepático puede tomarnos el pelo durante semanas enteras. Verá, el hígado es un enorme misterio para nosotros. Si alguna vez lo ha comido, sabrá a qué me refiero. Hoy en día, estamos bastante seguros de que existe y nos hemos hecho una idea bastante completa de para qué sirve, cuando hace lo que supuestamente tiene que hacer, pero aparte de eso, seguimos a oscuras. Al fin y al cabo, ¿qué es el hígado? Mi padre, por ejemplo, murió de cáncer de hígado y no estuvo enfermo ni un solo día hasta el mismo momento en que se murió. Jamás sintió la mínima punzada de dolor. En cierto modo, es una lástima, porque yo detestaba a mi padre. Deseo sexual por mi madre, ya me entiende.

—¿Qué hace un médico inglés de servicio aquí? —se interesó Yossarian.

El oficial se echó a reír.

—Se lo explicaré mañana por la mañana, cuando venga a verlo. Y tire esa absurda bolsa de hielo si no quiere morirse de neumonía.

Yossarian no volvió a verlo. Ésa era una de las mejores cosas de los médicos del hospital: que nunca los veía dos veces. Iban, se marchaban y simplemente desaparecían. Al día siguiente, en lugar del interno inglés llegó un grupo de médicos que Yossarian no conocía para preguntarle por su apéndice.

—A mi apéndice no le pasa nada —contestó Yossarian—. El médico que vino ayer me dijo que era el hígado.

—Quizá sea el hígado —concedió el oficial de pelo blanco que dirigía el grupo—. ¿Qué dice el análisis de sangre?

—No le han hecho análisis de sangre.

—Pues que se lo hagan inmediatamente. No podemos correr riesgos con un paciente en su estado. Tenemos que protegernos, por si acaso muere. —Anotó algo en su cuaderno y, dirigiéndose a Yossarian, dijo—: Mientras tanto, póngase la bolsa de hielo. Es muy importante.

—No tengo bolsa de hielo.

—Pues que le traigan una. Tiene que haber alguna por alguna parte. Y si el dolor le resulta insoportable, dígaselo a alguien.

Al cabo de diez días, otro grupo de médicos le comunicó a Yossarian malas noticias: su salud era perfecta y tenía que marcharse. Lo salvó justo a tiempo un paciente que había al otro lado del pasillo, que empezó a ver doble. De repente, se incorporó en la cama y gritó:

—¡Lo veo todo doble!

Una enfermera chilló y un enfermero se desmayó. Por todos lados aparecieron médicos con jeringas, linternas, tubos, martillos de goma, objetos de metal oscilantes. Llevaron complicados objetos en carritos. Como no había suficiente cantidad de pacientes como para que los especialistas se amontonaran alrededor de su cuerpo, se pusieron en fila, empujando malhumorados a sus colegas para que se dieran prisa y les dejaran sitio. En seguida apareció un coronel de amplia frente y gafas con montura de concha para diagnosticar.

—Es meningitis —dictaminó con vehemencia, obligando a los demás a apartarse del paciente—. Aunque bien sabe Dios que no existe ninguna razón para pensar semejante cosa.

—Entonces, ¿por qué está tan seguro? —preguntó un teniente reprimiendo una risita—. ¿Por qué no nefritis aguda, pongamos por caso?

—Porque yo soy especialista en meningitis, y no en nefritis agudas —replicó el coronel—. Y no voy a entregároslo a los de los riñones así por las buenas. Yo lo he visto primero.

Finalmente, los médicos llegaron a un acuerdo. Decidieron que no tenían ni idea de lo que le ocurría al soldado que veía doble, se lo llevaron a una habitación del pasillo e impusieron una cuarentena de catorce días a todos los pacientes de la sala.

El día de Acción de Gracias transcurrió sin grandes incidentes mientras Yossarian seguía en el hospital. Lo único malo fue el pavo de la cena, e incluso eso estuvo bastante bien. Fue el día de Acción de Gracias más racional que Yossarian había pasado en su vida, y juró por lo más sagrado pasar todos los días de Acción de Gracias venideros refugiado en el hospital. Rompió el juramento al año siguiente; pasó la festividad en una habitación de hotel, enfrascado en intelectual conversación con la mujer del teniente Scheisskopf, que se había puesto para la ocasión las chapas de identificación de Dori Duz y regañó sentenciosamente a Yossarian por su actitud cínica e insensible ante el día de Acción de Gracias, a pesar de no creer en Dios más que él.

—Seguramente soy tan atea como tú —especuló en tono altanero—. Pero aun así, pienso que todos tenemos mucho que agradecer y que no deberíamos avergonzarnos de demostrarlo.

—Dime una cosa por la que tendría que estar agradecido —la desafió Yossarian sin mucho interés.

—Pues... —musitó la mujer del teniente Scheisskopf, y a continuación se calló para cavilar unos segundos—. Yo.

—¡Venga, hombre! —se chanceó Yossarian.

Ella enarcó las cejas, sorprendida.

—¿No agradeces que yo esté aquí? —preguntó. Frunció el ceño, picada. Se sentía herida en su orgullo—. No tengo necesidad de estar contigo, ¿sabes? —le dijo con fría dignidad—. Mi marido manda un escuadrón lleno de cadetes de aviación a los que les encantaría estar con la mujer del comandante simplemente porque les resultaría excitante.

Yossarian decidió cambiar de tema.

—Estás cambiando de tema —observó diplomáticamente—. Te apuesto lo que quieras a que puedo nombrar dos motivos para sentirse desgraciado por cada uno que tú nombres para sentirse agradecido.

—Agradece que me tienes a mí —insistió la mujer del teniente Scheisskopf.

—Y lo agradezco, cielo. Pero no veas si me molesta no volver a ir también con Dori Duz ni con los cientos de chicas y mujeres que veré y desearé en el transcurso de mi corta vida y con las que no podré acostarme ni una sola vez.

—Agradece que estás sano.

—Y deprímete porque no vas a seguir así siempre.

—Alégrate de estar vivo.

—Y ponte furioso porque vas a morir.

—¡Las cosas podrían ser peores! —exclamó ella.

—¡Y muchísimo mejores! —vociferó acaloradamente Yossarian.

—Sólo has nombrado un motivo —protestó la mujer—. Según tú, puedes nombrar dos.

—Y no me vengas con que los caminos del Señor son inescrutables —añadió Yossarian, aplastando la siguiente objeción de la mujer del teniente Scheisskopf—. No tienen nada de inescrutables. Para empezar, no tiene ningún designio, y se limita a jugar. O es que se ha olvidado de nosotros. Ése es el Dios del que habla la gente, un cateto, un zafio torpe, descerebrado y vulgar. ¡Dios del cielo! ¿Cómo se puede reverenciar a un Ser Supremo que considera necesario incluir en Su divina creación fenómenos como las flemas o las caries dentales? ¿Qué coño le pasaba por esa mente malvada, astuta, escatológica, cuando privó a los viejos del control sobre el movimiento de sus intestinos? ¿Por qué demonios tuvo que crear el dolor?

—¿El dolor? —La mujer del teniente Scheisskopf se aferró a aquella palabra con ademán victorioso—. El dolor es un síntoma muy útil. El dolor nos avisa de los peligros corporales.

—¿Y quién ha creado esos peligros? —preguntó Yossarian. Soltó una cáustica carcajada—. Desde luego, hizo un acto de caridad con nosotros al concedernos el dolor. ¿No podía usar un timbre para comunicárnoslo, o uno de sus coros celestiales? O una instalación de tubos de neón azules y rojos en la frente de cada persona. A cualquier fabricante de máquinas de discos se le habría ocurrido. ¿Por qué a Él no?

—Tendríamos un aspecto ridículo yendo por ahí con tubos de neón rojos en mitad de la frente.

—Pues estarán más guapos con los espasmos de la agonía o atontados de morfina, ¿verdad? ¡Es un metepatas colosal, inmortal! ¡Cuando piensas en las oportunidades y el poder de que disponía para haber realizado un buen trabajo y ves la porquería que ha hecho, te quedas boquiabierto ante su torpeza! Salta a la vista que nunca se ha topado con una nómina. ¡Ningún comerciante que se respete lo contrataría ni como chupatintas!

El rostro de la mujer del teniente Scheisskopf se había puesto ceniciento de pura incredulidad, y lo miraba ávidamente, asustada.

—Será mejor que no hables así de Él, cielo —le previno en tono de reproche, en voz baja y hostil—. Podría castigarte.

—¿Acaso no me castiga ya lo suficiente? —le espetó Yossarian con resentimiento—. No podemos dejar que se salga con la suya. No podemos consentir que se vaya de rositas después de todos los sufrimientos que nos ha causado. Algún día me las pagará todas juntas. Y sé cuándo: el día del Juicio. Como agarre a ese canalla por el cuello lo...

—¡Ya está bien! ¡Ya está bien! —chilló de repente la mujer del teniente Scheisskopf, y se puso a golpearle vanamente en la cabeza con ambos puños—. ¡Cállate!

Yossarian se protegió con el brazo mientras ella seguía aporreándolo con furia femenina unos segundos más, y a continuación él la sujetó firmemente por las muñecas y la obligó con dulzura a que se tendiera en la cama.

—¿Por qué demonios te has puesto así? —le preguntó asombrado, contrito y burlón—. Pensaba que no creías en Dios.

—Y no creo en él —sollozó la mujer del teniente Scheisskopf, deshecha en lágrimas—. Pero el Dios en el que no creo es un Dios bueno, justo, misericordioso. No es como tú lo presentas, mezquino y estúpido.

Yossarian se echó a reír y le soltó los brazos.

—Tengamos un poco más de libertad religiosa entre nosotros —le propuso con amabilidad—. Tú no crees en el Dios que querrías, y yo tampoco creeré en el Dios que querría. ¿De acuerdo?

Aquél fue el día de Acción de Gracias más lógico que Yossarian recordaba, y sus pensamientos retrocedieron soñadoramente a los catorce felices días que había pasado en el hospital el año anterior pero incluso aquel idilio había concluido con una nota trágica: seguía disfrutando de buena salud cuando acabó el período de cuarentena, y volvieron a decirle que tenía que marcharse y meterse de lleno en la guerra. Yossarian se incorporó en la cama al oír la noticia y gritó:

—¡Veo doble!

En la sala volvió a armarse la de Dios es Cristo. Aparecieron especialistas por todas partes y se pusieron a examinarlo formando un círculo tan cerrado que notó el aliento de las diferentes narices resoplando en las diversas partes de su cuerpo. Hurgaron en sus ojos y oídos con minúsculos rayos de luz, asaetearon sus piernas y pies con martillos de goma y varillas vibrátiles, le sacaron sangre de las venas, le prestaron cuantos objetos tenían a mano para poner a prueba su visión.

El jefe de aquel grupo de médicos era un caballero tan majestuoso como solícito, que le puso un dedo delante a Yossarian y le preguntó:

—¿Cuántos dedos ve?

—Dos —contestó Yossarian.

—¿Y ahora? —preguntó el médico, sin levantar ningún dedo.

—Dos —contestó Yossarian.

El rostro del médico se distendió con una sonrisa.

—¡Cielo santo, tiene razón! —exclamó jubiloso—. ¡Lo ve todo doble!

Llevaron a Yossarian en una camilla a la habitación que ocupaba el soldado que veía doble y pusieron en cuarentena al resto de la sala durante otros catorce días.

—¡Lo veo todo doble! —gritó el soldado que veía doble cuando entró Yossarian.

—¡Lo veo todo doble! —le gritó Yossarian con igual fuerza y un guiño de complicidad.

—¡Las paredes, las paredes! —chilló el otro soldado—. ¡Retirad las paredes!

—¡Las paredes, las paredes! —chilló Yossarian—. ¡Retirad las paredes!

Uno de los médicos hizo como si moviera las paredes.

—¿Está bien así?

El soldado que veía doble asintió débilmente y se desplomó otra vez en la cama. Yossarian también asintió débilmente y contempló a su sagaz compañero de habitación con humildad y admiración. Sabía que se hallaba ante un maestro. Saltaba a la vista que se trataba de una persona digna de ser estudiada y emulada. Por la noche, su compañero de habitación murió, y Yossarian decidió que no debía seguir su ejemplo hasta tan lejos.

—¡Lo veo todo una vez! —se apresuró a gritar.

Otro grupo de especialistas acudió en tropel hasta su cama provisto de diversos instrumentos para comprobar si decía la verdad.

—¿Cuántos dedos ve? —dijo el jefe, levantando un dedo.

—Uno.

El médico levantó dos dedos.

—¿Cuántos dedos ve?

—Uno.

El médico levantó diez dedos.

—¿Y ahora?

—Uno.

El médico se volvió hacia los otros, asombrado.

—¡Lo ve todo una vez! —exclamó—. Lo hemos curado.

—Y justo a tiempo —añadió el médico que se quedó a solas con Yossarian, un hombre alto y simpático, con el cuerpo en forma de torpedo y enmarañada barba castaña que fumaba sin cesar extrayendo los cigarrillos de un paquete que llevaba en el bolsillo de la camisa mientras se apoyaba en la pared—. Han venido a verlo unos familiares. No, no se preocupe —dijo riendo—. No son familiares suyos. Son la madre, el padre y el hermano de ese chico que ha muerto. Han venido desde Nueva York a ver a un soldado moribundo, y usted es el que tenemos más a mano.

—¿Qué quiere decir? —preguntó Yossarian receloso—. Yo no estoy moribundo.

—Claro que sí. Todos nos estamos muriendo. ¿Cómo, si no, cree usted que va a acabar?

—No han venido a verme a mí —objetó Yossarian—. Han venido a ver a su hijo.

—Tendrán que conformarse con lo que hay. Que nosotros sepamos, un chico agonizante puede hacer tan buen papel como cualquier otro. Para un científico, todos los chicos moribundos son iguales. Quiero proponerle una cosa. Si usted les deja que entren y lo vean unos minutos, yo no le contaré a nadie que nos ha mentido sobre los síntomas del hígado.

Yossarian se apartó más del médico.

—¿Usted lo sabe?

—Claro que sí. No soy tonto. —El médico se echó a reír cordialmente y encendió otro cigarrillo—. ¿Cómo espera que nadie se crea que tiene una enfermedad del hígado si no para de sobarles las tetas a las enfermeras cada vez que se le presenta la ocasión? Tendrá que renunciar al sexo si quiere convencer a la gente de que le pasa algo en el hígado.

—Es un precio demasiado alto simplemente para seguir vivo. ¿Por qué no me ha echado de aquí si sabía que estaba fingiendo?

—¿Y por qué iba a hacerlo? —preguntó el médico con un destello de sorpresa—. Estamos todos metidos en el mismo engaño, y yo siempre estoy dispuesto a echar una mano a un colega embustero en este asunto de la supervivencia, siempre que él esté dispuesto a hacer otro tanto por mí. Esta gente viene de muy lejos, y no me gustaría que se llevaran una decepción. Soy muy sentimental con los viejos.

—Pero han venido a ver a su hijo.

—Han llegado demasiado tarde. Quizá ni siquiera noten la diferencia.

—¿Y si se ponen a llorar?

—Seguramente se pondrán a llorar. Ésa es una de las razones por las que han venido. Me quedaré escuchando detrás de la puerta y los echaré si la cosa se pone fea.

—Parece una locura —reflexionó Yossarian—. De todos modos, ¿para qué quieren ver morir a su hijo?

—Eso es algo que nunca he llegado a entender —admitió el médico—, pero siempre lo hacen. Bueno, ¿qué decide? Lo único que tiene que hacer es quedarse ahí unos minutos tumbado y morirse un poco. ¿Le parece mucho pedir?

—De acuerdo —accedió Yossarian al fin—. Si son sólo unos minutos y me promete que estará esperando afuera...

Empezó a animarse ante la idea y dijo:

—Oiga, ¿por qué no me pone una venda para causar más impresión todavía?

—¡Qué buena idea! —aplaudió el médico.

Le pusieron varias vendas. Un grupo de enfermeros instaló persianas en las dos ventanas y las bajó para sumir la habitación en deprimentes sombras. Yossarian sugirió que le llevaran flores y el médico envió a un enfermero con dos pequeños ramos marchitos con un olor fuerte y mareante. En cuanto todo quedó arreglado obligaron a Yossarian a meterse en la cama y dejaron pasar a las visitas.

Las visitas entraron vacilantes, como si pensaran que molestaban, caminando de puntillas y mirando a todas partes con expresión dócil, primero la madre y el padre, muy apenados, y después el hermano, un marino corpulento de ancho pecho que lanzaba miradas furibundas. El hombre y la mujer iban muy rígidos, uno al lado del otro, como sacados de un daguerrotipo conocido, pero un tanto esotérico. Ambos eran bajos, apergaminados y orgullosos. Parecían hechos de hierro y de tela vieja y oscura. La mujer tenía una cara alargada y oval, lúgubre, de ocre quemado, y llevaba el basto pelo gris con raya en medio y peinado hacia atrás severamente, con moño en la nuca, sin rizos, ondas ni adornos de ninguna clase. Tenía la boca hundida y triste, los delgados labios muy apretados. El padre, muy erguido, resultaba pintoresco con aquel traje cruzado y las hombreras demasiado estrechas. Era ancho y musculoso, a pequeña escala, y tenía un magnífico bigote rizado rodeado de arrugas y los ojos legañosos. Parecía trágicamente incómodo con el borde del negro sombrero entre las curtidas manos de obrero sobre las anchas solapas. La pobreza y el trabajo les habían infligido daños indelebles a ambos. El hermano tenía ganas de pelea. Llevaba la blanca gorra redonda insolentemente ladeada, y miraba todo lo que había en la habitación ceñudamente, con aire ofendido, truculento.

Los tres avanzaron con timidez, muy juntos, formando un grupo fúnebre y sigiloso, casi al mismo tiempo, hasta que llegaron junto a la cama y se quedaron contemplando a Yossarian. Reinaba un silencio espantoso, intolerable, que amenazaba con durar eternamente. Cuando ya no lo pudo soportar, Yossarian se aclaró la garganta, y el viejo se decidió a hablar.

—Tiene un aspecto terrible —dijo.

—Está enfermo, papá.

—Giuseppe —dijo la madre, que se había sentado en una silla con las venosas manos en el regazo.

—Me llamo Yossarian —replicó Yossarian.

—Se llama Yossarian, mamá. Yossarian, ¿no me reconoces? Soy tu hermano John. ¿No sabes quién soy?

—Claro que sí. Mi hermano John.

—¡Me ha reconocido! Papá, sabe quién soy. Yossarian, papá está aquí. Dile hola.

—Hola, papá —dijo Yossarian.

—Hola, Giuseppe.

—Se llama Yossarian, papá.

—No me acostumbro a verlo así —dijo el padre.

—Está muy enfermo, papá. El médico dice que va a morirse.

—No sé si creérmelo —replicó el padre—. Ya sabes cómo es esa gente.

—Giuseppe —repitió la madre, en un tono dulce y desgarrado de angustia contenida.

—Se llama Yossarian, mamá. Ya no se acuerda de las cosas. ¿Cómo te tratan aquí, chaval? ¿Te tratan bien?

—Bastante bien —le dijo Yossarian.

—Me alegro. No dejes que te mangoneen. Eres igual que todos los demás, a pesar de ser italiano. También tú tienes derechos.

Yossarian hizo una mueca de dolor y cerró los ojos para no tener que mirar a su hermano John. Empezó a sentirse enfermo.

—Si es que tiene un aspecto terrible —observó el padre.

—Giuseppe —dijo la madre.

—Mamá, se llama Yossarian —la interrumpió el hermano, impaciente—. ¿Es que no te acuerdas?

—No importa —le interrumpió Yossarian a su vez—. Puede llamarme Giuseppe si quiere.

—Giuseppe —le dijo la madre.

—No te preocupes, Yossarian —dijo el hermano—. Todo irá bien.

—No te preocupes, mamá —dijo Yossarian—. Todo irá bien.

—¿Has visto a un sacerdote? —se interesó el hermano.

—Sí —mintió Yossarian, e hizo otra mueca de dolor.

—Muy bien —dictaminó el hermano—. Lo que importa es que te den todo lo que necesites. Hemos venido desde Nueva York. Teníamos miedo de no llegar a tiempo.

—¿A tiempo de qué?

—De verte antes de que murieras.

—¿Y qué importancia tiene eso?

—No queríamos que te murieras solo.

—¿Y qué importancia tiene eso?

—Debe de estar delirando —dijo el hermano—. Repite las cosas cien veces.

—Es muy curioso —replicó el padre—. Yo siempre había pensado que se llamaba Giuseppe, y ahora resulta que se llama Yossarian. Muy curioso.

—Anda, mamá, dile algo —le instó el hermano a la madre—. Dile algo para animarlo.

—Giuseppe.

—No se llama Giuseppe, mamá, sino Yossarian.

—¿Y qué importancia tiene eso? —replicó la madre en el mismo tono lúgubre, sin alzar los ojos—. Se está muriendo.

Sus ojos tumefactos se llenaron de lágrimas y se echó a llorar, meciéndose lentamente en la silla con las manos sobre el regazo, como mariposas muertas. Yossarian temía que empezara a gimotear. También el padre y el hermano se pusieron a llorar. Yossarian recordó de pronto por qué lloraban y también él se echó a llorar. Entró en la habitación un médico que Yossarian no había visto nunca y les dijo cortésmente a las visitas que tenían que marcharse. El padre se enderezó muy serio para despedirse.

—Giuseppe —dijo.

—Yossarian —le corrigió su hijo.

—Yossarian —dijo el padre.

—Giuseppe —le corrigió Yossarian.

—Vas a morirte.

Yossarian volvió a echarse a llorar. El médico le lanzó una mirada de odio desde un extremo de la habitación, y se contuvo.

El padre añadió solemnemente con la cabeza gacha:

—Cuando hables con el hombre de ahí arriba, quiero que le digas una cosa de mi parte. Dile que no hay derecho a que la gente se muera cuando es joven. Lo digo en serio. Dile que, si tienen que morirse, que lo hagan cuando sean viejos. Quiero que se lo digas. No creo que Él sepa que no está bien, porque al parecer es muy bueno y lleva ahí muchísimo tiempo. ¿De acuerdo?

—Y no consientas que te mangonee nadie ahí arriba —le aconsejó el hermano—. Tú serás como todos los demás en el cielo, aunque seas italiano.

—Y abrígate bien —le dijo la madre, que parecía hablar con conocimiento de causa.

19

EL CORONEL CATHCART

El coronel Cathcart era un hombre astuto, afortunado, negligente y desgraciado de treinta y seis años y andar pesado que quería ascender a general. Era enérgico y aburrido, sereno, siempre desmoralizado. Era complaciente e inseguro, osado en las estratagemas administrativas que empleaba para llamar la atención de sus superiores y cobarde ante la idea de que fallaran sus maquinaciones. Era guapo y sin atractivo, un hombre bravucón, fornido y engreído que empezaba a engordar y padecía ataques crónicos y prolongados de recelos. El coronel Cathcart era engreído porque lo habían nombrado coronel con mando de combate a los treinta y seis años, y estaba desmoralizado porque a pesar de tener ya treinta y seis años sólo era coronel.

El coronel Cathcart era impermeable a los conceptos absolutos. Sólo podía medir sus propios logros comparándolos con los de los demás, y su idea de la perfección consistía en hacer algo al menos tan bien como todos los hombres de su misma edad que estuvieran haciendo lo mismo incluso mejor. El hecho de que hubiera millares de hombres de su edad, e incluso mayores, que ni siquiera habían alcanzado el grado de comandante lo envanecía por su propia valía;

por otra parte, el hecho de que hubiera hombres de su edad, e incluso más jóvenes, que ya ocuparan el puesto de general lo contaminaba de una dolorosa sensación de fracaso que lo llevaba a morderse sin cesar las uñas con una angustia incontrolable, aún más intensa que la de Joe *el Hambriento*.

El coronel Cathcart era un hombre muy robusto, de pecho henchido, hombros anchos, oscuro pelo rapado y rizoso que empezaba a encanecer en las sienes y una boquilla con profusión de adornos que había adquirido el día antes de llegar a Pianosa para ponerse al mando de su grupo. Lucía majestuosamente la boquilla en cualquier ocasión, y había aprendido a manejarla con destreza. Sin quererlo, había descubierto en lo más profundo de su ser una fértil capacidad para fumar con boquilla. Que él supiera, era la única boquilla existente en el teatro de operaciones del Mediterráneo, circunstancia que se le antojaba tan halagadora como inquietante. No le cabía la menor duda de que a una persona tan jovial e intelectual como el general Peckem le parecía bien que fumara con boquilla, a pesar de que disfrutaban de su mutua compañía muy pocas veces, cosa que en cierto modo era una suerte, como reconocía aliviado el coronel Cathcart, ya que cabía la posibilidad de que al general Peckem no le pareciera bien que fumara con boquilla. Cuando lo asaltaban tales recelos, el coronel Cathcart reprimía un sollozo y sentía deseos de tirar el maldito chisme a la basura, pero lo contenía su inquebrantable convicción de que la boquilla contribuía en gran medida a resaltar su aspecto masculino y marcial, confiriéndole un lustre de heroísmo sofisticado que lo encumbraba por encima de los demás coroneles del ejército norteamericano con los que competía. Aunque ¿cómo podía estar seguro?

El coronel Cathcart era infatigable en ese sentido, un táctico militar industrioso y trabajador que se pasaba día y noche realizando cálculos al servicio de sí mismo. Era su propio sarcófago, diplomático intrépido e infalible que continuamente se reprendía por las oportunidades que perdía y se tiraba de los pelos por los errores que cometía. Era nervioso, irritable, áspero y vanidoso. Era un valeroso oportunista que se lanzaba de cabeza sobre cualquier oportunidad que le encontrara el coronel Korn y que temblaba con sudor frío inmediatamente después ante las posibles consecuencias de sus actos. Recogía rumores con avidez y atesoraba cotilleos. Creía todas las noticias que oía y no tenía fe en ninguna. Se hallaba en continuo estado de alerta, atento a la mínima señal, con una astuta sensibilidad para conexiones y situaciones ficticias. Era un sabelotodo que no paraba de hacer ímprobos y ridículos esfuerzos por averiguar qué ocurría. Era un tirano fanfarrón que cavilaba inconsolablemente sobre las imborrables impresiones que a su juicio producía en las personas importantes que apenas se percataban de su existencia.

Todo el mundo lo perseguía. El coronel Cathcart vivía gracias a su ingenio en un mundo inestablemente aritmético de meteduras de pata y aciertos, de prodigiosos triunfos imaginarios y catastróficas derrotas igualmente imaginarias. Pasaba de una hora a otra de la angustia a la alegría, multiplicando de una forma fantástica la grandeza de sus victorias y exagerando trágicamente la gravedad de sus derrotas. Nadie lo sorprendió jamás sesteando. Si llegaba a sus oídos que el general Dreedle o el general Peckem habían sonreído, fruncido el ceño, o ninguna de las dos cosas, no lograba descansar hasta haber hallado una interpretación aceptable de tales hechos y no paraba de rezongar tercamente hasta que el coronel Korn lo convencía de que se tranquilizara y se lo tomara con calma.

El coronel Korn era un aliado leal e indispensable que

sacaba de quicio al coronel Cathcart. El coronel Cathcart le juraba gratitud eterna al coronel Korn por las ingeniosas medidas que ideaba y después se enfurecía con él al comprender que quizá no funcionarían. El coronel Cathcart estaba en deuda con el coronel Korn, que le caía fatal. Eran íntimos. El coronel Cathcart envidiaba la inteligencia del coronel Korn y tenía que recordarse frecuentemente que aún era sólo teniente coronel, a pesar de llevarle casi diez años, y que había estudiado en una universidad estatal. El coronel Cathcart deploraba el triste destino que le había asignado como ayudante inapreciable a alguien tan vulgar como el coronel Korn. Resultaba degradante tener que depender de semejante modo de una persona que había estudiado en una universidad estatal. Si tenía que haber alguien indispensable, razonaba el coronel Cathcart, bien podría haber sido una persona adinerada y culta, alguien de buena familia y más maduro que el coronel Korn, y que además no tratara la aspiración del coronel Cathcart de ascender a general con la frivolidad con la que éste sospechaba que el coronel Korn lo hacía.

El coronel Cathcart deseaba ser general tan desesperadamente que estaba dispuesto a intentarlo todo, incluso la religión, y un día, a la semana siguiente de haber aumentado a sesenta el número de misiones, llamó al capellán a su despacho y le señaló bruscamente un ejemplar de *The Saturday Evening Post*. El coronel llevaba la camisa caqui con el cuello abierto, dejando al descubierto una sombra de cañones negros en el cuello blanco como clara de huevo, y tenía el labio inferior colgante. Era una de esas personas que nunca se ponen morenas, y se protegía lo más posible del sol para no quemarse. Le sacaba más de una cabeza al capellán y tenía el doble de corpulencia, y su intimidante y avasalladora autoridad hacía sentirse al capellán frágil y mareado.

—Eche una ojeada a esto, capellán —le ordenó el coronel Cathcart, atornillando un cigarrillo en la boquilla al tiempo que se sentaba cómodamente en la silla giratoria, detrás de la mesa—. ¿Qué le parece?

El capellán miró obediente la revista abierta y vio un reportaje sobre un grupo de bombardeo norteamericano en Inglaterra cuyo capellán rezaba en la sala de instrucciones antes de cada misión. El capellán estuvo a punto de llorar de alegría al darse cuenta de que el coronel no iba a reñirle. Apenas habían cruzado una palabra desde la tumultuosa noche en la que el coronel Cathcart lo echó del club de oficiales a petición del general Dreedle, después de que el jefe Avena Loca le aporreara la nariz al coronel Moodus. Lo que el capellán temía al principio era que el coronel quisiera echarle una bronca por haber vuelto al club de oficiales sin permiso la noche anterior. Había ido con Yossarian y Dunbar, porque los dos aparecieron inesperadamente en su tienda del claro del bosque y le pidieron que los acompañara. Aunque le asustaba el coronel Cathcart, le resultó más fácil arriesgarse a incurrir en sus iras que declinar la amable invitación de sus dos nuevos amigos, a los que había conocido unas semanas antes en una de las visitas al hospital y que habían contribuido tan eficazmente a aislarle de los múltiples compromisos sociales que conllevaba su tarea de vivir en estrecho contacto, como en familia, con más de novecientos oficiales y soldados desconocidos que lo consideraban un bicho raro.

El capellán clavó la mirada en las páginas de la revista. Examinó cada fotografía dos veces y leyó los pies atentamente mientras organizaba la respuesta a la pregunta del coronel formando una oración gramatical completa que ensayó y volvió a organizar mentalmente numerosas veces hasta reunir el valor suficiente para contestar.

—Pienso que rezar antes de cada misión es una acción

sumamente moral y loable, señor —dijo tímidamente, y se quedó esperando.

—Sí —coincidió el coronel—. Pero quisiera saber si usted cree que aquí funcionaría.

—Sí, señor —respondió el capellán al cabo de unos momentos—. Yo diría que sí.

—Entonces, me gustaría intentarlo. —Las abultadas y harináceas mejillas del coronel se tiñeron súbitamente de radiante entusiasmo. Se levantó y se puso a pasear por la habitación, muy animado—. Mire cuánto bien le han hecho a esta gente en Inglaterra. Ésta es la fotografía del coronel cuyo capellán reza antes de cada misión. Si a él le funciona, también debería funcionarnos a nosotros. Quizá si rezamos, sacarán mi fotografía en *The Saturday Evening Post*.

El coronel volvió a sentarse y esbozó una sonrisa distante, perdido en profundas reflexiones. El capellán no tenía ni idea de lo que debía decir a continuación. Con una expresión pensativa en su cara oblonga y pálida, posó la mirada en varios cestos grandes repletos de rojos tomates apoyados contra la pared, formando hileras. Al cabo de un rato cayó en la cuenta de que estaba mirando hileras y más hileras de cestos repletos de rojos tomates y se quedó tan perplejo ante la presencia de tales objetos en el despacho de un comandante que se olvidó por completo de la conversación sobre las oraciones hasta que el coronel Cathcart, en un acceso de amabilidad, le preguntó:

—¿Quiere comprar unos cuantos, capellán? Son de la granja que tenemos el coronel Korn y yo en las montañas. Se los puedo vender al por mayor.

—No, gracias, señor. Creo que no.

—No se preocupe —le tranquilizó el coronel con generosidad—. No tiene por qué hacerlo. Milo se encarga de comprarnos toda la producción. Éstos los recogieron ayer. Fíjese en lo firmes y maduros que están, como los pechos de una joven.

El capellán se sonrojó, y el coronel comprendió de inmediato que había cometido un error. Bajó la cabeza abochornado; su voluminosa cara ardía. Sentía los dedos torpes y pesados. Odió a muerte al capellán por ser capellán y por considerar una metedura de pata un comentario que en cualquier otra circunstancia se habría tomado por algo simpático e ingenioso. Hundido, trató de recordar algún medio para sacar a ambos de aquel terrible apuro. Pero lo que recordó fue que el capellán era un simple capitán, y se enderezó inmediatamente con un gesto escandalizado. Se le tensaron las mejillas de pura cólera al pensar que lo había sumido en una situación humillante un hombre que tenía casi su misma edad y que sólo era capitán, y se volvió contra él vengativo, con una expresión tal de antagonismo asesino que el capellán se echó a temblar. El coronel lo castigó con una prolongada mirada malévola, furibunda, silenciosa.

—Estábamos hablando de otra cosa —le dijo secamente al capellán—. No de los pechos firmes y maduros de las chicas guapas, sino de algo totalmente distinto: de celebrar servicios religiosos en la sala de instrucciones antes de cada misión. ¿Alguna razón por la que no podamos hacerlo?

—No, señor —farfulló el capellán.

—Pues empezaremos esta misma tarde, antes de la misión. —La hostilidad del coronel fue aplacándose poco a poco, a medida que iba desgranando los detalles—. Me gustaría que reflexionara seriamente sobre la clase de oraciones que vamos a decir. No quiero que sean pesadas ni tristes. Me gustaría algo ligero y con garra, algo que animara a los muchachos. ¿Comprende a qué me refiero? Nada de cosas como el reino de Dios ni el valle de lágrimas. Es demasiado negativo. ¿Por qué pone esa cara?

—Lo siento, señor —tartamudeó el capellán—. Precisamente estaba pensando en el salmo veintitrés cuando usted ha dicho eso.

—¿De qué va?

—Es al que usted se refería, señor. «El señor es mi pastor; yo...»

—Sí, a ése me refería. ¿Qué otra cosa hay?

—«Sálvame, oh mi Dios; pues las aguas se han desbordado...»

—Nada de aguas —decidió el coronel, soplando enérgicamente en la boquilla tras haber aplastado la colilla en el cenicero de latón—. ¿Por qué no algo más musical? Por ejemplo, lo de las arpas y los sauces.

—Eso incluye los ríos de Babilonia, señor —le explicó el capellán—. «... allí nos sentamos, y lloramos al recordar Sión.»

—¿Sión? Olvidémoslo. Me gustaría saber cómo existe ése tan siquiera. ¿No se le ocurre nada simpático que no hable de aguas ni de valles ni de Dios? Quisiera dejar a un lado el tema de la religión si fuera posible.

El capellán no sabía cómo disculparse.

—Lo siento, señor, pero todas las oraciones que yo conozco tienen un tono un poco sombrío y hacen algún tipo de referencia a Dios.

—Pues habrá que encontrar otras nuevas. Los hombres ya tienen suficientes preocupaciones con las misiones para que encima les endosemos sermones sobre Dios o la muerte o el paraíso. ¿Por qué no adoptamos una actitud más positiva? ¿Por qué no podemos rezar por algo bueno, como reducir el perfil de bombardeo? ¿No podríamos rezar por eso?

—Pues... sí, señor, supongo que sí —contestó dubitativo el capellán—. Pero si eso es lo único que quiere, yo no le hago ninguna falta. Puede hacerlo usted solo.

—Ya sé que puedo —respondió el coronel, cortante—. Pero ¿para qué cree que está usted aquí? También podría comprarme la comida, pero ése es el trabajo de Milo, y por eso lo está realizando para todos los escuadrones de la zona. Su trabajo consiste en dirigir nuestras oraciones, y a partir de ahora va a dirigirnos en una oración para reducir el perfil de bombardeo. ¿Está claro? Creo que es un asunto por el que merece la pena rezar. Nos apuntaremos un tanto con el general Peckem. Él opina que salen unas fotografías aéreas mucho más bonitas cuando las bombas hacen explosión más juntas.

—¿El general Peckem, señor?

—Efectivamente, capellán —replicó el coronel, sonriendo paternalmente ante la expresión de perplejidad del capellán—. No quisiera que esto se extendiera, pero todo parece indicar que por fin se va a marchar el general Dreedle y que van a designar al general Peckem como su sucesor. Sinceramente, no lamentaría que ocurriera así. El general Peckem es un buen hombre y creo que estaremos mejor bajo su mando. Por otra parte, podría ser que no sucediera, y que siguiéramos bajo el mando del general Dreedle. Sinceramente, tampoco lo lamentaría, porque el general Dreedle es un buen hombre, y creo que todos estaríamos mucho mejor bajo su mando. Confío en que guarde el secreto, capellán, porque no quisiera que ninguno de los dos creyera que apoyo al otro.

—Sí, señor.

—¡Muy bien! —exclamó el coronel, y se levantó con gesto alegre—. Pero por todos estos cotilleos no nos van a sacar en *The Saturday Evening Post*, ¿eh, capellán? Veamos qué plan podemos trazar. A propósito, capellán, no le diga ni media palabra sobre el asunto al coronel Korn. ¿Entendido?

—Sí, señor.

El coronel Cathcart se puso a recorrer a grandes zancadas los estrechos pasillos que se abrían entre los cestos de tomates, la mesa y las sillas de madera en el centro de la habitación.

—Supongo que usted tendrá que esperar fuera hasta que se termine de dar las instrucciones, porque es información secreta. Le dejaremos entrar mientras el comandante Danby sincroniza los relojes. No creo que tenga importancia que conozca la hora exacta. Le concederemos aproximadamente un minuto y medio. ¿Será suficiente?

—Sí, señor, si no incluye el tiempo necesario para que se ausenten los ateos y entre la tropa.

El coronel Cathcart se paró en seco.

—¿Qué ateos? —vociferó a la defensiva, y en cuestión de segundos adoptó una expresión de virtuoso y beligerante rechazo—. ¡En mi unidad no hay ateos! Y además, el ateísmo está prohibido por la ley, ¿no?

—No, señor.

—¿No? —El coronel parecía sorprendido—. Pero es antinorteamericano, ¿no?

—No estoy seguro, señor —contestó el capellán.

—Pues yo sí —declaró el coronel—. No voy a interrumpir los servicios religiosos simplemente para complacer a un puñado de asquerosos ateos. No van a recibir trato de favor. Que se queden donde están y que recen con los demás. ¿Y qué es eso de la tropa? ¿Qué demonios tienen ellos que ver?

El capellán notó que se ponía colorado.

—Lo siento, señor. He dado por supuesto que quería que la tropa también asistiera, puesto que participa en las mismas misiones.

—Pues no. Tienen su propio Dios y su propio capellán, ¿no?

—No, señor.

—¿Cómo que no? ¿Quiere decir que rezan al mismo Dios que nosotros?

—Sí, señor.

—¿Y Él los escucha?

—Creo que sí, señor.

—¡Pues vaya! —exclamó el coronel, y resopló, confuso y regocijado. Se desanimó en seguida, y se pasó la mano nerviosamente por los cortos rizos canosos—. ¿De verdad piensa que es buena idea que dejemos entrar a los soldados? —preguntó preocupado.

—Creo que es lo justo, señor.

—A mí me gustaría que se quedaran fuera —le confió el coronel, y se puso a pasear, haciendo crujir los nudillos como un poseso—. No me interprete mal, capellán. No es que piense que los soldados son sucios, vulgares e inferiores. Es que no tenemos suficiente sitio. Sinceramente, preferiría que los oficiales y la tropa no confraternizaran en la sala de instrucciones. Ya se ven suficiente rato durante las misiones. A ver si me entiende, algunos de mis mejores amigos son simples soldados, pero no quisiera intimar más con ellos. Honradamente, capellán, ¿a usted le gustaría que su hermana se casara con un soldado?

—Mi hermana es soldado, señor —contestó el capellán.

El coronel volvió a pararse en seco y miró atentamente al capellán para asegurarse de que no le estaba tomando el pelo.

—¿Qué quiere decir exactamente, capellán? ¿Es broma?

—No, no, señor —se apresuró a explicar el capellán con una expresión de insoportable desazón—. Es sargento mayor de la Marina.

Al coronel nunca le había gustado el capitán y en aquel momento empezó a detestarlo y a desconfiar de él. Experimentó una aguda premonición de peligro y pensó si el capellán también conspiraría contra él, si sus modales cohibidos y tímidos no serían en realidad una máscara siniestra que encubría una ambición sin límites, sin escrúpulos. En el capellán había algo raro, y el coronel descubrió en seguida de qué se trataba. El capellán seguía en posición de firmes, pues el coronel había olvidado decirle que descansara. «Pues que se quede así», decidió el coronel, vengativo, para demostrarle quién mandaba allí y para protegerse contra la posible pérdida de dignidad que hubiera supuesto reconocer el olvido.

El coronel Cathcart se sintió hipnóticamente atraído hacia la ventana, a la que se asomó con una opaca mirada de malhumorada introspección. Llegó a la conclusión de que todos los soldados eran traicioneros. Contempló, afligido y pesimista, el campo de tiro al plato que había ordenado construir para los oficiales, y recordó la mortificante tarde en la que el general Dreedle le echó una bronca implacable delante del coronel Korn y del comandante Danby y le obligó a abrir el campo a todos los soldados y oficiales. Tuvo que reconocer que el campo de tiro al plato había sido una gran metedura de pata. Le constaba que el general Dreedle no lo había olvidado, a pesar de que también le constaba que el general Dreedle no se acordaba del asunto, cosa sumamente injusta, se lamentaba el coronel Cathcart, pues la idea del campo de tiro al plato en sí misma era un auténtico tanto a su favor, a pesar de haber resultado una metedura de pata. El coronel Cathcart se sentía incapaz de calibrar hasta qué punto había ganado o perdido terreno con el maldito campo de tiro al plato, y deseó que el coronel Korn se encontrara en su despacho en aquel mismo momento para examinar el episodio una vez más y acallar sus temores.

Todo resultaba desconcertante y descorazonador. El coronel Cathcart se quitó la boquilla de los labios, la guardó en el bolsillo de la camisa y se puso a morderse las uñas de ambas manos, muy apenado. Todos estaban contra él, y le dolía en el alma que el coronel Korn no lo acompañara en aquel momento de crisis para ayudarlo a decidir qué debía hacer con el asunto de las oraciones. Prácticamente no tenía ninguna fe en el capellán, que sólo era capitán.

—¿Cree usted que si dejamos fuera a la tropa disminuirán las posibilidades de obtener buenos resultados? —preguntó.

El capellán vaciló, sintiendo que volvía a pisar terreno desconocido.

—Sí, señor —contestó al fin—. Pienso que es muy probable que semejante proceder disminuya las posibilidades de que se escuchen nuestras oraciones para obtener un perfil de bombardeo más reducido.

—¡No estaba pensando en eso! —gritó el coronel, parpadeando, chapoteando con los ojos como si fueran charcos—. ¿Quiere decir que Dios podría castigarme concediéndonos un perfil de bombardeo más grande?

—Sí, señor —replicó el capellán—. Cabe esa posibilidad.

—Entonces, al diablo —decretó el coronel en un arranque de independencia—. No voy a organizar esas oraciones para que las cosas se pongan peor de lo que están. —Disimulando una risita, se acomodó detrás de la mesa, volvió a colocarse la boquilla en la boca y se sumió en un silencio parturiento—. Ahora que lo pienso —confesó como para sus adentros, dirigiéndose al capellán—, no creo que sea tan buena idea que los hombres recen. Quizá los editores de *The Saturday Evening Post* no colaborarían.

El coronel abandonó su proyecto con pesar, porque lo había concebido él solo y esperaba esgrimirlo como prueba irrefutable de que en realidad no necesitaba al coronel Korn. Una vez decidido, se alegró de haberse librado de él, porque le preocupaba desde el principio el riesgo de ponerlo en práctica sin haberlo consultado previamente con el coronel Korn. Dejó escapar un enorme suspiro de alivio. Tenía una opinión mucho más favorable de sí mismo desde que rechazara la idea, porque había tomado una decisión muy juiciosa y, lo que era aún más importante, sin la intervención del coronel Korn.

—¿Algo más, señor? —preguntó el capellán.

—Nada más —respondió el coronel Cathcart—. A menos que usted tenga alguna sugerencia.

—No, señor. Únicamente...

El coronel levantó los ojos como ofendido y examinó al capellán con reserva y desconfianza.

—¿Únicamente qué, capellán?

—Señor, algunos hombres están muy disgustados desde que usted aumentó el número de misiones a sesenta —dijo el capellán—. Me han pedido que hablara con usted.

El coronel guardó silencio. El capellán se sonrojó hasta las raíces del descolorido cabello. El coronel lo tuvo esperando y sometiéndolo a una mirada fija, desinteresada y desprovista de toda emoción durante largo rato.

—Dígales que estamos en guerra —le aconsejó finalmente en voz baja.

—Gracias, señor, así lo haré —replicó el capellán inundado de gratitud hacia el coronel porque le había dicho algo—. Pensaban si no podría usted solicitar algunas de las tropas de reemplazo que esperan en África para que ocuparan sus puestos y así poder volver a casa.

—Eso es una cuestión administrativa —dijo el coronel—. No les concierne a ellos. —Señaló lánguidamente hacia la pared—. Coja un tomate, capellán. Vamos, yo invito.

—Gracias, señor. Señor...

—De nada. ¿Le gusta vivir en el bosque, capellán? ¿Todo va bien?

—Sí, señor.

—Me alegro. Póngase en contacto con nosotros si necesita algo.

—Sí, señor. Gracias, señor. Señor...

—Gracias por haber venido, capellán. Tengo trabajo. Si se le ocurre algo para que nos saquen en *The Saturday Evening Post*, comuníquemelo, ¿de acuerdo?

—Sí, señor. —El capellán cobró ánimos con un prodigioso esfuerzo de voluntad y planteó la siguiente cuestión abiertamente—. Estoy especialmente preocupado por la situación de uno de los bombarderos, señor. Se llama Yossarian.

El coronel alzó los ojos rápidamente, con un leve destello que parecía demostrar que sabía de qué hablaba el capellán.

—¿Quién? —preguntó, alarmado.

—Yossarian, señor.

—¿Yossarian?

—Sí, señor, Yossarian. Se encuentra en un estado terrible, señor. Me temo que no pueda seguir sufriendo sin cometer una locura.

El coronel reflexionó unos momentos, en medio de un silencio opresivo.

—Dígale que confíe en Dios —le aconsejó al fin.

—Gracias, señor —dijo el capellán—. Así lo haré.

20

EL CABO WHITCOMB

El sol de aquella mañana de finales de agosto era abrasador, y no corría la más leve brisa en el balcón. El capellán caminaba lentamente. Se sentía abatido y agobiado cuando salió del despacho del coronel, pisando sin ruido con sus zapatos marrones con suelas y tacones de goma. Se detestaba por la cobardía que, a su juicio, había demostrado. Tenía la intención de haber adoptado una actitud mucho más decidida ante el coronel Cathcart con respecto al asunto de las sesenta misiones, de haber hablado con valor, lógica y elocuencia sobre un tema que había empezado a afectarlo profundamente. Y, sin embargo, se había echado atrás, había vuelto a atascarse ante la oposición de una personalidad más fuerte. Era una experiencia conocida, ignominiosa, y tenía una opinión muy pobre de sí mismo.

Se atascó aún más al cabo de unos segundos, cuando distinguió las rechonchas formas monocromas del coronel Korn, que subía hacia él, apático y apresurado por la ancha escalera curva de piedra amarilla que arrancaba del enorme y decrépito vestíbulo de elevadas paredes de oscuro mármol agrietado y suelo circular de baldosas igualmente agrietadas y mugrientas. El capellán le tenía más miedo al coronel Korn incluso que al coronel Cathcart. Al cetrino teniente coronel cuarentón de gélidas gafas sin montura y coronilla calva, tallada en facetas, como una cúpula, que no paraba de tocarse con sus gruesos dedos, le caía mal el capellán y se portaba groseramente con él en repetidas ocasiones. Mantenía al capellán en un continuo estado de terror con su lengua mordaz y burlona y sus ojos escrutadores y cínicos, cuya mirada el capellán era incapaz de mantener durante más de un segundo seguido. Inevitablemente, cuando se vio ante él, encogido y sumiso, al capellán le llamó la atención el vientre del coronel Korn: los faldones de la camisa, que sobresalían abultadamente por encima del flojo cinturón y se abullonaban sobre la cintura, le daban aspecto de gordura y descuido y le hacían parecer varios centímetros más bajo que la talla media. El coronel Korn era un hombre desaliñado y desdeñoso, de piel grasienta y profundos surcos que descendían casi en línea recta desde la nariz, entre las crepusculares mandíbulas y la barbilla cuadrada y hendida. Tenía una expresión severa, y miró al capellán sin dar muestras de reconocerlo cuando se aproximaron en la escalera.

—Hola, padre —le dijo al capellán, sin mirarlo—. ¿Cómo va eso?

—Buenos días, señor —respondió el capellán, comprendiendo juiciosamente que el coronel no esperaba una respuesta más larga.

El coronel Korn siguió subiendo, sin aflojar el paso, y el capellán resistió la tentación de recordarle una vez más que no era católico, sino anabaptista y que, por consiguiente, no era ni necesario ni correcto llamarle padre. Estaba casi seguro de que el coronel Korn lo recordaba y que dirigirse así a él con aquella expresión de absoluta inocencia no era más que otro de los métodos del coronel Korn para mofarse por ser simplemente anabaptista.

El coronel Korn se detuvo bruscamente cuando casi había llegado arriba y se abalanzó sobre el capellán con una mirada furibunda de recelo. El capellán se quedó petrificado.

—¿Qué hace usted con ese tomate, capellán? —le preguntó secamente.

El capellán se miró la mano, sorprendido, y descubrió el tomate que le había regalado el coronel Cathcart.

—Lo he cogido en el despacho del coronel Cathcart, señor —acertó a balbucear.

—¿Lo sabe el coronel?

—Sí, señor. Me lo ha dado él.

—Ah, bueno, en ese caso supongo que no importa —replicó el coronel Korn, ablandado. Sonrió glacialmente mientras se metía los pliegues de la camisa por dentro de los pantalones con los pulgares. Sus ojos destellaron, animados por una idea perversa—. ¿Para qué quería verlo el coronel Cathcart, padre? —le preguntó de repente.

El capellán se quedó mudo de indecisión unos momentos.

—Creo que no debería...

—¿Rezar para los editores de *The Saturday Evening Post*?

El capellán estuvo a punto de sonreír.

—Sí, señor.

El coronel Korn estaba encantado con su intuición. Se echó a reír despectivamente.

—Ya me temía yo que se le ocurriera algo así de ridículo en cuanto viera el *The Saturday Evening Post* de esta semana. Espero que haya logrado convencerle de que es una idea atroz.

—Ha decidido no llevarla a la práctica, señor.

—Me alegro de que le haya demostrado que lo más probable es que los editores de *The Saturday Evening Post* no quieran sacar la misma historia dos veces para dar publicidad a un oscuro coronel. ¿Cómo van las cosas por esos bosques, padre? ¿Se las arregla bien por allí?

—Sí, señor. Todo va bien.

—Me alegro mucho de que no tenga usted motivo de queja. Si necesita algo para estar más cómodo, comuníquenoslo. Todos queremos que lo pase usted bien.

—Gracias, señor.

Abajo se escuchaba un creciente ajetreo. Era casi la hora de la comida, y los primeros comensales entraban en los comedores, los soldados y los oficiales a salas separadas, a ambos lados de la arcaica rotonda. El coronel Korn dejó de sonreír.

—Usted comió con nosotros aquí hace un día o dos, ¿no, padre? —le preguntó con toda la intención.

—Sí, señor. Anteayer.

—Eso pensaba yo —replicó el coronel Korn, y se calló para que la observación calara en la mente del capellán—. Bueno, padre, tómeselo con calma. Nos veremos el día que le toque comer aquí otra vez.

—Gracias, señor.

El capellán no estaba seguro del comedor que le correspondía aquel día, de entre los cinco de los oficiales y los cinco de los soldados, porque el sistema rotatorio que había ideado el coronel Korn para él era complicado, y había olvidado en su tienda el cuaderno en el que apuntaba esos detalles. El capellán era el único oficial adscrito al Cuartel General que no residía en el vetusto edificio de piedra roja en el que tenía su sede dicho organismo ni en ninguna de las construcciones satélites, más pequeñas, que se alzaban a su alrededor sin demasiado orden ni concierto. Vivía en un claro del bosque a unos seis kilómetros de distancia, entre el club de oficiales y la primera de las cuatro zonas de los escuadrones que se extendían desde el Cuartel General hasta muy lejos. Ocupaba él solo una espaciosa tienda cuadrada que también le servía de despacho. Por la noche le llegaban ruidos de juerga desde el club de oficiales, y muchas veces le impedían dormir. En tales ocasiones, daba mil vueltas en el catre, aislado en su exilio pasivo, semivoluntario. No era capaz de calibrar el efecto de las suaves pastillas que tomaba de cuando en cuando para dormir, y después se sentía culpable durante días enteros.

El único que vivía con el capellán en el claro del bosque era el cabo Whitcomb, su ayudante. El cabo Whitcomb, ateo convencido, era un subordinado descontento que pensaba que podía desempeñar la tarea del capellán mucho mejor que él y, por consiguiente, se consideraba una desgraciada víctima de la injusticia social. Vivía solo en una tienda tan cuadrada y espaciosa como la del capellán. Empezó a adoptar una actitud abiertamente grosera y despectiva para con su superior en cuanto descubrió que él se lo consentía. Las dos tiendas no estaban separadas por más de un metro y medio.

Fue el coronel Korn quien decidió este modo de vida para el capellán. Una buena razón para obligarlo a vivir fuera del edificio del Cuartel General era una teoría del coronel, según la cual, si ocupaba una tienda como la mayoría de sus feligreses, tendría mayor comunicación con ellos. Otra buena razón consistía en que a los demás oficiales les molestaba ver al capellán todo el santo día. Una cosa era mantener el vínculo con el Señor, algo en lo que todos coincidían, y otra tenerlo encima las veinticuatro horas del día. En definitiva, como le explicó el coronel Korn al comandante Danby, el oficial de operaciones, nervioso y de ojos saltones, el capellán se daba buena vida; tenía poco que hacer aparte de escuchar los problemas de los demás, enterrar a los muertos, visitar a los enfermos y celebrar servicios religiosos. Y como ya no había muchos muertos que enterrar, añadió el coronel Korn, puesto que prácticamente había cesado la oposición de los cazas alemanes y puesto que, según sus cálculos, el noventa por ciento de las víctimas perecían detrás de las líneas enemigas o desaparecían en el interior de las nubes, donde el capellán no podía ocuparse de sus restos. Tampoco los servicios religiosos eran una gran carga, pues sólo se celebraban una vez a la semana en el Cuartel General, y asistían muy pocos hombres.

En realidad, al capellán empezaba a gustarle vivir en el claro del bosque. Al cabo Whitcomb y a él les habían dado todo tipo de facilidades para instalarse, de modo que no pudieran alegar que se sentían incómodos y pedir permiso para regresar al edificio del Cuartel General. El capellán se turnaba para los desayunos, almuerzos y cenas en los ocho comedores; cada cinco comidas tomaba una en el comedor de la tropa y cada diez en el de los oficiales. En su casa de Wisconsin se había aficionado a la jardinería, y se le henchía el corazón con una maravillosa sensación de fertilidad y plenitud cada vez que contemplaba las ramas bajas y espinosas de los achaparrados árboles, la maleza que le llegaba a la altura de la cintura y los matorrales entre los que casi estaba empotrado. En primavera hubiera querido plantar begonias en un estrecho arriate alrededor de su tienda, pero le disuadió el temor al rencor del cabo Whitcomb. El capellán disfrutaba con la intimidad y el aislamiento de su verdeante entorno y con las ensoñaciones y meditaciones que proporcionaba. Iban menos personas que antes a contarle sus problemas, y también agradecía esa circunstancia. El capellán no se relacionaba fácilmente y se sentía incómodo en las conversaciones. Echaba de menos a su mujer y a sus tres hijos pequeños, y ella le echaba de menos a él.

Lo que más desagradaba al cabo Whitcomb del capellán, aparte del hecho de que creyera en Dios, era su falta de iniciativa y agresividad. El cabo Whitcomb consideraba la baja asistencia a los servicios religiosos triste reflejo de la situación del capellán. Su mente bullía con avasalladoras ideas nuevas para desencadenar el gran renacimiento espiritual del que se soñaba artífice: meriendas, actos sociales en la iglesia, modelos de cartas para las familias de los hombres muertos o heridos en combate, censura, bingo. Pero el capellán se oponía. El cabo Whitcomb se sentía vejado bajo las restricciones del capellán, porque veía posibilidades de mejora por todas partes. Había llegado a la conclusión de que eran las personas como el capellán las responsables de la mala fama de la religión y de que a ambos se les considerara unos parias. A diferencia del capellán, él detestaba la reclusión que le imponía el claro del bosque. Una de las cosas que tenía intención de hacer en cuanto derrocara al capellán era mudarse al edificio del Cuartel General, para estar al tanto de cuanto ocurriera.

Cuando el capellán volvió al claro del bosque tras haber dejado al coronel Korn, el cabo Whitcomb estaba fuera, en medio de la neblina bochornosa, hablando con aires de conspiración con un extraño hombre rechoncho que llevaba una bata de pana parda y pijama de franela gris. El capellán reconoció la vestimenta reglamentaria del hospital. Ninguno de los dos hombres dio el menor indicio de saber quién era él. El desconocido tenía las encías teñidas de violeta; por detrás, la bata estaba decorada con un dibujo de un B-25 que atravesaba nubes naranjas de fuego antiaéreo y se dirigía hacia seis hileras de bombas que representaban sesenta misiones cumplidas. El capellán se quedó tan asombrado ante aquella visión que lo miró fijamente. Los dos hombres dejaron de hablar y esperaron a que se marchara, en medio de un silencio sepulcral. El capellán se apresuró a entrar en su tienda. Oyó, o creyó oír, risitas contenidas.

El cabo Whitcomb entró al cabo de unos momentos y le preguntó:

—¿Qué pasa por ahí?

—Nada especial —contestó el capellán desviando la mirada—. ¿Ha venido alguien a verme?

—Sólo ese chiflado de Yossarian. Es un auténtico liante, ¿no?

—No estoy seguro de que esté chiflado —replicó el capellán.

—Eso es, póngase de su parte —dijo el cabo Whitcomb con expresión dolida, y salió de la tienda furioso.

El capellán no podía creer que el cabo Whitcomb se sintiera ofendido una vez más y que se hubiera marchado. No bien había caído en la cuenta de lo ocurrido cuando el cabo Whitcomb volvió a entrar.

—Usted siempre defiende a los otros —comentó en tono acusador—. No apoya a sus hombres. Ése es uno de sus defectos.

—No tenía intención de defenderlo —se excusó el capellán—. Era sólo una opinión.

—¿Qué quería el coronel Cathcart?

—Nada importante. Sólo quería discutir la posibilidad de rezar antes de cada misión en la sala de instrucciones.

—Está bien, no me lo cuente —le soltó el cabo Whitcomb, y volvió a marcharse.

El capellán se sentía fatal. Por amable que intentara mostrarse, al parecer siempre hería los sentimientos del cabo Whitcomb. Bajó los ojos, compungido, y observó que el ordenanza que le había impuesto el coronel Korn para limpiar su tienda y arreglar sus cosas había vuelto a olvidar sacarle brillo a los zapatos.

El cabo Whitcomb entró en la tienda.

—Nunca se fía de mí —gimoteó en un tono truculento—. No tiene confianza en sus hombres. Ése es otro de sus defectos.

—No es verdad —protestó el capellán, afligido—. Tengo mucha confianza en usted.

—Entonces, ¿qué pasa con lo de las cartas?

—No, ahora no —imploró el capellán—. Lo de las cartas no. Por favor, no saque ese tema a colación. Si cambio de opinión, ya se lo comunicaré.

El cabo Whitcomb parecía furioso.

—¿Ah, sí? Claro, para usted es muy cómodo quedarse ahí sentado moviendo la cabeza mientras yo hago todo el trabajo. ¿No ha visto al tipo ese con los dibujos en la bata?

—¿Ha venido a verme?

—No —contestó el cabo Whitcomb, y salió de la tienda.

Dentro hacía mucha calor y había humedad, y el capellán notó el cuerpo mojado. Oyó involuntariamente el ronroneo apagado e indistinguible de las voces de fuera. Se sentó, inerte, a la desvencijada mesa plegable que le servía de escritorio, con los labios apretados, los ojos inexpresivos; su rostro, con un tinte ocre pálido y los antiguos racimos aislados de señales de acné, tenía el color y la textura de una cáscara de almendra. Fatigó su memoria buscando una explicación para la inquina del cabo Whitcomb hacia él. De una forma que no acertaba a comprender, estaba convencido de que le había causado algún daño imperdonable. Le parecía increíble que aquella cólera tan prolongada pudiera derivar de su rechazo del bingo o de los modelos de cartas para las familias de los hombres muertos o heridos en combate. Al capellán le dolía tener que aceptar su propia incapacidad. Llevaba varias semanas intentando mantener una conversación sincera con el cabo Whitcomb con el fin de averiguar qué le ocurría, pero ya le avergonzaba lo que pudiera averiguar.

Fuera, el cabo Whitcomb reía entre dientes, y el otro hombre trataba de contener la risa. Durante precarios segundos, el capellán vibró con la extraña sensación de haber vivido una experiencia idéntica en una época o existencia anteriores. Se esforzó por atrapar y nutrir la sensación para poder predecir, e incluso dominar, lo que ocurriría a continuación, pero aquel estímulo se desvaneció, improductivo, cosa que ya sabía desde el principio. *Déjà vu.* La sutil y repetida confusión entre la ilusión y la realidad que caracterizaba a la paramnesia fascinaba al capellán, y sabía bastante sobre el tema. Sabía, por ejemplo, que se llamaba paramnesia, y también le interesaban otros fenómenos ópticos a modo de corolario, como el *jamais vu*, lo nunca visto, y el *presque vu*, lo casi visto. Existían momentos aterradores en los que objetos, conceptos e incluso personas con los que el capellán había convivido casi toda su vida adoptaban un aspecto desconocido e irregular que nunca había visto y que los desfiguraban por completo: *jamais vu.* El episodio del hombre desnudo encaramado a un árbol durante el funeral de Snowden lo tenía perplejo. No era *déjà vu*, porque hasta entonces nunca había experimentado la sensación de haber visto a un hombre desnudo encaramado a un árbol durante el funeral de Snowden. Tampoco era *jamais vu*, porque no se trataba de la aparición de alguien o algo conocido bajo una forma desconocida. Y desde luego, tampoco era *presque vu*, porque el capellán había visto bien al hombre.

Un todoterreno se puso en marcha, petardeando, junto a la tienda y se alejó rugiendo. El hombre desnudo encaramado a un árbol en el funeral de Snowden, ¿habría sido una simple alucinación? ¿O una auténtica revelación? El capellán se echó a temblar sólo de pensarlo. Deseaba ardientemente confiarse a Yossarian, pero cada vez que reflexionaba sobre el incidente decidía no volver a hacerlo, si bien en el momento en que reflexionaba sobre ello no estaba seguro de haber reflexionado en absoluto.

El cabo Whitcomb volvió a irrumpir en la tienda con una resplandeciente y afectada sonrisa y apoyó un codo impertinentemente en el poste central de la tienda del capellán.

—¿Sabe quién era ese tipo de la bata? —preguntó con aires de suficiencia—. Un agente del CID con la nariz rota. Ha venido del hospital por un asunto oficial. Está realizando una investigación.

El capellán alzó los ojos rápidamente, con solicitud y conmiseración.

—Espero que no se encuentre en un apuro. ¿Puedo hacer algo por usted?

—No, yo no estoy en ningún apuro —respondió el cabo Whitcomb con una sonrisa—. Pero usted sí. Van a liarle una buena por haber firmado como Washington Irving todas esas cartas que ha firmado. ¿Qué le parece?

—Yo no he firmado ninguna carta como Washington Irving —objetó el capellán.

—A mí no tiene que mentirme —replicó el cabo—. No es a mí a quien tiene que convencer.

—Pero si no le estoy mintiendo...

—Me da igual. Además van a castigarlo por interceptar la correspondencia del comandante Coronel. Una gran parte es información secreta.

—¿Qué correspondencia? —preguntó el capellán en tono lastimero, con creciente desesperación—. Jamás he visto la correspondencia del comandante Coronel.

—A mí no tiene que mentirme —repitió el cabo Whitcomb—. No es a mí a quien tiene que convencer.

—¡Pero si no estoy mintiendo! —protestó el capellán.

—No entiendo por qué me grita —replicó el cabo Whitcomb con expresión ofendida. Se separó del palo central y añadió, agitando un dedo con vehemencia—: Acabo de hacerle el mayor favor de su vida y usted ni siquiera se da cuenta. Cada vez que intenta transmitir información sobre usted a sus superiores, alguien censura los detalles en el hospital. Lleva semanas obsesionado con pillarlo a usted. Acabo de estampar el visto bueno de censor en su carta sin haberla leído siquiera. Eso causará una impresión favorable en el CID. Comprenderán que no tenemos ningún miedo a que salga a la luz la verdad sobre usted.

El capitán no daba crédito a sus oídos.

—Pero usted no tiene autorización para censurar cartas, ¿verdad?

—Claro que no —contestó el cabo Whitcomb—. Sólo están autorizados los oficiales. La he censurado en su nombre.

—Pero yo tampoco estoy autorizado, ¿no?

—También me he ocupado de eso —lo tranquilizó el cabo Whitcomb—. He firmado con otro nombre.

—¿No es una falsificación?

—¡Bah, no se preocupe tampoco por eso! Quien únicamente puede quejarse en un caso de falsificación es la persona cuya firma se falsifica, y me he cuidado de sus intereses eligiendo a un muerto. He firmado como Washington Irving. —El cabo Whitcomb examinó el rostro del capellán en busca de algún signo de rebeldía y continuó confiadamente, con mal disimulada ironía—: He reaccionado con rapidez, ¿verdad?

—No sé —musitó el capellán con voz trémula, retorciéndose grotescamente, angustiado e indeciso—. Creo que no entiendo lo que me ha explicado. ¿Cómo voy a causar buena impresión si ha firmado usted con el nombre de Washington Irving y no con el mío?

—Porque están convencidos de que usted es Washington Irving. ¿No lo comprende? Sabrán que ha sido usted.

—Pero ¿no es eso precisamente lo que debemos aclarar? ¿No contribuirá a reforzar sus argumentos?

—Si hubiera sabido que iba a ponerse así, no habría intentado ayudarlo —replicó indignado el cabo Whitcomb, y a continuación se marchó. Pasados unos segundos volvió a entrar—. Le he hecho el mayor favor de su vida, y ni siquiera es capaz de reconocerlo. No sabe demostrar su agradecimiento. Ése es otro de sus defectos.

—Lo siento —se excusó el capellán, contrito—. Lo siento de verdad. Es que me he quedado tan perplejo con lo que me ha contado que no sé lo que me digo. Se lo agradezco muchísimo, en serio.

—Entonces, ¿por qué no me deja que envíe esas cartas? —se apresuró a preguntar el cabo—. ¿Puedo empezar a redactar los primeros borradores?

El capellán dejó caer la mandíbula, atónito.

—No, no —farfulló—. Ahora no.

Iracundo, el cabo Whitcomb replicó:

—Soy el mejor amigo que tiene y ni siquiera se da cuenta. —Y a continuación salió de la tienda. Volvió a entrar—. Yo estoy de su parte, pero usted no lo sabe. ¿No comprende que se ha metido en un buen lío? Ese agente del CID ha vuelto al hospital a escribir un informe sobre ese tomate que lleva usted.

—¿Qué tomate? —preguntó el capellán, parpadeando.

—Ese que llevaba escondido en la mano cuando vino. ¡Ése, ése! ¡El que todavía tiene en la mano!

El capitán abrió los dedos con sorpresa y vio que aún tenía el tomate que había cogido en el despacho del coronel Cathcart. Lo dejó rápidamente sobre la mesa.

—Me lo ha dado el coronel Cathcart —dijo, e inmediatamente cayó en la cuenta de lo ridícula que sonaba la explicación—. Se empeñó en que lo cogiera.

—No tiene por qué mentirme —replicó el cabo Whitcomb—. A mí no me importa si lo ha robado o no.

—¡Que lo he robado! —exclamó el capellán, sin salir de su asombro—. ¿Para qué iba a robar un tomate?

—Eso es lo que nos ha parecido absurdo —convino el cabo Whitcomb—. Entonces, el agente del CID se ha imaginado que debe haber escondido algún documento secreto dentro.

El capellán se derrumbó bajo el ingente peso de la desesperación.

—No he escondido ningún documento secreto dentro del tomate —se limitó a decir—. Ni siquiera quería llevármelo. Tome, se lo regalo.

—No lo quiero.

—Por favor, cójalo —le imploró el capellán en voz apenas audible—. Quiero deshacerme de él.

—No lo quiero —insistió el cabo.

Salió a grandes zancadas, enfadado, reprimiendo una sonrisa de satisfacción por haber falsificado otra importante alianza con el agente del CID y haber logrado una vez más convencer al capellán de que estaba realmente indignado.

«Pobre Whitcomb», pensó el capellán con un suspiro, y se culpó a sí mismo por el malestar de su ayudante. Se sentó, sumido en una melancolía embrutecedora, pesada, esperando expectante el regreso del cabo Whitcomb. Le decepcionó oír sus apresurados pasos perdiéndose en el silencio. No tenía deseos de hacer nada. Decidió saltarse el almuerzo y conformarse con unas chocolatinas que sacó de su armario y unos tragos de agua tibia de la cantimplora. Se sentía rodeado por densas brumas de posibilidades en las que no entreveía el menor rayo de luz. Le horrorizaba lo que pudiera pensar el coronel Cathcart cuando le llegara la noticia de que se sospechaba que era Washington Irving, e inmediatamente se obsesionó con la idea de lo que estaría pensando de él el coronel Cathcart por haber abordado el tema de las sesenta misiones. Había tanta infelicidad en el mundo, reflexionó, inclinando la cabeza con pesar, y él no podía hacer nada por nadie, y menos que nadie por sí mismo.

2I

EL GENERAL DREEDLE

El coronel Cathcart no pensaba nada sobre el capellán; estaba embebido en un problema nuevo y amenazador que sólo le concernía a él: ¡*Yossarian!*

¡*Yossarian!* El mero sonido de aquel nombre feo, execrable, le helaba la sangre en las venas y le cortaba la respiración. La primera vez que el capellán lo pronunció sonó en su memoria como un gong portentoso. En cuanto la puerta se cerró, los humillantes recuerdos del hombre desnudo en posición de firmes cayeron sobre él como una cascada mortificante y asfixiante de detalles dolorosos. Se puso a sudar y a temblar. Se trataba de una coincidencia siniestra e inverosímil, de consecuencias demasiado diabólicas como para constituir un augurio espantoso. El hombre que se presentó desnudo a recibir la cruz del mérito aéreo de manos del general Dreedle aquel día también se llamaba ¡*Yossarian!* Y era un hombre llamado Yossarian quien amenazaba con armar jaleo con lo de las sesenta misiones que acababa de ordenar que cumplieran a los hombres de su escuadrón. El coronel Cathcart pensó lúgubremente si sería la misma persona.

Se levantó con expresión de abrumadora congoja y se puso a pasear por su despacho. Experimentaba la sensación de encontrarse en presencia de lo misterioso. El hombre desnudo en posición de firmes, reconoció con pesimismo, había supuesto una auténtica metedura de pata, al igual que el cambio de la línea de bombardeo antes de la misión de Bolonia y los siete días de retraso en la destrucción del puente de Ferrara, si bien se había apuntado un tanto al destruirlo finalmente, recordó con alegría, aunque haber perdido un avión al pasar dos veces sobre el objetivo, rememoró alicaído, había supuesto otra metedura de pata. Claro que se había apuntado otro tanto al conseguir que le concedieran una medalla al bombardero responsable de la metedura de pata por haber pasado sobre el objetivo dos veces. Se quedó estupefacto al recordar que el bombardero también se llamaba: ¡*Yossarian!* De modo que había tres. Sus viscosos ojos parecían querer salírsele de las órbitas, y se dio la vuelta bruscamente, asustado, para ver qué ocurría a sus espaldas. Un momento antes no había ningún Yossarian en su vida; de repente habían empezado a multiplicarse como hongos. Trató de recobrar la calma. Yossarian no era un apellido corriente; quizá no hubiera tres, sino sólo dos, o incluso uno, pero, en realidad, no existía la menor diferencia. El coronel seguía corriendo grave peligro. Su intuición le decía que se aproximaba a un inmenso e inescrutable momento de culminación cósmica, y su ancha, carnosa y voluminosa humanidad tembló de pies a cabeza ante la idea de que Yossarian, quienquiera que fuese, estaba destinado a servir de Némesis.

El coronel Cathcart no era supersticioso, pero sí creía en los presagios. Se sentó muy erguido a la mesa y escribió una críptica anotación en su cuaderno para estudiar de inmediato el sospechoso asunto de Yossarian. La escribió con pulso firme y decidido, ampliándola con una serie de signos de interrogación y admiración en código, y a continuación la subrayó dos veces, de modo que se podía leer lo siguiente:

El coronel se echó hacia atrás una vez que hubo terminado y se sintió sumamente satisfecho de sí mismo por la resolución con que había afrontado tan siniestra crisis. *Yossarian...* Sólo de ver aquel nombre, se estremecía. Con tantas eses..., tenía que ser subversivo. Era como la misma palabra *subversivo*, como *sedicioso*, como *insidioso*, y también como *socialista*, *sospechoso*, *fascista* y *comunista*. Era un apellido odioso, extraño, desagradable, que no inspiraba confianza. No era como Cathcart, Peckem, Dreedle, apellidos norteamericanos honrados, limpios, sonoros.

El coronel Cathcart se levantó lentamente y empezó a deambular de nuevo por su despacho. Casi de forma inconsciente, cogió un tomate de uno de los cestos y le dio un voraz mordisco. Puso un gesto avinagrado inmediatamente y tiró lo que quedaba a la papelera. Al coronel no le gustaban los tomates, ni siquiera los suyos, y encima aquéllos ni siquiera eran suyos. Los había adquirido el coronel Korn en diversos mercados de Pianosa bajo diferentes identidades; después los había llevado a su granja en mitad de la noche y a la mañana siguiente se los había vendido en el Cuartel General a Milo, que los había pagado a precio de oro. El coronel Cathcart pensaba frecuentemente si lo que estaban haciendo con los tomates sería legal, pero el coronel Korn decía que sí lo era, y trataba de no preocuparse demasiado por aquello. Tampoco había modo de saber si la granja de las montañas era legal, puesto que el coronel Korn se había encargado de todo. El coronel Cathcart no sabía si era propietario o inquilino de la casa, a quién se la había comprado o alquilado, ni siquiera cuánto costaba. El coronel Korn era abogado, y si él le aseguraba que el fraude, la extorsión, la manipulación de divisas, las especulaciones en el mercado negro y la evasión de impuestos eran legales, el coronel Cathcart no se hallaba en situación de discutírselo.

Lo único que sabía el coronel Cathcart de su casa de las montañas era que la tenía y que la detestaba. Nunca se aburría tanto como cuando pasaba allí los dos o tres días necesarios para mantener la ilusión de que aquel edificio de piedra húmedo y lleno de corrientes de aire era un palacio dorado de placeres carnales. Los clubes de oficiales desbordaban de borrosos pero descriptivos relatos sobre las secretas orgías de sexo y alcohol que allí se celebraban y las noches íntimas de éxtasis con las cortesanas, actrices de cine, modelos y condesas más bellas, fascinantes, lascivas y más fáciles de satisfacer de toda Italia. Jamás se vivían tales orgías secretas de sexo y alcohol ni tales noches íntimas de éxtasis. Podrían haberse vivido si el general Dreedle o el general Peckem hubieran demostrado algún interés por participar en ellas, pero no era así y, desde luego, el coronel Cathcart no estaba dispuesto a perder el tiempo ni las fuerzas en hacer el amor con hermosas mujeres si no iba a sacar ningún provecho.

El coronel aborrecía las noches malsanas y solitarias en su granja y los días insípidos y tediosos. Se divertía mucho más en el escuadrón, avasallando a todos aquellos a los que no temía. Sin embargo, como no paraba de recordarle el coronel Korn, no tenía mucho atractivo mantener una granja en las montañas si nunca se usaba. Conducía el coche hasta allí autocompadeciéndose. Se llevaba una escopeta y se pasaba las monótonas horas disparando contra los pájaros y los tomates que crecían descuidadamente y que nadie recogía por no molestarse.

Entre los oficiales de graduación inferior a los que el coronel Cathcart aún consideraba prudente mostrar respeto se encontraban el comandante... de Coverley, a pesar de que no le apetecía y no estaba seguro de si debía hacerlo. El comandante... de Coverley constituía un gran misterio para él, al igual que para el comandante Coronel y para las demás personas que reparaban en él. El coronel Cathcart no sabía si adoptar una actitud de inferioridad o de superioridad hacia el comandante... de Coverley. Sólo era comandante, a pesar de tener muchos más años que él; pero había tantas personas que lo trataban con una admiración tan profunda y respetuosa que sospechaba que quizá supieran algo que él ignoraba. El comandante... de Coverley era una presencia siniestra e incomprensible que le ponía nervioso y con la que incluso el coronel Korn tomaba precauciones. Todos le tenían miedo, y nadie sabía por qué. Nadie conocía siquiera el nombre del comandante... de Coverley, porque nadie había tenido la temeridad de preguntárselo. El coronel Cathcart sabía que el comandante... de Coverley estaba fuera y disfrutó de su ausencia hasta que se le ocurrió que quizás estuviera en alguna parte conspirando contra él, y entonces deseó que volviera al escuadrón, donde debía estar, para poder vigilarlo.

Al cabo de un rato empezaron a dolerle las plantas de los pies de tanto pasear. Se sentó a la mesa y decidió acometer una valoración madura y sistemática de la situación militar. Con el aire grave del hombre que sabe cómo hacer las cosas, cogió un cuaderno de grandes dimensiones, trazó una línea recta en el centro y la cruzó con otra en la parte superior, dividiendo así la página en dos columnas de igual anchura. Descansó unos momentos, caviloso. Después se inclinó sobre la mesa, y escribió con letra temblona y remilgada en la cabecera de la columna de la izquierda: «¡¡¡*Meteduras de pata!!!*». En la parte superior de la columna de la derecha escribió: «¡¡¡¡¡*Tantos que me he apuntado!!!!!*». Se echó hacia atrás para inspeccionar su obra con admiración y objetividad. Al cabo de unos segundos de solemnes deliberaciones, chupó cuidadosamente la punta del lápiz y, tras varias pausas de profunda meditación, escribió lo siguiente debajo de «¡¡¡*Meteduras de pata!!!*»:

Ferrara.

Bolonia (cambio de la línea de bombardeo en el mapa durante).

Campo de tiro al plato.

Hombre desnudo en posición de firmes (después de Aviñón).

A continuación añadió:

Envenenamiento de la comida (durante Bolonia).

y

Gemidos (epidemia de durante la sesión de instrucciones de Aviñón).

A continuación añadió:

Capellán (merodeando por el club de oficiales todas las noches).

Decidió mostrarse caritativo con el capellán, a pesar de que le caía mal, y escribió debajo de «¡¡¡¡¡*Tantos que me he apuntado!!!!!*»:

Capellán (merodeando por el club de oficiales todas las noches).

Por tanto, las dos entradas referentes al capellán se neutralizaban mutuamente. Junto a «*Ferrara*» y a «*Hombre desnudo en posición de firmes* (después de Aviñón)», escribió lo siguiente:

¡*Yossarian!*

Junto a «*Bolonia* (cambio de la línea de bombardeo en el mapa durante)», «*Envenenamiento de la comida* (durante Bolonia)» y «*Gemidos* (epidemia de durante la sesión de instrucciones de Aviñón)», escribió con resolución:

¿?

Las notas seguidas de signos de interrogación eran las que quería investigar de inmediato para averiguar si Yossarian había tomado parte en ellas.

De repente empezó a temblarle el brazo, y se sintió incapaz de seguir escribiendo. Se levantó aterrorizado, sintiéndose gordo y pegajoso, y se precipitó hacia la ventana abierta para aspirar una bocanada de aire fresco. Su mirada se posó en el campo de tiro al plato, y se dio la vuelta con un agudo grito de angustia, recorriendo febrilmente las paredes con la mirada como si estuvieran pobladas de Yossarian.

Nadie lo quería. El general Dreedle lo odiaba, aunque al general Peckem le caía bien, a pesar de que no podía estar seguro, ya que el coronel Cargill, ayudante del general Peckem, tenía, sin duda, sus propias ambiciones y probablemente trataría de enemistarlo con su superior a la menor oportunidad. Llegó a la conclusión de que el mejor coronel, colgado, excepto él mismo, claro. El único coronel en el que confiaba era Moodus, pero incluso él tenía un inconveniente: su suegro. Naturalmente, su mayor acierto era Milo, aunque quizás hubiera supuesto una gran metedura de pata que los aviones de éste bombardearan su escuadrón, si bien Milo acabó por acallar las protestas al declarar públicamente las gigantescas ganancias que había obtenido la cooperativa gracias a los tratos con el enemigo y convencer a todo el mundo de que, por consiguiente, haber bombardeado los propios aparatos y a los propios hombres significaba un lucrativo beneficio para la empresa privada.

El coronel Cathcart se sentía un tanto inseguro con respecto a Milo porque otros coroneles estaban intentando quitarlo de en medio, y en su escuadrón seguía aquel repugnante jefe Avena Loca, quien, según el igualmente repugnante y perezoso capitán Black, era el único responsable del traslado de la línea de bombardeo durante el Gran Asedio de Bolonia. Al coronel Cathcart le caía bien el jefe Avena Loca porque le aporreaba la nariz al repugnante coronel Moodus cada vez que se emborrachaba y el coronel Moodus andaba por allí. Sintió deseos de que el jefe Avena Loca empezara a aporrearle la cara al gordo del coronel Korn. El coronel era un repugnante sabihondo. Alguien del Cuartel General de la 27.ª Fuerza Aérea la había tomado con él y devolvía todos los informes que redactaba con una buena regañina, y el coronel Korn había sobornado a un inteligente soldado que trabajaba en correos llamado Wintergreen para que intentara averiguar quién era. Tenía que reconocer que haber perdido un avión sobre Ferrara la segunda vez que pasaron sobre el objetivo le había hecho un flaco servicio, al igual que el avión desaparecido en una nube... *¡Eso no lo había anotado!* Intentó recordar, anhelante, si Yossarian había desaparecido en aquel avión y comprendió que no era posible, pues estaba organizando el lío por lo de las cinco misiones de mierda más.

Quizá sesenta misiones fueran excesivas, razonó el coronel Cathcart, si Yossarian se negaba a cumplirlas, pero entonces recordó que obligar a sus hombres a realizar más misiones que nadie era el logro más palpable que había obtenido. Como tantas veces comentaba el coronel Korn, en la guerra sobraban los comandantes de escuadrón que se limitaban a cumplir con su deber, y se requerían medidas drásticas, como obligar a sus hombres a realizar más misiones que nadie para poner de relieve sus dotes de mando. Desde luego, ninguno de los generales parecía poner reparos a lo que hacía, pero, que él supiera, tampoco estaban especialmente impresionados, circunstancia que lo inducía a sospechar que quizá sesenta misiones de combate no fueran ni mucho menos suficientes y que debía aumentar el número a setenta, ochenta, cien o incluso doscientas, trescientas o seis mil.

Sin duda se habría encontrado mucho mejor bajo el mando de alguien refinado como el general Peckem que bajo el mando de alguien tan insensible y rudo como el general Dreedle, porque aquél poseía el discernimiento, la inteligencia y la prosapia necesarios para apreciar su valía, si bien el general Peckem nunca había dado el más leve indicio de apreciar su valía. El coronel Cathcart se consideraba lo suficientemente intuitivo como para comprender que no había necesidad de señales visibles de reconocimiento entre personas sofisticadas y seguras de sí mismas, como el general Peckem y él, que podían congeniar desde lejos, con una innata comprensión mutua. Le bastaba con que estuvieran hechos de la misma pasta, y sabía que todo era cuestión de esperar pacientemente hasta el momento adecuado, aunque la autoestima del coronel Cathcart descendía al observar que el general Peckem nunca lo buscaba a propósito y que no hacía más esfuerzos por impresionarlo con sus epigramas y su erudición que a cualquiera que pudiera oírlo, aunque se tratara de simples soldados. O bien el coronel Cathcart no había encontrado el método idóneo, o el general Peckem no era aquella personalidad deslumbrante, razonable, intelectual y atrevida que pretendía ser y en realidad el sensible, encantador, brillante y sofisticado era el general Dreedle, bajo cuyo mando se encontraría mucho mejor. De repente, el coronel Cathcart ya no pudo decidir qué terreno pisaba con cada uno y apretó frenético el timbre para que viniera el coronel Korn y le asegurara que todos lo querían, que Yossarian no era más que un producto de su imaginación y que estaba realizando prodigiosos progresos en la valiente campaña destinada a ascender a general.

En realidad, el coronel Cathcart no tenía ninguna posibilidad de ascender a general. Para empezar, estaba el ex soldado de primera Wintergreen, que también aspiraba al generalato y que siempre desfiguraba, destruía, rechazaba o desviaba cualquier documento dirigido al coronel Cathcart o relacionado con él que pudiera añadirle méritos. Además, ya había otro general, el general Dreedle, quien sabía que el general Peckem andaba detrás de su puesto, pero no cómo pararle los pies.

El general Dreedle, comandante de la base, era un hombre corpulento, embotado, con forma de barril, de cincuenta y pico años. Tenía la nariz cuadrada y roja, y unos párpados blancos e hinchados que rodeaban sus ojillos grises como halos de tocino. Tenía también un yerno y una enfermera, y era muy dado a prolongados y reflexivos silencios cuando no había bebido mucho. Había desperdiciado demasiado tiempo desempeñando bien su trabajo en el ejército, y ya era demasiado tarde. Se habían coaligado nuevas fuerzas sin contar con él y no era capaz de integrarse. En momentos de distracción su semblante duro y hosco adoptaba una expresión de sombría y preocupada derrota y frustración. Bebía como un cosaco y cambiaba de humor arbitraria e imprediciblemente. «La guerra es un infierno», proclamaba en repetidas ocasiones, borracho o sobrio, y lo decía en serio, si bien eso no le impedía ganarse estupendamente la vida con ella ni meter a su yerno en el negocio, a pesar de que no paraban de pelearse.

«¡Ese hijo de puta!», se lamentaba el general Dreedle con un gruñido de desprecio ante cualquiera que se le pusiera al lado en la curva de la barra de oficiales. «Todo lo que es me lo debe a mí. ¡A mí, asqueroso hijo de puta! No tiene cabeza para desenvolverse solo.»

«Cree que lo sabe todo —replicaba el coronel Moodus ante su público desde el otro extremo de la barra—. No acepta las críticas y se niega a escuchar un consejo.»

«Lo único que sabe hacer es dar consejos —rezongaba el general Dreedle con una mueca de desdén—. Si no fuera por mí, todavía sería cabo.»

El general Dreedle siempre iba acompañado por el coronel Moodus y su enfermera, que era una auténtica monada en opinión de cuantos le ponían la vista encima. Era regordeta, baja y rubia. Tenía mofletes con hoyuelos, alegres ojos azules y el pelo rizado y peinado hacia arriba. Sonreía a todo el mundo y no hablaba a menos que se dirigieran a ella. Tenía el busto opulento y la piel clara. Era irresistible, y los hombres ponían buen cuidado en no acercarse a ella. Era deliciosa, dócil, dulce y tonta, y volvía loco a todo el mundo excepto al general Dreedle.

«Tendríais que verla desnuda —decía el general Dreedle entre risas, mientras su enfermera sonreía orgullosamente junto a su hombro—. En mi habitación de la base tiene un uniforme de seda roja tan ceñido que se le marcan los pezones como dos cerezas. Milo me trajo la tela. No le queda sitio ni para medias ni para sostén. La obligo a ponérselo algunas noches cuando anda por allí Moodus para que lo vuelva loco. —El general Dreedle soltaba una grosera carcajada—. Tendríais que ver lo que pasa dentro de esa blusa cada vez que cambia de postura. Lo pone a cien. La primera vez que lo pille con una mano encima de ella o de cualquier otra mujer voy a degradar a ese cerdo salido a cabo y a mandarlo a la cocina durante un año.»

«La obliga a estar por allí sólo para volverme loco —decía el coronel Moodus en tono acusador y afligido en el otro extremo de la barra—. En la base tiene un uniforme de seda roja tan ceñido que se le marcan los pezones como dos cerezas. No le queda sitio ni para medias ni para sostén. Tendríais que oír el rumor que hace cada vez que cambia de postura. La primera vez que le tire los tejos, a ella o a cualquier otra chica, me degradará a cabo y mandará a la cocina durante un año. Me pone a cien.»

«No se ha tirado a nadie desde que llegamos aquí —confesaba el general Dreedle, y balanceaba su cabeza cuadrada y rizosa acometido por una risa sádica—. Ésa es una de las razones por las que nunca lo pierdo de vista, para que no pueda encontrar a ninguna mujer. ¿Os imagináis cómo lo está pasando ese imbécil?»

«No me he acostado con una mujer desde que llegamos aquí —se lamentaba lloroso el coronel Moodus—. ¿Os imagináis cómo lo estoy pasando?»

Cuando se enfadaba, el general Dreedle podía ser tan intransigente con todo el mundo como con el coronel Moodus. No tenía el menor tacto ni se molestaba en disimular, y su credo de militar profesional era único y conciso: estaba convencido de que los jóvenes que recibían órdenes debían estar dispuestos a dar su vida por los ideales, las aspiraciones y las idiosincrasias de los viejos que dictaban dichas órdenes. Los oficiales y soldados bajo su mando poseían identidad sólo como cantidades militares. Lo único que les exigía era que cumplieran con su deber; aparte de eso, eran libres de hacer lo que se les antojara. Eran libres, como el coronel Cathcart, de obligar a sus hombres a cumplir sesenta misiones si así lo deseaban, y eran libres, como en el caso de Yossarian, de presentarse desnudos a pasar revista, aunque la granítica mandíbula del general Dreedle se abrió de par en par y avanzó con aire dictatorial hacia la fila para asegurarse de que había un hombre vestido únicamente con mocasines, en posición de firmes, esperando a que él le impusiera una medalla. El general Dreedle se quedó sin habla. El coronel Cathcart estuvo a punto de desmayarse al ver a Yossarian, y el coronel Korn se acercó a él y lo agarró del brazo con fuerza. El silencio resultaba grotesco. Desde la playa soplaba un viento cálido, y de repente apareció una vieja carreta llena de paja sucia traqueteando por la carretera, tirada por un burro negro. Llevaba las riendas un campesino con sombrero ondeante y gastadas ropas de faena que no prestó la menor atención a la solemne ceremonia militar que se desarrollaba en el pequeño terreno que había a su derecha.

Finalmente, el general Dreedle habló.

—Vuelva al coche —le ordenó por encima del hombro a su enfermera, que lo había seguido hasta allí.

La mujer se encaminó sonriente hacia el coche marrón, que estaba estacionado a unos veinte metros, al borde del claro rectangular. El general Dreedle esperó en austero silencio hasta que la puerta del coche se cerró de golpe y entonces preguntó:

—¿Quién es ese hombre?

El coronel Moodus consultó la lista.

—Es Yossarian, papá. Le han concedido la cruz al mérito aéreo.

—¡Pues vaya! —murmuró el general Dreedle, y su rubicunda cara monolítica se suavizó, distendida en una sonrisa—. ¿Por qué no está vestido, Yossarian?

—Porque no quiero.

—¿Cómo que no quiere? ¿Por qué demonios no quiere?

—Porque no, señor.

—¿Por qué no está vestido? —le preguntó el general Dreedle al coronel Cathcart por encima del hombro.

—Le está hablando —le susurró el coronel Korn al coronel Cathcart por encima del hombro de éste desde detrás, clavándole al mismo tiempo un codo en la espalda.

—¿Por qué no está vestido? —le preguntó el coronel Cathcart al coronel Korn con expresión de agudo dolor, acariciándose tiernamente la parte en la que el coronel Korn acababa de darle un codazo.

—¿Por qué no está vestido? —les preguntó el coronel Korn al capitán Pilchard y al capitán Wren.

—La semana pasada mataron a un hombre en su avión mientras sobrevolaban Aviñón y se desangró encima de él —explicó el capitán Wren—. Jura que no piensa volver a ponerse un uniforme.

—La semana pasado mataron a un hombre en su avión mientras sobrevolaban Aviñón y se desangró encima de él —le comunicó el coronel Korn al general Dreedle—. Todavía no le han devuelto el uniforme de la lavandería.

—¿Y dónde tiene los demás uniformes?

—También están en la lavandería.

—¿Y la ropa interior? —preguntó el general Dreedle.

—Toda su ropa interior también está en la lavandería —contestó el coronel Korn.

—Me suena a cuento chino —declaró el general Dreedle.

—Es un cuento chino, señor —convino Yossarian.

—No se preocupe, señor —intervino el coronel Cathcart

dirigiendo una mirada amenazadora a Yossarian—. Le doy mi palabra de honor de que este hombre será severamente castigado.

—¿Y a mí qué demonios me importa si se lo castiga o no? —replicó el general Dreedle, tan sorprendido como irritado—. Ha ganado una medalla. Si quiere que se la impongan desnudo, usted no tiene por qué meterse.

—¡Eso es exactamente lo mismo que yo pienso, señor! —exclamó el coronel Cathcart con rotundo entusiasmo, y se enjugó la frente con un pañuelo blanco y húmedo—. Pero ¿diría lo mismo si tuviéramos en cuenta el reciente memorándum del general Peckem sobre el tema de la vestimenta militar adecuada en las zonas de combate?

—¿Peckem?

El rostro del general Dreedle se ensombreció.

—Sí señor, señor —respondió el coronel Cathcart en tono servicial—. El general Peckem incluso recomienda que enviemos a los hombres a luchar con uniforme de gala para que causen mejor impresión al enemigo cuando los derriben.

—¿Peckem? —repitió el general Dreedle, aún atónito—. ¿Y qué demonios tiene que ver Peckem con esto?

El coronel Korn volvió a propinarle un fuerte codazo al coronel Cathcart en la espalda.

—¡Absolutamente nada, señor! —contestó el coronel Cathcart con mucho miramiento, haciendo una mueca de dolor y frotándose la espalda en el punto en el que el coronel Korn le había propinado otro codazo—. Y por eso yo he decidido no emprender acción alguna al respecto hasta que se me presentara la oportunidad de discutir el tema con usted. Entonces, no debemos hacerle el menor caso, ¿verdad, señor?

El general Dreedle no le hizo el menor caso al coronel Cathcart; le volvió la espalda con evidente desdén y le entregó a Yossarian el estuche con la medalla dentro.

—Mándame a la chica —le ordenó en tono rezongón al coronel Moodus, y se quedó esperando con la cabeza gacha y el ceño fruncido hasta que su enfermera se reunió con él.

—Envíe recado al despacho ahora mismo para que destruyan las instrucciones que he sacado esta mañana ordenando que los hombres lleven corbata en las misiones de combate —le susurró el coronel Cathacart al coronel Korn en tono perentorio y torciendo la boca.

—Ya le dije que no era conveniente —replicó el coronel Korn, riendo entre dientes—, pero nunca me hace caso.

—¡Chist! —le previno el coronel Cathcart—. Maldita sea, Korn, ¿qué me ha hecho en la espalda?

El coronel Korn volvió a reírse entre dientes.

La enfermera del general Dreedle lo seguía a todas partes, incluso a la sala de instrucciones el día de la misión de Aviñón; se situó junto al estrado con su estúpida sonrisa, floreciente como un fértil oasis con su uniforme rosa y verde detrás del general Dreedle. Yossarian la miró y se enamoró de ella perdidamente. Se le cayó el alma a los pies, y se quedó vacío por dentro, petrificado, en muda contemplación de aquellos gruesos labios rojos y aquellas mejillas con hoyuelos mientras escuchaba al comandante Danby, que describía con ronroneo monótono, didáctico y masculino las fuertes concentraciones de artillería antiaérea que los esperaban en Aviñón, y de repente, gimió, desesperado, al pensar que quizá no volviera a ver a la encantadora mujer con la que jamás había cruzado una sola palabra y a la que amaba con tal frenesí. Le dolía y le vibraba el cuerpo de pena, miedo y deseo al mirarla; era tan guapa... Adoraba el suelo que ella pisaba. Se pasó la estropajosa lengua por los labios resecos y sedientos y volvió a gemir, esta vez lo bastante alto como para atraer las miradas de los hombres que estaban sentados a su alrededor en las filas de bancos de madera basta, con sus

monos de color chocolate y los blancos arneses de los paracaídas.

Nately se volvió rápidamente hacia él, espantado.

—¿Qué pasa? —susurró—. ¿Qué te ocurre?

Yossarian no lo oyó. La lujuria lo atenazaba y el pesar lo
hipnotizaba. La enfermera del general Dreedle era sólo un
poquito regordeta, y los sentidos de Yossarian estaban infla-
mados y congestionados con su radiante cabellera rubia, con
la presión redonda, no experimentada, de sus pechos núbi-
les que abultaban la camisa rosa del ejército desabrochada
en el cuello y los pliegues maduros y triangulares que formaban su vientre y sus muslos embutidos en los pantalones verdes de oficial, ceñidos y resbaladizos. La devoró insaciable,
desde la cabeza hasta las pintadas uñas de los pies. No quería perderla. «¡Aaaaaay!», volvió a gemir, y en esta ocasión
la sala entera se agitó con aquel aullido lastimero y penetrante. Se desencadenó una oleada de sorpresa y malestar entre
los oficiales, e incluso el comandante Danby, que había empezado a sincronizar los relojes, se distrajo momentáneamen-
te mientras contaba los segundos y estuvo a punto de tener
que empezar de nuevo. Nately siguió con los ojos la extática
mirada de Yossarian hasta el otro extremo del auditorio y se
topó con la enfermera del general Dreedle. Palideció, horrorizado, al adivinar qué le pasaba por la cabeza.

—Estate quieto, ¿vale? —le conminó con vehemencia.

—¡Aaaaaaaaaaaaaaaaay! —gimió Yossarian por cuarta
vez, con tal fuerza que todos lo oyeron con claridad.

—¿Te has vuelto loco? —susurró Nately furioso—. Vas
a meterte en un buen lío.

—¡Aaaaaaaaaaaaaaaay! —contestó Dunbar desde el otro
extremo de la habitación.

Nately reconoció la voz de Dunbar. La situación empezaba a desmandarse, y se volvió emitiendo un leve gemido. «¡Ay!»

—¡Aaaaaaaaaaaaaay! —gimió Dunbar a modo de respuesta.

—¡Aaaaaaaaaaaaaay! —gimió Nately muy fuerte, exasperado al darse cuenta de que acababa de gemir.

—¡Aaaaaaaaaaaaaaaaay! —le contestó Dunbar.

—¡Aaaaaaaaaaaaaaaaay! —gimió alguien distinto en otra zona de la sala, y a Nately se le pusieron los pelos de punta.

Yossarian y Dunbar contestaron mientras Nately se encogía y buscaba en vano un agujero en el que esconderse con Yossarian. Unos cuantos trataban de contener la risa. Un impulso travieso se apoderó de Nately y gimió a propósito en cuanto hubo una pausa. Le contestó otra voz distinta. La sombra de la desobediencia se extendía por la sala, y Nately volvió a gemir a propósito en la primera ocasión que se le presentó. Otra voz distinta le contestó como un eco. La habitación se convirtió en un manicomio. Se alzó un extraño rumor de voces. Los oficiales restregaban los pies y dejaban caer cosas al suelo: lápices, calculadoras, estuches de mapas, retumbantes cascos de acero. Unos cuantos hombres que no gemían se reían abiertamente, y quién sabe hasta dónde habría llegado aquella improvisada rebelión de gemidos si no la hubiera reprimido el general Dreedle, que se colocó resueltamente en el estrado frente al comandante Danby, quien, porfiadamente, con la cabeza baja, seguía concentrado en su reloj, contando «... veinticinco segundos... veinte... quince...». La cara roja y dominante del general Dreedle estaba contraída por la perplejidad, y una firme decisión tallaba sus rasgos como en madera de roble.

—Eso es todo, muchachos —ordenó secamente, los ojos destellantes de furia y la cuadrada mandíbula apretada. Y, efectivamente, eso fue todo—. Dirijo una unidad de combate —añadió con gravedad, cuando la habitación se quedó en completo silencio y los hombres sentados en los bancos se acobardaron—, y no consentiré más gemidos mientras yo esté al mando. ¿Queda claro?

Quedó claro para todo el mundo salvo para el comandante Danby, concentrado en su reloj contando los segundos en voz alta.

—¡... cuatro... tres... dos... uno... cero! —gritó, y al alzar los ojos con expresión triunfal descubrió que nadie le había prestado atención y que tenía que empezar otra vez—. ¡Ay! —gimió, frustrado.

—¿Qué ha sido eso? —bramó el general Dreedle con incredulidad al tiempo que se volvía con rabia asesina hacia el comandante Danby, que retrocedió trastabillando, confuso y aterrorizado, y se puso a temblar y a sudar—. ¿Quién es ese hombre?

—El... el comandante Danby, señor —tartamudeó el coronel Cathcart—. El oficial de operaciones.

—Sáquenlo de aquí y fusílenlo —ordenó el general Dreedle.

—¿Cómo... cómo dice, señor?

—He dicho que lo saquen de aquí y lo fusilen. ¿No me ha oído?

—Sí, señor —se apresuró a responder el coronel Cathcart, tragando saliva con fuerza; a continuación se volvió hacia su conductor y su meteorólogo—. Saquen de aquí al comandante Danby y fusílenlo.

—¿Co... cómo dice, señor? —tartamudearon el conductor y el meteorólogo.

—He dicho que saquen de aquí al comandante Danby y lo fusilen —les espetó el coronel Cathcart—. ¿No me han oído?

Los dos jóvenes tenientes asintieron bobaliconamente e intercambiaron una fláccida mirada de estupor, resistiéndose y esperando cada uno a que el otro tomara la iniciativa de sacar de allí al comandante Danby y fusilarlo. Ninguno de los dos había sacado de allí al comandante Danby ni lo había fusilado hasta entonces. Se dirigieron lentamente, dubitativos, hacia el comandante, que se había puesto blanco de miedo. De repente se le doblaron las piernas y estuvo a punto de desplomarse, pero los dos jóvenes tenientes se abalanzaron sobre él y lo sujetaron por ambos brazos. En cuanto tuvieron en su poder al comandante Danby, lo demás parecía sencillo, pero no había fusiles. El comandante Danby se echó a llorar. El coronel Cathcart sintió deseos de correr a su lado para consolarlo, pero no quería pasar por mariquita delante del general Dreedle. Recordó que Appleby y Havermeyer siempre llevaban sus automáticas del 45 a las misiones y recorrió con la mirada las filas de hombres en su busca.

Cuando el comandante Danby se echó a llorar, el coronel Moodus, que se había mantenido al margen, agitándose inquieto, no pudo contenerse y se acercó tímidamente al general Dreedle con un enfermizo aire de autosacrificio.

—Creo que deberías esperar un poco, papá —le sugirió vacilante—. Creo que no puedes fusilarlo.

Al general Dreedle lo encolerizó su intervención.

—¿Eso quién demonios lo dice? —vociferó en un tono tan alto que el edificio entero retembló. El coronel Moodus, sonrojado y avergonzado, se inclinó para susurrarle algo al oído—. ¿Y por qué demonios no puedo? —aulló el general Dreedle. El coronel Moodus volvió a susurrarle algo—. ¿Quieres decir que no puedo fusilar a quien me venga en gana? —preguntó el general Dreedle, indignado. Prestó oídos, muy interesado, y el coronel Moodus siguió susurrando—. ¿Estás seguro? —preguntó, dejando que la curiosidad venciera a la ira.

—Sí, papá. Me temo que sí.

—Supongo que te creerás muy listo, ¿verdad? —le soltó el general Dreedle a su yerno.

El coronel Moodus volvió a ponerse del color de la grana.

—No, papá, no es...

—¡Muy bien, que se marche ese insubordinado hijo de puta! —gritó el general Dreedle, dándole la espalda bruscamente a su yerno y bramando órdenes al conductor y al meteorólogo del coronel Cathcart—. Pero que lo saquen de este edificio y que no vuelva a entrar. Y vamos a continuar la sesión de instrucciones antes de que acabe la guerra. ¡En mi vida había visto tanta incompetencia!

El coronel Cathcart asintió débilmente e indicó por señas a sus hombres que sacaran de la sala al comandante Danby. En cuanto lo hubieron sacado, descubrieron que no había nadie que pudiera continuar la sesión. Todos se miraron consternados. El general Dreedle se puso rojo de ira al ver que no ocurría nada. El coronel Cathcart no sabía qué hacer. Estaba a punto de emitir un gemido cuando el coronel Korn acudió en su ayuda y se hizo con la situación. El coronel Cathcart soltó un enorme suspiro de alivio, desbordante de gratitud.

—Y ahora, muchachos, vamos a sincronizar los relojes —dijo el coronel Korn con actitud decidida, girando los ojos nerviosamente hacia el general Dreedle—. Vamos a realizar esta operación una sola vez, y si no sale bien desde el principio, el general Dreedle y yo vamos a pedir explicaciones. ¿Está claro? —Volvió a mirar al general Dreedle para comprobar si había logrado el efecto deseado—. Ahora, pongan los relojes a las nueve y dieciocho minutos.

El coronel Korn sincronizó los relojes sin la menor dificultad y continuó muy confiado. Dio a los hombres los colores del día y repasó las condiciones atmosféricas con deslumbrante agilidad, lanzando afectadas miradas de soslayo al general Dreedle para cobrar ánimos ante la excelente impresión que estaba causando. Con creciente ímpetu, recorrió el estrado muy ufano, pavoneándose; volvió a dar los colores del día e inició una vibrante charla sobre la importancia del puente de Aviñón en el plan general de la guerra y la obligación de todos los hombres de anteponer el amor a la patria al amor a la vida. Una vez concluida la inspirada disertación, volvió a dar los colores del día, subrayó el ángulo por el que debían aproximarse al objetivo y revisó de nuevo las condiciones atmosféricas. El coronel Korn se sentía en la gloria. Él sí que había puesto de relieve sus dotes de mando.

El coronel Cathcart empezó a comprenderlo poco a poco, y se quedó estupefacto ante la evidencia. Se le puso la cara larga al contemplar, envidioso, la traición del coronel Korn, y casi tuvo miedo de escuchar cuando el general Dreedle se acercó a él y le susurró con un vozarrón que habría podido oírse en toda la sala:

—¿Quién es ese hombre?

El coronel Cathcart contestó, lívido, presintiendo el desastre, y el general Dreedle se cubrió la boca con la mano y susurró algo, ante lo que el rostro del coronel Cathcart emitió destellos de inmensa alegría. El coronel Korn lo vio y se estremeció, arrobado. ¿Acabaría de ascenderlo a coronel el general Dreedle? No podía soportar la incertidumbre. Con un golpe maestro puso fin a la sesión de instrucciones y se dio la vuelta, expectante, para recibir las ardientes felicitaciones del general Dreedle, que ya iba camino de la puerta sin mirar hacia atrás, con su enfermera y el coronel Moodus a la zaga. El coronel Korn se quedó pasmado ante la decepcionante escena, pero sólo un instante. Sus ojos recayeron sobre el coronel Cathcart, que seguía muy erguido, en trance. Se precipitó hacia él, desbordante de júbilo, y le tiró de la manga.

—¿Qué le ha dicho de mí? —preguntó nervioso, regodeándose orgullosamente por anticipado—. ¿Qué ha dicho el general Dreedle?

—Quería saber quién era.

—Eso ya lo sé, pero ¿qué ha dicho? ¿Qué ha dicho de mí?

—Que le da usted asco.

22

MILO, EL ALCALDE

Aquélla fue la misión en la que Yossarian se rajó. Yossarian se rajó en la misión de Aviñón porque a Snowden le rajaron las tripas, y a Snowden le rajaron las tripas porque aquel día el piloto era Huple, que sólo tenía quince años, y el copiloto Dobbs, que era aún peor y quería que Yossarian participara en el plan para asesinar al coronel Cathcart. Huple era buen piloto, y Yossarian lo sabía, pero no era más que un crío, y a Dobbs tampoco le tenía ninguna confianza, por lo que le arrebató de repente los mandos después de haber soltado las bombas. Dobbs se volvió loco e hizo descender en picado el avión con una trayectoria ensordecedora, paralizante, indescriptible, que arrancó los auriculares de Yossarian y lo dejó colgando, impotente, del techo del morro, pegado por la coronilla.

«¡Dios mío! —chilló en silencio Yossarian al notar que caían—. ¡Dios mío! ¡Dios mío! ¡Dios mío!», chilló implorante sin poder abrir los labios mientras el avión seguía cayendo y él colgaba ingrávido, pegado al techo, hasta que Huple logró recuperar los mandos y colocó el aparato en trayectoria horizontal en el interior de aquel delirante desfiladero de artillería antiaérea que formaba un mosaico de explosiones, del que habían logrado salir y del que tendrían que volver a escapar. Casi inmediatamente se oyó un golpe sordo y se abrió un agujero del tamaño de un puño grande en el plexiglás. Las mejillas de Yossarian ardían con múltiples esquirlas relucientes. No tenía sangre.

—¿Qué ha ocurrido? ¿Qué ha ocurrido? —gritó, y se puso a temblar de un modo incontrolable al no oír su propia voz.

El vacío silencio del intercomunicador lo asustó, y el horror apenas le permitió arrastrarse como un ratón atrapado con manos y rodillas. Se quedó esperando, sin atreverse ni a respirar, hasta que al fin divisó el brillante enchufe horizontal de sus auriculares, que se balanceaba ante sus ojos, y lo conectó al receptor con dedos trémulos: «¡Dios mío! ¡Dios mío!», chillaba presa del pánico, rodeado por los fuegos artificiales de la artillería antiaérea. «¡Dios mío!»

Cuando Yossarian conectó su intercomunicador logró oír a Dobbs, que estaba llorando.

—¡Ayudadlo! ¡Ayudadlo! —suplicaba sollozante—. ¡Ayudadlo! ¡Ayudadlo!

—¿A quién? ¿A quién hay que ayudar? —gritó a su vez Yossarian.

—¡Al bombardero, al bombardero! —vociferó Dobbs—. ¡No contesta! ¡Ayudad al bombardero!

—¡Yo soy el bombardero! —le respondió Yossarian a gritos—. Yo soy el bombardero y estoy bien.

—¡Pues ayudadlo, ayudadlo! —lloriqueó Dobbs—. ¡Ayudadlo, ayudadlo!

—¿A quién?

—¡Al artillero! —imploró Dobbs—. ¡Ayudad al artillero!

—Tengo frío —gimoteó débilmente Snowden por el intercomunicador, y añadió con un lastimero quejido de agonía—: ¡Por favor, ayudadme! Tengo frío.

Y Yossarian recorrió a gatas el pasadizo, se encaramó al

compartimento de las bombas y bajó a la cola, donde vio a Snowden tendido en el suelo, herido y medio congelado en medio de una mancha de luz amarilla, junto al nuevo artillero de cola, que se había desvanecido.

Dobbs era el peor piloto del mundo y lo sabía: triste ruina del viril joven de antaño que continuamente trataba de convencer a sus superiores de que ya no era apto para pilotar un avión. Sus superiores no le hacían el menor caso, y el día que aumentaron a sesenta el número de misiones Dobbs se deslizó en la tienda de Yossarian mientras Orr estaba fuera, buscando juntas de culata, y le reveló el plan que habían concebido para asesinar al coronel Cathcart. Necesitaba la colaboración de Yossarian.

—¿Quieres que lo matemos a sangre fría? —objetó Yossarian.

—Exactamente —replicó Dobbs con una sonrisa optimista, animado al ver que Yossarian había comprendido inmediatamente la situación—. Lo mataremos con la Luger que me traje de Sicilia y que nadie sabe que tengo.

—No creo que yo pudiera hacerlo —decidió Yossarian, tras sopesar la idea en silencio unos momentos.

Dobbs se quedó atónito.

—¿Por qué?

—Mira, nada me gustaría más que saber que ese hijo de perra se ha partido la crisma o que se ha matado en un accidente o que alguien le ha pegado un tiro, pero no creo que yo pudiera matarlo.

—Él te matará a ti, entonces —argumentó Dobbs—. Precisamente fuiste tú quien me dijo que acabaría matándonos a base de misiones de combate.

—Pero no creo que yo pudiera hacerlo. Supongo que también él tiene derecho a vivir.

—No mientras siga privándonos a ti y a mí de ese derecho. ¿Se puede saber qué te pasa? —Dobbs estaba pasmado—. Te he oído mantener la misma discusión con Clevinger, y mira lo que le ocurrió a él. Desapareció en una nube.

—Deja de gritar, ¿quieres? —le rogó Yossarian bajando la voz.

—¡No estoy gritando! —gritó Dobbs más fuerte, con la cara roja de fervor revolucionario. Le lagrimeaban los ojos y le caía líquido de la nariz, y tenía el palpitante labio inferior salpicado de un rocío espumoso—. Debe de haber casi cien hombres en el escuadrón que habían cumplido cincuenta y cinco misiones cuando aumentó el número a sesenta, y al menos otros cien a los que sólo les quedaban un par de ellas, como a ti. Nos matará a todos si le dejamos salirse con la suya. Tenemos que matarlo antes.

Yossarian asintió, inexpresivo, sin comprometerse.

—¿Y crees que no nos descubrirían?

—Lo tengo todo calculado. Yo...

—¡Por lo que más quieras, deja de gritar!

—No estoy gritando. Lo tengo...

—¡Que dejes de gritar!

—Lo tengo todo calculado —susurró Dobbs, aferrándose al catre de Orr con los nudillos blancos de tanto apretar las manos para impedir que le temblaran—. El jueves por la mañana, cuando vuelva de esa maldita granja que tiene en las montañas, me escurriré por el bosque hasta esa curva cerrada y me esconderé entre los matorrales. Allí tiene que reducir la velocidad, y yo puedo vigilar la carretera para asegurarme de que no hay nadie. Cuando lo vea llegar, colocaré un tronco gordo en mitad de la carretera y tendrá que pararse. Entonces saldré de mi escondite con la Luger y le dispararé en la cabeza hasta matarlo. Enterraré el arma, volveré al escuadrón por el bosque y me pondré a hacer mis cosas como todos los demás. Es imposible que salga mal.

Yossarian había seguido la explicación paso a paso, muy atento.

—¿Y para qué me necesitas a mí? —preguntó, confuso.

—No podría hacerlo sin ti —contestó Dobbs—. Tienes que decirme que lo ponga en práctica.

A Yossarian le costaba trabajo creerlo.

—¿Eso es lo único que quieres que haga? ¿Sólo que te diga que lo pongas en práctica?

—Sólo eso —le aseguró Dobbs—. Sólo con que me lo digas le saltaré la tapa de los sesos pasado mañana. —Se había exaltado y volvió a alzar la voz—. Ya puestos, también me gustaría pegarle un tiro en la cabeza al coronel Korn, pero preferiría perdonar al comandante Danby, si no te parece mal. Después asesinaría a Appleby y a Havermeyer y, por último, me gustaría matar a McWatt.

—¿A McWatt? —gritó Yossarian, dando un respingo—. McWatt es amigo mío. ¿Qué te ha hecho McWatt?

—No sé —dijo Dobbs con expresión de desconcierto—. Pensaba que, total, si íbamos a matar a Appleby y Havermeyer, también podíamos matar a McWatt. ¿A ti no te apetece?

Yossarian adoptó una postura firme.

—Mira, a lo mejor me sigue interesando el tema si dejas de gritar para que se entere toda la isla y te conformas con matar al coronel Cathcart, pero si va a resultar un baño de sangre, olvídate de mí.

—De acuerdo, de acuerdo —dijo Dobbs para aplacarlo—. Sólo al coronel Cathcart. ¿Lo hago? Dime que sí.

Yossarian sacudió la cabeza.

—Creo que no puedo decirte que lo hagas.

Dobbs estaba frenético.

—Estoy dispuesto a comprometerme —declaró con vehemencia—. Dime al menos que es una buena idea, ¿vale? ¿Es una buena idea?

Yossarian seguía sacudiendo la cabeza.

—Habría sido una idea estupenda si lo hubieras hecho sin decirme ni media palabra, pero ahora es demasiado tarde. Creo que no puedo decirte nada. Dame más tiempo, y quizá cambie de opinión.

—Entonces sí será demasiado tarde.

Yossarian seguía moviendo la cabeza. Dobbs estaba decepcionado. Se quedó sentado unos momentos con expresión de agravio y de repente se puso de pie y salió a grandes zancadas con intención de armar otro escándalo ante el doctor Danika para que le diera la baja. Al darse la vuelta bruscamente se golpeó la cadera con el lavabo de Yossarian y tropezó con la tubería del combustible de la estufa que Orr aún no había terminado de instalar. El doctor Danika resistió el impetuoso y gesticulante ataque de Dobbs con una serie de asentimientos impacientes y lo envió a la enfermería a que les describiera los síntomas a Gus y Wes, quienes le pintaron las encías de violeta con una solución de genciana en cuanto empezó a hablar. También le pintaron los dedos de los pies del mismo color; le metieron un laxante gaznate abajo cuando volvió a abrir la boca para protestar, y por último lo echaron.

Dobbs se encontraba en peor estado incluso que Joe *el Hambriento*, que al menos podía cumplir misiones cuando no tenía pesadillas. Dobbs estaba casi tan mal como Orr, que parecía más feliz que unas castañuelas enanas con su risa forzada de demente y sus deformes dientes de caballo y que recibió un permiso en el que acompañó a Milo y a Yossarian en el viaje a El Cairo para comprar huevos; pero Milo acabó comprando algodón y despegaron a la mañana siguiente rumbo a Estambul, con el avión lleno hasta las torretas de las ametralladores de arañas exóticas y plátanos rojos sin madurar. Orr era uno de los monstruos más simpáticos con los que se había topado Yossarian, y también uno de los más atractivos. Tenía la cara basta e hinchada, con unos ojos de color castaño que daban la impresión de ir a salírsele de las órbitas en cualquier momento, como dos mitades de canicas marrones idénticas, y una cabellera espesa y ondulada, que la raya dividía en dos zonas de color distinto y que se le arremolinaba en la frente como un penacho engominado. A Orr lo derribaban y caía al mar o le estropeaban un motor casi siempre que emprendía un vuelo, y se puso a tirarle de la manga a Yossarian como un loco cuando despegaron camino de Nápoles y aterrizaron en Sicilia al ver al intrigante chulo de diez años que fumaba puros con las dos hermanas vírgenes de doce años que los esperaban delante del hotel en el que sólo Milo encontró habitación. Yossarian se deshizo de Orr, molesto, contemplando con cierta perplejidad el monte Etna en lugar del Vesubio, preguntándose qué hacían en Sicilia en lugar de en Nápoles, mientras Orr no paraba de instarle, riendo, tartamudeando de pura concupiscencia, a que siguieran al intrigante chulo y a las dos hermanas vírgenes de doce años que en realidad no eran vírgenes ni hermanas y que en realidad sólo tenían veintiocho años.

—Vete con él —le conminó lacónicamente Milo—. Acuérdate de tu misión.

—Está bien —cedió Yossarian con un suspiro, al acordarse de su misión—. Pero al menos déjame que encuentre habitación primero para dormir decentemente después.

—Dormirás estupendamente con las chicas —replicó Milo con el mismo aire de conspirador—. Recuerda tu misión.

Pero no durmieron nada, porque Yossarian y Orr acabaron en la misma cama doble con las dos prostitutas de doce-veintiocho años, que resultaron ser grasientas y obesas y que no pararon de despertarlos durante toda la noche para pedirles que cambiaran de pareja. Al poco rato las percepciones de Yossarian eran tan borrosas que no prestó la menor atención al turbante de color crema que llevaba la gorda que se había pegado a él hasta últimas horas de la mañana siguiente, cuando el taimado chulo de diez años con un habano en la boca se lo arrancó en público, dominado por un capricho bestial, y dejó al descubierto, a la brillante luz del día siciliano, su cráneo deforme y desnudo. Unos vecinos le habían afeitado la cabeza y se la habían dejado como una bombilla en venganza por haberse acostado con alemanes. La chica, ultrajada en su feminidad, corría cómicamente tras el taimado chulo de diez años, su espeluznante y desolado y violado cráneo sobresaliendo del extraño rostro oscuro como una verruga desteñida y obscena. Yossarian no había visto en su vida nada tan indigente. El chulo enarbolaba en alto el turbante, como un trofeo, adelantándose unos centímetros a las yemas de los dedos de la mujer y obligándola a girar en círculo, hipnotizada, en torno a la plaza atestada de gente que se moría de la risa y señalaba burlonamente a Yossarian. En ese momento apareció Milo, con severa expresión de prisa, y frunció los labios ante el indecoroso espectáculo de vicio y frivolidad. Se empeñó en partir inmediatamente hacia Malta.

—Tenemos sueño —se lamentó Orr.

—La culpa es vuestra —les recriminó Milo farisaicamente—. Si hubierais pasado la noche en el hotel y no con esas desvergonzadas, os sentiríais tan bien como yo.

—Tú nos dijiste que nos fuéramos con ellas —replicó Yossarian en tono acusador—. Y no teníamos habitación. Tú has sido el único que ha podido dormir tranquilamente.

—Tampoco eso es culpa mía —les explicó Milo, altanero—. ¿Cómo iba yo a saber que vendrían todos los compradores a por la cosecha de garbanzos?

—Claro que lo sabías —le reprochó Yossarian—. Y eso explica por qué hemos venido a Sicilia en lugar de ir a Nápoles. Seguramente habrás llenado el avión de garbanzos.

—¡Chist! —le recriminó Milo con gesto severo, lanzando una mirada de soslayo a Orr—. Acuérdate de tu misión.

El compartimento de las bombas, la cola del aparato y la mayor parte de la torreta superior estaban llenos de cestos de garbanzos cuando llegaron al aeropuerto para partir hacia Malta.

La misión de Yossarian en aquel viaje consistía en distraer a Orr para que no se enterara de dónde compraba Milo los huevos, a pesar de que Orr pertenecía a la cooperativa y, como todos los demás, era accionista. A Yossarian la misión le parecía una estupidez, ya que de todos era sabido que Milo compraba los huevos en Malta a siete centavos la unidad y los vendía en los comedores de la base a través de la cooperativa a cinco centavos la unidad.

—Es que no me fío de él —murmuró Milo sombríamente en el avión, señalando con la cabeza a Orr, que estaba enrollado como una cuerda revuelta y apoyado contra los cestos de garbanzos, tratando desesperadamente de dormir—, y prefiero comprar los huevos cuando él no ande cerca. No quiero que se entere de mis secretos comerciales. Aparte de eso, ¿qué es lo que no entiendes?

Yossarian se había acomodado junto a Milo, en el asiento del copiloto.

—No entiendo por qué compras huevos a siete centavos la unidad en Malta y los vendes a cinco.

—Para obtener ganancias.

—Pero ¿cómo puedes ganar nada? Pierdes dos centavos en cada huevo.

—Pero gano tres centavos y un cuarto por huevo al vendérselo a cuatro y un cuarto a la gente de Malta a la que se los compro a siete centavos la unidad. Naturalmente, no soy yo quien obtiene la ganancia, sino la cooperativa, y todos ganan algo.

Yossarian pensó que empezaba a comprender.

—Y la gente a la que le vendes los huevos a cuatro centavos y cuarto la unidad ganan dos centavos y cuarto por unidad cuando te los vuelven a vender a ti a siete centavos la unidad, ¿no es eso? ¿Por qué no te vendes a ti directamente los huevos y prescindes de la persona a la que se los compras?

—Porque la persona a la que se los compro soy yo —le explicó Milo—. Obtengo una ganancia de dos centavos y tres cuartos por unidad cuando me los vuelvo a comprar a mí. Sólo pierdo dos centavos en cada huevo al vendérselos a los comedores de la base a cinco centavos la unidad, y así es como gano algo comprándolos a siete centavos la unidad y vendiéndolos a cinco. Sólo le pago un centavo por unidad a la gallina cuando compro los huevos en Sicilia.

—En Malta —le corrigió Yossarian—. Compras los huevos en Malta, no en Sicilia.

Milo se echó a reír, orgulloso.

—No los compro en Malta —confesó, con cierto aire de júbilo clandestino, la única desviación de la sobriedad industriosa que Yossarian había observado jamás en él—. Los compro en Sicilia a un centavo la unidad y los llevo en secreto a Malta, donde los vendo a cuatro centavos y medio la unidad para subir el precio a siete centavos cuando la gente viene a buscarlos a Malta.

—¿Y por qué vienen a buscarlos a Malta si aquí son tan caros?

—Porque es lo que han hecho siempre.

—¿Por qué no los compran en Sicilia?

—Porque nunca lo han hecho.

—Ahora sí que no entiendo nada. ¿Por qué no vendes los huevos a los comedores a siete centavos la unidad en lugar de a cinco?

—Porque entonces los comedores no me necesitarían.

Cualquiera puede comprar huevos de siete centavos la unidad a siete centavos.

—¿Y por qué no te superas y te compras los huevos directamente a ti en Malta a cuatro centavos y cuarto la unidad?

—Porque entonces no se los vendería a ellos.

—¿Por qué no?

—Porque entonces no obtendría tantas ganancias. De este modo, al menos gano un poquito como intermediario.

—O sea, que tú te quedas con las ganancias —replicó Yossarian.

—Pues claro. Pero todo va a parar a la cooperativa, y allí todo el mundo tiene su participación. ¿No lo entiendes? Es lo mismo que pasa con los tomates que le vendo al coronel Cathcart.

—Querrás decir que le compras —le corrigió Yossarian—. No les vendes tomates al coronel Cathcart y al coronel Korn. Se los compras.

—No, se los vendo —le corrigió a su vez Milo—. Yo distribuí los tomates en los mercados de Pianosa con nombre falso para que el coronel Cathcart y el coronel Korn me los compraran bajo nombre falso a cuatro centavos la pieza. Obtienen una ganancia de un centavo por unidad, y yo de tres centavos y medio, o sea que todo el mundo sale ganando.

—Todos menos la cooperativa —replicó burlonamente Yossarian—. La cooperativa paga los tomates a cinco centavos la unidad, y a ti sólo te cuestan medio centavo. ¿Qué ganancia obtiene?

—La cooperativa obtiene ganancias cuando las obtengo yo —le explicó Milo—, porque todos tienen una participación. Y además, cuenta con el apoyo del coronel Cathcart y el coronel Korn, que me dejan hacer viajes como éste. Ya verás hasta qué punto se puede ganar dinero dentro de unos quince minutos, cuando aterricemos en Palermo.

—En Malta —le corrigió Yossarian—. Vamos a Malta, no a Palermo.

—No, vamos a Palermo —replicó Milo—. Tengo que ir allí a ver a un exportador de endibias para hablar sobre un cargamento de champiñones destinado a Berna que se ha estropeado por el moho.

—¿Cómo lo haces, Milo? —preguntó Yossarian riendo, sorprendido y admirado—. Cargas un avión para ir a un sitio y vas a otro. ¿No te echan los perros los de las torres de control?

—Todos pertenecen a la cooperativa —dijo Milo—. Y saben que lo que le conviene a la cooperativa también le conviene al país, porque así es como funciona Estados Unidos. Además, también ellos son accionistas y por eso hacen cuanto pueden para ayudarla.

—¿Yo también tengo una participación?

—Como todo el mundo.

—¿Y Orr?

—Como todo el mundo.

—¿Y Joe *el Hambriento*? ¿También tiene una participación?

—Como todo el mundo.

—Vaya, vaya —murmuró Yossarian, profundamente impresionado ante la idea de participar en algo por primera vez en su vida.

Milo se volvió hacia él con un leve destello de malicia en los ojos.

—Tengo un plan infalible para robarle seis mil dólares al gobierno federal. Podemos sacar tres mil por barba sin correr ningún riesgo. ¿Te interesa?

—No.

Milo miró a Yossarian emocionado.

—¡Eso es lo que más me gusta de ti! —exclamó—. ¡Que

eres honrado! Eres la única persona que conozco en la que realmente puedo confiar. Por eso me gustaría que me ayudaras en otras cosas. De verdad, me decepcionó muchísimo que ayer te marcharas con esas dos putas de Catania.

Yossarian se quedó mirando a Milo con incredulidad.

—Milo, tú me dijiste que me fuera con ellas. ¿Es que no te acuerdas?

—No fue culpa mía —respondió Milo muy digno—. Tenía que deshacerme de Orr en cuanto llegáramos a la ciudad. En Palermo todo será diferente. Cuando aterricemos, quiero que Orr y tú os marchéis con las chicas inmediatamente, desde el aeropuerto.

—¿Con qué chicas?

—He llamado por radio y he contratado a un chulo de cuatro años para que os lleve a dos vírgenes de ocho años que son medio españolas. Os esperará en el aeropuerto en un coche. Id con él en cuanto bajéis del avión.

—¡Ni hablar! —exclamó Yossarian, sacudiendo la cabeza—. Pienso irme a dormir.

Milo se puso lívido de indignación; la nariz larga y delgada vibró espasmódicamente entre las negras cejas y el desequilibrado bigote, entre anaranjado y castaño, titiló como la pálida llama de una vela.

—Acuérdate de tu misión, Yossarian —le recordó respetuosamente.

—A la mierda mi misión —respondió Yossarian con indiferencia—. Y a la mierda la cooperativa, por mucha participación que yo tenga. No quiero vírgenes de ocho años, aunque sean medio españolas.

—No me extraña. Pero esas vírgenes de ocho años en realidad sólo tienen treinta y dos. Y no son medio españolas. Tienen un tercio de sangre estonia.

—No tengo el menor interés en las vírgenes.

—Y ni siquiera lo son —añadió Milo en tono persuasivo—. La que he elegido para ti estuvo casada una corta temporada con un maestro bastante mayor que sólo se acostaba con ella los domingos, o sea, que está prácticamente a estrenar.

Pero Orr también tenía sueño, y Yossarian y él iban al lado de Milo cuando se dirigieron en coche a la ciudad de Palermo desde el aeropuerto y descubrieron que no había habitación para ninguno de los dos en el hotel, y algo aún más importante, que Milo era alcalde.

La insólita recepción que dispensaron a Milo empezó en el aeropuerto, donde los trabajadores civiles que lo reconocían interrumpían sus tareas para mirarlo, tratando de dominar su exuberante expresión de adulación. La noticia de su inminente llegada circuló por la ciudad antes del aterrizaje, y en los alrededores del aeropuerto se agolparon grandes multitudes de ciudadanos que lo vitorearon mientras pasaba rápidamente en el pequeño camión descubierto. Yossarian y Orr estaban asombrados y mudos, y se apretaban contra Milo en busca de protección.

A medida que se internaban en el centro de la ciudad crecía la algarabía ante la llegada de Milo, y el camión redujo la velocidad. Las aceras estaban plagadas de niños a los que habían dado vacaciones ese día, agitando banderitas. Yossarian y Orr no daban crédito a sus ojos. Las calles desbordaban de muchedumbres alborozadas, y de los edificios colgaban enormes carteles con la fotografía de Milo. Había posado para ella con una blusa parda de campesino de cuello alto y redondo, y su semblante escrupuloso y paternal presentaba una expresión tolerante, juiciosa y crítica, mirando omnisciente al populacho con su indisciplinado bigote y sus ojos desparejos. Desde las ventanas le enviaban besos los inválidos. Los tenderos con sus mandiles aplaudían extáticos desde la puer-

335

ta de sus establecimientos. Las tubas trompeteaban. Aquí y allá una persona caía al suelo y moría aplastada. Viejas sollozantes se abrían paso a codazos hasta el camión para tocar el hombro de Milo o estrecharle la mano. Milo recibía los tumultuosos homenajes con benevolente elegancia. Devolvía todos los saludos y repartía generosamente besos, como envueltos en papel de aluminio. Lo seguían filas enteras de robustos chicos y chicas con los brazos entrelazados, entonando con voz ronca y ojos velados por la adoración «¡Mi-lo! ¡Mi-lo! ¡Mi-lo!».

Ahora que su secreto había salido a la luz, Milo se relajó con Yossarian y Orr y se puso más ancho que largo, desbordante de tímido orgullo. Sus mejillas adquirieron el color de la carne. Lo habían elegido alcalde de Palermo —y de las cercanas localidades de Carini, Monreale, Bagheria, Termini Imerese, Cefali, Mistretta y Nicosia— por haber llevado whisky escocés a Sicilia.

Yossarian estaba asombrado.

—¿Tanto les gusta el whisky?

—Aquí ni lo prueban —le explicó Milo—. El whisky escocés es muy caro, y esta gente muy pobre.

—Entonces, ¿por qué lo importas a Sicilia si nadie lo bebe?

—Para subir los precios. Traigo el whisky de Malta para obtener más ganancias al volvérmelo a vender a mí mismo para otras personas. Actualmente, Sicilia es el tercer exportador de whisky escocés más importante del mundo, y por eso me han elegido alcalde.

—Ya que eres un pez gordo, ¿por qué no nos buscas habitación en algún hotel? —rezongó con impertinencia Orr, en un tono cargado de cansancio.

Milo respondió contrito:

—Eso es lo que pensaba hacer —les prometió—. Siento mucho no haber llamado antes por radio para reservaros habitación. Venid a mi despacho y hablaré con el teniente de alcalde.

El despacho de Milo era una barbería, y el teniente de alcalde un barbero gordito de cuyos obsequiosos labios desbordaban los cordiales saludos como la espuma de la taza que estaba preparando para afeitar a Milo.

—Bueno, Vittorio —dijo Milo, arrellanándose perezosamente en uno de los sillones—, ¿cómo han ido las cosas en mi ausencia?

—Muy mal, *signor* Milo. Pero ahora que ha vuelto, todo el mundo está contento.

—¿Te has fijado en la cantidad de gente que hay? ¿Cómo es posible que todos los hoteles estén llenos?

—Porque ha venido mucha gente de otros pueblos a verlo a usted, *signor* Milo, y también los vendedores de la subasta de alcachofas.

Milo alzó una mano vertiginosamente, como el vuelo de un águila, y detuvo la brocha de Vittorio.

—¿Qué son las alcachofas? —preguntó.

—¿Las alcachofas, *signor* Milo? La alcachofa es una verdura muy sabrosa y muy conocida en todas partes. Tiene que probarla ya que está aquí, *signor* Milo. Nosotros tenemos las mejores del mundo.

—¿De verdad? —dijo Milo—. ¿A cuánto está la alcachofa este año?

—Parece que va a ser un año muy bueno, porque la cosecha ha sido mala.

—¿En serio? —murmuró Milo, y acto seguido salió disparado, deslizándose del sillón con tal celeridad que el paño de rayas que le había puesto Vittorio mantuvo la forma de su cuerpo unos segundos antes de desplomarse sobre el asiento.

Cuando Yossarian y Orr se precipitaron hacia la puerta, Milo había desaparecido.

—¡El siguiente! —vociferó el teniente de alcalde—. ¿Quién es el siguiente?

Yossarian y Orr se alejaron de la barbería con aire abatido. Abandonados por Milo, deambularon en solitario por entre las masas desbordantes de júbilo buscando un sitio en el que dormir. Yossarian estaba agotado. Le latía la cabeza con un dolor sordo, debilitante, y saltaba a la primera de cambio contra Orr, que había encontrado no se sabía dónde dos manzanas silvestres y se las había metido en la boca. Pero de repente Yossarian se dio cuenta y lo obligó a sacárselas. A continuación Orr encontró dos castañas de Indias y se las metió en la boca, hasta que Yossarian lo vio y le dijo en tono cortante que se las quitara. Orr sonrió y replicó que no eran manzanas, sino castañas de Indias, y que no las llevaba en la boca, sino en las manos; pero Yossarian no entendió ni media palabra porque llevaba castañas de Indias en la boca, y lo obligó a sacárselas. Una chispa de astucia destelló en los ojos de Orr. Se frotó bruscamente la frente con los nudillos, como presa de un sopor alcohólico, y soltó una risita obscena.

—¿Te acuerdas de aquella chica...? —se calló para soltar otra risita obscena—. ¿Te acuerdas de aquella chica que me pegó en la cabeza con un zapato en el piso de Roma, mientras los dos estábamos desnudos? —le preguntó con expresión de astuta expectación—. Si dejas que me ponga otra vez las castañas en la boca, te contaré por qué me pegaba. ¿Trato hecho?

Yossarian asintió, y Orr le contó la fantástica historia de por qué le pegaba la chica desnuda del apartamento de la puta de Nately, pero Yossarian no entendió ni media palabra porque había vuelto a meterse las castañas en la boca. Yossarian se partía de risa, exasperado, por el truco, pero al final, cuando cayó la noche, se tuvieron que conformar con una cena recalentada en un restaurante sucio. Después, alguien los acercó en coche al aeropuerto, y durmieron en el helado suelo de metal del avión, dando mil vueltas, hasta que irrumpieron los conductores de los camiones con cajones, al cabo de menos de dos horas, y los echaron mientras cargaban el aparato. Empezó a llover a cántaros. Cuando se marcharon los camiones, Yossarian y Orr estaban calados hasta los huesos, y no les quedó más remedio que volver al avión y encogerse como anchoas temblorosas entre los traqueteantes cajones de alcachofas que Milo llevó a Nápoles al amanecer y cambió por canela en rama, clavo, vainilla y granos de pimienta. Ese mismo día llevó el cargamento a Malta, donde descubrieron que era vicegobernador general. Tampoco en Malta había habitaciones ni para Yossarian ni para Orr. Milo era el comandante sir Milo Minderbinder, y disponía de un despacho gigantesco en el edificio del gobierno. El escritorio de caoba era inmenso, y en uno de los paneles de roble de la pared, entre banderas británicas, colgaba una fotografía muy llamativa, dramática, de sir Milo Minderbinder con uniforme de gala de los Reales Fusileros de Gales. En aquella fotografía llevaba el bigote recortado y estrecho, tenía la barbilla como cincelada y los ojos penetrantes como agujas. Le habían armado caballero, nombrado comandante de los Reales Fusileros de Gales y vicegobernador de Malta por haber introducido allí el comercio de huevos. Generoso, dio permiso a Yossarian y a Orr para que pasaran la noche sobre la gruesa alfombra de su despacho, pero al poco rato de haberse marchado apareció un centinela de uniforme que los echó del edificio a punta de bayoneta. Agotados, se dirigieron al aeropuerto en un taxi cuyo amargado conductor les cobró de más, y volvieron a acostarse en el avión, que estaba lleno de goteantes sacos de arpillera con cacao y café y que apestaba de tal forma que, a primera hora de la mañana, cuando llegó Milo, fresco como una lechuga, los encontró vomitando junto al tren de aterrizaje. Acto seguido despegaron rumbo a Orán, donde tampoco había habitación para Yossarian ni para Orr y donde Milo ocupaba el cargo de vicesah. Milo tenía a su disposición un suntuoso alojamiento en un palacio de color rosa salmón, pero a Yossarian y a Orr no les permitieron acompañarlo por ser infieles cristianos. Fueron detenidos en la puerta por unos pantagruélicos guardias bereberes armados de cimitarras que los obligaron a marcharse. Orr no paraba de estornudar debido a un terrible resfriado. Yossarian iba con la ancha espalda encorvada y dolorida. Le habría gustado partirle la cara a Milo, pero Milo era vicesah de Orán, y su persona sagrada. Pero Milo no era sólo vicesah de Orán, sino también califa de Bagdad, imán de Damasco y jeque de Arabia. Era dios del maíz, de la lluvia y del arroz en diversos parajes remotos en los que gentes ignorantes y supersticiosas aún rendían culto a tan burdos dioses, y según les confesó con una modestia muy apropiada a las circunstancias, en las profundidades de las selvas africanas podían verse grandes imágenes talladas de su bigotudo rostro sobre primitivos altares de piedra salpicados de sangre humana. Por cualquier sitio que pasaran rendían honores a Milo, y los vítores y las aclamaciones se sucedieron ciudad tras ciudad hasta que, atravesando Oriente Medio, llegaron a El Cairo, donde Milo acaparó el mercado del algodón que nadie quería, operación que lo dejó al borde de la ruina. Al menos, Yossarian y Orr encontraron habitación en El Cairo. Tenían camas blandas con gruesas almohadas de plumas y sábanas limpias y crujientes. Había armarios con perchas para la ropa. Había agua para lavarse. Se frotaron los cuerpos rancios y hostiles hasta dejárselos rojos en una bañera de agua humeante y salieron del hotel con Milo para comer gambas y *filet mignon* en un restaurante muy bueno, en cuyo vestíbulo había un teletipo que precisamente en aquel momento tintineaba con la última cotización del algodón egipcio. Milo le preguntó al jefe de camareros qué máquina era aquélla. Nunca había imaginado que pudiera existir algo tan maravilloso como un teletipo que transmitiese las cotizaciones de bolsa.

—¿De verdad? —exclamó cuando el jefe de camareros hubo acabado de explicárselo—. ¿Y a cuánto se vende el algodón egipcio?

El jefe de camareros se lo dijo, y Milo compró toda la cosecha.

Pero a Yossarian no le asustó tanto el algodón egipcio que había adquirido Milo como los racimos de plátanos rojos todavía verdes que había descubierto en el mercado indígena cuando se dirigían a la ciudad, y sus temores se confirmaron, porque Milo lo despertó de su profundo sueño justo a las doce y le plantó delante un plátano a medio pelar. Yossarian reprimió un sollozo.

—Pruébalo —le instó Milo, acosando insistente la cara angustiada de Yossarian con el plátano.

—Milo, eres un hijo de puta —gimió Yossarian—. Tengo que dormir.

—Cómetelo y dime si es bueno —se empeñó Milo—. No le digas a Orr que te lo he dado. A él le he cobrado dos piastras.

Yossarian se comió el plátano dócilmente y cerró los ojos tras decirle a Milo que era bueno, pero él volvió a despertarlo y le ordenó que se vistiera con la mayor rapidez posible, porque partían inmediatamente para Pianosa.

—Orr y tú tenéis que cargar los plátanos en el avión ahora mismo —le explicó—. El vendedor me ha dicho que tengáis cuidado con las arañas cuando cojáis los racimos.

—Milo, ¿no podemos esperar hasta mañana? —le suplicó Yossarian—. Tengo que dormir.

—Maduran muy rápidamente —contestó Milo—, y no podemos perder ni un minuto. Piensa en lo contentos que se van a poner en el escuadrón cuando les demos los plátanos.

Pero en el escuadrón no vieron ni un solo plátano, porque había un mercado de este producto en Estambul donde Milo los vendió, y otro mercado en Beirut donde compró semillas de sésamo que llevó a Bengasi, y al cabo de seis días, cuando expiró el permiso de Orr y llegaron jadeantes a Pianosa, llevaban un cargamento de excelentes huevos blancos de Sicilia. Milo dijo que eran de Egipto y los vendió en los comedores a sólo cuatro centavos la unidad, de modo que todos los comandantes de la cooperativa le imploraron que volviera a toda velocidad a El Cairo a buscar más plátanos rojos todavía verdes para cambiarlos en Turquía por semillas de sésamo, tan apreciadas en Bengasi. Y todos participaron en las ganancias.

23

EL VIEJO DE NATELY

El único hombre del escuadrón que llegó a ver algún plátano fue Aarfy, que obtuvo dos gracias a un influyente miembro de su asociación que pertenecía al servicio de intendencia, cuando la fruta maduró y empezó a distribuirse en Italia por los canales normales del mercado negro y que estaba en el piso de los oficiales con Yossarian la noche que Nately encontró al fin a su puta tras varias semanas de infructuosa búsqueda y la convenció para que volviera a la casa con otras dos amigas prometiéndoles treinta dólares a cada una.

—¿Treinta dólares a cada una? —repitió Aarfy con calma, manoseando a las tres chicas que se estaban desnudando con el aire escéptico de un experto rezongón—. Es mucho dinero para un género como éste. Además, yo no les pago jamás.

—No te estoy pidiendo que pagues tú —se apresuró a explicarle Nately—. Yo pagaré a las tres. Lo único que quiero es que vosotros vayáis con las otras dos. ¿Es que no vais a echarme una mano?

Aarfy sonrió con afectación y sacudió su redonda y blanda cabeza.

—Nadie tiene que pagar por Aarfy. Puedo conseguir lo

que quiera y en el momento que quiera. Simplemente, ahora no estoy de humor.

—¿Por qué no les pagas a las tres y despides a las otras dos? —sugirió Yossarian.

—Porque entonces la mía se enfadará conmigo por hacerle trabajar —replicó Nately dirigiendo una mirada angustiada a su chica, que lo contemplaba con expresión furiosa, murmurando algo—. Dice que si la quisiera de verdad debería dejarla marchar y acostarme con una de las otras.

—Se me ocurre una idea mejor —comentó Aarfy muy ufano—. ¿Por qué no se quedan aquí las tres hasta el toque de queda y después las amenazamos con echarlas a la calle para que las detengan a menos que nos den todo el dinero que llevan? Incluso podríamos amenazarlas con tirarlas por la ventana.

—¡Aarfy!

Nately estaba espantado.

—Sólo quería ayudar —replicó Aarfy avergonzado. Aarfy siempre intentaba ayudar a Nately porque su padre era rico y conocido y se encontraba en una situación excelente para ayudar a Aarfy cuando acabara la guerra—. Bueno, bueno —se defendió quejumbroso—. En el colegio hacíamos continuamente cosas así. Recuerdo un día que engañamos a aquellas dos tontas del instituto para que fueran al club de estudiantes y las obligamos a desnudarse para todos los que quisieran, amenazándolas con llamar a sus padres y contarles lo que estaban haciendo. Las tuvimos en la cama más de diez horas. Incluso les dimos unos cachetes cuando se quejaron. Después les quitamos todas las monedas y el chicle que llevaban y lo tiramos. ¡Qué bien nos lo pasábamos en aquel club! —recordó pacíficamente, sus gruesas mejillas encendidas por el calor rubicundo y jovial de la nostalgia—. Condenábamos al ostracismo a todo el mundo, incluso entre nosotros mismos.

Pero Aarfy no le sirvió de ninguna ayuda a Nately: la chica de la que estaba tan profundamente enamorado se puso a insultarlo con creciente rencor. Por suerte, en aquel preciso momento irrumpió Joe *el Hambriento* en la habitación, y las aguas volvieron a su cauce; pero Dunbar entró trastabillando, borracho, al cabo de unos minutos y se puso a abrazar a una de las chicas, que no paraba de reírse como una boba. Había, por tanto, cuatro hombres y tres chicas, y los siete dejaron a Aarfy en la casa y cogieron un coche de caballos, que no se movió del bordillo de la acera durante un rato porque las chicas querían cobrar por adelantado. Nately les dio noventa dólares con gesto galante, tras haberles pedido prestados veinte a Yossarian, treinta y cinco a Dunbar y diecisiete a Joe *el Hambriento*. A partir de entonces las chicas adoptaron una actitud más amable y le gritaron una dirección al cochero, que los llevó al trote por media ciudad y se detuvo en un barrio que los soldados no conocían, ante un edificio alto y antiguo de una oscura calle. Los cuatro hombres siguieron a las chicas por cuatro largos tramos de empinadas escaleras de madera crujiente y todos entraron en un resplandeciente piso, que desbordaba milagrosamente con una infinita marea de chicas guapas, jóvenes y desnudas y que también albergaba al viejo libertino que tanto irritaba a Nately con su constante risa cáustica y a la cloqueante vieja puritana del jersey gris ceniza que censuraba las inmoralidades que allí ocurrían y que hacía todo lo posible por mantener el lugar en orden.

Aquella asombrosa casa era una fértil y hormigueante cornucopia de pezones y ombligos femeninos. Al principio, sólo estaban las tres chicas, en el comedor débilmente iluminado por una luz parduzca, situado en la confluencia de tres mugrientos pasillos que llevaban hasta las lejanas alcobas de aquel extraño y prodigioso burdel. Las muchachas se desnudaron de inmediato, deteniéndose en su tarea de vez en cuando para hacer algún comentario, muy orgullosas, sobre su chillona ropa interior, y sin parar de bromear con el demacrado viejo de pelo largo y blanco y desaliñada camisa blanca abierta hasta la cintura, que estaba sentado en un desvencijado sillón azul casi en el centro exacto de la habitación y que recibió a Nately y sus compañeros con sardónica y burlona educación. La vieja salió para buscarle una chica a Joe *el Hambriento*, hundiendo insidiosamente la triste cabeza entre los hombros, y regresó con dos bellezas de pecho enorme, una ya desnuda y la otra con unas bragas rosas transparentes que se quitó mientras se sentaba. Aparecieron, una tras otra, tres chicas más, igualmente desnudas, y se pusieron a charlar. Un indolente grupo de cuatro chicas atravesó la habitación, enfrascadas en animada conversación: tres de ellas iban descalzas y la otra se contoneaba peligrosamente sobre unos zapatos de baile plateados que no parecían suyos. Entró otra muchacha más, sólo con bragas, y se sentó, con lo cual en cuestión de pocos minutos se reunieron once, todas ellas completamente desnudas, menos una.

Había carne desparramada por todas partes, más bien sobrada en la mayoría de los casos, y Joe *el Hambriento* empezó a ponerse malo. Se quedó rígido inmóvil, presa de un asombro cataléptico, mientras las chicas se acomodaban. De repente emitió un agudo chillido y se lanzó en plancha hacia la puerta para coger la cámara, que estaba en el piso de los soldados, pero se detuvo en seco con otro grito frenético ante la espantosa premonición de que podían arrebatarle aquel paraíso pagano, sensacional, maravilloso y colorista si lo perdía de vista un solo instante. Se paró ante la puerta farfullando, con sus abultados tendones y venas latiendo violentamente. El viejo lo observaba con triunfal regocijo, sentado en el sillón azul como una deidad satánica y hedonista en su trono, con una manta robada del ejército norteamericano alrededor de las flacas piernas para protegerse del frío. Reía quedamente, y sus ojos hundidos y astutos despedían maliciosos destellos de lascivo y cínico gozo. Había bebido. Nately reaccionó con hostilidad irrefrenable ante aquel viejo malvado, depravado y antipatriótico que tenía edad suficiente para ser su padre y que gastaba bromas despectivas sobre Estados Unidos.

—América va a perder la guerra —comentó—. Italia la ganará.

—América es la nación más fuerte y próspera de la tierra —replicó Nately con arrogancia y dignidad—. Y el luchador americano, el primero del mundo.

—Exactamente —concedió el viejo en tono benévolo, con un deje de burla—. Sin embargo, Italia es una de las naciones menos prósperas de la tierra y, probablemente, el luchador italiano el último del mundo. Y precisamente por eso le va tan bien a mi país en esta guerra, mientras que al suyo le va fatal.

Nately soltó una carcajada de sorpresa, y a continuación se sonrojó por su falta de cortesía.

—Perdone por haberme reído de usted —dijo con sinceridad, y añadió en tono indulgente y respetuoso—: Pero Italia fue ocupada por los alemanes, y ahora por nosotros. No se puede decir que eso sea bueno, ¿no cree?

—¡Claro que sí! —exclamó el viejo alegremente—. Mientras que a los alemanes los están echando, nosotros seguimos aquí. Dentro de unos años también ustedes se marcharán, y nosotros seguiremos aquí. Italia es un país muy débil y muy pobre, y por eso somos tan fuertes. Ya no mueren soldados italianos, y los americanos y los alemanes sí. A eso le llamo yo desenvolverse estupendamente. Sí, estoy seguro de que Italia sobrevivirá a esta guerra y seguirá existiendo mucho después de que su país sea destruido.

Nately apenas podía dar crédito a sus oídos. Jamás había escuchado blasfemias tan monstruosas, y pensó, con lógica instintiva, por qué no se presentaban los agentes del FBI a encerrar a aquel viejo traidor.

—¡América no será destruida! —gritó apasionadamente.

—¿Nunca? —le aguijoneó el viejo con cierta dulzura.

—Bueno... —musitó Nately.

El viejo se echó a reír, condescendiente, reprimiendo una carcajada más estentórea. Intentaba que sus pullas resultaran suaves.

—Roma fue destruida, Grecia fue destruida, y también Persia y España. Todas las grandes naciones acaban así. ¿Por qué no la suya? ¿Cuánto tiempo cree que puede durar? ¿Eternamente? Tenga en cuenta que la tierra misma está condenada a ser destruida por el sol dentro de unos veinticinco millones de años.

Nately se agitó, incómodo.

—Bueno, supongo que eternamente es demasiado tiempo.

—¿Un millón de años? —insistió, zumbón, el viejo, animado por un espíritu sádico—. ¿Medio millón? La rana tiene casi quinientos millones de años de edad. ¿De verdad tiene la absoluta certeza de que América, con toda su fuerza y prosperidad, con sus luchadores de primera fila y su nivel de vida, el más alto del mundo, durará tanto como... la rana?

Nately sintió deseos de machacarle la repugnante cara al viejo. Miró a su alrededor, implorando ayuda para defender el futuro de su país contra las odiosas calumnias de aquel astuto y pecaminoso agresor. Se llevó una decepción. Yossarian y Dunbar estaban muy ocupados en manosear orgiásticamente en un rincón a cuatro o cinco chicas juguetonas y seis botellas de vino tinto, y Joe *el Hambriento* había huido hacía ya un rato por uno de los místicos pasillos, empujando como un déspota delirante a cuantas jóvenes prostitutas de anchas caderas podía abarcar entre sus frágiles brazos, que no paraba de agitar como aspas de molino, para meterlas a todas en una cama doble.

Nately se sentía perdido y vejado. Su chica estaba despatarrada sin gracia en un sofá lleno de bultos, con expresión de inefable aburrimiento. A Nately lo desconcertaba aquella actitud de indiferencia hacia él, aquella misma postura adormilada e inerte que tan viva y dulcemente recordaba, y con tanta tristeza, de la primera vez que ella lo vio y no le hizo el menor caso en la atestada sala de juego del piso de la tropa. Su boca colgaba, laxa, formando una O perfecta, y sólo Dios sabía qué contemplaban sus ojos vidriosos y empañados con tan embrutecida apatía. El viejo esperaba tranquilamente, observándolo con sonrisa perspicaz, despectiva y comprensiva a la vez. Una chica rubia, sinuosa y voluptuosa, de preciosas piernas y piel de color miel, se tendió sobre el brazo del sillón que ocupaba el viejo y se puso a acariciarle la cara angulosa, pálida y disoluta, lánguida y coquetamente. Nately se quedó rígido de puro resentimiento y hostilidad ante semejante despliegue de lascivia en un hombre tan viejo. Se dio media vuelta, alicaído, preguntándose por qué no se iba a la cama con su chica sin más ni más.

Aquel viejo diabólico, sórdido y rapaz le recordaba a su padre porque no se le parecía en nada. El padre de Nately era un cortés caballero de pelo cano que vestía de una forma impecable; aquel viejo era un vulgar holgazán. El padre de Nately era un hombre sobrio, filosófico y responsable; aquel viejo, voluble y licencioso. El padre de Nately era discreto y educado; aquel viejo, un patán. El padre de Nately creía en el honor y tenía respuesta para todo; aquel viejo no creía en nada y sólo hacía preguntas. El padre de Nately llevaba un distinguido bigote blanco; aquel viejo no llevaba bigote. El padre de Nately —al igual que los padres de todas las personas que Nately conocía— era digno, prudente y venerable; aquel viejo, totalmente repulsivo, y Nately volvió a sumergirse en la discusión con él, decidido a refutar su vil lógica y sus insinuaciones, animado por un espíritu de ambiciosa venganza, con el fin de llamar la atención de la aburrida y flemática chica de la que estaba perdidamente enamorado y ganarse su admiración para siempre.

—Pues, francamente, no sé cuánto durará América —añadió imperturbable—. Supongo que no sobreviviremos eternamente si el mundo entero acaba por destruirse. Pero sé que triunfaremos durante mucho tiempo.

—¿Cuánto? —preguntó el sacrílego viejo con chispas de alegría maliciosa en los ojos—. ¿Ni siquiera tanto como la rana?

—Mucho más que usted o que yo —le espetó Nately en tono poco convincente.

—¿Nada más? Entonces no será mucho, teniendo en cuenta lo estúpidos y valientes que son ustedes y que yo ya soy muy, muy viejo.

—¿Cuántos años tiene? —preguntó Nately, interesado y fascinado por el viejo muy a su pesar.

—Ciento siete —rió de buena gana ante la expresión de desencanto de Nately—. Veo que no me cree.

—No creo nada de lo que usted me dice —replicó Nately, tratando de aplacarlo con una sonrisa azorada—. Lo único que creo, y estoy convencido de ello, es que América ganará la guerra.

—Ponen ustedes tanto empeño en ganar las guerras... —se chanceó el viejo indecente—. El truco consiste en perderlas, en saber qué guerras pueden perderse. Italia lleva siglos perdiéndolas y, sin embargo, ya ve usted que nos va divinamente. Francia gana guerras y se encuentra en continua crisis. Alemania las pierde y prospera. Fíjese en nuestra historia más reciente. Italia ganó en Etiopía y en seguida se topó con graves problemas. La victoria nos produjo tales delirios de grandeza que contribuimos a desencadenar una guerra mundial que no teníamos ninguna probabilidad de ganar. Pero ahora que volvemos a perder, todo va mejorando, y no cabe duda de que superaremos la situación si logramos que nos derroten.

Nately se quedó mirándolo sin disimular su aturdimiento.

—Ahora sí que no entiendo lo que dice. Habla como un demente.

—Pero vivo como un hombre cuerdo. Era fascista cuando Mussolini estaba en el poder, y ahora que lo han derrotado soy antifascista. Era fanáticamente proalemán cuando los alemanes estaban aquí para protegernos de los americanos, y ahora que están los americanos para protegernos de los alemanes soy fanáticamente proamericano. Se lo aseguro, mi escandalizado amigo —los ojos sagaces y desdeñosos del viejo fulguraron ante la creciente consternación de Nately—: su país no encontrará un defensor más leal que yo en toda Italia..., pero sólo mientras estén aquí.

—¡Pero... —exclamó Nately, incrédulo— es usted un chaquetero, un renegado, un oportunista sin escrúpulos!

—Soy un hombre de ciento siete años —le recordó afablemente el viejo.

—¿No tiene principios?

—Claro que no.

—¿Ni moral?

—Ah, sí, soy un hombre muy moralista —replicó aquel viejo villano con satírica seriedad al tiempo que acariciaba la cadera desnuda de una rozagante muchacha de pelo negro y bonitos hoyuelos en las mejillas que se había recostado seductoramente en el otro brazo del sillón.

El viejo dirigió a Nately una sonrisa sarcástica, sentado

entre las dos muchachas desnudas, esplendoroso, pagado de sí mismo, desastrado, con una mano soberana en cada una de ellas.

—No me lo creo —replicó Nately con recelo, tratando porfiadamente de no contemplar aquel espectáculo—. Sencillamente, no lo creo.

—Pero es la verdad. Cuando los alemanes entraron en la ciudad, yo bailé por las calles como una bailarina y grité «¡*Heil* Hitler!*» hasta desgañitarme, e incluso agité una banderita nazi que le había arrebatado a una niñita preciosa mientras su madre miraba hacia otro lado. Cuando los alemanes abandonaron la ciudad, corrí a darles la bienvenida a los norteamericanos con una botella de un coñac excelente y una cesta de flores. El coñac era para mí, naturalmente, y las flores para arrojárselas a nuestros libertadores. En el primer coche iba un viejo comandante muy serio y rígido, y le acerté de pleno en un ojo con una rosa roja. Fue un disparo estupendo. Tendría que haber visto la cara que puso.

Nately se puso de pie, boquiabierto, empalideciendo.

—¡El comandante... de Coverley! —gritó.

—¿Lo conoce? —preguntó el viejo, encantado—. ¡Qué curiosa coincidencia!

Nately estaba demasiado atónito para prestarle atención.

—¡Así que es usted quien hirió al comandante... de Coverley! —exclamó, horrorizado e indignado—. ¿Cómo pudo hacer semejante cosa?

El diabólico viejo no se inmutó.

—Querrá decir que cómo pude contenerme. Tendría que haber visto a ese viejo petardo arrogante, sentado en el coche muy serio, como el mismísimo Todopoderoso, con esa cabeza enorme y rígida y la cara solemne. ¡Era un blanco tan tentador! Le acerté en un ojo con una rosa «belleza americana». Me pareció de lo más propio, ¿no?

—¡Fue espantoso! —le gritó Nately en tono de reproche—. Un acto cruel y criminal. ¡El comandante... de Coverley es el oficial ejecutivo de nuestro escuadrón!

—¿Ah, sí? —se burló el viejo degenerado al tiempo que se pellizcaba la afilada barbilla muy pensativo, fingiendo arrepentimiento—. En ese caso, tendrá que reconocer mi imparcialidad. Cuando entraron los alemanes, casi maté a un joven *Oberstleutnant* con un ramo de *edelweiss*.

Nately estaba horrorizado ante la incapacidad del viejo para percibir la enormidad de su delito.

—El comandante... de Coverley es una persona noble y maravillosa, y todo el mundo lo admira.

—Es un viejo imbécil que no tiene derecho a actuar como un joven imbécil. ¿Dónde está? ¿Muerto?

Nately contestó en voz baja, sombrío:

—Nadie lo sabe. Ha desaparecido.

—¿Lo ve? Imagínese lo que es un hombre de su edad arriesgando la poca vida que le queda por algo tan absurdo como una patria.

Nately volvió a alzarse en son de guerra.

—¡No tiene nada de absurdo arriesgar la vida por la patria! —declaró.

—¿Ah, no? —preguntó el viejo—. ¿Qué es un país, al fin y al cabo? Un trozo de tierra rodeado por todas partes de fronteras, por lo general antinaturales. Los ingleses mueren por Inglaterra, los americanos por América, los alemanes por Alemania, los rusos por Rusia. Hay unos cincuenta o sesenta países luchando en esta guerra. No es posible que merezca la pena morir por todos ellos.

—Cualquier cosa por la que valga la pena vivir también vale la pena morir —dijo Nately.

—Y cualquier cosa por la que valga la pena morir —replicó el viejo blasfemo— vale la pena vivir. Es usted tan puro y tan inocente que casi me da lástima. ¿Cuántos años tiene? ¿Veinticinco? ¿Veintiséis?

—Diecinueve —dijo Nately—. Cumpliré veinte en enero.

—Si sigue usted vivo. —El viejo sacudió la cabeza, adoptando durante unos momentos el mismo aire ceñudo, susceptible y meditabundo de la vieja puritana—. Como no tenga cuidado, acabarán por matarlo, y me doy cuenta de que no va a tener cuidado. ¿Por qué no tiene un poco de sentido común e intenta hacer lo mismo que yo? Quizá también llegue a los ciento siete años.

—Porque más vale morir de pie que vivir de rodillas —repuso Nately con altanera convicción—. Supongo que habrá oído eso alguna vez.

—Sí, desde luego —musitó el viejo traidor, volviendo a sonreír—. Pero mucho me temo que usted lo ha entendido al revés: más vale vivir de pie que morir de rodillas. Así es el dicho.

—¿Está seguro? —dijo Nately con cierta confusión—. Como yo lo digo parece tener más sentido.

—No, como lo digo yo. Pregúnteselo, si no, a sus amigos.

Al darse la vuelta para preguntar a sus amigos, Nately descubrió que se habían marchado. Tanto Yossarian como Dunbar habían desaparecido. El viejo soltó una sonora carcajada al ver la expresión de sorpresa y azoramiento de Nately. El rostro del muchacho se ensombreció. Vaciló, sintiéndose desamparado, durante unos segundos, y a continuación giró bruscamente sobre los talones y salió al pasillo más cercano para buscar a Yossarian y a Dunbar, con la esperanza de cogerlos a tiempo de contarles el incidente del viejo y el comandante... de Coverley. Todas las puertas del pasillo estaban cerradas, y no se veía luz por debajo de ninguna. Era muy tarde. Nately decidió abandonar la búsqueda, desconsolado. Finalmente comprendió que no le quedaba más remedio que ir a recoger a la chica de la que estaba enamorado y acostarse con ella en alguna parte, hacer el amor con ternura y planear su futuro en común; pero la muchacha también se había ido a la cama cuando él regresó al cuarto de estar, y la única posibilidad que le quedaba consistía en reanudar la abortada discusión con el repulsivo viejo, que se levantó de su asiento con socarrona corrección y se despidió, dejando a Nately con dos chicas de ojos nublados que no supieron decirle a qué habitación se había ido su puta y que unos segundos después también fueron a acostarse tras haber intentado vanamente despertar su interés. Nately durmió solo en el pequeño sofá lleno de bultos del cuarto de estar.

Nately era un chico sensible, rico y guapo, de pelo oscuro, ojos cándidos y con dolor de cuello cuando se despertó a primera hora de la mañana del día siguiente, sin saber dónde estaba. Era de carácter dulce y educado. Había vivido durante casi veinte años sin traumas, tensiones, odios ni neurosis, circunstancia que para Yossarian constituía prueba suficiente de lo loco que estaba. Su infancia había sido agradable, aunque también disciplinada. Se llevaba bien con sus hermanos y hermanas, y no detestaba ni a su padre ni a su madre, a pesar de que ambos se habían portado muy bien con él.

A Nately le habían inculcado el odio hacia personas como Aarfy, a las que su madre tachaba de arribistas, y hacia personas como Milo, a quienes su padre tachaba de ambiciosas, si bien no sabía cómo, ya que jamás le habían permitido acercarse a nadie de semejantes características. Que él recordara, sus casas de Filadelfia, Nueva York, Maine, Palm Beach, Southampton, Londres, Deauville, París y el sur de Francia siempre estaban atestadas de damas y caballeros que no eran ni ambiciosos ni arribistas. Su madre, descendiente de los Thornton de Nueva Inglaterra, era Hija de la Revolución Norteamericana. Su padre era un Hijo de Perra.

—No olvides jamás —le recordaba su madre con frecuencia— que eres un Nately. No eres un Vanderbilt, cuya fortuna se debe a un vulgar capitán de remolcador, ni un Rockefeller, que amasó su fortuna gracias a especulaciones sin escrúpulos con crudo de petróleo; ni tampoco un Reynolds ni un Duke, cuya riqueza procede de la venta a los incautos de productos que contienen resinas y alquitranes productores de cáncer y, desde luego, tampoco eres un Astor, cuya familia, según tengo entendido, sigue alquilando habitaciones. Tú eres un Nately, y los Nately jamás han hecho nada para ganar dinero.

—Hijo mío, lo que quiere decir tu madre —intervino su padre en una ocasión con aquel don de expresión fácil y económica que tanto admiraba Nately— es que el dinero antiguo es mejor que el recién adquirido, y que los nuevos ricos no merecen tanto respeto como los nuevos pobres. No es así, ¿querida?

El padre de Nately era un pozo de ciencia y sofisticada sabiduría. Era tan embriagador y vigorizante como el clarete caliente con especias, y a Nately le caía muy bien, a pesar de que no le gustaba el clarete caliente con especias. Su familia decidió que debía alistarse en el ejército, pues era demasiado joven para ocupar un puesto en el cuerpo diplomático, y además su padre sabía de buena tinta que Rusia capitularía en cuestión de semanas o meses y que Hitler, Churchill, Roosevelt, Mussolini, Gandhi, Franco, Perón y el emperador de Japón firmarían un tratado de paz y vivirían felices para siempre jamás. Fue idea de su padre que se alistara en las Fuerzas Aéreas, donde estaría sano y salvo preparándose para piloto hasta que se rindieran los rusos y se concretaran los detalles del armisticio, y donde, como oficial, sólo se codearía con caballeros.

Pero Nately se vio con Yossarian, Dunbar y Joe *el Ham-*

briento en una casa de putas romana, insufriblemente enamorado de una chica indiferente con la que al fin se acostó a la mañana siguiente de haber dormido solo en el cuarto de estar, para ser interrumpido casi de inmediato por la incorregible hermanita de la muchacha, que irrumpió sin avisar en la habitación y se metió en la cama, celosa, para que Nately la abrazara también a ella. La puta de Nately se incorporó bruscamente y agarró por los pelos a su hermana al tiempo que la reñía agriamente. A Nately, aquella niña de doce años le parecía un pollo desplumado o una rama sin corteza: su cuerpecillo de árbol joven abochornaba a todos cuando la precoz criatura se empeñaba en imitar a las mayores, y se ensañaban constantemente con ella para que se vistiera y le ordenaban que se fuera a la calle a tomar el aire y a jugar con los demás niños. Las dos hermanas empezaron a insultarse acaloradamente, provocando un ensordecedor escándalo que atrajo a una muchedumbre de espectadores jubilosos a la habitación. Nately se dio por vencido, desesperado. Le pidió a la chica que se vistiera y la llevó a desayunar. La hermanita los siguió, y Nately se sintió como un orgulloso cabeza de familia, mientras los tres comían muy respetables en un café al aire libre de las cercanías. Pero la puta ya estaba aburrida cuando iniciaron el camino de regreso, y decidió irse a hacer la calle con otras dos chicas en lugar de pasar más tiempo con Nately. La hermanita y él la siguieron dócilmente a una manzana de distancia, la ambiciosa jovencita recogiendo datos valiosos y Nately mordiéndose los puños de pura frustración. Ambos se entristecieron cuando unos soldados que iban en un todoterreno las pararon y se las llevaron.

Nately volvió al café y le compró a la hermanita un helado de chocolate. Después se animó un poco y volvieron los dos juntos al piso, donde encontró a Yossarian y a Dunbar derrengados en el cuarto de estar junto a Joe *el Hambriento*, y cuya vapuleada cara aún mostraba la sonrisa beatífica, petrificada y triunfal que había abandonado los brazos de su harén aquella mañana, parecía tener varios huesos rotos. El viejo libertino estaba encantado con los labios partidos y los ojos a la funerala de Joe *el Hambriento*. Lo saludó efusivamente, aún con la misma ropa arrugada de la noche anterior. A Nately le desagradaba profundamente su aspecto lamentable y deshonroso, y siempre que iba al piso esperaba que el viejo corrupto e inmoral se hubiera puesto una camisa limpia y una chaqueta de mezclilla, se hubiera afeitado y peinado, y se hubiera dejado un atildado bigote para que él no tuviera que soportar la vergüenza de recordar a su padre cada vez que lo miraba.

24

MILO

Abril había sido el mejor mes para Milo. Las lilas florecían y la fruta maduraba en abril. Los latidos del corazón se aceleraban y se renovaban los antiguos apetitos. En abril brillaba un arco iris más vivo en el bruñido cielo. Abril era la primavera, y en primavera Milo Minderbinder se encaprichó de las mandarinas.

—¿Mandarinas?

—Sí, señor.

—A mis hombres les encantarían —admitió el coronel al mando de cuatro escuadrillas de B-26 en Cerdeña.

—Hay todas las mandarinas que quiera si usted puede pagarlas con el dinero del fondo del comedor —le aseguró Milo.

—¿Y melones?

—En Damasco están a precio de risa.

—Yo tengo debilidad por los melones. Desde siempre.

—Déjeme un avión por cada escuadrón, sólo uno, y tendrá todos los melones que quiera, siempre que pueda pagarlos.

—¿Se los compramos a la cooperativa?

—Sí, y todo el mundo es accionista.

—Es increíble, realmente increíble. ¿Cómo lo hace?

—La respuesta está en comprar al por mayor. Chuletas de ternera empanadas, por ejemplo.

—Las chuletas de ternera empanadas no me vuelven precisamente loco —gruñó el escéptico comandante de los B-25 en el norte de Córcega.

—Son muy nutritivas —le advirtió muy serio Milo—. Contienen yema de huevo y migas de pan. Igual que las chuletas de cordero.

—Ah, chuletas de cordero —repitió el comandante de los B-25 como un eco—. ¿Son buenas?

—Las mejores que ofrece el mercado negro —contestó Milo.

—¿De cordero lechal?

—Y envueltas en el papel rosa más mono que haya visto en su vida. En Portugal están a precio de risa.

—No puedo enviar un avión a Portugal. No tengo autoridad suficiente.

—Pero yo sí, siempre que usted me preste el aparato, con un piloto. Y no olvide que contará con la ayuda del general Dreedle.

—¿El general Dreedle volverá otra vez a comer en mi comedor?

—Como un cerdo, en cuanto empiece a darle los huevos frescos fritos con la cremosa mantequilla que yo traigo. Y también habrá mandarinas, melones, filetes de lenguado de Dover, mejillones y berberechos.

—¿Y todo el mundo tiene una participación?

—Eso es lo mejor —contestó Milo.

—No me gusta la idea —gruñó el comandante de cazabombarderos sin el mínimo espíritu de colaboración al que tampoco le gustaba Milo.

—En el norte hay un comandante de cazabombarderos

sin el menor espíritu de colaboración que la ha tomado conmigo —se quejó Milo al general Dreedle—. Por una sola persona se puede estropear todo, y así ya no podría ofrecerle huevos frescos fritos con mantequilla cremosa.

El general Dreedle trasladó al comandante de cazabombarderos sin espíritu de colaboración a las islas Salomón para que cavara tumbas y lo sustituyó por un anciano coronel con bursitis y un apetito inmoderado por los lichis que presentó a Milo al general de los B-17 del continente a quien le encantaban las salchichas polacas.

—Las salchicas polacas se venden a precio de ganga en Cracovia —le explicó Milo.

—Ay, las salchichas polacas —suspiró el general, nostálgico—. Daría cualquier cosa por una buena salchica polaca. Cualquier cosa.

—No tiene que dar nada más que un avión por cada escuadrilla y un piloto que haga lo que le ordenen. Y un pequeño anticipo para el primer pedido en señal de buena voluntad.

—Pero Cracovia está a cientos de kilómetros detrás de las líneas enemigas. ¿Cómo piensa llegar hasta donde venden las salchichas?

—En Ginebra hay un mercado internacional de intercambio de salchichas polacas. Llevaré cacahuetes a Suiza y los cambiaré por salchichas polacas a precio de mercado. Después llevarán los cacahuetes a Cracovia y yo le traeré las salchichas polacas. Sólo tiene que comprar la cantidad que quiera, por mediación de la cooperativa. También hay mandarinas, sólo con un poquito de colorante artificial. Y huevos de Malta, y whisky escocés de Sicilia. Si le compra estos productos a la cooperativa, se estará pagando a sí mismo, puesto que usted también tiene una participación, o sea, que adquirirá la comida gratis. ¿Qué le parece?

—Verdaderamente genial. ¿Cómo se le ocurrió?

—Me llamo Milo Minderbinder y tengo veintisiete años.

Los aviones de Milo Minderbinder despegaban de todas partes: al aeródromo del coronel Cathcart no paraban de llegar cazas, bombarderos y cargueros pilotados por oficiales que hacían lo que se les mandaba. Los aparatos estaban decorados con espectaculares emblemas que ilustraban valores tan laudables como el Valor, la Fuerza, la Justicia, la Verdad, la Libertad, el Amor, el Honor y el Patriotismo y que los mecánicos de Milo se apresuraron a recubrir con dos capas de pintura blanca y a sustituir, en un violeta chillón, por el nombre de EMPRESAS M Y M, FRUTA Y PRODUCTOS DE CALIDAD. El «M Y M» de «EMPRESAS M Y M» se refería a Milo y Minderbinder, y según explicó Milo cándidamente había insertado la «Y» para borrar la impresión de que el sindicato fuera un negocio unipersonal. Llegaban aviones procedentes de los aeropuertos de Italia, norte de África e Inglaterra, y de los centros del Mando de Transporte Aéreo de Liberia, la isla de Ascensión, El Cairo y Karachi. Los cazas se trocaban por cargueros de reserva o realizaban misiones comerciales de emergencia y trayectos cortos; las fuerzas de tierra proporcionaban camiones y tanques que se empleaban para distancias cortas por carretera. Todo el mundo tenía su participación, y los hombres engordaban y deambulaban dócilmente por la base con palillos entre los grasientos labios. Milo supervisaba personalmente la gigantesca operación de expansión. En su atribulado rostro se grabaron profundos surcos de preocupación, de color marrón nutria que le conferían una desolada expresión de sobriedad y desconfianza.

Todos menos Yossarian pensaban que era un imbécil, en primer lugar por haberse ofrecido voluntario para el puesto de oficial de intendencia y en segundo lugar por tomárselo tan en serio. Yossarian también pensaba que Milo era imbécil, pero al mismo tiempo sabía que era un genio.

Un día Milo voló a Inglaterra para recoger un cargamento de *jalvá* turco y regresó de Madagascar al frente de cuatro bombarderos alemanes llenos de batatas y guisantes de Georgia. Milo se quedó boquiabierto cuando, al bajar del aparato, se vio ante un contingente de policías militares armados que esperaban para encarcelar a los pilotos alemanes y confiscarles los aviones. *¡Confiscar!* Aquella palabra era anatema para Milo, y se puso a increpar como un loco y a recriminar, agitando un dedo acusador ante las caras ensombrecidas por el sentimiento de culpa del coronel Cathcart, el coronel Korn y el pobre capitán cosido a cicatrices que estaba al mando de los policías militares, metralleta en ristre.

—Pero ¿acaso estamos en Rusia? —les espetó Milo, incrédulo, con toda la potencia de sus pulmones—. *¿Confiscar?* —chilló, como si no pudiera dar crédito a sus oídos—. ¿Desde cuándo sigue el gobierno norteamericano la política de confiscar la propiedad privada de los ciudadanos? Debería darles vergüenza. Debería darles vergüenza incluso haber tenido una idea tan espantosa.

—Pero, Milo —le interrumpió tímidamente el comandante Danby—, estamos en guerra con Alemania, y esos aviones son alemanes.

—¡Nada de eso! —replicó Milo, furibundo—. Esos aviones pertenecen a la cooperativa, y todo el mundo tiene una participación. *¿Confiscar?* ¿Cómo puede confiscarse la propiedad privada de uno mismo? ¡Sí, hombre, confiscar! No había visto semejante depravación en mi vida.

Y, sin duda, Milo tenía razón, porque antes de que se dieran cuenta, los mecánicos habían recubierto las esvásticas de alas, colas y fuselajes con dos capas de pintura blanca y habían rotulado las palabras EMPRESAS M Y M, FRUTA Y PRO-

DUCTOS DE CALIDAD. Había transformado la cooperativa en un cártel internacional delante de sus narices.

Los cuernos de la abundancia de Milo llenaban el aire. Los aviones llegaban en auténticas oleadas procedentes de Noruega, Dinamarca, Francia, Alemania, Austria, Italia, Yugoslavia, Rumania, Bulgaria, Suecia, Finlandia, Polonia..., de todos los países de Europa a excepción de Rusia, con la que Milo se negaba a hacer negocios. Cuando todos hubieron firmado contratos con Empresas M y M, Fruta y Productos de Calidad, Milo creó una empresa subsidiaria de su entera propiedad, Pastelería Fina M y M, y obtuvo más aviones y más dinero de los comedores para comprar tortas y bollos en las islas Británicas, ciruelas pasas y quesos daneses en Copenhague, *éclairs*, buñuelos de crema, napoleones y *petits fours* en París, Reims y Grenoble, *kugelhopf* y *pfefferkuchen* en Berlín, *linzer* y *dobos torten* en Viena, *strudel* en Hungría y *baklavá* en Ankara. Todas las mañanas, Milo enviaba aviones a toda Europa y al norte de África remolcando largos anuncios rojos que especificaban las oportunidades del día en grandes letras cuadradas: CHULETAS, 79 cents..., PESCADILLA, 21 cents. Aumentaba los ingresos de la cooperativa alquilando los anuncios a empresas de comida para perros y chocolates. Con espíritu de empresa cívica, cada cierto tiempo le prestaba espacio aéreo gratuitamente al general Peckem, con el fin de que éste propagara mensajes de interés público tales como LA LIMPIEZA SÍ IMPORTA, LA PRISA ES LA RUINA y LA FAMILIA QUE REZA UNIDA PERMANECE UNIDA. Milo adquirió espacios publicitarios en programas de radio emitidos por emisoras norteamericanas desde Berlín para mantener el negocio en movimiento, que iba viento en popa en todos los frentes de batalla.

Los aviones de Milo eran un espectáculo cotidiano. Tenían permiso para ir a cualquier parte, y un día Milo se comprometió con las autoridades militares norteamericanas a bombardear el puente de la autopista de Orvieto, que se encontraba en manos de los alemanes, y con las autoridades militares alemanas a defender el mismo puente con artillería antiaérea contra su propio ataque. El precio que pidió por atacar el puente en nombre de Estados Unidos ascendía al coste total de la operación más un seis por ciento y lo que pidió a Alemania por defender el puente ascendía a la misma cantidad más mil dólares en concepto de recompensa por cada avión norteamericano que derribara. La consumación de dichos acuerdos supuso una importante victoria para la empresa privada, según explicó Milo, ya que los ejércitos de ambos países eran instituciones socializadas. Una vez firmados los contratos, no parecía tener mucho sentido utilizar los recursos de la cooperativa para bombardear y defender el puente, pues ambos gobiernos disponían de hombres y material suficiente y estaban más que dispuestos a aportarlos, y al final Milo obtuvo fantásticas ganancias a costa de las dos partes contratantes simplemente estampando su firma dos veces.

El acuerdo beneficiaba a ambas partes. Como Milo podía acceder libremente a cualquier sitio, sus aviones podían desencadenar un ataque por sorpresa sin poner sobre aviso a la artillería antiaérea alemana, y como conocía todos los detalles del ataque, podía poner sobre aviso a la artillería antiaérea alemana con suficiente antelación como para que acertaran con sus disparos desde el momento en que los aviones se pusieran a tiro. Fue un acuerdo ideal para todos, excepto para el muerto de la tienda de Yossarian, que fue derribado sobre el objetivo el mismo día de su llegada.

—¡Yo no lo maté! —repetía una y otra vez Milo apasionadamente ante las coléricas protestas de Yossarian—. Ni siquiera estaba allí aquel día, te lo aseguro. ¿Acaso piensas que estaba allí abajo con una ametralladora antiaérea cuando aparecieron los aviones?

—Pero tú fuiste quien lo organizó todo, ¿no? —le gritó Yossarian a su vez en medio de la oscuridad de terciopelo que cubría el sendero entre el parque móvil y el cine al aire libre.

—Yo no organicé nada —replicó Milo indignado, aspirando muy alterado por la nariz sibilante, pálida y agitada—. Los alemanes tienen el puente en su poder y nosotros íbamos a bombardearlo, tanto con mi colaboración como sin ella. Simplemente, vi una oportunidad estupenda para obtener ganancias con la misión, y la aproveché. ¿Qué tiene eso de malo?

—¿Que qué tiene eso de malo? Milo, en esa misión mataron a un hombre de mi tienda, sin darle tiempo siquiera a deshacer su equipaje.

—Pero no lo maté yo.

—Te dieron mil dólares más.

—Pero yo no lo maté. Te digo que ni siquiera estaba allí. Estaba en Barcelona, comprando aceite de oliva y sardinas sin escamas y sin espinas, y puedo enseñarte las facturas para demostrártelo. Y no me dieron los mil dólares a mí. Ese dinero ha ido a parar a la cooperativa, en la que todo el mundo tiene su participación, incluso tú. —Milo hablaba a Yossarian con el corazón en la mano—. Mira, Yossarian, yo no empecé esta guerra, por mucho que diga ese cerdo de Wintergreen. Sólo intento obtener beneficios comerciales. ¿Acaso hago mal? Mil dólares no es mal precio por un bombardero y una tripulación, ¿no? Si soy capaz de convencer a los alemanes de que me paguen esa cantidad por cada avión que derriban, ¿por qué no voy a aceptar el trato?

—Porque estás tratando con el enemigo, ni más ni menos. ¿Es que no entiendes que estamos en guerra? Mira a tu alrededor, Milo, ¿no ves cuánta gente está muriendo?

Milo movió la cabeza con indulgencia.

—Los alemanes no son nuestros enemigos —declaró—. Sí, ya sé lo que me vas a decir. Claro que estamos en guerra con ellos, pero los alemanes también son miembros de la cooperativa, y es tarea mía proteger sus derechos de accionistas. Quizá fueran ellos quienes iniciaron la guerra, y quizás estén matando a millones de personas, pero pagan sus facturas con mucha más rapidez que algunos aliados nuestros que yo me sé. ¿No comprendes que tengo que respetar lo sacrosanto de mi contrato con Alemania? ¿No puedes considerarlo desde mi punto de vista?

—No —replicó Yossarian ásperamente.

Milo estaba dolido y no intentó disimular sus sentimientos. Era una noche bochornosa de luna poblada de mariposas, mosquitos y otros bichos. Milo levantó un brazo de repente y señaló hacia el cine al aire libre, en el que el rayo de luz lechosa y polvorienta que descargaba horizontalmente el proyector abría un orificio en forma de cono en la oscuridad y envolvía en una membrana fluorescente a los espectadores, torcidos en sus asientos, como bultos hipnotizados, con los rostros vueltos hacia arriba, fijos en la pantalla aluminizada. Los ojos de Milo se tornaron líquidos, vivo reflejo de la integridad, y su cara cándida e incorrupta despedía destellos, una mezcla de sudor y repelente de insectos.

—¡Míralos! —exclamó con voz ahogada por la emoción—. Son mis amigos, mis compatriotas, mis camaradas. No podrían encontrarse mejores compañeros. ¿Crees que sería capaz de hacer algo que los perjudicara, a menos que no me quedara más remedio? ¿Acaso no tengo ya suficiente en lo que pensar? ¿No ves lo preocupado que me tiene que el algodón siga amontonándose en los puertos de Egipto? —La voz de Milo se rompió en mil pedazos, y sus manos se aferraron a la camisa de Yossarian como si se estuviera ahogando. Los ojos le palpitaban visiblemente, como orugas marrones—. ¿Qué voy a hacer con tanto algodón, Yossarian? Es culpa tuya, por haber dejado que lo comprara.

El algodón se amontonaba en los puertos de Egipto, y nadie lo quería. A Milo jamás se le había ocurrido que el valle del Nilo pudiera ser tan fértil ni que no hubiera mercado para la cosecha que había comprado. Los comedores de su cooperativa no lo apoyaban; se rebelaron ante la propuesta de cobrarles un impuesto per cápita con el fin de que cada hombre tuviera participación en el algodón egipcio. Incluso sus amigos alemanes, siempre fiables, le fallaron en aquella crisis: preferían los sucedáneos. Los comedores que regentaba Milo ni siquiera lo ayudaron a guardar el algodón; los costes de almacenamiento se dispararon y contribuyeron a la devastadora disminución de sus reservas monetarias. Los beneficios de la misión de Orvieto se agotaron. Tuvo que escribir a su país reclamando las cantidades que había enviado en tiempos de prosperidad, y también aquello se acabó en seguida. Y todos los días llegaban balas de algodón a los muelles de Alejandría. Cada vez que lograba deshacerse de un poco en el mercado mundial, perdiendo dinero, se lo apropiaba algún ladino comerciante del Levante que volvía a vendérselo al precio original, de modo que Milo no se recuperaba nunca.

Las Empresas M y M estaban al borde de la bancarrota. Milo se maldecía sin cesar por su desmedida codicia y su estupidez al haber adquirido toda la cosecha de algodón egipcio, pero un contrato era un contrato y había que respetarlo, y una noche, tras una espléndida cena, despegaron todos los cazas y bombarderos de Milo, se unieron en formación en el cielo y empezaron a soltar bombas sobre el grupo. Milo había firmado otro contrato con los alemanes, en esta ocasión para bombardear su unidad. Los aviones se separaron, siguiendo un plan bien estudiado, y bombardearon los depósitos de combustible y el almacén de las municiones, los hangares de reparación y los bombarderos B-25 que estaban alineados en los estacionamientos en forma de pirulí. Los tripulantes se abstuvieron de destruir la pista de aterrizaje y los comedores, con el fin de poder terminar la operación sanos y salvos y tomar algo caliente antes de retirarse a descansar. Realizaron su tarea con las luces de aterrizaje encendidas, puesto que nadie los contraatacaba. Bombardearon los cuatro escuadrones, el club de oficiales y el edificio del Cuartel General. Los hombres salían de las tiendas aterrorizados, sin saber en qué dirección huir. Al cabo de poco tiempo los heridos gritaban por todas partes. Un enjambre de bombas de fragmentación hizo explosión en el patio del club de oficiales y abrió enormes boquetes en un costado del edificio de madera y en las tripas y las espaldas de una hilera de tenientes y capitanes que estaban apoyados en la barra del bar. Se doblaron por la cintura, agonizantes, y se desplomaron. Los demás oficiales se precipitaron espantados hacia las dos salidas y bloquearon las puertas como un grueso dique aullante de carne humana al no poder seguir su camino.

El coronel Cathcart se abrió paso a manotazos y codazos entre la masa caótica y desesperada, hasta que se vio fuera. Miró hacia el cielo, atónito y aterrado. Los aviones de Milo, revoloteando serenamente sobre las verdeantes copas de los árboles con los compartimentos de las bombas abiertos, los alerones bajos y las monstruosas, enceguecedoras, parpadeantes luces de aterrizaje encendidas como refulgentes ojos de batracio, eran la visión más apocalíptica que había tenido ocasión de contemplar en su vida. Emitió un gemido y se lanzó en plancha hacia su todoterreno, casi sollozante. Dio con el pedal de arranque y con la llave de contacto y se dirigió hacia el aeródromo con toda la velocidad que le permitía el traqueteante vehículo; sus enormes manos fláccidas se aferraban al volante, exangües o martilleaban cruelmente el claxon. En un momento dado estuvo a punto de matarse al girar con espectral chirrido de ruedas para evitar atropellar a un puñado de hombres que corrían enloquecidos hacia las montañas en ropa interior, con las cabezas gachas y los delgados brazos apretados contra las sienes a modo de endebles escudos. A ambos lados de la carretera ardían hogueras amarillas, naranjas y rojas. Tiendas y árboles estaban en llamas, y los aviones de Milo no paraban de dar vueltas con las parpadeantes luces blancas de aterrizaje encendidas y las puertas de los compartimentos de las bombas abiertos. El coronel Cathcart estuvo a punto de volcar al frenar bruscamente ante la torre de control. Saltó del coche cuando aún patinaba peligrosamente y se precipitó escaleras arriba, hasta llegar a la sala en la que tres hombres se ocupaban de los controles y los instrumentos. Empujó a dos de ellos y se abalanzó sobre el micrófono niquelado; los ojos se le salían de las órbitas y tenía la carnosa cara contorsionada por la tensión. Agarró el micrófono con una fuerza brutal y se puso a gritar histéricamente:

—¡Milo, hijo de puta! ¿Estás loco? ¿Qué demonios estás haciendo? ¡Baja! ¡Baja!

—Deje de chillar, ¿vale? —replicó Milo, que estaba a su lado en la torre de control con un micrófono en la mano—. Estoy aquí. —Milo lo miró con expresión de reproche y reanudó su tarea—. Muy bien, muchachos, muy bien —dijo con voz cantarina por el micrófono—. Pero veo que todavía sigue en pie un depósito. Eso no me gusta nada, Purvis... Ya te he dicho más de una vez que conmigo no valen las chapuzas. Vuelve ahora mismo e inténtalo de nuevo. Y entra despacio, muy despacio. La prisa es la ruina, Purvis, te lo tengo dicho. La prisa es la ruina.

Se oyó un graznido por el altavoz.

—Milo, soy Alvin Brown. He tirado todas las bombas. ¿Qué hago ahora?

—Destrucción total —contestó Milo.

—¿*Destrucción total*?

Alvin Brown se quedó horrorizado.

—No nos queda más remedio —le explicó Milo en tono resignado—. Está en el contrato.

—En ese caso, de acuerdo —convino Alvin Brown—. Lo haré.

En aquella ocasión Milo había llegado demasiado lejos. Bombardear a sus propios hombres y aviones era más de lo que el observador más flemático podía aceptar, y la operación estuvo a punto de acabar con él. Los periódicos lo vituperaron con titulares furibundos, y los parlamentarios denunciaron la atrocidad que había cometido con ira estentórea y clamaron por el castigo. Las madres con hijos en el frente de batalla se organizaron en grupos y exigieron venganza. Ni una sola voz se alzó en su defensa. Todas las personas decentes se sentían afrentadas, y Milo cayó en desgracia hasta el momento en que abrió sus libros de contabilidad a la opinión pública y sacó a la luz las enormes ganancias que había obtenido. Podía indemnizar al gobierno por todas las personas y los bienes materiales que había destruido y aún le quedaría suficiente dinero para seguir comprando algodón egipcio. Naturalmente, todo el mundo tenía una participación. Y lo más bonito de todo era que en realidad no había necesidad de indemnizar al gobierno.

—En una democracia, el gobierno es el pueblo —explicó Milo—. Nosotros somos el pueblo, ¿no? De modo que podemos quedarnos con el dinero y prescindir del intermediario. Francamente, me gustaría que el gobierno abandonara la guerra y le dejara el campo libre a la empresa privada. Si le pagamos al gobierno todo lo que le debemos, sólo contribuiremos a fomentar el control estatal y desanimaremos a otros individuos a que bombardeen a sus propios hombres y aviones. Destruiríamos los incentivos.

Naturalmente, Milo tenía razón, y todos se pusieron de su parte, salvo unos cuantos fracasados y amargados como el doctor Danika, que adoptó una actitud hosca y no paró de murmurar insinuaciones ofensivas sobre la moralidad de aquella aventura hasta que Milo lo ablandó con un donativo en nombre de la cooperativa, bajo la forma de una silla de jardín abatible de aluminio ligero que el doctor Danika podía doblar y sacar de la tienda cada vez que entraba el jefe Avena Loca y meterla cada vez que salía. El doctor Danika perdió la cabeza en el transcurso del bombardeo de Milo; en lugar de echar a correr en busca de refugio, se quedó al descubierto, cumpliendo con su obligación, arrastrándose por el suelo entre proyectiles, metralla y bombas incendiarias como un lagarto furtivo y cauteloso, yendo de una víctima a otra y distribuyendo torniquetes, morfina, tablillas y sulfamidas con semblante lúgubre y sombrío, sin decir una palabra más de lo necesario y leyendo en las heridas azulencas de los caídos un terrible presagio de su propia ruina. Trabajó hasta quedar exhausto, mucho antes de que la larga noche acabara, y al día siguiente tenía tal resfriado que se encaminó quejumbroso a la enfermería para que Gus y Wes le tomaran la temperatura y le dieran una cataplasma de mostaza y un vaporizador.

Aquella noche, el doctor Danika atendió a todos los gemebundos con el mismo pesar y la misma tribulación profunda e introvertida de que había hecho gala en el aeropuerto el día de la misión de Aviñón, cuando Yossarian descendió la escalerilla del avión desnudo, en un estado lamentable, con Snowden profusamente repartido por talones, dedos de los pies, rodillas, brazos y manos, y señaló hacia dentro en silencio, hacia el lugar en el que se estaba congelando el joven radioartillero, junto al aún más joven artillero de cola, que se desmayaba cada vez que abría los ojos y veía a Snowden agonizante.

El doctor Danika le puso a Yossarian una manta sobre los hombros, casi con ternura, después de que hubieron sacado a Snowden del avión y lo hubieran metido en una ambulancia. Luego condujo a Yossarian a su todoterreno. McWatt lo ayudó, y los tres se dirigieron sin pronunciar palabra hacia la enfermería, donde el doctor Danika y McWatt hicieron sentarse a Yossarian y le quitaron lo que quedaba de Snowden con bolas de algodón absorbente humedecidas con agua fría. El doctor Danika le dio una píldora y le puso la inyección con las que se pasó doce horas durmiendo. Cuando se despertó fue a ver al doctor Danika, que le dio otra píldora y le puso otra inyección, con las que pasó otras doce horas durmiendo. Cuando se despertó de nuevo y fue a ver al médico, éste se dispuso a darle otra píldora e inyección.

—¿Durante cuánto tiempo piensas darme píldoras y ponerme inyecciones? —le preguntó Yossarian.

—Hasta que te encuentres mejor.

—Me siento perfectamente.

En la frágil frente bronceada del doctor Danika aparecieron arrugas de sorpresa.

—Entonces, ¿por qué no te vistes? ¿Por qué vas desnudo?

—No quiero volver a ponerme un uniforme.

El doctor Danika aceptó la explicación y dejó la jeringuilla.

—¿Estás seguro de que te encuentras bien?

—Claro que sí. Sólo estoy un poco atontado por tanta pastilla y tanta inyección.

Yossarian se pasó todo el día deambulando desnudo, y

373

así seguía a última hora de la mañana siguiente cuando Milo, tras haberlo buscado por todas partes, lo encontró encaramado a un árbol a escasa distancia del pintoresco cementerio militar en el que estaban enterrando a Snowden. Milo llevaba su atuendo de trabajo habitual: pantalones verdes y pardos, camisa limpia verde y parda y corbata de los mismos colores, con un galón plateado de teniente en el cuello y gorra reglamentaria con visera rígida de cuero.

—¡Te he buscado por todas partes! —le gritó Milo a Yossarian desde el suelo en tono de reproche.

—Deberías haberme buscado en este árbol —replicó Yossarian—. Llevo aquí toda la mañana.

—Baja y prueba esto, a ver qué te parece. Tu opinión es muy importante.

Yossarian negó con la cabeza. Estaba sentado, desnudo, en la rama más baja del árbol y se balanceaba agarrándose con ambas manos a la de arriba. Se negó a moverse, y a Milo no le quedó más remedio que abrazar el tronco con gesto de desagrado y trepar. Subió torpemente, entre resoplidos y gruñidos, y cuando llegó a la altura suficiente como para enganchar una pierna en la rama y detenerse a recuperar el aliento tenía la ropa arrugada y retorcida. Se le había ladeado la gorra, que corría peligro de caerse. Milo la cogió justo a tiempo, cuando empezaba a escurrírsele de la cabeza. Glóbulos de sudor brillaban, transparentes, alrededor del bigote, y se hinchaban como ampollas opacas bajo los ojos. Yossarian lo contemplaba, impasible. Milo giró en semicírculo con suma cautela, para poder ver a Yossarian. Quitó un papel de seda a algo suave, redondo y marrón y se lo tendió.

—Por favor, prueba esto y dime qué te parece. Me gustaría servírselo a los hombres.

—¿Qué es? —preguntó Yossarian, y acto seguido pegó un buen mordisco.

—Algodón recubierto de chocolate.

Yossarian se atragantó convulsivamente y escupió el chocolate que tenía en la boca en plena cara de Milo.

—¡Toma! —bramó enfadado—. ¡Dios del cielo! ¿Es que te has vuelto loco? ¡Ni siquiera le has quitado las semillas!

—Por lo menos inténtalo, ¿no? —le rogó Milo—. No puede estar tan malo. ¿Está muy malo?

—No, está peor.

—Pero tengo que conseguir que se lo den a los hombres en los comedores.

—No serán capaces de tragarlo.

—Pues tendrán que tragárselo —sentenció Milo, majestuoso, dictatorial, y estuvo a punto de romperse la crisma al soltar un brazo para agitar un dedo encolerizado ante las narices de Yossarian.

—Ven aquí —lo invitó Yossarian—. Estarás más seguro y se ve todo muy bien.

Aferrándose a la rama de arriba con ambas manos, Milo abandonó lentamente la de abajo, moviéndose de costado, con sumo cuidado. Su cara se puso rígida por la tensión y suspiró aliviado cuando se vio sano y salvo junto a Yossarian. Acarició el árbol con cariño.

—Es un árbol muy bueno —dijo admirado, con gratitud de propietario.

—Es el árbol de la vida —replicó Yossarian, agitando los dedos de los pies—, y también de la ciencia del bien y el mal.

Milo observó con detenimiento la corteza y las ramas.

—¡No, qué va! —le corrigió—. Es un castaño. Lo sé muy bien porque vendo castañas.

—Como quieras.

Se quedaron varios segundos sentados en el árbol sin hablar, con las piernas colgando y las manos extendidas sobre la rama de arriba, el uno completamente desnudo salvo por unas sandalias con suela de goma, el otro completamente vestido con un uniforme de áspera lana de color verde y pardo y corbata de nudo apretado. Milo observaba a Yossarian por el rabillo del ojo, vacilante, discreto.

—Quería preguntarte una cosa —dijo al fin—. No llevas nada de ropa. No me gustaría meterme donde no me llaman, pero sí me gustaría entenderlo. ¿Por qué no te has puesto el uniforme?

—Porque no quiero.

Milo asintió varias veces, rápidamente, como un gorrión picoteando.

—Claro, claro —se apresuró a decir con expresión de perplejidad—. Lo entiendo perfectamente. Les he oído comentar a Appleby y al capitán Black que te has vuelto loco, y quería comprobarlo. —Volvió a vacilar, cortés, sopesando la siguiente pregunta—. ¿No piensas ponerte el uniforme nunca más?

—No creo.

Milo asintió con falsa energía para dar a entender que también lo comprendía y guardó silencio, cavilando gravemente, aprensivo. Un pájaro de cresta escarlata pasó por debajo como un rayo, rozando sus firmes alas oscuras contra un arbusto tembloroso. En su refugio, Yossarian y Milo estaban cubiertos por capas finas como la seda de verdura sesgada, y rodeados de otros castaños grises y de una delicadeza de plata. El sol estaba muy alto, en un extenso cielo azul zafiro adornado con nubes bajas, aisladas y algodonosas de un blanco seco e inmaculado. No había brisa, y las hojas colgaban inmóviles. La umbría era leve, como una pluma. Todo estaba tranquilo, menos Milo, que se enderezó bruscamente sofocando un grito y señaló algo, muy nervioso.

—¡Mira, mira! —exclamó, preocupado—. Mira ahí abajo. Están celebrando un funeral. Parece un cementerio, ¿no?

Yossarian le contestó lentamente, con una voz que no denotaba ninguna emoción:

—Están enterrando a ese chaval al que mataron en mi avión cuando sobrevolábamos Aviñón el otro día. Snowden.

—¿Qué le pasó? —preguntó respetuoso Milo, con voz apagada.

—Lo mataron.

—Es terrible —replicó Milo con pesar, y sus grandes ojos pardos se llenaron de lágrimas—. Pobre chaval. Es terrible.

Se mordió el tembloroso labio inferior con fuerza, y alzó la voz, emocionado, al añadir:

—Y las cosas empeorarán si en los comedores no acceden a comprarme el algodón. ¿Qué les pasa, Yossarian? ¿No se dan cuenta de que es su sindicato? ¿No saben que todos tienen una participación?

—¿Tenía participación el muerto de mi tienda? —preguntó cáusticamente Yossarian.

—Claro que sí —le aseguró Milo, pródigo—. Todos los hombres del escuadrón tienen su participación.

—A él lo mataron antes de entrar a formar parte del escuadrón.

Milo hizo una mueca de consternación muy al caso y se dio la vuelta.

—Me gustaría que dejaras de meterte conmigo por lo del muerto de tu tienda —le rogó, un tanto picado—. Ya te he dicho que yo no tengo nada que ver con su muerte. ¿Acaso es culpa mía haber visto una oportunidad estupenda de acaparar el mercado de algodón egipcio y de que todos nos hayamos metido en este lío? ¿Cómo iba yo a saber que se produciría una saturación del mercado? En aquellos días ni siquiera sabía lo que era tal cosa. No todos los días se presenta una ocasión así, y yo fui muy listo al aprovecharla. —Milo ahogó un gemido al ver a seis hombres uniformados coger con cuidado el sencillo ataúd de madera de pino que estaba en la ambulancia y depositarlo en el suelo junto a la bostezante herida de la tumba recién abierta—. Y ahora no puedo deshacerme ni de un gramo —se lamentó.

A Yossarian no le emocionó lo más mínimo la pomposa charada de la ceremonia fúnebre, ni la aplastante aflicción de Milo. Le llegó la voz del capellán, tenue, lejana, con una monotonía ininteligible, casi inaudible, como un murmullo gaseoso. Yossarian reconoció al comandante Coronel por su actitud reservada y desmadejada y creyó distinguir al comandante Danby enjugándose la frente con un pañuelo. El comandante Danby no había dejado de temblar desde el enfrentamiento con el general Dreedle. Los soldados se apiñaban formando una curva alrededor de los tres oficiales, inflexibles como trozos de madera, y cuatro enterradores con traje de faena se apoyaban con indiferencia sobre las palas junto al montón de tierra incongruente, impresionante, de color rojo cobrizo. En un momento en el que Yossarian estaba mirando al capellán, éste alzó la mirada hacia él, beatíficamente, se frotó los ojos, como afligido, volvió a mirar hacia arriba y agachó la cabeza concluyendo lo que Yossarian tomó por el punto culminante del rito funerario. Los cuatro hombres con traje de faena levantaron el ataúd sobre unas cuerdas y lo bajaron hasta la tumba. Milo se estremeció violentamente.

—¡No puedo verlo! —gritó angustiado, dándose la vuelta—. No puedo quedarme aquí sentado viendo cómo los comedores dejan morir a mi cooperativa. —Rechinó los dientes y sacudió la cabeza con amargura y resentimiento—. Si supieran lo que es la lealtad me comprarían el algodón hasta reventar y seguirían comprándolo hasta volver a reventar. Encenderían hogueras para quemar la ropa interior y los uniformes de verano, para crear más demanda. Pero no hacen nada. Yossarian, por favor, intenta comerte el resto del algodón recubierto de chocolate. A lo mejor ahora te parece delicioso.

Yossarian apartó la mano de Milo.

—No te empeñes, Milo. La gente no puede comer algodón.

El rostro de Milo se contrajo con expresión de astucia.

—En realidad no es algodón —dijo en tono convincente—. Era una broma. Es caramelo de algodón, riquísimo. Pruébalo y ya me dirás.

—Estás mintiendo.

—¡Yo no miento jamás! —exclamó Milo, muy digno.

—Pues ahora estás mintiendo.

—Sólo miento cuando es necesario —le explicó Milo, a la defensiva, desviando los ojos unos momentos y batiendo las pestañas seductoramente—. Esto es mejor que el caramelo de algodón, porque está hecho con algodón de verdad. Yossarian, tienes que ayudarme a convencer a los hombres de que se lo coman. El algodón egipcio es el mejor del mundo.

—Pero es indigerible —le recordó Yossarian con vehemencia—. Se pondrán enfermos, ¿es que no lo entiendes? Si no me crees, ¿por qué no lo pruebas tú?

—Ya lo he hecho —admitió Milo con pesar—. Y me he puesto enfermo.

El cementerio era amarillo como el heno y verde como la col cocida. Al cabo de un rato el capellán retrocedió y la media luna beis de formas humanas empezó a deshacerse perezosamente, como pecios. Los hombres se dirigieron sin prisa ni ruido hacia los vehículos estacionados junto a la carretera llena de baches. Con la cabeza gacha y expresión de desconsuelo, el capellán, el comandante Coronel y el comandante Danby se encaminaron hacia los todoterrenos como un grupo condenado al ostracismo, cada uno de ellos separado de los otros dos por varios metros.

—Se acabó —comentó Yossarian.

—Es el fin —confirmó Milo, desalentado—. Ya no queda ninguna esperanza. Y todo por haberlos dejado libres para tomar decisiones. Esto me ha dado una lección de disciplina para la próxima vez que intente algo parecido.

—¿Por qué no le vendes el algodón al gobierno? —le sugirió Yossarian como sin darle importancia al asunto, al tiempo que observaba a los cuatro hombres con traje de faena que descargaban las palas llenas de tierra de color cobre rojizo en el interior de la tumba.

Milo se opuso a la idea bruscamente.

—Es una cuestión de principios —le explicó con firmeza—. Los negocios no son asunto del gobierno, y yo sería la última persona que intentara meterlo en un negocio mío. Pero los negocios son asunto del gobierno —recordó sagaz, y añadió muy contento—: Eso lo dijo Calvin Coolidge, y era presidente, o sea, que debe de ser verdad. Y el gobierno tiene la responsabilidad de comprar todo el algodón egipcio que yo he adquirido y que nadie quiere, para que yo pueda ganar algo, ¿no? —El rostro de Milo se ensombreció casi con la misma rapidez, y adoptó una expresión de profunda angustia—. Pero ¿cómo puedo convencerlo?

—Con un soborno —dijo Yossarian.

—¿Con un soborno? —Milo se quedó tan pasmado que estuvo a punto de perder el equilibrio y de romperse la crisma una vez más—. ¡Debería darte vergüenza! —le reprendió severamente, agitando su bigote de color oxidado con el fuego de virtud que aspiraba y expelía por las infladas aletas de la nariz y los labios contraídos en un gesto remilgado—. El soborno es ilegal, y lo sabes. Pero ganar dinero no lo es, ¿verdad? O sea, que no puede ser ilegal sobornar a alguien para obtener una buena ganancia, ¿no? ¡No, claro que no! —Volvió a deprimirse otra vez, presa de una tristeza mansa, casi digna de lástima—. Pero ¿cómo puedo saber a quién he de sobornar?

—Bah, no te preocupes por eso —le dijo Yossarian para consolarlo con un deje burlón, mientras los motores de los todoterrenos y de la ambulancia rompían el somnoliento silencio y los vehículos de la cola empezaban a alejarse marcha atrás—. Si el soborno es lo suficientemente importante, ellos mismos te buscarán. Eso sí, hazlo todo bien a las claras, para que todo el mundo sepa exactamente lo que quieres y cuánto estás dispuesto a pagar. En cuanto empieces a actuar con sentimiento de culpa o como si te diera vergüenza, tendrás problemas.

—Me gustaría que tú me acompañaras —comentó Milo—. No me siento seguro entre personas que aceptan sobornos. Son un atajo de ladrones.

—No te pasará nada —le aseguró Yossarian—. Si te metes en algún lío, di que la seguridad del país requiere una industria fuerte de especulación con el algodón egipcio.

—Y es verdad —declaró Milo con solemnidad—. Una industria fuerte de especulación con el algodón egipcio equivale a una América mucho más fuerte.

—Claro que sí. Y si eso no funciona, recuérdales cuántas familias norteamericanas dependen de ello para ganarse la vida.

—Muchas familias norteamericanas se ganan así la vida.

—¿Lo ves? —dijo Yossarian—. Te desenvuelves mucho mejor que yo con estas cosas. Cuando lo dices tú, casi parece verdad.

—¡Y es verdad! —exclamó Milo con un deje de altivez.

—A eso me refiero. Lo haces con mucha convicción.

—¿Estás seguro de que no quieres venir conmigo?

Yossarian negó con la cabeza.

Milo estaba impaciente por iniciar el plan. Se guardó el

trozo de algodón recubierto de chocolate que le quedaba en el bolsillo de la camisa y se deslizó rápidamente por la rama hasta el suave tronco gris. Lo abrazó generosa y torpemente y empezó a descender. Las suelas de cuero de sus zapatos resbalaban constantemente y estuvo a punto de caerse muchas veces. A medio camino cambió de idea y volvió a subir. Llevaba trocitos de corteza pegados al bigote y tenía la cara sonrojada por el esfuerzo.

—Me gustaría que te pusieras el uniforme y que no anduvieras por ahí desnudo —confesó preocupado antes de volver a iniciar el descenso—. Podría ponerse de moda, y entonces jamás lograría deshacerme del maldito algodón.

25

EL CAPELLÁN

Hacía ya tiempo que el capellán se preguntaba sobre el porqué de muchas cosas. ¿Existía Dios? ¿Cómo podía saberlo con certeza? Ser pastor anabaptista del ejército norteamericano ya era de por sí difícil, incluso en las mejores circunstancias; sin dogma, resultaba casi insoportable.

La gente que hablaba a gritos le daba miedo. Los hombres de acción valientes y agresivos como el coronel Cathcart le hacían sentirse solo y desamparado. Dondequiera que fuese en el ejército, era un extraño. Ni la tropa ni los oficiales se comportaban con él igual que con otros soldados y oficiales, e incluso los demás capellanes no mostraban para con él una actitud tan amistosa como con el resto de sus colegas. En un mundo en el que el éxito constituía la única virtud, se había resignado al fracaso. Tenía dolorosa conciencia de carecer del aplomo y el *savoir-faire* eclesiásticos que permitían seguir adelante a sus colegas de otras religiones y sectas. Sencillamente, él no reunía las condiciones necesarias para destacar. Se consideraba un hombre feo y a diario deseaba desesperadamente volver a casa con su mujer. En realidad, el capellán era casi guapo, con una cara agradable y sensible, pálida y frágil como la arenisca. Su mente estaba abierta a todos los temas.

Quizá fuera en realidad Washington Irving, y quizá también hubiera firmado con el nombre de Washington Irving aquellas cartas de las que nada sabía. Sí, sabía que semejantes lapsos de memoria no eran raros en los historiales clínicos. No había forma de saber nada. Recordaba con toda claridad —o tenía la impresión de recordarlo— la sensación de haber conocido a Yossarian en alguna parte antes de haberlo visto por primera vez en una cama del hospital. Recordaba haber experimentado la misma sensación perturbadora casi dos semanas después, el día que Yossarian apareció en su tienda para pedirle que lo retiraran del servicio. Por entonces, naturalmente, el capellán ya había visto a Yossarian en algún sitio, en aquella extraña y heterodoxa planta de hospital en la que todos los pacientes parecían impostores, salvo el desgraciado enfermo cubierto de pies a cabeza de escayola y vendas blancas al que encontraron muerto un día con el termómetro en la boca. Pero la impresión que tenía el capellán de un encuentro anterior se remontaba a una ocasión más trascendental y misteriosa, un importante encuentro con Yossarian en una época remota, sumergida e incluso quizá completamente espiritual en la que él había reconocido de forma idéntica, premonitoria, que no podía hacer nada para ayudarlo.

Estas dudas corroían, insaciables, el cuerpo flaco y sufriente del capellán. ¿Existía una sola fe verdadera, o una vida después de la muerte? ¿Cuántos ángeles podían bailar en la cabeza de un alfiler, y en qué asuntos se ocupaba Dios durante las infinitas eras anteriores a la Creación? ¿Por qué hubo que poner un sello protector en la frente de Caín si no existía nadie más de quien protegerlo? ¿Tuvieron hijas Adán y Eva? Éstos eran los complejos interrogantes ontológicos que lo torturaban. Sin embargo, no le parecían tan cruciales como los temas de la amabilidad y los buenos modales. Se encontraba atenazado por el dilema epistemológico del escéptico, incapaz de aceptar soluciones a problemas que no estaba dispuesto a considerar irresolubles. Jamás se libraba de la tristeza; jamás perdía la esperanza.

—¿Se ha visto usted alguna vez en una situación en la que cree haber estado antes, aun sabiendo que la experimenta por primera vez? —le preguntó vacilante a Yossarian aquel día en su tienda.

Yossarian sujetaba con ambas manos la botella de Coca-Cola caliente con la que el capellán había logrado consolarlo. Asintió mecánicamente, y la respiración del capellán se aceleró, expectante, al prepararse para unir su fuerza de voluntad a la de Yossarian en un esfuerzo prodigioso por rasgar al fin los voluminosos pliegues negros que encubrían los eternos misterios de la existencia.

—¿Tiene esa sensación ahora?

Yossarian negó con la cabeza y le explicó que el *déjà vu* era sólo un retraso momentáneo e infinitesimal en el funcionamiento de dos centros nerviosos y sensoriales que por lo general actuaban simultáneamente. El capellán apenas lo oyó. Se sentía decepcionado, pero no muy dispuesto a creer a Yossarian, porque había recibido una señal, una visión secreta y enigmática que aún no se atrevía a divulgar. Era imposible confundir las impresionantes implicaciones de la revelación del capellán: o bien se trataba de un descubrimiento de origen divino o de una alucinación; o era un bienaventurado o estaba perdiendo la cabeza. Ambas perspectivas lo llenaban de miedo y congoja. No se trataba ni de *déjà vu*, ni de *presque vu* ni de *jamais vu*. Cabía la posibilidad de que existieran otros *vus* de los que él no tenía noticia, y que uno de ellos pudiera explicar sucintamente el sorprendente fenómeno que había presenciado y en el que también había participado; incluso cabía la posibilidad de que no hubiera ocurrido nada de lo que él pensaba, que no hubiera ocurrido de verdad, que se hallara ante una aberración de la memoria y no de la percepción, que nunca hubiera pensado de verdad que lo había visto, que la impresión de haberlo pensado alguna vez fuera la mera *ilusión* de una ilusión, y que simplemente estuviera imaginando que había imaginado alguna vez ver a un hombre desnudo sentado en un árbol del cementerio.

Para el capellán saltaba a la vista que no estaba especialmente dotado para su trabajo y, a veces, reflexionaba sobre si no sería más feliz sirviendo en otro cuerpo del ejército, como soldado raso de infantería o artillería, o incluso como paracaidista. No tenía ningún amigo de verdad. Antes de conocer a Yossarian, no había nadie en el escuadrón con quien se encontrara a gusto, y tampoco se encontraba realmente a gusto con Yossarian, cuyos frecuentes arrebatos de insubordinación lo mantenían en un estado de nervios casi constante, con una ambigua sensación de alegre agitación. El capellán se sentía a salvo cuando estaba en el club de oficiales con Yossarian y Dunbar, e incluso solo con Nately y McWatt. Cuando se sentaba con ellos no tenía necesidad de sentarse con nadie más; resolvía el problema de dónde colocarse y se libraba de la indeseable compañía de los oficiales que invariablemente lo recibían con excesiva cordialidad cuando se aproximaba a ellos y esperaban inquietos a que se marchara. Hacía sentirse incómodas a muchas personas. Todo el mundo era muy simpático con él, pero nadie lo trataba bien; todos le hablaban, pero nadie decía nada. Yossarian y Dunbar tenían una actitud mucho más relajada, y el capellán casi no se sentía a disgusto con ellos. Incluso lo defendieron la noche que el coronel Cathcart intentó echarlo del club de oficiales una vez más; Yossarian se levantó con aire truculento, dispuesto a intervenir, y Nately gritó: «¡*Yossarian!*» para impedírselo. El coronel Cathcart se puso blanco como el papel al oír el nombre de Yossarian y, para asombro de todos, retrocedió horrorizado hasta que se topó con el general Dreedle, que le dio un empujón, molesto, y le ordenó que ordenara al capellán que empezara a acudir al club de oficiales todas las noches.

El capellán se topaba casi con las mismas dificultades para comprender su situación en el club de oficiales como para recordar a cuál de los diez comedores debía ir para la siguiente comida. Habría preferido que no le permitieran la entrada en el club de oficiales, de no haber sido por el placer que suponía reunirse allí con sus nuevos compañeros. Si no iba al club de oficiales por la noche, no había ningún otro sitio al que pudiera ir. Pasaba todo el tiempo en la mesa de Yossarian y Dunbar, con sonrisa tímida y evasiva, sin apenas hablar a menos que se dirigieran a él, con un vaso de vino dulce delante, prácticamente sin catar, mientras jugueteaba torpemente con la pipita de mazorca que llevaba y que de vez en cuando llenaba de tabaco y fumaba. Le gustaba escuchar a Nately, cuyas agridulces lamentaciones reflejaban tan bien su propia desolación romántica y siempre desencadenaban en su interior inagotables oleadas de nostalgia por su mujer y sus hijos. El capellán asentía para alentar a Nately y darle a entender que lo comprendía, divertido por su candor e inmadurez. Nately no se vanagloriaba con demasiada inmodestia de que su chica fuera una prostituta, y el capellán tenía conocimiento de tal circunstancia sobre todo por boca del capitán Black, que nunca pasaba junto a su mesa sin dirigir un guiño al capellán y alguna chanza grosera e hiriente sobre la chica de Nately. Al capellán no le agradaba el comportamiento del capitán Black y le costaba trabajo no detestarlo.

Nadie, ni siquiera Nately, parecía comprender que él, el capellán Robert Taylor Tappman, no era sólo un capellán, sino un ser humano, que podía tener una mujer guapa, encantadora y apasionada a la que amaba casi con delirio, y tres hijos pequeños de ojos azules, de caras extrañas y olvidadas, que al crecer lo considerarían una especie de monstruo y que quizá nunca le perdonarían la vergüenza social que les había causado su vocación. ¿Por qué nadie comprendía que no era un monstruo, sino un adulto normal y solitario que intentaba llevar una vida adulta normal y solitaria? Si lo pinchaban, ¿acaso no sangraba? Si le hacían cosquillas, ¿acaso no se reía? Al parecer, no se les ocurría pensar que él, al igual que todos los demás, tenía ojos, manos, órganos, dimensiones, sentidos y afectos, que lo herían las mismas armas que a ellos, que lo refrescaban y lo calentaban las mismas brisas y lo nutrían los mismos alimentos, si bien, eso tenía que admitirlo, en un comedor distinto para cada comida. La única persona que parecía darse cuenta de que tenía sentimientos era el cabo Whitcomb, que había logrado machacarlos a todos presentándose al coronel Cathcart con su propuesta de enviar modelos de cartas de pésame a las familias de los hombres muertos o heridos en combate.

Lo único de lo que el capellán podía estar seguro en el mundo era de su mujer, y eso le habría bastado si lo hubieran dejado vivir su vida con ella y con los niños. La esposa del capellán era una mujer diminuta, reservada, agradable, de treinta y pocos años, muy morena y muy atractiva, de cintura estrecha, ojos reposados e inteligentes y dientes pequeños, brillantes y afilados, rostro infantil vivaz y delicado. El capellán olvidaba continuamente cómo eran sus hijos, y cada vez que miraba sus fotografías le parecía ver sus caras por primera vez. Quería a su mujer y a sus hijos con tal intensidad que a veces sentía deseos de desplomarse en el suelo y llorar desconsoladamente como un pobre marginado. Lo atormentaban implacablemente morbosas fantasías sobre su familia, pavorosos presentimientos de enfermedades y accidentes. Sus meditaciones se contaminaban de amenazas de males espantosos como el tumor de Ewin o la leucemia; veía a su hijo menor morir dos o tres veces a la semana porque él no le había enseñado a su esposa a detener una hemorragia; contemplaba, paralizado, lloroso, en silencio, a toda su familia electrocutada, uno detrás de otro, en un enchufe del rodapié de la pared, porque nunca le había dicho a su mujer que un cuerpo humano es conductor de la electricidad; los cuatro morían entre llamas casi cada noche al hacer explosión el calentador del agua e incendiarse la casa de madera de dos pisos; observaba con todos sus despiadados y terroríficos detalles el esbelto y frágil cuerpo de su mujer convertido en una pulpa viscosa sobre el muro de ladrillo de un mercado, aplastado por el conductor de un automóvil borracho y medio mongólico y veía cómo su hija de cinco años se alejaba histérica de la espeluznante escena acompañada por un amable caballero de mediana edad y cabellera blanca como la nieve que la violaba y asesinaba repetidamente tras haberla llevado a una mina abandonada, mientras que los dos niños pequeños morían de hambre poco a poco en la casa después de que la madre de su mujer, que estaba cuidándolos, cayera muerta de un ataque al corazón cuando le comunicaban por teléfono la noticia del accidente de su hija. La esposa del capellán era una mujer dulce, tierna, atenta, y él deseaba ardientemente acariciar de nuevo la cálida carne de sus delgados brazos y tocar su suave pelo negro, oír su voz íntima, reconfortante. Ella era una persona mucho más fuerte que él. El capellán le escribía cartas breves, animosas, una o dos veces a la semana. Quería escribirle cartas desesperadas de amor continuamente, y plagar las interminables páginas con desinhibidas confesiones de humilde adoración y necesidad y cuidadosas instrucciones sobre la práctica de la respiración artificial. Deseaba soltar sobre ella, en torrentes de autocompasión, su soledad y su desesperación insoportables, y advertirla de que nunca dejara al alcance de los niños el ácido bórico ni las aspirinas y que no cruzara la calle con el semáforo en rojo. No quería preocuparla. La mujer del capellán era intuitiva, amable, compasiva y sensible. Casi inevitablemente, sus ensueños de reencuentro con ella acababan en explícitos actos de amor.

El capellán se sentía como un embustero presidiendo los funerales, y no le hubiera sorprendido descubrir que la aparición del árbol fuera una manifestación de la censura del Altísimo por la blasfemia y el orgullo inherentes a su tarea. Aparentar gravedad, fingir dolor y simular un conocimiento sobrenatural del más allá en circunstancia tan temible y arcana como la muerte se le antojaba el peor de los pecados. Recordaba perfectamente —o estaba casi convencido de recordarla— la escena del cementerio. Aún veía al comandante Coronel y al comandante Danby sombríos como columnas de piedra quebradas a su lado, veía casi el número exacto de soldados en los puestos precisos que habían ocupado, a los cuatro hombres impertérritos con las palas, el repugnante ataúd y el gran montón triunfal de tierra removida, de color pardorrojizo, y el vasto cielo, inmóvil, insondable, embozado, tan extrañamente blanco y azul que casi parecía ponzoñoso. Lo recordaría siempre, pues todo aquello formaba parte del acontecimiento más extraordinario que le había tocado en suerte vivir, un suceso quizá maravilloso, quizá patológico, la visión del hombre desnudo en el árbol. ¿Cómo explicarlo? No era ni algo ya visto ni algo nunca visto, y desde luego, tampoco casi visto: ni el *déjà vu*, ni el *jamais vu*, ni el *presque vu* eran suficientemente elásticos como para cubrir el fenómeno. Entonces, ¿se trataba de un fantasma? ¿Del alma del difunto? ¿Un ángel del cielo o un esbirro del infierno? ¿O sería todo el incidente simple producto de una mente enferma, de un cerebro en putrefacción? Al capellán nunca se le pasó por la cabeza la posibilidad de que en realidad hubiera habido un hombre desnudo en el árbol, más bien dos hombres, ya que al poco tiempo apareció otro con bigote castaño y siniestras prendas oscuras en la misma rama del árbol para ofrecer al primero una copa marrón con algo dentro.

El capellán era una persona muy servicial que nunca podía prestar ningún servicio a nadie, ni siquiera a Yossarian cuando éste decidió al fin coger el toro por los cuernos e ir a ver en secreto al comandante Coronel para enterarse de si estaban obligando a los hombres del coronel Cathcart a cumplir más misiones que los demás. El capellán decidió dar aquel paso atrevido e impulsivo tras haber discutido una vez más con el cabo Whitcomb y haber regado con agua tibia de su cantimplora el triste almuerzo a base de chocolatinas. Fue a ver al comandante Coronel a pie para que no lo viera el cabo Whitcomb; se internó sigilosamente en el bosque hasta dejar bien atrás las dos tiendas y a continuación se deslizó en el foso abandonado de las vías del tren, por donde podía caminar más seguro. Cruzó apresuradamente las fosilizadas traviesas, inflamado de rebelde cólera. Aquella mañana lo habían humillado y reñido el coronel Cathcart, el coronel Korn y el cabo Whitcomb, sucesivamente. ¡Tenía que hacerse respetar! Al poco tiempo, su desmedrado pecho empezó a jadear, falto de aire. Caminaba con la mayor rapidez posible, sin llegar a correr, temiendo que se debilitara su firme resolución si aflojaba el paso. De pronto vio una figura uniformada que se aproximaba hacia él por entre las vías oxidadas. Trepó por el foso, se agazapó en un frondoso soto y se precipitó por un sendero estrecho, recubierto de musgo y maleza, que serpenteaba por las profundidades del umbroso bosque. Por allí resultaba más difícil avanzar, pero continuó su camino con la misma decisión, impasible, consumido, resbalando y tropezando cada dos por tres e hiriéndose las manos indefensas con las porfiadas ramas que le interceptaban el paso, hasta que apareció un claro entre los arbustos y los helechos y se escondió tras un remolque militar verde oliva y pardo apoyado sobre bloques de piedra claramente visible entre la endeble maleza. Pasó junto a una tienda, a cuya entrada tomaba el sol un gato de un luminoso color gris perla y junto a otro remolcador apoyado igualmente sobre bloques de piedra, y a continuación irrumpió en el claro que ocupaba el escuadrón de Yossarian. Sobre sus labios se había formado un rocío salado. No se detuvo; atravesó el claro a grandes zancadas, hasta la sala de instrucciones, donde lo recibió un sargento demacrado, de hombros caídos, prominentes pómulos y pelo rubio muy claro, quien puso en su conocimiento con suma cortesía que podía entrar en el despacho, ya que el comandante Coronel había salido.

El capellán le dio las gracias con una brusca inclinación de cabeza y enfiló el pasillo por entre las mesas y las máquinas de escribir hasta llegar al tabique de lona del extremo. Entró por la abertura triangular y se vio ante un despacho vacío. La cortina se cerró a su espalda. Creyó oír unos susurros furtivos. Respiraba con dificultad y sudaba copiosamente. Transcurrieron diez minutos. Miró a su alrededor con severa expresión de desagrado, con las mandíbulas indomeñablemente apretadas, y de repente se quedó de piedra al recordar las palabras exactas del sargento: podía entrar, puesto que el comandante Coronel había salido. *¡Los soldados le estaban gastando una broma!* Se apartó de la pared, aterrorizado, con los ojos desbordantes de amargas lágrimas. De sus labios temblorosos escapó un gemido plañidero. El comandante Coronel estaba fuera, y los soldados de la otra habitación le habían hecho víctima de una mofa inhumana. Casi podía verlos esperando al otro lado de la lona, apretujados y expectantes como una manada de animales de presa, hambrientos, omnívoros, dispuestos a saltar sobre él brutalmente, con su risa bárbara, en el momento en que volviera a aparecer. Se maldijo por su estupidez y deseó tener una máscara o unas gafas oscuras y un bigote postizo para disfrazarse, o una voz contundente y profunda como la del coronel Cathcart y unos hombros anchos y bíceps musculosos que le permitieran salir sin temor a nada y amedrentar a sus malvados verdugos con una confianza en sí mismo y una autoridad arrolladoras que los obligara a escabullirse arrepentidos y asustados. No tenía valor para enfrentarse a ellos. Sólo existía otra posible salida: la ventana. No había moros en la costa, y el capellán saltó por la ventana del despacho del comandante Coronel, dobló velozmente la esquina de la tienda y se ocultó de un brinco en el foso de las vías.

Avanzó con el cuerpo doblado y una deliberada sonrisa amistosa y despreocupada por si alguien lo veía. Abandonó el foso y entró en el bosque, y en aquel mismo momento vio que alguien se aproximaba hacia él en dirección opuesta; echó a correr por el caótico bosque frenéticamente, como si lo persiguieran, con las mejillas ardiéndole, abochornado. Oyó risotadas burlonas por todas partes, y vislumbró borrosos rostros de beodo entre los arbustos, y arriba, entre el follaje de los árboles. Unas punzadas de agudo dolor le atravesaron los pulmones y tuvo que reducir el paso y seguir andando como un tullido. Continuó, dando traspiés, hasta que no pudo más y se desplomó sobre un nudoso manzano. Se golpeó la cabeza contra el tronco y se sujetó a él con ambas manos para no caerse. Su respiración sonaba como un clamor chirriante en sus oídos. Pasaron varios minutos, que se le antojaron horas, hasta que al fin comprendió que él mismo era la causa del turbulento rugido que lo atribulaba. Cesaron los dolores del pecho. Al poco se sintió lo bastante fuerte como para ponerse de pie. Aguzó los oídos. El bosque estaba tranquilo. No se oían risas demoníacas; nadie lo perseguía. Estaba demasiado cansado, triste y sucio como para experimentar alivio. Estiró su desastrada ropa con dedos entumecidos y temblorosos y recorrió el resto del camino hasta el claro con rígido autocontrol. Le tenía obsesionado el peligro de un ataque al corazón.

El todoterreno del cabo Whitcomb seguía estacionado en el claro. El capellán rodeó de puntillas la tienda del cabo, por detrás, para evitar el riesgo de que lo viera pasar por delante y volviera a insultarlo. Con un suspiro de gratitud, entró en su tienda y encontró al cabo Whitcomb cómodamente tumbado en su catre, con las rodillas dobladas. Tenía los zapatos embarrados sobre su manta, y estaba comiéndose una de sus barras de caramelo al tiempo que ojeaba una de sus Biblias con expresión burlona.

—¿Dónde ha estado? —le preguntó bruscamente sin mostrar el menor interés ni levantar los ojos.

El capellán se puso colorado y se dio la vuelta para disimularlo.

—He ido a dar una vuelta por el bosque.

—Muy bien, muy bien —le espetó el cabo Whitcomb—. No se fíe de mí, pero ya verá lo que le pasa a mi moral. —Dio un voraz mordisco al caramelo y añadió con la boca llena—: Ha tenido una visita mientras estaba fuera. El comandante Coronel.

El capellán giró sobre los talones, sorprendido, y exclamó:

—¡El comandante Coronel! ¿Ha venido aquí?

—Eso le he dicho, ¿no?

—¿Adónde ha ido?

—Saltó al foso de las vías del tren y echó a correr como

un conejo asustado —dijo el cabo Whitcomb, despectivo—. ¡Menudo imbécil!

—¿No ha dicho qué quería?

—Sí. Que necesitaba su ayuda en un asunto importante. El capellán se quedó atónito.

—¿Eso dijo el comandante Coronel?

—No lo dijo —le corrigió el cabo Whitcomb con mordaz precisión—. Lo escribió en una carta personal que metió en un sobre, lo cerró y lo dejó en su mesa.

El capellán miró la mesa abatible que le servía de escritorio y sólo vio el abominable tomate de color naranja rojizo y forma de pera que le había dado el coronel Cathcart aquella misma mañana, allí tirado tal y como él lo había dejado, símbolo indestructible y encarnado de su incapacidad.

—¿Dónde está la carta?

—La tiré después de abrirla y leerla. —El cabo Whitcomb cerró la Biblia de golpe y se levantó—. ¿Qué pasa? ¿No se fía de mi palabra? —Salió de la tienda. Volvió a entrar inmediatamente y estuvo a punto de colisionar con el capellán, que se dirigía a toda prisa a ver al comandante Coronel—. No sabe usted delegar las responsabilidades —puso en su conocimiento el cabo, resentido—. Ése es otro de sus defectos.

El capellán asintió, contrito, y echó a correr, incapaz de detenerse para pedir excusas. Sentía la hábil mano del destino impulsándolo enérgicamente. Cayó en la cuenta de que aquel día el comandante Coronel se había aproximado a él en el foso de las vías nada menos que dos veces, las mismas que el capellán, como un estúpido, había pospuesto el inevitable encuentro huyendo por el bosque. Mientras caminaba lo más rápido posible entre las traviesas astilladas e irregularmente espaciadas, no paraba de reprochárselo. Los trocitos de grava que se le habían metido en los zapatos y los calcetines le estaban despellejando los dedos. Inconscientemente, torció la pálida y mortificada cara en una mueca de agudo sufrimiento. La tarde de principios de agosto se hacía más calurosa y más húmeda. Desde su tienda hasta el escuadrón de Yossarian había casi dos kilómetros. La camisa de verano del capellán estaba empapada de sudor cuando llegó allí y volvió a entrar jadeante en la sala de instrucciones, donde lo detuvo una vez más el mismo sargento traicionero de voz suave, gafas redondas y mejillas hundidas, quien le rogó que esperara fuera porque el comandante Coronel estaba dentro, y añadió que no se le permitiría la entrada hasta que el comandante saliera. El capellán lo miró con expresión de perplejidad. ¿Por qué lo detestaba el sargento?, se preguntó. Tenía los labios blancos, temblorosos. Le abrasaba la sed. ¿Qué le ocurría a todo el mundo? ¿Acaso no había ya suficientes tragedias? El sargento extendió la mano y le impidió el paso.

—Lo siento, señor —dijo con pesar, en un tono de voz bajo, cortés, melancólico—, pero son órdenes del comandante Coronel. Nunca quiere ver a nadie.

—A mí sí quiere verme —replicó el capellán—. Ha ido a mi tienda mientras yo estaba aquí.

—¿Que el comandante Coronel ha ido a su tienda? —preguntó el sargento.

—Sí. Por favor, entre y pregúntele.

—Me temo que no puedo, señor. Tampoco quiere verme a mí. Quizá si dejara usted una nota...

—No quiero dejar ninguna nota. ¿Nunca hace una excepción?

—Sólo en circunstancias extremas. La última vez que salió de su tienda fue para asistir al funeral de un soldado. La última vez que recibió a alguien en su despacho fue porque lo obligaron. Un bombardero llamado Yossarian lo obligó a...

—¿Yossarian? —El capellán se animó ante aquella nueva coincidencia. ¿Se preparaba otro milagro?—. ¡Precisamente quiero hablarle sobre ese hombre! ¿Discutieron sobre el número de misiones que tenía que cumplir Yossarian?

—Sí, señor, precisamente de eso. El capitán Yossarian había cumplido cincuenta y una misiones, y acudió al comandante Coronel para que lo licenciara y no tuviera que cumplir más. Por entonces, el coronel Cathcart sólo quería cincuenta y cinco misiones.

—¿Y qué dijo el comandante Coronel?

—Que no podía hacer nada.

El rostro del capellán se ensombreció.

—¿Eso dijo?

—Sí, señor. En realidad, le aconsejó que fuera a pedirle ayuda a usted. ¿Está seguro de que no quiere dejar una nota, señor? Aquí tengo papel y lápiz.

El capellán negó con la cabeza, mordiéndose el agrietado labio inferior con pesadumbre, y salió. Aún era muy pronto, pero ya habían ocurrido muchas cosas. El aire estaba más fresco en el bosque. Tenía la garganta reseca y áspera. Caminaba lentamente, preguntándose qué nueva desgracia podía sobrevenirle, cuando se le echó encima el eremita de los bosques, que estaba detrás de una zarzamora. El capellán soltó un grito desgarrador.

El desconocido, alto y cadavérico, se detuvo en seco al oír el grito y chilló a su vez:

—¡No me haga daño!

—¿Quién es usted? —vociferó el capellán.

—¡Por favor, no me haga daño! —vociferó a su vez el hombre.

—¡Soy el capellán!

—Entonces, ¿por qué quiere hacerme daño?

—¡No quiero hacerle daño! —insistió el capellán con creciente exasperación, pero continuó clavado al sitio—. Dígame quién es y qué quiere.

—¡Quiero saber si el jefe Avena Loca se ha muerto ya de neumonía! —chilló el hombre—. Nada más. Vivo aquí y me llamo Flume. Pertenezco al escuadrón, pero vivo en el bosque. Puede preguntárselo a cualquiera.

El capellán recobró poco a poco la compostura mientras examinaba atentamente a aquel ser chocante y servil. Un par de estrellas de capitán carcomidas de herrumbre colgaban del deshilachado cuello de su camisa. Tenía una verruga con pelos, del color del alquitrán, debajo de una aleta de la nariz, y un espeso y cerdoso bigote del color de la corteza del álamo.

—¿Por qué vive en el bosque si pertenece al escuadrón? —le preguntó el capellán con curiosidad.

—Porque tengo que vivir en el bosque —contestó el capitán, fastidiado, como si el capellán tuviera que saberlo. Se enderezó lentamente, aún contemplando con suma cautela al religioso a pesar de sacarle más de una cabeza—. ¿No ha oído hablar de mí a todo el mundo? El jefe Avena Loca juró que me rebanaría el cuello una noche cuando estuviera dormido, y no me atrevo a acostarme en ninguna tienda mientras él siga vivo.

El capellán escuchó la inverosímil explicación con desconfianza.

—Pero es increíble —replicó—. Sería asesinato premeditado. ¿Por qué no lo puso en conocimiento del comandante Coronel?

—Lo puse en conocimiento del comandante Coronel —respondió con tristeza el capitán—, y me dijo que él me rebanaría el cuello si volvía a hablarle así. —El hombre miró al capellán, amedrentado—. ¿Usted también me va a rebanar el cuello?

—No, claro que no —le aseguró el capellán—. ¿De verdad vive en el bosque?

El capitán asintió y el capellán contempló con una mezcla

de lástima y afecto su poroso rostro ceniciento que reflejaba el cansancio y la desnutrición. El cuerpo de aquel hombre era un armazón de huesos dentro de unas ropas desaliñadas que le colgaban como una serie de sacos desordenados. Tenía pegadas por todas partes briznas de hierba seca; le hacía falta un buen corte de pelo. Grandes bolsas oscuras le rodeaban los ojos. Al capellán le conmovió casi hasta el llanto el aspecto decrépito y atormentado que presentaba el capitán, y se llenó de compasión y ternura al pensar en los múltiples rigores que tendría que soportar día tras día. Con un tono de voz apagado por la humildad, preguntó:

—¿Quién le lava la ropa?

El capitán frunció los labios, muy serio.

—Una lavandera de una de las granjas que hay junto a la carretera. Guardo las cosas en mi remolque y entro sigilosamente un par de veces al día para coger una muda o un pañuelo limpio.

—¿Qué va a hacer cuando llegue el invierno?

—Bueno, para entonces espero haber vuelto a la base —dijo el capitán con expresión de mártir confiado—. El jefe Avena Loca promete a todo el mundo que se va a morir de neumonía, y supongo que tendré que esperar a que haga un poco más de frío y de humedad. —Examinó al capellán, perplejo—. ¿No sabe todo eso? ¿No ha oído hablar de mí a los muchachos?

—Creo que nunca había oído su nombre.

—Pues la verdad, no lo entiendo. —El capitán estaba un poco picado, pero añadió, simulando optimismo—: En fin, como ya estamos casi en septiembre, supongo que no tardará mucho. Cuando alguno de los chicos le pregunte por mí, dígale que dentro de poco volveré a desgranar los anuncios esos, en cuanto el jefe Avena Loca se muera de neumonía. ¿Se lo dirá? Dígales que volveré a la base en cuanto llegue el invierno y el jefe Avena Loca se muera de neumonía. ¿De acuerdo?

El capellán memorizó aquellas palabras proféticas solemnemente, extasiado ante su carácter esotérico.

—¿Se alimenta de bayas, hierbas y raíces? —preguntó.

—No, claro que no —respondió el capitán, sorprendido—. Me cuelo en el comedor por la puerta trasera y como en la cocina. Milo me da bocadillos y leche.

—¿Qué hace cuando llueve?

El capitán contestó con toda sinceridad.

—Mojarme.

—¿Dónde duerme?

El capitán se agachó precipitadamente y empezó a retroceder.

—¿Usted también? —chilló frenético.

—Oh, no —protestó el capellán—. Se lo juro.

—¡Quiere rebanarme el cuello! —insistió el capitán.

—Le doy mi palabra —dijo el capellán, pero era demasiado tarde, porque aquel hirsuto espectro había desaparecido, se había disuelto hábilmente en las florecientes, moteadas, fragmentadas malformaciones de luces, hojas y sombras con tal habilidad que el capellán empezó a dudar de su existencia. Ocurrían tantos acontecimientos monstruosos que ya no sabía a ciencia cierta cuáles eran monstruosos y cuáles estaban ocurriendo en la realidad. Quería averiguar algo sobre el loco del bosque lo antes posible, para asegurarse de que había de verdad un capitán Flume, pero su primera tarea, decidió de mala gana, consistía en apaciguar al cabo Whitcomb por no haber delegado suficientes responsabilidades en él. Atravesó el bosque siguiendo el zigzagueante sendero, turbado, torturado por la sed, casi demasiado exhausto para continuar. Sentía remordimientos al pensar en el cabo Whitcomb. Rezó para que se hubiera marchado cuando él llegara al claro y así pudiera desnudarse sin sentir vergüenza, lavarse los brazos, el pecho y los hombros a fondo, beber agua, tumbarse una vez refrescado y quizá incluso dormir unos minutos; pero aún le aguardaban otra sorpresa y otro duro golpe, porque cuando llegó allí el cabo Whitcomb era el sargento Whitcomb y estaba sentado sin camisa en la silla del capellán cosiéndose los galones de sargento en la manga con la aguja y el hilo del capellán. Lo había ascendido el coronel Cathcart, que quería ver inmediatamente al capellán por lo de las cartas.

—Oh, no —gimió el capellán, derrumbándose horrorizado en su catre. La cantimplora estaba vacía, y él demasiado angustiado para acordarse de la bolsa que había a la sombra, entre las dos tiendas—. No puedo creerlo. No puedo creer que nadie crea en serio que he falsificado la firma de Washington Irving.

—No me refiero a esas cartas —le corrigió el cabo Whitcomb, a todas luces, disfrutando con la aflicción del capellán—. Quiere verlo por lo de las cartas que vamos a enviar a las familias de las víctimas.

—¿Esas cartas? —repitió el capellán, estupefacto.

—Efectivamente —dijo el cabo Whitcomb con delectación—. Va a formarle una buena por no haberme dejado enviarlas. Tendría que haber visto cuánto le gustó la idea en cuanto le recordé que podían llevar su firma. Por eso me ha ascendido. Está completamente seguro de que lo sacarán en *The Saturday Evening Post*.

El capellán no daba crédito a sus oídos.

—Pero ¿cómo se ha enterado de que estábamos considerando esa posibilidad?

—He ido a su despacho y se lo he contado.

—¿Cómo? —exclamó el capellán en tono estridente, y a continuación se levantó de un salto, con una ira nada habitual en él—. ¿Quiere decir que ha ido a ver al coronel a mis espaldas, sin pedirme permiso?

El cabo Whitcomb esbozó una ruda sonrisa de desprecio y satisfacción.

—Exactamente, capellán —contestó—. Y más le vale que no intente hacer nada sobre el asunto si sabe lo que le conviene. —Soltó una risita maliciosa, desafiante—. Al coronel Cathcart no le hará ninguna gracia que se haya enfadado conmigo por haberle explicado la idea. ¿Sabe una cosa, capellán? —añadió el cabo Whitcomb mordiendo el hilo negro con un ruidoso chasquido y abotonándose la camisa—. Ese hijo de puta está convencido de que es una de las mejores ideas que ha tenido en su vida.

—A lo mejor hasta me sacan en *The Saturday Evening Post* —se jactó el coronel Cathcart en su despacho con una sonrisa, contoneándose jovialmente al tiempo que le reprochaba al capellán—: Y usted no ha sido lo suficientemente listo como para darse cuenta. En el cabo Whitcomb tiene usted una gran ayuda, capellán. Espero que sí sea lo suficientemente listo como para darse cuenta de eso.

—El sargento Whitcomb —le corrigió el capellán, sin poderse contener.

El coronel Cathcart le dirigió una mirada furibunda.

—He dicho el sargento Whitcomb —replicó—. Más le valdría escuchar a la gente en lugar de poner pegas continuamente. No querrá ser capitán toda su vida, ¿verdad?

—¿Cómo dice, señor?

—En fin, no creo que vaya usted a llegar muy lejos si sigue así. El cabo Whitcomb piensa que ustedes no han tenido una sola idea nueva desde hace mil novecientos cuarenta y cuatro años, y yo estoy de acuerdo con él. Un chico muy inteligente ese cabo. Pero todo va a cambiar a partir de ahora.

—El coronel Cathcart se sentó a la mesa con expresión decidida y despejó un buen trozo del cartapacio. Una vez terminada la operación, metió un dedo y dio unos golpecitos—. Empezaremos mañana mismo —dijo—. Quiero que el cabo Whitcomb y usted me redacten una carta de pésame dirigida al pariente más próximo de todos los hombres muertos, heridos o prisioneros. Y quiero que sean sinceras. Quiero que las llenen de detalles personales, para que no quepa ninguna duda de que siento profundamente todas y cada una de las palabras que ustedes escriban. ¿Queda claro?

El capellán se adelantó unos pasos impulsivamente para protestar.

—¡Pero es imposible, señor! —exclamó—. Ni siquiera conocemos bien a todos los hombres.

—¿Y eso qué tiene que ver? —preguntó el coronel Cathcart, y a continuación le dedicó al capellán una sonrisa amistosa—. El cabo Whitcomb me ha traído este modelo de carta que cubre todas las situaciones. Escuche: «Estimado sr. y sra., sr., sra. o srta. Danika: No acierto a expresar con palabras mi profunda aflicción ante la noticia de que su hijo, esposo, padre o hermano ha muerto, ha sido herido o dado por desaparecido en combate». Y así sucesivamente. Pienso que esa primera frase resume perfectamente mis sentimientos. Oiga, quizá sea mejor que el cabo Whitcomb se haga cargo de este asunto si usted no se siente capacitado. —El coronel Cathcart sacudió la boquilla y la dobló con las dos manos como una fusta de ónice y marfil—. Ése es uno de sus defectos, capellán. Según me ha dicho el cabo Whitcomb, no sabe delegar sus responsabilidades en otras personas. Y, por lo visto, tampoco tiene usted iniciativa. No irá a contradecirme, ¿verdad?

—No, señor.

El capellán negó con la cabeza, con una repugnante sensación de negligencia por no saber delegar sus responsabilidades en otras personas y por no tener iniciativa, así como por haber sentido la tentación de contradecir al coronel. Su cabeza era un auténtico caos. Afuera estaban tirando al plato, y cada vez que oía un disparo sus sentidos vibraban. No podía adaptarse al ruido de las pistolas. Estaba rodeado de cestos de tomates y casi convencido de haberse visto en el despacho del coronel Cathcart en una ocasión parecida, rodeado por los mismos cestos de tomates. Otro *déjà vu*. El entorno le resultaba familiar y al mismo tiempo distante. Notaba la ropa mugrienta y sucia, y temía oler mal.

—Se toma las cosas con demasiada seriedad, capellán —le dijo el coronel Cathcart sin rodeos, con aire de adulta objetividad—. Ése es otro de sus defectos. Esa cara larga deprime a todo el mundo. Me gustaría verlo reír alguna vez. Vamos, capellán. Si suelta una buena carcajada, le daré un cesto entero de tomates. —Esperó unos segundos, observándolo atentamente, y después añadió, con sonrisa triunfal—: ¿Ve cómo tenía razón, capellán? No es capaz de soltar una buena carcajada, ¿verdad?

—No, señor —admitió el capellán con humildad, tragando saliva con esfuerzo—. Ahora mismo no. Tengo mucha sed.

—Pues prepárese algo de beber. El coronel Korn tiene una botella de bourbon en su mesa. Tendría que venir con nosotros al club de oficiales alguna noche para divertirse un rato. Intente animarse de vez en cuando. Supongo que no se considerará mejor que todos nosotros por el simple hecho de ser un profesional, ¿no?

—No, no, señor —le aseguró el capellán, abochornado—. Es más, llevo varias noches yendo al club de oficiales.

—No es más que capitán, ¿entiende? —añadió el coronel Cathcart, haciendo caso omiso del anterior comentario del capellán—. Será todo lo profesional que quiera, pero no deja de ser un simple capitán.

—Sí, señor. Lo sé.

—Me parece muy bien. Me alegro de que no se haya reído, porque de todos modos no le habría dado los tomates. El cabo Whitcomb me ha dicho que se llevó uno esta mañana cuando estuvo aquí.

—¿Esta mañana? ¡Pero, señor, me lo regaló usted!

El coronel Cathcart irguió la cabeza, receloso.

—Yo no he dicho que no se lo diera, ¿o sí? Sólo he dicho que usted lo cogió. No entiendo por qué tiene tan mala conciencia si no lo robó. ¿Se lo regalé yo?

—Sí, señor. Se lo juro.

—Entonces tendré que creer en su palabra. Aunque, la verdad, no sé por qué iba yo a querer regalarle un tomate. —El coronel Cathcart cambió de sitio, con aire de eficacia, un pisapapeles redondo de cristal, pasándolo del extremo derecho de su mesa al izquierdo, y cogió un lápiz afilado—. Muy bien, capellán. Si no le importa, ahora tengo mucho trabajo. Cuando el cabo Whitcomb haya enviado una docena de cartas, comuníquemelo para que me ponga en contacto con el editor de *The Saturday Evening Post*. —Su rostro se iluminó con una súbita inspiración—. ¡Oiga! He pensado que voy a ofrecer voluntario al escuadrón para Aviñón otra vez. ¡Así se acelerarán las cosas!

—¿Para Aviñón?

El corazón del capellán se detuvo unos segundos y un hormigueo le recorrió el cuerpo.

—Exactamente —replicó el coronel, exaltado—. Cuanto antes tengamos bajas, antes avanzaré en este asunto. A ser posible, me gustaría salir en el número de Navidad. Supongo que entonces habrá más ventas.

Y el capellán vio con horror que el coronel descolgaba el teléfono para presentar voluntario a su escuadrón para Aviñón. Aquella misma noche intentó echarlo del club de oficiales, pero Yossarian se levantó, borracho, tirando su silla al suelo, para propinarle un puñetazo vengativo, momento en el que Nately gritó su nombre y el coronel Cathcart palideció y se refugió prudentemente junto al general Dreedle, quien le propinó una patada con el pie que acababa de pisarle, poniendo cara de asco, y le ordenó que obligara al capellán a entrar otra vez en el club de oficiales. Al coronel Cathcart le resultaba todo muy angustioso: en primer lugar el temido nombre de *¡Yossarian!*, que volvió a resonar nítidamente como una llamada del más allá, y después la patada del general Dreedle. Y precisamente ése era otro de los defectos del capellán, el hecho de que nunca pudiera adivinarse cómo iba a reaccionar el general Dreedle cuando lo veía. El coronel Cathcart no olvidaría jamás la primera noche que el general Dreedle se fijó en el capellán en el club de oficiales. Levantó la cara rubicunda, beoda y chorreante de sudor para contemplar al capellán, que estaba encogido y solo junto a la pared, a través de la amarilla cortina de humo de su cigarrillo.

—¡Maldita sea! —exclamó ásperamente el general Dreedle, subiendo y bajando las pobladas cejas grises con aire amenazador—: ¿Estoy viendo visiones o eso es un capellán? ¡Le parecerá bonito a un hombre de religión venir a un sitio como éste con una panda de borrachos y jugadores!

El coronel Cathcart apretó los labios en un gesto de beatería y se dispuso a levantarse.

—Estoy completamente de acuerdo con usted, señor —se apresuró a decir en un ostentoso tono de censura—. No sé qué le pasa al clero en estos tiempos que corren.

—Que está mejorando, ni más ni menos —gruñó el general Dreedle con vehemencia.

El coronel Cathcart tragó saliva con dificultad y se repuso inmediatamente.

—Sí, señor, está mejorando. Es exactamente lo mismo que pienso yo, señor.

—Precisamente aquí es donde tiene que estar un capellán, alternando con los hombres que beben y juegan para llegar a entenderlos y ganarse su confianza. Si no, ¿cómo demonios va a conseguir que crean en Dios?

—Es exactamente lo mismo que pensaba yo cuando le ordené que viniera aquí, señor —dijo el coronel Cathcart pronunciando las palabras con sumo cuidado.

A continuación rodeó los hombros del capellán con un brazo mientras lo acompañaba hasta un rincón y le ordenaba en voz baja y glacial que acudiera todas las noches al club de oficiales para alternar con los hombres que bebían y jugaban, llegar a comprenderlos y ganarse su confianza.

El capellán accedió y acudió todas las noches al club de oficiales para alternar con unos hombres que querían esquivarlo, hasta el día en que se desencadenó la brutal pelea en la mesa de pimpón y el jefe Avena Loca se volvió furioso sin que mediara provocación alguna y le asestó un puñetazo en la nariz al coronel Moodus, que se cayó de culo. El general Dreedle se partía de la risa hasta el momento en que vio al capellán allí cerca, contemplándolo grotescamente, aturdido. El general Dreedle se quedó de piedra. Le dirigió una mirada de odio durante unos segundos, ya sin rastro de buen humor, y se acercó a la barra, dando bandazos como un marinero, con sus piernas cortas y arqueadas. El coronel Cathcart le iba a la zaga, amedrentado, mirando angustiado a su alrededor en busca de la ayuda del coronel Korn.

—Le parecerá bonito —gruñó el general Dreedle en la barra, agarrando su vaso vacío con mano de hierro—. Le parecerá bonito a un hombre de religión venir a un sitio como éste con una panda de borrachos y jugadores.

El coronel Cathcart suspiró, aliviado.

—¡Sí, señor! —exclamó, orgulloso—. ¡Le parecerá muy bonito!

—Entonces, ¿por qué no hace usted algo?

—¿Cómo, señor? —preguntó el coronel, parpadeando.

—¿Acaso cree que lo deja en buen lugar que su capellán venga aquí todas las noches? Lo veo cada vez que vengo.

—Tiene usted razón, señor. Muchísima razón —respondió el coronel Cathcart—. No me deja precisamente en buen lugar, y voy a tomar medidas en este preciso momento.

—¿No fue usted quien le ordenó que viniera?

—No, señor, fue el coronel Korn. Y también tengo intención de castigarlo a él con la mayor severidad.

—Si no fuera capellán —murmuró el general Dreedle—, ordenaría que lo sacaran de aquí y lo fusilaran.

—No es capellán, señor —le advirtió el coronel Cathcart, servicial.

—¿Ah, no? Entonces, ¿por qué demonios lleva una cruz en el cuello de la camisa?

—No lleva una cruz, sino una hoja plateada. Es teniente coronel.

—¿Tiene usted un capellán que es teniente coronel? —preguntó el general Dreedle, asombrado.

—No, señor. Mi capellán es sólo capitán.

—Entonces, ¿por qué demonios lleva una hoja plateada en el cuello de la camisa si sólo es capitán?

—No lleva una hoja plateada, señor. Lleva una cruz.

—¡Lárguese de aquí, hijo de puta! —vociferó el general Dreedle—. ¡Si no, ordenaré que lo saquen de aquí y lo fusilen!

—Sí, señor.

El coronel Cathcart se alejó del general Dreedle tragando saliva y echó al capellán del club de oficiales. Ocurrió casi lo mismo que dos meses más tarde, cuando el capellán intentó convencer al coronel Cathcart de que revocara la orden que aumentaba a sesenta el número de misiones y también fracasó en la empresa. El capellán estuvo a punto de abandonarse a la desesperación, pero lo contuvieron el recuerdo de su mujer, a quien amaba y echaba de menos desesperadamente, con un exaltado ardor sensual, y la confianza que desde siempre había depositado en la sabiduría y justicia de un Dios inmortal, omnipotente, omnisciente, humano, universal, antropomórfico, anglohablante, anglosajón y pronorteamericano, y que había empezado a flaquear. Eran demasiadas las cosas que ponían a prueba su fe. Le quedaba la Biblia, por supuesto, pero la Biblia era un libro, al igual que *La isla del tesoro*, *David Copperfield* y *El último mohicano*. ¿Cabía entonces la posibilidad, como le había oído preguntar en una ocasión a Dunbar, de que sólo pudieran dar una respuesta a los enigmas de la Creación las personas demasiado ignorantes incluso para comprender el mecanismo de la lluvia? ¿Acaso llegó a temer de verdad Dios Todopoderoso, en su infinita sabiduría, que los hombres lograran construir una torre hasta el cielo hacía seis mil años? ¿Dónde demonios estaba el cielo? ¿Arriba? ¿Abajo? No existía ni un arriba ni un abajo en un universo finito pero en continua expansión en el que incluso el sol ardiente, majestuoso, deslumbrante, degeneraba progresivamente y acabaría por destruir también la tierra. No existían los milagros, las oraciones no recibían respuesta, y la desgracia se ensañaba por igual con los virtuosos y los corruptos; y el capellán, que tenía conciencia y carácter, se habría sometido a la razón y habría renunciado a las creencias de sus padres —habría abandonado su puesto y su responsabilidad para probar suerte como soldado raso de infantería o artillería, o quizás incluso en calidad de cabo del arma de paracaidismo— de no haber sido por ciertos fenómenos místicos como el del hombre desnudo del árbol en el funeral del pobre sargento unas semanas antes y la críptica y alentadora promesa del profeta Flume en el bosque aquella misma tarde: «Dígales que volveré cuando llegue el invierno».

26

AARFY

En cierto modo, todo era culpa de Yossarian, porque si no hubiese movido la línea de bombardeo durante el Gran Asedio de Bolonia, el comandante... de Coverley quizás andaría aún por allí y podría salvarlo, y si no hubiera llenado el piso de los soldados de chicas que no tenían otro sitio donde vivir, Nately quizá no se habría enamorado de la puta que estaba sentada desnuda de cintura para abajo en la habitación atestada de jugadores de veintiuna que no le prestaban la menor atención. Nately la contemplaba furtivamente desde el sillón amarillo que ocupaba, sorprendido ante la fortaleza flemática y aburrida con que aceptaba el rechazo general. La chica bostezó, y Nately se conmovió profundamente. Jamás había visto una actitud tan heroica.

La chica había subido cinco empinados tramos de escalera para venderse al grupo de soldados ahítos de sexo que vivían rodeados de chicas; ninguno la quería a ningún precio. Tras haberse despojado de la ropa sin mucho entusiasmo para tentarlos con su cuerpo delgado y firme, pleno y realmente voluptuoso, la muchacha parecía más cansada que decepcionada. Reposaba con vacua indolencia, observando el juego de cartas con apagada curiosidad mientras reunía perezosamente las energías suficientes para acometer la tediosa tarea de ponerse el resto de la ropa y volver al trabajo. Al cabo de un rato se movió en el asiento. Al cabo de otro rato se levantó emitiendo un suspiro inconsciente, y se enfundó letárgicamente las ceñidas bragas de algodón y la falda oscura, se ató los zapatos y se marchó. Nately salió detrás de ella y cuando Yossarian y Aarfy entraron en el piso de los oficiales, casi dos horas después, allí estaba la chica, enfundándose las bragas y la falda otra vez. La sensación se parecía a la que con tanta frecuencia asaltaba al capellán: la de haber experimentado anteriormente una situación, salvo que Nately estaba abatido e inconsolable, con las manos metidas en los bolsillos.

—Quiere marcharse —dijo con voz débil, extraña—. No quiere quedarse.

—¿Por qué no le das más dinero para que pase el resto del día contigo? —le aconsejó Yossarian.

—Me ha devuelto el dinero —reconoció Nately—. Se ha cansado de mí y va a buscar otro.

La chica se detuvo después de ponerse los zapatos para mirar incitadora y amargamente a Yossarian y a Aarfy. Sus grandes y puntiagudos pechos se marcaban bajo el delgado jersey blanco sin mangas, que resaltaba y apretaba el contorno de las seductoras caderas. Yossarian le devolvió la mirada y sintió una fuerte atracción. Negó con la cabeza.

—La porquería al cubo de la basura —comentó Aarfy, impertérrito.

—¡No digas eso de ella! —protestó Nately con apasionamiento, a medio camino entre el ruego y la reconvención—. Quiero que se quede conmigo.

—¿Qué tiene de especial? —preguntó Aarfy con burlona sorpresa—. No es más que una puta.

—¡Y no la llames puta!

412

Pocos segundos después la muchacha se encogió de hombros, impasible, y se dirigió hacia la puerta. Nately se levantó de un brinco, torpemente, para abrírsela. Volvió aturdido y acongojado; su sensible cara era el vivo reflejo de la aflicción.

—No te preocupes —le dijo Yossarian con la mayor dulzura—. Probablemente volverás a encontrarla. Sabemos dónde paran todas las putas.

—Por favor, no la llames así —le suplicó Nately, a punto de llorar.

—Perdona —susurró Yossarian.

Aarfy soltó una carcajada jovial.

—Hay cientos de putas como ésa por la calle. Además, ésa ni siquiera es guapa. —Se echó a reír melifluamente, con desdén y autoridad estentóreos—. Has corrido a abrirle la puerta como si estuvieras enamorado de ella.

—Creo que estoy enamorado de ella —confesó Nately, avergonzado y ausente.

Aarfy arrugó la frente redonda y rosácea en un cómico gesto de incredulidad.

—¡Ja, ja, ja! —se carcajeó, golpeándose los costados de su amplia guerrera color verde bosque—. Tiene gracia, sí señor. ¿Que estás enamorado de ella? Tiene pero que mucha gracia. —Aarfy tenía aquella tarde una cita con una chica de la Cruz Roja cuyo padre era propietario de una importante fábrica de bicarbonato—. Con esa clase de chicas deberías juntarte, y no con vulgares zorras. ¡Vamos, pero si ni siquiera parecía muy limpia...!

—¡No me importa! —gritó Nately, desesperado—. Y haz el favor de callarte. No quiero hablar de eso contigo.

—Cállate, Aarfy —dijo Yossarian.

—¡Ja, ja, ja! —insistió Aarfy—. Me imagino lo que dirían tu padre y tu madre si se enteraran de que andas con lagartonas así. Tu padre es un hombre distinguido educado, ¿no lo sabías?

—No pienso contárselo —declaró Nately con resolución—. No pienso decirles una palabra ni a mi padre ni a mi madre hasta que nos casemos.

—¿Casaros? —El indulgente júbilo de Aarfy parecía a punto de desbordar—. ¡Ja, ja, ja! Venga, no digas tonterías. Si ni siquiera tienes edad suficiente para saber qué es el verdadero amor.

Aarfy era toda una eminencia en el tema del verdadero amor, porque ya se había enamorado profundamente del padre de Nately y de la perspectiva de trabajar para él después de la guerra en un puesto de ejecutivo como recompensa por proteger a Nately. Aarfy era un navegante que no había logrado encontrarse a sí mismo desde que dejó la universidad. Era un navegante cordial y magnánimo que siempre perdonaba a los hombres del escuadrón que se abalanzaban furiosos sobre él cada vez que se perdía en una misión de combate y los introducía en portentosas concentraciones de artillería antiaérea. Aquella misma tarde se perdió por las calles de Roma y no encontró a la chica de la Cruz Roja que era tan buen partido y tenía un padre propietario de una importante fábrica de bicarbonato. Se perdió en la misión de Ferrara el día que derribaron y mataron a Kraft y volvió en el vuelo semanal a Parma e intentó llevar los aparatos hacia el mar sobrevolando la ciudad de Leghorn después de que Yossarian soltara las bombas sobre el indefenso objetivo continental y se apoyara sobre el grueso blindaje, con los ojos cerrados y un aromático cigarrillo entre los dedos. De repente se produjo una explosión y McWatt se puso a chillar por el intercomunicador: «¡Artillería antiaérea! ¿Dónde demonios nos hemos metido? ¿Qué pasa aquí?».

Yossarian abrió los ojos bruscamente, asustado, y vio los

prominentes nubarrones de fuego antiaéreo que se precipitaban sobre ellos desde arriba y la complaciente cara de melón de Aarfy, cuyos ojillos contemplaban absortos los proyectiles cada vez más cercanos. Yossarian estaba estupefacto. De repente se le quedó dormida una pierna. McWatt había empezado a remontarse y vociferaba en el intercomunicador pidiendo instrucciones. Yossarian se levantó de un salto para ver dónde estaban, pero no se movió del sitio. No podía. Súbitamente se dio cuenta de que estaba chorreando. Se miró la entrepierna con sensación de náusea. Un manchurrón de color carmesí trepaba rápidamente por su camisa como un enorme monstruo marino que tratara de devorarlo. Lo habían herido. Unos chorritos de sangre se deslizaban por la saturada pernera como innumerables e imparables gusanos rojos y formaban un charco en el suelo. El corazón le dejó de latir. El avión dio otra fuerte sacudida. Yossarian se estremeció de asco ante el espectáculo de su herida y pidió ayuda a Aarfy, gritando.

—¡Me han arrancado los cojones! ¡Aarfy, me han arrancado los cojones!

Aarfy no lo oyó, y Yossarian se inclinó hacia delante y le tiró de la manga:

—Ayúdame, Aarfy —le imploró, a punto de llorar—. ¡Me han herido! ¡Me han herido!

Aarfy se dio la vuelta lentamente, con una sonrisa delicada, de sorpresa.

—¿Qué?

—¡Me han herido, Aarfy! ¡Ayúdame!

Aarfy volvió a sonreír y se encogió de hombros con gesto amistoso.

—¡No te oigo! —dijo.

—¿Es que no me ves? —vociferó Yossarian, incrédulo, y señaló el charco de sangre que iba extendiéndose por su cuerpo y desparramándose por el suelo—. ¡Estoy herido! ¡Ayúdame, por lo que más quieras! ¡Ayúdame, Aarfy!

—Sigo sin oírte —se lamentó Aarfy en tono tolerante, ahuecando una mano regordeta tras la descolorida corola de su oreja—. ¿Qué has dicho?

Yossarian contestó con voz desmayada, cansado de gritar tanto, cansado de la situación frustrante, ridícula, exasperante. Se estaba muriendo y nadie se daba cuenta.

—No importa.

—¿Qué? —gritó Aarfy.

—¡Digo que me han arrancado los cojones! ¿Es que no me oyes? ¡Me han herido en la entrepierna!

—Sigo sin oírte —replicó Aarfy con irritación.

—¡He dicho que no importa! —chilló Yossarian con una sensación sofocante de terror, y se puso a temblar, helado y muy débil.

Aarfy movió la cabeza con pesar y casi pegó su obscena oreja lactescente a la cara de Yossarian.

—¡Tienes que hablar mucho más alto, muchacho! Habla más alto.

—¡Déjame en paz, hijo de puta! ¡Hijo de puta, gilipollas, imbécil! —sollozó Yossarian.

Le habría gustado aporrear a Aarfy, pero no tenía fuerzas para levantar los brazos. Decidió dormir, y se desplomó de costado, como muerto.

Lo habían herido en un muslo y cuando recobró la conciencia vio a McWatt arrodillado junto a él, cuidándolo. Se sintió aliviado, a pesar de que divisó la hinchada cara de querube de Aarfy detrás del hombro de McWatt, con expresión de plácida curiosidad. Sonrió levemente a McWatt, sintiéndose enfermo, y le preguntó:

—¿Quién se está ocupando de todo?

McWatt no dio muestras de haberlo oído. Con horror

creciente, Yossarian aspiró una bocanada de aire y repitió las palabras con todas las fuerzas que pudo reunir.

McWatt levantó los ojos.

—¡Dios, me alegro de que estés vivo! —exclamó, soltando un enorme suspiro. Las simpáticas arrugas que le rodeaban los ojos estaban blancas por la tensión y grasientas de mugre. Desenrollaba una venda interminable alrededor de la abultada compresa de algodón que oprimía pesadamente un muslo de Yossarian—. Nately está a los mandos. El pobre crío casi se echó a llorar cuando se enteró de que estabas herido. Cree que estás muerto. Te han roto una arteria, pero creo que he parado la hemorragia. Te he puesto morfina.

—Pues ponme más.

—Es demasiado pronto. Te pondré más cuando empiece a dolerte.

—Ya me duele.

—¡Bueno, pues al diablo con todo! —dijo McWatt, y le inyectó a Yossarian otra ampolla de morfina en el brazo.

—Cuando le digas a Nately que estoy bien... —le dijo Yossarian a McWatt.

Acto seguido volvió a perder el conocimiento: todo se tornó borroso tras una capa de gelatina de color fresa y un zumbido de barítono le reventó los oídos. Volvió en sí en la ambulancia y sonrió a un doctor Danika sombrío y tétrico durante los breves y mareantes segundos de que dispuso antes de que todo volviera a ponerse de color rosa e inmediatamente después negro e insondablemente inmóvil.

Yossarian se despertó en el hospital y volvió a dormirse. Cuando volvió a despertarse, aún en el hospital, había desaparecido el olor a éter y Dunbar estaba acostado, en pijama, en la cama al otro lado del pasillo, asegurando que no era Dunbar sino *a fortiori*. Yossarian pensó que había perdido el juicio. Torció la boca cuando Dunbar le comunicó la noticia y a continuación la consultó con la almohada, durmiendo espasmódicamente durante un par de días, hasta que se despertó en un momento en el que las enfermeras no estaban en la sala y salió de la cama para comprobarlo por sí mismo. El suelo se balanceaba como la balsa flotante de la playa y los puntos del muslo le mordían la carne como afilados dientes de pez cuando atravesó el pasillo cojeando para examinar la gráfica de la temperatura que había a los pies de la cama de Dunbar. Y resultó que Dunbar tenía razón: ya no era Dunbar, sino el alférez Anthony F. Fortiori.

—¿Qué demonios pasa aquí?

A. Fortiori salió de la cama e hizo señas a Yossarian para que lo siguiera. Agarrándose a cualquier cosa a su alcance para sujetarse, Yossarian lo siguió cojeando por el pasillo hasta llegar a la sala contigua, donde se detuvieron ante una cama en la que yacía un joven ojeroso con espinillas y barbilla prognata. El joven se irguió apresuradamente, apoyándose en un codo cuando los vio. A. Fortiori señaló con el pulgar por encima del hombro y dijo: «A tomar por culo». El joven ojeroso saltó de la cama y echó a correr. A. Fortiori se metió en la cama y volvió a convertirse en Dunbar.

—Es A. Fortiori —explicó Dunbar—. No había cama libre en tu sala, así que me rebajé de graduación y obligué a ése a que se viniera a la mía. Rebajarse de graduación es una experiencia muy agradable. Deberías probarlo. Es más, deberías probarlo ahora mismo, porque me da la impresión de que te vas a caer.

Yossarian también pensaba que iba a caerse redondo. Se volvió hacia el hombre cuarentón de mandíbula en forma de farol y piel apergaminada que ocupaba la cama contigua a la de Dunbar y le dijo: «A tomar por culo». El cuarentón se puso rígido y le dirigió una mirada furibunda.

—Es comandante —le explicó Dunbar—. ¿Por qué no

apuntas un poco más bajo y te transformas en el subtenien-te Homer Lumley una temporada? Así podrías tener un padre juez y una hermana que se va a casar con un campeón de esquí. Dile que eres capitán.

Yossarian se volvió hacia el aturdido paciente que le había recomendado Dunbar.

—Soy capitán —dijo, señalando con el pulgar por encima del hombro—. A tomar por culo.

El aturdido paciente saltó al suelo al oír la orden de Yossarian y echó a correr.

Yossarian se metió en su cama y se convirtió en el subteniente Homer Lumley, que sentía ganas de vomitar y se cubrió de repente de sudor frío. Yossarian durmió una hora y después quiso volver a ser Yossarian otra vez. No parecía tan importante tener un padre juez y una hermana que iba a casarse con un campeón de esquí. Dunbar acompañó a Yossarian a su sala, donde echó a A. Fortiori de la cama para transformarse de nuevo en Dunbar durante un rato. No se veía ni rastro del subteniente Homer Lumley. Quien sí estaba allí era la enfermera Cramer, chisporroteando de santa indignación como un petardo húmedo. Ordenó a Yossarian que volviera de inmediato a su cama y se interpuso en su camino para que no pudiera obedecer. Su bonita cara resultaba más repugnante que nunca. La enfermera Cramer era un ser sentimental y de buen corazón que se alegraba generosamente ante cualquier noticia de boda, compromiso de matrimonio, nacimiento y aniversario aunque no conociera en absoluto a ninguna de las personas protagonistas de dichos acontecimientos.

—¿Está usted loco? —le riñó con aire virtuoso, agitando un dedo delante de sus narices—. Supongo que no le importa matarse, ¿verdad?

—Sería yo quien se matara —le recordó Yossarian.

—Y supongo que no le importa perder la pierna, ¿verdad?

—Es mi pierna.

—¡Claro que no es su pierna! —replicó la enfermera Cramer—. Esa pierna pertenece al gobierno de Estados Unidos. Es igual que una herramienta o un orinal. El ejército ha invertido mucho dinero en usted para que sea piloto, y no tiene derecho a desobedecer las órdenes del médico.

Yossarian no estaba muy seguro de que le gustara que invirtieran en su persona. La enfermera Cramer seguía plantada delante de él, de modo que no podía pasar. Le dolía la cabeza. La enfermera Cramer le preguntó a gritos algo que no entendió. Señalando con el pulgar por encima del hombro le dijo: «A tomar por culo».

La enfermera Cramer le asestó un bofetón tan fuerte que casi lo tiró al suelo. Yossarian echó hacia atrás el puño para propinarle un gancho en la mandíbula, pero en ese momento se le doblaron las piernas y empezó a desplomarse. La enfermera Duckett apareció a tiempo de sujetarlo. Se dirigió a los dos con firmeza:

—¿Se puede saber qué pasa aquí?

—No quiere volver a su cama —le explicó la enfermera Cramer con celo profesional, en tono ofendido—. Sue Ann, me ha dicho una cosa espantosa. ¡No me atrevo ni a repetirlo!

—Ella me ha llamado herramienta —murmuró Yossarian.

La enfermera Duckett no estaba dispuesta a contemporizar.

—Haga el favor de volver a la cama —le dijo—. ¿O prefiere que lo lleve yo de una oreja?

—Lléveme de una oreja —contestó Yossarian, desafiante.

La enfermera Duckett lo agarró por una oreja y lo metió en la cama.

27

LA ENFERMERA DUCKETT

La enfermera Sue Ann Duckett era una mujer alta, esbelta, madura y de espalda muy recta con un trasero prominente y redondo, senos pequeños y rasgos angulares y ascéticos típicos de Nueva Inglaterra que podían resultar tan bonitos como vulgares. Tenía una piel blanca y rosa, ojos pequeños, nariz y barbilla finas y afiladas. Era eficaz, hábil, estricta e inteligente. Aceptaba de buena gana las responsabilidades y no perdía la cabeza en momentos de crisis. Era adulta y autosuficiente y no necesitaba nada de nadie. A Yossarian le dio lástima y decidió ayudarla.

A la mañana siguiente, mientras la enfermera estaba inclinada a los pies de su cama arreglándole las sábanas, Yossarian deslizó furtivamente una mano en el estrecho espacio que se abría entre sus rodillas y la metió rápidamente bajo el vestido, subiéndola cuanto pudo. La enfermera Duckett pegó un grito y un salto en el aire, pero no llegó lo suficientemente alto, y durante casi quince segundos se retorció y se columpió, brincó sobre su divina palanca hasta que al fin logró despegarse y echó a correr frenéticamente hacia el pasillo con el rostro desencajado y ceniciento. Retrocedió demasiado, y Dunbar, que lo había observado todo desde el principio, saltó de la cama de improviso y le agarró el pecho con ambas manos por detrás. La enfermera Duckett soltó otro chillido y huyó, alejándose de Dunbar lo suficiente como para que Yossarian se precipitara sobre ella y volviera a aferrarse a su entrepierna. La enfermera Duckett rebotó varias veces más por el pasillo como una pelota de pimpón con piernas. Dunbar vigilaba, acechante, listo para acometer. La enfermera recordó su presencia justo a tiempo y se hizo a un lado. Dunbar falló el golpe, salió disparado por encima de la cama, aterrizó en el suelo sobre el cráneo con un chasquido hueco y quedó fuera de combate. Se despertó en el suelo, sangrando por la nariz y con las mismas molestias en la cabeza que llevaba tanto tiempo fingiendo. En la sala se había desencadenado un auténtico caos. La enfermera Duckett estaba deshecha en llanto, y Yossarian la consolaba y le pedía perdón sentado junto a ella en el borde de la cama. El coronel al mando le gritaba airado a Yossarian que no pensaba consentir que sus pacientes se tomaran libertades indecentes con sus enfermeras.

—¿Por qué lo riñe? —preguntó Dunbar en tono quejumbroso desde el suelo, contorsionando la cara por los punzantes dolores en las sienes que le producía su voz—. Él no ha hecho nada.

—¡Estoy hablando de usted! —vociferó con todas sus fuerzas el delgado y digno coronel—. Será castigado por lo que ha hecho.

—¿Por qué lo riñe? —gritó Yossarian a su vez—. Lo único que ha hecho ha sido caerse de cabeza.

—¡Y también estoy hablando de usted! —declaró el coronel, volviéndose bruscamente hacia Yossarian—. Le aseguro que va usted a lamentar haber agarrado a la enfermera Duckett por el pecho.

—Yo no he agarrado a la enfermera Duckett por el pecho —replicó Yossarian.

—La he agarrado yo —intervino Dunbar.

—¿Es que los dos se han vuelto locos? —chilló el médico, retrocediendo en medio de una absoluta confusión.

—Sí, está loco, doctor —le aseguró Dunbar—. Todas las noches sueña que tiene un pez vivo en la mano.

El médico se paró en seco con una elegante mirada de asombro y asco, y la sala quedó en silencio.

—¿Que sueña qué? —preguntó.

—Que tiene un pez vivo en la mano.

—¿Qué clase de pez? —le preguntó el médico a Yossarian con expresión seria.

—No lo sé —dijo Yossarian—. No distingo los peces.

—¿En qué mano lo tiene?

—Depende —contestó Yossarian.

—Depende del pez —añadió Dunbar a modo de aclaración.

El coronel se dio la vuelta y se quedó mirando a Dunbar, receloso, con los ojos entrecerrados.

—¿Ah, sí? ¿Y por qué sabe usted tanto sobre el tema?

—Yo aparezco en el sueño —respondió Dunbar sin siquiera un atisbo de sonrisa.

El coronel se sonrojó, abochornado. Les dirigió a ambos una fría mirada de rencor.

—Levántese del suelo y métase en la cama —le ordenó a Dunbar apretando los labios—. Y no quiero oír ni una palabra más sobre ese sueño. Tengo una persona encargada de escuchar esas porquerías.

—¿Por qué cree usted que al coronel Ferredge le parece asqueroso su sueño? —preguntó pronunciando cuidadosamente las palabras el comandante Sanderson, el psiquiatra fofo, sonriente y fornido a quien el coronel había ordenado a Yossarian que fuera a ver.

Yossarian contestó respetuosamente:

—Supongo que por alguna característica del sueño o por alguna característica del coronel Ferredge.

—¡Muy bien expresado! —aplaudió el comandante Sanderson, que llevaba unos zapatos chirriantes y tenía el pelo negro como el carbón, casi de punta—. Por alguna razón —le confió a Yossarian—, el coronel Ferredge siempre me ha recordado a una gaviota. No tiene demasiada fe en la psiquiatría, ¿sabe usted?

—A usted no le gustan las gaviotas, ¿verdad? —preguntó Yossarian.

—No mucho —admitió el comandante Sanderson con una carcajada aguda y nerviosa, y se estiró cariñosamente la bamboleante papada como si se tratara de una larga barba de chivo—. Pienso que su sueño es precioso, y espero que se repita con frecuencia para que sigamos discutiéndolo. ¿Quiere un cigarrillo? —Sonrió ante el rechazo de Yossarian—: ¿Por qué cree que siente tan profunda aversión a aceptar un cigarrillo que yo le ofrezco? —preguntó con expresión de complicidad.

—Acabo de apagar uno hace unos momentos. Todavía está humeando en el cenicero.

El comandante Sanderson soltó una risita ahogada.

—Una explicación muy ingeniosa, pero supongo que pronto descubriremos la verdadera razón. —Se ató con doble lazada un zapato y trasladó de la mesa a su regazo un cuaderno amarillo rayado—. Ese pez con el que sueña... Vamos a hablar de él. Es siempre el mismo, ¿verdad?

—No lo sé —respondió Yossarian—. Me cuesta trabajo distinguir un pez de otro.

—¿A qué le recuerda el pez?

—A otros peces.

—¿Y a qué le recuerdan otros peces?

—A otros peces.

El comandante Sanderson se echó hacia atrás en el asiento, decepcionado.

—¿Le gusta el pescado?

—No especialmente.

—¿Y por qué cree usted que siente una aversión tan morbosa hacia los peces? —preguntó el comandante Sanderson con aire triunfal.

—Son demasiado blandos —contestó Yossarian—. Y tienen demasiadas espinas.

El comandante Sanderson asintió, comprensivo, con una sonrisa tan agradable como insincera.

—Una explicación muy interesante, pero supongo que pronto descubriremos la verdadera razón. ¿Le gusta ese pez concreto, el que tiene en la mano?

—No siento nada especial por él.

—¿Le desagrada? ¿Experimenta emociones hostiles o agresivas hacia él?

—No, no. Es más, me cae bastante bien.

—Es decir, que le gusta.

—No, no. No siento nada especial por él.

—Pero acaba de decirme que le cae bien, y ahora me dice que no siente nada especial por él. Lo he sorprendido en una contradicción. ¿No lo comprende?

—Sí, señor. Supongo que me ha sorprendido en una contradicción.

El comandante Sanderson escribió con orgullo la palabra «Contradicción» en su cuaderno con un grueso lápiz de color negro.

—¿Por qué cree usted —añadió una vez realizada dicha operación, alzando la mirada— que ha dicho dos cosas que expresan respuestas emocionales contradictorias ante el pez?

—Supongo que porque mantengo una actitud ambivalente hacia él.

El comandante Sanderson se levantó de un salto, rebosante de júbilo, al oír los términos «actitud ambivalente».

—¡Usted lo entiende! —exclamó, frotándose las manos, en éxtasis—. Ah, no se puede imaginar lo solo que me siento al tener que hablar un día tras otro con pacientes que no tienen la menor idea de psiquiatría, al tener que curar a personas que no demuestran ningún interés ni por mí ni por mi trabajo. —Una sombra de angustia cruzó su rostro—. Es insufrible.

—¿En serio? —preguntó Yossarian, pensando qué más podía añadir—. ¿Por qué se considera usted responsable de las lagunas en la educación de los demás?

—Sí, ya sé que es una tontería —replicó el comandante Sanderson, incómodo, con una carcajada frívola, involuntaria—. Pero siempre me ha importado mucho la opinión de los demás. Verá, es que yo llegué a la pubertad un poco más tarde que los demás chicos de mi edad, y eso me causó muchos..., bueno, muchos problemas. Sé que me va a gustar discutirlos con usted. Estoy tan impaciente por empezar que casi no me apetece volver a su problema, pero me temo que tengo que hacerlo. El coronel Ferredge se enfadaría si se enterara de que dedicamos todo el tiempo a mí. Ahora voy a enseñarle unas manchas de tinta para ver a qué le recuerdan ciertos colores y formas.

—Puede ahorrarse la molestia, doctor. Todo me recuerda al sexo.

—¡De verdad! —exclamó el comandante Sanderson, alborozado, como si no pudiera dar crédito a sus oídos—: ¡Ahora sí que vamos a llegar a algo! ¿Tiene alguna vez un buen sueño sexual?

—El del pez es un sueño sexual.

—No, yo me refiero a uno realmente bueno, como cuando agarras a una zorra desnuda por el cuello y la pellizcas y le das puñetazos en la cara hasta dejarla cubierta de sangre y después la tiras al suelo y la violas y después te echas a llorar porque la quieres y la odias tanto que no sabes qué hacer. Ésa es la clase de sueños sexuales de la que me gusta hablar a mí. ¿Nunca tiene uno así?

Yossarian reflexionó unos momentos, con expresión de astucia.

—Ese sueño es de peces —dijo.

El comandante Sanderson se echó hacia atrás como si lo hubieran abofeteado.

—Sí, claro —admitió en tono glacial, y cambió su actitud afable por otra de hostilidad defensiva—. Pero, de todos modos, me gustaría que tuviera un sueño así, para ver cómo reacciona. Bueno, eso es todo por hoy. Hasta el próximo día, me gustaría que soñara también las respuestas a algunas de las preguntas que le he planteado. Verá, a mí estas sesiones no me resultan más agradables que a usted.

—Se lo diré a Dunbar —replicó Yossarian.

—¿Dunbar?

—Él fue quien empezó todo esto. El sueño es suyo.

—Ah, ya, Dunbar —replicó despectivamente el comandante Sanderson, recobrando la confianza—. Me apuesto cualquier cosa a que Dunbar es ese tipo tan malvado que comete todas esas tropelías de las que siempre lo acusan a usted, ¿verdad?

—No es tan malvado.

—Y, sin embargo, lo defendería hasta la muerte, ¿verdad?

—No tanto.

El comandante Sanderson sonrió burlonamente y anotó «Dunbar» en el cuaderno.

—¿Por qué cojea? —preguntó secamente cuando Yossarian se dirigió hacia la puerta—. ¿Y por qué demonios lleva esa venda en la pierna? ¿Está usted loco o qué?

—Me han herido en la pierna. Por eso estoy ahora en el hospital.

—¡Ni hablar! —exclamó el comandante Sanderson maliciosamente—. Está en el hospital porque tiene una piedra en las glándulas salivares. Así que no es usted tan listo, al fin y al cabo, ¿eh? Ni siquiera sabe por qué está en el hospital.

—Estoy en el hospital porque me han herido en una pierna —insistió Yossarian.

El comandante Sanderson echó por tierra su argumento con una carcajada sarcástica.

—Bueno, dele recuerdos de mi parte a su amigo Dunbar. Y dígale que me sueñe eso otra vez. ¿De acuerdo?

Pero Dunbar tenía náuseas y mareos debido al constante dolor de cabeza y no parecía muy dispuesto a colaborar con el comandante Sanderson. Joe *el Hambriento* sufría pesadillas porque había cumplido sesenta misiones y estaba esperando de nuevo volver a Estados Unidos, pero no quiso compartirlas con nadie cuando fue al hospital.

—¿Nadie tiene sueños para el comandante Sanderson? —preguntó Yossarian—. No me gustaría decepcionarlo. Se siente rechazado por todo el mundo.

—Yo tengo un sueño muy raro desde que me enteré de que lo habían herido —confesó el capellán—. Antes soñaba todas las noches que mi mujer moría o que la asesinaban o que mis niños se asfixiaban al comer unos alimentos muy nutritivos. Ahora sueño que estoy buceando y un tiburón me arranca la pierna izquierda, por el mismo sitio en el que usted lleva la venda.

—Es un sueño estupendo —declaró Dunbar—. Seguro que al comandante Sanderson le encantará.

—¡Es un sueño horrible! —exclamó el comandante Sanderson—. Está lleno de dolor, mutilación y muerte. Me consta que lo ha tenido únicamente para fastidiarme. Ni siquiera estoy seguro de que usted pertenezca al ejército, con un sueño tan asqueroso como ése.

Yossarian creyó entrever un rayo de esperanza.

—Tal vez tenga razón, señor —dijo arteramente—. Quizá deberían licenciarme y mandarme a casa.

—¿No se le ha ocurrido que con su promiscua búsqueda de mujeres únicamente está tratando de aliviar unos temores subconscientes de impotencia sexual?

—Sí, señor, se me ha ocurrido.

—Entonces, ¿por qué sigue haciéndolo?

—Para aliviar mis temores de impotencia sexual.

—¿Por qué no se busca un buen pasatiempo en lugar de eso? —le preguntó el comandante Sanderson con expresión de amistoso interés—. Por ejemplo, pescar. ¿De verdad le parece tan atractiva la enfermera Duckett? Yo la encuentro demasiado huesuda, y demasiado blanda, como los peces.

—Apenas conozco a la enfermera Duckett.

—Entonces, ¿por qué la agarró por el pecho? ¿Simplemente porque lo tiene?

—Eso lo hizo Dunbar.

—¡Venga, no empecemos otra vez! —exclamó el comandante Sanderson en tono vitriólico, al tiempo que soltaba el lápiz con asco—. ¿De verdad cree que puede absolverse de toda culpa fingiendo ser otra persona? Me cae usted mal, Fortiori. ¿No lo sabía? Vamos, me cae usted fatal.

Yossarian percibió el soplo de un viento frío y húmedo de temor.

—Yo no soy Fortiori, señor —dijo tímidamente—. Me llamo Yossarian.

—¿Que se llama cómo?

—Yossarian, señor. Y estoy en el hospital porque me han herido en una pierna.

—Usted se llama Fortiori —le contradijo el comandante

429

Sanderson con actitud belicosa—. Y está en el hospital porque tiene piedras en las glándulas salivares.

—¡Venga, comandante! —estalló Yossarian—. ¿No voy a saber yo quién soy?

—Y tengo un documento oficial del ejército que lo acredita —replicó el comandante Sanderson—. Más vale que se controle usted antes de que sea demasiado tarde. Primero es Dunbar, ahora Yossarian, y al final asegurará que es Washington Irving. ¿Sabe lo que le ocurre? Que tiene desdoblamiento de personalidad. Eso es lo que le pasa.

—Quizá tenga razón, señor —concedió Yossarian diplomáticamente.

—Claro que tengo razón. Tiene usted una manía persecutoria muy grave. Piensa que todos quieren hacerle daño.

—Es que quieren hacerme daño.

—¿Lo ve? ¡No respeta en absoluto la autoridad excesiva ni las tradiciones obsoletas! ¡Es usted un elemento peligroso y depravado, y habría que fusilarlo!

—¿Lo dice en serio?

—¡Es usted un enemigo del pueblo!

—¡Y usted está como una cabra! —gritó Yossarian.

—¡No estoy como una cabra! —vociferó Dobbs furibundo en la sala, pensando que hablaba en susurros—. Joe *el Hambriento* los ha visto, te lo aseguro. Los vio ayer, cuando voló a Nápoles para recoger unos acondicionadores de aire del mercado negro para la granja del coronel Cathcart. Allí tienen un centro enorme de reemplazo lleno de pilotos, bombarderos y artilleros a punto de volver a casa. Sólo han cumplido cuarenta y cinco misiones, y algunos con medallas llevan incluso menos. De Estados Unidos están llegando cientos de soldados de reserva. Quieren que todos vayan al extranjero al menos una vez, incluso el personal administrativo. ¿Es que no lees los periódicos? ¡Tenemos que matarlo en seguida!

—A ti sólo te quedan dos misiones que cumplir —trató de hacerle comprender Yossarian en voz baja—. ¿Para qué vas a arriesgarte?

—También pueden matarme mientras las cumplo —replicó porfiadamente Dobbs, con voz ronca, vacilante, sobreexcitada—. Podríamos matarlo mañana a primera hora cuando vuelva de la granja. Tengo la pistola aquí mismo.

A Yossarian estuvieron a punto de salírsele los ojos de las órbitas cuando Dobbs sacó una pistola y la alzó en el aire.

—¿Estás loco? —susurró horrorizado—. Guarda eso. Y baja la voz, imbécil.

—¿Por qué te preocupas tanto? —preguntó Dobbs en tono de inocencia ofendida—. No nos oye nadie.

—¡Eh, a ver si nos callamos! —se oyó decir a alguien desde el otro extremo de la sala—. ¿Es que no veis que hay gente que quiere dormir?

—¡Eres un gilipollas, ¿verdad?! —chilló Dobbs a su vez, y se dio la vuelta bruscamente con los puños apretados, preparado para la pelea.

Se volvió hacia Yossarian y, antes de que le diera tiempo a decir nada más, estornudó estruendosamente seis veces seguidas, trastabillando de costado con las piernas como de gelatina y levantando en vano los codos para defenderse de cada acceso. Los párpados de sus acuosos ojos estaban hinchados.

—¿Qué se ha creído que es, un policía o qué? —comentó dando sorbetones y secándose la nariz con la robusta muñeca.

—Es un agente del CID —le comunicó Yossarian pausadamente—. Ahora tenemos tres y hay más de camino. Bah, no te asustes. Están buscando a un falsificador llamado Washington Irving. No les interesan los asesinos.

—¿Asesinos? —Dobbs se sentía herido—. ¿Por qué nos llamas asesinos? ¿Sólo porque vamos a asesinar al coronel Cathcart?

—¡Cállate, maldita sea! —le ordenó Yossarian—. ¿Es que no puedes hablar más bajo?

—Estoy hablando bajo. Estoy...

—Sigues gritando.

—No, no...

—¡Eh! Cerrad la boca, ¿vale? —empezaron a vociferar todos los pacientes de la sala.

—¡Os vais a enterar todos, imbéciles! —les chilló Dobbs, y se encaramó a una desvencijada silla de madera, blandiendo la pistola. Yossarian lo agarró por el brazo y lo obligó a bajar. Dobbs se puso a estornudar otra vez—. Tengo alergia —dijo en tono de disculpa cuando hubo acabado, con los ojos y la nariz llenos de líquido.

—Lo siento. Serías un gran dirigente si no la tuvieras.

—El asesino es el coronel Cathcart —se lamentó amargamente Dobbs tras haberse guardado un pañuelo pringoso y arrugado de color caqui—. Es él quien va a asesinarnos a todos si no hacemos algo para impedirlo.

—Quizá no vuelva a aumentar el número de misiones. A lo mejor no pasa de sesenta.

—Siempre las aumenta. Lo sabes mejor que yo. —Dobbs tragó saliva y acercó su tenso rostro al de Yossarian; los músculos de su mandíbula broncínea, pétrea, se amontonaron formando nudos temblorosos—. No tienes más que decirme que estás de acuerdo y yo me ocuparé de todo mañana por la mañana. ¿Me entiendes? Ahora estoy hablando bajo, ¿no?

Yossarian apartó los ojos de la abrasadora mirada suplicante que le había clavado Dobbs.

—¿Por qué leches no vas y lo haces? —protestó—. ¿Por qué no dejas de hablarme del asunto y lo haces tú solo?

—Porque me da miedo. Me da miedo hacer cualquier cosa solo.

—Entonces no me metas a mí. Tendría que estar loco para intervenir en una cosa así precisamente ahora. Tengo una herida que vale millones. Van a mandarme a casa.

—¡Estás loco! —exclamó Dobbs con incredulidad—. No es más que un rasguño. Te obligarán a cumplir más misiones en cuanto salgas de aquí, a pesar de tu medalla.

—Entonces, lo mataré —juró Yossarian—. Iré a buscarte y lo haremos juntos.

—Pues vamos a hacerlo mañana, mientras aún quede tiempo —le rogó Dobbs—. El capellán dice que ha vuelto a presentar voluntario al escuadrón para Aviñón. Pueden matarme antes de que tú salgas de aquí. Mira cómo me tiemblan las manos. No puedo pilotar un avión. No sirvo.

Yossarian tenía miedo de decir que sí.

—Quiero esperar a ver qué pasa.

—Lo malo de ti es que nunca haces nada —se lamentó Dobbs con la voz ronca por la cólera.

—Estoy haciendo todo lo que puedo —le explicó con dulzura el capellán a Yossarian cuando se marchó Dobbs—. Incluso fui a la enfermería a hablar con el doctor Danika para que lo ayudara.

—Sí, ya veo. —Yossarian disimuló una sonrisa—. ¿Y qué ocurrió?

—Que me pintaron las encías de morado —contestó dolido el capellán.

—Y los dedos de los pies —añadió Nately escandalizado—. Y después le dieron un laxante.

—Pero he vuelto esta mañana a verle.

—Y le han vuelto a pintar las encías de morado —dijo Nately.

—Pero he conseguido hablar con él —se defendió quejumbroso el capellán, intentando justificarse—. El doctor Danika parece un hombre muy desgraciado. Sospecha que alguien está tramando su traslado al océano Pacífico, y llevaba mucho tiempo pensando en pedirme ayuda. Cuando le dije que yo también necesitaba su ayuda, me preguntó si no podía ir a ver a un capellán. —El capellán esperó pacientemente, alicaído, hasta que Yossarian y Dunbar se echaron a reír—. Antes creía que era inmoral sentirse desgraciado —añadió, como si reflexionara en voz alta—. Ahora ya no sé qué pensar. Me gustaría basar mi sermón del próximo domingo en el tema de la inmoralidad, pero no estoy seguro de que sea conveniente dar un sermón con las encías así. Al coronel Korn le han molestado muchísimo.

—¿Por qué no se viene una temporada al hospital con nosotros y se toma un descanso, capellán? —le invitó Yossarian—. Allí estaría muy cómodo.

La insolente infamia de semejante propuesta tentó y divirtió al capellán unos segundos.

—No, gracias —decidió muy a su pesar—. Quiero hacer un viaje al continente para ver a un soldado que trabaja en el departamento de correos llamado Wintergreen. El doctor Danika me ha dicho que él podría ayudarnos.

—Wintergreen es probablemente el hombre más influyente del teatro de operaciones europeo. No sólo trabaja en el correo, sino que tiene acceso a una multicopista. Pero no ayuda a nadie. Ésa es una de las razones por las que probablemente llegará muy lejos.

—De todos modos, me gustaría hablar con él. Tiene que haber alguien que pueda ayudarlos.

—Hágalo por Dunbar, capellán —le corrigió Yossarian con aires de superioridad—. Yo tengo una herida en la pierna que vale una millonada y que me librará de la guerra. Y si no, hay un psiquiatra que piensa que no soy apto para el ejército.

—Yo soy quien no es apto para estar en el ejército —gimió Dunbar, celoso—. Lo he soñado.

—No se trata del sueño, Dunbar —le explicó Yossarian—.

Al psiquiatra le gusta tu sueño. Es mi personalidad. Piensa que tengo desdoblamiento de personalidad.

—Está partida por la mitad —dijo el comandante Sanderson, que se había atado bien los zapatos para la ocasión, se había peinado hacia atrás y se había puesto una olorosa loción. Desplegó una amplia sonrisa para demostrar una actitud razonable y simpática—. No lo digo por crueldad, ni para insultarlo —añadió en tono insultante y por crueldad—. No lo digo porque usted me rechazara e hiriera mis sentimientos, no. Soy médico y, por consiguiente, objetivo. Tengo muy malas noticias para usted. ¿Es lo suficientemente hombre como para aceptarlas?

—¡No, no! —gritó Yossarian—. Me derrumbaré.

Al comandante Sanderson le acometió un acceso de cólera.

—¿Es que no puede hacer nada como es debido? —chilló, poniéndose rojo como la grana del disgusto y descargando ambos puños sobre la mesa—. Lo que le pasa a usted es que se cree demasiado maravilloso para las convenciones sociales. Y quizá también piense que es demasiado maravilloso para mí, simplemente porque yo llegué a la pubertad un poco tarde. Bueno, ¿pues sabe lo que es usted? ¡Un joven frustrado, infeliz, desilusionado, indisciplinado e inadaptado!

El comandante Sanderson pareció ablandarse en cuanto hubo soltado los poco halagadores adjetivos.

—Sí, señor —concedió Yossarian humildemente—. Supongo que tiene usted razón.

—Claro que la tengo. Es usted inmaduro. Ha sido incapaz de adaptarse a la idea de la guerra.

—Sí, señor.

—Tiene una aversión morbosa a la muerte. Probablemente lamenta el hecho de estar en una guerra y la posibilidad de que le vuelen la cabeza en cualquier momento.

—No sólo lo lamento, señor. Me pone furioso.

—Padece usted profundas angustias de supervivencia. Y no le gustan los fanáticos, los tiranos, los pedantes ni los hipócritas. Subconscientemente odia a muchas personas.

—Conscientemente, señor, conscientemente —le corrigió Yossarian, deseoso de poder ayudar—. Los odio conscientemente.

—Se opone a la idea de que le roben, lo exploten, degraden, humillen o engañen. La tristeza lo deprime. La ignorancia lo deprime. La persecución lo deprime, y también la violencia, la avaricia, los tugurios, el crimen, la corrupción. Verá, no me sorprendería lo más mínimo que fuera usted un maníaco-depresivo.

—Sí, señor. Quizá lo sea.

—No lo niegue.

—No lo niego, señor —dijo Yossarian, encantado con la prodigiosa compenetración que al fin había entre los dos—. Estoy de acuerdo con todo lo que ha dicho.

—Entonces reconoce que está loco, ¿no?

—¿Quién, yo? —Yossarian se quedó perplejo—. ¿A qué se refiere? ¿Por qué estoy loco? El que está loco es usted.

El comandante Sanderson volvió a ponerse rojo de indignación y descargó ambos puños sobre los muslos.

—¡Llamarme loco a mí! —vociferó iracundo—. ¡Es una típica reacción paranoica, sádica y vengativa! ¡Está usted loco de remate!

—Entonces, ¿por qué no me manda a casa?

—¡Eso es lo que voy a hacer!

—¡Van a mandarme a casa! —anunció Yossarian jubiloso cuando volvió a la pata coja al hospital.

—¡Y a mí! —replicó A. Fortiori—. Acaban de venir a decírmelo.

—¿Y a mí? —preguntó Dunbar, susceptible, a los médicos.

—¿A usted? —replicaron ásperamente—. Usted va con Yossarian. ¡Vuelve inmediatamente al servicio activo!

Y al servicio activo que volvieron los dos. Yossarian se encolerizó cuando la ambulancia lo llevó a la base, y fue cojeando a pedir justicia al doctor Danika, que lo miró furibundo y lúgubre, con expresión de desprecio.

—¡Tú! —exclamó el médico en tono de reproche, las bolsas de debajo de los ojos, en forma de huevo, firmes y acusadoras—. No piensas más que en ti. Ve a echarle un vistazo a la línea de fuego si quieres ver lo que ha ocurrido desde que te fuiste al hospital.

Yossarian se quedó atónito.

—¿Estamos perdiendo?

—¿Perdiendo? —gritó el doctor Danika—. La situación militar es catastrófica desde que capturamos París. Ya sabía yo que ocurriría esto. —Se calló, mientras su ira se tornaba melancolía, y frunció el ceño, irritado, como si fuera culpa de Yossarian—. Las tropas norteamericanas están entrando en suelo alemán. Los rusos han recuperado Rumania. Ayer mismo, los griegos del Octavo Ejército capturaron Rímini. Los alemanes están a la defensiva en todas partes. —Volvió a guardar silencio y se fortaleció con una enorme bocanada de aire para soltar una aguda exclamación de lástima—. ¡Ya no queda Luftwaffe! —gimió. Parecía a punto de estallar en llanto—. ¡La línea de Gotha corre el riesgo de desplomarse!

—¿Y qué? —preguntó Yossarian—. ¿Qué tiene eso de malo?

—¿Que qué tiene de malo? —chilló el doctor—. Si no pasa algo pronto, Alemania podría rendirse. ¡Y entonces nos mandarían a todos al Pacífico!

Yossarian se quedó mirando al doctor Danika con grotesca consternación.

—¿Te has vuelto loco? ¿Sabes lo que estás diciendo?

437

—Claro, para ti es fácil reír —replicó el doctor Danika despectivamente.

—¿Quién demonios se ha reído?

—Al menos tú tienes alguna posibilidad. Tú participas en combate y a lo mejor te matan, pero ¿y yo? A mí no me queda ninguna esperanza.

—¡Has perdido el juicio! —le gritó Yossarian con vehemencia, agarrándolo por la camisa—. ¿Lo sabías? Cierra esa bocaza de imbécil y escúchame.

El doctor Danika se desasió.

—No te atrevas a hablarme así. Soy médico titulado.

—Pues cierra esa bocaza de médico titulado imbécil y escucha lo que me han dicho en el hospital. Estoy loco. ¿Lo sabías?

—¿Y qué?

—Loco de remate.

—¿Y qué?

—Que estoy como una cabra. ¿Es que no lo entiendes? Estoy majara. Han enviado a casa a otra persona en mi lugar, por error. En el hospital hay un psiquiatra titulado que me ha examinado, y ése ha sido su veredicto. Soy un demente.

—¿Y qué?

—¿Cómo que y qué? —A Yossarian no le cabía en la cabeza que el doctor Danika no lo comprendiera—. ¿No te das cuenta de lo que eso significa? Puedes darme de baja y mandarme a casa. No van a mandar a luchar a un loco para que lo maten, ¿no?

—Y si no, ¿quién iría?

438

28

DOBBS

McWatt sí fue, y él no estaba loco. Y también Yossarian, que aún cojeaba, y tras haber ido dos veces y verse amenazado por el rumor de otra misión a Bolonia, fue cojeando, muy decidido, a la tienda de Dobbs una cálida tarde, se llevó un dedo a la boca y dijo: «¡Chist!».

—¿Por qué le chistas? —preguntó Kid Sampson, pelando una mandarina con los incisivos mientras ojeaba las páginas arrugadas de un tebeo—. Ni siquiera está hablando.

—A tomar por culo —le dijo Yossarian a Kid Sampson señalando con el pulgar por encima del hombro hacia la entrada de la tienda.

Kid Sampson enarcó las rubias cejas con gesto perspicaz y se levantó, obediente. Silbó cuatro veces lanzando el aire sobre el caído bigote amarillo y se largó a las montañas en la abollada motocicleta verde que había comprado de segunda mano unos meses antes. Yossarian esperó hasta que se hubo desvanecido en la distancia el último y débil petardeo del motor. En el interior de la tienda, las cosas no parecían normales. Todo estaba demasiado ordenado. Dobbs observaba con curiosidad, fumando un grueso puro. Ahora que Yossarian había decidido ser valiente, estaba muerto de miedo.

—De acuerdo —dijo—. Vamos a matar al coronel Cathcart. Lo haremos juntos.

Dobbs saltó del catre aterrorizado.

—¡Chist! —bramó—. ¿Matar al coronel Cathcart? Pero ¿qué dices?

—Baja la voz, maldita sea —le espetó Yossarian—. ¿Quieres que se entere toda la isla? ¿Todavía tienes esa pistola?

—¿Te has vuelto loco o qué? —gritó Dobbs—. ¿Por qué iba yo a querer matar al coronel Cathcart?

—¿Cómo que por qué? —Yossarian se quedó mirando a Dobbs con el ceño fruncido, sin poder dar crédito—. ¿Por qué? Fue idea tuya, ¿no? ¿Acaso no fuiste al hospital a pedirme que lo hiciera?

Dobbs esbozó lentamente una sonrisa.

—Pero eso era cuando sólo había cumplido cincuenta y ocho misiones —le explicó, dando una calada al puro con satisfacción—. Ahora he terminado y estoy esperando irme a casa. He terminado las sesenta misiones.

—¿Y qué? —replicó Yossarian—. Volverá a aumentar el número.

—A lo mejor esta vez no.

—Siempre lo aumenta. ¿Se puede saber qué diablos te pasa, Dobbs? Pregúntale a Joe *el Hambriento* cuántas veces ha hecho él las maletas.

—Tengo que esperar a ver qué pasa —insistió porfiadamente Dobbs—. Tendría que estar loco para meterme en una cosa así precisamente ahora que no participo en combate. —Sacudió la ceniza del puro—. Y lo que te aconsejo —añadió— es que cumplas las sesenta misiones como todos nosotros y esperes a ver qué pasa.

Yossarian resistió el impulso de escupirle a Dobbs en plena cara.

—Quizá no viva para cumplirlas —respondió, pesimis-

ta—. Corre el rumor de que ha vuelto a presentar voluntario al escuadrón para Bolonia.

—Es sólo un rumor —comentó Dobbs dándose aires de
importancia—. No debes creerte todos los rumores que oigas.

—¿Quieres dejar de darme consejos?

—¿Por qué no hablas con Orr? —le aconsejó Dobbs—.
La semana pasada volvieron a derribarlo, en la segunda misión de Aviñón. Quizá se sienta lo suficientemente mal como para matarlo.

—Orr no tiene suficiente cabeza como para sentirse mal.

A Orr habían vuelto a derribarlo mientras Yossarian estaba en el hospital, y había posado suavemente el maltrecho
aparato sobre el cristalino oleaje azul de la costa marsellesa
con tal habilidad que ni un solo miembro de la tripulación,
compuesta por seis hombres, sufrió ni un rasguño. Las esco-
tillas de emergencia de atrás y de delante se abrieron de par
en par cuando el mar, espumeante, blanco y verde, aún rodeaba el avión, y los hombres salieron con la mayor rapidez
posible provistos de los fláccidos salvavidas naranjas colgados inútilmente del cuello y la cintura. No se inflaron porque Milo había quitado los cilindros gemelos de dióxido de
carbono de las cámaras para hacer los helados de fresa y pi-
ña triturada que servía en el comedor de oficiales y en su lugar había dejado unas fotocopias con la siguiente leyenda:
«Lo que es bueno para Empresas M y M también lo es para el país». Orr fue el último en abandonar el avión a punto de hundirse.

—Tendrías que haberlo visto —dijo el sargento Knight
partiéndose de risa al referirle el episodio a Yossarian—. Fue
la cosa más divertida que te puedes imaginar. Los salvavidas
no funcionaban porque Milo había robado el dióxido de carbono para hacer esos helados que os ponen en el comedor
de oficiales, hijos de puta. Pero no fue tan desastroso como

parecía, porque sólo uno de nosotros no sabía nadar y lo subimos a la balsa que Orr acercó hasta el fuselaje con una cuerda mientras todavía estábamos en el avión. Ese chiflado de Orr tiene habilidad para estas cosas. La otra balsa se soltó y se fue a la deriva, así que acabamos los seis en una, con los codos y las rodillas tan apretados que casi no te podías mover sin tirar al agua al que estaba a tu lado. El avión desapareció al cabo de unos segundos de haberlo dejado, y cuando desenroscamos las tapas de los salvavidas para ver qué había pasado descubrimos esas fotocopias de Milo que decían que lo que es bueno para él también lo es para los demás. ¡Será hijo de puta! No veas si lo insultamos, todos menos ese amigo tuyo, Orr, que no paraba de sonreír como si de verdad pensara que lo que era bueno para Milo podía serlo también para los demás.

»Te lo juro, tendrías que haberlo visto en el borde de la balsa como un capitán de barco mientras los demás lo mirábamos, esperando a que nos dijera qué teníamos que hacer. Cada pocos segundos se daba una palmada en los muslos y decía: "Bueno, bueno, muy bien", y se reía como un loco y volvía a decir: "Bueno, bueno, muy bien", y a reírse como un loco. Parecía un retrasado mental. Pero precisamente verlo a él fue lo que evitó que todos nos desmoronáramos durante los primeros minutos, porque cada ola que llegaba hasta la balsa tiraba al agua a unos cuantos y teníamos que volver a encaramarnos antes de que la siguiente ola volviera a empujarnos. Te lo aseguro, fue muy gracioso. No parábamos de caernos y de volver a subir. Pusimos al tipo que no sabía nadar tumbado en la balsa, en medio, pero aun así también estuvo a punto de ahogarse, porque el agua que se había acumulado en el suelo casi le tapaba la cara. ¡No veas!

»Entonces a Orr le dio por abrir los compartimentos de

la balsa, y ahí es cuando empezó la diversión. Primero encontró una caja de chocolatinas y las repartió entre todos. Tendrías que habernos visto comiendo chocolate salado y sin parar de caernos al agua. Después encontró unos cubitos de caldo y unas tazas de aluminio y nos preparó sopa. Después encontró té y, claro, también lo preparó. ¿No te lo imaginas sirviéndonoslo con el agua hasta el cuello? Yo estuve a punto de caerme de tanto como me reía. Todos nos moríamos de la risa. Y él estaba muy serio, a no ser por esas risitas de loco y la sonrisa que no se quitaba de encima. ¡Si será imbécil! Utilizaba todo lo que encontraba. Encontró un líquido repelente para los tiburones y lo tiró al agua, y después va y encuentra un frasco de tinte y también lo echa al agua. Después encuentra un retel y un poco de cebo y se le ilumina la cara como si acabara de aparecer la lancha de Salvamento Marítimo para rescatarnos antes de que nos muriéramos de insolación o de que los alemanes enviaran un barco desde Spezia para cogernos prisioneros o ametrallarnos. Orr metió el retel en el agua, más contento que unas pascuas. "Mi teniente, ¿qué quiere pescar?", le pregunté. "Bacalao", me contestó, y lo decía en serio. Y me alegro de que no pescara nada, porque se hubiera comido el bacalao crudo y nos hubiera obligado a todos a comerlo, porque también había encontrado un librito que decía que no pasa nada si comes bacalao crudo.

»A continuación encontró un remo azul del tamaño de una cucharilla y, naturalmente, se puso a remar intentando mover nuestros quinientos kilos de peso con un palito. ¿Te lo imaginas? Después encontró una brújula y un mapa impermeable. Extendió el mapa sobre las rodillas y colocó la brújula encima. Y así se pasó todo el rato hasta que nos recogió la lancha, al cabo de unos treinta minutos, allí sentado con el retel en el agua, y el mapa y la brújula sobre las rodillas, remando con todas sus fuerzas con un remo de juguete como si quisiera llegar a Mallorca. ¡No veas!

El sargento Knight tenía mucha información sobre Mallorca, y también Orr, porque Yossarian les había hablado a ambos en numerosas ocasiones de ciertos lugares sagrados, como España, Suiza y Suecia, donde podían internar a los aviadores norteamericanos durante el tiempo que durase la guerra en unas condiciones de vida lujosísimas por el simple hecho de volar hasta allí. Yossarian era toda una eminencia en materia de internamientos y ya había empezado a planear un aterrizaje de emergencia en Suiza cada vez que realizaba una misión en el norte de Italia. Desde luego, habría preferido Suecia, donde el coeficiente intelectual era elevado y donde podría nadar desnudo con chicas que hablaban en tono bajo y comedido y engendrar auténticas tribus de felices e indisciplinados hijos ilegítimos de los que se ocuparía el estado desde el momento del parto y que saldrían a la vida sin ningún estigma; pero Suecia quedaba fuera de su alcance, estaba demasiado lejos, y Yossarian seguía esperando el fragmento de metralla que destruiría un motor de su avión sobre los Alpes italianos y le proporcionaría la excusa para poner rumbo a Suiza. Ni siquiera le diría al piloto que lo llevaba allí. Muchas veces pensaba en fingir que un motor sufría una avería tras haberse puesto de acuerdo con un piloto en el que confiara y después destruir las pruebas de la estratagema con un aterrizaje de emergencia, pero el único piloto en el que de verdad confiaba era McWatt, que se sentía muy contento donde estaba y se lo pasaba divinamente sobrevolando con un terrible zumbido la tienda de Yossarian o pasando con el rugiente aparato sobre la playa, tan cerca de los bañistas que el viento furioso que levantaban las hélices abría oscuros surcos en el agua y dejaba andanadas de espuma durante varios segundos.

No podía contar con Dobbs ni con Joe *el Hambriento*, ni tampoco con Orr, que estaba enredando otra vez con la válvula de la estufa cuando Yossarian entró en la tienda, cojeando y desanimado, después de que Dobbs hubiera rechazado su propuesta. La estufa que Orr estaba fabricando con un tambor de metal invertido se hallaba en medio de la tienda, sobre el liso suelo de cemento que también había construido Orr. Trabajaba diligentemente, de rodillas. Yossarian intentó no prestarle atención; se dirigió cojeando a su catre y se sentó emitiendo un prolongado gemido. El sudor que se le había acumulado en la frente empezó a enfriarse. Dobbs lo había deprimido. El doctor Danika lo deprimía. Al mirar a Orr, lo deprimió una funesta visión de su destino. Empezó a agitarse, presa de diversos temblores internos. Tenía los nervios de punta, y le empezó a palpitar una vena de la muñeca.

Orr examinaba a Yossarian por encima del hombro, con los húmedos labios contraídos sobre las hileras convexas de sus dientes de caballo. Extendió un brazo, sacó una botella de cerveza caliente de su armario y se la dio a Yossarian tras haberle quitado la chapa. Ninguno de los dos pronunció palabra. Yossarian sorbió las burbujas que se habían formado encima y echó la cabeza hacia atrás. Orr lo miró con expresión astuta y silenciosa sonrisa. Yossarian lo contempló, poniéndose a la defensiva. Orr rió entre dientes, con un leve silbido mucilaginoso, y reanudó su tarea, en cuclillas. Yossarian se puso en tensión.

—No empieces —le rogó con voz amenazadora, apretando con ambas manos la botella de cerveza—. No empieces otra vez con la dichosa estufa.

Orr soltó una risita.

—Casi he acabado.

—Ni hablar. Vas a empezar.

—Mira, ésta es la válvula. Ya está casi terminada.

445

—Sí, y vas a hacerla pedazos. Te conozco, hijo de puta. Te he visto hacerlo miles de veces.

Orr se estremeció de júbilo.

—Quiero arreglar el escape del conducto de la gasolina —le explicó—. Ya he conseguido que no salgan más que unas gotas.

—No puedo mirarte —confesó Yossarian con ojos inexpresivos—. Si trabajaras con algo grande, me parecería muy bien, pero esa válvula está llena de piececitas, y en este momento no tengo paciencia para verte trabajar con tanto ahínco en cosas tan pequeñas y tan absurdas.

—Que sean pequeñas no significa que sean absurdas.

—Me da igual.

—¿Una vez más?

—Cuando yo no esté aquí. Eres un imbécil feliz y no puedes comprender cómo me siento. Siempre que enredas con cosas pequeñas a mí me ocurren cosas que ni siquiera sé cómo explicar. Descubro que no te soporto. Empiezo a odiarte y a pensar seriamente en estamparte esta botella en la cabeza o en clavarte ese cuchillo de caza en el cuello. ¿Me entiendes?

Orr asintió, con expresión inteligente.

—No voy a desmontar la válvula —dijo.

Acto seguido empezó a desmontarla, con una precisión lenta, incansable, interminable, su rostro torpe y rústico casi pegado al suelo, cogiendo entre los dedos las minúsculas piezas con una concentración tan ilimitada que daba la impresión de no estar pensando en el mecanismo.

Yossarian lo insultó en silencio y decidió no hacerle caso.

—Además, ¿por qué leches tienes tanta prisa por acabar esa estufa? —bramó al cabo de unos segundos, sin poder contenerse—. Todavía hace calor. Probablemente iremos a nadar esta tarde. ¿Por qué te preocupa tanto el frío?

—Los días son cada vez más cortos —comentó Orr filosóficamente—. Me gustaría dejártela acabada ahora que todavía hay tiempo. Cuando esté lista tendrás la mejor estufa de la base. Con este regulador que le estoy poniendo arderá toda la noche, y con estas placas de metal el calor irradiará por toda la tienda. Si dejas un casco lleno de agua encima cuando te acuestes, cuando despiertes podrás lavarte con agua caliente. ¿No te parece bien? Y si quieres prepararte unos huevos o una sopa, lo único que tienes que hacer es poner aquí la cacerola y subir el fuego.

—¿Por qué hablas sólo de mí? —le preguntó Yossarian con interés—. ¿Dónde piensas estar tú?

El raquítico torso de Orr tembló con un espasmo contenido de alegría.

—¡No lo sé! —exclamó, y se le escapó una extraña risotada entre los castañeantes dientes de caballo como un chorro de emoción. Seguía riendo cuando añadió con la voz obstaculizada por la saliva—: Como sigan derribándome de esta manera, no sé dónde estaré.

Yossarian se conmovió.

—¿Por qué no intentas dejar de volar, Orr? Tú tienes una buena excusa.

—Sólo he cumplido dieciocho misiones.

—Pero te han derribado en casi todas. Cada vez que emprendes el vuelo tienes que hacer un aterrizaje o un amerizaje de emergencia.

—¡Bah!, no me importa cumplir misiones. Supongo que son divertidas. Deberías volar en alguna conmigo cuando no tengas que ser bombardero jefe. Para reírnos un rato, vamos.

Orr miró a Yossarian por el rabillo del ojo con expresión regocijada.

Yossarian desvió la mirada.

—Soy bombardero jefe otra vez.

—Bueno, cuando no lo seas. Si tuvieras un poco de sentido común, ¿sabes lo que deberías hacer? Ir a ver a Piltchard y a Wren y decirles que quieres volar conmigo.

—¿Y que me derriben cada vez que pongas el motor en marcha? ¿Qué tiene eso de divertido?

—Precisamente por eso deberías hacerlo —insistió Orr—. Supongo que ahora soy uno de los mejores pilotos cuando se trata de aterrizajes o amerizajes de emergencia. Sería una buena experiencia para ti.

—¿Una buena experiencia de qué?

—Aprenderías a hacer amerizajes o aterrizajes de emergencia. Je, je, je.

—¿Me puedes dar otra botella de cerveza? —preguntó Yossarian, malhumorado.

—¿Vas a estampármela en la cabeza?

En esta ocasión, también Yossarian se echó a reír.

—¿Como la puta aquella del piso de Roma?

Orr soltó una carcajada lúbrica, hinchando los carrillos como manzanas silvestres, muy complacido.

—¿De verdad quieres saber por qué me daba golpes en la cabeza con el zapato? —le preguntó burlonamente.

—Lo sé —le contestó Yossarian en el mismo tono—. Me lo ha contado la puta de Nately.

Orr puso sonrisa de gárgola.

—No. Es mentira.

Yossarian sintió lástima de Orr. Era tan pequeño y tan feo... ¿Quién lo protegería si seguía viviendo? ¿Quién protegería a un gnomo de buen corazón y poca cabeza como Orr de los camorristas y de los expertos atletas como Appleby que tenían moscas en los ojos y que se abalanzarían sobre él engreídos y seguros a la primera oportunidad que se les presentara? Yossarian se preocupaba por Orr. ¿Quién lo defendería contra la animosidad y el engaño, contra los ambiciosos, contra al amargo esnobismo de la mujer del jefazo, contra las indignidades sórdidas y corruptoras de las motivaciones económicas y contra el amable carnicero de la esquina que vendía carne de mala calidad? Orr era un simplón feliz e incauto con una espesa mata de pelo polícromo con raya al medio. Sería un juguete en manos de semejantes personas. Le quitarían el dinero, se tirarían a su mujer y se portarían mal con sus hijos. Yossarian notó que lo invadía una oleada de compasión.

Orr era un enano estrafalario, un monstruito simpático de mente obscena dotado de mil y una habilidades que lo impedirían salir del grupo de personas con ingresos escasos durante toda su vida. Sabía manejar un soplete y clavar dos tablones de tal modo que la madera no se astillara ni se doblaran los clavos. Sabía hacer agujeros. Había construido muchas más cosas en la tienda mientras Yossarian estaba en el hospital. Había perforado o excavado un canalito perfecto en el suelo de cemento por el que discurría el delgado conducto de la gasolina que llegaba hasta la estufa desde el depósito que había instalado fuera, sobre una elevada plataforma. Había confeccionado una parrilla para la chimenea con piezas de bombas inservibles y la había cubierto de gruesos troncos plateados; había enmarcado en madera pintada las fotografías de chicas con grandes pechos que arrancaba de revistas guarras y las había colocado sobre la repisa. Orr era capaz de abrir un bote de pintura. Sabía mezclar pintura, sabia rebajarla, sabía quitarla. Sabía cortar leña y medir cosas con una regla. Sabía encender hogueras. Sabía cavar agujeros, y poseía un auténtico don para coger agua en latas y cantimploras del depósito que había cerca del comedor. Era capaz de engolfarse en tareas insignificantes durante horas enteras sin sentirse incómodo ni aburrido, tan ajeno a la fatiga como el tocón de un árbol, y casi igualmente taciturno. Poseía unos conocimientos prodigiosos sobre la flora y la fauna y no le daban miedo ni los perros, ni los gatos, ni los escarabajos, ni las mariposas nocturnas, ni las comidas tales como el bacalao o los callos.

Yossarian suspiró con pesadumbre y se puso a reflexionar, abrumado, sobre el rumor de la misión de Bolonia. La válvula que Orr estaba desmantelando tenía aproximadamente el tamaño de un dedo pulgar y contenía treinta y siete piezas, excluyendo la cubierta, muchas de ellas tan diminutas que Orr se veía obligado a cogerlas entre las uñas con sumo cuidado para colocarlas en el suelo en hileras ordenadas y catalogadas, sin acelerar ni dilatar sus movimientos en ningún momento, sin detenerse jamás en su trabajo imparable, metódico, monótono, a no ser para mirar de soslayo a Yossarian con expresión de demente malicioso. Yossarian intentaba no mirarlo. Después de contar las piezas pensó que iba a volverse majara. Se dio la vuelta y cerró los ojos, pero fue aún peor, porque sólo oía ruidos, los tintineos y roces enloquecedores, infatigables y claros de manos y piezas. Orr respiraba rítmicamente con un resoplido estertoroso, repugnante. Yossarian apretó los puños y contempló el largo cuchillo de caza con mango de hueso que colgaba en la vaina sobre el catre del muerto de su tienda. En cuanto pensó en apuñalar a Orr disminuyó la tensión que lo atenazaba. La idea de asesinar a Orr era tan ridícula que empezó a considerarla seriamente, caprichoso y fascinado. Examinó la nuca de Orr para localizar el posible emplazamiento de la *medulla oblongata*. Un pinchazo con un objeto afilado sería suficiente para matarlo y resolver los graves problemas que agobiaban a ambos.

—¿Duele? —preguntó Orr precisamente en aquel momento, como movido por un instinto de protección.

Yossarian se lo quedó mirando fijamente.

—¿Que si duele qué?

—La pierna —contestó Orr con una misteriosa carcajada—. Todavía cojeas un poco.

—Supongo que es la costumbre —dijo Yossarian, volviendo a respirar, aliviado—. Supongo que se me pasará pronto.

Orr rodó de costado por el suelo y se levantó apoyándose en una rodilla, frente a Yossarian.

—¿Te acuerdas —musitó pensativamente, con expresión de estar rememorando algo con esfuerzo—, te acuerdas de aquella chica que se puso a pegarme un día en Roma? —Soltó una risita al oír la involuntaria exclamación de Yossarian, que denotaba fastidio y decepción—. Vamos a hacer un trato. Te contaré por qué me pegaba esa chica en la cabeza con el zapato si contestas a una pregunta.

—¿Qué pregunta?

—¿Te has tirado alguna vez a la chica de Nately?

Yossarian se echó a reír, sorprendido.

—¿Quién, yo? No. Y ahora tienes que decirme por qué te pegaba esa chica con el zapato.

—Ésa no era la pregunta —le comunicó Orr con aire triunfal—. Simplemente, estábamos hablando. Ella actúa como si te la hubieras tirado.

—Pues no. ¿Cómo actúa?

—Como si no le cayeras bien.

—No le cae bien nadie.

—El capitán Black sí —le recordó Orr.

—Eso es porque la trata como a una mierda. Así cualquiera consigue a una chica.

—Lleva una esclava en la pierna con el nombre del capitán.

—La obliga a hacerlo para pinchar a Nately.

—La chica incluso le da un poco del dinero que le saca a Nately.

451

—Bueno, oye, ¿qué quieres preguntarme?

—¿Te has tirado alguna vez a mi chica?

—¿A tu chica? ¿Y quién demonios es tu chica?

—La que me pegó en la cabeza con un zapato.

—He estado con ella un par de veces —admitió Yossarian—. ¿Desde cuándo es tu chica? ¿Por qué dices eso?

—A ella tampoco le caes bien.

—¿Y a mí qué leches me importa? Le caigo tan bien como tú.

—¿Te ha pegado alguna vez en la cabeza con un zapato?

—Mira, Orr, estoy cansado. ¿Quieres dejarme en paz?

—Je, je, je. ¿Y esa condesa flacucha de Roma y su nuera flacucha? —insistió Orr traviesamente, cada vez más encantado—. ¿Has follado alguna vez con ellas?

—¡Ay, ojalá! —suspiró Yossarian con toda sinceridad, imaginando con aquella simple pregunta la sensación lasciva, usada y decadente de sus acariciantes manos sobre los pechos y las nalgas pequeños y pulposos.

—Pues tampoco a ellas les caes bien —comentó Orr—. Les gusta Aarfy, y también Nately, pero tú no. Me parece que no gustas a las mujeres. Creo que te consideran una mala influencia.

—Las mujeres están locas —replicó Yossarian, y se quedó esperando, sombrío, la siguiente pregunta, que ya conocía.

—¿Y esa otra chica? —le preguntó Orr fingiendo curiosidad—. ¿La gorda? ¿La calva? Sí, esa gorda calva de Sicilia que llevaba turbante y no paró de sudarnos encima toda la noche. ¿Ella también está loca?

—¿A ella tampoco le gusto?

—¿Cómo pudiste hacerle el amor a una chica sin pelo?

—¿Y cómo iba yo a saber que no tenía pelo?

—Yo sí lo sabía —replicó Orr muy ufano—. Lo sabía desde el principio.

—¡Sabías que era calva! —exclamó Yossarian, maravillado.

—No, sabía que esta válvula no funcionaría si me dejaba una pieza fuera —contestó Orr, emitiendo destellos rojos como las fresas de puro gozo porque acababa de tomarle el pelo una vez más a Yossarian—. ¿Puedes acercarme esa junta de culata que ha salido rodando, por favor? Está junto a tu pie.

—No. Aquí no está.

—Sí está —dijo Orr al tiempo que cogía algo invisible entre las uñas y lo levantaba para que lo viera Yossarian—. Ahora tendré que empezar desde el principio.

—Como se te ocurra, te mato. Te asesinaré aquí mismo.

—¿Por qué no vuelas nunca conmigo? —preguntó de repente, y miró a Yossarian a la cara por primera vez—. Ésa es la pregunta que quiero que me contestes. ¿Por qué no vuelas nunca conmigo?

Yossarian desvió la mirada, abochornado.

—Ya te lo he dicho. La mayoría de las veces soy bombardero jefe.

—No es por eso —objetó Orr, sacudiendo la cabeza—. Después de la primera misión de Aviñón fuiste a ver a Piltchard y a Wren para decirles que no querías volar conmigo. Es por eso, ¿verdad?

Yossarian notó que le ardía la piel.

—No, no les dije nada —mintió.

—Sí, claro que se lo dijiste —insistió Orr con ecuanimidad—. Les pediste que no te destinaran a ningún avión que pilotáramos Dobbs, Huple o yo porque no te fiabas de nosotros a los mandos. Y Piltchard y Wren te dijeron que no podían hacer una excepción contigo porque no sería justo para los hombres que tenían que volar con nosotros.

—¿Y qué? —dijo Yossarian—. Dio lo mismo, ¿no?

—Pero nunca te han obligado a volar conmigo. —Orr, entregado una vez más a su tarea de rodillas, le hablaba a Yossarian sin amarguras ni reproches, con una humildad ofendida que resultaba infinitamente más dolorosa, aunque seguía sonriendo y riendo entre dientes, como si la situación le pareciera cómica—. De verdad, deberías volar conmigo. Soy un piloto bastante bueno, y te cuidaría. Puede que me derriben muchas veces, pero nunca ha habido ningún herido en mi avión. Sí, señor, si tuvieras un poco de sentido común, ¿sabes lo que tendrías que hacer? Ir a ver ahora mismo a Piltchard y a Wren y decirles que quieres cumplir todas las misiones conmigo.

Yossarian se inclinó hacia delante y miró fijamente la inescrutable máscara de emociones contradictorias de Orr.

—¿Estás intentando decirme algo?

—¡Je, je, je! —respondió Orr—. Estoy intentando contarte por qué esa chica del zapato me pegó en la cabeza. Pero tú no me dejas.

—A ver, cuenta.

—¿Vas a volar conmigo?

Yossarian se echó a reír y negó con la cabeza.

—Volverán a tirarte al agua otra vez.

A Orr volvieron a tirarlo al agua cuando se realizó la rumoreada misión de Bolonia, y amerizó con una tremenda sacudida sobre las crispadas olas azotadas por el viento que se alzaban bajo los bélicos nubarrones negros que se arremolinaban en el cielo. Tardó en salir del avión y acabó solo en una balsa que se alejó, flotando a la deriva, del resto de los hombres que iban en otra balsa, y se había perdido de vista cuando apareció la lancha de Salvamento Marítimo Aéreo surcando las aguas y salpicando gotas de lluvia. Empezaba a caer la noche cuando los llevaron a la base. No había noticias de Orr.

—No os preocupéis —dijo Kid Sampson, aún envuelto en las gruesas mantas y el impermeable que le habían puesto sus salvadores en la lancha—. Seguramente lo habrá recogido alguien, si es que no se ha ahogado en medio de la tormenta. No duró mucho. Os apuesto cualquier cosa a que aparecerá de un momento a otro.

Yossarian volvió a la tienda a esperar a que Orr apareciera de un momento a otro y encendió fuego para que se encontrase cómodo a su regreso. La estufa funcionaba perfectamente, con unas llamaradas consistentes que podían subirse o bajarse accionando la llave que Orr había conseguido reparar al fin. Caía una fina lluvia que tamborileaba suavemente sobre la tienda, los árboles, el suelo. Yossarian calentó una lata de sopa para Orr y se la comió entera en el transcurso de las horas. Preparó unos huevos cocidos para Orr y también se los comió. Después se comió un paquete entero de queso cheddar.

Cada vez que se sorprendía preocupándose se obligaba a recordar que Orr sabía hacer de todo y se reía con silenciosas carcajadas al imaginárselo en la balsa tal y como se lo había descrito el sargento Knight, inclinado con una mueca de inquietud y regocijo sobre el mapa y la brújula y metiéndose una chorreante chocolatina tras otra en aquella boca suya que no paraba de sonreír, mientras se impulsaba velozmente entre truenos, rayos y centellas con el inútil remo azul de juguete, arrastrando tras de sí el retel con su correspondiente cebo. Yossarian no tenía ninguna duda sobre la capacidad de Orr para sobrevivir. Si se podía pescar con aquel absurdo retel, Orr pescaría algo, y si lo que buscaba era bacalao, Orr lo encontraría a pesar de que en aquellas aguas jamás se había pescado tal especie. Yossarian puso a calentar otra lata de sopa y también se la comió. Cada vez que oía el portazo de un coche, esbozaba una sonrisa esperanzada y miraba expectante la puerta de la tienda, atento a las pisadas. Sabía que en cualquier momento podía entrar Orr con sus ojos, mejillas y dientes de caballo enormes, brillantes y empapados de lluvia, con un ridículo aspecto de pescador de ostras de Nueva Inglaterra con gorro e impermeable de hule amarillo varias tallas más grande, ofreciéndole orgullosamente el bacalao que había pescado. Pero no fue así.

29

PECKEM

Tampoco hubo noticias de Orr al día siguiente, y el sargento Whitcomb, con encomiable diligencia y no poca esperanza, puso una nota en su agenda para acordarse de enviar una carta para que la firmara el coronel Cathcart dirigida al familiar más próximo de Orr en cuanto hubieran transcurrido nueve días más. Sin embargo, sí hubo noticias del despacho del general Peckem, y Yossarian se aproximó a la multitud de oficiales y soldados en pantalones cortos y bañador que zumbaban desordenadamente ante el tablón de anuncios situado junto a la puerta de la sala de instrucciones.

—¡Pues a mí me gustaría saber qué tiene de especial este domingo! —le decía a grandes voces Joe *el Hambriento* al jefe Avena Loca—. ¿Por qué no tenemos desfile este domingo si no lo tenemos ningún domingo? ¿Eh?

Yossarian se abrió paso hasta la primera fila y dejó escapar un prolongado lamento al leer el conciso comunicado:

> Debido a circunstancias ajenas a mi voluntad, no habrá desfile este domingo.
>
> CORONEL SCHEISSKOPF

Dobbs tenía razón. Estaban mandando al extranjero a todo el mundo, incluso al teniente Scheisskopf, que se había resistido al traslado con todas sus fuerzas y todos los medios a su alcance y que se presentó en el despacho del general Peckem sumamente contrariado.

El general Peckem lo recibió con efusividad y le dijo que estaba encantado de tenerlo allí. Incorporar un coronel más al personal de que disponía significaba que podía empezar a mover las cosas para solicitar dos comandantes, cuatro capitanes, dieciséis tenientes y un número indefinido de soldados, mecanógrafos, escritorios, archivos, automóviles y otros elementos importantes que contribuirían a consolidar su posición y a reforzar su capacidad de ataque en la guerra que le había declarado al general Dreedle. Contaba ya con dos coroneles; el general Dreedle sólo con cinco, y cuatro de ellos estaban al frente de unidades de combate. Casi sin tener que recurrir a las intrigas, el general Peckem había ejecutado una maniobra que acabaría por duplicar su poder. Y además, el general Dreedle se emborrachaba cada vez con más frecuencia. Ante el general Peckem se abría un futuro maravilloso, y contempló a su recién adquirido coronel con una sonrisa resplandeciente.

En todos los asuntos trascendentes, el general P. P. Peckem era, como comentaba siempre que quería criticar en público el trabajo de algún colega, un realista. Era un hombre guapo de cincuenta y tres años y piel sonrosada. Tenía modales tranquilos y relajados y uniformes hechos a medida, el pelo plateado, una ligera miopía y delgados labios sensuales, un poco colgantes. Era un hombre sensible, fino y sofisticado que percibía las debilidades ajenas pero no las propias y consideraba absurdo a todo el mundo menos a sí mismo. El general Peckem daba gran importancia a pequeños detalles de estilo y buen gusto. Se pasaba la vida *incrementando* cosas. Los acontecimientos nunca ocurrían, sino que *sobrevenían*. No era cierto que escribiera *memorandos* en los que se alababa a sí mismo y recomendaba que se *expandiera* su autoridad con el fin de abarcar todas las operaciones de combate; él redactaba *memorándums*. Y la prosa de los *memorándums* de otros oficiales siempre era *ampulosa*, *pomposa* o *ambigua*. Invariablemente, los errores de los demás eran *deplorables*. Las normativas eran *rigurosas*, y la información de que disponía se la *suministraban* fuentes *fidedignas*. Con mucha frecuencia, el general Peckem se sentía *constreñido*. Con no menos frecuencia, ciertas cosas lo *incumbían*, y en numerosas ocasiones se veía obligado a actuar con *renuencia*. Siempre tenía presente que ni el blanco ni el negro eran auténticos colores, y jamás utilizaba el término *verbal* cuando lo que quería decir era *oral*. Citaba sin esfuerzo a Platón, Nietzsche, Montaigne, Theodore Roosevelt, el marqués de Sade y Warren G. Harding. Un público virgen como el coronel Scheisskopf podía resultarle muy provechoso, una estimulante oportunidad para sacar a relucir su deslumbrante cofre del tesoro erudito, que contenía juegos de palabras, ocurrencias, discursos, anécdotas, proverbios, calumnias, epigramas, aforismos y otro dichos mordaces. Desprendía cortesía por todos los poros de su piel cuando empezó a orientar al coronel Scheisskopf sobre los misterios de su nuevo entorno.

—Mi único defecto —comentó con estudiada jovialidad, pendiente del efecto que causaban sus palabras— consiste en que no tengo defectos.

El coronel Scheisskopf no se rió, y el general Peckem se quedó pasmado. Una cruel duda sofocó su entusiasmo. Había abierto fuego con una de sus mejores paradojas, y se asustó de verdad al observar que por aquel rostro impenetrable, que de repente le recordó a una goma de borrar sin estrenar, por su tinte y textura, no había cruzado ni un leve destello de comprensión. Quizás el coronel Scheisskopf estuviera cansado, se dijo el general, caritativo; había hecho un largo viaje, y todo le resultaba desconocido. La actitud del general Peckem para con el personal bajo su mando, tanto oficiales como soldados, estaba inspirada por un espíritu de tolerancia y permisividad. Comentaba con frecuencia que si las personas que trabajaban a sus órdenes podían llegar a un acuerdo con él, él era capaz de llegar a un acuerdo y medio, con lo cual nunca se llegaba a un verdadero acuerdo, añadía con una astuta carcajada. El general Peckem se consideraba un esteta y un intelectual. Cuando alguien lo contradecía, le aconsejaba que fuera *objetivo*.

Y sin duda miró objetivamente al coronel Scheisskopf con un gesto de aliento y reanudó la sesión de adoctrinamiento con una actitud magnánima e indulgente.

—Ha llegado usted en el momento oportuno, Scheisskopf. La ofensiva de verano se ha quedado en agua de borrajas gracias a la incompetente dirección de nuestras tropas, y necesito desesperadamente a un oficial endurecido, experto y eficaz como usted que me ayude a redactar los memorándums que nos son indispensables para que la gente se dé cuenta de lo buenos que somos y de la importante labor que estamos llevando a cabo. Espero que sea usted un escritor prolífico.

—No sé nada de escribir —replicó el coronel Scheisskopf, huraño.

—Bueno, no se preocupe por eso —prosiguió el general Peckem con un distraído movimiento de muñeca—. Pásele el trabajo que yo le encargue a otra persona y confíe en la suerte. A eso lo llamamos delegar responsabilidades. Prácticamente en el escalón más bajo de esta organización a cuyo frente me encuentro hay personas que realizan el trabajo en cuanto les llega, y todo funciona divinamente, sin que yo tenga que esforzarme demasiado. Supongo que se debe a que soy un ejecutivo excelente. Nada de lo que hacemos en este departamento es realmente importante, y nunca tenemos prisa. Por otra parte, sí es muy importante que la gente sepa que trabajamos mucho. Si no dispone de suficientes ayudantes, comuníquemelo. Ya he presentado una solicitud para que se nos asignen dos comandantes, cuatro capitanes y dieciséis tenientes que le echarán una mano. Aunque nuestra tarea no sea muy importante, sí lo es que trabajemos mucho. ¿No le parece?

—¿Y los desfiles? —intervino bruscamente el coronel Scheisskopf.

—¿Qué desfiles? —preguntó el general Peckem con la sensación de que su sutileza no llegaba a calar.

—¿No podré dirigir desfiles todos los domingos por la tarde? —preguntó el coronel Scheisskopf, malhumorado.

—No, claro que no. ¿De dónde ha sacado esa idea?

—Pero me dijeron que sí me lo permitirían.

—¿Quién se lo dijo?

—Los oficiales que me enviaron aquí. Me dijeron que podría disponer de los soldados para todos los desfiles que quisiera.

—Pues le mintieron.

—No me parece justo, señor.

—Lo lamento, Scheisskopf. Estoy dispuesto a hacer cuanto esté en mi mano para que se encuentre a gusto aquí, pero lo de los desfiles es imposible. No tenemos suficientes hombres en la organización para hacer buen papel en un desfile, y las unidades de combate se rebelarían si las obligáramos a desfilar. Me temo que tendrá que esperar un poco, hasta que dominemos la situación. Entonces podrá hacer lo que se le antoje.

—¿Y mi mujer? —preguntó el coronel Scheisskopf, contrariado y receloso—. Podré traerla, ¿verdad?

—¿A su mujer? ¿Para qué, si puede saberse?

—Una mujer debe estar con su marido.

—También eso es imposible.

—¡Pero me dijeron que podría traerla!

—Pues también le mintieron.

—¡No tienen derecho a mentirme! —protestó el coronel Scheisskopf, mientras sus ojos se humedecían de indignación.

—Claro que tienen derecho —le espetó el general Peckem con severidad fría y calculada, decidiendo en aquel mismo momento poner a prueba la valía del nuevo coronel—. No sea usted imbécil, Scheisskopf. La gente tiene derecho a hacer cualquier cosa que no esté prohibida por la ley, y no hay ninguna ley que prohíba mentirle a usted. Y haga el favor de no hacerme perder el tiempo con esos tópicos sentimentales. ¿Entendido?

—Sí, señor —murmuró el coronel Scheisskopf.

El coronel Scheisskopf se quedó ridículamente mustio, y el general Peckem bendijo a los hados por haberle enviado a un ser tan débil como subordinado. Hubiera sido inadmisible la presencia de un hombre brioso. Tras la victoria, el general Peckem se aplacó. No le gustaba humillar a sus hombres.

—Si su esposa fuera enfermera del ejército, probablemente conseguiría que la destinaran aquí, pero no podría hacer más.

—Tiene una amiga enfermera —apuntó esperanzado el coronel Scheisskopf.

—Me temo que no sea suficiente. Dígale a la señora Scheisskopf que se aliste en los Servicios Sanitarios y la traeré aquí. Pero mientras tanto, mi querido coronel, prosigamos con esta guerra que tenemos entre manos. Le explicaré brevemente la situación militar con la que nos enfrentamos.

El general Peckem se levantó y se dirigió hacia unos gigantescos mapas giratorios de colores.

El coronel Scheisskopf palideció.

—No iremos a entrar en combate, ¿verdad? —logró articular, espantado.

—No, claro que no —le aseguró el general Peckem bondadosamente, con una carcajada amistosa—. Confíe un poco en mí, ¿quiere? Ésa es la razón por la que aún seguimos en Roma. Yo preferiría trasladarme a Florencia, para mantenerme en contacto más estrecho con el ex soldado de primera Wintergreen. Pero Florencia está demasiado cerca de la línea de combate, para mi gusto. —Levantó un puntero de madera y recorrió vivazmente con el extremo de goma toda la península italiana, de una costa a otra—. Aquí están los alemanes, Scheisskopf. Se han atrincherado en estas montañas, con una posición muy sólida en la línea de Gotha, y no los echaremos hasta finales de la primavera que viene, aunque eso no impedirá que los cenizos que tenemos por jefes lo intenten antes. Esta circunstancia nos concede a los Servicios Especiales casi nueve meses para conseguir nuestro objetivo. Y dicho objetivo consiste en capturar todos los grupos de bombardeo del ejército estadounidense. Al fin y al cabo —añadió el general Peckem con su risa leve y bien modulada—, si lanzar bombas sobre el enemigo no se considera un servicio especial, ya me dirá usted qué si no. ¿No le parece? —El coronel Scheisskopf no dio muestras de que nada le pareciera nada, pero el general Peckem estaba demasiado extasiado con su propia elocuencia como para advertirlo—. En estos momentos, nuestra situación es excelente. No paran de llegar refuerzos como usted, y tenemos tiempo más que de sobra para planear al detalle nuestra estrategia. Nuestra meta más inmediata se encuentra aquí —dijo.

Señaló con el puntero el sur de la isla de Pianosa y dio unos golpecitos significativos sobre una palabra escrita en grandes caracteres con cera negra. La palabra en cuestión era DREEDLE.

El coronel se acercó al mapa entrecerrando los ojos y, por primera vez desde que entró en la habitación, una luz de inteligencia arrojó un tenue brillo sobre su estólido rostro.

—¡Creo que ya lo entiendo! —exclamó—. ¡Sí, sí! Nuestra primera tarea consiste en rescatar a Dreedle del enemigo, ¿no es eso?

El general Peckem se echó a reír, benévolo.

—No, Scheisskopf. Dreedle está en nuestras líneas, y él es el enemigo. Está al mando de cuatro grupos de bombardeo que hemos de capturar si queremos continuar con la ofensiva. La victoria sobre el general Dreedle nos proporcionará los aviones y las bases que necesitamos para trasladar nuestras operaciones a otros campos. Y, desde luego, la batalla está prácticamente ganada. —El general Peckem se dirigió a la ventana, riendo entre dientes, y se apoyó en el alféizar con los brazos cruzados, enormemente satisfecho de su ingenio y su descaro de hombre de mundo. La minuciosa elección de palabras que demostraba su discurso era exquisita, apasionante. Le gustaba escucharse, sobre todo cuando hablaba de sí mismo—. El general Dreedle no sabe qué hacer conmigo —se jactó—. Invado continuamente su terreno con comentarios y críticas que en realidad no me incumben, y no sabe qué partido tomar. Cuando me acusa de intentar desprestigiarlo, yo me limito a contestar que lo único que yo pretendo al poner de manifiesto sus errores es mejorar nuestra actuación eliminando la ineficacia. Gruñe, vocifera y se congestiona, pero no le sirve de nada. Está pasado de moda, ni más ni menos. Se está convirtiendo en un borrachuzo, ¿sabe? El pobre mentecato no debería ser general. No tiene clase. Gracias a Dios, no va a durar mucho. —El general Peckem se echó a reír con auténtica delectación, y pasó garbosamente a uno de sus comentarios cultos preferidos—. A veces me veo como Fortimbrás, ¡ja, ja, ja!, en *Hamlet*, de William

Shakespeare, que durante toda la obra no para de girar en torno a la acción hasta que todo lo demás se desmorona y entonces entra él en escena para recoger los escombros. Shakespeare es...

—No sé nada de teatro —lo interrumpió groseramente el coronel Scheisskopf.

El general Peckem lo miró atónito. Jamás habían pisoteado una referencia suya al sacrosanto *Hamlet* de Skakespeare con tal indiferencia y tal vulgaridad. Empezó a pensar con auténtica preocupación qué clase de burro le había endosado el Pentágono.

—¿De qué entiende usted? —preguntó ácidamente.

—De desfiles —se apresuró a contestar el coronel Scheisskopf—. ¿Podré redactar informes sobre los desfiles?

—Sí, siempre y cuando no programe ninguno. —El general Peckem volvió a sentarse, aún con el ceño fruncido—. Y siempre y cuando no entorpezcan su tarea fundamental, es decir, que se expanda la competencia de los Servicios Especiales para que abarque las acciones de combate.

—¿Puedo programar desfiles y después anularlos?

El general Peckem acogió la sugerencia con calor.

—¡Es una idea estupenda! Pero haga circular comunicados semanales para posponer los desfiles, sin molestarse en programarlos. Resultará mucho más desconcertante. —El general desbordaba cordialidad—. Sí, Scheisskopf —dijo—, creo que ha dado usted en el clavo. Al fin y al cabo, ¿qué comandante al frente de una unidad de combate querrá pelearse con nosotros por notificar a sus hombres que no va a haber desfile el domingo siguiente? Sencillamente constataremos un hecho conocido por todo el mundo. Pero las consecuencias serán fantásticas. Sí, realmente fantásticas. Daremos a entender que podríamos programar desfiles si quisiéramos. Creo que usted y yo vamos a llevarnos bien, Scheisskopf.

Como le pilla de paso, preséntese al coronel Cargill y cuéntele sus planes. Sé que también se llevarán bien.

El coronel Cargill irrumpió en el despacho del general Peckem al cabo de unos minutos, iracundo y tímidamente resentido.

—Llevo aquí más tiempo que Scheisskopf —se lamentó—. ¿Por qué no puedo ser yo quien anule los desfiles?

—Porque Scheisskopf tiene experiencia en este tema y usted no. Si le apetece, puede anular las actuaciones de USO. Sí, ¿por qué no? Piense en todos los lugares en los que no habrá actuaciones de USO un día concreto. Piense en todos los lugares a los que no acudirá cada cantante o músico famoso. Sí, Cargill, creo que ha dado usted en el clavo, que ha abierto un campo de operaciones completamente nuevo para nosotros. Dígale al coronel Scheisskopf que quiero que estudie el asunto bajo su dirección. Y que venga a verme cuando usted le haya dado las instrucciones pertinentes.

—Según el coronel Cargill, usted le ha dicho que quiere que trabaje en el proyecto de USO bajo su dirección —se quejó el coronel Scheisskopf.

—Yo no le he dicho semejante cosa —replicó el general Peckem—. Entre usted y yo, Scheisskopf, no estoy muy contento con el coronel Cargill. Es demasiado mandón y lento. Me gustaría que lo vigilara estrechamente para ver si consigue que trabaje un poco más.

—No para de meterse en todo —protestó el coronel Cargill—. No me deja trabajar.

—Sí, Scheisskopf tiene algo raro —admitió el general Peckem, pensativo—. Vigílelo estrechamente, a ver si descubre qué se trae entre manos.

—¡Se mete en todos mis asuntos! —exclamó el coronel Scheisskopf.

—No se preocupe por eso, Scheisskopf —dijo el general

Peckem, felicitándose por la habilidad con la que había logrado que el coronel Scheisskopf encajara en su habitual método de manipulación. Los dos coroneles apenas se dirigían la palabra—. El coronel Cargill le envidia por su espléndida labor con los desfiles y tiene miedo de que le encargue a usted lo de los perfiles de bombardeo.

El coronel Scheisskopf era todo oídos.

—¿Qué son los perfiles de bombardeo?

—¿Los perfiles de bombardeo? —repitió el general Peckem, resplandeciente de satisfacción y buen humor—. Es un término que yo acuñé hace unas semanas. No significa nada, pero le sorprendería ver la rapidez con que se ha extendido. Hay un montón de gente convencida de que es importante que las bombas hagan explosión muy juntas para que la fotografía aérea salga muy clara. Hay un coronel en Pianosa al que ya no le preocupa acertar el objetivo. Vamos a verlo hoy para divertirnos un rato. El coronel Cargill se pondrá celoso y, según me ha comentado Wintergreen esta mañana, el general Dreedle estará en Cerdeña. Se pone furioso cuando se entera de que he inspeccionado sus instalaciones mientras él inspeccionaba otras. Quizá lleguemos a tiempo para la sesión de instrucciones. Van a bombardear una aldea indefensa, y toda la comunidad quedará reducida a escombros. Sé por Wintergreen, Wintergreen ahora es ex sargento, ¿comprende?, que la misión es totalmente innecesaria. Su única meta consiste en retrasar la llegada de los refuerzos alemanes en un momento en el que ni siquiera estamos planeando una ofensiva. Pero así van las cosas cuando se elevan personas mediocres a puestos de autoridad. —Señaló lánguidamente el gigantesco mapa de Italia—. ¡Si esa aldea de montaña es tan insignificante que ni siquiera aparece en el mapa!

Cuando llegaron a la zona que ocupaba el grupo del coronel Cathcart era demasiado tarde para asistir a la sesión preliminar de instrucciones y no oyeron al comandante Danby, que repetía insistentemente: «Pero les digo que está ahí. Está ahí».

—¿Dónde está? —preguntó Dunbar, pendenciero, fingiendo no ver nada.

—En el mapa, justo donde hay una pequeña curva en la carretera. ¿No ve esta pequeña curva?

—No, no la veo.

—Yo sí —dijo Havermeyer, al tiempo que señalaba algo en el mapa de Dunbar—. Y en estas fotografías se distingue muy bien la aldea. Yo lo entiendo muy bien. El objetivo de la misión consiste en derribar la aldea de modo que se deslice por la ladera de la montaña y forme una barricada en la carretera que tendrán que despejar los alemanes. ¿No es eso?

—Exactamente —respondió el comandante Danby, enjugándose la sudorosa frente con un pañuelo—. Me alegro de que al fin alguien empiece a comprenderlo. Hay dos divisiones acorazadas en Austria que entrarán en Italia por esta carretera. La aldea está situada en un declive tan pronunciado que los escombros de las casas y los edificios que destruyan se caerán y bloquearán la carretera.

—¿Y para qué va a servir? —preguntó Dunbar, mientras Yossarian lo observaba, nervioso, con una mezcla de respeto y adulación—. Sólo tardarán un par de días en quitarlo.

El comandante Danby intentaba evitar un enfrentamiento.

—Bueno, en el Cuartel General sí piensan que va a servir de algo —contestó en tono conciliador—. Supongo que por eso han ordenado esta misión.

—¿Han avisado a los habitantes de la aldea? —preguntó McWatt.

El comandante Danby se quedó horrorizado al ver que también McWatt presentaba batalla.

—No, no creo.

—¿No hemos soltado octavillas para decirles que esta vez sobrevolaremos su pueblo para bombardearlos? —preguntó Yossarian—. ¿No podemos ni siquiera ponerles sobre aviso para que se quiten de en medio?

—No, no creo. —El comandante Danby seguía sudando y mirando a todos lados, incómodo—. Es posible que los alemanes se enteren y elijan otra carretera. No lo sé con seguridad. Son simples conjeturas.

—Ni siquiera podrán ponerse a cubierto —intervino Dunbar, con amargura—. Saldrán a la calle para saludarnos en cuanto vean aproximarse los aviones. Los niños, los perros y los viejos. ¡Dios mío! ¿Por qué no podemos dejarlos en paz?

—No lo sé —admitió el comandante Danby tristemente—. No lo sé. Mirad, muchachos, debemos tener un poco de confianza en las personas que dictan las órdenes. Saben lo que se hacen.

—¡Y una mierda! —replicó Dunbar.

—¿Qué ocurre aquí? —preguntó el coronel Korn, atravesando pausadamente la sala de instrucciones con las manos en los bolsillos y la camisa abullonada.

—Nada, nada, mi coronel —respondió el comandante Danby, tratando de disimular—. Sólo estábamos discutiendo los detalles de la misión.

—No quieren bombardear la aldea —dijo Havermeyer con una media sonrisa, traicionando al comandante Danby.

—¡Cerdo! —le espetó Yossarian a Havermeyer.

—Deje en paz a Havermeyer —le ordenó secamente el coronel Korn. Reconoció a Yossarian, aquel borracho que le atacó en el club de oficiales una noche, antes de la primera misión de Bolonia y, prudentemente, cargó contra Dunbar—. ¿Por qué no quieren bombardear la aldea?

—Porque es una crueldad.

—¿Una crueldad? —repitió el coronel Korn sonriendo

con frialdad, asustado, aunque el susto sólo le duró unos momentos, por la vehemente hostilidad, sin inhibiciones, de la actitud de Dunbar—. ¿Sería menos cruel dejar que esas dos divisiones alemanas se enfrentaran con nuestras tropas? También están en juego vidas norteamericanas, ¿comprenden? ¿Preferirían que se derramara sangre norteamericana?

—Ya se está derramando sangre norteamericana, pero esa gente vive en paz. ¿Por qué no podemos dejarlos tranquilos?

—Sí, para usted es muy fácil hablar —replicó el coronel en tono burlón—. Usted está sano y salvo en Pianosa, y no notará la diferencia cuando lleguen los refuerzos alemanes, ¿verdad?

Dunbar enrojeció y replicó, poniéndose bruscamente a la defensiva:

—¿Por qué no hacemos la barricada en otro sitio? ¿No podríamos bombardear la ladera de una montaña o la carretera propiamente dicha?

—¿Preferiría volver a Bolonia? —La pregunta, planteada con toda calma, resonó como un disparo y creó un silencio molesto y amenazador. Yossarian empezó a rezar con todas sus fuerzas, avergonzado, para que Dunbar cerrara la boca. Éste bajó los ojos, y el coronel Korn comprendió que había ganado—. No, ya me lo imaginaba —añadió sin tratar de ocultar su desprecio—. El coronel Cathcart y yo hemos tenido que superar muchas dificultades para poderles asignar una misión tan fácil. Si prefieren acciones como las de Bolonia, Ferrara y La Spezia, podemos conseguirlas sin ningún problema. —Sus ojos destellaban peligrosamente tras las gafas sin montura, y sus terrosas mandíbulas se endurecieron y tensaron—. No tienen más que decírmelo.

—Pues yo sí lo prefiero —intervino Havermeyer, con otra risita fanfarrona—. Yo quiero volar a Bolonia, meter la cabeza en la mira y oír a mi alrededor las explosiones de la artillería antiaérea. Me encanta que los hombres se metan conmigo después de la misión y me llamen de todo. Incluso los soldados de la tropa se enfadan tanto que me insultan y quieren pegarme.

El coronel le dio un golpecito a Havermeyer debajo de la barbilla, campechano, sin hacerle caso, y a continuación dijo en tono cortante, dirigiéndose a Dunbar y a Yossarian:

—Tienen ustedes mi palabra de honor. Nadie está más preocupado por esos pobres diablos italianos de la montaña que el coronel Cathcart y yo, *mais c'est la guerre*. Recuerden que nosotros no iniciamos la guerra e Italia sí, que nosotros no fuimos los agresores e Italia sí. Y que nosotros no podemos cometer tantas crueldades con los italianos, alemanes, rusos y chinos como las que están cometiendo con ellos mismos. —El coronel Korn apretó amistosamente el hombro del comandante Danby sin cambiar su áspera expresión—. Continúe con las instrucciones, Danby. Y métales en la cabeza la importancia de reducir el perfil de bombardeo.

—¡No, por favor, mi coronel! —exclamó el comandante Danby, elevando los ojos, suplicante—. No en esta misión. Les he dicho que dejen un espacio de unos dieciocho metros entre cada bomba para que la barricada ocupe toda la longitud de la aldea y no sólo un sitio. Resultará mucho más efectiva con un perfil de bombardeo más extenso.

—La barricada nos trae sin cuidado —le comunicó el coronel Korn—. El coronel Cathcart quiere acabar la misión con una fotografía aérea muy clara que no le avergüence enviar a los medios de comunicación. No olvide que el general Peckem asistirá a la sesión de instrucciones, y ya sabe lo que él piensa sobre los perfiles de bombardeo. A propósito, comandante, más vale que despache estos detalles rápidamente y desaparezca antes de que él llegue. No lo soporta.

—No, no, mi coronel —le corrigió el comandante Danby, solícito—. Quien no me soporta es el general Dreedle.

—Y tampoco el general Peckem. Es más, a usted no lo soporta nadie. Termine lo que está haciendo, Danby, y lárguese. Yo continuaré con las instrucciones.

—¿Dónde está el comandante Danby? —preguntó el coronel Cathcart cuando llegó para la sesión final de instrucciones con el general Peckem y el coronel Scheisskopf.

—Ha pedido permiso para marcharse en cuanto ha visto que usted se aproximaba —contestó el coronel Korn—. Piensa que le cae mal al general Peckem. De todas maneras, yo iba a dar las instrucciones. Lo haré bastante mejor.

—Estupendo —dijo el coronel Cathcart—. ¡No! —Contradijo su propia orden al cabo de unos segundos, al acordarse de lo bien que lo había hecho el coronel Korn ante el general Dreedle el día de la primera misión de Aviñón—. Lo haré yo.

El coronel Cathcart se reconfortó con la idea de que era uno de los preferidos del general Peckem y asumió la dirección, hablando enérgicamente ante el atento público compuesto por oficiales subordinados con la rudeza ostentosa y desapasionada que había aprendido del general Dreedle. Sabía que tenía buena estampa sobre el estrado con el cuello de la camisa desabrochado, la boquilla, y el corto pelo negro y rizado, gris en las sienes. Prosiguió airosamente con su discurso, incluso imitando ciertos errores de dicción del general Dreedle, y no se dejó intimidar por la presencia del nuevo coronel bajo las órdenes del general Peckem hasta que de repente le vino a la memoria que éste detestaba al general Dreedle. Se le quebró la voz y su confianza se desvaneció. Continuó a trompicones, por puro instinto, humillado y abochornado. De pronto, el coronel Scheisskopf empezó a infundirle auténtico pavor. Otro coronel equivalía a otro rival, otro enemigo, otra persona que lo odiaba. ¡Y aquélla era dura de pelar! Se le pasó por la cabeza un pensamiento espeluznante: ¿y si el coronel Scheisskopf ya había sobornado a todos los hombres reunidos en la habitación para que gimieran, como en la primera misión de Aviñón? ¿Cómo podría acallarlos? ¡Qué metedura de pata tan espantosa! Le acometió un acceso de terror tal que estuvo a punto de llamar por señas al coronel Korn. Logró contenerse y sincronizar los relojes. Una vez realizada dicha operación, comprendió que había ganado, porque podía terminar en cuanto quisiera. Había superado una crisis. Sintió deseos de reírsele en las barbas al coronel Scheisskopf, triunfal y despectivo. Había desempeñado su papel con soltura bajo una fuerte presión, y concluyó la sesión con una perorata muy inspirada, una lección magistral de tacto, elocuencia y sutileza, según le decía su intuición.

—¡Muchachos, escuchad con atención! —les exhortó—. Hoy tenemos entre nosotros a un invitado muy especial: el general Peckem, de los Servicios Especiales, el hombre que nos proporciona los tebeos, las actuaciones de USO y los chicles. Quisiera dedicarle esta misión. Id allí y bombardead: por mí, por vuestro país, por Dios, y por ese gran norteamericano, el general P. P. Peckem. ¡Y a ver si conseguís soltar todas las bombas en la circunferencia de una moneda!

30

DUNBAR

A Yossarian ya no le importaba un pimiento dónde cayeran sus bombas, si bien no llegaba al extremo de Dunbar, que lanzó las suyas a centenares de metros de la aldea y que se enfrentaría a un consejo de guerra si se demostraba que lo había hecho a propósito. Sin decir media palabra, ni siquiera a Yossarian, Dunbar se lavó las manos en aquel asunto. La caída sufrida en el hospital le había mostrado la luz o le había machacado el cerebro; era imposible saberlo.

Dunbar apenas se reía y parecía consumido. Replicaba en tono desafiante a sus superiores, incluso al comandante Danby, y era grosero y soez incluso delante del capellán, que le había cogido miedo y también parecía estar consumiéndose. El peregrinaje del capellán para entrevistarse con Wintergreen no dio ningún fruto; otro recurso agotado. Wintergreen estaba demasiado ocupado para ver al capellán personalmente. Un ordenanza insolente le dio un encendedor Zippo robado a modo de regalo y le comunicó, condescendiente, que Wintergreen estaba tan embebido en operaciones bélicas importantes que no podía preocuparse por asuntos triviales, tales como el número de misiones que habían de cumplir los hombres. El capellán se inquietaba por Dunbar y aún más por Yossarian, ahora que había desaparecido Orr. A él, que vivía solo en una espaciosa tienda cuyo puntiagudo techo lo reducía a una lúgubre soledad nocturna como la losa de una tumba, le parecía inconcebible que Yossarian prefiriese vivir solo y no quisiera compartir su alojamiento con nadie.

Yossarian ocupaba otra vez el puesto de bombardero jefe y llevaba de piloto a McWatt, lo que suponía un cierto consuelo, aunque siguiera sintiéndose completamente indefenso. No había forma de contraatacar. Desde su puesto en el morro del aparato, ni siquiera veía a McWatt ni al copiloto. Lo único que veía era a Aarfy, cuya ineptitud, que se reflejaba en aquella cara suya de pan mohoso, le había hecho perder la paciencia, y pasaba minutos enteros de cólera y frustración dolorosas en el aire, ansiando que volvieran a degradarlo y lo asignaran a otro avión de flanco con una ametralladora cargada en el compartimento en lugar de la mira de precisión que en realidad no necesitaba para nada, una ametralladora potente y pesada del calibre cincuenta y cinco que pudiera agarrar vengativamente con las dos manos y descargarla sobre los demonios que lo tiranizaban: sobre las vaharadas de humo negro de la artillería antiaérea; sobre los artilleros alemanes de abajo, a los que ni siquiera podía distinguir ni tampoco herir aun cuando les disparara con la ametralladora; sobre Havermeyer y Appleby que iban a bordo del avión insignia, por el bombardeo temerario, en trayectoria horizontal, que ejecutaron en la segunda misión de Bolonia, cuando el fuego antiaéreo de doscientos veinticuatro cañones destrozó por última vez uno de los motores de Orr y lanzó el aparato en picado hacia el mar entre Génova y La Spezia, justo antes de que estallara la breve tormenta.

En realidad, no podía hacer gran cosa con aquella potente ametralladora, salvo cargarla y disparar unas cuantas ráfagas de prueba. Le servía de tanto como la mira de precisión. Podía abalanzarse sobre los cazas alemanes, pero ya no quedaban cazas alemanes, y ni siquiera podía apuntarla hacia la cara de unos pobres pilotos como Huple y Dobbs y ordenarles que aterrizaran, como había hecho una vez con Kid Sampson, lo mismo que hubiera querido hacer con Dobbs y Huple en la primera misión de Aviñón en cuanto comprendió el increíble fregado en el que se había metido, en el momento en que se vio en un avión de flanco con Dobbs y Huple en una formación encabezada por Havermeyer y Appleby. ¿Dobbs y Huple? ¿Hupple y Dobbs? ¿Quiénes eran? Qué absurda locura flotar en el aire a tres kilómetros de altitud dentro de un par de centímetros de metal, separado de la muerte por la magra inteligencia y habilidad de dos insípidos desconocidos, un crío barbilampiño llamado Hupple y un majara nervioso como Dobbs, que de verdad se volvió majara en el avión, sobrevolando como un demente el objetivo sin abandonar el asiento del copiloto al tiempo que le arrebataba los mandos a Huple para lanzar a todos los tripulantes a aquella aterradora caída en picado que le arrancó los auriculares a Yossarian y volvió a sumirlos en el denso fuego antiaéreo del que casi habían logrado escapar. Y a continuación, otra sorpresa: otro desconocido, un radioartillero llamado Snowden, agonizaba en la cola del aparato. Era imposible asegurar que lo hubiera matado Dobbs, porque cuando Yossarian volvió a colocarse los auriculares, Dobbs gritaba por el intercomunicador que ayudaran al bombardero del morro. Y casi de inmediato, Snowden se puso a gemir: «Ayudadme. Por favor, ayudadme. Tengo frío. Tengo frío». Y Yossarian abandonó lentamente el morro, arrastrándose, remontó el compartimento de las bombas y fue a gatas hasta la cola —dejando atrás el botiquín que tendría que volver a recoger más tarde— para curarle a Snowden la herida menos grave, un agujero bostezante, en carne viva, con forma de melón y el tamaño de un balón de fútbol abierto en un muslo: las fibras musculares del interior, chorreantes de sangre, palpitaban de una forma extraña, como seres ciegos con vida propia, la herida oval, desnuda, de treinta centímetros de longitud que arrancó un alarido de horror y lástima a Yossarian en cuanto la vio y casi le hizo vomitar. Y el pequeño y frágil bombardero de cola yacía en el suelo junto a Snowden, como muerto, la cara blanca como el papel, y Yossarian se precipitó hacia él, asqueado, para prestarle ayuda primero.

Sí, a la larga, era mucho más seguro volar con McWatt, pero no estaba seguro ni siquiera con él, porque a McWatt le gustaba demasiado volar y pasaba zumbando a escasos centímetros del suelo con Yossarian en el morro cuando volvían del entrenamiento del nuevo bombardero perteneciente al nutrido grupo de reemplazo que le habían enviado al coronel Cathcart tras la desaparición de Orr. El campo de prácticas de bombardeo se encontraba en el otro extremo de Pianosa, y al regresar de allí un día McWatt se entretuvo en rozar con el lento y perezoso avión las cimas de las montañas para a continuación, en lugar de mantener la altitud, deslizarse de costado con los dos motores a plena potencia y, para asombro de Yossarian, seguir la línea descendente del terreno, agitando alegremente las alas y salvando cada picacho y cada declive con un terrible rugido rechinante, como una gaviota mareada que volara sobre un oleaje pardo y embravecido. Yossarian estaba pasmado. A su lado, el nuevo bombardero permanecía en su asiento muy comedido, con sonrisa de admiración, y de vez en cuando silbaba o gritaba «¡Guaaau!».

A Yossarian le habría gustado aplastarle de un puñetazo aquella cara suya de imbécil mientras trataba de esquivar, encogido, las rocas, lomas y ramas lacerantes que se cernían amenazadoras sobre su cabeza y se deslizaban precipitadamente por debajo como un borrón relampagueante. Nadie tenía derecho a poner en peligro su vida por un simple capricho.

—¡Sube, sube, sube! —le gritó frenético a McWatt, odiándolo a muerte, pero McWatt estaba cantando por el intercomunicador, tan tranquilo, y seguramente no lo oyó.

Ciego de rabia y casi sollozante en su deseo de venganza, Yossarian se internó en el pasadizo y logró abrirse camino, debatiéndose contra la fuerza de gravedad y la inercia, hasta llegar a la sección principal. Subió a la cabina y se colocó, tembloroso, detrás de McWatt. Desesperado, buscó con la mirada una pistola, una automática negra del 45 que pudiera amartillar y apoyar en la nuca de McWatt. No había pistola, ni cuchillo de caza, ni ninguna otra arma con la que golpear o apuñalar. Yossarian agarró con ambas manos el cuello del mono de McWatt, apretó los puños, y gritó: «¡Sube, sube!». La tierra seguía dando vueltas abajo y centelleando arriba. McWatt se dio la vuelta, miró a Yossarian y se rió alegremente, como si éste compartiera la diversión. Yossarian deslizó ambas manos hasta el cuello descubierto de McWatt y presionó. McWatt se puso rígido.

—Sube —le ordenó Yossarian entre dientes, en un tono de voz bajo y amenazante que no dejaba lugar a dudas—. Sube o te mato.

Cauteloso, McWatt redujo la velocidad y empezó a ascender. Las manos de Yossarian se aflojaron sobre su cuello, se escurrieron sobre los hombros y se quedaron colgando, inertes. Yossarian ya no estaba enfadado. Estaba avergonzado. Cuando McWatt se volvió, lamentó que las manos fueran suyas, y hubiera querido enterrarlas en alguna parte. Parecían muertas.

McWatt le dirigió una penetrante mirada, no precisamente amistosa.

—Oye, chico —le dijo con frialdad—, debes de sentirte fatal. Tendrías que irte a casa.

—No me dejan —respondió Yossarian desviando los ojos, y se alejó en silencio.

Bajó de la cabina y se sentó en el suelo, arrepentido y pesaroso, con la cabeza gacha. Estaba empapado en sudor.

McWatt puso rumbo a la pista de aterrizaje. Yossarian pensó si McWatt iría a la tienda de operaciones para ver a Piltchard y Wren y pedirles que no volvieran a destinarlo a su avión, tal y como él había hecho solapadamente con Dobbs, Huple, Orr y, en vano, con Aarfy. Nunca había visto a McWatt disgustado; jamás lo había visto sino de buen humor, y se preguntó si habría perdido otro amigo.

Pero McWatt le guiñó un ojo al bajar del avión y bromeó amistosamente con el bombardero y el piloto nuevos durante el trayecto hasta la base, si bien no dirigió una sola palabra a Yossarian hasta que los cuatro hubieron devuelto los paracaídas y se hubieron separado. Una vez solos, mientras los dos se dirigían hacia sus respectivas tiendas, el pecoso y bronceado rostro de McWatt, mitad irlandés, mitad escocés, se distendió con una sonrisa y le clavó los nudillos juguetonamente a Yossarian en las costillas, como si quisiera pegarle un puñetazo.

—¡Si serás cerdo! —exclamó riendo—. ¿De verdad pensabas matarme?

Yossarian sonrió, contrito, y negó con la cabeza.

—No, no creo.

—No me había dado cuenta de que lo pasaras tan mal. ¿Por qué no hablar sobre el tema con alguien?

—Hablo del tema con todo el mundo. ¿Qué leches te pasa? ¿Es que nunca me escuchas o qué?

—Supongo que no te creía.

—¿Nunca tienes miedo?

—Quizá debería tenerlo.

—¿Ni siquiera en las acciones de combate?

479

—Supongo que no tengo suficiente cabeza —replicó humildemente McWatt, riendo.

—Por si no había ya suficientes maneras de matarme, tú vas y encuentras otra —le espetó Yossarian.

McWatt volvió a sonreír.

—Oye, seguro que te asusto cuando paso rozando tu tienda, ¿verdad?

—Me da pánico, y te lo he dicho mil veces.

—Pensaba que sólo te quejabas del ruido. —McWatt se encogió de hombros con aire resignado—. En fin, ¡al diablo con todo! —dijo con voz cantarina—. Supongo que tendré que dejar de hacerlo.

Pero McWatt era incorregible y aunque no volvió a pasar rozando la tienda de Yossarian, no perdía oportunidad de pasar rozando la playa y rugir como un rayo fulminante sobre la balsa que flotaba en el agua y sobre la hondonada umbría en la que Yossarian le metía mano a la enfermera Duckett o jugaba al póquer, al julepe o a la veintiuna con Nately, Dunbar y Joe *el Hambriento*. Yossarian veía a la enfermera Duckett casi todas las tardes que ambos tenían libres e iba con ella a la playa situada al otro lado de la estrecha franja flanqueada de pequeñas dunas que los separaba de la zona en la que los demás oficiales y soldados nadaban desnudos. También iban allí Nately, Dunbar y Joe *el Hambriento*. De vez en cuando se reunía con ellos McWatt, y con mucha frecuencia Aarfy, que siempre aparecía con su rechoncha figura embutida en el uniforme y que jamás se quitaba ninguna prenda, salvo los zapatos y la gorra. Nunca iba a nadar. Los demás llevaban traje de baño por deferencia hacia la enfermera Duckett, y por deferencia hacia la enfermera Cramer, que los acompañaba a ella y a Yossarian a la playa y se sentaba, sola y altanera, a diez metros de distancia. Nadie, excepto Aarfy, hablaba de los hombres desnudos que tomaban el sol a la vista de todos un poco más abajo o que saltaban desde la enorme balsa encalada que cabeceaba sobre unos bidones de petróleo vacíos, más allá de la arena fangosa. La enfermera Cramer se sentaba a solas porque estaba enfadada con Yossarian y decepcionada con la enfermera Duckett.

La enfermera Sue Ann Duckett detestaba a Aarfy, y ése era otro de los numerosos rasgos que encantaban a Yossarian. Le encantaban sus piernas largas y blancas y el trasero duro y como trazado a compás; a veces no recordaba que era delgada y frágil de cintura para arriba y le hacía daño sin querer cuando, en momentos de pasión, la abrazaba con demasiada fuerza. Le gustaba su somnolienta condescendencia cuando se acostaban en la playa al atardecer. Obtenía solaz y sosiego con su proximidad. Necesitaba tocarla continuamente, mantener constante comunicación física con ella. Le gustaba rodear su tobillo sin apretar mientras jugaba a las cartas con Nately, Dunbar y Joe *el Hambriento*, acariciar leve y cariñosamente la piel suave y blanca de su muslo con las uñas o deslizar soñadora, sensual, casi inconscientemente, una mano posesiva y respetuosa por el borde de su columna vertebral, como de concha, bajo la banda elástica del sostén del bañador de dos piezas que llevaba para sujetar y cubrir sus diminutos pechos de largos pezones. Le gustaba su reacción serena y complacida, el apego que demostraba hacia él, orgullosa. También a Joe *el Hambriento* le habría encantado tocar a la enfermera Duckett, y más de una vez tuvo que contenerse ante la mirada furibunda de Yossarian. La enfermera Duckett coqueteaba con Joe *el Hambriento* para ponerlo caliente, y sus redondos ojos de color castaño claro brillaban maliciosos cada vez que Yossarian le asestaba un codazo o un puñetazo para que se estuviera quieta.

Los hombres jugaban a las cartas sobre una toalla, una camiseta o una manta, y la enfermera Duckett revolvía la otra baraja, sentada con la espalda apoyada contra una duna. Cuando no barajaba las cartas se dedicaba a mirarse en un espejito y a darse rímel en las rizadas pestañas rojizas, en un vano intento de alargarlas permanentemente. De vez en cuando lograba amañar la baraja de tal forma que los hombres no descubrían la trampa hasta que el juego estaba bien avanzado, y ella se echaba a reír y desbordaba de contento cuando todos tiraban las cartas, fastidiados, y le pegaban en los brazos o las piernas al tiempo que le decían barbaridades y le ordenaban que dejara de hacer payasadas. Se ponía a decir tonterías cuando los hombres trataban de concentrarse en el juego, y sus mejillas se teñían de rosa, alborozadas, cuando le daban golpes más fuertes en los brazos y las piernas y le decían que se callara. La enfermera Duckett disfrutaba con tales atenciones y bajaba risueña el corto flequillo castaño cuando Yossarian y los demás estaban pendientes de ella. Le proporcionaba una curiosa sensación de cálido y expectante bienestar saber que tantos hombres y chicos desnudos ganduleaban por allí cerca, junto a las dunas. Sólo tenía que estirar el cuello o levantarse con cualquier pretexto para ver a veinte o cuarenta hombres sin nada de ropa tumbados al sol o jugando a la pelota. Su cuerpo le parecía algo tan conocido y tan normal que le asombraba el éxtasis arrebatado con que los hombres disfrutaban de él, la intensa y curiosa necesidad que tenían simplemente de tocarlo, de extender la mano y apretarlo, pellizcarlo, frotarlo. No comprendía la lujuria de Yossarian pero estaba dispuesta a creerse sus manifestaciones.

Las noches en que Yossarian se sentía cachondo llevaba a la enfermera Duckett a la playa, con dos mantas, y a veces disfrutaba más haciendo el amor con ella con casi toda la ropa puesta que con las robustas chicas amorales y desnudas de Roma. Muchas noches iban a la playa y no hacían el amor;

se tendían entre las mantas, tiritando, muy juntos para ahuyentar el frío húmedo. Las noches, negras como la tinta, empezaban a ser gélidas, las estrellas más escasas, escarchadas. La balsa se balanceaba en el fantasmal rielar de la luna y parecía alejarse. Las señales del mal tiempo impregnaban el aire. Muchos hombres habían empezado a construir estufas e iban a la tienda de Yossarian por el día para admirar la obra de Orr. A la enfermera Duckett le llenaba de gozo que Yossarian no pudiera quitarle las manos de encima cuando estaban juntos, aunque no le dejaba que las deslizara dentro de los pantalones del traje de baño cuando había alguien que pudiera verlos, ni siquiera cuando el único testigo era la enfermera Cramer, que se sentaba al otro lado de la duna con la nariz alzada con aire de reprobación y fingía no ver nada.

La enfermera Cramer ya no le hablaba a la enfermera Duckett, su mejor amiga, debido a su relación con Yossarian, pero seguía yendo con ella a todas partes porque era su mejor amiga. No aceptaba ni a Yossarian ni a sus amigos. Cuando éstos se levantaban e iban a nadar con la enfermera Duckett, la enfermera Cramer también se levantaba e iba a nadar, manteniéndose siempre a una distancia de diez metros y manteniendo asimismo su silencio; los rechazaba incluso en el agua. Cuando reían y se salpicaban, ella reía y salpicaba; cuando buceaban, ella buceaba; cuando iban nadando hasta la barra de arena y después descansaban, la enfermera Cramer iba nadando hasta la barra de arena y después descansaba. Cuando salían del agua, ella también salía, se secaba los hombros con su toalla y se sentaba impertérrita en el sitio de costumbre, con la espalda rígida y un anillo de luz de sol que bruñía su pelo rubio claro como un halo. La enfermera Cramer estaba dispuesta a volver a hablar con la enfermera Duckett si ella se arrepentía y le pedía perdón. La enfermera Duckett prefería dejar las cosas tal y como estaban. Llevaba mucho tiempo deseando darle un buen codazo a la enfermera Cramer para hacerla callar.

La enfermera Duckett pensaba que Yossarian era maravilloso y ya estaba intentando cambiarlo. Le encantaba verlo sestear boca abajo y con un brazo sobre su cuerpo, o contemplar melancólicamente las interminables olas que rompían mansamente contra la orilla como perritos: avanzaban unos pasos por la arena, con timidez, y a continuación retrocedían. Durante los silencios de Yossarian, ella permanecía callada. Sabía que no lo aburría, y se limaba o se pintaba meticulosamente las uñas mientras él dormitaba o reflexionaba y la cálida brisa de la tarde vibraba delicadamente, a rachas, sobre la superficie de la playa. Le encantaba mirar la espalda de Yossarian, ancha, delgada y nervuda, con la inmaculada piel morena. Le encantaba ponerlo a cien en un momento metiéndose una oreja suya en la boca y bajando la mano por el pecho, hasta el final. Le encantaba dejar que se consumiera y sufriera hasta el oscurecer y después satisfacerlo. Entonces lo besaba con adoración por haberle dado tanto placer.

Yossarian nunca se sentía solo con la enfermera Duckett, que sabía mantener la boca cerrada y era suficientemente impredecible. El vasto mar sin límites lo atormentaba y lo obsesionaba. Pensaba lúgubremente, mientras la enfermera Duckett se limaba las uñas, en todas las personas que habían muerto bajo el agua. Sin duda debía de haber ya más de un millón. ¿Dónde estarían? ¿Qué insectos se habrían comido su carne? Imaginaba la terrible impotencia de respirar en el aislamiento de litros y litros de agua. Seguía con la mirada los pequeños barcos de pesca y las lanchas militares que surcaban el mar a lo lejos, y se le antojaban irreales; no parecía verdad que a bordo hubiera hombres de tamaño natural, siempre dirigiéndose a alguna parte. Miraba la rocosa Elba, y elevaba los ojos automáticamente en busca de la esponjosa nube blanca en forma de nabo en la que había desaparecido Clevinger. Contemplaba el vaporoso horizonte italiano y pensaba en Orr. Clevinger y Orr. ¿Adónde habrían ido? Un amanecer, cuando Yossarian se encontraba en una escollera, vislumbró un tronco redondo cubierto de musgo que se aproximaba hacia él arrastrado por la marea: de pronto se transformó en la cara hinchada de un hombre ahogado, la primera persona muerta que había visto en su vida. Estaba sediento de vida y tendió un brazo voraz para tocar el cuerpo de la enfermera Duckett. Examinaba todos los objetos flotantes que encontraba, con temor, en busca de algún rastro espeluznante de Clevinger u Orr, preparado para cualquier sorpresa desagradable excepto para la que le dio McWatt un día con el avión, que apareció a lo lejos y se lanzó despiadadamente sobre la orilla. Pasó rugiendo y chirriando por encima de la balsa cabeceante, en la que Kid Sampson, pálido y rubio, con su flacura bien visible incluso a tanta distancia, se puso a saltar como un payaso para tocar el aparato en el preciso momento en que una arbitraria ráfaga de aire o un pequeño error de cálculo de McWatt hizo descender el avión y una hélice lo partió en dos.

Incluso las personas que no estaban allí presentes recordaban vivamente y con exactitud lo que ocurrió a continuación. Un ¡siis! tan breve como audible se filtró entre el arrollador aullido de los motores, y sólo quedaron las pálidas piernas de Kid Sampson, aún prendidas a las ensangrentadas caderas truncadas, inmóviles en la balsa durante interminables segundos, hasta que se tambalearon y cayeron al agua con un leve chapoteo resonante y se pusieron boca arriba, de modo que sólo se veían los grotescos dedos y las plantas de los pies, blancas como el cemento.

En la playa se organizó la de Dios es Cristo. La enfermera Cramer se materializó como por arte de magia y se puso a llorar histéricamente sobre el hombro de Yossarian mientras él la abrazaba y trataba de calmarla. Con el otro brazo sujetaba a la enfermera Duckett, que también sollozaba, trémula, con la cara alargada y angulosa completamente blanca. Todos chillaban y corrían, y los hombres parecían mujeres. Se precipitaban a recoger sus cosas presas del pánico, se agachaban a toda velocidad y miraban con desconfianza cada ola que les bañaba suavemente las rodillas, como si arrastrara algún órgano horripilante, rojo, un hígado o un pulmón. Los que estaban en el agua pugnaban por salir, olvidándose con las prisas de nadar, gimiendo, andando, obstaculizados por el mar viscoso y pesado, como por el azote del viento. Kid Sampson había rociado a todos. Quienes se descubrían gotas de él en las extremidades o el torso se encogían con horror y repulsión, como si quisieran deshacerse de su odiosa piel. Todos salieron de estampida, corriendo torpemente, lanzando miradas de horror hacia atrás, llenando el umbrío y susurrante bosque con sus débiles gritos y jadeos. Yossarian llevaba a las dos mujeres, que estaban a punto de desmayarse, y las empujaba frenéticamente para que se apresuraran. Tuvo que volver, maldiciendo, para ayudar a Joe *el Hambriento*, que tropezó con la manta o con el estuche de la cámara fotográfica y se cayó de bruces en el barro del arroyo.

En el escuadrón ya lo sabía todo el mundo. También allí los hombres uniformados chillaban y corrían, o permanecían inmóviles, petrificados, como el sargento Knight y el doctor Danika, que estiraban el cuello con expresión grave para observar el avión culpable que volaba ladeado, girando lentamente hasta que empezó a ascender.

—¿Quién es? —le gritó muy nervioso Yossarian al doctor Danika, corriendo sin aliento, cojo, los sombríos ojos ardiendo con una angustia húmeda, febril—. ¿Quién pilota ese avión?

—McWatt —contestó el sargento Knight—. Es un vuelo de entrenamiento con los dos pilotos nuevos. Y también va el doctor Danika.

—Yo estoy aquí —protestó el doctor Danika con voz extraña, preocupada, lanzando una mirada de angustia al sargento Knight.

—¿Por qué no baja? —chilló Yossarian, desesperado—. ¿Por qué sigue subiendo?

—Seguramente tiene miedo de bajar —respondió el sargento Knight, sin apartar la solemne mirada del solitario avión ascendente de McWatt—. Sabe que se ha metido en un buen lío.

Y McWatt siguió subiendo, cada vez más alto, dibujando una lenta espiral con el ronroneante avión que se extendió hasta el mar, hacia el sur. Sobrevoló las pardas colinas, tras haber pasado de nuevo sobre la pista de aterrizaje y haber girado hacia el norte. Al cabo de poco tiempo se encontraba a más de mil quinientos metros de altitud. El ruido de los motores se redujo a un murmullo. De repente se abrió un paracaídas blanco con una sorprendente hinchazón. Transcurridos unos momentos se infló otro, que se deslizó, como el primero, hacia el claro de la pista de aterrizaje. El suelo no registró ningún movimiento. El avión continuó hacia el sur treinta segundos más, siguiendo la misma trayectoria, ya conocida y predecible; McWatt levantó un ala y viró delicadamente.

—Dos menos —dijo el sargento Knight—. McWatt y el doctor Danika.

—Yo estoy aquí, sargento Knight —replicó en tono lastimero el doctor Danika—. No he subido al avión.

—¿Por qué no saltan? —preguntó el sargento Knight como si hablara para sus adentros—. ¿Por qué no saltan?

—Es absurdo —se lamentó el doctor Danika, mordiéndose el labio inferior—. Es absurdo.

Pero Yossarian comprendió de repente por qué no saltaba McWatt, y echó a correr enloquecido por el escuadrón en pos del avión, agitando los brazos y gritándole implorante que bajara, «baja, baja, McWatt»; pero al parecer nadie lo oyó, al menos no McWatt. Y Yossarian dejó escapar un gemido ronco cuando McWatt volvió a girar, descendió en picado a modo de saludo, decidió que al diablo con todo y se estrelló contra una montaña.

Al coronel Cathcart le disgustó tanto la muerte de Kid Sampson y de McWatt que aumentó a sesenta y cinco el número de misiones.

31

LA SEÑORA DANIKA

Cuando el coronel Cathcart se enteró de que el doctor Danika también se había matado en el avión de McWatt elevó el número de misiones a setenta.

La primera persona del escuadrón que descubrió la muerte del doctor Danika fue el sargento Towser, a quien le había comunicado el encargado de la torre de control que el apellido del médico constaba como pasajero en el formulario que había rellenado McWatt en calidad de piloto antes de despegar. El sargento Towser se enjugó una lágrima y tachó el nombre del doctor Danika de la lista del personal. Con labios aún temblorosos, se levantó y se dirigió de mala gana a darles la mala noticia a Gus y a Wes, evitando discretamente entablar conversación con el doctor Danika al encontrarse con la frágil figura sepulcral del médico encaramada en su taburete, tomando el sol de las últimas horas de la tarde, entre la sala de instrucciones y la enfermería. El sargento Towser estaba hundido; tenía dos muertos en sus manos: Mudd, el muerto de la tienda de Yossarian que ni siquiera estaba allí, y el doctor Danika, el muerto más reciente del escuadrón, que a todas luces sí estaba allí y que, según todos los indicios, iba a plantearle un problema administrativo todavía más espinoso.

Gus y Wes escucharon al sargento Towser con estoica expresión de sorpresa y no manifestaron su aflicción hasta que el doctor Danika se presentó en persona al cabo de una media hora para que le tomaran la temperatura y la tensión por tercera vez aquel día. El termómetro marcaba medio grado menos que su anormal temperatura habitual de treinta y cinco y ocho décimas. El doctor Danika se asustó. Las miradas fijas, pétreas y vacías de los dos reclutas eran incluso más irritantes que de costumbre.

—¡Maldita sea! —exclamó cortésmente en un raro acceso de exasperación—. ¿Se puede saber qué os pasa, chicos? No puede ser bueno tener la temperatura baja continuamente y la nariz atascada. —El doctor Danika emitió un lúgubre suspiro de autocompasión y cruzó desconsoladamente la tienda para tomar una aspirina y unas pastillas de azufre y pintarse la garganta con Argyrol. Su cara abatida parecía frágil y desolada, como la de una golondrina, y se frotaba los brazos rítmicamente—. Fijaos en el frío que tengo. ¿Estáis seguros de que no me ocultáis nada?

—Está usted muerto, señor —le explicó uno de los soldados.

El doctor Danika levantó la cabeza bruscamente, receloso y agraviado.

—¿Cómo?

—Que está usted muerto, señor —repitió el otro soldado—. Probablemente ésa es la razón por la que siempre tiene frío.

—Eso es, señor. Probablemente lleva muerto todo este tiempo y nosotros no nos habíamos dado cuenta.

—¿Se puede saber de qué demonios estáis hablando? —chilló el doctor Danika, con una sensación creciente de ineludible catástrofe.

—Es verdad, señor —confirmó uno de los soldados—.

Los informes demuestran que usted subió en el avión de McWatt para cumplir unas horas de vuelo. Como no se tiró en paracaídas, debió de matarse en el accidente.

—Eso es, señor —corroboró el otro—. Debería estar contento de tener algo de temperatura.

La mente del doctor Danika era un mar de confusiones.

—¿Es que os habéis vuelto locos los dos? —dijo—. Voy a dar parte de vuestra insubordinación al sargento Towser.

—Precisamente es el sargento Towser quien nos lo ha dicho —replicó Gus o Wes—. El Ministerio de la Guerra va a notificárselo a su mujer.

El doctor Danika emitió un grito sofocado y salió corriendo de la enfermería para protestar ante el sargento Towser, que se apartó de él con repugnancia y le aconsejó que desapareciera durante el mayor tiempo posible hasta que se tomara una decisión sobre el destino que iban a correr sus restos mortales.

—Sí, supongo que está muerto de verdad —dijo apenado uno de los soldados en voz baja y respetuosa—. Voy a echarlo de menos. Era un tipo estupendo, ¿verdad?

—Sí, desde luego —convino el otro, dolido—. Pero me alegro de que ese mamón ya no ande por aquí. Me tenía harto de tanto tomarle la tensión.

La señora Danika, esposa del doctor Danika, no se alegró de la desaparición de su marido y perforó la apacible noche de Staten Island con sus agudos lamentos al enterarse por un telegrama del Ministerio de la Guerra de que había muerto en combate. Las mujeres iban a consolarla, y sus maridos la llamaban para darle el pésame, confiando en que se mudara pronto a otro barrio para librarse de la obligación de expresar continuamente su condolencia. La pobre mujer vivió destrozada casi una semana entera. Lenta, heroicamente, reunió fuerzas suficientes para pensar en un futuro lleno de problemas espantosos para ella y sus hijos. Justo cuando empezaba a acostumbrarse a su irreparable pérdida, el cartero llamó un día de improviso con una bendición del cielo: una carta del extranjero firmada por su marido en la que la instaba frenéticamente a que no hiciera caso de las malas noticias que le llegaran sobre él. La señora Danika se quedó boquiabierta. La fecha era ilegible, la letra temblona y apresurada, pero el estilo se parecía al de su marido y el tono melancólico y autocompasivo le resultaba familiar, si bien más triste de lo normal. La señora Danika no cabía en sí de gozo y lloró sin freno y besó miles de veces el sucio y arrugado papel. Envió una agradecida nota a su marido pidiéndole detalles y un telegrama al Ministerio de la Guerra comunicándole su error. El Ministerio de la Guerra respondió en tono ofendido que no existía tal error y que sin duda era víctima de un falsificador sádico y psicótico del escuadrón de su marido. Le devolvieron la carta que le había escrito al doctor Danika sin abrir y con la siguiente leyenda: MUERTO EN COMBATE.

La señora Danika había vuelto a enviudar cruelmente por segunda vez, pero en esta ocasión su pena se mitigó con cierta medida con una notificación de Washington que le comunicaba que era la única beneficiaria del seguro de su marido, por valor de 10.000 dólares, cantidad que podría obtener en cuanto lo solicitara. La idea de que sus hijos y ella no fueran a morirse de hambre inmediatamente, iluminó su rostro con una valiente sonrisa y supuso un cambio definitivo en su desesperada situación. Al día siguiente, la Administración de Veteranos de Guerra puso en su conocimiento que tenía derecho a una pensión durante el resto de su vida natural debido al fallecimiento de su marido, y a una ayuda de entierro por valor de 250 dólares. Le adjuntaban un cheque del gobierno por esta cantidad. Sus perspectivas mejoraron, gradual, inexorablemente. Aquella misma semana recibió una carta de la Administración de la Seguridad Social en la que ponían en su conocimiento que, en virtud de la ley de Ancianidad y Supervivientes de 1935, recibiría mensualmente manutención para ella y los hijos que de ella dependieran hasta que cumplieran dieciocho años de edad, y una ayuda de entierro por valor de 250 dólares. Con estas cartas del gobierno como pruebas, solicitó el pago de tres seguros de vida que había suscrito el doctor Danika, por valor de 50.000 dólares cada uno; su reclamación fue atendida con presteza. Cada día le deparaba nuevas sorpresas. La llave de una caja fuerte le dio acceso a un cuarto seguro de vida por un valor nominal de 50.000 dólares, más 18.000 en efectivo, cantidad a la que nunca se habían aplicado impuestos y a la que nunca habría que aplicárselos. Una asociación a la que había pertenecido el doctor Danika donó una tumba. Otra asociación de la que había sido miembro le envió una ayuda de entierro por valor de 250 dólares. El colegio de médicos le concendió otra ayuda destinada al mismo fin por valor de 250 dólares.

Los maridos de sus mejores amigas empezaron a coquetear con ella. La señora Danika estaba encantada con el curso de los acontecimientos y se tiñó el pelo. Seguía acumulando prodigiosas riquezas y tenía que recordar a diario que todos aquellos cientos de miles de dólares no valían ni un centavo, pues su marido no estaba allí para compartir su buena suerte. Le asombraba que hubiera tantas organizaciones dispuestas a hacer semejantes esfuerzos para enterrar al doctor Danika, que lo pasaba fatal en Pianosa tratando de mantenerse a flote y se preguntaba, consternado, por qué no habría contestado su mujer a la carta que le había escrito.

Se vio condenado al ostracismo por hombres que maldecían su memoria por haberle proporcionado al coronel Cathcart un motivo para aumentar el número de misiones. Los informes que atestiguaban su muerte pululaban como larvas y se confirmaban unos a otros sin dejar lugar a dudas. No recibía ni paga ni comida, y su supervivencia dependía de la caridad del sargento Towser y de Milo, quienes sabían que estaba muerto. El coronel Cathcart se negaba a verlo, y el coronel Korn puso en su conocimiento por medio del comandante Danby que ordenaría su inmediata cremación si se le ocurría aparecer por el Cuartel General. El comandante Danby confesó que en el Cuartel General estaban furiosos con los médicos de aviación a causa del doctor Stubbs, el desgreñado médico de múltiples papadas del escuadrón de Dunbar que provocaba insidiosas disensiones deliberada y desafiantemente al dar de baja a todos los hombres que habían cumplido sesenta misiones firmando documentos oficiales que en el Cuartel General rechazaban con indignación para a continuación cursar órdenes que obligaban a volver al servicio a los confusos pilotos, navegantes, bombarderos y artilleros. La moral de los hombres menguaba a ojos vistas, y Dunbar estaba sometido a vigilancia. En el Cuartel General se alegraban de que hubieran matado a Danika y no tenían intención de pedir un sustituto.

Dadas las circunstancias, ni siquiera el capellán podía volver a la vida al doctor Danika. El miedo dio paso a la resignación, y el doctor Danika fue adquiriendo poco a poco el aspecto de un roedor enfermo. Se le ahondaron y ennegrecieron las bolsas que tenía debajo de los ojos, y caminaba en silencio entre las sombras, sin rumbo, como un espectro ubicuo. Incluso el capitán Flume se escondía cuando el médico lo buscaba en el bosque para que lo ayudara. Gus y Wes lo echaron de la enfermería sin darle siquiera un triste termómetro a modo de consuelo, y entonces y sólo entonces comprendió el doctor Danika que estaba muerto a todos los efectos y que tenía que hacer algo de inmediato si quería salvarse.

Únicamente podía recurrir a su mujer, y le escribió una apasionada carta rogándole que llevara su caso al Ministerio de la Guerra y que se pusiera en contacto con su comandante, el coronel Cathcart, para asegurarse de que, por disparcs que fueran las noticias que le llegaran, era él, su marido, el doctor Danika, quien se dirigía a ella y no un cadáver o un impostor. A la señora de Danika la dejó pasmada la profunda emoción de aquel ruego casi ilegible. La atormentaban los remordimientos y estuvo tentada de acceder a los deseos de su marido, pero la siguiente carta que leyó aquella misma mañana era del coronel Cathcart, el comandante de su marido, y decía lo siguiente:

> Estimado sr. y sra., sr., sra. o srta. Danika: No acierto a expresar con palabras mi profunda aflicción ante la noticia de que su hijo, esposo, padre o hermano ha muerto, ha sido herido o dado por desaparecido en combate.

La señora de Danika se trasladó con sus hijos a Lansing, Michigan, sin dejar ninguna dirección.

32

LOS COMPAÑEROS DE HABITACIÓN
DE YO-YO

Yossarian estaba bien calentito cuando llegaron los fríos y las nubes en forma de ballena se amontonaban en un sórdido cielo de color pizarra, casi infinito, como las bandadas de ronroneantes bombarderos B-17 y B-24 de oscuro hierro que habían abandonado las bases italianas el día de la invasión del sur de Francia, dos meses antes. En el escuadrón, todo el mundo sabía que la resaca había arrastrado las flacas piernas de Kid Sampson hasta la húmeda arena de la playa y que se pudrían allí como una espoleta retorcida y púrpura. Nadie iba a recogerlas, ni siquiera Gus ni Wes ni los hombres del depósito de cadáveres del hospital; todos hacían como si las piernas de Kid Sampson no existieran, como si la corriente se las hubiera llevado hacia el sur para siempre, al igual que los cuerpos enteros de Clevinger y Orr. Ahora que había llegado el mal tiempo, casi nadie salía solo a echar una ojeada entre los matojos, como mirones pervertidos, a aquellos muñones putrefactos.

Se habían acabado los días bonitos. Ya no había más misiones fáciles. Únicamente la punzante lluvia y la neblina helada, y los hombres volaban una vez a la semana, cuando se despejaba el cielo. Por la noche gemía el viento. Los troncos de los árboles, retorcidos, encanijados, crujían y restallaban, y los pensamientos de Yossarian recaían una mañana tras otra, aun antes de despertarse por completo, sobre las flacas piernas de Kid Sampson que se hinchaban y se deformaban con la regularidad de un reloj, en la gélida lluvia y la arena húmeda de las noches ciegas y ventosas de octubre. Después de las piernas de Kid Sampson, pensaba en los lamentos del pobre Snowden mientras se congelaba en la cola del avión, ocultando su eterno e inmutable secreto bajo el acolchado del traje protector hasta que Yossarian acababa de esterilizarle y vendarle la herida menos grave, la de la pierna, y lo sacaba a la luz bruscamente, desparramándolo por el suelo. Por la noche, mientras intentaba dormir, Yossarian pasaba lista a todos los hombres, mujeres y niños que había conocido y que estaban muertos. Trataba de recordar a los soldados, y resucitaba las imágenes de las personas mayores que había conocido en su infancia, a los tíos, tías, vecinos, padres y abuelos, los suyos y los de otros, y a los tenderos lastimosos y frustrados que abrían sus pequeños establecimientos polvorientos al amanecer y trabajaban estúpidamente hasta medianoche. También ellos habían muerto. Parecía como si el número de muertos aumentara sin cesar. Y los alemanes seguían luchando. Sospechaba que la muerte era irreversible, y empezó a pensar que él perdería la batalla.

Yossarian estaba bien calentito cuando lleg on los fríos gracias a la maravillosa estufa de Orr, y habría podido vivir cómodamente en su cálida tienda de no haber sido por el recuerdo de Orr y por la pandilla de animados compañeros que la invadieron rapazmente un buen día. Pertenecían a las dos tripulaciones de combate que había solicitado y obtenido el coronel Cathcart en menos de cuarenta y ocho horas para sustituir a Kid Sampson y a McWatt. Yossarian soltó un prolongado grito ronco de protesta cuando, al entrar en la tienda cansado después de una misión, se los encontró a todos allí metidos.

Eran cuatro, y se lo pasaban divinamente ayudándose unos a otros a colocar los catres. No paraban de hacer payasadas. En el mismo momento en que Yossarian los vio, se dio cuenta de que eran insoportables. Eran entusiastas, fogosos y desbordantes, y se habían hecho amigos en Estados Unidos: sencillamente insufribles. Eran ruidosos, seguros de sí mismos, unos críos de veintiún años con cabeza de chorlito. Habían estudiado en la universidad y estaban prometidos a chicas guapas y limpias cuyas fotografías ya habían colocado en la áspera repisa de cemento de la chimenea construida por Orr. Sabían conducir lanchas y jugar al tenis. Sabían montar a caballo. Uno de ellos se había acostado con una mujer mayor en una ocasión. Conocían a las mismas personas en diferentes partes del país y habían ido al colegio con los primos de los otros. Les interesaba realmente quién ganaba los partidos de fútbol. Eran torpes y tenían la moral muy alta. Se alegraban de que la guerra hubiera durado lo suficiente como para averiguar en qué consistía una batalla de verdad. Estaban deshaciendo el equipaje cuando Yossarian los echó.

Eran sencillamente inadmisibles, le explicó Yossarian, inflexible, al sargento Towser, cuya demacrada cara equina adquirió una expresión apenada cuando le comunicó a Yossarian que tendría que acoger a los nuevos oficiales. En el Cuartel General no le permitían solicitar otra tienda de seis plazas mientras Yossarian ocupara una entera él solo.

—No vivo solo —replicó Yossarian, hosco—. También está conmigo el muerto. Se llama Mudd.

—Por favor, señor —le rogó el sargento Towser, suspirando con aire cansino y mirando de soslayo a los cuatro oficiales nuevos, que escuchaban la conversación, confusos y silenciosos, junto a la puerta—. Mudd murió en la misión de Orvietto, y usted lo sabe. Iba a su lado.

—Entonces, ¿por qué no se lleva sus cosas?

—Porque ni siquiera se presentó aquí. Por favor, mi capitán, no saque usted ese tema otra vez. Puede alojarse con el teniente Nately, si lo desea. Incluso enviaré a unos hombres para que recojan sus cosas.

Pero abandonar la tienda de Orr habría equivalido a abandonar a Orr, que habría sido humillado y despreciado por aquella tribu de oficiales simplones que esperaban ansiosos el momento de tomar posesión de ella. No parecía justo que aquellos jóvenes bulliciosos e inmaduros llegaran cuando todo el trabajo estaba terminado y les permitieran apoderarse de la tienda más apetecible de la isla. Pero así era la ley, según le explicó el sargento Towser, y Yossarian tuvo que conformarse con dirigirles miradas asesinas a modo de siniestra excusa, mientras les dejaba sitio y les daba consejos, contrito, para que se encontraran cómodos e invadieran su intimidad.

Eran el grupo más deprimente que Yossarian había visto en su vida. Siempre estaban alegres y se reían por todo. Lo llamaban «Yo-Yo» en broma, y cuando regresaban achispados a altas horas de la noche lo despertaban con sus torpes esfuerzos para no hacer ruido, entre risas y golpes, y a continuación lo bombardeaban con gritos asnales de jovial camaradería cuando Yossarian se incorporaba para quejarse. Le habría gustado machacarlos. Le recordaban a los sobrinos del pato Donald. Ellos le tenían miedo y no paraban de perseguirlo con su molesta generosidad y su exasperante insistencia en prestarle pequeños servicios. Eran desconsiderados, pueriles, simpáticos, ingenuos, presuntuosos, amables y revoltosos. Eran tontos y no se quejaban de nada. Admiraban al coronel Cathcart y el coronel Korn les parecía ingenioso. Le tenían miedo a Yossarian, pero no a las setenta misiones impuestas por el coronel Cathcart. Eran cuatro chavales sanos que lo pasaban estupendamente y que volvían loco a Yossarian, que no conseguía meterles en la cabeza que él era un vejestorio maniático de veintiocho años, que pertenecía a otra generación, a otra época, a otro mundo, que divertirse lo aburría y que no valía la pena el esfuerzo, y que ellos también lo aburrían. No conseguía hacerlos callar; eran peores que las mujeres. No tenían suficiente cabeza para ser introvertidos y reprimidos.

Sus amiguetes de otros escuadrones empezaron a dejarse caer por la tienda y a utilizarla como guarida. Muchas veces, Yossarian no tenía ni dónde sentarse. Y lo peor de todo, ya no podía llevar allí a la enfermera Duckett para acostarse con ella, y como había llegado el mal tiempo, no podían ir a ninguna otra parte. No había previsto semejante desastre, y le habría gustado romperles la cara a puñetazos a sus compañeros de casa, cogerlos uno a uno por los fondillos de los pantalones y el cuello de la camisa y arrojarlos de una vez por todas entre la malsana y gomosa maleza perenne que crecía entre la lata de sopa oxidada con agujeros en el fondo que le servía de orinal y la letrina de nudoso pino del escuadrón que se alzaba como una caseta de playa allí cerca.

En lugar de romperles la cara, se encaminó a grandes zancadas, con los chanclos y el impermeable negro en medio de la llovizna nocturna, a la tienda del jefe Avena Loca para invitarle a que se mudara a la suya y echara a aquellos hijos de puta hacendosos y pelmazos con sus amenazas y sus costumbres de cerdo. Pero el jefe Avena Loca tenía frío y estaba planeando mudarse al hospital para morir de neumonía. Su intuición le decía que ya casi había llegado el momento. Le dolía el pecho y tenía accesos de tos. Ya no entraba en calor con el whisky y, para colmo, el capitán Flume había vuelto a su remolque, presagio de inconfundible significado.

—No le ha quedado más remedio —argumentó Yossarian en un vano intento de animar al lúgubre indio de descomunal pecho, cuyo rostro bien formado, rojo alazán, había degenerado rápidamente hasta adquirir un tinte gris calcáreo—. Se moriría si intentara vivir en el bosque con este tiempo.

—No, no habría vuelto por el muy cobardica —objetó obstinadamente el jefe Avena Loca. Se dio un golpecito en la frente, con expresión críptica—. No, señor mío. Sabe algo. Sabe que me ha llegado la hora de morir de neumonía, ni más ni menos. Y por eso yo también sé que ha llegado mi hora.

—¿Qué dice el doctor Danika?

—No me dejan decir nada —dijo el doctor Danika desde su taburete, compungido y sumido en las sombras de un rincón.

Su minúsculo rostro liso y afilado se había teñido de verde tortuga a la parpadeante luz de las velas. Todo olía a moho. La bombilla de la tienda se había fundido hacía varios días, y ninguno de los dos hombres había cobrado suficientes ánimos para poner otra.

—Ya no me dejan ejercer la medicina —añadió.

—Está muerto —anunció el jefe Avena Loca con satisfacción y una risa caballuna entremezclada con flemas—. Es muy divertido.

—Ni siquiera recibo la paga.

—Es muy divertido —repitió el jefe Avena Loca—. Tanto meterse con mi hígado, y mira lo que le ha pasado. Está muerto. Lo ha matado su propia avaricia.

—No me ha matado eso —comentó el doctor Danika con voz tranquila y monótona—. La avaricia no tiene nada que ver. La culpa es de ese guarro del doctor Stubbs, que ha puesto al coronel Cathcart y al coronel Korn en contra de los médicos de aviación. Va a darle mala fama a la profesión con su manía de defender los principios. Si no se anda con cuidado, el colegio de médicos de su estado lo incluirá en la lista negra y no le permitirá trabajar en los hospitales.

Yossarian observó al jefe Avena Loca mientras éste echaba whisky con sumo cuidado en tres frascos vacíos de champú y los guardaba en el macuto que estaba preparando.

—¿No podrías entrar en mi tienda cuando vayas al hospital y pegarle un buen porrazo en la nariz a uno de ellos? —reflexionó Yossarian en voz alta—. Son nada menos que cuatro y me van a obligar a que me largue.

—Una vez le pasó algo parecido a mi tribu —comentó el jefe Avena Loca, regocijado, sentándose en el catre para reírse entre dientes—. ¿Por qué no le pides al capitán Black que eche a patadas a esos chavales? Al capitán Black le encanta echar a la gente a patadas.

Yossarian hizo una mueca de desagrado al oír el nombre del capitán Black, que intimidaba a los nuevos oficiales cada vez que iban a la tienda de información a buscar mapas o instrucciones. Yossarian adoptó una actitud misericordiosa y protectora para con sus compañeros al recordar al capitán Black. Ellos no tenían la culpa de ser jóvenes y alegres, se dijo mientras perforaba la oscuridad con el oscilante haz de luz de la linterna. También a él le habría gustado ser joven y alegre. Y tampoco tenían la culpa de ser valientes, confiados y temerarios. Si esperaba con paciencia hasta que mataran a uno o dos e hirieran al resto, todos serían estupendos. Juró ser más tolerante y benévolo, pero cuando llegó al refugio de la tienda con aquella actitud más amistosa, una crepitante hoguera ardía en la chimenea, y se quedó sin respiración, horrorizado. *¡Estaban ardiendo los preciosos troncos de abedul de Orr!* ¡Sus compañeros les habían prendido fuego! Contempló aquellos cuatro rostros insensibles y sofocados, y sintió deseos de insultarlos. Sintió deseos de golpearles la cabeza cuando lo saludaron con gritos de alborozo y lo invitaron generosamente a que acercara una silla y compartiera las castañas y patatas asadas. ¿Qué podía hacer con ellos?

¡Y a la mañana siguiente se libraron del muerto de la tienda! ¡Así, por las buenas, lo hicieron desaparecer! Sacaron su catre y todos sus objetos personales y los tiraron entre los matojos; a continuación volvieron a entrar frotándose las manos muy satisfechos por la tarea realizada. A Yossarian lo dejaban pasmado con su energía y su celo, con su eficacia práctica, directa. En cuestión de segundos habían resuelto un problema que había supuesto un verdadero quebradero de cabeza para el sargento Towser y para él durante meses enteros. Yossarian se asustó —podían deshacerse de él con igual rapidez—; corrió a ver a Joe *el Hambriento* y huyó con él a Roma el día antes de que la puta de Nately lograra al fin dormir como es debido y se despertara enamorada.

33

LA PUTA DE NATELY

En Roma, echaba de menos a la enfermera Duckett. No tenía gran cosa que hacer después de que Joe *el Hambriento* se marchara en el vuelo del correo. Yossarian echaba tanto de menos a la enfermera Duckett que recorrió ansioso las calles en busca de Luciana, cuya invisible cicatriz y cuya risa no había olvidado, o de la putilla borrachuza y desaliñada de ojos nublados, sujetador blanco con demasiado relleno y blusa de satén naranja desabrochada, cuyo pícaro camafeo de color salmón había tirado Aarfy por la ventanilla de su coche en un alarde de brutalidad. ¡Cuánto deseaba a las dos chicas! La búsqueda resultó infructuosa. Estaba profundamente enamorado de ambas, y sabía que no volvería a ver a ninguna. Le corroía la desesperación, lo asaltaban visiones perturbadoras. Deseaba estar con la enfermera Duckett con la falda subida y las esbeltas piernas desnudas hasta las caderas. Acabó con una chica delgada que hacía la carrera en un callejón entre dos hoteles y que no paraba de toser, pero no se divirtió y corrió hacia el piso de los soldados con intención de pasar un rato con la simpática criada gorda de las medias color lima, que se alegró horrores de verlo pero no logró ponerlo caliente. Se acostó pronto y durmió solo. Se despertó frustrado y se tiró a una chica descarada, bajita y rechoncha que encontró en la casa después de desayunar, pero sólo le fue un poquito mejor con ella; la echó en cuanto hubo acabado y volvió a dormirse. Sesteó hasta la hora de comer y después se fue a comprar regalos para la enfermera Duckett y un pañuelo para la criada de las medias color lima, que lo abrazó con una gratitud tan pantagruélica que al poco tiempo deseaba ardientemente a la enfermera Duckett y echó a correr una vez más, desbordante de lascivia, en busca de Luciana. No la encontró, pero sí a Aarfy, que había llegado a Roma cuando Joe *el Hambriento* volvió con Dunbar, Nately y Dobbs, y que no quiso acompañarlos de juerga aquella noche para rescatar a la puta de Nately de las garras de unos jefazos militares cuarentones que la tenían secuestrada en un hotel porque se negaba a decir tío.

—¿Por qué voy a arriesgarme a que me pase algo para ayudarla a salir del apuro? —preguntó Aarfy altaneramente—. Pero no le cuentes a Nately que te he dicho esto. Dile que tenía una cita con unos miembros muy importantes de una asociación.

Los jefazos militares cuarentones no dejaron marcharse a la puta de Nately hasta que consiguieron que dijera «tío».

—Di tío —le dijeron.

—Tío —dijo ella.

—No, no. Di tío.

—Tío —dijo ella.

—Nada, no lo entiende.

—No lo entiendes, ¿verdad? No podemos obligarte a decir tío a menos que no quieras decirlo. ¿No lo comprendes? No digas tío cuando te digo que lo digas. ¿De acuerdo? Di tío.

—Tío —dijo la chica.

—No, no digas tío. Di tío.

La chica no dijo «tío».

—¡Muy bien!

—No está mal para empezar. Di tío.

—Tío —dijo ella.

—No, no.

—No, así tampoco vale. Sencillamente, no le interesamos. No tiene ninguna gracia obligarla a decir tío si no le importa que la obliguemos a decirlo.

—No, la verdad es que no le importa. Di pie.

—Pie.

—¿Lo veis? No le importa nada de lo que hacemos. No le importamos. No significamos nada para ti, ¿verdad?

—Tío —dijo la chica.

No le importaban lo más mínimo, y a los jefazos les molestaba muchísimo. La sacudían bruscamente cada vez que bostezaba. No le importaba nada, ni siquiera la amenaza de tirarla por la ventana. Eran unos hombres muy distinguidos totalmente desmoralizados. Ella estaba aburrida, mostraba una actitud indiferente y deseaba dormir. Llevaba trabajando veinticuatro horas seguidas, y lamentaba que aquellos hombres no la hubieran dejado marcharse con las otras dos chicas con las que había empezado la orgía. Pensó vagamente en por qué se empeñarían aquellos tipos en que se riera cuando ellos se reían, y por qué querrían que disfrutase cuando le hacían el amor. Todo le resultaba sumamente misterioso y carente de interés.

No sabía a ciencia cierta qué querían de ella. Cada vez que se desplomaba con los ojos cerrados la despertaban y la obligaban a decir «tío». Cada vez que decía «tío», ellos se sentían decepcionados. Se preguntaba qué significaría «tío». Estaba sentada en el sofá, sumida en un estupor pasivo y flemático, la boca abierta y toda la ropa arrugada en un rincón, sin saber cuánto tiempo seguirían allí desnudos obligándola a decir «tío» en la elegante habitación del hotel a la que la antigua chica de Orr había llevado a Nately y a los demás miembros del heterogéneo grupo de rescate, riendo incontroladamente ante las payasadas de borrachos de Yossarian y Dunbar.

Dunbar le apretó el coño a la antigua chica de Orr, agradecido, y se la pasó a Yossarian, que la apoyó contra la jamba de la puerta con las dos manos en las caderas y se frotó contra ella, voluptuosamente, hasta que Nately lo agarró por un brazo y lo arrastró hasta el salón azul, donde estaba Dunbar arrojando por la ventana cuanto objeto veía. Dobbs destrozaba muebles con un atizador. De repente apareció en la puerta un ridículo hombre desnudo con la cicatriz rojiza de una operación de apendicitis y se puso a vociferar.

—¿Qué pasa aquí?

—Tienes los dedos de los pies sucios —dijo Dunbar.

El hombre se cubrió la entrepierna con ambas manos y desapareció. Dunbar, Dobbs y Joe *el Hambriento* siguieron tirando por la ventana cuanto encontraban a su paso con furibundos chillidos de felicidad y despreocupación. Al cabo de poco tiempo acabaron con la ropa que había sobre los canapés y con las maletas que había en el suelo, y estaban atacando un armario de madera de cedro cuando se volvió a abrir la puerta de la habitación interior y apareció un hombre de aspecto muy distinguido de cuello para arriba, descalzo y con una cierta actitud autoritaria.

—¡Eh, ya está bien! —bramó— ¿Qué demonios estáis haciendo?

—Tienes los dedos de los pies sucios —le dijo Dunbar.

El hombre se cubrió la entrepierna como el primero y se marchó. Nately lo siguió velozmente, pero se interpuso el primer oficial, que retrocedió enarbolando ante sí una almohada, como una bailarina.

—¡Eh, muchachos! —rugió, furioso—. ¡Ya está bien!

—Ya está bien —repitió Dunbar.

—Eso es lo que he dicho.

—Eso es lo que he dicho —dijo Dunbar.

El oficial dio una patada en el suelo, malhumorado, debilitándose de pura frustración.

—¿Estás repitiendo todo lo que yo digo a propósito?

—¿Estás repitiendo todo lo que yo digo a propósito?

—Voy a darte una paliza.

El hombre alzó un puño.

—Voy a darte una paliza —le advirtió Dunbar con frialdad—. Eres un espía alemán, y voy a ordenar que te fusilen.

—¿Yo un espía alemán? ¡Soy un coronel norteamericano!

—Pues no pareces un coronel norteamericano. Pareces un gordo con una almohada. Si eres coronel norteamericano, ¿dónde está tu uniforme?

—Acabas de tirarlo por la ventana.

—Muy bien, muchachos —dijo Dunbar—. Encerrad a este hijo de puta. Llevad a este hijo de puta a la prevención y tirad la llave.

El coronel palideció de miedo.

—¿Os habéis vuelto todos locos? ¿Dónde está tu distintivo? ¡Eh, tú, vuelve aquí inmediatamente!

Pero se dio la vuelta demasiado tarde para detener a Nately, quien, al divisar a su chica sentada en el sofá de la otra habitación, se precipitó hacia ella. Sus amigos lo siguieron como un rayo y se toparon con los demás jefazos desnudos. Al verlos, Joe *el Hambriento* se echó a reír histéricamente, señalándolos incrédulo uno por uno y sujetándose los costados y la cabeza. Dos de ellos, bien entrados en carnes, avanzaron con aire truculento hasta que percibieron la expresión de asco y hostilidad de Dobbs y Dunbar y vieron que éste aún blandía a modo de grueso garrote el atizador de hierro forjado con el que había destrozado los muebles del salón. Nately ya estaba al lado de la chica. Ella se quedó mirándolo sin reconocerlo unos segundos. Después le sonrió débilmente y apoyó la cabeza sobre su hombro con los ojos cerrados. El muchacho estaba en éxtasis; nunca le había sonreído.

—Filpo —dijo un hombre delgado y tranquilo que parecía agotado y que ni siquiera se había movido de su sillón—. No obedece usted las órdenes. Le he dicho que los echara y va y los trae aquí. ¿No comprende que no es lo mismo?

—Han tirado nuestras cosas por la ventana, mi general.

—Estupendo. ¿También los uniformes? Son muy hábiles. Sin uniformes, no convenceremos a nadie de que somos sus superiores.

—Que nos digan sus nombres, Lou, y...

—Vamos, Ned, tranquilízate —dijo el hombre delgado con estudiado gesto cansino—. Serás un as para las acciones de guerra con divisiones acorazadas, pero prácticamente no vales para nada en una situación delicada. Tarde o temprano recuperaremos los uniformes y volveremos a ser sus superiores. ¿De verdad han tirado los uniformes? Me parece una táctica excelente.

—Lo han tirado todo.

—¿También lo que había en el armario?

—Han tirado el armario, mi general. Ése es el ruido que oímos cuando pensamos que venían a matarnos.

—Y ahora voy a tirarte a ti —amenazó Dunbar.

El general se puso pálido.

—¿Se puede saber por qué está tan enfadado? —le preguntó a Yossarian.

—Lo dice en serio —contestó Yossarian—. Más vale que deje marchar a la chica.

—¡Llévensela, por favor! —exclamó el general, aliviado—. Lo único que ha conseguido es que nos sintamos inseguros. Por lo menos, podríamos haberle dado asco por los cien dólares que le hemos pagado, pero nada. Ese joven amigo suyo tan guapo parece muy encariñado con ella. Fíjese en cómo deja los dedos sobre sus muslos con el pretexto de enrollarle las medias.

Sorprendido en el acto, Nately se sonrojó, culpable, y concluyó la tarea de vestirla a toda velocidad. La chica dormía como un tronco, y su respiración era tan regular que parecía roncar un poquito.

—¡Vamos a atacarla ahora, Lou! —gritó otro oficial—. Disponemos de más personal, y podemos rodearla y...

—No, no, Bill —replicó el general con un suspiro—. Serás un genio a la hora de dirigir un movimiento envolvente con buenas condiciones atmosféricas y en terreno llano contra un enemigo que ya ha agotado sus reservas, pero no siempre piensas con claridad en otras circunstancias. ¿Para qué la queremos?

—Mi general, nos encontramos en una mala situación estratégica. No tenemos ni una sola prenda de ropa, y va a resultar muy humillante y degradante para la persona que tenga que bajar a recogerla y cruzar el vestíbulo.

—Sí, Filpo, tienes mucha razón —admitió el general—. Y eres tú precisamente quien va a hacerlo. Vamos, andando.

—¿Desnudo, señor?

—Si quieres, llévate la almohada. Y de paso que vas a buscar mi ropa interior y mis pantalones, haz el favor de comprar cigarrillos.

—Pediré abajo que se lo traigan todo —ofreció amablemente Yossarian.

—¿Lo ve, mi general? —dijo Filpo, aliviado—. No hace falta que vaya yo.

—No seas bobo, Filpo. ¿No te das cuenta de que está mintiendo?

—¿Está mintiendo?

Yossarian asintió, y la confianza de Filpo quedó destrozada. Yossarian se echó a reír y ayudó a Nately a sacar a su chica al pasillo y a meterla en el ascensor. La muchacha iba sonriendo, como si soñara algo precioso, y dormía con la cabeza apoyada en un hombro de Nately. Dobbs y Dunbar salieron corriendo a la calle con intención de parar un taxi.

La puta de Nately alzó los ojos cuando salieron del coche. Tragó saliva con dificultad varias veces durante la ardua ascensión de la escalera que llevaba a su piso, pero cuando Nately la desnudó y la metió en la cama había vuelto a dormirse. Durmió dieciocho horas seguidas, y Nately se pasó la mañana pidiendo a cuantos veía en la casa que guardaran silencio. Cuando la chica se despertó, estaba profundamente enamorada de él. En última instancia, eso era lo único que había necesitado para conquistar su corazón: dormir como Dios manda.

La chica sonrió, contenta, cuando abrió los ojos y vio a Nately, y después, estirando sus largas piernas lánguidamente bajo las crujientes sábanas, lo invitó a acostarse a su lado con esa expresión afectada de estolidez de una mujer en celo. Nately se aproximó a ella aturdido y feliz, tan arrebatado que apenas le importó que volviera a interrumpirlo la hermanita, que irrumpió en la habitación y se metió en la cama, entre los dos. La puta le dio unos bofetones y la insultó, pero en esta ocasión con cariño, riendo, y Nately rodeó con los brazos a las dos, satisfecho, sintiéndose fuerte y protector. Decidió que formaban una familia estupenda. La niña iría a la universidad cuando tuviera edad para ello, a Smith o a Radcliffe o a Bryn Mawr..., ya se encargaría él de eso. Abandonó la cama de un brinco al cabo de unos minutos para anunciar la buena nueva a sus amigos, a voz en grito. Sin caber en sí de gozo, les dijo que entraran en la habitación, y cuando estaban a punto de hacerlo les dio con la puerta en las narices. Había recordado justo a tiempo que su chica no llevaba nada encima.

—Vístete —le ordenó, felicitándose por su previsión.

—*Perchè?* —preguntó la chica con curiosidad.

—*Perchè?* —repitió Nately con una risita indulgente—. Porque no quiero que te vean sin ropa.

—*Perchè no?* —se interesó ella.

—*Perchè no?* —Nately la miró atónito—. Porque no está bien que otros hombres te vean desnuda.

—*Perchè no?*

—¡Porque lo digo yo! —estalló Nately, exasperado—. No discutas conmigo. Yo soy el hombre y debes hacer lo que te diga. A partir de ahora, te prohíbo que salgas de esta habitación sin estar completamente vestida. ¿Queda claro?

La puta lo miró como si pensara que estaba loco.

—¿Estás loco? *Che succede?*

—Lo digo muy en serio.

—*Tu sei pazzo!* —le gritó, incrédula e indignada, al tiempo que saltaba de la cama. Murmurando algo ininteligible, se puso las bragas y se dirigió hacia la puerta.

Nately se irguió con aire de viril autoridad.

—Te prohíbo que salgas así de esta habitación —decretó.

—*Tu sei pazzo!* —le espetó la puta, sacudiendo la cabeza con incredulidad—. *Idiota! Tu sei un pazzo imbecille!*

—*Tu sei pazzo* —repitió la hermanita, siguiéndola con los mismos andares altivos.

—¡Y tú, ven aquí! —le ordenó Nately a la niña—. ¡A ti también te prohíbo que salgas así!

—*Idiota!* —gritó la hermanita, muy digna—. *Tu sei un pazzo imbecille.*

Durante unos segundos Nately dio rabiosas vueltas por la habitación, bufando de cólera, impotente, y después corrió al salón para prohibir a sus amigos que miraran a su chica, que se quejaba de él en bragas.

—¿Por qué? —preguntó Dunbar.

—¡Cómo que por qué! —exclamó Nately—. Porque es mi novia, y no está bien que vosotros la veáis si no va completamente vestida.

—¿Por qué? —insistió Dunbar.

—¿Lo veis? —intervino la chica, encogiéndose de hombros—. *Lui è pazzo!*

—*Si, è molto pazzo* —repitió la hermanita, como un eco.

—Pues si no quieres que la veamos, dile que se ponga la ropa —sugirió Joe *el Hambriento*—. ¿Qué demonios quieres que hagamos nosotros?

—No me hace caso —confesó Nately humildemente—. Así que, de ahora en adelante, cerrad los ojos o mirad hacia otro lado cuando aparezca desnuda. ¿De acuerdo?

—*Madonn'!* —exclamó la chica, desesperada, y salió de la habitación hecha una furia.

—*Madonn'!* —exclamó la hermanita, y salió hecha una furia detrás de la puta.

—*Lui è pazzo* —comentó Yossarian bondadosamente—. Hay que reconocerlo.

—Oye, ¿estás loco o qué? —le preguntó Joe *el Hambriento* a Nately—. Después de esto le pedirás que deje de hacer la calle.

—A partir de ahora —le dijo Nately a su chica—, te prohíbo que hagas la calle.

—*Perchè?* —preguntó ella con curiosidad.

—*Perchè?* —vociferó Nately, asombrado—: ¡Porque no está bien, ni más ni menos!

—*Perchè no?*

—¡Porque no! —insistió Nately—. No está bien que una buena chica como tú vaya a buscar otros hombres para acostarse con ellos. Yo te daré todo el dinero que necesites para que no tengas que hacerlo.

—¿Y a qué me voy a dedicar durante todo el día?

—Pues a lo mismo que tus amigas —contestó Nately.

—Mis amigas van a buscar hombres para acostarse con ellos.

—¡Pues cambia de amigas! Además, no quiero que veas a esa clase de chicas. ¡La prostitución es mala! Lo sabe todo el mundo, incluso él. —Se volvió, confiado, hacia el viejo experto—. ¿Verdad que sí?

—Se equivoca usted —replicó el viejo—. La prostitución le ofrece la posibilidad de conocer gente. Toma el aire y hace ejercicio sano. Además, así no se mete en líos.

—A partir de ahora —declaró Nately con gravedad— te prohíbo cualquier relación con ese viejo depravado.

—*Va fongul!* —replicó su chica, elevando los atormentados ojos hacia el techo—. ¿Qué quiere de mí? —preguntó implorante, agitando los puños—. *Lasciami!* —añadió, desafiante—. *Stupido!* ¡Si piensas que mis amigas son tan malas, diles a tus amigos que dejen de folletear con ellas!

—A partir de ahora —les dijo Nately a sus amigos— creo que deberíais dejar de ir con sus amigas y sentar la cabeza, muchachos.

—*Madonn'!* —exclamaron sus amigos, alzando los atormentados ojos hacia el techo.

Nately se había vuelto majara. Quería que todos ellos se enamoraran inmediatamente y se casaran. Dunbar podía casarse con la puta de Orr, y Yossarian podía enamorarse de la enfermera Duckett o de quien mejor le pareciera. Cuando acabara la guerra trabajarían para el padre de Nately y criarían a sus hijos en el mismo barrio residencial. Nately lo veía todo muy claro. El amor lo había metamorfoseado, convirtiéndolo en un imbécil romántico, y se lo llevaron al dormitorio para discutir en el salón con su novia sobre el capitán Black. La puta accedió a no volverse a acostar con el capitán Black y a no darle dinero de Nately, pero no a retirarle su amistad al viejo verde, feo, desaliñado y libertino que era testigo de la historia de amor de Nately con una insultante actitud de desprecio y que no admitía que el Congreso fuera la institución deliberativa más importante del mundo.

—De ahora en adelante —le ordenó Nately a su chica con firmeza— te prohíbo terminantemente que hables con ese viejo repugnante.

—¿Otra vez el viejo? —gimió la chica, confusa—. *Perchè no?*

—Porque no le gusta la Cámara de Representantes.

—*Mamma mia!* ¿Se puede saber qué te pasa?

—*É pazzo* —comentó la hermanita filosóficamente—. Eso es lo que le pasa.

—*Si* —admitió de buena gana la puta, tirándose del largo pelo castaño con ambas manos—. *Lui è pazzo.*

Pero echaba de menos a Nately mientras él estaba fuera y se enfadó con Yossarian por haberle dado un puñetazo en la cara con todas sus fuerzas a consecuencia del cual tuvo que ingresar en el hospital con la nariz rota.

34

EL DÍA DE ACCIÓN DE GRACIAS

En realidad, fue culpa del sargento Knight que Yossarian le propinara un puñetazo en la nariz a Nately el día de Acción de Gracias, después de que el escuadrón entero hubiera dado las gracias humildemente a Milo por la comida increíblemente abundante en la que oficiales y soldados se refocilaron insaciables durante toda la tarde y por repartir con inagotable largueza las botellas de whisky barato sin descorchar que entregaba generosamente a cuantos hombres se lo pedían. Aun antes de oscurecer ya se veía a jóvenes soldados con el rostro blanco y desencajado vomitando por todas partes y desvaneciéndose en el suelo, borrachos perdidos. El aire apestaba. Otros hombres fueron animándose en el transcurso de las horas, y la desenfrenada fiesta continuó. Fue una saturnal violenta y estrepitosa cuya estridencia se extendió por el bosque, se apoderó del club de oficiales y, pasando por el hospital y las montañas, llegó al emplazamiento de las baterías antiaéreas. Hubo varias peleas y a un hombre le dieron una cuchillada. El cabo Kolodny se pegó un tiro en la pierna al jugar con una pistola cargada en la tienda de información, y se lo llevaron en una ambulancia en la que le pintaron de violeta las encías y los dedos de los pies mientras estaba tumbado con la sangre manando a chorros de la herida. Hombres con cortes en los dedos, cabezas sangrantes, dolor de estómago y fracturas de tobillo acudían cojeando, contritos, a la enfermería, donde Gus y Wes les pintaban de violeta las encías y los dedos de los pies y les daban un laxante para que lo tiraran entre los arbustos. La fiesta duró hasta la madrugada, y el silencio se rompía frecuentemente con los gritos exultantes y los alaridos de quienes estaban contentos o enfermos. Se oían repetidamente bascas y gemidos, risas, saludos, amenazas e insultos, botellas que se estrellaban contra las piedras. A lo lejos se distinguían las palabras de canciones guarras. Fue peor que en Nochevieja.

Yossarian se acostó pronto por una cuestión de seguridad, y al poco soñó que bajaba casi de cabeza una escalera de madera que retumbaba con el fuerte repiqueteo de sus tacones. Se despertó a medias y se dio cuenta de que alguien le estaba disparando con una ametralladora. Un sollozo de terror y dolor ascendió por su garganta. Lo primero que se le ocurrió fue que Milo volvía a atacar el escuadrón; bajó rodando del catre y se escondió debajo, hecho un ovillo tembloroso y suplicante; el corazón le golpeaba el pecho como un martillo pilón y tenía el cuerpo bañado en sudor frío. No se oía ruido de aviones. Escuchó una risotada ebria, feliz. «¡Feliz Año Nuevo, feliz Año Nuevo!», gritó en tono triunfal una voz conocida desde lo alto, entre las breves descargas de la ametralladora, y Yossarian comprendió que, por gastar una broma, varios hombres habían ido hasta una de las baterías protegidas con sacos terreros que había instalado Milo en las colinas tras la incursión aérea sobre el escuadrón y en las que había colocado a sus propios hombres.

Yossarian se inflamó de ira y odio al verse víctima de una broma irresponsable, que le había arrebatado el sueño y lo había reducido a un guiñapo lloriqueante. Quería matar, quería asesinar. Estaba más enfadado que nunca, más que cuando le apretó el cuello a McWatt para estrangularlo. La ametralladora volvió a abrir fuego. Otras veces gritaron: «¡Feliz Año Nuevo!», y las risotadas de alborozo se deslizaron colina abajo en la oscuridad como las carcajadas de una bruja. Con mocasines y mono, Yossarian abandonó la tienda dispuesto a vengarse, con su revólver del 45; metió el cargador y amartilló el arma. Soltó el seguro y se dispuso a disparar. Oyó a Nately que corría detrás de él para detenerlo, llamándolo. La ametralladora abrió fuego una vez más desde un negro montículo que se elevaba sobre el parque móvil, y unas balas trazadoras de color naranja planearon como rayas telegráficas a ras de los techos de las tiendas ensombrecidas, casi arrancando las puntas. Entre los estampidos resonaron estruendosas carcajadas. Yossarian notó que el rencor hervía en su interior como un ácido: ¡los muy hijos de puta estaban poniendo en peligro su vida! Con decisión y cólera ciegas, atravesó como un rayo el escuadrón, dejó atrás el parque móvil corriendo con la mayor rapidez que le permitían sus piernas, y ya empezaba a ascender la ladera por el estrecho y serpenteante sendero cuando le dio alcance Nately, que gritaba: «¡Yo-Yo! ¡Yo-Yo!» muy preocupado y le suplicaba que se detuviera. Cogió a Yossarian por los hombros e intentó sujetarlo. Yossarian se desasió y se dio la vuelta. Nately trató de agarrarlo de nuevo, y Yossarian descargó un puño con todas sus fuerzas en el delicado y joven rostro de Nately, insultándolo, y echó el brazo hacia atrás para volver a pegarle, pero Nately había desaparecido de su vista, gimiendo, y yacía en el suelo con la cabeza oculta entre las manos y un chorro de sangre entre los dedos. Yossarian se volvió bruscamente y siguió su camino sin mirar atrás.

Al poco vio la ametralladora. Las siluetas de dos personas dieron un brinco al oírlo y se perdieron en la noche con carcajadas burlonas antes de que él llegara. Era demasiado tarde. El ruido de las pisadas de los dos hombres fue disminuyendo, y dejaron el círculo de los sacos terreros vacío y silencioso a la brillante y tranquila luz de la luna. Yossarian miró a su alrededor, desalentado. Volvió a oír carcajadas lejanas. Una ramita se tronchó allí cerca. Yossarian cayó de rodillas con un frío estremecimiento de júbilo y apuntó. Oyó un susurro furtivo de hojas al otro lado del montón de sacos y disparó dos ráfagas. Alguien le devolvió los disparos inmediatamente, y Yossarian reconoció el sonido.

—¿Dunbar? —gritó.

—¿Yossarian?

Los dos hombres salieron de sus respectivos escondrijos y se dirigieron hacia el claro decepcionados, bajando las armas. Ambos tiritaban un poco con el aire gélido y estaban jadeantes por el esfuerzo del ascenso.

—¡Los muy hijos de puta! —dijo Yossarian—. Se han escapado.

—¡Me han quitado diez años de vida! —exclamó Dunbar—. Pensaba que ese cerdo de Milo estaba bombardeándonos otra vez. Nunca había sentido tanto miedo. Ojalá supiera quiénes son esos perros.

—Uno de ellos era el sargento Knight.

—Vamos a matarlo. —A Dunbar le castañeteaban los dientes—. No tiene ningún derecho a asustarnos así.

Yossarian ya no quería matar a nadie.

—Vamos a ayudar a Nately primero. Creo que lo he dejado herido al pie de la colina.

Pero no había ni rastro de Nately en el sendero, a pesar de que Yossarian localizó el lugar exacto gracias a la sangre que había en unas piedras. Nately tampoco estaba en su tienda, y no dieron con él hasta la mañana siguiente, cuando entraron en el hospital en calidad de pacientes tras enterarse de que él había ingresado la noche anterior con la nariz rota. Nately irradiaba sorpresa y temor al verlos en la sala, con zapatillas y bata, detrás de la enfermera Cramer, que les indicó sus respectivas camas. Tenía la nariz tapada por una voluminosa escayola y los ojos morados. No paraba de sonrojarse, medio mareado, avergonzado y tímido, ni de decirle a Yossarian que lo perdonara cuando éste se acercó a él para pedirle perdón a su vez por haberle pegado. Yossarian estaba fatal; apenas podía mirar el maltrecho semblante de Nately, aunque resultaba tan cómico que sintió tentaciones de reírse. A Dunbar le molestó el sentimentalismo de ambos, y los tres respiraron con alivio cuando Joe *el Hambriento* irrumpió en la sala con su complicada cámara y sus falsos síntomas de apendicitis con el fin de estar cerca de Yossarian para hacerle fotografías metiéndole mano a la enfermera Duckett. Al igual que Yossarian, en seguida se llevó un chasco. La enfermera Duckett había decidido casarse con un médico —con cualquier médico, porque a todos les iban bien los negocios—, y no quería correr ningún riesgo en presencia del hombre que quizás algún día sería su marido. Joe *el Hambriento* estaba iracundo y desconsolado hasta que —cosas de la vida— apareció el capellán, resplandeciente como un faro flacucho, con una bata de pana parda y una radiante sonrisa de satisfacción demasiado visible para disimularla. Había ingresado en el hospital con un dolor a la altura del corazón que a juicio de los médicos eran gases y un caso avanzado de piedras de Wisconsin.

—¿Qué diablos son las piedras de Wisconsin? —preguntó Yossarian.

—¡Precisamente es lo que querían saber los médicos! —le espetó el capellán muy orgulloso, y se echo a reír. Nadie lo había visto jamás tan simpático ni tan contento—. No existe semejante cosa, ¿no lo entienden? Les he mentido. He llegado a un acuerdo con los médicos. Les he prometido que les diría cuándo me desaparecían las piedras de Wisconsin si ellos me prometían no hacer nada para curarme. Nunca había mentido. ¿No les parece fantástico?

El capellán había pecado, y se alegraba. El sentido común le decía que mentir y abandonar sus deberes eran pecado. Por otra parte, todo el mundo sabía que el pecado era algo malo, y que del mal no podía salir nada bueno. Pero se sentía bien; se sentía maravillosamente. La consecuencia lógica era que mentir y abandonar los deberes no podían considerarse pecados. En un momento de divina intuición, el capellán había logrado dominar la útil técnica de la racionalización protectora, y desbordaba de alegría con su descubrimiento. Era milagroso. Comprendió que casi no había que hacer trampas para transformar el vicio en virtud, el embuste en verdad, la impotencia en abstinencia, la arrogancia en humildad, la estafa en filantropía, el robo en honradez, la blasfemia en sabiduría, la brutalidad en patriotismo y el sadismo en justicia. Cualquiera podía hacerlo; no requería una inteligencia especial. Simplemente requería falta de carácter. Con una agilidad exuberante, el capellán recorrió la gama completa de inmoralidades ortodoxas, mientras Nately permanecía en la cama sonrojado y contento, pasmado con la pandilla de compañeros enloquecidos cuyo centro ocupaba él. Se sentía halagado y un poco asustado, y tenía la certeza de que se presentaría de un momento a otro un oficial severo y los echaría a todos por holgazanes. Pero nadie los molestó. Por la tarde fueron en procesión a ver una porquería hollywoodiense en tecnicolor y cuando volvieron en procesión tras haber visto la porquería hollywoodiense descubrieron que estaba allí el soldado de blanco y Dunbar se desplomó, chillando.

—¡Ha vuelto! —gritó—. ¡Ha vuelto!

Yossarian se detuvo en seco, paralizado tanto por la extraña estridencia de la voz de Dunbar como por la imagen morbosa, conocida y blanca del soldado de blanco, cubierto de pies a cabeza de escayola y gasa. Su garganta dejó escapar involuntariamente un ruido burbujeante, trémulo.

—¡Ha vuelto! —volvió a gritar Dunbar.

—¡Ha vuelto! —vociferó como un eco, con terror automático, un paciente que deliraba por la fiebre.

En la sala estalló una tremenda algarabía. Manadas de hombres enfermos y heridos se pusieron a balbucear incoherencias y a correr y saltar por el pasillo como si el edificio estuviera en llamas. Un paciente con una sola pierna y una muleta brincaba de acá para allá, presa del pánico, y gritaba:

—¿Qué pasa, qué pasa? ¿Hay un incendio?

—¡Ha vuelto! —le chilló alguien—. ¿No lo has oído? ¡Ha vuelto! ¡Ha vuelto!

—¿Quién ha vuelto? —gritó otro—. ¿Quién es?

—¿Qué significa? ¿Qué podemos hacer?

—¿Hay un incendio?

—¡Levantaos y echad a correr, maldita sea! ¡Que todo el mundo eche a correr!

Todos saltaron de la cama y echaron a correr de un extremo a otro de la sala. Un agente del CID buscaba una pistola para disparar contra otro agente del CID que le había metido un codo en el ojo. La sala era un puro caos. El paciente que deliraba devorado por la fiebre saltó al pasillo y estuvo a punto de derribar al paciente con una sola pierna, que sin querer le clavó la punta de goma de la muleta en el pie al otro y le machacó varios dedos. El hombre de la fiebre y los dedos machacados cayó al suelo y se puso a llorar de dolor mientras otros tropezaban con él y le hacían aún más daño en su ciega y enloquecida huida. «¡Ha vuelto!», vociferaban todos histéricamente mientras se precipitaban de un lado a otro. «¡Ha vuelto, ha vuelto!» De pronto apareció la enfermera Cramer, que se puso a agitar los brazos como una guardia de tráfico en un intento desesperado por restablecer el orden y se deshizo en lágrimas al ver que no lo conseguía. «¡Cállense, por favor, cállense!», les instaba vanamente entre enormes sollozos. El capellán, pálido como un fantasma, no tenía ni idea de qué pasaba. Tampoco la tenía Nately, que se mantenía junto a Yossarian, pegado a su codo, ni Joe *el Hambriento*, que los seguía vacilante con los flacos puños apretados y miraba a todas partes con cara de susto.

—¡Eh! ¿Qué pasa aquí? —preguntó Joe *el Hambriento* en tono lastimero—. ¿Qué leches pasa?

—¡Es el mismo! —le gritó Dunbar con vehemencia, elevando la voz para hacerse oír en medio del barullo—. ¿No lo entiendes? ¡Es el mismo!

—¡El mismo! —se oyó repetir Yossarian, estremeciéndose con un profundo y siniestro nerviosismo que no podía dominar, y a continuación se abrió paso hacia la cama del soldado de blanco.

—Tranquilos, muchachos —les aconsejó con afabilidad el texano bajito y patriota, sonriendo confuso—. No hay motivo para preocuparse. ¿Por qué no nos tranquilizamos todos?

—¡Es el mismo! —murmuraron unos y gritaron otros. De repente también apareció la enfermera Duckett.

—¿Qué pasa? —preguntó.

—¡Ha vuelto! —chilló la enfermera Cramer, desplomándose en sus brazos—. ¡Ha vuelto!

Y, efectivamente, era el mismo hombre. Había perdido unos centímetros y ganado unos kilos, pero Yossarian lo reconoció al instante por los dos brazos rígidos y las dos piernas gruesas, rígidas e inútiles sujetas en el aire casi perpendicularmente por las fuertes cuerdas y los largos pesos de plomo suspendidos de poleas, y por el agujero negro y deshilachado entre las vendas a la altura de la boca. En realidad, apenas había cambiado. Tenía el mismo tubo de zinc que salía de la pétrea masa de la entrepierna y se metía en el jarro de cristal transparente del suelo, y el mismo jarro de cristal transparente enganchado a una barra que depositaba un líquido en el hueco del codo. Yossarian lo habría reconocido en cualquier parte. Se preguntó quién sería.

—¡No hay nadie dentro! —vociferó Dunbar de repente.

Yossarian notó que el corazón dejaba de latirle y que se le debilitaban las piernas.

—¿Qué quieres decir? —chilló horrorizado, pasmado ante la angustia que desbordaba de los refulgentes ojos de Dunbar y ante su expresión de demencia—. ¿Estás majara o qué? ¿Qué leches quieres decir con que no hay nadie dentro?

—¡Que se lo han llevado! —gritó Dunbar—. Está hueco, como un soldado de chocolate. Se lo han llevado y han dejado las vendas.

—¿Y por qué iban a hacer una cosa así?

—¿Por qué hacen cualquier cosa?

—¡Se lo han llevado! —chilló otra persona, y en toda la sala resonó el mismo grito: «¡Se lo han llevado, se lo han llevado!».

—Volved a vuestras camas —les rogó la enfermera Duckett a Dunbar y Yossarian, empujando a éste en el pecho, sin fuerza—. Por favor, volved a vuestras camas.

—¡Estás loco! —le gritó Yossarian a Dunbar, muy enfadado—. ¿Por qué leches dices eso?

—¿Alguien lo ha visto? —preguntó Dunbar con burlón ardor.

—Tú sí lo has visto, ¿verdad? —le preguntó Yossarian a la enfermera Duckett—. Dile a Dunbar que ahí dentro hay alguien.

—El teniente Schmulker está ahí dentro —contestó la enfermera Duckett—. Se ha quemado todo el cuerpo.

—Pero ¿lo ha visto?

—Lo has visto, ¿verdad?

—Quien lo ha visto es el médico que lo ha vendado.

—Ve a buscarlo, por favor. ¿Qué médico es?

La enfermera Duckett reaccionó ante la pregunta con un grito sofocado de sorpresa.

—¡Ni siquiera está aquí! —exclamó—. Nos han traído al paciente de un hospital de campaña.

—¿Lo ves? —chilló la enfermera Cramer—. No hay nadie dentro.

—¡No hay nadie dentro! —gritó Joe *el Hambriento*, y se puso a dar patadas en el suelo.

Dunbar se abrió paso y saltó como un poseso hasta la cama del soldado de blanco para comprobarlo por sí mismo: pegó un ávido ojo al agujero negro lleno de jirones que se abría entre las vendas blancas. Seguía inclinado y tratando de perforar con un solo ojo el vacío inmóvil y sin luz de la boca del soldado cuando los médicos y los policías militares se precipitaron a ayudar a Yossarian para apartarlo de allí. Los médicos llevaban pistolas a la cintura. Los guardias llevaban carabinas y rifles con los que hicieron retroceder a la muchedumbre de pacientes murmurantes. Habían llevado una camilla con ruedas; sacaron hábilmente de la cama al soldado de blanco y lo trasladaron en cuestión de segundos. Los médicos y los policías militares recorrieron la sala asegurando a todos que no pasaba nada.

La enfermera Duckett le tiró de una manga a Yossarian y le susurró furtivamente que la siguiera al cuarto de la limpieza que había junto al pasillo. Yossarian se alegró de oírla. Pensó que al fin quería que se la tirara y le subió la falda en cuanto estuvieron a solas en el cuarto de la limpieza, pero la enfermera Duckett lo rechazó. Tenía noticias urgentes sobre Dunbar.

—Van a desaparecerlo —le dijo.

Yossarian arqueó las cejas, sin comprender.

—¿Qué? —preguntó sorprendido, y se echó a reír, incómodo—. ¿Qué quiere decir eso?

—No lo sé. Los he oído hablar desde detrás de la puerta —dijo la enfermera Duckett.

—¿A quiénes?

—No lo sé, no los he visto. Sólo les he oído decir que van a desaparecer a Dunbar.

—¿Y por qué van a desaparecerlo?

—No lo sé.

—Es absurdo. Ni siquiera es correcto gramaticalmente. ¿Qué demonios significa desaparecer a alguien?

—No lo sé.

—¡Pues sí que sirves de mucho!

—¿Por qué la pagas conmigo? —protestó la enfermera Duckett herida en sus sentimientos, intentando contener las lágrimas—. Yo sólo quiero ayudar. No tengo la culpa de que vayan a desaparecerlo, ¿no? Ni siquiera debería habértelo dicho.

Yossarian la cogió entre sus brazos y la estrechó con cariño, dulcemente, contrito.

—Perdona —le dijo, besándole la mejilla respetuosamente, y salió corriendo a advertir a Dunbar, que no apareció por ninguna parte.

35

MILO EL MILITANTE

Yossarian rezó, por primera vez en su vida. Se arrodilló y rezó porque no quería que Nately se ofreciera voluntario para cumplir más de setenta misiones después de que el jefe Avena Loca muriera de neumonía en el hospital y Nately solicitara su puesto. Pero el muchacho no le hacía caso.

—Tengo que cumplir más misiones —insistió Nately torciendo la boca en una mansa sonrisa—. Si no, me mandarán a casa.

—¿Y qué?

—Que no quiero volver hasta que pueda llevármela.

—¿Tanto significa para ti?

Nately asintió, abatido.

—Quizá no vuelva a verla.

—Pide que te licencien —le recomendó Yossarian—. Has terminado las misiones y no necesitas la paga. ¿Por qué no solicitas el puesto del jefe Avena Loca, si es que eres capaz de soportar trabajar a las órdenes del capitán Black?

Nately negó con la cabeza; sus mejillas se oscurecieron de vergüenza y humillación.

—No quieren dármelo. He hablado con el coronel Korn, y me dijo que o cumplo más misiones o me mandan a casa.

Yossarian soltó un taco feroz.

—A eso le llamo yo mala leche, lisa y llanamente.

—Supongo que no me importa. Si he cumplido setenta misiones sin que me hayan herido, a lo mejor puedo cumplir unas cuantas más.

—No hagas nada hasta que hable con cierta persona —decidió Yossarian, y fue a buscar a Milo para pedirle ayuda. Milo se dirigió inmediatamente a pedir ayuda al coronel Cathcart para que le asignaran a él más misiones de combate.

Milo había destacado en numerosas acciones. Se había expuesto sin miedo a peligros y críticas al vender petróleo y cojinetes de bolas a los alemanes a buen precio con el fin de obtener buenas ganancias y contribuir así a mantener el equilibrio de poder entre las fuerzas en discordia. Hacía gala de un arrojo y una gallardía infinitos en combate. Con una claridad de miras y una dedicación que sobrepasaban con mucho los límites del deber, subió el precio de la comida en sus comedores hasta tales extremos que todos los oficiales y soldados tenían que invertir la paga entera en comer. Les quedaba otra alternativa —naturalmente, existía una alternativa, porque Milo detestaba la coacción y era ruidoso defensor de la libertad de elección—: morirse de hambre. Cuando se topaba con una oleada de hostil resistencia a aquel ataque, mantenía su postura sin importarle ni su seguridad ni su reputación e invocaba con desenvoltura la ley de la oferta y la demanda. Y cuando alguien le decía que no, Milo cedía a regañadientes, defendiendo con coraje, aun en plena retirada, el histórico derecho de los hombres libres de pagar cuanto tuvieran que pagar por las cosas que necesitaban para sobrevivir.

A Milo lo habían sorprendido con las manos en la masa en el acto de estafar a sus compatriotas y, en consecuencia, su capital aumentó como nunca. Cumplió su palabra cuando un descarnado comandante de Minnesota se rebeló con desprecio y exigió la participación en la cooperativa que, según repetía Milo sin cesar, les correspondía a todos. Milo hizo frente a la situación escribiendo las palabras «Una participación» en el primer trozo de papel que encontró y entregándoselo con un gesto de honrado desdén que se ganó la admiración y la envidia de cuantos lo conocían. Había llegado al punto culminante de su gloria, y al coronel Cathcart, que conocía y admiraba su hoja de servicios, le dejaron atónito la humildad y la cortesía con que se presentó Milo en el Cuartel General para solicitar más tareas arriesgadas.

—¿Quiere cumplir más misiones de combate? —preguntó el coronel Cathcart, sin dar crédito—. ¿Se puede saber por qué?

Milo contestó con voz comedida y la cabeza gacha:

—Quiero cumplir con mi deber, señor. Nuestro país está en guerra y yo quiero luchar para defenderlo como los demás.

—¡Pero, Milo, usted está cumpliendo con su deber! —exclamó el coronel Cathcart con una sonora y jovial carcajada—. No creo conocer a nadie que haya hecho más que usted por los hombres. ¿Quién les dio algodón recubierto de chocolate?

Milo movió la cabeza lenta y tristemente.

—Pero ser buen intendente en época de guerra no es suficiente, coronel Cathcart.

—Claro que sí, Milo. No entiendo qué le ocurre.

—Claro que no, coronel —le rebatió Milo en tono firme, alzando los sumisos ojos con mirada expresiva justo lo necesario para atraer la atención del coronel Cathcart—. Algunos hombres han empezado a murmurar.

—Ah, conque es eso, ¿eh? Dígame sus nombres, Milo. Dígame quiénes son y ya me encargaré yo de que participen en todas las misiones peligrosas del grupo.

—No, coronel; me temo que tienen razón —replicó Milo, dejando caer la cabeza de nuevo—. Me enviaron aquí en calidad de piloto, y debería realizar más misiones de combate y dedicar menos tiempo a mis obligaciones de intendente.

El coronel Cathcart estaba sorprendido, pero decidió echarle una mano.

—En fin, Milo, si de verdad es eso lo que quiere, estoy seguro de que podremos arreglarlo. ¿Cuánto tiempo lleva aquí?

—Once meses, señor.

—¿Y cuántas misiones ha cumplido?

—Cinco.

—¿Cinco? —repitió el coronel Cathcart.

—Cinco, señor.

—Conque cinco, ¿eh? —El coronel Cathcart se frotó la mejilla, pensativo—. No es gran cosa, ¿verdad?

—¿No? —preguntó Milo en tono cortante, volviendo a alzar los ojos.

El coronel Cathcart se amedrentó.

—Pero si no está nada mal, Milo —se apresuró a rectificar—. No está pero que nada mal.

—No, mi coronel —dijo Milo con un prolongado suspiro, lánguidamente—. No está nada bien. Pero es usted muy generoso por decirlo.

—En serio, Milo, no está nada mal. Sobre todo si tenemos en cuenta que ha aportado otras muchas cosas y muy valiosas. ¿Dice que cinco misiones? ¿Sólo cinco?

—Sólo cinco, señor.

—Sólo cinco. —El coronel Cathcart se deprimió terriblemente unos momentos al preguntarse qué se propondría Milo en realidad y si ya habría metido la pata por su culpa—. Pues está muy bien, Milo —comentó con entusiasmo, entreviendo un rayo de esperanza—. Esa cifra nos da una media de casi una misión cada dos meses, y estoy seguro de que no ha incluido el día que nos bombardeó.

—Sí, señor. Lo he incluido.

—¿Sí? —preguntó el coronel Cathcart un tanto asombrado—. En esa misión no voló, ¿verdad? Si mal no recuerdo, estuvo usted en la torre de control, conmigo, ¿no?

—Pero era mi misión —objetó Milo—. Yo la organicé, y utilizamos mis aviones y mis hombres. Yo la planeé y la supervisé de principio a fin.

—Naturalmente, Milo, naturalmente. No se lo discuto. Sólo quiero comprobar los datos para cerciorarme de que exige todo aquello a lo que tiene derecho. ¿También ha incluido el día que lo contratamos para bombardear el puente de Orvieto?

—No, señor. No me ha parecido correcto, puesto que yo estaba en Orvieto al frente de la artillería antiaérea.

—No creo que eso tenga nada que ver, Milo. De todos modos, era su misión, y además salió muy bien. No conseguimos el puente, pero sí un perfil de bombardeo precioso. Recuerdo que el general Peckem lo comentó. No, Milo, insisto en que también cuente lo de Orvieto.

—Si usted insiste, señor...

—Sí, insisto, Milo. Entonces, vamos a ver... Cuenta con un total de seis misiones, y eso está muy bien, Milo, pero que muy bien. Seis misiones supone un incremento del veinte por ciento en apenas dos minutos, y eso no está nada mal, Milo, pero que nada mal.

—Muchos hombres han cumplido setenta —objetó Milo.

—Pero ellos nunca nos han ofrecido algodón recubierto de chocolate, por ejemplo. Usted está haciendo más de lo que le corresponde, Milo.

—Pero ellos se llevan toda la fama y tienen más oportunidades —porfió Milo, susceptible, casi al borde de las lágrimas—. Señor, yo quiero luchar como los demás. Para eso estoy aquí. Y además, quiero ganar medallas.

—Por supuesto, Milo, por supuesto. Todos queremos dedicar más tiempo al combate, pero las personas como usted y como yo servimos de modos distintos. Fíjese en mi hoja de servicios. —El coronel Cathcart soltó una tímida carcajada—. Seguro que nadie lo sabe, Milo, pero yo sólo he cumplido cuatro misiones.

—No, señor —replicó Milo—. Todo el mundo sabe que usted sólo ha cumplido dos misiones, y que una de ellas fue porque Aarfy se equivocó y lo llevó a territorio enemigo cuando en realidad quería llevarlo a Nápoles para recoger una nevera en el mercado negro.

El coronel Cathcart, sonrojándose abochornado, decidió renunciar a toda discusión.

—De acuerdo, Milo. No encuentro palabras para encomiar su actitud. Si tanto significa para usted, le diré al comandante Coronel que lo destine a las próximas sesenta y cuatro misiones para que pueda cumplir setenta como los demás.

—Gracias, mi coronel, gracias, señor. No sabe cuánto significa para mí.

—De nada, Milo. Comprendo muy bien lo que significa.

—No, mi coronel, no creo que sepa lo que significa —le contradijo secamente Milo—. Alguien tendrá que hacerse cargo de la dirección de la cooperativa desde ahora mismo. Es un asunto muy complicado y podrían matarme en cualquier momento.

El coronel Cathcart se animó ante la idea y se frotó las manos con brío y avaricia.

—¿Sabe una cosa, Milo? Quizás el coronel Korn y yo podríamos librarlo de la cooperativa —sugirió como sin darle mayor importancia, casi relamiéndose de gusto—. Nuestra experiencia en el mercado negro con los tomates nos resultaría muy útil. ¿Por dónde tendríamos que empezar?

Milo miró al coronel Cathcart fijamente, con expresión dulce y franca.

—Gracias, señor, es usted muy amable. Hay que empezar con un régimen sin sal para el general Peckem y otro sin grasa para el general Dreedle.

—Un momento, voy a coger un lápiz. ¿Qué más?

—Los cedros.

—¿Qué cedros?

—Los del Líbano.

—¿Del Líbano?

—Tenemos unos cedros del Líbano que están a punto de llegar a un aserradero de Oslo, donde los transformarán en vigas para un constructor de Cabo Cod. Y luego, los guisantes.

—¿Guisantes?

—Aún están en alta mar. Tenemos cargamentos enteros de guisantes de Atlanta que van camino de Holanda para pagar los tulipanes que se enviaron a Génova para pagar el queso que irá a Viena con el sistema AC.

—¿AC?

—Al contado. Los Habsburgo se están tambaleando.

—Milo...

—Y no hay que olvidar el zinc galvanizado de los almacenes de Flint. Hay que enviar por avión a las fundiciones de Damasco cuatro cargamentos de zinc galvanizado el día dieciocho por la tarde, en términos DPA Calcuta al dos por ciento diez días después, DPCD. Un Messerschmitt con un cargamento entero de cáñamo que se cambiará por un C-47 y medio cargamento de dátiles semideshuesados de Jartum va a llegar a Belgrado. Emplee el dinero de las anchoas portuguesas que vamos a volver a vender en Lisboa en pagar el algodón egipcio que nos devuelven de Mamaroneck y en comprar todas las naranjas que pueda en España. Y pague siempre ATT.

—¿ATT?

—A tocateja. Ah, y no olvide lo del hombre de Piltdown.

—¿El hombre de Piltdown?

—Sí, el hombre de Piltdown. La Smithsonian Institution no se encuentra de momento en condiciones de aceptar el precio que pedimos por un segundo hombre de Piltdown, pero están deseando que se muera un benefactor rico y muy estimado para...

—Milo...

—Francia necesita todo el perejil que podamos enviar, y nos vendría muy bien, porque van a hacernos falta francos para cambiarlos por liras y después por pfennigs para pagar los dátiles. También he encargado un cargamento enorme de madera de balsa peruana para distribuirla entre todos los comedores del sindicato, a prorrata.

—¿Madera de balsa? ¿Y qué van a hacer en los comedores con ella?

—Verá, mi coronel, no es fácil encontrar buena madera de balsa en los tiempos que corren. Pensé que no debía desaprovechar la ocasión de adquirirla.

—No, supongo que tiene razón —admitió el coronel vagamente, con aspecto de sentirse mareado—. Claro, el precio sería bueno...

—¡El precio era escandaloso, exorbitante! —exclamó Milo—. Pero como se lo compramos a una de nuestras ramas subsidiarias, lo pagamos de buena gana. Ah, y tenga cuidado con las pieles.

—¿Con las mieles?

—Con las pieles.

—¿Las pieles?

—Sí, las pieles. Están en Buenos Aires, y hay que curtirlas.

—¿Curtirlas?

—Sí, en Terranova, y enviarlas a Helsinki antes de que

534

comience el deshielo de primavera. Todo lo que va a Finlandia antes de que comience el deshielo de primavera se paga AP.

—¿A plazos? —conjeturó el coronel Cathcart.

—Muy bien, mi coronel. Tiene usted un don especial para estas cosas, señor. Y luego, el jamón.

—¿El jamón?

—Sí, hay que mandarlo a Japón, y la gelatina a Argentina, las sandías a Turquía, las sales a Gales y la colonia a Polonia.

—Milo...

—Tenemos carbón en Newcastle, señor.

El coronel Cathcart alzó los brazos.

—¡Basta, Milo, basta! —gritó a punto de llorar—. Es inútil. A usted le pasa lo mismo que a mí... ¡Es indispensable! —Empujó el lápiz y se levantó, frenético, desesperado—. Milo, no puede cumplir sesenta y cuatro misiones. No puede cumplir ni siquiera una. Si a usted le pasara algo, toda la organización se vendría abajo.

Milo asintió serenamente, complacido.

—¿Me está prohibiendo que realice más misiones de combate, señor?

—Milo, le prohíbo que realice más misiones de combate —declaró el coronel Cathcart con tono de grave e inflexible autoridad.

—Pero no es justo, señor —protestó Milo—. ¿Y mi hoja de servicios? Los demás cosechan toda la gloria, las medallas y la publicidad. ¿Por qué van a castigarme a mí? ¿Simplemente por estar desarrollando tan buena labor como intendente?

—No, Milo, no es justo, pero no podemos hacer nada.

—Quizás alguien podría hacer las misiones en mi lugar.

—Pero quizás alguien podría hacer las misiones en su lugar —sugirió el coronel Cathcart—. ¿Qué le parecerían los mineros en huelga de Pensilvania y Virginia Occidental?

Milo negó con la cabeza.

—Llevaría demasiado tiempo prepararlos. Pero ¿y los hombres del escuadrón, señor? Al fin y al cabo, hago esto por ellos. Deberían estar dispuestos a hacer algo por mí a cambio.

—Pero ¡y los hombres del escuadrón, Milo! —exclamó el coronel Cathcart—. Al fin y al cabo usted hace esto por ellos. Deberían estar dispuestos a hacer algo por usted a cambio.

—Es una cuestión de justicia.

—Es una cuestión de justicia.

—Podrían turnarse, señor.

—Incluso podrían turnarse para cumplir las misiones que le correspondan a usted, Milo.

—¿Quién se llevará los méritos?

—Usted, Milo. Y si alguien obtiene una medalla en una misión que le corresponda a usted, usted se quedará con ella.

—¿Y quién se muere si lo matan?

—Pues el que maten, naturalmente. Al fin y al cabo, es una cuestión de justicia, Milo. Sólo hay un inconveniente.

—Tendrá que aumentar el número de misiones.

—Posiblemente tendré que aumentar otra vez el número de misiones, y no estoy seguro de que los hombres vayan a cumplirlas. Aún están muy fastidiados porque las he subido a setenta. Si consigo que uno de los oficiales decida cumplir más, seguramente los demás seguirán su ejemplo.

—Nately quiere más misiones, señor —dijo Milo—. Acaban de confiarme en el más absoluto secreto que haría cualquier cosa con tal de quedarse aquí con una chica de la que se ha enamorado.

—¡Pero Nately quiere más misiones! —declaró el coronel Cathcart, juntando las manos con un sonoro ruido de victoria—. Sí, Nately lo hará. Y esta vez voy a pasar directamente a las ochenta misiones, para que se entere el general Dreedle. Y además, es una buena forma de que ese cerdo de Yossarian vuelva al servicio y, con un poco de suerte, lo maten.

—¿Yossarian?

Un temblor de profunda preocupación recorrió los sencillos rasgos de Milo, y se rascó pensativamente una guía del bigote rojizo.

—Sí, Yossarian. Según tengo entendido, va por ahí diciendo que ha terminado las misiones y que la guerra ha acabado para él. Bueno, es probable que haya terminado sus misiones, pero no las que le corresponden a usted, ¿verdad? ¡Ja, ja, ja! ¡Menuda sorpresa se va a llevar!

—Señor, Yossarian es amigo mío —objetó Milo—. No me gustaría ser el responsable de que volviera al servicio. Le debo mucho. ¿No hay forma de hacer una excepción con él?

—No, no, Milo —se apresuró a replicar el coronel Cathcart en tono sentencioso, escandalizado ante la idea—. No podemos andarnos con favoritismos. Hay que tratar a todo el mundo por igual.

—Yo le devolvería a Yossarian todo lo que le debo —insistió con coraje Milo en defensa de Yossarian—. Pero como no lo tengo todo, no puedo devolvérselo todo, ¿verdad? Así que tendrá que arriesgarse como los demás, ¿no es eso?

—Es una cuestión de justicia, Milo.

—Sí, señor, es una cuestión de justicia —concedió Milo—. Yossarian no es mejor que los demás, y no tiene derecho a esperar privilegios, ¿no?

—No, Milo. Es una cuestión de justicia.

Y Yossarian no tuvo tiempo para librarse del servicio una vez que el coronel Cathcart hubo anunciado que aumentaba a ochenta el número de misiones a última hora de aquella misma tarde, ni tuvo tiempo de disuadir a Nately de que volara, ni de volver a planear con Dobbs el asesinato del coronel Cathcart, porque la alerta sonó al amanecer del día siguiente y los metieron a todos deprisa y corriendo en los camiones sin ni siquiera darles un desayuno decente. Los llevaron a toda velocidad a la sala de instrucciones y después al aeródromo, donde los estrepitosos camiones cisterna estaban aún llenando de combustible los depósitos de los aviones y los grupos de armeros correteaban de un lado a otro ensamblando en los compartimentos correspondientes las bombas de demolición de casi quinientos kilos. Todo el mundo se apresuraba; encendieron los motores para calentarlos en cuanto los camiones cisterna acabaron su tarea.

El servicio secreto había comunicado que aquella mañana los alemanes iban a remolcar hasta un canal situado a la entrada del puerto un crucero italiano averiado que se encontraba en dique seco en La Spezia y a barrenarlo allí mismo con el fin de privar a las tropas aliadas de instalaciones en aguas profundas cuando tomaran la ciudad. Por una vez, el servicio secreto acertó. El largo buque ya había cruzado la mitad del puerto cuando aparecieron ellos por el oeste y lo destrozaron con un magnífico bombardeo que llenó a todas las escuadrillas de orgullo y satisfacción hasta que se vieron sumergidas en enormes andanadas de artillería antiaérea procedente de los cañones apostados en las curvas de la gigantesca herradura del terreno montañoso. Incluso Havermeyer recurrió a la acción evasiva más desesperada que se le ocurrió al calcular la enorme distancia que lo separaba de la seguridad, y Dobbs, que estaba a los mandos, zigzeó en lugar de zaguear, pasó rozando al avión de al lado y se tragó la cola. Un ala de su aparato se rompió por la base y éste cayó como una piedra y se perdió de vista casi al instante. No hubo llamas, ni humo, ni el más leve ruido. La otra ala giró pesadamente, como una hormigonera, mientras el avión caía en picado cabeza abajo a velocidad creciente hasta chocar con el agua, que se abrió espumeante con el impacto como un nenúfar en el oscuro azul del mar y se elevó en un géiser de burbujas verde manzana cuando el avión se hundió. Todo acabó en cuestión de segundos. No saltó ningún paracaídas. Y en el otro avión se mató Nately.

36

EL SÓTANO

La muerte de Nately casi mató al capellán. El capellán Tapp-man estaba en su tienda, fatigando sus papeles con las gafas de leer puestas cuando sonó el teléfono y desde el aeródromo le dieron la noticia de la colisión aérea. Se le endurecieron las entrañas como la arcilla al secarse. Le temblaba la mano cuando colgó el aparato. La otra mano también empezó a temblar. La catástrofe era sencillamente inconmensurable. Doce muertos; ¡qué horror, qué espanto! Se apoderó de él una sensación de terror. Instintivamente, se puso a rezar para que Yossarian, Nately, Joe *el Hambriento* y sus otros amigos no se contaran entre las víctimas, y en seguida se arrepintió, porque rezar para que ellos estuvieran sanos y salvos equivalía a rezar por la muerte de otros jóvenes que él no conocía. Era demasiado tarde para rezar; pero no sabía hacer otra cosa.

El corazón le latía con un ruido que parecía venir de fuera, y comprendió que no podría volver a sentarse en el sillón de un dentista, ni ver un instrumento quirúrgico, ni ser testigo de un accidente de automóvil, ni oír un grito en la noche sin experimentar aquel martilleo en el pecho o temer su muerte inminente. No podría presenciar otra pelea sin pensar que iba a desmayarse y abrirse la cabeza contra el suelo o sufrir un ataque al corazón o una hemorragia cerebral que resultaran fatales. Se preguntó si volvería a ver a su mujer o a sus tres hijos. Se preguntó si *debía* volver a ver a su mujer después de que el capitán Black hubiera sembrado tantas dudas en su mente sobre la fidelidad y el carácter de las mujeres. ¡Había tantos hombres que la satisfarían sexualmente mucho mejor que él! Cuando pensaba en la muerte, siempre pensaba en su mujer, y cuando pensaba en su mujer era para perderla.

Al cabo de unos minutos el capellán se sintió lo suficientemente fuerte como para levantarse y dirigirse, sombrío y de mala gana, a la tienda de al lado, en busca del sargento Whitcomb. Se marcharon en el todoterreno de éste. El capellán engarfió los dedos en el regazo para evitar que le temblaran las manos. Apretó los dientes e intentó no prestar atención al sargento Whitcomb, que charlaba animadamente sobre el trágico suceso. Doce muertos significaban otras doce cartas de pésame que podía enviar de golpe a los familiares más próximos con la firma del coronel Cathcart, circunstancia que cimentaba las esperanzas del sargento Whitcomb de que sacaran un artículo sobre su superior en el número de Pascua de *The Saturday Evening Post*.

Sobre el aeródromo reinaba un silencio que oprimía cualquier movimiento como si un hechizo implacable y absurdo sometiera a los únicos seres que podían romperlo. El capellán estaba amedrentado. Jamás había percibido una quietud tan palpable, tan impresionante. Una multitud inmóvil y lúgubre de casi doscientos hombres cansados, demacrados y abatidos con los paracaídas en las manos se agolpaba a la puerta de la sala de instrucciones; clavaban la inexpresiva mirada en distintas direcciones, asombrados y decaídos. Parecía como si no quisieran marcharse, como si no pudieran moverse. El capellán oía con creciente sensación de incomodidad el leve crujido de sus pisadas. Sus ojos intentaron taladrar frenéticos, apresurados, la masa inerte de frágiles figuras. Al fin entrevió a Yossarian con inmensa alegría, y se quedó con la boca abierta de puro horror al observar su expresión narcotizada de desesperación trágica, estragada, impresionante. En seguida comprendió que Nately había muerto, y retrocedió dolorido, moviendo la cabeza con una implorante mueca de protesta. El descubrimiento le asestó un golpe que lo dejó entumecido. Se le escapó un sollozo. La sangre se le heló en las piernas, y pensó que iba a desplomarse. Nately había muerto. Toda esperanza de error se desvaneció ante el sonido del nombre de Nately que de vez en cuando se destacaba con claridad entre la casi inaudible confusión de voces murmurantes que hasta entonces no había advertido. Nately estaba muerto: habían matado al muchacho. De la garganta del capellán brotó un gemido ronco y empezó a estremecérsele la mandíbula. Se le llenaron los ojos de lágrimas, y se echó a llorar. Se dirigió de puntillas hacia Yossarian para compartir con él la muda aflicción. En aquel mismo momento, una mano lo agarró bruscamente por el brazo y una voz preguntó sin preámbulos:

—¿El capellán Tappman?

Se volvió, sorprendido, y se vio ante un coronel robusto y belicoso de cara enorme y bigote y piel suave y colorada. No lo había visto nunca.

—Sí, soy yo. ¿Qué ocurre?

Los dedos que aferraban el brazo del capellán le hacían daño, y trató vanamente de desasirse.

—Venga.

El capellán se resistió, perplejo y asustado.

—¿Adónde? ¿Por qué? ¿Quién es usted?

—Será mejor que venga con nosotros, padre —le aconsejó en tono respetuoso un comandante enjuto y con cara de halcón que estaba al otro lado—. Nos envía el gobierno. Queremos hacerle unas preguntas.

—¿Qué preguntas? ¿Qué pasa?

—¿No es usted el capellán Tappman? —preguntó el coronel obeso.

—Claro que sí —respondió el sargento Whitcomb.

—¡Vaya con ellos! —le gritó el capitán Black al capellán en tono hostil y despectivo—. Suba al coche si sabe lo que le conviene.

Varias manos arrastraban al capellán inexorablemente. Quiso pedir ayuda a Yossarian, pero éste parecía demasiado abstraído para oírlo. Algunos de los hombres que había allí cerca lo miraron con cierta curiosidad. El capellán volvió la cara, ardiendo de vergüenza, y se dejó llevar a la parte trasera de un vehículo militar, donde se sentó entre el coronel gordo de cara grande y sonrosada y el comandante flacucho, melifluo y lánguido. Automáticamente, le tendió una muñeca a cada uno, pensando durante unos segundos si querrían esposarlo. En el asiento delantero había otro oficial. Un policía militar alto con silbato y casco blanco se puso al volante. El capellán no se atrevió a levantar los ojos hasta que el coche cerrado hubo abandonado la zona y las ruedas chirriaban veloces sobre la desigual carretera alquitranada.

—¿Adónde me llevan? —preguntó en un tono debilitado por la timidez y la culpa, aún desviando la mirada. Se le ocurrió la idea de que lo habían detenido porque lo responsabilizaban del accidente aéreo y de la muerte de Nately—. ¿Qué es lo que he hecho?

—¿Por qué no cierra esa bocaza y deja que nosotros hagamos las preguntas? —dijo el coronel.

—No le hable así —replicó el comandante—. No hay ninguna necesidad de faltarle al respeto.

—Pues dígale que cierre esa bocaza y nos deje a nosotros hacer las preguntas.

—Por favor, padre, cierre esa bocaza y déjenos a nosotros hacer las preguntas —le aconsejó el comandante con amabilidad—. Será mejor para usted.

—No tiene que llamarme padre —dijo el capellán—. No soy católico.

—Ni yo tampoco, padre —replicó el comandante—. Pero sí soy una persona muy religiosa, y me gusta llamar padre a todos los hombres de Dios.

—Ni siquiera cree que haya ateos en los pozos de tiradores —dijo el coronel burlonamente dándole un codazo amistoso al capellán en las costillas—. Ande, capellán, dígaselo. ¿Hay ateos en los pozos de tiradores o no?

—No lo sé, señor —respondió el capellán—. No he estado en ninguno.

El oficial que iba delante giró la cabeza con expresión agresiva.

—Y tampoco ha estado en el cielo, ¿verdad? Pero sí sabe que hay cielo, ¿verdad?

—¿Lo sabe?

—El delito que ha cometido es muy grave, padre —dijo el comandante.

—¿Qué delito?

—Aún no lo sabemos —contestó el coronel—. Pero vamos a averiguarlo. Y, desde luego, sabemos que es algo muy serio.

Al llegar al Cuartel General, el coche abandonó la carretera con rechinar de neumáticos y el conductor redujo ligeramente la velocidad; después continuó hasta el aparcamiento y se detuvo ante la parte trasera del edificio. Salieron los tres oficiales y el capellán. En fila india, le hicieron bajar por unas escaleras bamboleantes de madera que llegaban hasta el sótano y lo metieron en una habitación oscura y húmeda de techo de cemento bajo y paredes de piedra a medio construir. Había telarañas en todos los rincones. Un enorme centípedo que había en el suelo echó a correr y se refugió en una cañería de agua. Obligaron al capellán a sentarse en una silla de respaldo rígido y duro, detrás de una mesita desnuda.

—Póngase cómodo —le invitó cordialmente el coronel, al tiempo que encendía una lámpara cegadora que enfocó sobre la cara del capellán. Dejó una manopla de hierro y una caja de cerillas de madera sobre la mesa—. Y tranquilícese.

Al capellán parecían salírsele los ojos de las órbitas de pura incredulidad. Le castañeteaban los dientes y sus miembros se habían quedado sin fuerzas. Se sentía impotente. Comprendió que podían hacer lo que quisieran con él: aquellos hombres brutales podían molerlo a palos en el sótano y nadie intervendría, nadie lo salvaría, excepto, tal vez, el comandante religioso y comprensivo de rostro afilado, que abrió un grifo y lo dejó gotear ruidosamente sobre la pila, y al volver a la mesa depositó un grueso trozo de manguera junto a la manopla.

—No le va a pasar nada, capellán —dijo el comandante, para alentarlo—. No tiene nada que temer si no es culpable. ¿De qué tiene miedo? No es culpable, ¿verdad?

—Claro que es culpable —intervino el coronel—. Culpable como el que más.

—¿Culpable de qué? —preguntó implorante el capellán, sintiéndose cada vez más confundido y sin saber a quién apelar. El tercer oficial no llevaba ningún distintivo y se había retirado a otro extremo, silencioso—. ¿Qué he hecho?

—Eso es precisamente lo que vamos a averiguar —contestó el coronel, y puso sobre la mesa un cuaderno y un lápiz—. Escriba su nombre, ¿quiere? Con su letra.

—¿Con mi letra?

—Eso es. En esta hoja, donde mejor le parezca. —Cuando el capellán hubo terminado, el coronel cogió el cuaderno y lo colocó junto a otra hoja de papel que había sacado de una carpeta—. ¿Lo ve? —le dijo al comandante, que se había acercado a él y observaba la escena con aire solemne por encima del hombro de su superior.

—No son iguales, ¿verdad? —admitió el comandante.

—Ya le decía yo que lo había hecho él.

—¿Que había hecho qué? —preguntó el capellán.

—Capellán, esto es un duro golpe para mí —se lamentó el comandante en tono de reproche.

—¿Qué?

—No puedo expresar cuánto me ha decepcionado.

—¿Por qué? —insistió el capellán, frenético—. ¿Qué he hecho?

—Esto —respondió el comandante, y con expresión de desilusión y asco plantó en la mesa el cuaderno en el que el capellán había estampado su firma—. Ésta no es su letra.

El capellán parpadeó, perplejo.

—Claro que es mi letra.

—No, capellán. Está mintiendo otra vez.

—¡Pero si lo he escrito yo! —exclamó el capellán, exasperado—. Ustedes me han visto.

—Exactamente —replicó con amargura el comandante—. Lo hemos visto escribirlo, y no puede negarlo. Una persona que miente sobre su propia letra es capaz de mentir sobre cualquier cosa.

—Pero ¿quién ha mentido sobre mi letra? —preguntó el capellán, olvidándose de su miedo con la oleada de ira e indignación que lo inundó de repente—. ¿Es que están locos o qué? ¿Qué quieren decir?

—Le hemos pedido que escribiera su nombre con su letra, y no lo ha hecho.

—Claro que sí. Si no, ¿con la letra de quién lo he escrito?

—Con la de otra persona.

—¿De quién?

—Eso es precisamente lo que vamos a averiguar —contestó amenazadoramente el coronel.

—Hable, capellán.

El capellán miró a ambos con dudas e histeria crecientes.

—Ésa es mi letra —mantuvo con apasionamiento—. Si no, ¿cuál es?

—Ésta —contestó el coronel.

Y con aires de superioridad, puso sobre la mesa una fotocopia de una carta en la que había tachado todo excepto el encabezamiento «Querida Mary» y en la que el oficial censor había añadido: «Te echo de menos terriblemente A. T. Tappman, capellán del ejército de EE. UU.». El coronel sonrió sardónicamente al contemplar el rostro del capellán, que se había puesto del color de la grana.

—Bueno, capellán. ¿Sabe quién ha escrito esto?

El capellán tardó un rato en contestar; había reconocido la letra de Yossarian.

—No.

—Pero sabe leer, ¿verdad? —insistió sarcásticamente el coronel—. El autor puso su firma.

—Sí, ése es mi nombre.

—Entonces lo escribió usted.

—No, no fui yo. Ésa no es mi letra, señor.

—Entonces firmó con la letra de otra persona —replicó el coronel, encogiéndose de hombros—. Ni más, ni menos.

—¡Esto es ridículo! —gritó el capellán, perdiendo la paciencia. Se levantó de un salto, hirviendo de furia, con los puños apretados—. No pienso soportar esta estupidez ni un momento más, ¿me entienden? Acaban de morir doce hombres y no tengo tiempo para bobadas. No tienen derecho a retenerme aquí, y no pienso tolerarlo.

Sin pronunciar palabra, el coronel le dio un empujón en

547

el pecho que le hizo desplomarse en la silla, y el capellán volvió a sentirse muy débil y atemorizado. El comandante cogió el trozo de manguera y se dio unos golpecitos en la palma de la mano, con aire provocador. El coronel levantó la caja de cerillas, sacó una y la apoyó sobre el rascador, esperando con mirada furibunda a que el capellán volviera a dar señales de rebeldía. Éste estaba tan asustado que apenas podía moverse. El fulgor del foco lo obligó a volver la cabeza; el goteo del grifo le resultaba irritante. Quería que le dijeran qué esperaban que confesara, al menos. Se puso en tensión cuando el tercer oficial, obedeciendo a un gesto del coronel, se apartó de la pared y se sentó sobre la mesa, a escasos centímetros del capellán. Su rostro carecía de expresión; su mirada era fría y penetrante.

—Apague la luz —dijo por encima del hombro en voz queda—. Es muy desagradable.

El capellán le dirigió una leve sonrisa de gratitud.

—Gracias, señor. Y también el grifo, por favor.

—Deje el grifo —dijo el oficial—. A mí no me molesta. —Se subió un poco las perneras del pantalón, como para mantener la impecable raya—. ¿Qué creencias religiosas profesa usted, capellán? —preguntó con naturalidad.

—Soy anabaptista, señor.

—Una religión bastante sospechosa, ¿no?

—¿Sospechosa? —repitió el capellán con inocencia, aturdido—. ¿Por qué, señor?

—Bueno, no sé nada sobre ella. Tendrá que admitir entonces que resulta bastante sospechosa.

—No lo sé, señor —contestó diplomáticamente el capellán, tartamudeando.

Lo desconcertaba que aquel hombre no llevara ningún distintivo, y ni siquiera sabía si tenía que llamarlo «señor». ¿Quién sería? ¿Y qué autoridad tenía para interrogarle?

—He estudiado latín, capellán. Me parece justo advertírselo antes de plantearle la siguiente pregunta. La palabra anabaptista, ¿no significa simplemente lo contrario de baptista?

—No, no, señor. Es mucho más que eso.

—¿Es usted baptista?

—No, señor.

—Entonces no es baptista, ¿verdad?

—¿Cómo dice, señor?

—No sé por qué se empeña en discutir este punto. Ya lo ha admitido. Pero, verá, capellán, que no sea usted baptista no nos aclara lo que es en realidad, ¿no le parece? Podría ser cualquier cosa o cualquiera. —Se inclinó hacia delante y adoptó una expresión astuta y elocuente—. Incluso podría ser Washington Irving, ¿no? —añadió.

—¿Washington Irving? —repitió el capellán, sorprendido.

—Vamos, Washington —le espetó el corpulento coronel, irascible—. ¿Por qué no lo suelta ya? Sabemos que ha robado un tomate.

Tras unos momentos de asombro, el capellán se echó a reír, aliviado y nervioso.

—¡Ah, es eso! —exclamó—. Ahora empiezo a comprenderlo. No robé ese tomate, señor. Me lo dio el coronel Cathcart. Si no me cree, pregúnteselo a él.

En el otro extremo de la habitación se abrió una puerta y entró el coronel Cathcart, como si saliera de un armario.

—Hola, coronel. Coronel, este hombre asegura que usted le dio ese tomate. ¿Es cierto?

—¿Y por qué iba yo a darle un tomate? —contestó el coronel Cathcart.

—Gracias, coronel. Nada más.

—De nada, coronel —replicó el coronel Cathcart, y a continuación salió del sótano y cerró la puerta.

—Y bien, capellán. ¿Qué nos dice ahora?

—¡Me lo dio! —masculló el capellán, iracundo y muerto de miedo—. ¡Me lo dio él!

—No estará llamando embustero a un superior, ¿verdad, capellán?

—¿Por qué iba a darle un tomate un superior, capellán?

—¿Por eso quiso dárselo al sargento Whitcomb, capellán? ¿Porque le quemaba en las manos?

—¡No, no, no! —protestó el capellán, desesperado al ver que no lo entendían—. Se lo ofrecí al sargento Whitcomb porque yo no lo quería.

—Si no lo quería, ¿por qué se lo robó al coronel Cathcart?

—¡No se lo robé!

—En ese caso, ¿por qué se siente tan culpable?

—¡No soy culpable!

—Si no fuera culpable, ¿por qué estamos interrogándolo?

—¡No lo sé! —gimió el capellán, entrelazando los dedos en el regazo y moviendo angustiado la cabeza gacha—. No lo sé.

—Se cree que podemos perder el tiempo —dijo despectivamente el comandante.

—Capellán, tengo un documento firmado por el coronel Cathcart en el que consta que usted le robó el tomate —dijo el oficial sin distintivos más pausadamente, al tiempo que sacaba de una carpeta una hoja amarilla mecanografiada. La dejó boca abajo en un lado de la carpeta y cogió una segunda hoja del otro lado—. Y también tengo una declaración jurada del sargento Whitcomb en la que asegura que sabía que ese tomate contenía algo por la insistencia con que usted trató de soltárselo a él.

—Juro por Dios que no lo robé, señor —declaró el capellán, acongojado, al borde del llanto—. Le doy mi palabra de cristiano de que ese tomate no contenía nada.

—¿Cree usted en Dios, capellán?

—Sí, señor, naturalmente.

—Es curioso, capellán —dijo el oficial, sacando de la carpeta otra hoja amarilla mecanografiada—, porque tengo otro documento firmado por el coronel Cathcart en el que jura que usted se negó a colaborar con él para celebrar servicios religiosos en la sala de instrucciones antes de cada misión.

Tras unos segundos de perplejidad, el capellán asintió, recordando.

—No fue exactamente así, señor —se apresuró a explicar—. El coronel Cathcart descartó la idea en cuanto cayó en la cuenta de que los soldados rezan al mismo Dios que los oficiales.

—¿Cómo? —exclamó el oficial, sin dar crédito a sus oídos.

—¡Qué majadería! —gritó el coronel de cara colorada, apartándose del capellán molesto e indignado.

—¡Encima pretenderá que nos lo creamos! —vociferó el comandante con incredulidad.

El oficial sin distintivos soltó una ácida risita.

—¿No cree que está llevando las cosas demasiado lejos, capellán? —preguntó con una sonrisa indulgente y hostil.

—¡Pero, señor, es la verdad, señor! Lo juro.

—Eso no tiene nada que ver —replicó el oficial, impertérrito, y se inclinó sobre la carpeta llena de papeles—. ¿Ha dicho usted que cree en Dios, capellán? No me acuerdo.

—Sí, señor, eso he dicho. Creo en Dios.

—Pues es realmente curioso, capellán, porque tengo otro documento firmado por el coronel Cathcart en el que asegura que en una ocasión usted le dijo que el ateísmo no era ilegal. ¿Recuerda haber declarado semejante cosa delante de alguien?

El capellán asintió sin vacilar, sintiéndose en terreno seguro.

—Sí, señor, he declarado semejante cosa. Lo dije porque es verdad. El ateísmo no es ilegal.

—Pero ésa no es razón suficiente para decirlo, ¿no le parece, capellán? —le reprendió el oficial con el ceño fruncido, y a continuación cogió otra hoja mecanografiada que contenía otra declaración jurada—. Y tengo también este documento firmado por el sargento Whitcomb según el cual usted se opuso a su plan de enviar cartas de pésame con la firma del coronel Cathcart a los familiares más próximos de los hombres muertos o heridos en combate. ¿Es cierto?

—Sí, señor, me opuse —contestó el capellán—. Y me siento orgulloso de ello. Esas cartas son insinceras y falsas. Lo único que se proponen con ello es aumentar el prestigio del coronel Cathcart.

—¿Y eso qué tiene que ver? —replicó el oficial—. Proporcionan alegría y consuelo a las familias que las reciben, ¿no? Capellán, no acierto a comprender sus procesos mentales.

El capellán se quedó pasmado, incapaz de responder. Agachó la cabeza, sin poder hablar, con candidez.

El coronel rubicundo se acercó a él con pasos vigorosos; se le había ocurrido una idea.

—¿Por qué no le machacamos los sesos? —sugirió con gran entusiasmo.

—Pues sí, podríamos machacarle los sesos, ¿no? —concedió el comandante con cara de halcón—. No es más que un anabaptista.

—No, primero tenemos que declararlo culpable —les recordó el oficial sin distintivos con un desmayado gesto para detenerlos. Se deslizó sin esfuerzo hasta el suelo y rodeó la mesa, situándose frente al capellán con las dos manos apretadas sobre el tablero. Tenía una expresión sombría y severa, imponente y rotunda—. Capellán —anunció con rigidez profesoral—, lo acusamos formalmente de ser Washington Irving y de tomarse libertades caprichosas e ilícitas a la hora de censurar las cartas de los oficiales y los soldados. ¿Se declara usted culpable o inocente?

—Inocente, señor.

El capellán se pasó la reseca lengua por los labios resecos y se sentó en el borde de la silla, a la espera.

—Culpable —dijo el coronel.

—Culpable —dijo el comandante.

—Entonces, culpable —corroboró el oficial sin distintivos, y a continuación escribió una palabra en una hoja de la carpeta—. Capellán —añadió, alzando los ojos—, lo acusamos asimismo de haber cometido delitos e infracciones que ni siquiera conocemos todavía. ¿Culpable o inocente?

—No lo sé, señor. ¿Cómo puedo decirlo si no me explican en qué consisten?

—¿Cómo podemos decírselo si no lo sabemos?

—Culpable —decidió el coronel.

—Claro que es culpable —apostilló el comandante—. Si los delitos e infracciones son suyos, tiene que haberlos cometido él.

—Pues entonces, culpable —coreó el oficial sin distintivos, y a continuación se alejó hacia el otro extremo de la habitación—. Es todo suyo, coronel.

—Gracias —aprobó el coronel—. Ha hecho un buen trabajo. —Se volvió hacia el capellán—. Muy bien, capellán, se acabó el juego. Váyase a dar un paseo.

El capellán no lo entendió.

—¿Qué quiere que haga?

—¡Que se largue, le he dicho! —bramó el coronel, señalando con el pulgar por encima del hombro, muy enfadado—. Salga de aquí inmediatamente.

El capellán se quedó aturdido ante aquellas palabras pronunciadas en tono belicoso y, para su sorpresa y confusión, profundamente decepcionado de que lo dejaran libre.

—¿Ni siquiera van a castigarme? —preguntó, en tono plañidero.

—Desde luego que vamos a castigarlo, pero no vamos a dejar que ande por ahí suelto mientras decidimos cómo y cuándo. Así que, venga. ¡Puerta!

El capellán se levantó, inseguro, y dio unos pasos.

—¿Puedo marcharme?

—De momento, sí, pero no intente abandonar la isla. Lo tenemos controlado, capellán. No olvide que se lo vigilará las veinticuatro horas del día.

Le parecía inconcebible que lo dejaran marchar. Se dirigió hacia la puerta con cautela, esperando que en cualquier momento una voz perentoria le ordenara que volviese o que lo detuviera en seco un fuerte golpe en el hombro o en la cabeza. No hicieron nada para retenerlo. Avanzó por los tétricos y malolientes corredores y llegó a la escalera. Cuando salió al aire fresco iba trastabillando y sin aliento. En cuanto hubo escapado, se apoderó de él una oleada de cólera moral. Estaba furioso por las atrocidades del día, mucho más de lo que se había sentido en toda su vida. Cruzó el espacioso y resonante vestíbulo del edificio embargado por el rencor y los deseos de venganza. No iba a consentirlo ni un momento más, se dijo; sencillamente no estaba dispuesto a consentirlo. Con la sensación de que la suerte se ponía de su parte, al llegar a la puerta divisó al coronel Korn, que subía la escalera, solo. Tras cobrar ánimos aspirando una profunda bocanada de aire, el capellán se dispuso valientemente a interceptarle el paso.

—Coronel, no pienso consentirlo ni un momento más —declaró, vehemente y decidido, y observó con consternación que el coronel Korn seguía subiendo sin ni siquiera percatarse de su presencia—. ¡Coronel Korn!

554

Aquella rechoncha y desaliñada figura se detuvo; se dio la vuelta y empezó a descender lentamente.

—¿Qué ocurre, capellán?

—Quiero hablar con usted sobre el accidente de esta mañana, coronel Korn. ¡Ha sido terrible, terrible!

El coronel Korn guardó silencio unos segundos, contemplando al capellán con un destello de cínica burla.

—Sí, capellán, realmente terrible —dijo al fin—. No sé cómo vamos a redactar este informe sin quedar en mal lugar.

—No me refiero a eso —replicó el capellán con firmeza, sin ningún temor—. Algunos de esos hombres ya habían cumplido setenta misiones.

El coronel Korn se echó a reír.

—¿Y habría sido menos terrible si todos hubieran sido novatos? —preguntó con sarcasmo.

El capellán volvió a quedarse aturdido. Cuando volvió a hablar se sentía menos seguro que antes y le temblaba la voz.

—Señor, no es justo obligar a los hombres de este escuadrón a cumplir ochenta misiones cuando los de otros escuadrones sólo necesitan cincuenta y cinco para volver a casa.

—Estudiaremos el asunto —dijo el coronel Korn, aburrido y desinteresado, y empezó a alejarse—. Adiós, padre.*

—¿Qué quiere decir? —insistió el capellán con voz aguda.

El coronel Korn se detuvo con gesto desagradable y bajó un escalón.

—Quiero decir que lo pensaremos, padre —contestó con desprecio, sardónicamente—. No querrá que hagamos nada sin pensarlo antes, ¿verdad?

—No, señor, supongo que no, pero ya lo han estado pensando, ¿no?

—Sí, padre, hemos estado pensándolo. Pero para contes-

* En español en el original. *(N. de la T.)*

555

tarle a usted lo pensaremos un poco más, y si tomamos otra decisión, usted será el primero en saberlo. Bueno, adiós.

El coronel se dio la vuelta bruscamente y empezó a subir la escalera.

—¡Coronel Korn! —El coronel Korn se detuvo una vez más al oír el grito del capellán. Giró la cabeza hacia él lentamente, con expresión de mal humor. Las palabras brotaron de la boca del capellán como un nervioso torrente—. Señor, solicito su permiso para llevar este asunto a la atención del general Dreedle. Quiero elevar mi protesta al Cuartel General de la base.

Las pesadas y oscuras mandíbulas del coronel Korn se hincharon de repente con una carcajada contenida, y tardó unos segundos en contestar.

—Muy bien, padre —replicó maliciosamente, tratando con todas sus fuerzas de ponerse serio—. Tiene usted mi permiso para hablar con el general Dreedle.

—Gracias, señor. Creo que debo advertirle que ejerzo cierta influencia sobre el general Dreedle.

—Me alegro de que me haya advertido, padre, y también creo que yo debo advertirle que no va a encontrar al general Dreedle. —El coronel Korn sonrió perversamente y después estalló en carcajadas triunfales—. El general Dreedle está fuera, padre, y en su lugar está el general Peckem. Tenemos nuevo comandante.

El capellán se quedó pasmado.

—¡El general Peckem!

—Exactamente, capellán. ¿Ejerce usted alguna influencia sobre él?

—¡Pero si ni siquiera lo conozco! —protestó el capellán, hundido.

El coronel Korn volvió a reírse.

—Qué lástima, capellán, porque el coronel Cathcart sí

lo conoce, y muy bien. —El coronel siguió riéndose con delectación unos segundos y se calló bruscamente—. ¡Ah!, a propósito, padre —dijo en tono glacial, clavándole un dedo en el pecho—, ese jueguecito que se traen entre manos el doctor Stubbs y usted. Sabemos perfectamente que lo ha enviado aquí a protestar.

—¿El doctor Stubbs? —El capellán negó con la cabeza, confundido—. No he visto al doctor Stubbs, mi coronel. Me han traído aquí tres oficiales muy raros, me han llevado al sótano sin tener ningún derecho a hacerlo y me han interrogado e insultado.

El coronel volvió de nuevo a clavarle al capellán un dedo en el pecho.

—Sabe de sobra que el doctor Stubbs les ha dicho a los hombres que no tenían que cumplir más de setenta misiones. —Se rió secamente—. Pues bien, padre, tienen que cumplir más de setenta, porque vamos a trasladar al doctor Stubbs al Pacífico. Así que, adiós, padre. Adiós.

37

EL GENERAL SCHEISSKOPF

Dreedle estaba fuera, y el general Peckem estaba dentro; apenas se había trasladado al despacho del general Dreedle cuando la espléndida victoria militar que había conseguido empezó a desmoronarse.

—¿El general Scheisskopf? —preguntó en su nuevo despacho sin el menor recelo al sargento que le comunicó la orden que acababa de llegar aquella mañana—. Querrá decir el coronel Scheisskopf, ¿no?

—No, señor, el general Scheisskopf. Lo han ascendido esta mañana, señor.

—Francamente curioso, ¿Scheisskopf general? ¿Con qué rango?

—General de división, señor, y...

—¡General de división!

—Sí, señor, y no quiere que usted dé ninguna orden al personal bajo su mando sin consultarle antes.

—¡Maldita sea! —masculló el general Peckem, atónito, soltando una palabra malsonante en voz alta quizá por primera vez en su vida—. ¿Ha oído eso, Cargill? Han ascendido a Scheisskopf a general de división. Me apuesto cualquier cosa a que este ascenso iban a otorgármelo a mí y se equivocaron.

El coronel Cargill se frotaba el prominente mentón reflexivamente.

—¿Por qué nos está dando órdenes a nosotros?

El rostro liso, afeitado y distinguido del general Peckem se puso en tensión.

—¿Por qué nos está dando órdenes si todavía pertenece a Servicios Especiales y nosotros a operaciones de combate?

—Ése es otro de los cambios de esta mañana, señor. Ahora, todas las operaciones de combate se encuentran bajo la jurisdicción de Servicios Especiales, y el general Scheisskopf es nuestro nuevo comandante.

El general Peckem soltó un agudo grito.

—¡Dios mío! —gimió, y su estudiada serenidad se vino abajo, en un ataque de histeria—. ¿Scheisskopf al mando? *¿Scheisskopf?* —Se apretó los ojos con los puños, horrorizado—. ¡Cargill, póngame con Wintergreen! *¡Scheisskopf!* ¡No, por favor!

Todos los teléfonos empezaron a sonar al unísono. Un cabo entró corriendo y se cuadró.

—Señor, hay un capellán en la puerta que quiere verlo por una injusticia que se ha cometido en el escuadrón del coronel Cathcart.

—¡Que se marche, que se marche! Ya tenemos suficientes injusticias de momento. ¿Dónde está Wintergreen?

—Señor, el general Scheisskopf está al teléfono. Quiere hablar con usted inmediatamente.

—Dígale que todavía no he llegado. ¡Dios del cielo! —gritó el general Peckem, como si acabara de tomar conciencia de la enormidad de la catástrofe—. *¿Scheisskopf?* ¡Ese hombre es un retrasado mental! He puesto verde a ese mentecato y ahora resulta que es mi superior. ¡Dios, Dios! ¡Cargill! ¡Cargill, no me abandone! ¿Dónde está Wintergreen?

—Señor, hay un tal ex sargento Wintergreen en el otro

teléfono. Lleva toda la mañana intentando ponerse en contacto con usted.

—¡No puedo comunicar con Wintergreen! —vociferó el coronel Cargill—. Su línea está ocupada.

El general Peckem sudaba copiosamente cuando se precipitó hacia el otro teléfono.

—¡Wintergreen!

—Peckem, hijo de puta...

—Wintergreen, ¿se ha enterado de lo que han hecho?

—... ¿qué habéis hecho, gilipollas?

—¡Han puesto a Scheisskopf al mando de todo!

Wintergreen chillaba, enfurecido y asustado.

—¡Usted y sus malditos memorándums! ¡Han trasladado operaciones de combate a Servicios Especiales!

—¡Oh, no! —gimoteó el general Peckem—. ¿Eso han hecho? ¿Por mis memorándums? ¿Por eso han puesto a Scheisskopf al mando? ¿Por qué no me han puesto a mí?

—Porque usted ya no pertenecía a Servicios Especiales. Usted se trasladó y le dejó a él al mando. Y, ¿sabe lo que quiere? ¿Sabe lo que ese hijo de puta quiere que hagamos todos?

—Señor, creo que debería atender al general Scheisskopf —le rogó el sargento, nervioso—. Insiste en hablar con alguien.

—Cargill, hable usted con Scheisskopf. Yo no puedo. Pregúntele qué quiere.

El coronel Cargill escuchó al general Scheisskopf unos segundos y se puso blanco como el papel.

—¡Dios mío! —exclamó, al tiempo que el teléfono se le escurría de la mano—. ¿Sabe lo que quiere? Que desfilemos. ¡Quiere que desfilemos todos!

38

LA HERMANITA

Yossarian desfiló andando hacia atrás con la pistola en la cadera y se negó a realizar más misiones. Desfiló hacia atrás porque se daba la vuelta sin cesar para cerciorarse de que no había nadie detrás dispuesto a abalanzarse sobre él. Cada ruido que oía a su espalda se le antojaba un aviso, cada persona que pasaba a su lado, un asesino en potencia. Llevaba la mano constantemente apoyada en la culata del arma y no sonreía más que a Joe *el Hambriento*. Les dijo al capitán Piltchard y al capitán Wren que para él se había acabado volar. Los capitanes borraron su nombre de la lista de vuelo para la siguiente misión y llevaron el asunto al Cuartel General.

El coronel Korn se echó a reír tranquilamente.

—¿Qué demonios quiere decir con eso de que no va a cumplir más misiones? —preguntó sonriendo, mientras el coronel Cathcart se retiraba a un rincón para reflexionar pesimistamente sobre la siniestra importancia de aquel nombre, Yossarian, que volvía a amargarle la vida—. ¿Por qué no quiere?

—Su amigo Nately se mató en el accidente sobre La Spezia. Quizá sea por eso.

—¿Quién se ha creído que es, Aquiles? —El coronel Korn

se quedó encantado con aquella comparación, y tomó nota mentalmente de repetirla en presencia del general Peckem—. Tiene que cumplir más misiones. No le queda más remedio. Díganle que si no cambia de actitud lo pondrán en nuestro conocimiento.

—Se lo hemos dicho, señor, pero no ha servido de nada.

—¿Qué dice el comandante Coronel?

—No lo vemos nunca. Es como si hubiera desaparecido.

—¡Ojalá pudiéramos desaparecerlo a él! —estalló el coronel Cathcart en el rincón, acongojado—. Igual que hicieron con ese tipo, Dunbar.

—Hay muchas más formas de meter a ése en cintura —le aseguró el coronel Korn en tono confiado y, dirigiéndose a Piltchard y Wren, añadió—: Empecemos por lo más agradable. Mándenlo a Roma a que descanse unos días. Es posible que la muerte de ese chico lo haya afectado un poco.

En realidad, la muerte de Nately estuvo a punto de matar también a Yossarian, porque cuando le dio la noticia a su puta en Roma, la chica emitió un alarido estremecedor e intentó apuñalarlo con un cuchillo de pelar patatas.

—*Bruto!* —le gritó, histérica y furibunda, mientras Yossarian le doblaba el brazo por la espalda y se lo retorcía hasta conseguir que soltara el cuchillo—. *Bruto! Bruto!*

Rápidamente le clavó las uñas de la mano libre y le desgarró una mejilla. Después le escupió en la cara con rabia.

—¿Qué te pasa? —chilló Yossarian, dolorido y pasmado, dándole un empujón que la arrojó contra la otra pared—. ¿Qué quieres?

La chica se abalanzó sobre él levantando los dos puños y le dejó la boca ensangrentada de un tremendo golpe antes de que a Yossarian le diera tiempo a agarrarla por las muñecas y detenerla. La puta tenía el pelo terriblemente revuelto. De sus ojos fulgurantes, llenos de odio, manaban dos torrentes de lágrimas mientras luchaba contra él presa de un frenesí irracional, con una fuerza enloquecedora, insultándole y gritándole «*Bruto!*» cada vez que Yossarian intentaba explicarse. Su enorme fortaleza lo pilló desprevenido y perdió el equilibrio. La chica era casi de su estatura, y durante unos momentos el terror se apoderó de él, convencido de que la demencial resolución de la mujer lo vencería y acabaría en el suelo, donde lo haría pedazos por un crimen nefando que no había cometido. Sintió deseos de pedir ayuda a gritos mientras forcejeaban, reducidos a un punto muerto jadeante y gemebundo. Al fin ella cedió un poco, y Yossarian logró sujetarla y pedirle que lo escuchara, jurándole que la muerte de Nately no había sido culpa suya. La chica volvió a escupirle en la cara, y Yossarian le propinó un fuerte empujón, asqueado y frustrado. Ella se precipitó hacia el cuchillo de pelar patatas en cuanto Yossarian la soltó. Éste se abalanzó sobre ella, y rodaron uno encima del otro por el suelo hasta que Yossarian consiguió arrebatarle el cuchillo. Ella intentó ponerle la zancadilla con una mano cuando Yossarian se levantaba penosamente y le hizo un tremendo arañazo en el tobillo, arrancándole un trozo de carne. Yossarian atravesó la habitación a la pata coja, muerto de dolor, y tiró el cuchillo por la ventana. Soltó un gigantesco suspiro de alivio al verse a salvo.

—Haz el favor de dejarme que te explique una cosa —comentó con voz grave, madura y razonable, tratando de convencerla.

Ella le pegó una patada en la entrepierna. ¡Siuuuu!, silbó el aire al escapársele de los pulmones; cayó de costado, con un agudo grito ululante, con las piernas dobladas en un caos de dolor, a punto de vomitar, sin poder respirar. La puta de Nately salió corriendo de la habitación. Yossarian se puso de pie, trastabillando, justo a tiempo, porque la chica volvió a agredirlo con un largo cuchillo de pan que había cogido en la cocina. Por entre los labios de Yossarian escapó un lamento de incredulidad cuando, aún sujetándose con ambas manos las ardientes entrañas, que le palpitaban de dolor, se dejó caer con todo el peso de su cuerpo sobre las espinillas de la chica y le hizo perder pie. Ella dio una vuelta por encima de la cabeza de Yossarian y aterrizó en el suelo, sobre los codos, con una fuerte sacudida. El cuchillo salió despedido, y Yossarian lo escondió bajo la cama de un manotazo. La puta trató de alcanzarlo, y él la agarró por un brazo y la inmovilizó. La chica trató de darle otra patada en el vientre, pero él la esquivó soltando un soez taco. La chica se estrelló contra la pared y destrozó una silla que chocó con la cómoda cubierta de peines, cepillos y frascos de cosméticos, que se hicieron añicos. En el otro extremo de la habitación cayó al suelo una fotografía enmarcada y se rompió el cristal.

—¿Qué demonios quieres? —le gritó Yossarian, quejumbroso y confundido—. Yo no lo he matado.

La chica le tiró un pesado cenicero de cristal a la cabeza. Yossarian apretó el puño y estuvo a punto de clavárselo en el estómago cuando ella volvió a embestirlo, pero le dio miedo hacerle daño. Quería acertarle justo en la barbilla y escapar de la habitación, pero el blanco no estaba muy claro y se limitó a echarse a un lado en el momento en que ella atacó y la ayudó a pasar de largo con un fuerte empujón. La chica se dio un fuerte golpe contra la pared. Después bloqueó la puerta, cerrándole el paso, y le lanzó un enorme jarrón. A continuación se acercó a él con una botella de vino llena y le pegó de lleno en una sien, derribándolo sobre una rodilla, medio aturdido. A Yossarian le zumbaban los oídos y tenía la cara entumecida. Más que nada, se sentía abochornado y torpe, porque la chica iba a matarlo. Sencillamente, no entendía qué ocurría. No tenía ni idea de qué podía hacer; pero sí sabía que tenía que ponerse a salvo, y se levantó del suelo como un rayo cuando la vio alzar la botella de vino para atizarle otra vez y la rodeó por la cintura antes de que pudiera alcanzarlo. Con todas las fuerzas que pudo reunir la obligó a retroceder hasta que se le doblaron las rodillas contra el borde de la cama y se desplomó en el colchón con Yossarian encima, entre sus piernas. Le clavó las uñas en un lado del cuello y apretó mientras Yossarian ascendía por las flexibles colinas y salientes de su redondeado cuerpo hasta que la cubrió por completo y la sometió, persiguiendo con los dedos el látigo de su brazo y torciéndole la mano para que soltara la botella.

Ella siguió dando patadas, insultando y arañando como una posesa. Intentó morderlo: sus labios sensuales y crueles se replegaron sobre los dientes como los de una hambrienta bestia omnívora. Ahora que la tenía prisionera debajo de él, Yossarian se preguntó cómo podría escapar sin dejar indefenso algún punto de su anatomía. Notaba los tensos muslos y rodillas que, a horcajadas, se retorcían y agitaban alrededor de una de sus piernas. Lo asaltaron pensamientos sexuales que lo avergonzaron. Era consciente de la voluptuosidad de aquel cuerpo firme de mujer joven que se debatía y batallaba contra él como una marea saturada, fluida, placentera, inquebrantable: su vientre y sus pechos cálidos, vivos, plásticos, lo empujaban vigorosamente, en dulce y peligrosa tentación. Su aliento quemaba. De repente se dio cuenta —aunque la tormenta que hervía bajo él no disminuyó un ápice— de que ya no quería desasirse, y comprendió con un estremecimiento que no luchaba contra él, sino que se frotaba la pelvis frenéticamente, con el ritmo primario, poderoso, rapsódico e instintivo del ardor y el abandono eróticos. Yossarian sofocó un grito de sorpresa y placer. El rostro de la chica —que se le antojó hermoso como una flor—

estaba distorsionado por un tormento distinto, los tejidos serenamente hinchados, los ojos entrecerrados húmedos y cegados por la estulta languidez del deseo.

—*Caro* —murmuró roncamente como desde las profundidades de un tranquilo y lujuriante trance—. *Oooh, caro mio*.

Yossarian le acarició el pelo. Ella pegó la boca a su cara con pasión salvaje. Él le lamió el cuello, mientras la chica lo envolvía entre sus brazos y lo estrechaba contra sí. Yossarian notó que se dejaba ir, que se enamoraba extáticamente de ella mientras lo besaba una y otra vez con labios incandescentes, mojados, suaves y duros, susurrando incoherencias, arrebatada. Una mano le recorría la espalda y se introdujo, experta, bajo el cinturón, mientras la otra tanteaba traicionera el suelo, en busca del cuchillo de pan, hasta dar con él. Yossarian se salvó por los pelos. ¡Aún quería matarlo! Atónito y horrorizado por su depravada estratagema, le arrebató el cuchillo y lo tiró. Saltó de la cama. Su cara expresaba perplejidad y desilusión. No sabía si salir disparado por la puerta, a la libertad, o derrumbarse en la cama para enamorarse de ella y quedar a su merced una vez más. La chica le evitó tomar una decisión echándose a llorar de repente. Yossarian volvió a quedarse pasmado.

En esta ocasión lloró sin demostrar más emoción que congoja, una congoja profunda, agotadora, humilde, ajena por completo a él. Su desolación resultaba patética: la hermosa y orgullosa cabeza turbulenta caída sobre los hombros, el ánimo destrozado. Los sollozos sacudían todo su cuerpo, ahogándola. Ya no tenía conciencia de la presencia de Yossarian, ya no le importaba. Yossarian habría podido abandonar la habitación sin problemas, pero decidió quedarse, consolarla y ayudarla.

—Por favor —le rogó torpemente, rodeándole los hombros con un brazo. Recordó con tristeza cuán incapaz de expresarse y cuán débil se había sentido en el avión al volver de Aviñón, cuando Snowden gimoteaba que tenía frío y lo único que él pudo ofrecerle fue un «vamos, vamos»—. Por favor —repitió con dulzura—. Por favor, por favor.

La chica se apoyó sobre él y lloró hasta que pareció demasiado débil para continuar, y no lo miró hasta que Yossarian le ofreció el pañuelo cuando se hubo tranquilizado. Se enjugó las mejillas con una sonrisa cortés apenas visible y le devolvió el pañuelo musitando «*grazie, grazie*» con pudor virginal. A continuación, sin un cambio de actitud a modo de aviso, le arañó los ojos con las dos manos. Apretó y emitió un chillido victorioso.

—*Assasino!* —aulló, y cruzó jubilosa la habitación para coger el cuchillo y acabar con él.

Medio ciego, Yossarian se levantó y corrió tras ella dando traspiés. Oyó un ruido a su espalda y se volvió. Sus sentidos se paralizaron de terror ante aquella visión. Ni más ni menos que la hermanita de la puta de Nately lo perseguía con otro largo cuchillo de pan.

—¡Oh, no! —suplicó con un estremecimiento, y le tiró el cuchillo de un fuerte revés en la muñeca.

Estaba harto de aquel lío grotesco e incomprensible. No había forma de saber quién entraría al momento siguiente por aquella puerta para atacarlo con un largo cuchillo de pan, y levantó a la hermanita de la puta de Nately del suelo, la arrojó contra su hermana y abandonó la habitación, salió de la casa y corrió escaleras abajo. Las dos chicas lo siguieron hasta el vestíbulo. Distinguió el ruido de sus pisadas, que fueron rezagándose y acabaron por desvanecerse. De pronto oyó sollozos justo encima de su cabeza. Levantó los ojos hacia el hueco de la escalera y vio a la puta de Nately hecha un ovillo en un escalón, llorando con la cara entre las manos, mientras su pagana e incontenible hermanita se asomaba peligrosamente a la barandilla y le gritaba alegremente: «*Bruto! Bruto!*», blandiendo el cuchillo como si se tratara de un juguete nuevo que estuviera impaciente por estrenar.

Yossarian escapó, pero no paró de volver la cabeza hacia atrás, angustiado, mientras avanzaba por la calle. La gente se lo quedaba mirando de una forma rara, lo que le producía aún más inquietud. Caminaba apresuradamente, nervioso, preguntándose qué aspecto tendría para llamar la atención de todo el mundo. Se tocó la frente, que le escocía, y al retirar la mano tenía los dedos teñidos de sangre. Entonces lo comprendió. Se dio unos golpecitos en la cara y el cuello con el pañuelo. Sólo con rozar aparecían manchas rojas. Sangraba por todas partes. Se dirigió deprisa al edificio de la Cruz Roja y bajó los dos tramos de escaleras de mármol blanco que llevaban a los servicios de caballeros, donde se lavó las innumerables heridas visibles con agua fría y jabón, se arregló el cuello de la camisa y se peinó. Nunca había visto una cara tan arañada y magullada como la que se reflejaba en el espejo, perpleja y asustada. ¿Qué diablos quería aquella chica?

Cuando salió del lavabo, la puta de Nately estaba fuera, emboscada. Se había agazapado junto a la pared, al pie de la escalera, y se abalanzó sobre él como una pantera empuñando un refulgente cuchillo de carne. Detuvo la agresión con el codo y la alcanzó en la mandíbula. La chica puso los ojos en blanco. Yossarian la sujetó antes de que se cayera y la hizo sentarse con delicadeza. A continuación subió la escalera, salió corriendo del edificio y pasó las tres horas siguientes recorriendo la ciudad en busca de Joe *el Hambriento* con el fin de abandonar Roma antes de que la puta lo encontrara.

No se sintió a salvo hasta que el avión hubo despegado. Cuando aterrizaron en Pianosa, la puta de Nately, disfrazada con un mono verde de mecánico, lo esperaba con el mismo cuchillo en el punto exacto en el que se detuvo el avión, y se libró de morir apuñalado por los zapatos de tacón con suela de cuero que llevaba la chica y que resbalaban continuamente en la grava. Estupefacto, Yossarian la arrastró hasta el avión y la inmovilizó en el suelo con una llave de lucha libre mientras Joe *el Hambriento* llamaba por radio a la torre de control solicitando permiso para regresar a Roma. En el aeropuerto de Roma, Yossarian la echó del aparato junto a la parada de taxis, y Joe *el Hambriento* volvió a despegar a toda velocidad. Casi sin aliento, Yossarian fue observando vigilante a cada persona con la que se topaba mientras Joe *el Hambriento* y él se dirigían a sus respectivas tiendas. Joe *el Hambriento* lo miró con curiosidad.

—¿Estás seguro de que no son imaginaciones tuyas? —le preguntó dubitativo al cabo de un rato.

—¿Cómo que imaginaciones mías? Tú estabas allí conmigo, ¿no? Tú la has llevado a Roma.

—Quizá también sean imaginaciones mías. ¿Por qué quiere matarte?

—Nunca le he caído bien. Quizá sea porque le rompí la nariz a Nately, o porque yo era el único que tenía a mano para odiar cuando recibió la noticia. ¿Crees que volverá?

Yossarian fue al club de oficiales aquella noche y se quedó hasta tarde. Miró suspicaz a todos lados, pendiente de la aparición de la chica, mientras se encaminaba a su tienda. Se detuvo cuando la vio oculta entre las matas, blandiendo un gigantesco cuchillo de trinchar y vestida como una campesina de Pianosa. Yossarian dio la vuelta silenciosamente, de puntillas, y la agarró por detrás.

—¡Maldita sea! —exclamó ella, enfurecida, y se resistió

como una gata montesa mientras Yossarian la llevaba a rastras hasta la tienda y la tiraba al suelo.

—Oye, ¿qué pasa ahí? —preguntó uno de los compañeros de Yossarian.

—Sujétala hasta que yo vuelva —ordenó Yossarian, sacando de la cama al muchacho y arrojándolo sobre la puta. A continuación salió, diciendo—: ¡Sujétala!

—Si me dejáis que lo mate, follaré con todos —se ofreció la puta.

Los demás ocupantes de la tienda saltaron de sus respectivos catres al darse cuenta de que era una mujer y cada uno intentó que follara con él primero mientras Yossarian iba a buscar a Joe *el Hambriento*, que dormía como un niño. Yossarian le quitó de la cara a Joe *el Hambriento* el gato de Huple y lo despertó. Joe *el Hambriento* se vistió apresuradamente. En aquella ocasión pusieron rumbo al norte y volvieron a sobrevolar Italia muy por detrás de las líneas enemigas. Cuando llegaron a terreno llano, le pusieron un paracaídas a la puta de Nately y la arrojaron por la escotilla de emergencia. Yossarian se convenció de que al fin se había librado de ella y se sintió aliviado. Cuando se aproximaba a su tienda, ya en Pianosa, una figura se irguió en la oscuridad, junto al sendero, y Yossarian se desmayó. Recobró el conocimiento sentado en el suelo, y esperó la cuchillada, casi deseando el golpe definitivo que le devolvería la paz. Pero se encontró con una mano amiga que lo ayudó a levantarse, la de un piloto del escuadrón de Dunbar.

—¿Qué tal estás? —preguntó el piloto en un susurro.

—Muy bien —contestó Yossarian.

—He visto que te caías y he pensado que te pasaba algo.

—Creo que me he desmayado.

—Por mi escuadrón circula el rumor de que les has dicho que no piensas cumplir más misiones.

—Es verdad.

—Después vinieron del Cuartel General y nos dijeron que no era verdad, que era una broma.

—Pues es mentira.

—¿Crees que te dejarán en paz?

—No lo sé.

—¿Qué van a hacerte?

—No lo sé.

—¿Crees que te formarán consejo de guerra por desertar ante la proximidad del enemigo?

—No lo sé.

—Espero que te dejen en paz —dijo el piloto del escuadrón de Dunbar, perdiéndose entre las sombras—. Tenme al corriente de cómo te va.

Yossarian se lo quedó mirando unos segundos y continuó hacia su tienda.

—¡Chist! —dijo alguien un poco más adelante. Era Appleby, que estaba escondido detrás de un árbol—. ¿Qué tal estás?

—Muy bien —contestó Yossarian.

—He oído que te iban a amenazar con un consejo de guerra por desertar ante la proximidad del enemigo, pero que no iban a seguir adelante porque en realidad no tienen de qué acusarte y porque quedarían en mal lugar ante los nuevos comandantes. Además, eres un héroe por haber pasado dos veces por el puente de Ferrara. Supongo que de momento eres el mayor héroe que tenemos en el grupo. He pensado que querrías saber que sólo están tirándose un farol.

—Gracias, Appleby.

—Ésa es la única razón por la que te he hablado, para prevenirte.

—Eres muy amable.

Appleby restregó los pies en el suelo, tímidamente.

—Siento que nos peleáramos aquella noche en el club de oficiales, Yossarian.

—No tiene importancia.

—Pero no empecé yo. Supongo que fue culpa de Orr por pegarme en la cara con la pala de pimpón. ¿Por qué demonios lo haría?

—Porque le estabas ganando.

—¿Y qué? Para eso jugábamos, ¿no? Para que le ganase. Bueno, ahora que está muerto supongo que da igual que yo sea mejor jugador de pimpón que él, ¿no crees?

—Sí, supongo que sí.

—Y siento lo de las pastillas de Atabrine en el viaje hasta aquí. Supongo que si quieres coger malaria, es cosa tuya, ¿no?

—No importa, Appleby.

—Pero yo sólo intentaba cumplir con mi deber. Obedecía órdenes. A mí me han enseñado que hay que obedecer las órdenes.

—No importa, Appleby.

—Oye, les he dicho al coronel Korn y al coronel Cathcart que creo que no deberían obligarte a cumplir más misiones si tú no quieres, y me han dicho que los he decepcionado.

Yossarian sonrió, con tristeza.

—Claro, es normal.

—Bueno, da igual. ¡Qué demonios! Has cumplido setenta y unas misiones, es más que suficiente. ¿Crees que te dejarán en paz?

—No.

—Oye, si te dejan en paz, tendrán que hacer lo mismo con todos los demás, ¿no?

—Por eso mismo no pueden dejarme en paz.

—¿Qué crees que van a hacerte?

—No lo sé.

—¿Crees que te formarán consejo de guerra?

—No lo sé.

—¿Tienes miedo?

—Sí.

—¿Vas a cumplir más misiones?

—No.

—Espero que te dejen en paz —susurró Appleby muy convencido—. De verdad.

—Gracias, Appleby.

—A mí tampoco me apetece cumplir con más misiones ahora que parece que hemos ganado la guerra. Si me entero de algo, te lo diré.

—Gracias, Appleby.

—¡Eh! —gritó una voz apagada y apremiante entre los arbustos sin hojas que crecían junto a la tienda de Yossarian hasta la altura de la cintura en cuanto hubo desaparecido Appleby. Era Havermeyer, que estaba en cuclillas comiendo cacahuetes. Sus espinillas y sus dilatados poros grasientos parecían escamas oscuras—. ¿Cómo te va? —preguntó cuando Yossarian se acercó a él.

—Muy bien.

—¿Vas a cumplir más misiones?

—No.

—¿Y si te obligan?

—No lo consentiré.

—¿Tienes canguelo?

—Sí.

—¿Van a formarte consejo de guerra?

—Probablemente lo intentarán.

—¿Qué dice el comandante Coronel?

—Se ha ido.

—¿Lo han desaparecido?

573

—No lo sé.

—¿Qué vas a hacer si deciden desaparecerte a ti?

—Intentaré impedírselo.

—¿No te han ofrecido un trato ni nada si te avienes a seguir volando?

—Piltchard y Wren me han dicho que arreglarían las cosas para que sólo me asignaran misiones fáciles.

Havermeyer levantó la cabeza.

—Oye, eso tiene muy buena pinta. A mí no me importaría nada llegar a un acuerdo así. Supongo que lo habrás aprovechado.

—Pues no.

—¡Menuda tontería! —La estólida cara de Havermeyer se llenó de arrugas de desazón—. De todos modos, no es justo para los demás, ¿no? Si sólo tú haces misiones fáciles, los demás tendremos que cargar con las misiones difíciles que te corresponderían a ti, ¿no?

—Sí, claro.

—¡Pues no tiene ninguna gracia! —exclamó Havermeyer, al tiempo que se levantaba con los puños apretados sobre las caderas—. ¡Pero que ninguna gracia! Me van a hacer una putada de las gordas simplemente porque tú eres demasiado cagueta para seguir volando, ¿verdad?

—Díselo a ellos —replicó Yossarian, llevándose la mano a la culata de la pistola, por si acaso.

—No, si no te echo a ti la culpa —admitió Havermeyer—, aunque no me caes nada bien. A mí tampoco me apetece demasiado cumplir más misiones. ¿Hay algún modo de que yo también me libre?

Yossarian contestó con ironía:

—Coge una pistola y desfila conmigo.

Havermeyer negó con la cabeza, pensativo.

—No, no sería capaz. Podría traer malas consecuencias

para mi mujer y mi hijo si me portara como un cobarde. A nadie le gustan los cobardes. Además, quiero seguir en la reserva cuando acabe la guerra. Te dan quinientos dólares al año.

—Entonces, cumple más misiones.

—Sí, supongo que no me queda más remedio. Oye, ¿crees que hay alguna posibilidad de que te licencien y te manden a casa?

—No.

—Pero si lo hacen y te dejan llevarte a una persona, ¿me elegirías a mí? No elijas a alguien como Appleby, sino a mí.

—¿Por qué demonios iban a hacer una cosa así?

—No sé, pero si lo hacen, acuérdate de que yo te lo he pedido primero, ¿vale? Y tenme al corriente de cómo te va. Te esperaré aquí todas las noches, entre estos matojos. A lo mejor, si no te hacen nada malo, yo tampoco tendré que cumplir más misiones. ¿De acuerdo?

Durante toda la tarde siguiente no paró de surgir gente de la oscuridad para preguntarle cómo estaba, solicitando información confidencial con el rostro desencajado con el pretexto de una morbosa y clandestina relación que Yossarian desconocía. Por todas partes aparecía gente que apenas había visto en su vida para preguntarle qué tal le iba. En cuanto se ocultó el sol, no podía dar un paso sin que se le pusiera delante alguien que le preguntaba qué tal le iba, incluso hombres de otros escuadrones. Salían de detrás de los árboles y los arbustos, de las zanjas y de entre la maleza, de detrás de tiendas y coches estacionados. Incluso apareció uno de sus compañeros de tienda para preguntarle qué tal le iba y le rogó que no le dijera a ninguno de los demás ocupantes de la tienda que se lo había preguntado. Cada vez que Yossarian se aproximaba a una silueta que lo llamaba cautelosamente por señas, se llevaba la mano a la culata de la pistola, sin saber qué sombra siseante se transformaría al fin, falaz, en la puta de Nately o, algo aún peor, en una autoridad gubernativa con el cometido de apalearlo despiadadamente hasta la inconsciencia. Todo parecía indicar que tendrían que hacer algo por el estilo. No querían formarle consejo de guerra por desertar ante la proximidad del enemigo porque una distancia de más de doscientos kilómetros difícilmente podía considerarse próxima y porque era Yossarian quien había logrado derribar el puente de Ferrara al bombardear dos veces el objetivo y matar a Kraft —casi siempre se olvidaba de Kraft cuando contaba los muertos que conocía—, pero tenían que hacerle algo, y todos esperaban, taciturnos, a ver en qué horror acababa el asunto.

Por el día la gente lo rehuía, incluso Aarfy, y Yossarian comprendió que cuando estaban juntos y a la luz del día eran distintos a cuando estaban solos y en la oscuridad. No le preocupaban lo más mínimo, y seguía caminando hacia atrás con la mano apoyada en la pistola, a la espera de los últimos incentivos, amenazas y lisonjas del Cuartel General cada vez que los capitanes Piltchard y Wren volvían de una importante entrevista con el coronel Cathcart y el coronel Korn. Apenas veía a Joe *el Hambriento*, y aparte de éste, la única persona que le dirigía la palabra era el capitán Black, que lo llamaba Sangre y Tripas en tono burlón y provocativo cada vez que se topaba con él y que cuando volvió de Roma a finales de semana le dijo que la puta de Nately había desaparecido. Yossarian sintió una punzada de nostalgia y lástima. La echaba de menos.

—¿Ha desaparecido? —repitió con voz cavernosa.

—Sí, ha desaparecido. —El capitán Black se echó a reír; sus ojos nublados estaban entrecerrados por la fatiga y en su cara afilada apuntaba, como siempre, una incipiente barba cobriza. Se frotó las bolsas de los ojos con los puños—.

Ya que estaba en Roma, se me ocurrió ir a echar un polvo con esa tipeja, para recordar viejos tiempos. Sólo para que ese bobo de Nately se revolviera en la tumba. ¡Ja, ja, ja! ¿Te acuerdas de cómo lo pinchaba con eso? Pero la casa estaba vacía.

—¿Y no ha dejado ningún recado? —le preguntó Yossarian apremiante, porque no había dejado de pensar en la chica, en lo mucho que estaría sufriendo, y había llegado a sentirse un poco solo y abandonado sin sus feroces e imparables ataques.

—¡Allí no queda nadie! —exclamó el capitán Black muy contento, tratando de hacer comprender la situación a Yossarian—. ¿No lo entiendes? Se han ido todas. No queda nadie.

—¿Han desaparecido?

—Exactamente. Las han echado a la puta calle. —El capitán volvió a reír de buena gana y su prominente nuez subió y bajó alborozada por el descarnado cuello—. El garito está vacío. La policía militar entró a saco y echó a las putas. ¿No es para morirse de la risa?

Yossarian se asustó y se echó a temblar.

—¿Por qué harían una cosa así?

—¿Y qué más da? —replicó el capitán Black con un gesto exuberante—. Las echaron a la puta calle. ¿Qué te parece? ¡A toda la pandilla!

—¿Y la hermana pequeña?

—También a la puta calle —contestó el capitán Black, riendo—. Como a todas las demás guarronas. ¡A la puta calle!

—¡Pero si es una cría! —objetó Yossarian apasionadamente—. No conoce a nadie más en la ciudad. ¿Qué va a ser de ella?

—¿Y a mí qué me importa? —respondió el capitán Black, encogiéndose de hombros con indiferencia. Después se quedó mirando a Yossarian como un bobo y un destello de alegría en los ojos—. Oye, ¿qué te pasa? Si hubiera sabido que te iba a afectar tanto, te lo habría dicho antes, para que te jodieras y bailaras. Eh, ¿adónde vas? ¡Vuelve! ¡Vuelve! ¡Jódete y baila!

39

LA CIUDAD ETERNA

Un día Yossarian se ausentó sin pedir permiso, con Milo, que, durante el trayecto en avión hasta Roma, movió la cabeza con gesto de reproche y le dijo frunciendo los labios con expresión virtuosa y tono sacerdotal que se avergonzaba de él. Yossarian asintió. Yossarian estaba haciendo el ridículo con aquella manía suya de andar hacia atrás con una pistola en la cadera y con negarse a cumplir más misiones: eso le dijo. Yossarian asintió. Era una deslealtad para su escuadrón y un bochorno para sus superiores. Además, ponía a Milo en una situación muy incómoda. Yossarian volvió a asentir. Los hombres empezaban a quejarse. No era justo que Yossarian pensara únicamente en su propia seguridad mientras que otros hombres como él mismo, el coronel Cathcart, el coronel Korn y el ex soldado de primera Wintergreen estaban dispuestos a hacer cualquier cosa con tal de ganar la guerra. Los hombres con setenta misiones cumplidas habían empezado a quejarse por tener que llegar a ochenta, y cabía la posibilidad de que a algunos de ellos también les diera por llevar pistola y andar hacia atrás. La moral empezaba a deteriorarse, y era por culpa de Yossarian. El país corría peligro; Yossarian estaba comprometiendo sus tradicionales derechos de libertad e independencia con la osadía de ejercerlos.

Yossarian siguió asintiendo en el sillón del copiloto e intentó no prestar atención al sermón de Milo. Pensaba en la puta de Nately, y en Kraft, Nately, Orr y Dunbar, y en Kid Sampson y McWatt, y en todas las personas estúpidas, pobres, enfermas e inválidas que había visto en Italia, Egipto y el norte de África y que, según sabía, existían asimismo en otras zonas del mundo. También Snowden y la hermanita de la puta de Nately estaban en su conciencia. Yossarian creía saber por qué la puta de Nately lo consideraba responsable de la muerte del muchacho y quería matarlo. ¿Por qué demonios no habría de hacerlo? Era un mundo gobernado por hombres, y ella y cualquiera más joven estaban en su perfecto derecho de culparlo a él y a cualquier persona mayor de toda tragedia antinatural que recayese sobre ellos, al igual que había que culparla a ella, aun a pesar de su dolor, por cualquier desgracia causada por el hombre que sufrieran su hermana y todos los demás niños. Alguien tenía que hacer algo alguna vez. Toda víctima era culpable, todo culpable víctima, y alguien tenía que decidirse a romper la odiosa cadena de costumbres heredadas que ponía en peligro a todos. En algunas regiones de África, los mercaderes de esclavos seguían robando niños y vendiéndolos a hombres que los destripaban y se los comían. Yossarian se sorprendía de que los niños padecieran tan bárbaro sacrificio sin manifestar ni miedo ni dolor. Daba por sentado que se sometían estoicamente. En otro caso, razonaba, la costumbre habría desaparecido porque, a su juicio, no podía existir un deseo de inmortalidad o riquezas tan fuerte como para subsistir gracias al sufrimiento de los niños.

Se estaba pasando de la raya, dijo Milo, y Yossarian volvió a asentir. No era un buen miembro del equipo, dijo Milo. Yossarian asintió y siguió escuchándolo mientras le decía que si no le gustaba cómo dirigían el escuadrón el coronel Cathcart y el coronel Korn, lo más decente que podía hacer era irse a Rusia en lugar de crear problemas. Yossarian se reprimió y no replicó que el coronel Cathcart, el coronel Korn y Milo podían irse a Rusia si no les gustaba cómo creaba problemas. El coronel Cathcart y el coronel Korn se habían portado muy bien con él, añadió Milo: ¿acaso no le habían concedido una medalla después de la última misión de Ferrara y lo habían ascendido a capitán? Yossarian asintió. ¿No le daban de comer y le pagaban todos los meses? Yossarian volvió a asentir. Milo estaba seguro de que serían caritativos si iba a pedirles perdón, se retractaba y prometía cumplir ochenta misiones. Yossarian respondió que se lo pensaría, contuvo el aliento y rezó para que aterrizaran sanos y salvos mientras Milo bajaba las ruedas y planeaba hacia la pista. Era curioso: había llegado a detestar volar de verdad.

Cuando el avión se detuvo, vio que Roma estaba en ruinas. Habían bombardeado el aeropuerto hacía ocho meses, y una excavadora había transformado unas losas de piedra blanca llenas de bultos que rodeaban la entrada, junto a la valla de alambre, en montones de cascotes planos. El Coliseo había quedado reducido a un armazón desnudo y el arco de Constantino se había desmoronado. El piso de la puta de Nately era un desastre. Las chicas habían desaparecido, y sólo quedaba la vieja. Habían destrozado las ventanas. La mujer estaba envuelta en jerséis y faldas y llevaba un pañuelo oscuro en la cabeza. Estaba sentada en una silla de madera, junto a un hornillo eléctrico, con los brazos cruzados, calentando agua en una cacerola de aluminio abollada. Hablaba en voz alta, ella sola, y cuando entró Yossarian se puso a lloriquear.

—Se han ido —gimoteó sin darle tiempo a Yossarian a

preguntar nada. Se meció en la desvencijada silla, sujetándose los codos—. Se han ido.

—¿Quiénes?

—Todas. Esas pobres chicas.

—¿Adónde?

—A la calle. Se han ido todas. Todas esas pobres chicas. Las han echado.

—¿Quién las ha echado?

—Unos soldados malos con sombreros blancos y duros y porras. Y nuestros *carabinieri*. Entraron con las porras y las echaron. No las dejaron ni coger los abrigos. Pobrecitas. Las echaron a la calle.

—¿Las detuvieron?

—Las echaron. Las echaron a la calle.

—Si no las detuvieron, ¿qué hicieron con ellas?

—No lo sé —sollozó la vieja—. No lo sé. ¿Quién va a cuidar de mí? ¿Quién va a cuidar de mí ahora que se han ido las pobres chicas? ¿Quién va a cuidar de mí?

—Tiene que haber alguna razón —insistió Yossarian, golpeándose la palma de una mano con el otro puño—. No pueden entrar aquí sin más ni más y cargárselo todo.

—No hay ninguna razón —se lamentó la vieja—. Ninguna razón.

—Entonces, ¿con qué derecho lo hicieron?

—La trampa 22.

—¿Qué? —Yossarian se paró en seco, asustado, y un escalofrío le recorrió el cuerpo—. ¿Qué ha dicho?

—La trampa 22 —repitió la vieja, balanceando la cabeza—. La trampa 22 dice que tienen derecho a hacer cualquier cosa que no podamos impedirles que hagan.

—¿A qué demonios se refiere? —le gritó Yossarian, atónito y furioso—. ¿Cómo sabe que es la trampa 22? ¿Quién se lo ha dicho?

—Los soldados de los sombreros duros y las porras. Las chicas preguntaron, llorando: «¿Hemos hecho algo malo?». Ellos dijeron que no y las empujaron hasta la puerta con la punta de las porras. «Entonces, ¿por qué nos echan?», preguntaron las chicas. «La trampa 22», contestaron los hombres. Sólo dijeron eso, «Trampa 22», «Trampa 22». ¿Qué significa? ¿Qué es la trampa 22?

—¿No se lo enseñaron? —preguntó Yossarian, dando patadas, colérico y angustiado—. ¿No les pidieron que se lo leyeran?

—No tienen que enseñar la trampa 22 —respondió la vieja—. La ley dice que no tienen obligación de hacerlo.

—¿Qué ley dice eso?

—La trampa 22.

—¡Maldita sea! —exclamó Yossarian con amargura—. Estoy seguro de que ni siquiera existía. —Se detuvo y recorrió la habitación con la mirada, desolado—. ¿Qué ha sido del viejo?

—Se ha ido —musitó la vieja.

—¿Cómo?

—Ha muerto —le dijo la vieja, asintiendo con vehemencia y señalándose la cabeza con la palma de la mano—. Se le rompió algo aquí. Estaba bien y de repente se murió.

—¡Pero no puede haber muerto! —gritó Yossarian, dispuesto a continuar la discusión.

Pero, naturalmente, sabía que era verdad, sabía que era lógico y cierto: una vez más el viejo había seguido el ejemplo de la mayoría.

Yossarian se dio la vuelta y empezó a deambular por la casa con el ceño fruncido, asomándose a todas las habitaciones con curiosidad y pesimismo. Los hombres de las porras habían destruido todos los objetos de cristal. Cortinas y ropa de cama desgarradas yacían amontonadas en el suelo. Sillas, mesas y cómodas estaban patas arriba. Habían roto todo lo rompible. La destrucción era absoluta. Unos vándalos no hubieran podido actuar con más eficacia. Todas las ventanas estaban hechas añicos, y la oscuridad se colaba en las habitaciones como nubes de tinta por los cristales destrozados. Yossarian se imaginó las fuertes y arrolladoras pisadas de los policías militares de duros sombreros blancos. También imaginó la malvada y ardiente exaltación con la que se habrían entregado a su tarea, y la satisfacción del deber cumplido implacable, fervientemente. Las pobres chicas habían desaparecido. Todos habían desaparecido, salvo la vieja de los abultados jerséis marrones y grises y el pañuelo negro, que no paraba de sollozar: también ella desaparecería pronto.

—Se han ido —se lamentó cuando Yossarian volvió a entrar, sin darle tiempo a hablar—. ¿Qué va a ser de mí?

Yossarian hizo caso omiso de la pregunta.

—La novia de Nately... ¿No se ha sabido nada de ella?

—Ha desaparecido.

—Ya lo sé, pero ¿no se ha tenido ninguna noticia de ella? ¿Nadie sabe dónde está?

—Ha desaparecido.

—Y la hermana pequeña, ¿qué ha sido de ella?

—Ha desaparecido.

El tono de voz de la mujer no cambió.

—¿Entiende de qué le estoy hablando? —preguntó Yossarian bruscamente, mirándola a los ojos para comprobar si la vieja no se encontraba en una especie de estado de coma. Alzó la voz—. ¿Qué le ha pasado a la hermana, a la niña?

—Se ha ido, se ha ido —replicó la vieja encogiéndose de hombros, irritada por la insistencia de Yossarian, elevando la quejumbrosa voz—. La echaron a la calle como a las demás. Ni siquiera la dejaron coger el abrigo.

—¿Adónde ha ido?

—No lo sé, no lo sé.

—¿Quién va a cuidar de ella?

—¿Quién va a cuidar de mí?

—No conoce a nadie más, ¿verdad?

—¿Quién va a cuidar de mí?

Yossarian dejó dinero en el regazo de la mujer —parecía mentira cuántas cosas podía arreglar el dinero— y salió de la casa a grandes zancadas, maldiciendo la trampa 22 mientras bajaba las escaleras, aun sabiendo que no existía tal cosa. Tenía la certeza de que la trampa 22 no existía, pero daba igual. Lo que importaba era que todo el mundo creía que sí existía, y eso era mucho peor, porque no había ningún objeto ni texto que ridiculizar o refutar, acusar, criticar, atacar, rectificar, odiar, injuriar, quemar o destrozar.

Fuera hacía frío y estaba oscuro, y en el aire flotaba una neblina hinchada e insípida que destilaba humedad sobre los grandes bloques de piedra sin pulimentar de las casas y sobre los pedestales de los monumentos. Yossarian fue corriendo a ver a Milo y se retractó. Dijo que lo sentía mucho y, a sabiendas de que mentía, le prometió cumplir tantas misiones como quisiera el coronel Cathcart si Milo utilizaba sus influencias en Roma para ayudarlo a localizar a la hermana de la puta de Nately.

—No es más que una virgen de doce años, Milo —le explicó angustiado—, y quiero encontrarla antes de que sea demasiado tarde.

Milo respondió a su petición con una sonrisa benévola.

—Tengo precisamente la virgen de doce años que andas buscando —anunció gozoso—. En realidad sólo tiene treinta y cuatro, pero se crió con una alimentación baja en proteínas porque sus padres eran muy estrictos y no empezó a acostarse con hombres hasta los...

—¡Milo, te estoy hablando de una niña! —le interrumpió Yossarian con impaciencia, desesperado—. ¿Es que no lo entiendes? No quiero acostarme con ella, sino ayudarla. Tú tienes hijas. Es una criatura, y está sola en esta ciudad sin nadie que se ocupe de ella. Quiero impedir que le pase algo. ¿No sabes a qué me refiero?

Milo sí lo sabía y se conmovió profundamente.

—¡Me siento orgulloso de ti, Yossarian! —exclamó, emocionado—. De verdad. No sabes cuánto me alegro de ver que el sexo no lo es todo para ti. Tienes principios. Claro que tengo hijas, y sé exactamente a qué te refieres. Encontraremos a esa niña. Ven conmigo y la encontraremos aunque tenga que poner esta ciudad patas arriba. Vamos.

Yossarian acompañó a Milo en el rápido vehículo propiedad de M y M a la comisaría de policía, en la que había un comisario renegrido y desaliñado de fino bigote y guerrera desabrochada que estaba retozando con una mujer gruesa con verrugas y papada en el momento en que entraron en su despacho. El policía saludó a Milo cálidamente, sorprendido, y se inclinó ante él, con repugnante servilismo, como si se tratara de un elegante marqués.

—¡Ah, *marchese* Milo! —exclamó efusivamente, encantado, al tiempo que empujaba a la contrariada gorda hacia la puerta sin siquiera mirarla—. ¿Por qué no me dijo que iba a venir? Le habría organizado una gran fiesta. Entre, entre, *marchese*. Ya casi no viene a visitarnos.

Milo sabía que no había tiempo que perder.

—Hola, Luigi —dijo con una inclinación de cabeza tan brusca que casi resultó grosera—. Luigi, necesito tu ayuda. Mi amigo quiere encontrar a una chica.

—¿Una chica, *marchese*? —repitió Luigi, rascándose pensativamente la cabeza—. Hay muchas chicas en Roma. A un oficial norteamericano no le resultará muy difícil.

—No, Luigi, no lo entiendes. Se trata de una virgen de doce años, y quiere encontrarla inmediatamente.

—Ah, ya entiendo —replicó Luigi sagazmente—. Una virgen tardará más tiempo, pero si espera en la terminal de autobuses donde buscan trabajo las jóvenes campesinas, yo...

—Luigi, no entiendes nada —le espetó Milo con tal rudeza que el comisario se sonrojó, se puso en posición de firmes y se abotonó el uniforme, azorado—. Esta chica es una amiga, una antigua amiga de la familia, y queremos ayudarla. No es más que una niña. Está sola en esta ciudad, y tenemos que encontrarla antes de que alguien le haga daño. ¿Lo entiendes ahora, Luigi? Es muy importante para mí. Yo tengo una hija de la misma edad que esa niña, y no hay nada en el mundo que signifique más para mí en este momento que salvar a esa criatura antes de que sea demasiado tarde. ¿Nos ayudarás?

—Sí, *marchese*, ahora lo entiendo —dijo Luigi—. Y haré todo lo que esté en mi mano para encontrarla, pero esta noche casi no tengo hombres. Todos están muy ocupados intentando deshacer la red de tabaco ilegal.

—¿Tabaco ilegal? —repitió Milo.

—Milo —suplicó Yossarian, desalentado, comprendiendo que todo estaba perdido.

—Sí, *marchese* —le dijo Luigi—. Las ganancias de este negocio son tan elevadas que es casi imposible controlar el contrabando.

—¿Se obtienen muchas ganancias? —preguntó Milo muy interesado: sus cejas del color de la herrumbre se enarcaron ávidamente y se le agitaron las aletas de la nariz.

—¡Milo! —gritó Yossarian—. Hazme caso, ¿quieres?

—Sí, *marchese* —contestó Luigi—. Las ganancias son muy elevadas. El contrabando de tabaco es un escándalo nacional, una auténtica vergüenza, *marchese*.

—¿En serio? —insistió Milo con sonrisa preocupada, y a continuación se dirigió hacia la puerta, como hechizado.

—¡Milo! —vociferó Yossarian, y saltó hacia delante impulsivamente para cortarle el paso—. Tienes que ayudarme, Milo.

—Tabaco de contrabando —le explicó Milo con expresión de codicia epiléptica, pugnando por salir—. Déjame. Tengo que hacer contrabando de tabaco.

—Quédate aquí y ayúdame a encontrarla —le rogó Yossarian—. Puedes hacer contrabando de tabaco mañana.

Pero Milo estaba sordo y siguió empujando, sin violencia, pero irresistiblemente, sudando, con los ojos febriles, como si se hubiera apoderado de él una ciega fijación, babeando. Soltó un leve gemido, como si sufriera un dolor remoto, instintivo, sin parar de repetir «Contrabando de tabaco, contrabando de tabaco». Yossarian se apartó, resignado al ver que sería inútil intentar razonar con él, y Milo desapareció raudamente. El comisario volvió a desabrocharse la guerrera y miró a Yossarian con desprecio.

—¿Qué quiere? —preguntó fríamente—. ¿Quiere que lo detenga?

Yossarian abandonó el despacho, bajó las escaleras y salió a la oscura calle sepulcral, pasando en el vestíbulo junto a la gorda de las verrugas y la papada, que volvía a entrar. Fuera no había ni rastro de Milo. No se veía luz en ninguna ventana. La acera desierta ascendía en pronunciada y continua cuesta a lo largo de varias manzanas. Vio el resplandor de una ancha avenida al final de la dilatada pendiente de adoquines. La comisaría estaba casi al principio; las bombillas amarillas de la puerta chisporroteaban en la humedad como teas mojadas. Caía una lluvia fina, gélida. Empezó a remontar la cuesta lentamente. Al poco llegó a un restaurante tranquilo, acogedor, tentador, con cortinas de terciopelo rojo en las ventanas y un letrero de neón azul junto a la entrada que decía: RESTAURANTE TONY. COMIDA Y BEBIDA DE CALIDAD. NO ENTRAR. Las palabras del letrero de neón, azul, sorprendieron un poco a Yossarian, sólo unos segundos. Ninguna perversión le causaba ya extrañeza en su estrambótico y distorsionado entorno. Los tejados de los edificios verticales presentaban una perspectiva sesgada, surrealista, y la calle parecía torcida. Se subió el cuello de su cálido abrigo de lana y se arropó bien. La noche era glacial. Un chico con una fina camisa y unos finos pantalones andrajosos salió de la oscuridad, descalzo. Tenía el pelo negro y necesitaba un buen corte, zapatos y calcetines. Tenía un rostro enfermizo, pálido y triste. Sus pies hacían ruidos suaves, horripilantes, chapoteantes, en los charcos de la acera, y su pobreza inspiró a Yossarian una piedad tan profunda que sintió deseos de machacar con el puño aquella cara pálida, triste y enfermiza porque le traía a la memoria a todos los niños pálidos, tristes y enfermizos de Italia que aquella misma noche necesitaban un corte de pelo, zapatos y calcetines. Le hizo pensar en todos los tullidos, en los hombres y las mujeres con hambre y con frío, y en todas las madres pasivas, atontadas y entregadas que aquella misma noche amamantaban a sus hijos con ojos catatónicos y las heladas ubres animales al aire, insensibles a aquella misma lluvia glacial. Vacas. Casi acto seguido una madre lactante pasó silenciosamente a su lado con una criatura envuelta en harapos negros, y Yossarian sintió deseos de machacarla a ella también, porque le recordó al niño descalzo de camisa fina y finos pantalones andrajosos y la miseria escalofriante y narcotizante de un mundo que nunca había ofrecido suficiente calor, alimento y justicia salvo a un puñado de seres ingeniosos y sin escrúpulos. ¡Qué mierda de tierra! Pensó en cuántas personas serían despojadas aquella noche en su próspero país, en cuántos hogares serían simples chabolas, en cuántos maridos borrachos y cuántas mujeres apaleadas habría, en cuántos niños serían maltratados o abandonados. ¿Cuántas familias se morirían de hambre por no poder comprar nada para comer? ¿Cuántos corazones quedarían destrozados? ¿Cuántos suicidios tendrían lugar aquella misma noche, cuántas personas se volverían locas? ¿Cuántas cucarachas y cuántos caseros saldrían triunfantes? ¿Cuántos ganadores perderían, cuántos éxitos se transformarían en fracasos, cuántos ricos en pobres? ¿Cuántos listillos serían estúpidos? ¿Cuántos finales felices serían desgraciados? ¿Cuántos hombres honrados serían embusteros, cuántos valientes cobardes, cuántos hombres leales traidores, cuántos virtuosos corruptos, cuántas personas fiables habrían vendido su alma a un sinvergüenza por cantidades insignificantes, cuántas no habrían tenido jamás alma? ¿Cuántos caminos rectos se habrían torcido? ¿Cuántas buenas familias serían malas familias y cuántos hombres decentes indecentes? Si se sumaban todos y después se restaban, quizá sólo quedarían los niños, y tal vez Albert Einstein y un viejo violinista o escultor. Yossarian siguió caminando, solitario y atormentado, sintiéndose perdido, sin poder borrar de su mente la angustiosa imagen de un niño descalzo de mejillas enfermizas, hasta que al doblar la esquina y entrar en la avenida se topó con un soldado aliado tirado en el suelo presa de convulsiones, un joven teniente de cara pequeña, pálida y aniñada. Otros seis soldados de diversas nacionalidades luchaban con diferentes partes de su cuerpo, tratando de ayudarlo e inmovilizarlo. Chillaba y gemía de un modo ininteligible, con los dientes apretados y los ojos en blanco. «No le dejéis que se muerda la lengua», advirtió astutamente un sargento bajito que estaba al lado de Yossarian, y un séptimo hombre se metió en la refriega para pelear con la cara del teniente enfermo. Los luchadores vencieron al fin y se miraron unos a otros, indecisos, porque una vez que hubieron reducido al soldado no sabían qué hacer con él. Un espasmo de estupidez recorrió aquellos rostros bestiales. «¿Por qué no lo cogéis y lo ponéis en el capó de ese coche?», masculló un cabo que estaba detrás de Yossarian. Como parecía algo muy sensato, los siete hombres levantaron al joven teniente y lo depositaron con cuidado en el capó del coche, intentando evitar que se moviera. Cuando lo hubieron tendido en el capó volvieron a mirarse unos a otros, incómodos, porque no tenían ni idea de qué hacer con él. «¿Por qué no lo bajáis del capó y lo colocáis en el suelo?», masculló el mismo cabo detrás de Yossarian. También les pareció buena idea, y empezaron a trasladarlo a la acera, pero antes de que hubieran concluido la operación, apareció un todoterreno con un deslumbrante faro rojo y dos policías militares en el asiento delantero.

—¿Qué pasa aquí? —vociferó el conductor.

—Tiene convulsiones —contestó uno de los hombres que agarraban al joven teniente—. Lo estamos sujetando.

—Muy bien. Está arrestado.

—¿Qué hacemos con él?

—¡Mantenerlo arrestado! —gritó el policía militar, partiéndose de la risa con su propio chiste, y a continuación el vehículo salió disparado.

Yossarian recordó que no tenía pase y se alejó prudentemente del extraño grupo, dirigiéndose hacia un ruido de voces sofocadas que emanaban de la lóbrega oscuridad. El ancho paseo manchado de lluvia estaba iluminado cada media manzana por farolas bajas y curvas que irradiaban trémulos destellos envueltos en una humosa bruma parduzca. En una ventana oyó una atribulada voz femenina que rogaba: «Por favor, no. Por favor». Pasó una joven desconsolada de impermeable negro y abundante vello igualmente negro en la cara, con los ojos bajos. En el Ministerio de Asuntos Sociales, situado en la siguiente manzana, un joven soldado borracho apretujaba contra el fuste de una columna corintia a una señora borracha, mientras tres camaradas de armas del chico contemplaban la escena sentados en los escalones, con botellas de vino entre las piernas. «Poos favor, no —imploraba la señora—. Quiero ir a mi casa. Poos favor, no.» Uno de los hombres que estaban sentados soltó un taco hostil y le tiró una botella de vino a Yossarian cuando éste se volvió a mirar. La botella se hizo añicos, inofensiva, a unos cuantos metros, con un ruido breve y ahogado. Yossarian siguió andando sin prisas, con la misma apatía, las manos en los bolsillos. «Venga, rica, que ahora me toca a mí», oyó decir al soldado borracho con decisión. «No, poos favor —suplicó la mujer borracha—. Poos favor.» En la esquina siguiente, entre las sombras densas e impenetrables de una estrecha y tortuosa bocacalle, oyó el ruido misterioso e inconfundible de alguien retirando nieve con una pala. El evocador rascar laborioso y mesurado del hierro sobre el cemento le puso la piel de gallina al bajar el bordillo para cruzar el tétrico callejón y se apresuró hasta dejar atrás aquel ruido obsesionante e incongruente. Ya sabía dónde estaba: si continuaba sin torcer, al cabo de poco tiempo llegaría a la fuente seca que había en el paseo, y después al piso de los oficiales, a siete manzanas de distancia. Oyó unos gruñidos inhumanos que taladraron la oscuridad fantasmal, delante de él. La bombilla de la farola de la esquina estaba fundida, y salpicaba tinieblas sobre la mitad de la calle, desequilibrando los objetos visibles. Al otro lado del cruce, un hombre zurraba a un perro con un palo, como el hombre que pega a un caballo con un látigo en el sueño de Raskolnikov. Yossarian hizo esfuerzos desesperados para no ver ni oír. El perro gañía y aullaba, presa de una histeria embrutecida, atado al extremo de una vieja correa, y se retorcía y se arrastraba sobre el vientre, pero el hombre seguía atizándole con el grueso palo. Una pequeña multitud los contemplaba. Una mujer rechoncha se adelantó y le pidió que parase. «No se meta donde no la llaman», ladró el hombre bruscamente, levantando el palo como para pegarle a ella también, y la mujer retrocedió obedientemente, con aire contrito y humillado. Yossarian apretó el paso para huir de allí; casi echó a correr. La noche estaba plagada de horrores, y pensó que sabía cómo debió de sentirse Cristo cuando andaba por el mundo, como un psiquiatra en una sala llena de majaras, como una víctima en una cárcel llena de ladrones. ¡Qué alegría le daría ver a un leproso! Y en la siguiente esquina, un hombre pegaba a un niño brutalmente, en medio de una muchedumbre inmóvil de espectadores adultos que no tenían la menor intención de intervenir. Yossarian se apartó con una sensación mareante de conocer ya el espectáculo. Estaba seguro de haber presenciado la misma monstruosidad en otra ocasión. ¿*Déjà vu*? La siniestra coincidencia le dejó espantado y le llenó de dudas y miedo. ¿Era la misma escena de la que había sido testigo una manzana antes, aunque todo en ella pareciera diferente? ¿Qué demonios estaba pasando? ¿Se adelantaría una mujer rechoncha y le pediría al hombre que se detuviera? ¿Levantaría él la mano para abofetearla y ella retrocedería? El niño lloraba quedamente, triste, como anestesiado. El hombre no paraba de tirarlo al suelo con manotazos fuertes y resonantes en la cabeza; después lo levantaba a empellones y volvía a tirarlo. Entre aquella multitud acobardada y hosca no parecía haber nadie a quien le importara lo suficiente aquel chico apaleado y aturdido como para intervenir. No tendría más de nueve años. Una mujer de la calle lloraba en silencio y se enjugaba las lágrimas con un paño de cocina sucio. El niño estaba consumido y necesitaba un buen corte de pelo. De ambos oídos le manaba sangre, de un rojo brillante. Yossarian cruzó rápidamente la inmensa avenida para librarse de aquel repugnante espectáculo y se sorprendió pisando unos dientes humanos que estaban tirados en la acera reluciente, junto a manchurrones de sangre pegajosa por las gotas de lluvia que acribillaban la piel como alfileres. Por todos lados se habían desperdigado molares e incisivos partidos. Yossarian rodeó de puntillas los grotescos desechos y se acercó al umbral de una puerta en la que un soldado lloraba apretándose un pañuelo chorreante contra la boca, apoyado con piernas flaqueantes, sobre otros dos soldados que aguardaban, serios e impacientes, la llegada de la ambulancia militar, que apareció al fin con luces antiniebla amarillas y pasó de largo para dirigirse a la manzana siguiente, donde había un altercado entre un civil italiano con libros y un montón de policías civiles con porras y pistolas. El civil, que no paraba de chillar y debatirse, era un hombre muy moreno con el rostro blanco como el papel de puro miedo. Sus ojos febriles palpitaron de desesperación, aleteando como alas de murciélago, cuando los numerosos policías, muy altos, lo agarraron por los brazos y las piernas y lo levantaron en vilo. Sus libros se desparramaron por el suelo. «¡Socorro!», chilló con voz aguda, estrangulada por la emoción, mientras los policías lo arrastraban hacia la puerta abierta de la ambulancia y lo arrojaban al interior. «¡Policía! ¡Socorro! ¡Policía!» Cerraron la puerta con candado, y la ambulancia partió a toda velocidad. Había una ironía lúgubre en el ridículo pánico del hombre pidiendo ayuda a la policía rodeado de policías. Yossarian sonrió amargamente ante el inútil grito, y de repente comprendió, sobresaltado, que las palabras eran ambiguas; cayó en la cuenta, asustado, de que quizá no se tratara de una llamada de auxilio a la policía, sino del heroico aviso que un amigo condenado dirigía desde la tumba a cuantos no fueran policías con porras y pistolas con una turba de policías con porras y pistolas para respaldarlos. «¡Policía! ¡Socorro!», había gritado aquel hombre, y quizá deseaba prevenir de un peligro. Yossarian reaccionó ante la idea alejándose furtivamente de la policía. Estuvo a punto de pisar a una mujer robusta de unos cuarenta años que cruzaba la calle a toda prisa con aire culpable, lanzando miradas furtivas y vengativas hacia atrás, hacia una mujer de unos ochenta años con los gruesos tobillos vendados, que se tambaleaba tras ella en infructuosa persecución. La anciana jadeaba y murmuraba algo para sus adentros, agitada y abstraída. No cabía duda: le habían robado. La primera mujer llegó triunfalmente al bordillo. La odiosa sonrisa de regodeo que le dirigió a la pobre anciana reflejaba maldad y aprensión al mismo tiempo. Yossarian sabía que podía ayudar a la mujer en apuros si ella gritaba; sabía que con un simple brinco apresaría a la mujer robusta y la entregaría a la turba de policías sólo con que la anciana le diera permiso con un grito. Pero ella pasó a su lado sin siquiera verlo, murmurando trágicamente, afligida, y en cuanto la primera mujer se hubo esfumado entre las envolventes capas de oscuridad, la anciana se quedó sola y desamparada, perpleja, sin saber qué camino tomar en aquel callejón sin salida. Yossarian apartó los ojos bruscamente y echó a correr, avergonzado de no haber hecho nada por ella. No paró de lanzar miradas furtivas y culpables hacia atrás mientras se alejaba, sintiéndose fracasado, temeroso de que la anciana lo siguiera, y se internó agradecido en la tiniebla lloviznosa, lóbrega y casi opaca. Turbas..., manadas de policías: el mundo entero, salvo Inglaterra, estaba en manos de chusmas, turbas, turbamultas. Chusmas con porras que lo controlaban todo.

El cuello y las hombreras del abrigo de Yossarian estaban empapados; los calcetines, húmedos y fríos. La bombilla de la siguiente farola también estaba fundida: habían roto el globo de cristal. Iba dejando atrás edificios y siluetas informes, como empujadas hasta la superficie por una resaca inmutable, rancia, eterna. Pasó un monje alto, con el rostro completamente enterrado en una basta capucha gris; incluso los ojos quedaban ocultos. Oyó unos pasos que chapoteaban en un charco embarrado, detrás de él; temió que fuera otro niño descalzo. Le pasó rozando un hombre demacrado, cadavérico, tristón, con impermeable negro, cicatriz en forma de estrella estampada en una mejilla y lustrosa sima del tamaño de un huevo en una sien. Calzada con chapaleantes sandalias de esparto, apareció una mujer joven con toda la cara fruncida por una quemadura de un indescriptible rosa moteado que partía del cuello y se extendía, como una masa cruda y acanalada, por ambas mejillas, hasta la altura de los ojos. Yossarian no pudo mirarla, y se estremeció. Nadie la querría jamás. Sentía el alma enferma; deseaba acostarse con una chica a quien pudiera querer, que lo consolara y lo excitara y lo ayudara a dormir después. Una muchedumbre con palos lo esperaba en Pianosa. Todas las chicas habían desaparecido. La condesa y su nuera no le servían; Yossarian se había hecho demasiado viejo para la diversión, ya no tenía tiempo. Luciana también había desaparecido, probablemente había muerto; si aún no había muerto, no tardaría mucho. La ramera entrada en carnes de Aarfy se había esfumado con su obsceno camafeo, y la enfermera Duckett se avergonzaba de él porque se negaba a cumplir más misiones e iba a causar un escándalo. La única chica que tenía a mano era la criada feúcha del piso de los oficiales, con la que no se había acostado ninguno de ellos. Se llamaba Michaela, pero los hombres la llamaban guarrerías con voz zalamera, y ella se reía con alegría infantil porque no entendía inglés y pensaba que le estaban diciendo piropos y gastándole bromas inocentes. Le encantaba verles hacer toda clase de locuras. Era una chica simplona, feliz, trabajadora, que no sabía leer y apenas escribir su nombre. Tenía el pelo liso, del color de la paja en maceración. Era de piel cetrina, y miope, y ninguno de los hombres se había acostado con ella porque no querían; ninguno a excepción de Aarfy, que la violó una vez aquella misma tarde y después la tuvo prisionera en un ropero durante casi dos horas, tapándole la boca con la mano, hasta que sonaron las sirenas del toque de queda para los civiles, momento en que ya era demasiado tarde para que la muchacha saliera.

Después la tiró por la ventana. Su cadáver seguía tendido en la acera cuando llegó Yossarian y se abrió paso educadamente entre el círculo de solemnes vecinos provistos de débiles linternas que lo miraron con odio al tiempo que se apartaban de él y señalaban con amargura las ventanas del segundo piso, hablando entre sí en tono acusador y tétrico. El corazón de Yossarian se aceleró de susto y horror ante el espectáculo lamentable, sangriento, siniestro, del cuerpo roto. Entró en el vestíbulo y echó a correr escaleras arriba hasta la casa, donde encontró a Aarfy paseando inquieto, con una sonrisa ampulosa e incómoda. Aarfy parecía un poco intranquilo y no paraba de manosear la pipa. Le aseguró a Yossarian que no pasaba nada, que no había motivo para preocuparse.

—Sólo la he violado una vez —le explicó.

Yossarian estaba espantado.

—¡Pero la has matado, Aarfy! ¡La has matado!

—Bueno, tuve que hacerlo después de violarla —replicó Aarfy con la expresión más condescendiente que pudo adoptar—. No querrías que la dejara marchar para que fuera por ahí diciendo barbaridades sobre nosotros, ¿verdad?

—Pero ¿por qué tuviste que ponerle la mano encima, hijo de puta? —gritó Yossarian—. ¿Por qué no te buscaste una chica en la calle? La ciudad está llena de prostitutas.

—Ah, no, yo no hago esas cosas —alardeó Aarfy—. Yo no he pagado en mi vida.

—¿Te has vuelto loco, Aarfy? —Yossarian casi se había quedado sin habla—. Has matado a una chica. Te van a meter en la cárcel.

—¡Qué va! —respondió Aarfy con sonrisa forzada—. A mí no. ¿El bueno de Aarfy en la cárcel? No por haber matado a esa chica.

—¡Pero si la has tirado por la ventana! Está ahí muerta, en mitad de la calle.

—No tiene ningún derecho a estar ahí —replicó Aarfy—. Ya han dado el toque de queda.

—¡Imbécil! ¿Es que no te das cuenta de lo que has hecho? —Yossarian habría querido agarrar a Aarfy por aquellos hombros redondos y blandos de oruga y sacudirlo para meterle un poco de sentido común en la cabeza—. Has asesinado a un ser humano. Van a meterte en la cárcel. ¡Incluso es posible que te ahorquen!

—No, no lo creo —replicó Aarfy con una risita jovial, si bien se acrecentaron sus síntomas de nerviosismo. Tiró sin querer con sus cortos dedos unas hebras de tabaco al juguetear con la cazoleta de la pipa—. No, señor mío. Eso no se lo van a hacer al bueno de Aarfy. —Volvió a reírse—. Sólo era una criada. No creo que vayan a molestarse demasiado por una pobre criada italiana cuando se pierden millares de vidas todos los días. ¿No te parece?

—¡Escucha! —exclamó Yossarian, casi con alegría. Aguzó los oídos y observó que a Aarfy se le borraba el color de las mejillas al oír a lo lejos unas lúgubres sirenas, sirenas de policía, cuyo sonido se transformó casi al momento en una cacofonía estridente y ululante que pareció invadir la habitación—. ¡Vienen a por ti, Aarfy! —dijo Yossarian, rebosante de compasión, gritando para hacerse oír en medio del ruido—. Vienen a arrestarte, Aarfy. No puedes quitarle la vida a un ser humano y quedarte tan fresco, aunque sólo sea una criada. ¿Acaso no lo entiendes?

—No, qué va —insistió Aarfy con una breve carcajada y una débil sonrisa—. No vienen a arrestarme. No van a hacerle eso al bueno de Aarfy.

De repente pareció ponerse enfermo. Se desplomó en una silla, estremeciéndose, como atontado, con las manos regordetas y laxas en el regazo, temblorosas. Afuera frenaron unos coches, entre patinazos. Los focos se clavaron inmediatamente en las ventanas. Se oyeron portazos y silbatos chirriantes. Voces roncas. Aarfy estaba verde. No paraba de mover la cabeza mecánicamente con una extraña sonrisa helada y de repetir con voz monótona, débil y desafinada que no iban a por él, a por el bueno de Aarfy, no señor, tratando aún de convencerse cuando unas fuertes pisadas retumbaron en la escalera y se aproximaron por el descansillo, incluso cuando unos puños golpearon la puerta cuatro veces, implacables, ensordecedores. La puerta se abrió de par en par e irrumpieron dos policías militares gigantescos y musculosos de ojos acerados y mandíbulas firmes, enérgicas, sin siquiera un atisbo de sonrisa. Cruzaron la habitación a grandes zancadas y arrestaron a Yossarian.

Arrestaron a Yossarian por estar en Roma sin permiso.

Se disculparon con Aarfy por las molestias y se llevaron a Yossarian entre los dos, aferrándolo por debajo de los brazos con dedos como garfios. No le dirigieron la palabra mientras bajaban. Junto a un coche cerrado esperaban otros dos policías militares, altos, con porras y duros cascos blancos. Metieron a Yossarian en el asiento de atrás, y el coche se alejó rugiendo, abriéndose camino entre la lluvia y la espesa niebla hasta llegar a una comisaría. Lo encerraron en un calabozo con cuatro paredes de piedra, donde pasó la noche. Al amanecer le dieron un cubo a modo de letrina y lo llevaron al aeropuerto, donde otros dos policías militares enormes, con porras y duros cascos blancos, esperaban junto a un avión de transporte cuyos motores ya se estaban calentando; las hélices rezumaban trémulas gotas de condensación. Los policías no hablaron tampoco entre sí, ni siquiera se saludaron con la cabeza. Yossarian jamás había visto unas caras tan graníticas. El avión puso rumbo a Pianosa. Otros dos silenciosos policías militares esperaban en la pista de aterrizaje. Ya eran ocho; se introdujeron en dos coches con movimientos ordenados y precisos, atravesaron los cuatro escuadrones entre chirriar de llantas y se detuvieron ante el edificio del Cuartel General, en cuyo aparcamiento aguardaban otros dos policías militares. Los diez hombres altos, fuertes, decididos y silenciosos rodearon a Yossarian mientras se dirigían a la puerta. Sus botas crujían al unísono sobre la grava. Yossarian tenía la sensación de que caminaban cada vez más deprisa. Estaba aterrorizado. Cualquiera de los diez policías era lo suficientemente robusto como para matarlo de un solo golpe. Bastaría con que lo estrujara un poco con sus hombros macizos, ingentes, para acabar con su vida. No podía hacer nada para salvarse. Ni siquiera veía quiénes lo llevaban agarrado por los brazos mientras avanzaban rápidamente entre las dos apretadas filas que habían formado. Apretaron el paso, y Yossarian se sintió como si lo llevaran en volandas con resuelto compás por la amplia escalera de mármol. Al llegar al último descansillo, los esperaban otros dos policías militares de rostro pétreo e inescrutable que los llevaron aún más rápidamente por el balcón alargado de techo en voladizo que bordeaba el inmenso vestíbulo. Sus pisadas marciales sobre el suelo mate de baldosas resonaban como un tétrico redoble de tambor en el centro desierto del edificio. Se dirigían, aún con mayor rapidez, al despacho del coronel Cathcart, y en los oídos de Yossarian empezaron a soplar virulentos vientos de pánico cuando lo obligaron a enfrentarse con su destino en aquella habitación, en la que lo esperaba el coronel con una sonrisa encantadora y el trasero desparramado cómodamente en una esquina de la mesa del coronel Cathcart.

—Vamos a mandarlo a casa —dijo.

Naturalmente, había trampa.

—¿La trampa 22? —preguntó Yossarian.

—Naturalmente —contestó con afabilidad el coronel Korn, tras haber despedido a los imponentes policías militares con un desganado ademán y un gesto un tanto desdeñoso: estaba de lo más relajado, como siempre que podía ser cínico. Sus gafas cuadradas sin montura lanzaban destellos de malicia cuando miró a Yossarian—. Al fin y al cabo, no podemos mandarlo a casa por negarse a cumplir más misiones, así, sin más ni más, mientras el resto de los hombres se queda aquí, ¿no? No sería justo.

—¡Tiene usted toda la razón del mundo! —exclamó el coronel Cathcart, recorriendo la habitación con torpes zancadas, como un toro a punto de embestir, resoplando y bufando—. Me gustaría atarlo de pies y manos y meterlo en un avión en cada misión que se llevara a cabo. Eso es lo que me gustaría hacer.

El coronel Korn le hizo una seña al coronel Cathcart para que se callara y sonrió a Yossarian.

—No sabe cuántas dificultades le ha creado al coronel Cathcart —dijo de buen humor, como si aquel hecho no le desagradara lo más mínimo—. Los hombres están descontentos y la moral ha empezado a flaquear. Y todo por su culpa.

—La culpa es suya —replicó Yossarian—, por haber aumentado el número de misiones.

—No, la culpa es suya por negarse a cumplirlas —le espetó el coronel Korn—. Los hombres estaban más que dispuestos a cumplir cuantas misiones les pidiéramos mientras creían que no les quedaba otra alternativa. Pero usted les ha dado esperanza, y están descontentos. Así que usted es el único culpable.

—¿Acaso no sabe que hay guerra? —preguntó irritado el coronel Cathcart, sin dejar de pasear, iracundo, sin mirar a Yossarian.

—Estoy seguro de que sí lo sabe —respondió el coronel Korn—. Probablemente por eso se niega a seguir volando.

—¿Es que no le importa?

—Dígame, ¿saber que hay guerra afectaría a su decisión de no participar en ella? —se interesó el coronel Korn con sarcástica seriedad, mofándose del coronel Cathcart.

—No, señor —respondió Yossarian, casi a punto de devolverle la sonrisa.

—Ya me lo temía yo —replicó el coronel Korn con un profundo suspiro, entrelazando los dedos sobre la calva lisa, ancha, morena y reluciente—. Pero tendrá que reconocer que no lo hemos tratado tan mal, ¿no? Le hemos dado de comer y le hemos pagado puntualmente. Le hemos concedido una medalla e incluso lo hemos ascendido a capitán.

—¡No debería haberlo ascendido! —se lamentó con amargura el coronel Cathcart—. Tendría que haberle formado consejo de guerra por cargarse la misión de Ferrara pasando por el objetivo dos veces.

—Ya le dije yo que no lo ascendiera —replicó el coronel Korn—, pero no me hizo caso.

—No me dijo nada. Al contrario, me dijo que lo ascendiera, ¿no?

—Le dije que no lo ascendiera, pero no me hizo caso.

—Pues debería haberle hecho caso.

—Nunca me hace caso —insistió el coronel Korn, regodeándose—. Por ese motivo nos encontramos en semejante situación.

—De acuerdo, de acuerdo. Deje de restregármelo por las narices, ¿quiere? —El coronel Cathcart hundió los puños en las profundidades de los bolsillos de los pantalones y se dio la vuelta, encogido—. En vez de meterse conmigo, ¿por qué no piensa qué medidas vamos a tomar con él?

—Me temo que vamos a mandarlo a casa. —El coronel Korn sonreía triunfalmente cuando apartó los ojos del coronel Cathcart y los posó en Yossarian—. La guerra ha acabado para usted, Yossarian. Vamos a mandarlo a casa. No se lo merece, pero ésa es una de las razones por las que no me importa hacerlo. Como a estas alturas no podemos arriesgarnos a otra cosa, hemos decidido que vuelva a Estados Unidos. Hemos ideado un trato que...

—¿Qué clase de trato? —preguntó Yossarian, desconfiado y desafiante.

El coronel Korn echó la cabeza hacia atrás y soltó una carcajada.

—Un trato absolutamente abyecto, no le quepa la menor duda. Sencillamente repugnante. Pero usted lo aceptará sin vacilar.

—Igual no.

—Pues yo estoy convencido de que sí, aunque clama al cielo. Ah, por cierto. No le habrá dicho a nadie que se niega a cumplir más misiones, ¿verdad?

—No, señor —se apresuró a contestar Yossarian.

El coronel Korn asintió con gesto de aprobación.

—Me alegro. Me gusta su forma de mentir. Llegará lejos en este mundo si es capaz de encontrar algún objetivo como es debido.

—¿Es que no sabe que hay guerra? —vociferó el coronel Cathcart, y a continuación sopló vigorosamente, incrédulo, por un extremo de la boquilla.

—Me consta que sí lo sabe —replicó ácidamente el coronel Korn—, porque ha sacado ese mismo tema a colación hace un momento.

Frunció el ceño con preocupación, dedicándoselo a Yossarian; en sus ojos había un destello oscuro de guasa maliciosa y descarada. Aferrándose con ambas manos al borde de la mesa, corrió sus fláccidas posaderas y se quedó con las cortas piernas colgando. Golpeó levemente la amarilla madera de roble con los zapatos, y los calcetines marrones, sin ligas, se desplomaron formando círculos irregulares bajo unos tobillos sorprendentemente finos y blancos.

—He de reconocer, Yossarian —musitó en tono cordial, adoptando una actitud de reflexiva despreocupación que parecía sincera y sarcástica al tiempo—, que lo admiro un poquito. Es usted una persona inteligente con gran sentido de la ética que ha tomado una postura muy valiente. Yo soy una persona inteligente sin ningún sentido de la ética, de modo que me encuentro en la situación ideal para valorarlo.

—Vivimos una época sumamente crítica —declaró malhumorado el coronel Cathcart desde un rincón del despacho, sin prestar atención al coronel Korn.

—Sumamente crítica, desde luego —convino el coronel Korn, asintiendo plácidamente—. Acaba de producirse un cambio de mando y no podemos permitirnos el lujo de quedar mal ni con el general Scheisskopf ni con el general Peckem. A eso se refiere, ¿no es así, coronel?

—¿Es que no se siente patriota?

—¿No quiere luchar por su país? —preguntó el coronel Korn, imitando el áspero tono de justa indignación del coronel Cathcart—. ¿No daría su vida por el coronel Cathcart y por mí?

Yossarian se quedó estupefacto, en tensión, al oír las últimas palabras del coronel Korn.

—¿Cómo? —exclamó—. ¿Qué tienen que ver el coronel Cathcart y usted con mi país? No es lo mismo.

—¿Cómo puede separarnos? —preguntó el coronel Korn con irónica tranquilidad.

—¡Exacto! —gritó con entusiasmo el coronel Cathcart—. O está con nosotros o contra nosotros. Tiene que elegir.

—Me temo que lo ha pillado, Yossarian. O está con nosotros o contra su país. Así de sencillo.

—No, mi coronel. Eso sí que no me lo trago.

El coronel Korn no se inmutó.

—Ni yo tampoco, pero los demás sí. Así son las cosas.

—¡Deshonra usted el uniforme que lleva! —chilló el coronel Cathcart, encorajinado, volviéndose bruscamente hacia Yossarian por primera vez—. Me gustaría saber cómo ha llegado a capitán.

—Usted lo ascendió —le recordó con dulzura el coronel Korn, reprimiendo una sonrisa burlona—. ¿No se acuerda?

—Pues no debería haberlo hecho.

—Ya le dije yo que no lo hiciera —dijo el coronel Korn—. Pero nunca me hace caso.

—¡Bueno, bueno, deje de restregármelo por las narices! —exclamó el coronel Cathcart. Arrugó la frente y miró al coronel Korn con los ojos entrecerrados, receloso, y los puños apretados sobre las caderas—. Oiga, ¿de qué lado está usted?

—Del suyo, coronel. ¿De qué otro lado podría estar?

—Entonces, deje de meterse conmigo, ¿quiere? Déjeme en paz, ¿vale?

—Estoy de su parte, coronel, pero estoy cargado de patriotismo.

—Pues procure no olvidarlo. —El coronel Cathcart se dio la vuelta a regañadientes al cabo de un momento, poco convencido, y reanudó su paseo, manoseando la larga boquilla. Señaló a Yossarian con el pulgar—. Vamos a acabar con su asunto. Yo sé lo que me gustaría hacer con él. Me gustaría sacarlo ahí fuera y fusilarlo. Ni más ni menos. Eso es lo que haría el general Dreedle.

—Pero el general Dreedle ya no está con nosotros —dijo el coronel Korn—, de modo que no podemos sacarlo ahí fuera y fusilarlo. —Una vez pasado el momento de tensión con el coronel Cathcart, el coronel Korn volvió a relajarse y a dar patraditas en la mesa del coronel Cathcart. Miró a Yossarian—. Así que vamos a mandarlo a casa. Hemos tenido que pensar bastante, pero al final se nos ocurrió este plan tan espantoso para devolverlo a Estados Unidos sin causar demasiado malestar entre los amigos que dejará aquí. ¿No está contento?

—¿En qué consiste el plan? No sé si me gustará.

—Seguro que no. —El coronel Korn se echó a reír, volviendo a entrelazar las manos sobre la calva, muy alegre—. Le va a parecer detestable. Es odioso y herirá su conciencia, pero lo aceptará sin vacilar. Lo aceptará porque gracias a él regresará a casa sano y salvo dentro de dos semanas, y porque no tiene otra alternativa. Eso o consejo de guerra. O lo toma o lo deja.

Yossarian soltó un bufido.

—Ya está bien de faroles, mi coronel. No puede formarme consejo de guerra por desertar ante la proximidad del enemigo. Lo dejaría a usted en mal lugar y probablemente no conseguiría que me condenaran.

—Pero ahora podemos formarle consejo de guerra por

abandono de sus deberes, ya que fue a Roma sin permiso. Y eso sí colaría. Piénselo un poco, y verá que no le queda otra elección. No podemos consentir que vaya usted por ahí tan tranquilo en abierta insubordinación sin castigarlo. Los demás hombres también se negarían a cumplir misiones. No, no, le doy mi palabra. Le formaremos consejo de guerra si rechaza nuestro plan, aunque suscite muchas preguntas y suponga una terrible metedura de pata para el coronel Cathcart.

El coronel Cathcart hizo una mueca al oír las palabras «metedura de pata» y, seguramente sin premeditación, arrojó con odio la delgada boquilla de ónice y marfil sobre la superficie de madera de la mesa.

—¡Dios del cielo! —gritó de pronto—. ¡Detesto esta maldita boquilla! —La boquilla rebotó sobre la mesa, dio contra la pared, fue a parar al alféizar y cayó al suelo, casi en el mismo sitio en que estaba el coronel Cathcart, que la miró ceñudo—. Me pregunto si me está favoreciendo en algo.

—Con ella se apunta un tanto ante el general Peckem, pero es una metedura de pata con el general Scheisskopf —le comunicó el coronel Korn con maliciosa expresión de inocencia.

—¿Y a cuál de los dos tengo que agradar?

—A ambos.

—¿Cómo puedo agradar a los dos? Se odian mutuamente. ¿Cómo voy a apuntarme un tanto con el general Scheisskopf sin meter la pata con el general Peckem?

—Desfilando.

—Sí, desfilando. Es la única forma de complacerlo. Desfilar, desfilar. —El coronel Cathcart hizo un gesto huraño—. ¡Hay algunos generales que deshonran el uniforme! Si esos dos tipos pueden ser generales, no entiendo por qué yo no.

—Usted llegará muy lejos —le aseguró el coronel Korn

con absoluta falta de convicción, y se volvió hacia Yossarian riendo entre dientes; su desprecio y su júbilo parecieron aumentar al ver el semblante terco, hostil y receloso de Yossarian—. Y ahí radica el punto crucial de la cuestión. El coronel Cathcart quiere ser general y yo coronel, y por eso tenemos que mandarlo a usted a casa.

—¿Por qué quiere ser general?

—¿Que por qué? Por la misma razón que yo quiero ser coronel. ¿Qué otra cosa tenemos que hacer? Todo el mundo nos enseña que hay que aspirar a cosas cada vez más elevadas. Un general es un grado más elevado que el de coronel, y el de coronel más que el de teniente coronel. Así que los dos aspiramos a ascender. Y usted tiene suerte de que sea así, Yossarian. Ha llegado en el momento oportuno, pero supongo que ha tenido en cuenta este factor en sus cálculos.

—Yo no he hecho ningún cálculo —replicó Yossarian.

—Sí, en serio que me encanta lo bien que miente —contestó el coronel Korn—. ¿No se sentiría orgulloso de que su oficial al mando ascendiera a general, de saber que ha servido en una unidad con un promedio de misiones por persona más alto que el de las demás? ¿No quiere recibir más honores y más medallas? ¿Adónde ha ido a parar su *sprit de corps*? ¿No quiere contribuir aún más a esta gran hazaña cumpliendo más misiones de combate? Es la última oportunidad que tiene de contestar afirmativamente.

—No.

—En ese caso, nos pone usted entre la espada y la pared —concluyó el coronel Korn, sin ningún rencor.

—¡Debería darle vergüenza!

—... y habrá que mandarlo a casa. Sólo tendrá que hacer unas cosillas por nosotros y entonces...

—¿Qué cosas? —lo interrumpió Yossarian con beligerante suspicacia.

—¡Bah, unas cosillas insignificantes! De verdad, le proponemos un acuerdo muy generoso. Cursaremos la orden para que vuelva a Estados Unidos, se lo aseguro, y lo único que tiene que hacer en contrapartida es...

—¿Qué? ¿Qué tengo que hacer?

El coronel Korn soltó una seca carcajada.

—Querernos un poco.

—¿Quererlos?

—Eso es —dijo el coronel Korn, asintiendo, inconmensurablemente gratificado por la franca sorpresa de Yossarian—. Querernos. Formar parte del grupo, ser nuestro colega. Hablar bien de nosotros aquí y en Estados Unidos. No es mucho pedir, ¿no le parece?

—¿Lo único que me piden es que los quiera? ¿Nada más?

—Nada más.

—¿Nada más?

—Que sienta afecto por nosotros.

A Yossarian le dieron ganas de reír tranquilamente al comprender, asombrado, que el coronel Korn decía la verdad.

—No va a ser tan fácil —replicó con desprecio.

—Bueno, ya verá que le resulta mucho más fácil de lo que cree —dijo el coronel Korn con sarcasmo, sin inmutarse por el dardo lanzado por Yossarian.

El coronel Korn se subió la cintura de sus amplios y voluminosos pantalones. Las profundas estrías negras que separaban el cuadrado mentón de las mandíbulas estaban de nuevo curvadas en un gesto de júbilo irreprimible y reprensible.

—Verá, Yossarian, vamos a facilitarle las cosas. Vamos a ascenderlo a comandante e incluso a concederle otra medalla. El capitán Flume ya ha empezado a redactar entusiastas artículos de prensa sobre el valor que demostró usted en Ferrara, su inquebrantable lealtad para con su unidad y la absoluta dedicación al cumplimiento del deber. Por cierto, todas estas frases son citas literales. Vamos a ponerlo por las nubes y volverá a casa con honores de héroe, y el Pentágono requerirá su presencia para elevar la moral y mejorar nuestra imagen pública. Vivirá a cuerpo de rey. Todo el mundo lo agasajará. Se organizarán desfiles en su honor y pronunciará discursos para recaudar fondos destinados a la guerra. Lo aguarda un mundo de lujo cuando se haga amigo nuestro. ¿No le parece estupendo?

Yossarian se sorprendió escuchando con atención aquella fascinante lista de detalles.

—No creo que me apetezca pronunciar discursos.

—Bueno, pues nos olvidaremos del tema. Lo importante es lo que le diga a la gente aquí. —El coronel Korn se inclinó hacia delante con aire grave, sin sonreír—. No queremos que nadie del escuadrón sepa que lo enviamos a Estados Unidos porque se niega a cumplir más misiones. Y tampoco queremos que ni el general Peckem ni el general Scheisskopf se enteren de que existen roces entre nosotros. Por eso vamos a ser buenos amigos.

—¿Y qué les voy a decir a los hombres que me han preguntado por qué me niego a cumplir más misiones?

—Dígales que le han comunicado confidencialmente que va a volver a Estados Unidos y que no estaba dispuesto a arriesgar su vida en otra acción de combate. Una simple diferencia de opinión entre amigos, ni más ni menos.

—¿Y se lo creerán?

—Claro que se lo creerán, en cuanto vean lo bien que nos llevamos y lean los artículos de prensa con los comentarios lisonjeros que usted hace sobre el coronel Cathcart y sobre mí. No se preocupe por los demás hombres. Los disciplinaremos sin ninguna dificultad cuando usted se marche. Sólo pueden causarnos problemas mientras usted continúe aquí.

Una manzana sana puede estropear todas las demás —concluyó el coronel Korn con deliberada ironía—. De verdad, sería fantástico. Quizás incluso los anime a cumplir más misiones.

—¿Y si los denuncio cuando vuelva a Estados Unidos?

—¿Después de haber aceptado la medalla, el ascenso y todo el aparato? Nadie lo creerá, y el ejército no se lo permitirá. Y además, ¿por qué demonios iba usted a hacerlo? Recuerde que va a ser uno de los nuestros. Disfrutará de una vida de lujos y privilegios. Tendría que ser idiota para rechazar todo eso por una cuestión de principios morales, y usted no es idiota. ¿Trato hecho?

—No sé.

—O eso o consejo de guerra.

—Sería una guarrada para los hombres del escuadrón, ¿no?

—Algo repugnante —convino el coronel Korn en tono amistoso, y se quedó a la espera, observando pacientemente a Yossarian con un tenue brillo de íntima alegría en los ojos.

—Pero ¡qué demonios! —exclamó Yossarian—. Si no quieren cumplir más misiones, que se rebelen como he hecho yo. ¿Tengo razón o no?

—Claro que sí —dijo el coronel Korn.

—No tengo por qué arriesgar mi vida por ellos, ¿verdad?

—Claro que no.

Yossarian despachó el asunto rápidamente, con una amplia sonrisa.

—¡Trato hecho! —anunció gozoso.

—Muy bien —dijo el coronel Korn con menos cordialidad de la que Yossarian esperaba, y se deslizó de la mesa hasta el suelo. Se separó los pliegues de los pantalones y los calzoncillos de la entrepierna y le tendió a Yossarian una mano blanda—. Bienvenido a bordo.

—Gracias, mi coronel. Yo...

—Llámame Blackie, John. Ahora somos amigos.

—Vale, Blackie. Mis amigos me llaman Yo-Yo. Blackie, yo...

—Sus amigos le llaman Yo-Yo —le repitió el coronel Korn al coronel Cathcart en tono cantarín—. ¿Por qué no felicitas a Yo-Yo por la inteligente decisión que acaba de tomar?

—Has tomado una decisión realmente inteligente, Yo-Yo —le dijo el coronel Cathcart, estrechándole la mano con tanto calor como torpeza.

—Gracias, mi coronel, yo...

—Llámalo Chuck —dijo el coronel Korn.

—Claro, llámame Chuck —corroboró el coronel Cathcart riendo de buena gana, pero incómodo—. Todos somos amigos.

—Vale, Chuck.

—Pues se acabó la función —dijo el coronel Korn, apoyando las manos en los hombros de los otros dos mientras se dirigían a la puerta.

—Ven a cenar con nosotros alguna noche, Yo-Yo —le invitó amablemente el coronel Cathcart—. ¿Qué te parece esta noche, en el comedor de oficiales?

—Con mucho gusto, señor.

—Chuck —le corrigió el coronel Korn en tono de reproche.

—Perdona, Blackie, y tú también, Chuck. Tengo que acostumbrarme.

—No importa, amigo.

—Claro que no, amigo.

—Gracias, amigo.

—De nada, amigo.

—Hasta luego, amigo.

Yossarian despidió con la mano cariñosamente a sus nuevos amigos y salió a la galería; estuvo a punto de ponerse a cantar en cuanto se quedó solo. Era libre; lo había conseguido; estaba a salvo, y no tenía nada de lo que avergonzarse. Se encaminó hacia la escalera apretando el paso, gozoso. Lo saludó un cabo con mono verde. Yossarian le devolvió el saludo muy contento, mirándolo con curiosidad. Le resultaba extrañamente familiar. En el momento en que Yossarian lo saludaba, el cabo del mono verde se transformó de buenas a primeras en la puta de Nately y se abalanzó sobre él con intenciones asesinas y un cuchillo de cocina con mango de hueso, alcanzándolo en el costado, debajo del brazo que tenía levantado. Se desplomó con un alarido, y cerró los ojos aterrorizado al ver que la chica volvía a alzar el cuchillo para asestarle otro tajo. Ya estaba inconsciente cuando el coronel Korn y el coronel Cathcart salieron del despacho como un rayo y le salvaron la vida asustando a la chica, que se marchó.

41

SNOWDEN

—Corta —dijo un médico.

—Corta tú —dijo otro.

—Nada de cortes —dijo Yossarian con la lengua pastosa y rebelde.

—Y encima éste metiéndose en el medio —se lamentó uno de los médicos—. Otro cateto. Bueno, qué, ¿operamos o no?

—No hace falta —se lamentó el otro—. Es una herida pequeña. Lo único que tenemos que hacer es parar la hemorragia, limpiar y darle unos puntos.

—Pero yo nunca he tenido ocasión de operar. ¿Cuál es el escalpelo? ¿Éste?

—No, el otro. Venga, empieza a cortar entonces. Haz la incisión.

—¿Así?

—¡Ahí no, idiota!

—Nada de incisiones —dijo Yossarian, dándose cuenta entre la ascendente neblina de insensibilidad de que aquellos dos desconocidos estaban dispuestos a cortarle.

—¡Y dale con el cateto! —se lamentó el primer médico sarcásticamente—. ¿Piensa seguir hablando mientras lo opero?

—No puede operarlo hasta que yo registre el ingreso —dijo el recepcionista.

—No puede registrar el ingreso hasta que yo lo autorice —dijo un coronel gordo y brusco de bigote y con enorme cara sonrosada que se inclinaba sobre el cuerpo de Yossarian irradiando calor como el fondo de una gigantesca sartén—. ¿Dónde ha nacido?

El coronel gordo y brusco le recordó a Yossarian al coronel gordo y brusco que había interrogado al capellán y lo había declarado culpable.

Yossarian lo miró por entre una película vidriosa. Los empalagosos olores del formaldehído y el alcohol endulzaban el aire.

—En un campo de batalla —contestó.

—No, no. ¿En qué estado nació?

—En estado de gracia.

—No, no me entiende.

—Ya me ocupo yo de él —decidió un hombre de rostro afilado con ojos hundidos y punzantes y boca fina y malévola—. Se está pasando de listo, ¿sabe?

—Está delirando —intervino uno de los médicos—. ¿Por qué no nos dejan que lo llevemos adentro y lo curemos?

—Si está delirando, déjenlo aquí. A lo mejor dice algo que lo compromete.

—Pero está desangrándose. ¿No lo ve? Podría morirse.

—¡Pues tanto mejor!

—Se lo tendría bien merecido, el muy hijo de puta —dijo el coronel gordo y brusco—. Venga, John, empieza a hablar. Queremos saber la verdad.

—Todo el mundo me llama Yo-Yo.

—Queremos que colabores con nosotros, Yo-Yo. Somos tus amigos y debes confiar en nosotros. Estamos aquí para ayudarte. No vamos a hacerte daño.

—¿Y si le metemos los dedos en la herida y estiramos? —sugirió el hombre de rostro afilado.

Yossarian cerró los ojos, con la esperanza de que creyeran que estaba inconsciente.

—Se ha desmayado —oyó que decía un médico—. ¿No podríamos curarlo ahora mismo, antes de que sea demasiado tarde? En serio, podría morirse.

—De acuerdo, llévenselo. Ojalá se muera, el muy cerdo.

—No pueden curarlo hasta que yo registre el ingreso —advirtió el recepcionista.

Yossarian se hizo el muerto cerrando los ojos mientras el recepcionista registraba su ingreso revolviendo unos papeles, y a continuación lo llevaron lentamente en una camilla a una habitación oscura y mal ventilada con focos en el techo, en la que el empalagoso olor del formaldehído y del alcohol dulzón era aun más fuerte. La emanación, penetrante y agradable, resultaba embriagadora. También percibió el olor del éter y oyó tintinear de cristal. Escuchó con disimulada alegría, egoístamente, la ronca respiración de los dos médicos. Le encantaba la idea de que pensaran que estaba inconsciente y que no supieran que los oía. Todo le parecía una estupidez hasta que uno de los médicos dijo:

—Oye, ¿crees que debemos intentar salvarle la vida? Seguramente se enfadarán con nosotros si lo hacemos.

—Vamos a operar —dijo el otro médico—. Vamos a abrirlo y a mirarlo bien de una vez por todas. Siempre se está quejando del hígado. En las radiografías sale muy pequeño.

—Eso es el páncreas, idiota. El hígado es esto.

—De eso nada. Eso es el corazón. Te apuesto un centavo a que el hígado es esto. Voy a operarlo y a averiguarlo. ¿Me lavo las manos antes?

—Nada de operaciones —dijo Yossarian, abriendo los ojos e intentando incorporarse.

—¡Y dale con el cateto! —exclamó uno de los médicos, indignado—. ¿No podemos hacerlo callar?

—Podríamos ponerle anestesia total. El éter está aquí al lado.

—Nada de anestesias totales —dijo Yossarian.

—¡Y dale con el cateto! —dijo un médico.

—Vamos a ponerle anestesia total y a dejarlo fuera de combate. Después podremos hacer lo que nos dé la gana con él.

Le aplicaron anestesia total y lo dejaron fuera de combate. Se despertó muerto de sed en una habitación privada, sofocado por los vapores del éter. El coronel Korn estaba junto a su cama, sentado tranquilamente con sus amplios pantalones y su camisa de lana de color verde oliva. Una sonrisa afable y flemática distendía su rostro moreno de cerrada barba, y se sobaba las facetas de la calva con las palmas de las manos, delicadamente. Se inclinó riendo cuando Yossarian se despertó, y le aseguró en el tono más amistoso que pudo adoptar que el acuerdo al que habían llegado seguía en pie si Yossarian no se moría. Yossarian vomitó, y el coronel Korn se levantó de un brinco a la primera basca y huyó asqueado. Parecía como si cada nube estuviera revestida de plata, reflexionó Yossarian, mientras volvía a sumirse en un sopor asfixiante. Una mano de afilados dedos lo sacudió bruscamente para despertarlo. Se volvió, y al abrir los ojos vio a un hombre extraño de cara desagradable que puso gesto de desprecio y le dijo, jactancioso:

—Tenemos a tu amigo, muchacho. Tenemos a tu amigo.

Yossarian notó un escalofrío y rompió a sudar.

—¿Quién es mi amigo? —le preguntó al capellán al ver que éste ocupaba la silla del coronel Korn.

—Quizá sea yo —contestó el capellán.

Pero Yossarian no podía oírlo y cerró los ojos. Alguien

le dio un sorbo de agua y salió de puntillas. Se durmió y al despertarse se sentía muy bien, hasta que volvió la cabeza para sonreír al capellán y vio a Aarfy. Gimió instintivamente y arrugó la cara, irritado y disgustado, cuando Aarfy le preguntó riendo cómo se encontraba. Aarfy se quedó perplejo cuando Yossarian le preguntó a su vez que por qué no estaba en la cárcel. Yossarian cerró los ojos para que Aarfy se marchara. Cuando los abrió, Aarfy se había marchado y el capellán ocupaba su lugar. Yossarian se echó a reír al contemplar la sonrisa alegre del capellán y le preguntó por qué demonios estaba tan contento.

—Por usted —respondió el capellán con candoroso júbilo—. Me enteré en el Cuartel General de que lo habían herido gravemente y que si sobrevivía tendrían que mandarlo a casa. El coronel Korn dijo que se encontraba en estado crítico, pero uno de los médicos acaba de decirme que la herida es muy leve y que seguramente podrá marcharse dentro de uno o dos días. No corre peligro. No es nada importante.

Yossarian oyó las palabras del capellán con inmenso alivio.

—Me alegro.

—Y yo —dijo el capellán, mientras se le teñían las mejillas con un pícaro rubor de satisfacción—. Sí, yo también me alegro.

Yossarian se echó a reír al recordar su primera conversación con el capellán.

—La primera vez que lo vi fue en el hospital. Y ahora vuelvo a estar en el hospital. Últimamente sólo lo veo en estas circunstancias. ¿Dónde se había metido?

El capellán se encogió de hombros.

—He estado rezando mucho —confesó—. Intento pasar en mi tienda el mayor tiempo posible, y rezo cada vez que el sargento Whitcomb se marcha, para que no me pille.

—¿Sirve para algo?

—Me distrae de las preocupaciones —contestó el capellán volviendo a encogerse de hombros—. Y así tengo algo que hacer.

—Pues entonces sí sirve de algo, ¿no?

—Sí, sí —admitió el capellán con entusiasmo, como si hasta entonces no se le hubiera ocurrido la idea—. Sí, supongo que sí. —Se inclinó hacia delante impulsivamente, con torpe solicitud—. Yossarian, ¿puedo hacer algo por usted mientras está en el hospital? ¿Quiere que le traiga algo?

Yossarian bromeó con jovialidad:

—¿Como cucherías, caramelos o chicles?

El capellán volvió a ponerse colorado, y sonrió tímidamente; a continuación adoptó una expresión respetuosa.

—Como libros, o cualquier otra cosa. Ojalá pudiera hacer algo para alegrarlo un poco. ¿Sabe una cosa, Yossarian? Estamos todos muy orgullosos de usted.

—¿Orgullosos de mí?

—Naturalmente. Ha arriesgado su vida para detener a ese asesino nazi. Fue una acción muy noble.

—¿Qué asesino nazi?

—El que vino aquí para matar al coronel Cathcart y al coronel Korn. Y usted los salvó. Podría haberlo apuñalado cuando se lanzó sobre él en el balcón. ¡Tiene suerte de seguir vivo!

Yossarian soltó una carcajada sardónica cuando lo comprendió todo.

—No era un asesino nazi.

—Claro que sí. Eso es lo que ha dicho el coronel Korn.

—Era la novia de Nately. Y me buscaba a mí, no al coronel Cathcart ni al coronel Korn. Lleva intentando matarme desde que le di la noticia de la muerte de Nately.

—Pero ¿cómo es posible? —protestó lívido el capellán,

confundido y desconfiado—. El coronel Cathcart y el coronel Korn lo vieron cuando huía. El informe oficial dice que usted impidió que un asesino nazi los matara a los dos.

—Pues no se crea lo que dice el informe oficial —le aconsejó Yossarian secamente—. Forma parte del trato.

—¿Qué trato?

—El que he hecho con el coronel Cathcart y el coronel Korn. Me dejarán volver a Estados Unidos como todo un héroe si digo cosas buenas de ellos a todo el mundo y no los critico por obligar a los demás hombres a cumplir más misiones.

El capellán se quedó horrorizado y estuvo a punto de levantarse de la silla.

—¡Pero es terrible! Es un trato escandaloso, vergonzoso, ¿no?

—Odioso —replicó Yossarian, contemplando el techo con mirada pétrea, con sólo la coronilla apoyada en la almohada—. Creo que «odioso» es el adjetivo que le aplicamos.

—Entonces, ¿cómo ha podido acceder a eso?

—O eso o consejo de guerra, capellán.

—¡Ah! —exclamó el capellán con expresión de profundo remordimiento, cubriéndose la boca con el dorso de la mano. Volvió a sentarse, incómodo—. No debería haber dicho nada.

—Me encerrarían en la cárcel con un puñado de delincuentes.

—Claro, claro. Debe hacer lo que considere justo.

El capellán asintió como para poner punto final a la conversación y guardó silencio, un tanto avergonzado.

—No se preocupe —comentó Yossarian con una carcajada lastimera al cabo de unos momentos—. No voy a hacerlo.

—Pero debe hacerlo —insistió el capellán, inclinándose

hacia delante, preocupado—. En serio. No tengo ningún derecho a influir en su decisión. No tengo derecho a decir nada.

—No me ha influido. —Yossarian rodó sobre un costado y sacudió la cabeza, burlón y solemne al tiempo—. ¡Dios mío, capellán! ¿Se imagina qué pecado tan enorme? ¡Salvarle la vida al coronel Cathcart! No quiero un crimen así en mi hoja de servicios.

El capellán volvió a abordar el tema con sumo cuidado.

—Entonces, ¿qué va a hacer? No puede dejar que lo metan en la cárcel.

—Cumpliré más misiones. O quizás acabe por desertar y dejar que me cojan. Seguramente lo harán.

—Y entonces lo meterán en la cárcel. No querrá ir a la cárcel, ¿verdad?

—Entonces tendré que seguir cumpliendo misiones hasta que acabe la guerra, supongo. Alguien sobrevivirá.

—Pero podrían matarlo.

—Entonces, supongo que no cumpliré más misiones.

—¿Y qué hará?

—No lo sé.

—¿Va a dejar que lo envíen a Estados Unidos?

—No lo sé. ¿Hace calor fuera? Aquí sí.

—Hace mucho frío —contestó el capellán.

—¿Sabe? Ha pasado una cosa muy curiosa —recordó Yossarian—. Quizá lo haya soñado. Antes ha venido un tipo muy raro y me ha dicho que tiene a mi amigo. ¿Serán imaginaciones mías?

—No creo que sean imaginaciones suyas —le aseguró el capellán—. Empezó a contármelo cuando vine antes.

—Entonces, debió de decirlo de verdad. «Tenemos a tu amigo, muchacho.» Eso dijo. «Tenemos a tu amigo.» Tenía la expresión más malvada que he visto en mi vida. ¿Quién será mi amigo?

—Me gustaría pensar que soy yo, Yossarian —dijo el capellán con humilde sinceridad—. Y desde luego, a mí me tienen en sus manos. Me vigilan constantemente y estoy atado y bien atado. Eso es lo que me dijeron en el interrogatorio.

—No, no creo que se refieran a usted —conjeturó Yossarian—. Creo que debe de ser alguien como Nately o Dunbar. Alguien que murió en la guerra, como Clevinger, Dobbs, Orr, Kid Sampson o McWatt. —Yossarian emitió un sofocado grito de asombro y sacudió la cabeza—. ¡Acabo de darme cuenta! —exclamó—. ¡Tienen a todos mis amigos! Los únicos que quedamos somos Joe *el Hambriento* y yo. —Un escalofrío de miedo le recorrió la espalda cuando vio que el rostro del capellán palidecía—. ¿Qué ocurre, capellán?

—Han matado a Joe *el Hambriento*.

—¡Dios mío! ¿En una misión?

—No, mientras dormía, en mitad de un sueño. Encontraron un gato encima de su cara.

—¡Pobrecillo! —dijo Yossarian, y se echó a llorar, ocultando las lágrimas en el hueco del hombro.

El capellán se marchó sin despedirse. Yossarian comió un poco y se quedó dormido. Una mano lo sacudió para despertarlo en mitad de la noche. Abrió los ojos y vio a un hombre delgado, desagradable, con bata y pijama de hospital que lo miraba con expresión hostil, burlona.

—Tenemos a tu amigo, muchacho. Tenemos a tu amigo.

Yossarian se sentía desconcertado.

—¿A qué diablos se refiere? —preguntó suplicante, con incipiente pánico.

—Ya lo averiguarás, muchacho. Ya lo averiguarás.

Yossarian se abalanzó sobre el cuello de su verdugo, pero el hombre se puso fuera de su alcance sin esfuerzo y desapareció por el pasillo con una carcajada malévola. Yossarian se quedó acostado, temblando, con el pulso acelerado.

Estaba bañado en sudor frío. Se preguntó quién sería su amigo. El hospital estaba a oscuras y en completo silencio. No tenía reloj para saber la hora. Estaba despierto, con los ojos como platos, y sabía que era prisionero de una de esas noches de enfermo insomne que tardaría una eternidad en transformarse en amanecer. Un helor punzante le atravesaba las piernas. Tenía frío, y pensó en Snowden, que no había sido su amigo, pero sí un chico vagamente conocido que había recibido una herida grave y se congelaba en la charca de áspera luz amarilla que le salpicaba la cara por la cañonera lateral cuando Yossarian llegó a gatas hasta la cola del avión después de que Dobbs le rogara por el intercomunicador que ayudara al artillero: «Por favor, ayudad al artillero». A Yossarian se le revolvió el estómago cuando sus ojos recayeron sobre la macabra escena; le dio un asco espantoso, y se detuvo unos momentos, asustado, antes de bajar, arrastrándose sobre manos y rodillas por el estrecho pasadizo encima del compartimento de las bombas, junto a la caja sellada de cartón ondulado que contenía el botiquín. Snowden yacía de espaldas, en el suelo, con las piernas estiradas, entorpecido por el traje protector, el casco, el arnés del paracaídas y el salvavidas. Cerca de él, también en el suelo, yacía el bombardero de cola bajito, desmayado. La herida que vio Yossarian estaba en el muslo de Snowden, y le pareció tan grande y ancha como un balón de fútbol. Era imposible saber dónde acababan los andrajos de su mono empapado y dónde empezaban los jirones de carne desgarrada.

En la caja del botiquín no había morfina, ni ningún paliativo para el dolor de Snowden salvo el atontamiento que producía la herida abierta. Habían robado las doce ampollas de morfina y las habían sustituido por una nota escrita con letra clara que decía: «Lo que es bueno para Empresas M y M es bueno para el país. Milo Minderbinder». Yossarian maldijo a Milo y acercó dos aspirinas a unos labios cenicientos incapaces de tomarlas. Pero primero le practicó un torniquete en el muslo porque no sabía qué otra cosa hacer en aquellos primeros momentos atropellados en los que sus sentidos estaban trastornados, sabiendo que debía actuar con rapidez y temiendo al mismo tiempo no poder resistirlo. Snowden lo contemplaba fijamente, sin pronunciar palabra. No manaba sangre de ninguna arteria, pero Yossarian simuló embeberse por completo en la tarea del torniquete, porque era algo que sabía hacer. Actuaba con habilidad y calma fingidas; notaba la mirada vidriosa de Snowden clavada en él. Recobró el dominio de sí mismo antes de terminar el torniquete y lo aflojó inmediatamente para reducir el riesgo de gangrena. Tenía las ideas claras, y sabía cómo continuar. Revolvió en el botiquín, en busca de unas tijeras.

—Tengo frío —dijo Snowden en voz baja—. Tengo frío.

—Ahora te sentirás mejor, chaval —le aseguró Yossarian con una sonrisa—. No te preocupes.

—Tengo frío —repitió Snowden con voz frágil, infantil—. Tengo frío.

—Vamos, vamos —dijo Yossarian, porque no se le ocurría nada más—. Vamos, vamos.

—Tengo frío —gimoteó Snowden—. Tengo frío.

—Vamos, vamos. Vamos, vamos.

Yossarian empezó a asustarse y a moverse con más rapidez. Encontró al fin unas tijeras y se puso a cortar cuidadosamente el mono de Snowden por encima de la herida, justo debajo de la ingle. Cortó la gruesa tela de gabardina alrededor del muslo, en línea recta. El diminuto artillero de cola se despertó mientras Yossarian realizaba esta operación; lo vio y volvió a desmayarse. Snowden giró la cabeza hacia el otro lado para observar mejor a Yossarian. En sus ojos indiferentes y débiles brillaba una luz pálida, exánime. Yossarian, aturdido, intentaba no mirarlo. Empezó a cortar el mono hacia abajo, siguiendo la costura interior. De la bostezante herida —¿era hueso machacado lo que veía correr por las profundidades del flujo escarlata y sanguinolento, entre las sobrecogedoras fibras contraídas de músculo?— manaban varios chorros de sangre, como nieve derritiéndose a dos vertientes, pero era una sangre viscosa y roja, que ya empezaba a espesarse.

Yossarian siguió cortando hasta el final y abrió la pernera cercenada, que cayó al suelo con un ruido apagado, dejando al descubierto el bajo de unos calzoncillos de color caqui empapados de sangre por un lado, como sedientos. Yossarian se quedó pasmado ante el espeluznante aspecto ceroso de la pierna desnuda de Snowden, ante el aspecto nauseabundo, esotérico e inerte del vello fino, rubio y rizado de la espinilla y la pantorrilla, extrañamente blancas. Comprobó que la herida no era tan grande como un balón de fútbol, sino alargada y ancha como su mano, y tan profunda que no se veía con claridad el interior. Los músculos, en carne viva, se retorcían como el picadillo de una hamburguesa dotada de movimiento. Yossarian dejó escapar poco a poco un prolongado suspiro de alivio al comprender que Snowden no corría peligro de muerte. La sangre había empezado a coagularse en el interior de la herida, y todo era cuestión de vendarlo bien y tranquilizarlo hasta que el avión aterrizara. Sacó unos paquetes de sulfanilamida del botiquín. Snowden se estremeció cuando Yossarian lo estrechó con cuidado para darle la vuelta.

—¿Te he hecho daño?

—Tengo frío —gimoteó Snowden—. Tengo frío.

—Vamos, vamos —dijo Yossarian—. Vamos, vamos.

—Tengo frío. Tengo frío.

—Vamos, vamos. Vamos, vamos.

—¡Empieza a dolerme! —gritó Snowden, con una lastimera mueca.

Yossarian revolvió frenéticamente en el botiquín en busca de la morfina, y volvió a encontrar la nota de Milo y un frasco de aspirinas. Maldijo al intendente y le tendió dos tabletas a Snowden. No podía ofrecerle agua. Snowden rechazó la medicina con un movimiento de cabeza apenas perceptible. Tenía la cara pálida y desencajada. Yossarian le quitó el casco y le apoyó la cabeza en el suelo.

—Tengo frío —se quejó Snowden con los ojos casi cerrados—. Tengo frío.

La línea de los labios empezaba a teñírsele de azul. Yossarian estaba horrorizado. Pensó si debía tirar del cordón del paracaídas de Snowden y taparlo con los pliegues de nailon. En el avión hacía mucho calor. Snowden alzó la mirada de repente y le dirigió una débil sonrisa de aliento y cambió un poco la postura de las caderas para que Yossarian pudiera aplicarle sulfanilamida a la herida. Yossarian actuaba con confianza y optimismo renovados. El avión dio una fuerte sacudida al atravesar una bolsa de aire, y Yossarian recordó con sobresalto que había dejado su paracaídas en el morro. No podía hacer nada al respecto. Abrió un sobre tras otro de aquel polvo blanco y cristalino y lo vertió en la sangrienta herida oval hasta que desapareció por completo el color rojo, y a continuación aspiró una profunda bocanada de aire, con miedo, endureciéndose y apretando los dientes al introducir la mano desnuda ente los jirones colgantes de la carne medio seca para meterlos en la herida. La tapó rápidamente con una compresa grande de algodón y sacó la mano de un tirón. Sonrió, nervioso, una vez superada aquella breve prueba. A la hora de la verdad, el contacto con la carne muerta no le resultó tan respulsivo como había previsto, y en seguida encontró una excusa para volver a acariciar la herida con los dedos una y otra vez, queriendo convencerse de su valentía.

Después empezó a asegurar la compresa con un rollo de gasa. A la segunda vuelta, descubrió en el muslo el agujerito por el que había entrado la metralla, una herida redonda y arrugada del tamaño de una moneda pequeña con rebordes azules y un núcleo negro en el interior, donde se había encostrado la sangre. También la espolvoreó con sulfanilamida y continuó desenrollando la gasa alrededor de la pierna hasta que la compresa quedó bien sujeta. A continuación dio un tajo con las tijeras al rollo de gasa y otro en el extremo, por el centro. Por último, lo ató con un fuerte nudo. Sabía que era un buen vendaje, y se sentó sobre los talones, orgulloso, enjugándose el sudor de la frente. Sonrió a Snowden espontáneamente, con gesto amistoso.

—Tengo frío —gimoteó Snowden—. Tengo frío.

—Todo irá bien, chaval, ya lo verás —le aseguró Yossarian, dándole un golpecito en el brazo para animarlo—. Está todo controlado.

Snowden movió la cabeza levemente.

—Tengo frío —repitió, con los ojos ciegos y sin brillo, petrificados—. Tengo frío.

—Vamos, vamos —dijo Yossarian, con dudas y agitación crecientes—. Vamos, vamos. Dentro de poco aterrizaremos y el doctor Danika te curará.

Pero Snowden siguió meneando la cabeza y señaló la axila con un movimiento de barbilla apenas visible. Yossarian se inclinó para mirar y descubrió una mancha de color extraño que atravesaba el mono justo por encima de la sisa del traje protector. El corazón le dejó de latir y a continuación le golpeó con tal violencia en el pecho que a duras penas podía respirar. Snowden estaba herido por dentro del traje protector. Yossarian le arrancó los automáticos y se oyó gritar desgarradoramente cuando las entrañas de Snowden resbalaron hasta el suelo en un montón apelmazado y chorreante. Un trozo de metralla de unos siete centímetros le había atravesado el otro costado, justo debajo del brazo, y había penetrado hasta el fondo, arrastrando al salir fragmentos de su cuerpo por el agujero gigantesco abierto entre las costillas. Yossarian volvió a chillar y se cubrió los ojos con ambas manos. Le castañeteaban los dientes de puro horror. Se obligó a mirar de nuevo. Sí, se encontraba ante la abundancia divina, pensó con amargura: hígado, pulmones, riñones, costillas, estómago y trocitos de los tomates guisados que había almorzado Snowden aquel día. Yossarian detestaba los tomates guisados y se dio la vuelta, mareado, y se puso a vomitar, agarrándose la ardiente garganta. Cuando acabó, estaba medio desmayado de agotamiento, dolor y desesperación. Se volvió poco a poco hacia Snowden, que respiraba más rápida y suavemente y había palidecido aún más. Se preguntó cómo podría salvarlo.

—Tengo frío —gimoteó Snowden—. Tengo frío.

—Vamos, vamos —murmuró mecánicamente Yossarian, en voz tan baja que era inaudible—. Vamos, vamos.

También él tenía frío, y temblaba sin poder controlarse. Notó que se le ponía carne de gallina al contemplar, desalentado, el macabro secreto que Snowden había desparramado por el sucio suelo. Resultaba fácil interpretar el mensaje de sus entresijos. El hombre es materia: en eso consistía el secreto de Snowden. Arrojadlo por una ventana y caerá. Prendedle fuego y se quemará. Enterradlo y se pudrirá, como cualquier otro desperdicio. Una vez desaparecido el espíritu, el hombre es basura. En eso consistía el secreto de Snowden. La madurez lo es todo.

—Tengo frío —dijo Snowden—. Tengo frío.

—Vamos, vamos —dijo Yossarian—. Vamos, vamos.

Tiró del cordón del paracaídas de Snowden y cubrió su cuerpo con los blancos pliegues de nailon.

—Tengo frío.

—Vamos, vamos.

42

YOSSARIAN

—Según el coronel Korn —le dijo el comandante Danby a Yossarian con sonrisa remilgada y satisfecha—, el acuerdo sigue en pie. Todo está saliendo bien.

—No, de eso nada.

—Sí, claro que sí —insistió el comandante Danby, benévolo—. En realidad, todo va mucho mejor. Fue un auténtico golpe de suerte que esa chica estuviera a punto de matarte. Ahora el acuerdo puede funcionar perfectamente.

—No pienso hacer ningún pacto con el coronel Korn.

El efervescente optimismo del comandante Danby se desvaneció al instante, y ocupó su lugar un sudor burbujeante.

—Pero has hecho un pacto con él, ¿no? —preguntó, confuso y angustiado—. ¿No habíais llegado a un acuerdo?

—Pues lo rompo.

—Pero si lo sellasteis con un apretón de manos, ¿no? Le diste tu palabra de honor.

—Pues voy a faltar a mi palabra.

—¡Dios mío! —suspiró el comandante Danby, dándose inútiles golpecitos en la agobiada frente con un pañuelo doblado para limpiarse el sudor—. Pero ¿por qué, Yossarian? Le ofrecen un acuerdo muy conveniente.

—Es repugnante, Danby. Es odioso.

—¡Dios mío! —se lamentó el comandante Danby, pasándose la mano por el pelo oscuro, que ya estaba empapado de sudor hasta las puntas de las ondas espesas, muy recortadas—. ¡Dios mío!

—¿No crees tú también que es odioso, Danby?

El comandante Danby reflexionó unos momentos.

—Sí, supongo que sí —concedió de mala gana. Sus ojos globulares, exoftálmicos, expresaban gran turbación—. Pero ¿por qué aceptaste el pacto si no te gustaba?

—Fue un momento de debilidad —replicó Yossarian con sombría ironía—. Intentaba salvar mi vida.

—¿Y ya no quieres salvarla?

—Por eso no voy a consentir que me obliguen a cumplir más misiones.

—Entonces, que te envíen a Estados Unidos y así no correrás peligro.

—Que me manden a Estados Unidos porque tengo en mi haber más de cincuenta misiones —objetó Yossarian—, y no porque me apuñalara una chica, ni porque me haya convertido en un hijo de puta rebelde.

El comandante Danby sacudió la cabeza con decisión y sincera aflicción miópica.

—En ese caso, tendrían que enviar a Estados Unidos a la mayoría de los hombres. Casi todos cuentan con más de cincuenta misiones. El coronel Cathcart no podría solicitar de golpe tantas tripulaciones de reemplazo inexpertas sin que se abriera una investigación. Ha caído en su propia trampa.

—Es problema suyo.

—No, no, Yossarian —se apresuró a rebatir el comandante Danby—. El problema es tuyo, porque si no quieres seguir adelante con el pacto, tomarán las medidas necesarias para formarte consejo de guerra en cuanto te den de alta.

Yossarian se llevó el pulgar a la nariz, burlón, y se echó a reír con altanería.

—¡Y una leche! No me mientas, Danby. Ni siquiera lo intentarán.

—¿Por qué no? —preguntó el comandante Danby, parpadeando asombrado.

—Porque ahora sí que los tengo entre la espada y la pared. Según el informe oficial, me apuñaló un asesino nazi que quería matarlos a ellos. Parecerían un poco ridículos si después de eso intentaran formarme consejo de guerra.

—¡Pero Yossarian! —exclamó el comandante Danby—. Hay otro informe oficial que dice que te apuñaló una chica inocente en el transcurso de una operación del mercado negro a gran escala con actos de sabotaje y venta de secretos militares al enemigo.

La noticia sorprendió y turbó profundamente a Yossarian.

—¿Que hay otro informe oficial?

—Yossarian, pueden redactar todos los informes que quieran y elegir los que necesiten en un momento dado. ¿No lo sabías?

—¡Dios mío! —murmuró Yossarian, desalentado. Su rostro perdió el color—. Dios mío.

El comandante Danby añadió ávidamente, con rapaz expresión de buena voluntad:

—Haz lo que quieren, Yossarian, y déjalos que te envíen a casa. Será lo mejor para todos.

—Lo mejor para Cathcart, Korn y para mí, pero no para todos.

—Para todos —insistió el comandante Danby—. Así se resolverá por completo el problema.

—¿Es lo mejor para los hombres que tendrán que seguir cumpliendo misiones?

El comandante Danby hizo una mueca de desagrado y volvió la cara unos segundos, incómodo.

—Yossarian —contestó—, a nadie le servirá de nada que obligues al coronel Cathcart a hacerte consejo de guerra y a declararte culpable de todos los delitos que se te imputarán. Pasarás mucho tiempo en la cárcel, y tu vida quedará destrozada.

Yossarian escuchó sus palabras con preocupación creciente.

—¿De qué delitos me acusarán?

—Incompetencia en la misión de Ferrara, insubordinación, negativa a entablar batalla con el enemigo cuando te lo ordenaron y deserción.

Yossarian se mordió el interior de las mejillas con expresión grave.

—No pueden acusarme de todo eso. Me han concedido una medalla por lo de Ferrara, ¿no? Entonces, ¿cómo van a acusarme de incompetencia?

—Aarfy está dispuesto a jurar que McWatt y tú mentisteis en su informe oficial.

—¡Ese hijo de puta es capaz de cualquier cosa!

—También te declararán culpable de violación, operaciones a gran escala en el mercado negro, actos de sabotaje y venta de secretos militares al enemigo —recitó el comandante Danby.

—¿Cómo piensan demostrarlo? No he hecho nada de eso.

—Pero cuentan con testigos que jurarán lo contrario. Pueden obtener cuantos testigos se les antojen sencillamente convenciéndolos de que destruirte beneficiaría a la nación. Y, en cierto sentido, es verdad.

—¿En qué sentido? —preguntó Yossarian, incorporándose lentamente sobre un codo y tratando de refrenar su agresividad.

El comandante Danby se acobardó un poco y volvió a enjugarse la frente.

—Verás, Yossarian —empezó a explicar, tartamudeando—, desprestigiar ahora al coronel Cathcart y al coronel Korn no nos favorecería militarmente. Hay que aceptarlo, Yossarian: a pesar de los pesares, el escuadrón tiene un historial muy bueno. Si te hicieran consejo de guerra y te declararan inocente, lo más probable es que otros hombres se negaran también a cumplir más misiones. El coronel Cathcart quedaría en ridículo y disminuiría la eficacia de la unidad. En ese sentido resultaría beneficioso para la nación que te declararan culpable y te encarcelaran, por muy inocente que seas.

—¡Qué forma tan encantadora de presentar las cosas! —le espetó Yossarian cáusticamente.

El comandante Danby enrojeció y entrecerró los ojos, violento.

—Por favor, no me eches la culpa a mí —le rogó con afligida expresión de integridad—. Sabes que yo no tengo nada que ver. Lo único que hago es intentar ver las cosas objetivamente y encontrar solución a una situación muy complicada.

—Yo no he creado esa situación.

—Pero sí puedes resolverla. Además, ¿qué otra cosa vas a hacer? No quieres cumplir más misiones.

—Puedo escaparme.

—¿Escaparte?

—Desertar. Largarme. Darle la espalda a este lío y marcharme.

El comandante Danby parecía escandalizado.

—¿Adónde? ¿Adónde irías?

—Puedo llegar hasta Roma con facilidad, y esconderme allí.

—¿Y vivir con el peligro de que te descubran el resto de tu vida? No, no, no, Yossarian. Eso sería desastroso e innoble. No se resuelven los problemas huyendo de ellos. Créeme, por favor. Yo sólo intento ayudarte.

—Eso es lo mismo que me dijo esa especie de detective antes de decidir meterme los dedos en la herida —replicó Yossarian sarcásticamente.

—Yo no soy detective —objetó el comandante Danby, indignado, sonrojándose otra vez—. Soy profesor universitario, con un profundo sentido del bien y del mal, y jamás intentaría engañarte. No soy capaz de mentirle a nadie.

—¿Y qué harías si alguno de los hombres del escuadrón te preguntara algo sobre esta conversación?

—Le mentiría.

Yossarian se echó a reír, socarrón, y el comandante Danby, a pesar de su sonrojo y su azoramiento, se reclinó aliviado, como si se alegrara del respiro que parecía prometer el cambio de actitud de Yossarian. Éste lo miró con una mezcla de discreta lástima y desprecio. Se incorporó en la cama con la espalda apoyada en el cabecero, encendió un cigarrillo, esbozó una sonrisa forzada, y se quedó mirando con extraña simpatía la vívida expresión de horror y ojos desorbitados que se había instalado permanentemente en el rostro del comandante Danby desde el día de la misión de Aviñón, cuando el general Dreedle ordenó que lo sacaran y lo fusilaran. Las arrugas de susto, como profundas cicatrices negras, perduraban, indelebles, y Yossarian sintió pena de aquel idealista cuarentón, amable y moralista, como sentía pena de tantas otras personas con defectos no muy grandes y problemas muy ligeros.

Esforzándose por parecer cordial, dijo:

—Danby, ¿cómo puedes trabajar con gente como Cathcart y Korn? ¿No te revuelven el estómago?

Al comandante Danby pareció sorprenderle la pregunta de Yossarian.

—Lo hago para ayudar a mi país —contestó, como si la respuesta saltara a la vista—. El coronel Cathcart y el coronel Korn son mis superiores, y obedecer sus órdenes es mi única contribución a la guerra. Trabajo con ellos porque es mi deber. Y además —añadió en voz mucho más baja, clavando la mirada en el suelo—, porque no soy una persona muy agresiva.

—El país ya no necesita tu ayuda —objetó Yossarian—. Así que lo único que estás haciendo es ayudarles a ellos.

—Intento no pensar en eso —admitió el comandante Danby con franqueza—. Pero sí intento centrarme en el resultado final y olvidar que ellos están triunfando. Trato de convencerme de que ellos no tienen importancia.

—Ése es precisamente mi problema —musitó Yossarian, comprensivo, cruzándose de brazos—. Entre los ideales y yo siempre encuentro Scheisskopf, Peckem, Korn y Cathcart, y claro, el ideal se transforma.

—Debes intentar no pensar en ellos —le aconsejó el comandante Danby con firmeza—. Y no debes consentir que cambien tu sistema de valores. Los ideales son buenos, pero a veces las personas no lo son tanto. Hay que tratar de mirar más alto, para ver el cuadro completo.

Yossarian rechazó el consejo con un escéptico movimiento de cabeza.

—Lo que yo veo en esos casos es gente aprovechándose de todo, no el cielo ni los santos ni los ángeles. Los veo aprovechándose de cualquier impulso decente y de cualquier tragedia humana.

—Pero debes intentar no pensar en eso —insistió el comandante Danby—. Y también debes intentar no disgustarte.

—No, si yo no me disgusto por eso, pero sí porque se

piensen que me chupo el dedo. Creen que son listos y que los demás somos tontos. Y, ¿sabes una cosa, Danby? Se me acaba de ocurrir ahora mismo que quizá tengan razón.

—Pero también debes intentar no pensar en eso —argumentó el comandante Danby—. Sólo debes pensar en el bienestar de la nación y en la dignidad del hombre.

—Sí, claro, claro —convino Yossarian.

—Lo digo en serio, Yossarian. No estamos en la Primera Guerra Mundial. No olvides que nos enfrentamos con unos agresores que no dejarán vivir a nadie si ganan.

—Ya lo sé —replicó secamente Yossarian, ceñudo, con un repentino acceso de rabia—. ¡Dios del cielo, Danby, esa medalla que me dieron me la tengo merecida, cualesquiera que sean las razones por las que me la concedieron! ¡Maldita sea! He cumplido setenta misiones de combate, o sea, que no me vengas ahora con que luche para salvar a mi país. Llevo todo este tiempo luchando por salvarlo, y ahora voy a luchar por salvarme a mí mismo. El país ya no corre peligro, pero yo sí.

—Aún no ha acabado la guerra. Los alemanes se dirigen hacia Amberes.

—Los alemanes caerán dentro de pocos meses, y después los japoneses. Si tuviera que dar mi vida ahora, no sería por mi país, sino por Cathcart y Korn. De modo que he decidido abandonar la mira de precisión. A partir de este momento, sólo voy a pensar en mí.

El comandante Danby replicó con sonrisa indulgente, de superioridad:

—Pero ¿y si todos pensaran como tú, Yossarian?

—Entonces sería un imbécil si pensara de otra manera, ¿no? —Se enderezó un poco más, con una expresión extraña—. Es curioso. Tengo la sensación de haber mantenido esta misma conversación con otra persona. Es como lo que le pasa al capellán, que siempre cree haber experimentado todo dos veces.

—El capellán quiere que les deje que te envíen a casa —comentó el comandante Danby.

—Por mí, el capellán puede irse al cuerno.

—¡Dios mío! —suspiró el comandante Danby, moviendo la cabeza decepcionado—. Teme haberte influido.

—No me ha influido. ¿Sabes qué podría hacer? Quedarme aquí, en esta cama, y dedicarme a vegetar. Podría vegetar cómodamente mientras otras personas tomaban las decisiones.

—Tienes que tomar decisiones —objetó el comandante Danby—. Un ser humano no puede vivir como un vegetal.

—¿Por qué no?

En los ojos del comandante Danby penetró una luz lejana y cálida.

—Debe de ser agradable vivir como un vegetal —concedió soñadoramente.

—Es repugnante —replicó Yossarian.

—No, debe de resultar muy agradable verse libre de tantas dudas y presiones —insistió el comandante Danby—. Creo que me gustaría vivir como un vegetal y no tomar ninguna decisión importante.

—¿Qué clase de vegetal, Danby?

—Un pepino, o una zanahoria.

—¿Qué clase de pepino? ¿Bueno o malo?

—Bueno, bueno, naturalmente.

—Entonces te arrancarían y te pondrían en una ensalada.

El rostro del comandante se ensombreció.

—Pues uno malo.

—Dejarían que te pudrieses y te utilizarían como fertilizante para cultivar los buenos.

—Entonces, supongo que no quiero vivir como un vegetal —concluyó el comandante Danby con una triste sonrisa de resignación.

—¿De verdad debo dejarles que me envíen a casa, Danby? —le preguntó Yossarian muy serio.

El comandante se encogió de hombros.

—Es una forma de salvarse.

—Es una forma de perderse, Danby. Tú deberías saberlo.

—Podrías tener cuanto quisieras.

—No quiero tener cuanto quiero —dijo Yossarian; luego golpeó el colchón con el puño, rabioso y frustrado—. ¡Maldita sea, Danby! En esta guerra han muerto amigos míos. No puedo hacer un pacto a estas alturas. Que me apuñalara esa puta es lo mejor que me ha pasado en mi vida.

—¿Preferirías ir a la cárcel?

—¿Dejarías que te enviaran a casa?

—¡Claro que sí! —declaró con convicción el comandante Danby—. Naturalmente que sí —añadió al cabo de unos momentos, con menos seguridad—. Sí, supongo que les dejaría hacerlo si estuviera en tu lugar —decidió, molesto, tras complejas reflexiones. A continuación giró bruscamente la cara, en un gesto de asco y angustia, y le espetó a Yossarian lo siguiente—: ¡Sí, claro que les dejaría hacerlo! Pero soy tan cobarde que nunca podría estar en tu lugar.

—Pero ¿y si no fueras un cobarde? —preguntó Yossarian, examinándolo detenidamente—. ¿Y si tuvieras valor para desafiar a alguien?

—Entonces no les dejaría que me enviaran a casa —juró el comandante Danby con vehemencia, jubiloso y entusiasta—. Pero tampoco les dejaría que me formaran consejo de guerra.

—¿Cumplirías más misiones?

—No, por supuesto que no. Eso supondría capitular, y posiblemente que me mataran.

—¿Te escaparías?

El comandante Danby inició una respuesta, orgulloso, y se calló bruscamente; dejó la mandíbula colgando, y la cerró, atontado. Frunció los labios en un mohín de cansancio.

—Supongo que entonces no me quedaría ninguna esperanza, ¿verdad?

Su frente y sus protuberantes globos oculares empezaron a refulgir de nerviosismo una vez más. Cruzó las blandas muñecas en el regazo, y clavó la mirada en el suelo, derrotado, dando la sensación de que apenas respiraba. La ventana arrojaba oscuras sombras sesgadas. Yossarian lo contempló, solemne, y ninguno de los dos hizo el menor movimiento al oír las chirriantes ruedas de un vehículo al detenerse fuera y unas rápidas pisadas retumbantes que se dirigían hacia el edificio.

—Sí, te queda esperanza —recordó Yossarian con un perezoso torrente de inspiración—. Milo puede ayudarte. Es más importante que el coronel Cathcart, y me debe unos cuantos favores.

El comandante Danby negó con la cabeza y respondió con voz apagada:

—Milo y el coronel Cathcart son muy amigos ahora. Milo lo ha nombrado vicepresidente y le ha prometido un importante puesto cuando acabe la guerra.

—¡Entonces, nos ayudará el ex soldado de primera Wintergreen! —exclamó Yossarian—. Detesta a los dos, y esto lo va a poner furioso.

El comandante Danby volvió a negar con la cabeza, apesadumbrado.

—Milo y el ex soldado de primera Wintergreen se fusionaron la semana pasada. Son socios de las Empresas M y M.

—Entonces no nos queda ninguna esperanza, ¿verdad?

—Ninguna.

—Ninguna, ¿verdad?

—No, ninguna —convino el comandante Danby. Al cabo de unos segundos alzó la mirada con una idea a medio cuajar—. ¿No sería estupendo que nos desaparecieran como hicieron con los otros y nos libraran de tanta carga?

Yossarian dijo que no. El comandante Danby le dio la razón con un melancólico asentimiento y volvió a bajar los ojos. No les quedaba esperanza a ninguno de los dos hasta que se oyó una brusca explosión de pisadas en el pasillo y el capellán irrumpió en la habitación gritando con todas sus fuerzas electrizantes noticias sobre Orr, tan desbordante de alegría y lanzando tales carcajadas que su discurso resultó incoherente durante unos minutos. En sus ojos brillaban lágrimas de júbilo, Yossarian saltó de la cama cuando lo comprendió.

—¿Sweden?* —gritó Yossarian.

—¡Orr! —gritó a su vez el capellán.

—¿Orr? —gritó Yossarian.

—¡En Suecia! —exclamó el capellán, afirmando con la cabeza, arrebatado, y haciendo cabriolas como un loco, presa de un delicioso frenesí incontrolable—. ¡Es un milagro! ¡Un milagro! Vuelvo a creer en Dios. En serio. ¡Arrastrado hasta la orilla después de tantas semanas en el mar! ¡Es un milagro!

—¿Arrastrado hasta la orilla, eh? ¡Sí, sí! —exclamó Yossarian, entre brincos y risotadas, dirigiendo miradas a las paredes, al techo, al capellán y al comandante Danby—. ¡No fue arrastrado por el mar hasta Suecia! ¡Ha remado hasta allí, capellán, ha ido remando!

—¿Remando?

—¡Lo tenía todo preparado! Ha ido a Suecia a propósito.

* Sweden: La confusión se crea por el doble uso de esta palabra, referida al apellido del bombardero muerto y a Suecia. *(N. de la T.)*

—¡Bueno, qué más da! —le espetó el capellán con el mismo entusiasmo—. Sigue siendo un milagro, un milagro de la inteligencia y la fortaleza humanas. ¡Miren lo que ha conseguido! —El capellán se agarró la cabeza con las dos manos, desternillándose de risa—. ¡No se lo imaginan! —exclamó, asombrado—. ¿No se lo imaginan en la balsa amarilla, atravesando el estrecho de Gibraltar por la noche con ese remo azul...?

—Con el retel arrastrando, comiendo bacalao crudo durante todo el viaje, y preparándose el té por la tarde...

—¡Es como si lo tuviera aquí delante! —gritó el capellán, haciendo una pausa en su alborozo para recuperar el aliento—. Es un milagro de la perseverancia humana. ¡Y eso es precisamente lo que yo voy a hacer a partir de ahora! ¡Perseverar! Sí, voy a perseverar.

—¡Sabía lo que se hacía desde el principio! —dijo Yossarian, regocijado, adelantando los dos puños triunfalmente, como si quisiera extraerles más revelaciones. Dejó de dar vueltas y se paró ante el comandante Danby—. ¡Danby, pedazo de tonto! Quedan esperanzas, ¿es que no lo entiendes? Es posible que incluso Clevinger siga vivo en esa nube, que se haya escondido hasta que pase el peligro.

—¿Qué quieres decir? —preguntó el comandante Danby, confundido—. ¿A qué se refieren los dos?

—Tráeme manzanas, Danby, y castañas. Vamos, corre, Danby. Tráeme manzanas silvestres y castañas de Indias antes de que sea demasiado tarde, y coge algunas para ti.

—¿Castañas de Indias? ¿Manzanas silvestres? ¿Para qué, si se puede saber?

—Para metérnoslas en la boca, naturalmente. —Yossarian alzó los brazos en un gesto de desesperación y autorreproche—. Ah, ¿por qué no le haría caso? ¿Por qué no tendría fe?

—¿Es que te has vuelto loco? —preguntó el comandante Danby, asustado y pasmado—. Yossarian, ¿quieres hacer el favor de explicarme todo esto?

—Danby, Orr lo tenía preparado. ¿Es que no lo entiendes? Lo tenía planeado paso a paso. Incluso lo ensayaba cada vez que lo derribaban. Lo ensayó en cada misión. ¡Y yo me negué a ir con él! Ay, ¿por qué no le haría caso? ¡Me invitó a acompañarlo, y yo no quise! Danby, tráeme también dientes de caballo y una válvula para arreglar y una mirada de inocencia estúpida en la que nadie pueda adivinar la inteligencia. Voy a necesitarlo todo. Ah, ¿por qué no le haría caso? Ahora comprendo lo que intentaba decirme. Incluso entiendo por qué le pegó aquella chica con el zapato.

—¿Por qué? —preguntó el capellán, muy interesado.

Yossarian se dio la vuelta bruscamente y agarró al capellán por la camisa, aferrándose a él con insistencia.

—¡Ayúdeme, capellán! Tráigame la ropa. Y deprisa, por favor. La necesito ahora mismo.

El capellán se desasió, asustado.

—Muy bien, Yossarian. Pero ¿dónde está? ¿Cómo voy a cogerla?

—Intimidando y amenazando a cualquiera que intente impedírselo. ¡Tráigame el uniforme, capellán! Está por alguna parte, en este hospital. Haga algo a derechas, por una vez en su vida.

El capellán enderezó los hombros con decisión y apretó las mandíbulas.

—No se preocupe, Yossarian. Le traeré el uniforme. Pero ¿por qué esa chica le pegó a Orr con el zapato en la cabeza? Dígamelo, por favor.

—¡Porque le dio dinero para que lo hiciera, ni más ni menos! Pero no le atizó con suficiente fuerza y tuvo que ir remando a Suecia. Capellán, tráigame el uniforme para que

644

pueda salir de aquí. Pídaselo a la enfermera Duckett. Ella lo ayudará. Hará cualquier cosa con tal de librarse de mí.

—¿Adónde vas? —preguntó receloso el comandante Danby en cuanto el capellán hubo salido de la habitación—. ¿Qué vas a hacer?

—Voy a escaparme —anunció Yossarian con voz clara y exultante, desabrochándose bruscamente la chaqueta del pijama.

—¡Oh, no! —gimió el comandante Danby, y se dio golpecitos en la sudorosa frente con las palmas de las manos—. No puedes escapar. ¿Adónde vas? ¿Adónde puedes huir?

—A Suecia.

—¿A Suecia? —repitió el comandante Danby, estupefacto—. ¿Vas a huir a Suecia? ¿Te has vuelto loco?

—Orr lo ha hecho.

—¡Oh, no, no, no! —suplicó el comandante Danby—. No, Yossarian, no llegarás. No puedes huir a Suecia. Ni siquiera sabes remar.

—Pero puedo llegar hasta Roma si mantienes la boca cerrada cuando salga de aquí y dejas que alguien me acerque hasta allí en coche.

—Pero te encontrarán —objetó el comandante Danby, a la desesperada—, y te traerán otra vez aquí y te castigarán todavía con más severidad.

—Esta vez van a tener que hacer muchos esfuerzos para pillarme.

—Pues los harán. E incluso si no te encuentran, ¿cómo vas a vivir así? Siempre estarás solo. Nadie se pondrá de tu parte, y correrás continuamente el riesgo de que te traicionen.

—Ya vivo así ahora.

—Pero no puedes volverles la espalda a todas tus responsabilidades —insistió el comandante Danby—. Es una actitud negativa, escapista.

Yossarian se echó a reír, optimista y sarcástico, y movió la cabeza.

—No estoy dándoles la espalda a mis responsabilidades, sino enfrentándome a ellas. No tiene nada de negativo huir para salvar la vida. Tú sabes quiénes son los escapistas, ¿verdad, Danby? No precisamente Orr y yo.

—Por favor, capellán, hable con él. Va a desertar. Quiere huir a Suecia.

—¡Maravilloso! —aplaudió el capellán, arrojando orgullosamente sobre la cama una funda de almohada con la ropa de Yossarian dentro—. Huya a Suecia, Yossarian. Me quedaré aquí y perseveraré. Sí, perseveraré. Pincharé e incordiaré al coronel Cathcart y al coronel Korn cada vez que los vea. No tengo miedo. Incluso me meteré con el general Dreedle.

—El general Dreedle no está aquí —le recordó Yossarian, al tiempo que ponía los pantalones y se colocaba apresuradamente los faldones de la camisa dentro—. Ahora es el general Peckem.

El capellán no cejó en su confiada cháchara.

—Pues me meteré con el general Peckem, e incluso con el general Scheisskopf. ¿Y sabe qué pienso hacer también? Atizarle un puñetazo en la nariz al capitán Black la próxima vez que lo vea. Sí, voy a pegarle un puñetazo. Lo haré cuando haya un montón de gente delante para que no pueda devolvérmelo.

—¿Es que se han vuelto locos? —protestó el comandante Danby. Sus ojos saltones parecían querer salírsele de las órbitas de puro temor y exasperación—. ¿Han perdido el juicio o qué? Escúchame, Yossarian...

—Es un milagro, en serio —proclamó el capellán, cogiendo al comandante Danby por la cintura y bailando un vals con los brazos estirados—. Un auténtico milagro. Si Orr ha sido capaz de llegar remando a Suecia, yo seré capaz de vencer al coronel Cathcart y al coronel Korn, con tal de que persevere.

—¿Quiere hacer el favor de callarse, capellán? —imploró cortésmente el comandante Danby. Se soltó y se dio unos golpecitos en la frente sudorosa con delicados movimientos. Se inclinó sobre Yossarian, que estaba cogiendo los zapatos—. ¿Y el coronel...?

—Me importa tres pitos.

—Pero esto po...

—¡Que se vayan al diablo los dos!

—... esto podría ayudarlos —continuó tozudamente el comandante Danby—. ¿No has caído en la cuenta?

—Pues que les aproveche a los muy hijos de puta. A mí me da igual. No puedo hacer nada por detenerlos, pero sí dejarlos en evidencia escapándome. Tengo mis propias responsabilidades, Danby. Tengo que ir a Suecia.

—No lo conseguirás. Es imposible. Llegar hasta allí desde aquí es una imposibilidad geográfica.

—Vamos, Danby, ya lo sé. Pero al menos lo habré intentado. Hay una niña en Roma a la que me gustaría rescatar, si es que la encuentro. Si doy con ella, me la llevaré a Suecia. O sea, que no se trata de una cuestión de egoísmo, ¿o sí?

—Es una locura. Nunca tendrás la conciencia tranquila.

—¡Pues que Dios la bendiga! —Yossarian se echó a reír—. No me gustaría vivir sin dudas. ¿No está de acuerdo, capellán?

—Voy a pegarle un puñetazo en la nariz al capitán Black la próxima vez que lo vea —se jactó el capellán, lanzando dos ganchos de izquierda al aire y después un torpe derechazo—. Así.

—¿Y el deshonor? —preguntó el comandante Danby.

—¿Qué deshonor? Más deshonrado vivo ahora. —Yossarian se ató una fuerte lazada en el otro zapato y se levantó de un salto—. Bueno, Danby, ya estoy listo. ¿Qué dices?

¿Vas a mantener la boca cerrada y a dejar que alguien me acerque a Roma o no?

El comandante miró a Yossarian en silencio, con una sonrisa extraña, triste. Había dejado de sudar y parecía muy tranquilo.

—¿Qué harías si intentara detenerte? —preguntó, consternado y burlón a un tiempo—. ¿Darme una paliza?

Yossarian reaccionó a su pregunta con sorpresa, dolido.

—No, claro que no. ¿Por qué dices eso?

—Yo le daría una paliza —se vanaglorió el capellán, bailoteando muy cerca del comandante Danby y boxeando con el aire—. A usted y al capitán Black, y quizá también al cabo Whitcomb. ¿No sería estupendo que dejara de tenerle miedo al cabo Whitcomb?

—¿Vas a detenerme? —le preguntó Yossarian al comandante Danby, y se lo quedó mirando fijamente.

El comandante Danby se apartó del capellán y vaciló unos momentos más antes de responder:

—¡Claro que no! —le espetó, y de repente se puso a agitar los brazos, señalando hacia la puerta, con actitud apremiante—. Claro que no voy a detenerte. ¡Vete, por lo que más quieras, y deprisa! ¿Necesitas dinero?

—Tengo un poco.

—Bueno, aquí tienes un poco más. —Con fervor y entusiasmo, el comandante Danby le plantó a Yossarian un grueso fajo de billetes italianos en la mano y se la apretó entre las suyas, tanto para calmar el temblor de sus dedos como para dar ánimos a Yossarian—. Debe de ser muy agradable estar ahora en Suecia —comentó soñadoramente—. Las chicas son encantadoras, y la gente muy avanzada.

—¡Adiós, Yossarian! —gritó el capellán—. Buena suerte. Me quedaré aquí y perseveraré: nos veremos cuando acabe la guerra.

—Hasta pronto, capellán. Gracias, Danby.

—¿Cómo te sientes, Yossarian?

—Bien. No, estoy muy asustado.

—Me alegro —replicó el comandante Danby—. Eso demuestra que sigues vivo. No va a ser divertido.

Yossarian se encaminó hacia la puerta.

—Claro que sí.

—Lo digo en serio, Yossarian. Tendrás que mantenerte en guardia constantemente. Removerán cielo con tierra para encontrarte.

—Me mantendré en guardia constantemente.

—Tarde o temprano tendrás que bajar los brazos.

—Los bajaré.

—¡Pues ahora súbelos! —gritó el comandante Danby.

Yossarian subió la guardia. La puta de Nately estaba agazapada detrás de la puerta. El cuchillo pasó a escasos milímetros de Yossarian, que a continuación se marchó.